GOLDMANN

Buch

In Tancred House, einem prachtvollen Anwesen mit ausgedehntem Waldbesitz, hat sich ein unvorstellbares Massaker ereignet. Während des Abendessens wurden Davina Flory, die Eigentümerin von Tancred House, ihr zweiter Ehemann Harvey Copeland sowie Davinas Tochter Naomi Jones erschossen. Einzige Überlebende des Blutbades, wenn auch schwer verletzt, ist Davinas Enkelin Daisy Jones.

Inspector Wexford läßt vor Ort, in den ehemaligen Stallungen des Besitzes, eine Tatortzentrale einrichten. Nach den ersten Verhören der Angestellten der Familie und einem Besuch bei Daisy im Krankenhaus scheint ihm der Fall völlig klar: Raubmörder, die mit den Örtlichkeiten und Gewohnheiten der Bewohner vertraut waren, hatten es auf den Schmuck von Davina Flory abgesehen. Offensichtlich waren sie bei ihrem abendlichen »Besuch« in Tancred House gestört worden und hatten daraufhin kurzen Prozeß gemacht, um unerkannt entkommen zu können. Doch je genauer Wexford hinter die Kulissen dieser merkwürdigen Familie in Tancred House sieht, desto verwirrender erscheinen ihm die Verhältnisse. Vor allem um Daisy zu schonen, setzt Wexford trotzdem alles daran, den Fall möglichst schnell und ohne großen Presserummel zu lösen. Aber sehr zum Ärger der vorgesetzten Dienststelle ziehen sich die Ermittlungen hin.

Autorin

Ruth Rendell wurde 1930 in South Woodford/London als Tochter eines Lehrerehepaars geboren. Nach der Schule arbeitete sie zunächst als Journalistin, bevor sie sich ganz dem Schreiben von Kriminalromanen und -geschichten widmete. Ihr erstes Buch erschien 1964; seitdem hat sie an die 30 Romane geschrieben. Dreimal schon hat sie den Edgar-Allan-Poe-Preis erhalten; außerdem wurde sie zweifach mit dem »Goldenen Dolch« der Crime Writer's Association für den besten Kriminalroman ausgezeichnet. Ruth Rendell, die auch unter dem Pseudonym Barbara Vine bekannt ist, lebt in einem Farmhaus aus dem 16. Jahrhundert in Suffolk. Sie ist verheiratet und Mutter eines Sohnes.

RUTH RENDELL

EINE ENTWAFFNENDE FRAU

ROMAN

Aus dem Englischen
von Christian Spiel

GOLDMANN VERLAG

Die englische Originalausgabe erschien unter dem Titel
»Kissing The Gunner's Daughter« bei Hutchinson, London.

Umwelthinweis:
Alle bedruckten Materialien dieses Taschenbuches
sind chlorfrei und umweltschonend.

Der Goldmann Verlag
ist ein Unternehmen der Verlagsgruppe Bertelsmann

Genehmigte Taschenbuchausgabe

Umschlaggestaltung: Design Team München
Umschlagbild: Gustav Klimt »Judith und Holofernes«
Wien, Österreichische Galerie / Foto: Artothek, Peißenberg
Druck: Elsnerdruck, Berlin
Verlagsnummer: 42805
UK · Herstellung: Heidrun Nawrot
Made in Germany
ISBN 3-442-42805-X

1 3 5 7 9 10 8 6 4 2

Zum Andenken an Eleanor Sullivan
(1928–1991),
eine enge Freundin.

I

Der 13. Mai ist *der* Unglückstag des Jahres. Und noch viel, viel schlimmer wird die Sache, wenn er zufällig auf einen Freitag fällt. In diesem Jahr war es allerdings ein Montag, trotzdem schlimm genug, obwohl Martin alles Abergläubische verachtete und am 13. Mai jedes wichtige Vorhaben ohne Bedenken in Angriff genommen und ebenso bedenkenlos ein Flugzeug bestiegen hätte.

Am Morgen entdeckte er in der Schultasche seines Sohnes eine Waffe. Zu seiner Zeit hatte so etwas Ranzen geheißen, aber inzwischen war es eine Aktentasche. Das Schießeisen steckte in einem Wirrwarr von Lehrbüchern, Schulheften mit Eselsohren, zerknülltem Papier und einem Paar Fußballsocken, und für einen kurzen, angsterfüllten Augenblick hielt Martin es für echt. Ungefähr fünfzehn Sekunden lang dachte er, Kevin besitze tatsächlich den größten Revolver, den er, sein Vater, jemals gesehen hatte, noch dazu ein Modell, das zu identifizieren er nicht in der Lage war.

Dann erkannte er, daß es sich um eine Nachbildung handelte. Es hielt ihn aber nicht davon ab, das Ding zu konfiszieren.

»Du kannst dich von dieser Waffe verabschieden, verlaß dich drauf«, sagte er zu seinem Sohn.

Diese Entdeckung machte Martin in seinem Wagen kurz vor neun Uhr morgens, am Montag, dem 13. Mai, auf der Fahrt zur Gesamtschule in Kingsmarkham. Kevins Aktentasche war nicht richtig verschlossen gewesen, und als sie vom Rücksitz glitt, war ein Teil des Inhalts auf den Wagenboden gerutscht. Kevin sah trübselig und stumm zu, wie die Revolverkopie in einer Regenmanteltasche seines Vaters verschwand. Vor dem Eingang der Schule stieg er aus, murmelte noch ein Abschiedswort und warf dann keinen Blick mehr zurück.

Das war das erste Glied in einer Kette von Ereignissen, die schließlich dazu führen sollten, daß fünf Menschen ums Leben kamen. Hätte Martin den Revolver früher gefunden, ehe er und Kevin das Haus verließen, wäre nichts von alledem passiert. Es sei denn, man glaubt, unsere Erdentage seien uns im voraus zugemessen. Wenn man sie in umgekehrter Reihenfolge zählte, vom Tod zur Geburt, hatte Martin den Tag eins erreicht.

Montag, den 13. Mai.

Es war sein freier Tag, dieser Tag eins im Leben von Detective Sergeant Martin. Er hatte früh das Haus verlassen, nicht nur um seinen Sohn zur Schule zu bringen – das ergab sich noch nebenher, wenn er bereits um zehn vor neun aufbrach –, sondern auch, um die Scheibenwischer seines Wagens erneuern zu lassen. Es war ein schöner Morgen, die Sonne schien an einem klaren Himmel, und die Wettervorhersage war verheißungsvoll, aber er wollte es trotzdem nicht riskieren, zusammen mit seiner Frau mit defekten Scheibenwischern für einen Tag nach Eastbourne hinauszufahren.

Die Leute in der Autowerkstatt verhielten sich, wie eigentlich nicht anders zu erwarten gewesen war. Martin hatte den Termin zwei Tage zuvor telefonisch vereinbart, aber das hinderte die Sekretärin nicht daran, sich aufzuführen, als hätte sie noch nie etwas von ihm gehört. Ebensowenig hielt es den einzigen verfügbaren Mechaniker davon ab, kopfschüttelnd zu sagen, es sei schon möglich, es ließe sich gerade so machen, aber der Kollege sei unerwartet zu einer Unfallstelle gerufen worden, und es wäre besser, wenn Martin zu Hause auf ihren Anruf wartete. Immerhin konnte Martin dem Mann das fragwürdige Versprechen abnötigen, daß die Sache bis halb elf geregelt sein werde.

Er ging durch die Queen Street zurück. Die meisten Läden hatten noch nicht geöffnet. Die Leute, an denen er vorüberging, waren Pendler auf dem Weg zum Bahnhof. Martin spürte den Revolver in seiner Tasche, seine Form und sein Gewicht, das ihn auf der rechten Seite ein wenig nach unten zog. Es war ein großes, schweres Schießeisen mit einem gut neun Zentimeter langen Lauf. Sollten die britischen Polizeibeamten schließlich doch einmal Waffen tragen, würden sie genau dieses Gefühl empfinden. Tag für Tag. Martin fand, daß ebensoviel dafür wie dagegen spräche, aber eigentlich konnte er sich nicht vorstellen, daß eine solche Neuerung das Parlament passieren würde.

Er überlegte, ob er seiner Frau von dem Revolver erzählen oder gar Chief Inspector Wexford davon berichten solle. Was fängt ein Dreizehnjähriger mit der Nachbildung einer Waffe an, die vermutlich dem Dienstrevolver eines Polizisten aus Los Angeles nachempfunden war? Eigentlich war er schon zu alt für einen Spielzeugrevolver, aber was konnte eine Nachbildung für einen anderen Zweck haben, als andere zu bedrohen und glauben zu machen, das Ding sei echt? Und konnte sich damit etwas anderes als eine kriminelle Absicht verbinden?

Im Augenblick konnte Martin nichts unternehmen. Aber abends mußte er sich Kevin vorknöpfen. Er bog in die High Street ein, von wo aus er die blaugoldene Uhr am Turm von St. Peter sehen konnte. Die Zeiger näherten sich halb zehn. Er schlug die Richtung zur Bank ein, wo er so viel abheben wollte, daß er die Reparatur sowie eine Tankfüllung, Lunch für zwei Personen und ein paar kleinere Ausgaben in Eastbourne bezahlen konnte und trotzdem noch etwas Bargeld für die nächsten Tage hatte. Martin hielt nichts von Kreditkarten; er besaß zwar eine, benutzte sie aber nur höchst selten.

Nicht anders dachte er über Geldautomaten. Die Bank hatte noch nicht geöffnet, die schwere Eingangstür aus Eiche war fest verschlossen. Er hätte sich des Automaten bedienen können, der, Dienst am Kunden, in die Granitfassade eingelassen war. In seiner Brieftasche steckte die Karte, die er immerhin herauszog und ansah. Irgendwo hatte er sich die Geheimzahl notiert. Er versuchte sie sich ins Gedächtnis zu rufen. 5053? 5305? Doch dann hörte er, wie die Riegel zurückgeschoben wurden. Die Eingangstür öffnete sich und gab den Blick auf die innere Glastür frei. Die Bankkunden, die schon vor ihm wartend dagestanden hatten, schoben sich hinein.

Martin ging zu einem der Schalter, wo für die Kunden eine Schreibunterlage und ein Kugelschreiber auslag, der durch eine Kette mit einem imitierten Tintenfaß verbunden war. Er zog sein Scheckheft heraus. Hier brauchte er sich nicht eigens auszuweisen, da er sein Konto in dieser Filiale hatte und allgemein bekannt war. Schon hatte er den Blick einer der Leute hinter den Kassenschaltern aufgefangen und sagte guten Morgen.

Selbst unter seinen Freunden kannte kaum einer Martins Vornamen. Alle Welt nannte ihn Martin, so war es schon immer gewesen. Sogar seine Frau redete ihn mit Martin an. Wexford mußte den Vornamen kennen und natürlich auch die Bank. Er hatte ihn bei seiner Trauung ausgesprochen, und seine Frau hatte ihn wiederholt. Und doch glaubten nicht wenige, Martin sei sein Vorname. Die Wahrheit war ein Geheimnis, das er soweit wie möglich für sich behielt, und als er jetzt den Scheck ausstellte, unterschrieb er ihn wie immer mit »C. Martin«.

Hinter ihren Glasscheiben zahlten zwei Kassierer

Bargeld aus und nahmen Einzahlungen entgegen: Sharon Fraser und Ram Gopal. Beide hatten an der Scheibe ein Schildchen mit ihren Namen und oben eine Leuchte, die aufblinkte, wenn sie frei waren. In dem Bereich, der seit kurzem mit verchromten Pfosten und türkisblauen Schnüren für wartende Kunden abgetrennt worden war, hatte sich eine Schlange gebildet.

»Als wären wir Vieh auf einem Markt«, sagte ärgerlich eine Frau vor ihm.

»Es ist aber fairer so«, sagte Martin, der viel auf Gerechtigkeit und Ordnung hielt. »Auf diese Weise kann sich niemand vordrängen.«

Kaum hatte er diese Worte gesprochen, spürte er, daß irgendeine Störung eingetreten war. Das Innere einer Bank zeichnet sich durch eine gleichsam sakrale Atmosphäre aus. Geld ist etwas Ernstes, etwas Stilles. Leichtfertigkeit, Heiterkeit, rasche Bewegungen haben an diesem heiligen Ort des Geldhandels nichts zu suchen. So macht sich die leiseste Stimmungsänderung sofort bemerkbar. Eine erhobene Stimme erregt Aufsehen, das Fallen einer Nadel wird zu einem Klappern. Jede Störung, und sei sie noch so gering, läßt die wartenden Kunden zusammenfahren. Martin spürte einen Luftzug, als die Glastür ungewöhnlich jäh geöffnet wurde. Er bemerkte, wie ein Schatten herabsank, während irgend jemand die Eingangstür, die während der Öffnungszeiten immer an der Wand eingehängt war, sorgfältig und beinahe lautlos schloß.

Er drehte sich um.

Nun ging alles sehr rasch. Der Mann, der die Eingangstür geschlossen und die Riegel vorgeschoben hatte, sagte im Befehlston: »Alle zurück an die Wand! Und schnell, wenn ich bitten darf!«

Martin registrierte den Akzent, unverkennbar aus Birmingham. Als der Mann zu sprechen begann, schrie jemand auf.

Der Mann, der die Waffe in der Hand hielt, sagte in seinem ausdruckslosen, nasalen Ton: »Es passiert Ihnen nichts, wenn Sie tun, was ich sage.«

Sein Komplize, eigentlich noch ein Junge, der gleichfalls bewaffnet war, ging zwischen den türkisfarbenen Schnüren und den verchromten Pfosten auf die beiden Kassenschalter zu. Hinter dem linken Schalter saß Sharon Fraser und hinter dem rechten Ram Gopal. Martin trat, vom Revolver des Mannes in Schach gehalten, zusammen mit allen anderen, die angestanden hatten, zurück an die Wand zur Linken.

Martin war sich ziemlich sicher, daß die Waffe in der Hand des Jungen, der einen Handschuh übergestreift hatte, eine Spielzeugwaffe war. Keine Nachbildung wie die in seiner eigenen Manteltasche, sondern ein Spielzeug. Der Typ wirkte sehr jung, wie siebzehn oder achtzehn, aber Martin wußte, daß er, obwohl selbst noch nicht alt, bereits so alt war, daß er nicht mehr unterscheiden konnte, ob jemand achtzehn war oder vierundzwanzig.

Er prägte sich jedes Detail an dem jungen Burschen ein, aber er konnte nicht ahnen, daß alles, was er sich in diesen Augenblicken merken würde, umsonst war. Mit gleicher Sorgfalt registrierte er die Details an dem anderen. Der Junge hatte einen seltsamen Ausschlag im Gesicht, möglicherweise Akne. Martin hatte noch nie etwas Derartiges gesehen. Der Ältere war dunkelhaarig und hatte tätowierte Hände. Er trug keine Handschuhe.

Die Waffe in der Hand des Mannes war vielleicht auch nicht echt. Es ließ sich unmöglich sagen. Während Martin den jungen Typen beobachtete, dachte er an seinen eigenen Sohn. Hatte Kevin etwas Derartiges im Sinn gehabt? Martin tastete nach dem Revolver in seiner Tasche und begegnete den Augen des Mannes, die ihn fixierten. Er zog die Hand heraus, hob sie und umklammerte die andere.

Der Junge hatte etwas zu der Kassiererin, Sharon Fraser, gesagt, aber was, das hatte Martin nicht mitbekommen. Sie mußten hier doch eine Alarmanlage haben. Er mußte sich eingestehen, daß er nicht wußte, wie sie beschaffen sein könnte. Ein Knopf, der auf Fußdruck reagierte? Wurde vielleicht jetzt, just in diesem Augenblick, im Polizeirevier Alarm ausgelöst?

Er kam nicht auf die Idee, sich irgendwelche äußeren Merkmale an seinen Schicksalsgenossen einzuprägen, den Leuten, die sich da zusammen mit ihm geduckt an die Wand preßten. Wie die Sache dann ausging, hätte es auch nichts genützt. Er hätte lediglich sagen können, daß keiner von ihnen alt, aber alle bis auf eine einzige Ausnahme erwachsen waren. Die Ausnahme war das Baby in einer Schlinge an der Brust seiner Mutter. Die Leute waren Schatten für ihn, ein namen- und gesichtsloses Publikum.

In seinem Innern stieg der Drang auf, irgend etwas zu unternehmen, zu *handeln.* Eine gewaltige Empörung hatte sich seiner bemächtigt, wie er sie, angesichts eines Verbrechens, immer empfand. Wie konnten sie es wagen? Was erdreisteten sie sich? Mit welchem Recht kamen sie hier herein, um sich zu nehmen, was ihnen nicht gehörte? Es war der gleiche Zorn, der ihn ergriff, wenn irgendein Land ein anderes überfiel. Wie konnten sie es wagen, etwas so Empörendes zu tun?

Die Kassiererin gab Geldscheine heraus. Martin glaubte nicht, daß Ram Gopal Alarm ausgelöst hatte. Gopal sah dem ganzen Geschehen starr zu, vor Schreck versteinert oder auch nur mit einer unergründlichen Gelassenheit. Er beobachtete Sharon Fraser, wie sie auf die Tasten des automatischen Kassentresors neben sich tippte, aus dem dann Geldscheine, bereits zu Fünfzigern und Hunderten gebündelt, herausfielen. Mit unverwandtem Blick verfolgte er, wie Bündel um Bündel unter der gläsernen Trennscheibe durch die metallene

Furche in die gierige handschuhbekleidete Hand geschoben wurde.

Der junge Typ nahm das Geld mit der Linken, schob es zu einem Häufchen zusammen und verstaute es in einer Leinentasche, die er um die Taille hängen hatte. Dabei zielte er mit der Waffe, dem Spielzeugrevolver, auf Sharon Fraser. Der Ältere hielt währenddessen die anderen Anwesenden, einschließlich Ram Gopals, in Schach. Von der Stelle aus, wo er stand, war dies ein leichtes, da der Schalterraum klein war und die Bankkunden dicht nebeneinander standen. Martin hörte das Weinen einer Frau, leise Schluchzer, ein unterdrücktes Wimmern.

Seine Empörung drohte ihn zu übermannen. Aber noch war es nicht soweit, nicht ganz. Wenn die Polizei ermächtigt worden wäre, Waffen zu tragen, wäre er inzwischen vielleicht schon so daran gewöhnt, daß er einen echten Revolver von einem unechten unterscheiden könnte. Der Bursche stand jetzt vor Ram Gopal. Sharon Fraser, eine pummelige junge Frau, deren Familie Martin flüchtig kannte, da ihre Mutter mit seiner Frau zur Schule gegangen war, saß mit geballten Fäusten da, und die langen, roten Fingernägel gruben sich ihr in die Handflächen. Ram Gopal hatte unterdessen seinerseits begonnen, unter der gläsernen Trennscheibe Bündel von Geldscheinen durchzuschieben. Im nächsten Augenblick würde alles vorbei sein, und er, Martin, hatte nichts unternommen.

Er beobachtete, wie der dunkelhaarige, untersetzte Mann sich in Richtung Tür zurückzog. Das besagte nicht viel, denn seine Waffe hielt alle nach wie vor in Schach. Martin schob vorsichtig die Hand hinab zur Manteltasche und spürte dort Kevins riesige Knarre. Der Mann sah die Bewegung, reagierte aber nicht. Er mußte die Eingangstür öffnen, damit sie das Weite suchen konnten.

Martin hatte angenommen, daß Kevins Waffe nicht echt war. Genauso kam er durch Beobachtung nun zu dem Schluß, daß das Schießeisen dieses Burschen ebenfalls eine Imitation war. Die Uhr an der Wand über den Kassenschaltern, hinter dem Kopf des Jungen, zeigte 9.42 Uhr an. Wie rasch das alles gegangen war! Erst eine halbe Stunde vorher war er in der Autowerkstatt gewesen. Erst vierzig Minuten vorher hatte er den nachgemachten Revolver in Kevins Schultasche entdeckt und konfisziert.

Er fuhr mit der Hand in die Tasche, packte Kevins Revolver und brüllte: »Laßt eure Knarren fallen!«

Der Mann hatte sich für einen Sekundenbruchteil umgedreht, um die Eingangstür zu entriegeln. Er stellte sich rasch mit dem Rücken dagegen und packte seine Waffe mit beiden Händen wie ein Filmgangster. Der Junge nahm den letzten Packen Geldscheine und fegte ihn in seine Tasche.

Martin wiederholte: »Laßt eure Knarren fallen!«

Der junge Bursche drehte langsam den Kopf zu ihm hin und sah ihn an. Eine Frau gab einen erstickten, wimmernden Laut von sich. Die lächerliche, kleine Waffe in der Hand des Jungen schien zu zittern. Martin hörte, wie die Eingangstür krachend gegen die Wand schlug. Er hörte den Mann zwar nicht hinausgehen, den mit dem echten Revolver, aber er wußte, daß er fort war. Ein Windstoß fuhr durch die Schalterhalle. Die Glastür fiel laut ins Schloß. Der junge Typ stand da und starrte Martin mit einem merkwürdig unergründlichen Blick an. Vielleicht stand er unter Drogeneinfluß. Er hielt seine Waffe so, als könnte er sie jeden Augenblick fallen lassen, als wollte er testen, wie weit er den Griff lockern konnte, ehe sie zu Boden fiel.

Jemand betrat die Bank. Die Glastüre schwenkte nach innen. Martin brüllte: »Zurück! Rufen Sie die Polizei! Sofort! Hier findet ein Bankraub statt.«

Er machte einen Schritt nach vorne, auf den Jungen zu. Es ist bestimmt einfach, sagte er sich, es *ist* einfach, die wirkliche Gefahr ist vorüber. Seine »Waffe« war auf den Burschen gerichtet, und dieser zitterte. Martin dachte: Mein Gott, gleich hab ich's geschafft, ich ganz allein!

Da drückte der Junge ab und traf ihn mitten ins Herz.

Martin stürzte. Er kippte nicht nach vorne, sondern sank zu Boden, da seine Knie einknickten. Aus seinem Mund kam Blut. Außer einem schwachen Husten gab er keinen Ton von sich. Sein Körper krümmte sich wie in Zeitlupe zusammen, die Hände griffen in die Luft, aber mit schwachen, anmutigen Bewegungen. Langsam sackte er zusammen, bis er regungslos dalag, die Augen nach oben gerichtet, blicklos zu der gewölbten Decke der Bank hinaufstarrend.

Einen Augenblick lang war es ganz still gewesen, dann brach Lärm los – Rufe, schrille Schreie. Die Leute drängten sich um den Sterbenden. Brian Price, der Filialleiter, eilte aus dem Büro im Hintergrund, gefolgt von Mitarbeitern. Ram Gopal war bereits am Telefon. Das Baby begann herzzerreißend zu schreien, als seine Mutter aufkreischte, unverständliche Worte von sich gab und die Arme um das Tragetuch mit dem kleinen Körper schlang. Sharon Fraser, die Martin gekannt hatte, rannte in die Schalterhalle und kniete sich neben ihn auf den Boden. Händeringend schrie sie nach Gerechtigkeit und Vergeltung.

»Großer Gott im Himmel, was haben sie mit ihm gemacht? Was ist mit ihm passiert? Helfen Sie, irgend jemand, lassen Sie ihn doch nicht sterben...«

Doch mittlerweile war Martin tot.

2

Martins Vorname erschien in den Zeitungen. Er wurde noch am selben Tag in den frühen Abendnachrichten der BBC und dann noch einmal um 21.00 Uhr laut erwähnt: Detective Sergeant Caleb Martin, neununddreißig Jahre alt, verheiratet und Vater eines Sohnes.

»Es ist sonderbar«, sagte Inspector Burden. »Sie werden es mir nicht abnehmen, aber ich höre zum erstenmal, daß er so geheißen hat. Dachte immer, John oder Bill oder weiß Gott was. Wir haben ihn immer Martin genannt, als wär's sein Vorname gewesen. Ich frag mich, warum er sich eingemischt hat. Was ist denn in ihn gefahren?«

»Es war Mut«, sagte Wexford. »Der arme Kerl.«

»Übermut.« Burden sagte es wehmütig, nicht unfreundlich.

»Mut hat wohl nie viel mit Intelligenz zu tun, oder? Nicht viel mit vernünftigem Überlegen oder mit Logik. Der Gedanke mit seiner Blässe hatte bei ihm keine Chance.«

Er war einer von ihnen, einer ihresgleichen gewesen. Außerdem ist für einen Polizeibeamten der Mord an einem Kollegen besonders grauenvoll.

Chief Inspector Wexford ging bei der Fahndung nach Martins Mörder mit derselben Routine wie bei der Jagd auf jeden anderen Killer, aber er spürte, daß er betroffener war als sonst. Dabei hatte er Martin nicht einmal besonders geschätzt, da ihn dessen beflissener, humorloser Diensteifer irritiert hatte. Doch all das zählte nicht mehr, nun da Martin tot war.

»Mir ist schon oft durch den Kopf gegangen«, sagte Wexford zu Burden, »was für ein schlechter Psychologe Shakespeare doch war, als er schrieb, daß das Üble, das Menschen anrichten, sie häufig überlebt, das Gute aber gewöhnlich zusammen mit ihren Gebeinen bestattet wird. Nicht, daß der arme Martin ein übler Kerl gewesen wäre, aber Sie wissen, was ich meine. Das Gute an Menschen, *das* behalten wir im Gedächtnis, nicht das Schlechte. Ich erinnere mich, wie peinlich genau er war und wie gründlich und – na schön, verbissen. Ich denke mit viel Empfindung an ihn, wenn mich nicht der Zorn packt. Aber, mein Gott, ich bin so voller Zorn, daß ich kaum aus den Augen schauen kann, wenn ich an dieses Bürschchen mit dem Ausschlag denke, das ihn kaltblütig abgeknallt hat.«

Sie hatten damit begonnen, Brian Prince, den Filialleiter, Sharon Fraser und Ram Gopal aufs sorgfältigste und eingehendste zu verhören. Als nächstes wurden die Kunden aufgesucht, die in der Bank gewesen waren – genauer gesagt, diejenigen, die sich gemeldet hatten oder ausfindig gemacht werden konnten. Niemand vermochte exakt anzugeben, wie viele Leute sich zu dem fraglichen Zeitpunkt in der Schalterhalle aufgehalten hatten.

»Der arme, alte Martin hätte es uns sagen können«, sagte Burden. »Da bin ich mir sicher. Er wußte, wie viele es waren, aber er ist ja tot, und wenn er nicht tot wäre, hätte das alles keinerlei Bedeutung.«

Brian Prince hatte nichts gesehen. Er hatte von dem Überfall überhaupt erst erfahren, als er den jungen Burschen den Schuß abfeuern hörte, der Martin tötete. Ram Gopal, Mitglied der winzigen Gemeinschaft indischer Einwanderer in Kingsmarkham und Angehöriger der pandschabischen Brahmanenkaste, gab Wexford die beste und umfassendste Beschreibung der beiden Männer. Angesichts solcher Täterbeschreibungen, sagte

Wexford hinterher, wäre es ein Verbrechen, die beiden nicht aufzuspüren.

»Ich habe sie sehr genau beobachtet. Ich saß ganz ruhig da und konzentrierte mich darauf, wie sie aussahen. Es war mir klar, wissen Sie, daß ich nichts machen konnte, *das* aber konnte ich tun, und das habe ich getan.«

Michelle Weaver, zu der fraglichen Zeit auf dem Weg zu ihrem Arbeitsplatz im Reisebüro zwei Häuser weiter, gab an, der Jüngere der beiden sei zwischen zweiundzwanzig und fünfundzwanzig Jahre alt, blond, nicht sehr groß und mit einer schlimmen Akne geschlagen gewesen. Die Mutter des Babys, Mrs. Wendy Gould, erklärte ebenfalls, der junge Typ sei blond gewesen, meinte aber auch, daß es sich um einen hochgewachsenen Burschen gehandelt habe, mindestens 1,85 Meter groß. Sharon Fraser glaubte sich zu erinnern, daß er blond und groß gewesen sei; besonders aber seien ihr seine hellblauen Augen aufgefallen. Alle drei Männer gaben an, der Junge sei klein oder allenfalls mittelgroß, mager und vielleicht zweiundzwanzig oder dreiundzwanzig gewesen. Wendy Gould erklärte, er habe krank gewirkt. Die andere Frau, Mrs. Margaret Watkin, sagte, der Bursche sei dunkelhaarig und klein gewesen und habe dunkle Augen gehabt. Alle waren sich darin einig, daß er einen Ausschlag im Gesicht gehabt habe, aber Margaret Watkin bezweifelte, daß es sich um Akne handelte. Mehr wie eine Menge kleiner Muttermale, meinte sie.

Der Komplize des jungen Mannes wurde einhellig als zehn oder, so Mrs. Watkin, zwanzig Jahre älter als der Bursche beschrieben. Er sei dunkelhaarig, ein paar sagten, dunkelhäutig gewesen und habe behaarte Hände gehabt. Als einzige gab Michelle Weaver an, daß er an der linken Wange einen Leberfleck gehabt habe. Sharon Fraser meinte, er sei sehr groß gewesen, während einer der Männer ihn als »Zwerg« bezeichnete und ein anderer erklärte, er sei »nicht größer als ein Jugendlicher« gewesen.

Ram Gopals Konzentration und die Bestimmtheit seiner Aussage flößten Wexford Vertrauen ein. Der Inder beschrieb den jungen Burschen als knapp 1,75 Meter groß, sehr mager, blauäugig, blond und mit Aknepusteln im Gesicht. Er habe Blue Jeans, ein dunkles T-Shirt beziehungsweise einen dunklen Pullover und eine schwarze Lederjacke getragen. Die Hände hätten in Handschuhen gesteckt, was keinem der anderen Zeugen zu erwähnen einficl.

Der Mann habe keine Handschuhe getragen. Seine Hände seien von dunklen Haaren bedeckt gewesen. Sein Kopfhaar sei dunkel, beinahe schwarz gewesen, der Ansatz schon weit zurückgetreten, er habe sozusagen eine »Denkerstirn« gehabt. Er sei mindestens fünfunddreißig Jahre alt und ähnlich wie der Bursche angezogen gewesen, abgesehen davon, daß seine Jeans dunkel gewesen sei, dunkelgrau oder dunkelbraun. Dazu habe er einen braunen Pullover angehabt.

Der junge Typ habe nur ein einziges Mal gesprochen: Als er Sharon Fraser anwies, ihm das Geld auszuhändigen. Sharon Fraser war nicht imstande, seine Stimme zu beschreiben. Nach Ram Gopals Meinung sprach der Junge weder Cockney noch ein gehobenes Englisch, sondern vermutlich einen Südlondoner Akzent. Er kannte sich allerdings mit englischen Akzenten nicht genau aus, wie Wexford entdeckte, als er ihn auf die Probe stellte und feststellte, daß der Inder einen Devonshire-Akzent mit einem aus Yorkshire verwechselte.

Und wie viele Leute waren in der Bank gewesen? Ram Gopal sagte, die Angestellten eingeschlossen, seien es fünfzehn gewesen. Sharon Fraser sprach von sechzehn Personen. Von den Bankkunden nannte einer die Zahl zwölf, ein anderer achtzehn.

Gleichgültig, wie viele oder wie wenige Personen sich in der Bank aufgehalten hatten, klar war, daß sich nicht alle auf die Appelle der Polizei hin gemeldet hatten. Von dem Moment an, als die Bankräuber den Tatort verließen, bis zum Eintreffen der Polizei hatten vielleicht nicht weniger als fünf Personen unauffällig die Bank verlassen, während sich die übrigen um den toten Martin drängten.

Sie hatten sich bei der erstbesten Gelegenheit verdrückt, und wer konnte es ihnen verdenken, zumal wenn sie nichts Taterhellendes beobachtet hatten? Wer wollte schon unnötig in polizeiliche Ermittlungen hineingezogen werden?

Die Polizei in Kingsmarkham mußte sich also damit abfinden, daß sich vier oder fünf Personen nicht gemeldet hatten, Leute, die vielleicht etwas wußten oder auch nicht, jedenfalls aber schwiegen und sich abseits hielten. Bei der Polizei wußte man lediglich, daß das Bankpersonal keinen der Betreffenden, vier oder fünf oder vielleicht auch nur drei, vom Sehen kannte. Soweit die Angestellten sich erinnern konnten. Weder Brian Price noch Ram Gopal oder Sharon Fraser konnten sich entsinnen, in der Schlange vor dem Schalter ein bekanntes Gesicht gesehen zu haben, abgesehen von den Stammkunden, die nach Martins Tod alle in der Bank geblieben waren.

Martin selbst hatten sie natürlich gekannt. Ebenso, unter anderen, Michelle Weaver und Wendy Gould. Sharon Fraser konnte nur eines sagen: Sie habe den Eindruck, daß die Bankkunden, die sich nicht gemeldet hatten, sämtlich Männer gewesen seien. Die sensationellste Aussage von einem der Zeugen kam von Michelle Weaver. Sie erklärte, gesehen zu haben, wie der Junge mit dem von Akne entstellten Gesicht im letzten Augenblick, ehe er türmte, seine Waffe fallen ließ. Er habe sie auf den Boden geworfen und sei davongerannt.

Burden konnte zunächst kaum glauben, daß sie von ihm erwartete, diese Aussage ernst zu nehmen. Sie erschien ihm bizarr. Von dem Vorgang, den Michelle Weaver beschrieb, hatte er irgendwo gelesen oder während seiner Ausbildung gehört. Es war eine klassische Mafia-Technik. Er meinte sogar, daß sie beide das gleiche Buch gelesen haben müßten.

Doch Michelle Weaver blieb dabei. Sie habe gesehen, wie die Waffe über den Fußboden geschliddert sei. Die anderen seien alle zu Martin hingestürzt, aber als letzte in der Reihe der Personen, die sich auf Geheiß des Gangsters hatten an die Wand stellen müssen, sei sie am weitesten von Martin entfernt gewesen, der ganz vorne gestanden habe.

Caleb Martin hatte die »Waffe« fallen lassen, mit der er seinen tapferen Versuch unternommen hatte. Sein Sohn Kevin identifizierte sie später als sein Eigentum; sein Vater habe sie ihm am Morgen im Auto weggenommen. Es war ein Spielzeug, die unpräzise, mehrere äußerliche Ungenauigkeiten aufweisende Nachbildung eines Militär- und Polizeirevolvers, Smith & Wesson Modell 10, mit einem neun Zentimeter langen Lauf.

Mehrere Zeugen hatten gesehen, wie Martins Waffe auf den Boden fiel. Ein Bauunternehmer namens Peter Kemp hatte neben ihm gestanden und sagte aus, Martin habe das Schießeisen im selben Augenblick fallen lassen, in dem ihn die Kugel traf.

»Könnte es Detective Sergeant Martins Waffe gewesen sein, die Sie gesehen haben, Mrs. Weaver?«

»Wie bitte?«

»Detective Sergeant Martin ließ die Waffe fallen, die er in der Hand hatte. Sie schlidderte zwischen den Füßen der Leute über den Fußboden. Könnten Sie sich getäuscht haben? Könnte das die Waffe gewesen sein, die Sie sahen?«

»Ich habe gesehen, wie der Junge sie auf den Boden warf.«

»Sie sagten, Sie hätten sie über den Boden schliddern sehen. Martins Revolver ist über den Boden geschliddert. Sind also zwei Revolver über den Boden geschliddert?«

»Das weiß ich nicht. Ich habe nur einen gesehen.«

»In der Hand des Burschen? Und dann haben Sie gesehen, wie er über den Boden geglitten ist? Haben Sie tatsächlich beobachtet, wie der Revolver aus der Hand des Jungen fiel?«

Sie war sich ihrer Sache nicht mehr sicher. Sie glaubte, es gesehen zu haben. Sie habe bestimmt den Revolver in der Hand des jungen Burschen und dann einen auf dem Fußboden gesehen, wie er zwischen den Füßen der Leute über den glänzenden Marmor glitt. Dann kam ihr ein Gedanke, der sie einen Augenblick lang verstummen ließ. Sie sah Burden mit einem festen Blick an.

»Vor Gericht würde ich nicht beschwören, daß ich es gesehen habe«, sagte sie.

In den folgenden Monaten wurde die Jagd auf die beiden Bankräuber auf das ganze Land ausgedehnt. Nach und nach tauchten sämtliche geraubten Geldscheine auf. Einer der beiden Männer kaufte einen Wagen, ehe die Nummern der betreffenden Banknoten öffentlich bekanntgegeben wurden, und zahlte einem ahnungslosen Gebrauchtwagenhändler sechstausend Pfund bar auf die Hand. Dies war der ältere, dunklere Typ. Der Autohändler gab eine detaillierte Beschreibung von ihm und nannte den Namen des Mannes. Beziehungsweise den Namen, den der Mann ihm angegeben hatte – George Brown. Fortan war er für die Polizei in Kingsmarkham George Brown.

Vom übrigen Geld kamen knapp zweitausend Pfund, eingewickelt in Zeitungspapier, auf einer städtischen

Müllkippe zum Vorschein. Die anderen sechstausend Pfund wurden nie gefunden. Vermutlich waren sie in Kleckerbeträgen ausgegeben worden. Damit war kein großes Risiko verbunden. Wenn man dem Mädchen an der Supermarktkasse zwei Zehner gibt, meinte Wexford, macht sie keine Stichprobe. Man muß sich nur davor hüten, ein zweites Mal reinzugehen.

Kurz vor Weihnachten fuhr Wexford nach Lancashire, um dort einen Mann zu vernehmen, der in Untersuchungshaft saß. Es war das Übliche. Wenn er sich kooperativ zeigte und nützliche Hinweise gab, könnte sich das bei seinem Prozeß durchaus positiv für ihn auswirken. Wie die Dinge lagen, mußte er damit rechnen, zu sieben Jahren Knast verdonnert zu werden.

Der Mann hieß James Walley, und er erzählte Wexford, daß er mit einem Typen, der George Brown hieß – sein richtiger Name –, ein Ding gedreht habe. Es war eine seiner früheren Straftaten, die er zu gestehen gedachte, um vor Gericht glimpflicher davonzukommen. Wexford suchte den richtigen George Brown in dessen Heim in Warrington auf. Er war schon vorgerückten Alters, wenn auch vermutlich jünger, als er wirkte, und er hinkte, da er einige Jahre zuvor bei einem Einbruchsversuch in einem mehrstöckigen Mietshaus von einem Gerüst gestürzt war.

Danach begann man bei der Polizei in Kingsmarkham von dem gesuchten Mann als dem a. (alias) George Brown zu sprechen. Von dem jungen Burschen mit der Akne gab es kein Zeichen, nicht einmal einen gemurmelten Hinweis. Er hätte so gut wie tot sein können, so wenig war über ihn zu erfahren.

A. George Brown tauchte im Januar wieder auf. Er war in Wirklichkeit ein gewisser George Thomas Lee und wurde im Verlauf eines Raubüberfalls in Leeds verhaftet. Diesmal übernahm es Burden, den Mann im Untersuchungsgefängnis aufzusuchen. Es war ein kleiner Mann, der schielte und einen karottenroten Bürstenhaarschnitt trug. Bei der Geschichte, die er Burden auftischte, ging es um einen pickeligen jungen Mann, den er in einem Pub kennengelernt und der sich dort gebrüstet habe, irgendwo in Südengland einen Polizisten umgebracht zu haben. Er nannte ein bestimmtes Pub, vergaß es dann wieder und gab ein anderes an, aber er kannte den vollen Namen und die Adresse des Burschen. Burden, bereits überzeugt, daß sich als Motiv hinter alledem nur Rachegelüste wegen irgendeiner läppischen Kränkung verbargen, fand den jungen Mann. Er war dunkelhaarig und hochgewachsen, ein arbeitsloser Laborant mit einem Leumund, der ebenso fleckenlos war wie sein Gesicht. Der junge Mann konnte sich nicht daran erinnern, a. George Brown in einem Pub kennengelernt zu haben, entsann sich aber, daß er die Polizei benachrichtigt hatte, als er an seiner letzten Arbeitsstätte einen Einbrecher entdeckte.

Martin war durch einen Schuß aus einem 357er oder 38er Kaliber getötet worden. Mit welchem der beiden Typen ließ sich nicht sagen, weil die Patrone zwar eine 38er war, für den 357er Colt Magnum aber Patronen beider Kaliber benützt werden können. Manchmal grübelte Wexford über diesen Revolver nach, und einmal träumte er, er sei in einer Bank und beobachte zwei Revolver, die über den Marmorboden glitten, während die Bankkunden wie Zuschauer im Eisstadion irgendeiner Darbietung zuschauten. *Magnums on Ice.*

Er suchte selbst Michelle Weaver auf, um sich mit ihr zu unterhalten. Sie war sehr entgegenkommend, nur zu willig, Auskunft zu geben, und ließ sich keinerlei Ungeduld anmerken. Doch inzwischen waren fünf Monate ins Land gegangen, und die Erinnerung an das, was sie an jenem Morgen, als Caleb Martin starb, gesehen hatte, war unvermeidlich verblaßt.

»Ich kann nicht gesehen haben, wie er die Waffe wegwarf, oder? Ich muß mir das wohl eingebildet haben. Wenn er sie auf den Boden geworfen hätte, wäre sie dort gelegen, und das war sie nicht, nur die, die der Polizeibeamte fallen ließ.«

»Es war zweifellos nur ein einziger Revolver da, als die Polizei eintraf.« Wexford sprach zu ihr im Plauderton, als verfügten sie beide über das gleiche Wissen, die gleichen Insider-Informationen. Sie taute auf und wurde selbstsicher. »Wir haben nichts außer dem Spielzeugrevolver gefunden, den Detective Sergeant Martin an diesem Morgen seinem Sohn weggenommen hatte. Keine Kopie, keine Nachbildung, ein Kinderspielzeug.«

»Dann war das wirklich ein Spielzeug, was ich gesehen habe?« sagte sie verwundert. »Sie machen sie täuschend echt nach.«

Eine andere Vernehmung im Plauderton, diesmal mit Barbara Watkin, förderte nicht viel mehr als ihren Eigensinn zutage. Halsstarrig hielt sie an ihrer Beschreibung des jungen Burschen fest.

»Ich erkenne Akne auf den ersten Blick. Mein ältester Sohn hatte schreckliche Akne. Das, was der Junge hatte, war was anderes. Ich hab Ihnen ja gesagt, es sah mehr aus wie Muttermale.«

»Vielleicht vernarbte Akneknötchen?«

»Ganz und gar nicht. Sie müssen sich diese erdbeerfarbenen Flecken vorstellen, die Leute so haben, nur daß sie bei ihm dunkelrot und alle klecksig waren, Dutzende davon.«

Wexford fragte daraufhin bei Dr. Crocker nach, und dieser sagte, niemand habe Muttermale, auf die diese Beschreibung paßten. Damit war der Fall erledigt.

Es gab nicht viel mehr zu sagen, nichts mehr zu fragen. Es war Ende Februar, als er sich mit Michelle Weaver unterhielt, und Anfang März, als Sharon Fraser mit etwas daherkam, was ihr an einem der Männer unter den Bankkunden, die sich nicht gemeldet hatten, aufgefallen war. Er habe in der Hand einen Packen Geldscheine gehalten, grüne Scheine. Es gab keine grünen britischen Banknoten, seit die Pfundnote mehrere Jahre zuvor durch eine Münze ersetzt worden war. Sonst sei ihr an dem Mann nichts aufgefallen, woran sie sich erinnere. »Hilft Ihnen das weiter?«

Wexford konnte nicht sagen, ob es ihm viel weiterhelfen werde. Aber Leute, die solchen Gemeinsinn an den Tag legen, soll man nicht entmutigen.

Sonst passierte nicht viel bis zum 11. März, als der Notruf kam.

3

»Sie sind alle tot.« Es war eine weibliche Stimme, und sie war jung, sehr jung. Sie sagte es noch einmal: »Sie sind alle tot.« Und dann: »Ich verblute.«

Die Telefonistin in der Notrufzentrale, obwohl kein Neuling in ihrem Job, sagte hinterher, es sei ihr bei diesen Worten kalt über den Rücken gelaufen. Sie hatte bereits routinemäßig die Frage gestellt, ob die Anrufende die Polizei, die Feuerwehr oder einen Krankenwagen wolle.

»Wo sind Sie?« fragte sie.

»Helfen Sie mir. Ich verblute.«

»Sagen Sie mir, wo Sie sind, die Adresse...«

Die Stimme begann eine Telefonnummer anzugeben.

»Die Adresse bitte...«

»Tancred House, Cheriton. Helfen Sie mir, bitte helfen Sie mir... Sorgen Sie dafür, daß sie rasch kommen...«

Es war 20.22 Uhr.

Der Forst, überwiegend mit Nadelbaumbestand, erstreckt sich über ein ungefähr hundertfünfzig Quadratkilometer großes Gebiet. Doch südlich davon hat sich ein Überrest des uralten Waldes von Cheriton erhalten, einer von sechs, die es im Mittelalter in der Grafschaft Sussex gab – außerdem die Wälder von Arundel, St Leonard's, Worth, Ashdown, Waterdown und Dallington. Von Arundel abgesehen, bildeten sie alle ein geschlossenes Waldgebiet von neuntausend Quadratkilometern, das sich der Angelsächsischen Chronik zufolge von Kent bis Hampshire erstreckte. Hier war Rotwild zu Hause, und im Herzen des Waldes lebten sogar Wildschweine.

Das kleine Gebiet, das sich davon erhalten hat, ist Mischwald mit Eichen, Eschen, Roß- und Edelkastanien, Birken und erlenblättrigem Schneebaum, das an den südlichen Hängen und der Umgrenzung eines privaten Landgutes steht. Hier, wo bis Anfang der dreißiger Jahre eine Parklandschaft gewesen war, in der Douglasien, Zedern und der seltenere Mammutbaum wuchsen und hin und wieder ein Wäldchen zu sehen war, war vom neuen Eigentümer des Guts ein neuer Wald angepflanzt worden. Die Straßen zum Herrenhaus, eine davon nicht mehr als ein breiter Pfad, winden sich durch den Forst, an manchen Stellen zwischen steile Böschungen gezwängt, an anderen durch Rhododendron-Gehölze, vorüber an hohem und gesundem Baumbestand.

Manchmal kann man zwischen den Bäumen Wild erblicken, hin und wieder auch rote Eichhörnchen. Der Birkhahn und im Winter die Kornweihen sind eine Seltenheit, die Dartford-Grasmücke dagegen kommt häufig vor. Im Spätfrühling, wenn der Rhododendron zu blühen beginnt, zeigen sich die langen Baumreihen in einem leuchtenden Hellrosa unter dem lichten Grün der ausschlagenden Birken. Die Nachtigall singt. Im März dagegen sind die Wälder noch dunkel, doch beginnt das junge Leben schon zu sprießen, und der Boden unter den Füßen ist von einem üppigen Ingwergold der Bucheckern verfärbt. Die Stämme der Buchen schimmern, als wäre die Rinde von Silber durchzogen. Doch nachts herrschen hier Dunkel und Schweigen. Eine tiefe abweisende Stille erfüllt den Wald.

Der Grund ist nicht von einem Zaun begrenzt, sondern von einer Hecke mit Toren aus rotem Zedernholz. Die meisten führen nur zu einfachen Pfaden, die nicht befahrbar sind, doch das Haupttor steht an einer Straße, die in nördlicher Richtung von der B 2428 abbiegt und Kingsmarkham mit Cambery Ashes verbindet. An einem Pfosten links vom Tor ist ein Wegweiser befestigt, eine einfache Holztafel mit der Aufschrift TANCRED HOUSE, PRIVATSTRASSE, BITTE DAS TOR SCHLIESSEN.

An diesem Dienstagabend, dem Abend des 11. März, 20.51 Uhr, war das Tor geschlossen. Detective Sergeant Vine stieg aus dem ersten Wagen und öffnete es, obwohl er einen höheren Rang bekleidete als die meisten anderen Beamten in den beiden Autos. Er war als Ersatzmann für Caleb Martin nach Kingsmarkham gekommen. Der Konvoi bestand aus drei Fahrzeugen – das letzte war der Krankenwagen. Vine ließ alle die Einfahrt passieren und schloß dann das Tor. Man konnte hier nicht sehr schnell fahren, doch Pemberton tat sein möglichstes.

Später erfuhren sie, daß diese Straße, die sie von da an täglich benutzten, immer schon als Hauptzufahrt diente.

Es war dunkel, zwei Stunden nach Sonnenuntergang. Die letzte Straßenlaterne war achtzig Meter vom Tor entfernt an der B 2428. Schwaden grünlichen Nebels zogen umher. Die Baumstämme bildeten graue Pfeilerkolonnaden, die von dem Dunst eingehüllt wurden.

Niemand sprach ein Wort. Der letzte, der etwas geäußert hatte, war Barry Vine gewesen, als er erklärte, daß er aussteigen und das Tor öffnen werde. Detective Inspector Burden schwieg. Er überlegte, was sie in Tancred House vorfinden mochten, dachte sich dann aber, daß es sinnlos sei, Spekulationen anzustellen. Pemberton hatte nichts zu sagen und fand auch, daß es nicht ihm zustände, eine Unterhaltung zu beginnen.

In dem Transporter hinter ihnen saßen der Fahrer,

Gerry Hinde, ein Mann von der Spurensicherung namens Archbold, ein Fotograf, Milson mit Namen, und eine Polizeibeamtin, Detective Constable Karen Malahyde. In dem Rettungswagen folgten eine Frau und ein Mann, die Frau saß am Steuer.

Der Konvoi fuhr, abgesehen von dem Motorengeräusch der drei Fahrzeuge, lautlos dahin. Er wand sich zwischen hohen baumbestandenen Böschungen dahin und dann wieder über ebene, sandbedeckte Flächen. Warum die Straße diese Windungen beschrieb, war ein Geheimnis, denn der Hügel stieg nur flach an, ohne jedes Hindernis, außer vielleicht vereinzelten Baumriesen, von denen in der Dunkelheit freilich nichts zu sehen war.

Die Marotte eines »Waldbegründers«, dachte Burden. Er versuchte sich zu erinnern, ob er schon einmal in diesen Wäldern gewesen war, aber er kannte die Gegend nicht sehr gut. Natürlich wußte er, wer der derzeitige Eigentümer war, jeder in Kingsmarkham wußte das. Dann beschäftigte ihn der Gedanke, ob Wexford die Nachricht bereits erhalten hatte, die sie ihm hinterlassen hatten; ob der Chief Inspector ihnen vielleicht schon folgte.

Vine blickte angestrengt zum Seitenfenster hinaus. Er drückte die Nase an die Scheibe, als gäbe es draußen etwas zu sehen außer der Dunkelheit, dem Dunst und den Straßenrändern vor ihnen, die gelblich glänzten und im Scheinwerferlicht naß wirkten. Keine Augen schauten aus der Tiefe des Waldes, keine Zwillingspunkte, grün oder golden, und kein Vogel, kein anderes Tier regte sich. Selbst der Himmel war hier nicht zu erkennen. Die Baumkronen schienen eine geschlossene Decke zu bilden.

Burden hatte gehört, daß es auf dem Gut Cottages gab, Häuschen, in denen das Personal von Davina Flory untergebracht war. Sie befanden sich inzwischen sicher in der Nähe von Tancred House, nicht weiter als fünf Minuten Fußmarsch davon entfernt, aber sie kamen an keinem Tor vorüber, kein Pfad zweigte ab, und nirgends war ein Licht zu sehen. London lag nur achtzig Kilometer entfernt, und trotzdem hatte man den Eindruck, im Norden Kanadas oder in Sibirien zu sein. Der Wald schien kein Ende zu nehmen. Baumreihe folgte auf Baumreihe, manche Bäume an die fünfzehn Meter hoch, andere erst bis zur Hälfte ausgewachsen. Nach jeder Biegung meinte man, daß hinter der nächsten Tancred House auftauchen mußte, und sah sich dann doch getäuscht.

Burden beugte sich nach vorne und sagte zu Pemberton mit einer Stimme, die in der Stille laut klang: »Wie weit liegt das Tor jetzt schon hinter uns?«

Pemberton schaute nach. »Fast vier Kilometer, Sir.«

»Verdammt weit, nicht?«

»Fünf Kilometer nach der Karte«, sagte Vine. Er hatte eine weißliche Druckstelle an der Nase, dort, wo er sie gegen die Scheibe gepreßt hatte.

»Es kommt mir vor wie Stunden«, knurrte Burden vor sich hin und spähte hinaus, auf die Bäume, die kein Ende nehmen wollten, als das Herrenhaus in Sicht kam. Der Anblick ließ es den Männern kalt den Rücken hinunterlaufen.

Der Wald trat plötzlich zurück, als würde ein Vorhang geöffnet, und da stand Tancred House, beleuchtet wie ein Bühnenbild, im grünlichen, kalten Mondlicht. Das Ganze hatte eine dramatische Wirkung. Das Haus schien in einem strahlenden Licht aus einem dunklen Abgrund aufzusteigen. Die Fassade selbst war mit orangefarbenen Lichtflecken gesprenkelt: den Quadraten und Rechtecken erleuchteter Fenster.

Nicht Licht hatte Burden erwartet, sondern trostloses Dunkel. Die Szene vor seinen Augen war wie die einleitende Aufnahme von einem Märchen, das auf einem abgelegenen Schloß spielte, einem Film über Dornröschen. Musik hätte dazu gehört, eine sanfte, aber unheimliche Melodie mit Hörnern und Pauken. Die Stille gab einem das Gefühl, daß etwas ganz Wesentliches fehlte, daß irgend etwas schrecklich fehlgeschlagen war. Der Ton war weg, ohne daß die Lampensicherungen durchbrannten. Burden sah, wie der Wald wieder näher herantrat, als die Straße noch eine weitere Kurve beschrieb. Ungeduld ergriff ihn. Am liebsten wäre er hinausgesprungen und auf das Haus zugerannt, um sich gewaltsam Zugang zu verschaffen und das Grauen vor sich zu sehen, um zu sehen, was dieses Grauenvolle war, doch er blieb verdrossen auf seinem Platz sitzen.

Dieser erste kurze Blick war aber nur ein Vorgeschmack gewesen. Die Straße führte jetzt über ein grasbewachsenes Stück flachen Geländes, auf dem ein paar große Bäume standen. Die Insassen der Fahrzeuge fühlten sich sehr exponiert, als wären sie die Vorhut einer Invasionsstreitmacht, die einem Hinterhalt entgegenfährt. Das Haus vor ihnen war nun in aller Klarheit zu sehen, ein ländliches Herrenhaus, anscheinend georgianisch, abgesehen von dem steil aufsteigenden Dach und den Kaminen, die wie Kerzenleuchter wirkten. Alles in allem machte Tancred House einen weitläufigen und imposanten, aber auch bedrohlichen Eindruck.

Eine niedrige Mauer trennte den Vorhof des Hauses vom übrigen Gutsgelände. Die Straße, auf der sie kamen, führte direkt auf die Mauer zu. Kurz bevor sie diese passierten, zweigte links noch ein Sträßchen ab, das wahrscheinlich zu einem der Seitenflügel oder an die Rückseite von Tancred House führte. Die Mauer selbst verbarg die Flutlichter.

»Fahren Sie geradeaus weiter«, sagte Burden.

Hinter zwei steinernen Mauerpfosten mit Glockenkapitellen öffnete sich eine weite Fläche, die mit Portlandsteinen gepflastert war. Die goldbraunen Steine waren so dicht gefügt, daß nicht einmal Moos zwischen ihnen hätte sprießen können. Genau in der Mitte dieses Vorhofs befand sich ein großes, rundes Becken, in dessen Mitte sich ein Inselchen mit einer Statuengruppe erhob – ein Mann, ein Baum, ein Mädchen in grauem Marmor –, die von Blumen und großblättrigen Pflanzen aus verschiedenfarbigem Marmor umrankt war. Vielleicht diente das Ganze als Springbrunnen. Im Augenblick war die Wasserfläche jedoch glatt und unbewegt.

Geformt wie ein »E« ohne Querbalken oder wie ein Rechteck, dem eine Langseite fehlt, stand das Haus ohne jeden Zierat am Ende dieser weiten Steinfläche. Keine Kletterpflanze rankte sich an der verputzten Fassade hoch, kein Strauch wuchs so nahe, daß er das Rustika-Mauerwerk beeinträchtigen konnte. Die Bogenlampen auf dieser Seite der Mauer tauchten jede zarte Linie und jede winzige Vertiefung in der Oberfläche in helles Licht.

Überall brannten die Lampen, in den beiden Seitenflügeln, im Haupttrakt und in der Galerie darüber. Sie glühten hinter zugezogenen Vorhängen, rosig, orangefarben oder grün, entsprechend der Vorhangfarbe. Das Licht der Bogenlampen konkurrierte mit diesen weicheren, wärmeren Farben, konnte sie aber nicht ganz überstrahlen. Alles war absolut regungslos, kein Windhauch wehte, so daß man glaubte, nicht nur die Luft, sondern auch die Zeit selbst wäre zum Stillstand gekommen.

Der Konvoi fuhr links an dem Becken vorbei auf den Eingang zu. Burden und Vine stießen die Wagentüren auf. Vine war als erster am Eingang, den man über zwei breite, flache Stufen erreichte. Sollte es jemals einen Vorbau gegeben haben, war er inzwischen verschwunden, und zu beiden Seiten der Türe waren nur ein paar nicht kannellierte, in die Mauer eingelassene

Säulen geblieben. Die Flügel der Haustüre selbst waren schimmernd weiß und glänzten im grellen Licht der Bogenlampen so stark, als wäre die Farbe noch feucht. Um die Klingel zu betätigen, mußte man an einem schmiedeeisernen Stab ziehen, der an eine Zuckerstange erinnerte. Der Ton, der darauf entstand, mußte durch das Haus gehallt haben, denn er war selbst für die Sanitäter, die beinahe zwanzig Meter weiter weg aus ihrem Rettungswagen stiegen, deutlich zu vernehmen.

Vine zog ein zweites und drittes Mal und griff dann nach dem schweren Türklopfer aus Messing. In Gedanken bei der Stimme, die so dringend um Hilfe gefleht hatte, warteten sie auf ein Geräusch. Aber es tat sich nichts. Kein Wimmern, kein Flüstern. Stille. Burden ließ den Türklopfer auf die Platte knallen und drückte mehrmals die Klappe des Briefeinwurfs nach innen, so daß sie laut zurückschlug.

»Wir werden uns mit Gewalt Zugang verschaffen müssen«, sagte Burden.

Niemand kam im Augenblick auf die Idee, daß es einen Hintereingang oder vielleicht sogar mehrere unverschlossene Türen auf der Rückseite des Hauses geben mochte.

Aber wo? Vier breite Fenster flankierten den Vordereingang, zwei auf jeder Seite. Wenn man durchspähte, sah man eine Art Vorhalle mit Lorbeerbäumen und Lilien in Kübeln auf einem gesprenkelten weißen Marmorboden. Die Blumen schimmerten im Licht zweier Kandelaber. Was sich hinter einem gemauerten Bogen verbarg, war nicht zu erkennen. Es sah warm und friedlich aus da drinnen, es wirkte kultiviert, ein wohl ausgestatteter, vornehmer Wohnsitz, das Zuhause reicher, luxusliebender Menschen. In der Vorhalle stand an einer Wand eine zum Teil vergoldete Mahagonikonsole, daneben nachlässig hingestellt ein zerbrechlich wirkender Stuhl mit einem roten Samtpolster. Aus einem chinesischen Topf auf dem Tisch quollen lange Triebe einer kriechenden Pflanze.

Burden entfernte sich vom Hauseingang und trat auf den weiten Vorhof. Die Beleuchtung war so grell, als hätte sich der Mond in einem Spiegel am Himmel verdoppelt. Hinterher meinte Burden zu Wexford, die Helligkeit habe alles noch schlimmer gemacht. Dunkelheit wäre passender gewesen, damit wäre er besser zurechtgekommen.

Er näherte sich dem Westflügel, wo ein schwach gerundetes Erkerfenster nur ein paar Fuß über dem Boden begann. Von innen drang gedämpftes grünes Licht ins Freie. Die Vorhänge waren zugezogen, ihr blasses Futter der Fensterscheibe zugekehrt, doch Burden vermutete, daß sie auf der Sichtseite aus grünem Samt waren. Später sollte er sich fragen, welcher Instinkt ihn zu diesem Fenster geführt und veranlaßt hatte, es nicht mit einem der Fenster neben dem Eingang zu probieren.

Ein dunkles Vorgefühl hatte ihm gesagt, daß er hier richtig sei. Dort drinnen war, was es zu entdecken galt. Er versuchte durch den messerrückenschmalen, vom Licht erhellten Spalt zwischen den Vorhängen zu schauen, erkannte aber nichts, weil ihn die Helligkeit blendete. Die anderen standen stumm dicht hinter ihm.

»Schlagen Sie das Fenster ein!« wies er Pemberton an. Pemberton machte sich gelassen ans Werk und schlug mit einem Schraubenschlüssel aus dem Wagen eine der ziemlich großen, rechteckigen Scheiben in der Mitte des Erkerfensters ein. Mit der Hand fuhr er durch die Öffnung, schob den Vorhang beiseite, öffnete den Verschluß am unteren Teil des Schiebefensters und schob ihn nach oben. Burden zog den Kopf ein und kletterte als erster hinein, gefolgt von Vine. Schwerer, dicker Stoff umgab ihre Köpfe. Entschlossen schoben sie den Vorhang zur Seite, so daß die Ringe mit einem schwachen Klingeln über die Stange glitten.

Sie standen vielleicht einen Meter von dem Fenster entfernt, auf einem dicken Teppich, und sahen, was zu sehen sie gekommen waren. Vine sog mit einem scharfen Geräusch die Luft ein. Niemand sonst gab einen Ton von sich. Pemberton stieg durch das Fenster und nach ihm Karen Malahyde. Burden trat beiseite, um ihnen Platz zu machen. Er stieß keinen Schrei aus. Er schaute geradeaus. Fünfzehn Sekunden vergingen. Seine Augen begegneten Vines starrem, leerem Blick. Er drehte sogar den Kopf um und registrierte – als wäre er in einer anderen Welt –, daß die Vorhänge tatsächlich aus grünem Samt waren. Dann blickte er wieder zu dem Eßtisch hin.

Es war ein großer Tisch, beinahe drei Meter lang, bedeckt mit einem Tischtuch und darauf Gläser und Silber. Speisen waren aufgetragen, und das Tischtuch war rot. Es sah aus, als wäre es rot gedacht, aus scharlachfarbenem Damast, nur war das dem Fenster nächstgelegene Stück weiß. Die rote Flut war nicht so weit vorgedrungen.

Auf der Stelle mit dem tiefsten Scharlachrot lag jemand vornüber zusammengebrochen, eine Frau, die an dem Tisch gesessen oder gestanden hatte. Gegenüber der Körper einer anderen Frau, gegen die Stuhllehne zurückgeworfen. Der Kopf hing ihr im Genick, das lange schwarze Haar floß herab, und ihr Kleid hatte die gleiche rote Farbe wie die Tischdecke, als hätte sie es passend dazu gewählt.

Diese beiden Frauen hatten exakt in der Tischmitte einander gegenübergesessen. Die Gedecke zeigten, daß zwei weitere Personen am Kopf- und am Fußende gesessen hatten. Doch nur die beiden Frauenkörper waren zu sehen und die scharlachrote Fläche zwischen ihnen.

Es stand außer Frage, daß die beiden Frauen tot waren. Die ältere, deren Blut das Tischtuch rot gefärbt hatte, hatte eine Schußwunde an einer Schläfe. Man konnte es feststellen, ohne sie zu berühren. Die Hälfte des Kopfes und des Gesichts waren grausig zugerichtet.

Die andere war in den Hals geschossen worden. Ihr seltsamerweise unversehrtes Gesicht war weiß wie Wachs. Die Augen standen weit offen und starrten zur Decke, wo ein paar dunkle Spritzer, vielleicht Blut, zu sehen waren. Blut war an den dunkelgrün tapezierten Wänden, den goldgrünen Lampenschirmen zu erkennen, hatte auf dem dunkelgrünen Teppich schwarze Flecke hintcrlassen. Ein roter Tropfen hatte ein Bild an der Wand getroffen, war über die grob aufgetragene fahle Ölfarbe gelaufen und getrocknet.

Auf dem Tisch standen drei Teller mit Speisen. Auf zweien davon war das Essen, wenn auch kalt geworden und etwas eingetrocknet, als Essen erkennbar. Der dritte war mit Blut überschwemmt, als hätte jemand eine ganze Flasche Soße für irgendeine Horrormahlzeit darüber entleert.

Zweifellos stand auf dem Tisch noch ein vierter Teller. Der zerschossene Kopf der Frau, deren Körper nach vorne gesackt war, war darauf gesunken. Ihr dunkles, von grauen Strähnen durchzogenes Haar hatte sich aus dem Knoten im Nacken gelöst und lag zwischen einem Salzstreuer, einem umgestürzten Glas und einer zerknüllten Serviette ausgebreitet. Eine zweite blutgetränke Serviette lag auf dem Teppich.

Ein Servierwagen mit Speisen war dicht zu dem Platz gezogen worden, den die jüngere Frau einnahm, die, deren Haar über die Stuhllehne hing. Auch hier war alles mit Blut besudelt.

Es war eine Ewigkeit her, daß es Burden bei einem derartigen Bild übel geworden war. Andererseits: Hatte er jemals schon einmal eine solche Szene gesehen? Er empfand ein Gefühl der Leere im Kopf, als hätte es ihm die Sprache verschlagen, als wären angesichts dessen alle Worte sinnlos. Und obwohl es in dem Haus warm war, empfand er plötzlich eine eisige Kälte. Er legte die Finger der linken Hand in die rechte und spürte, daß sie kalt waren wie Eis.

Burden stellte sich den Krach, das Getöse vor, mit dem sich der Lauf der Waffe entleert haben mußte – einer Flinte, eines Jagdgewehrs oder eines noch schwereren Kalibers? Den Lärm, der die Ruhe in diesem friedlichen, warmen Raum brutal unterbrach. Und diese Menschen, wie sie plaudernd dasaßen, das Essen halb verzehrt, und auf schreckliche Weise aus der Ruhe gerissen wurden ... Er drehte sich um und tauschte mit Barry Vine einen kurzen Blick. Beiden war bewußt, daß aus ihren Augen Bestürzung, Übelkeit am Rande des Erbrechens sprachen. Sie starrten fassungslos auf das Bild, das sich ihnen darbot.

Burden merkte, daß er sich steif bewegte, als hätte er bleierne Gewichte an Füßen und Händen. Seine Kehle war wie zugeschnürt, während er durch die offenstehende Speisezimmertür langsam in das Innere des Hauses ging. Hinterher, mehrere Stunden später, fiel ihm ein, daß er währenddessen den Anruf der Frau ganz vergessen hatte. Der Anblick der Toten hatte bewirkt, daß er die Lebenden vergaß, die möglicherweise noch Lebenden ...

Er trat in eine imposante Halle, deren Decke den Blick auf die Lichtkuppel hoch oben in der Mitte des Daches freigab und die gleichfalls von mehreren Lampen, allerdings weniger hell, erleuchtet war. In diesem Raum standen Lampen mit silbernen Sockeln und Lampen mit Sockeln aus Glas und Keramik, die Schirme aprikosen- oder elfenbeinfarben. Der Boden bestand aus blankpoliertem Holz, auf dem kleine Teppiche verteilt waren, die Burden orientalisch vorkamen, Läufer und Brücken mit fliederfarbenen, roten, braunen und goldenen Mustern. Aus dieser Halle führte eine Treppe nach oben, die sich im ersten Stock zweiteilte und von einer Galerie mit ionischen Geländersäulen weiter nach oben führte. Am Fuß der Treppe lag quer über den untersten Stufen die Leiche eines Mannes.

Auch er war erschossen worden – in die Brust getroffen. Der Treppenläufer war rot, und das Blut, das ihn befleckt hatte, erinnerte an dunkle Weinflecken. Burden holte tief Luft, merkte, daß er sich die Hand vor den Mund hielt, und senkte sie energisch. Er blickte langsam und konzentriert um sich und bemerkte, daß sich in einer Ecke am anderen Ende der Halle etwas regte.

Das scheppernde, klappernde Geräusch, das plötzlich zu hören war, bewirkte, daß sich seine Stimme löste. Diesmal stieß er doch einen Schrei aus.

»Großer Gott!« Seine Stimme kam gequält heraus, als umklammere eine Hand seine Kehle.

Er hatte einen Telefonapparat entdeckt, der durch irgendeine unfreiwillige, heftige Bewegung auf den Boden gerissen worden war. Aus der dunkelsten Ecke der Halle, wo keine Lampe stand, kroch etwas auf ihn zu. Es gab ein Stöhnen von sich. Es hatte sich in der Telefonschnur verheddert, und dahinter rutschte und tanzte der Apparat über das polierte Eichenholz. Er tanzte und hüpfte wie ein Spielzeug, das von einem Kind an einer Schnur gezogen wird.

Sie war kein Kind mehr, allerdings, wie sich zeigte, nicht viel älter – ein Mädchen, das auf allen vieren auf ihn zukroch und mit den bestürzten, unartikulierten Jammerlauten eines verwundeten Tieres zu seinen Füßen zusammenbrach. Sie war über und über mit Blut bedeckt, das ihr langes Haar verklebt, ihre Kleider durchtränkt, an ihren Armen rote Streifen hinterlassen hatte. Sie hob das Gesicht, das mit Blut verschmiert war, als hätte sie die Finger hineingetaucht und sich die Haut damit bemalt.

Zu seinem Entsetzen bemerkte Burden, daß aus einer Wunde links oben an ihrer Brust noch immer Blut quoll. Er ließ sich vor dem Mädchen auf die Knie fallen.

Sie begann zu sprechen. Die Worte kamen in einem halb erstickten Flüsterton. »Helfen Sie mir, helfen Sie mir ...«

4

Bereits zwei Minuten später war der Rettungswagen unterwegs zum Krankenhaus in Stowerton. Diesmal war das Blaulicht eingeschaltet, und die Sirene kreischte durch die dunklen stillen Wälder.

Der Wagen fuhr so schnell, daß der Fahrer scharf bremsen und ausweichen mußte, um nicht mit Wexford zusammenzustoßen, der fünf Minuten nach neun Uhr von der B 2428 Richtung Tancred House abbog.

Die Nachricht hatte ihn erreicht, als er mit seiner Frau, seiner Tochter und deren Freund in einem neuen italienischen Restaurant in Kingsmarkham, das den Namen *La Primavera* trug, beim Abendessen saß. Sie waren mitten im Hauptgang gewesen, als sein Portable zu wimmern begann und ihn, wie er hinterher dachte, auf eine seltsam abrupte Art davor bewahrte, etwas zu tun, was er vielleicht bereut hätte. Ein rasches Wort zu Dora und ein recht beiläufiger Abschied von den anderen, und schon war er zur Tür hinaus. Sein Marsala-Schnitzel blieb ungegessen auf dem Teller zurück.

Dreimal hatte er versucht, Tancred House zu erreichen, aber jedesmal war besetzt gewesen. Als der von Donaldson gesteuerte Wagen die erste Biegung der schmalen Straße durch den Wald passiert hatte, versuchte er es noch einmal. Diesmal war der Anschluß frei, und am Apparat meldete sich Burden.

»Der Hörer war nicht auf der Gabel. Er war auf den Boden gefallen. Drei Tote. Erschossen. Sie müssen dem Rettungswagen mit dem Mädchen begegnet sein.«

»In welcher Verfassung ist sie?«

»Kann ich nicht sagen. Sie war bei Bewußtsein, aber ziemlich schlimm zugerichtet.«

»Haben Sie mit ihr gesprochen?«

»Natürlich«, sagte Burden. »Es ging nicht anders. Sie sind zu zweit ins Haus gekommen, aber sie hat nur einen gesehen. Sie sagt, es war acht Uhr, als es passiert ist, oder kurz danach, ein, zwei Minuten nach acht. Mehr brachte sie nicht heraus.«

Wexford schob das Telefon wieder in die Tasche. Die Uhr am Armaturenbrett zeigte ihm, daß es zwölf Minuten nach neun war. Als ihn der Anruf erreichte, war er nicht so sehr mißgelaunt als irritiert gewesen und in einer niedergeschlagenen Stimmung, die immer ärger wurde. An dem Tisch im *La Primavera* hatte er gegen Antipathie, ja, richtiggehenden Abscheu anzukämpfen begonnen. Und dann, als er zum dritten- oder viertenmal eine scharfe Bemerkung zurückhielt, die ihm auf der Zunge lag, und sich um Sheilas willen zusammenriß, hatte sein Telefon geklingelt. Dann schob er die Erinnerung an den quälenden Abend beiseite; jetzt mußte alles vor dem Massaker in Tancred House zurücktreten.

Das beleuchtete Herrenhaus tauchte zwischen den Bäumen auf, wurde von der Dunkelheit verschluckt und erschien wieder, als Donaldson den Wagen auf den Vorhof steuerte und zwischen den anderen Fahrzeugen zum Stehen brachte.

Der Eingang stand offen. Wenn man das Haus durch die Vorhalle betrat, gelangte man von dort direkt in die große Halle, wo Blut auf dem Boden und auf den Teppichbrücken zu sehen war. Blut bildete einen Archipel von Inseln auf dem blassen Eichenboden. Als Barry Vine zu ihm herauskam, erblickte Wexford die Leiche eines Mannes auf den unteren Treppenstufen.

Wexford trat näher und sah sie sich an. Es war ein etwa sechzigjähriger, großer, schlanker Mann. Er hatte ein einnehmendes Gesicht mit feinen Zügen, des Typus', der gewöhnlich sensibel genannt wird. Das Gesicht war jetzt wächsern und gelblich. Der Unterkiefer hing herab. Die blauen Augen standen offen und blickten starr. Blut hatte sein weißes Hemd scharlachrot gefärbt und auf seiner dunklen Jacke noch dunklere Flecke hinterlassen. Er war für den Abend gekleidet, in Anzug und Krawatte, und der Killer hatte ihn von vorne aus kurzem Abstand in Brust und Kopf geschossen. Der Kopf war eine blutige Masse, das dichte, weiße Haar bräunlich verklebt.

»Wissen Sie, wer das ist?«

Vine schüttelte den Kopf. »Müßte ich es wissen, Sir? Ich nehme an, der Typ, dem das Haus hier gehört.«

»Es ist Harvey Copeland, ehemaliger Abgeordneter für die Southern Boroughs und Ehemann von Davina Flory. Sie sind ja noch nicht lange hier, aber von Davina Flory haben Sie wohl schon gehört, nicht?«

»Ja, Sir, natürlich.«

Bei Vine wußte man nie, wie man dran war. Hatte er schon von ihr gehört oder nicht? Dieses völlig ausdruckslose Gesicht, die ruhige Art, die unerschütterliche Gelassenheit.

Wexford trat in das Speisezimmer und versuchte sich dabei auf das gefaßt zu machen, was ihn erwarten mochte. Trotzdem hielt er die Luft an, als er die Szene vor sich sah. Niemand wird jemals völlig abgehärtet. Es würde nie so weit mit ihm kommen, daß er solche Bilder mit Gleichgültigkeit betrachten konnte.

Burden war mit dem Fotografen in dem Zimmer. Archbold von der Spurensicherung maß kniend Entfernungen ab und machte sich Notizen. Aus dem Polizeilabor waren zwei Techniker eingetroffen. Archbold stand auf, als Wexford hereinkam, aber dieser bedeutete ihm mit einer Handbewegung, daß er weitermachen solle.

Als er sich dazu überwunden hatte, seinen Blick ein paar Sekunden auf den Leichen der beiden Frauen verweilen zu lassen, sagte er zu Burden: »Das Mädchen – erzählen Sie mir alles, was sie gesagt hat.«

»Daß sie zu zweit waren. Es war gegen acht. Sie sind in einem Wagen gekommen.«

»Wie käme man sonst hier heraus?«

»Von oben hätten sie Geräusche gehört. Der Mann, der draußen tot auf der Treppe liegt, sei hinausgegangen, um nachzusehen.«

Wexford ging um den Tisch herum und blieb neben der toten Frau stehen, deren Kopf und aufgelöstes Haar über der Stuhllehne hingen. Von dort aus sah er die Frau gegenüber aus einem anderen Blickwinkel. Er betrachtete die Überreste des Gesichts, das mit der linken Wange auf einen blutgefüllten Teller gesunken war, der auf dem geröteten Tischtuch stand.

»Das ist Davina Flory?«

»Ich dachte mir, daß sie es sein muß«, sagte Burden leise. »Und der Tote draußen auf der Treppe ist zweifellos ihr Ehemann.«

Wexford nickte. Ein ungewohntes Gefühl überkam ihn, gewissermaßen Ehrfurcht. »Und wer ist das? Hatte sie nicht eine Tochter?«

Die andere Frau war vielleicht Mitte vierzig gewesen. Ihre Augen und ihr Haar waren schwarz. Ihre Haut, weiß und blutleer, ließ einen fast glauben, daß sie noch lebte. Vermutlich war sie sehr blaß gewesen. Sie war mager, und ihre Kleidung erinnerte an eine Zigeunerin in weit geschnittenen, gemusterten Baumwollsachen mit Perlen und Ketten. Alles war überwiegend in Rottönen gewesen, aber nicht so rot, wie es jetzt aussah.

»Es muß sicher einen Höllenlärm gemacht haben, diese Geschichte.«

»Vielleicht hat jemand was gehört«, sagte Wexford. »Auf dem Gut müssen noch mehr Leute leben. Irgend jemand muß schließlich für Davina Flory und ihren Mann und ihre Tochter die Hausarbeit gemacht haben. Ich bin sicher, gehört zu haben, daß eine Haushälterin und wohl auch ein Gärtner hier wohnen, in gutseigenen Cottages.«

»Darum hab ich mich schon gekümmert. Karen und Gerry sind losgezogen und versuchen gerade, sie ausfindig zu machen. Sie werden ja bemerkt haben, daß man bei der Anfahrt an keinem Gebäude vorbeikommt.«

Wexford wanderte um den Tisch herum, zögerte und kam dann der toten Davina Flory näher als zuvor. Ihr üppiges schwarzes Haar, von weißen Strähnen durchzogen, lag ausgebreitet wie blutbespritzte Blumenranken. Die Schulter ihres Kleides aus roter Seide, das sich eng an ihre magere Figur schmiegte, zeigte einen riesigen schwärzlichen Fleck. Ihre Hände lagen auf dem rotgefärbten Tischtuch, als gehörten sie einer Frau, die an einer Seance teilnimmt. Es waren außergewöhnlich lange, schmale Hände, wie man sie, außer an orientalischen Frauen, nur selten zu sehen bekommt. Das Alter hatte sie kaum gezeichnet, oder aber der Tod hatte die Adern bereits schrumpfen lassen. Die Hände trugen keinen Schmuck bis auf einen schlichten goldenen Ehering an der linken. Die andere hatte sich im Sterben halb geschlossen, als die Finger ein Stück blutigen Damast umklammerten.

Wexfords Gefühl der Ehrfurcht verstärkte sich noch. Er war zurückgetreten, um dieses Schreckensbild insgesamt in sich aufzunehmen, als die Tür krachend aufflog und der Pathologe hereinkam. Kurz zuvor hatte Wexford draußen einen Wagen vorfahren hören, aber angenommen, es handle sich nur um Gerry Hinde und Karen Malahyde, die zurückkamen. Statt dessen war Dr. Basil Sumner-Quist eingetroffen, ein Mann, den Wexford nicht ausstehen konnte. Sir Hilary Tremlett wäre ihm viel lieber gewesen.

»O je, o je!« sagte Sumner-Quist, »weit ist es mit den Großen gekommen!«

Schlechter Geschmack, nein, schlimmer als das, ein empörender, abstoßender Mangel an Geschmack war typisch für den Pathologen. Einmal hatte er einen Erdrosselten einen »saftigen kleinen Leckerbissen« genannt.

»Ich nehme an, das ist sie, ja?« Er stupste in die blutbeflecke Seide über dem Rücken der Toten. Das Verbot, Leichen zu berühren, mochte für alle anderen gelten, er war davon ausgenommen. »Wir nehmen es an«, sagte Wexford und zügelte den mißbilligenden Ton in seiner Stimme, so gut es ging. Er hatte an diesem Abend schon genug Mißbilligung zum Ausdruck gebracht. »Das ist höchstwahrscheinlich Davina Flory. Der Mann draußen auf der Treppe ist ihr Ehemann Harvey Copeland, und wir vermuten, daß dies hier ihre Tochter ist. Wie sie heißt, weiß ich nicht.«

»Sind Sie fertig?« sagte Sumner-Quist zu Archbold.

»Ich kann ja noch mal kommen, Sir.«

Der Fotograf machte eine letzte Aufnahme und verließ hinter Archbold und den Männern vom Labor den Raum. Sumner-Quist machte sich unverzüglich an die Arbeit. Er packte den Schopf von Davina Flory und hob den Kopf in die Höhe. Die zerstörte Hälfte des Gesichts war jetzt abgewandt, und ein edles Profil kam zum Vorschein: eine majestätisch hohe Stirn, eine gerade Nase, ein breit geschwungener Mund, alles von tausend feinen Linien und tieferen Falten umgeben.

»Das war Kindsraub, als sie sich ihn geschnappt hat, oder nicht? Sie muß doch mindestens fünfzehn Jahre älter gewesen sein.«

Wexford senkte leicht den Kopf.

»Ich habe gerade ihr Buch gelesen, Teil eins der Autobiographie. Ein ereignisreiches Leben, könnte man sagen. Teil zwei muß für immer ungeschrieben bleiben.

Aber nach meiner bescheidenen Meinung gibt es ohnehin zu viele Bücher auf der Welt.« Der Pathologe stieß ein schrilles, wieherndes Lachen aus. »Ich habe sagen hören, daß sich die Frauen im Alter alle in Ziegen oder Äffinnen verwandeln. Die hier war eine Äffin, würde ich sagen, finden Sie nicht auch? Kein schlaffer Muskel zu sehen.«

Wexford ging aus dem Zimmer. Er merkte, daß ihm Burden folgte, blickte sich aber nicht um. Der Zorn, der sich in dem italienischen Restaurant in ihm zusammengebraut hatte und nun aus einem anderen Grund aufwallte, drohte sich in einer Explosion Luft zu machen.

Er sagte in einem kalten, dumpfen Ton: »Wenn ich ihn umbringe, übernimmt wenigstens der alte Tremlett die Obduktion.«

»Jenny bewundert ihre Bücher sehr«, sagte Burden, »die anthropologischen, oder wie man dazu sagt. Ja, politisch sind sie wohl auch. Eine bemerkenswerte Frau war sie. Ich hab Jenny letzte Woche die Autobiographie zum Geburtstag geschenkt.«

Karen Malahyde kam in die Halle. »Ich war mir nicht sicher, was ich tun sollte, Sir. Ich wußte, daß Sie mit den Harrisons und mit Gabbitas sprechen wollen, ehe es zu spät ist, also hab ich ihnen nur die nackten Tatsachen berichtet. Sie waren anscheinend wie vom Donner gerührt.«

»Vollkommen richtig, was Sie getan haben«, sagte Wexford.

»Ich habe gesagt, Sie würden wahrscheinlich in der nächsten halben Stunde rüberkommen, Sir. Die Häuser, zwei aneinandergebaute Cottages, sind ungefähr zwei Minuten von hier entfernt, an dem Sträßchen, das vom hinteren Garten wegführt.«

»Zeigen Sie es mir bitte.«

Sie führte ihn zum Westflügel, an dem eingeschlagenen Erkerfenster vorbei, und deutete dorthin, wo das Sträßchen am Garten vorbeiführte und sich im Dunkeln verlor.

»Zwei Minuten mit dem Auto oder zwei Minuten zu Fuß?«

»Ich schätze, zehn Minuten zu Fuß, aber ich werde Donaldson erklären, wo es entlanggeht.«

»Sie können es mir sagen, ich geh zu Fuß.

Donaldson sollte mit Barry Vine nachkommen. Wexford machte sich auf den Weg. Der Mond war inzwischen aufgegangen, und außerhalb der Reichweite der Bogenlampen überzog sein Licht den Weg mit einem grünlichen, phosphoreszierenden Schein, auf den die Nadelbäume federnartige schwarze Schatten warfen. Scharf hoben sie sich gegen den klaren, leuchtenden Himmel ab, prachtvolle Laub- und Nadelbäume, die sechzig Jahre zuvor gepflanzt worden waren.

Gedanken über den Tod und das Phänomen der Gegensätze erfüllten Wexford. Er sann darüber nach, daß in dieser wunderbaren Umgebung die gräßlichste aller Taten begangen worden war, dachte an Shakespeares »rühmliche Vollkomenheit, so schändlich entehrt«. Die Erinnerung an all das Blut, das durch das Zimmer und über den Tisch wie verschüttete Malerfarbe gespritzt war, jagte ihm einen Schauder über den Rücken.

Hier, in unmittelbarer Nähe, war eine andere Welt. Der Weg hatte etwas Magisches an sich. Der Wald war wie verzaubert, eine Kulise für die *Zauberflöte* vielleicht oder das Bühnenbild für ein Märchen. Es war völlig still. Sein Schritt auf dem von Nadeln bedeckten Waldgrund war lautlos. Das Licht des Mondes, das an Stärke zunahm, drang zwischen die Baumreihen und wurde nur hier und da von einigen besonders dichten Ästen oder Baumstämmen aufgehalten, die aussahen wie verdrehte Seilstränge.

Die Natur, die sich hätte erheben und aufheulen sollen, einen brüllenden Sturm durch diese Wälder schikken, die die wilden Tiere zum Protest aufrufen, die Äste hätte schütteln sollen, daß sie in Klagen ausbrachen, sie blieb stumm, ruhig, unberührt. Die Stille hier war beinahe unnatürlich. Kein Zweig regte sich. Wexford nahm die nächste Biegung und trat auf eine Lichtung, von der ein schmalerer Weg durch eine Wand gewöhnlicher Nadelholzbäume wegführte.

Am Ende des Weges schimmerten die Fenster von Häusern.

Barry Vine und Karen Malahyde waren in der ersten und zweiten Etage gewesen, um sich zu vergewissern, daß es keine weiteren Toten im Haus gab. Burden hätte zwar gern gewußt, was dort oben zu sehen sein mochte, scheute sich aber, an Harvey Copeland vorbei die Treppe hinaufzugehen, bevor Archbold die Position der Leiche festgehalten, der Fotograf sie aus sämtlichen Winkeln aufgenommen und der Pathologe sie einer ersten, vorläufigen Untersuchung unterzogen hatte. Burden hätte, um daran vorbeizukommen, über den ausgestreckten rechten Arm des Toten steigen müssen. Eine innere Barriere, sein Sinn für das Schickliche, hielt ihn zurück. Statt dessen ging er durch die Halle und blickte in einen Raum, der, wie sich herausstellte, der Salon war.

Wunderbar eingerichtet, von vorbildlicher Ordnung, ein Museum hübscher Dinge und *objets d'art*. Irgendwie hätte er nicht gedacht, daß Davina Flory so lebte. Er hätte etwas Schlampigeres, Unkonventionelleres erwartet. Er hätte sie sich in einem langen Gewand oder in Hosen vorgestellt, zusammen mit Gleichgesinnten an einem altehrwürdigen, abgenutzten Refektoriumstisch in einem großen, warmen, unaufgeräumten Raum, wo man Wein trank und bis tief in die Nacht hinein plauderte. Eine Art Festsaal, so etwas hatte seine

Phantasie ihm ausgemalt: Davina Flory, gekleidet wie die Stammutter in einer griechischen Tragödie. Er lächelte beschämt und ließ den Blick nochmals über die festonierten Fenster wandern, die Porträts in Goldrahmen, die mit Krassulazeen und Farnkräutern gefüllten Blumenschalen und die storchbeinigen Möbel aus dem achtzehnten Jahrhundert. Dann schloß er die Türe.

Im hinteren Teil des Ostflügels und hinter der Eingangshalle befanden sich zwei weitere Räume, anscheinend die Arbeitszimmer des Paares, und ein anderer, der zu einem großen Wintergarten führte. Mindestens einer der Toten mußte leidenschaftlicher Gärtner gewesen sein. Der Raum duftete süß nach Zwiebelgewächsen, blühenden Narzissen und Hyazinthen, und hatte jene feuchte, grüne Atmosphäre, wie sie Gewächshäusern zu eigen ist.

Hinter dem Speisezimmer entdeckte er eine Bibliothek. Alle diese Räume waren ebenso aufgeräumt, elegant und gepflegt wie der erste, in den er hineingeschaut hatte. Sie hätten sich in irgendeinem beliebigen Herrensitz in Verwaltung des National Trust befinden können, in dem mehrere Räumlichkeiten dem Publikum zugänglich gemacht sind. In der Bibliothek standen sämtliche Bücher hinter edel verglasten Gittertüren aus dunkelrotem Holz. Ein einziges Buch nur lag aufgeschlagen auf einem Lesepult. Ein Korridor führte von hier zu den Wirtschaftsräumen.

Die Küche war zwar geräumig, hatte aber nichts von einem düsteren Gewölbe, wie man es vielleicht erwartet hatte. Sie war neu eingerichtet, in der Art einer rustikalen Bauernküche. Nach Burdens Eindruck waren die Schranktüren aus Eiche, nicht aus Kiefer. Hier stand der Refektoriumstisch, den er in seiner Phantasie gesehen hatte, glänzend poliert, und darauf in der Mitte ein polierter Holzteller mit Obst.

Ein Hüsteln hinter ihm veranlaßte ihn, sich umzudrehen. Archbold war hereingekommen, zusammen mit Chepstow, dem Experten von der Spurensicherung.

»Entschuldigung, Sir. Fingerabdrücke.«

Burden hob die rechte Hand, um zu zeigen, daß sie in einem Handschuh steckte. Chepstow nickte und nahm sich den Türknauf auf der Küchenseite vor. Da es sich um ein Herrschaftshaus handelte, hatte es keinen Küchenausgang, den man als »Hintertür« bezeichnen könnte. Burden näherte sich vorsichtig den offenstehenden Türen, von denen die eine zu einem Wäscheraum mit Waschmaschine, Trockner und Geräten zum Bügeln, die andere zu einer Art Vorraum mit Regalen, Schränken und einem Kleiderständer führte, an dem Mäntel hingen. Erst durch einen weiteren Raum gelangte man ins Freie.

Er blickte sich um, als Archbold durchkam. Archbold deutete ein Nicken an. Die Tür hatte zwar Riegel, aber sie waren nicht vorgeschoben. Im Schloß steckte ein Schlüssel. Burden achtete darauf, den Türknauf nicht zu berühren, Handschuh hin, Handschuh her.

»Sie glauben, daß sie auf diesem Weg hereingekommen sind?«

»Schon möglich, nicht, Sir? Wie sonst? Alle anderen Außentüren sind abgeschlossen.«

»Es sei denn, jemand hat sie hereingelassen. Es sei denn, sie sind zum Hauseingang gekommen, und jemand hat geöffnet und sie aufgefordert einzutreten.«

Chepstow untersuchte den Türknauf, den Türschoner, den Türpfosten. Mit einem Baumwollhandschuh über der rechten Hand drehte er vorsichtig den Knauf. Er gab nach, und die Tür ging auf. Burden konnte eine hohe Hecke erkennen, die einen gepflasterten Hof umgab.

»Irgend jemand hat die Tür unverschlossen gelassen.

Vielleicht die Haushälterin, als sie heimging. Vielleicht ließ sie sie immer unverschlossen, und die Tür wurde erst vor dem Schlafengehen abgesperrt.«

»Denkbar«, sagte Burden.

»Schrecklich, daß man sich einschließen muß, wenn man so abgelegen wohnt.«

»Offensichtlich haben sie es nicht getan«, sagte Burden irritiert.

Er ging durch den Wäscheraum, der durch eine offenstehende Tür in eine Art rückwärtiger Halle führte, deren Wände von Schränken eingenommen wurden. Von hier führte eine zweite schmale Treppe nach oben. Das also war die »Hintertreppe«, eine Eigenheit alter Herrenhäuser, von der Burden schon oft gehört, der er aber nur selten begegnet war. Er stieg hinauf und gelangte auf einen Flur mit offenen Türen auf beiden Seiten.

Die Schlafzimmer schienen kein Ende zu nehmen. Wenn man in einem Haus von diesen Ausmaßen wohnte, mußte man die Übersicht verlieren, wie viele Schlafzimmer man hatte. Er schaltete während seines Rundgangs Licht an und wieder aus. Der Korridor bog nach links ab, und Burden wußte, daß er sich jetzt im Westflügel über dem Eßzimmer befand. Die einzige Tür hier war geschlossen. Er öffnete sie und drückte auf den Lichtschalter, den seine Finger an der Wand links ertasteten.

Licht flutete über die Art von Chaos, in dem in seiner Vorstellung Davina Flory gelebt hatte. Schon im nächsten Augenblick wurde ihm klar, daß der oder die Killer hier gewesen waren. Das Durcheinander hatten *sie* angerichtet. Was hatte Karen Malahyde gleich wieder gesagt?

»Sie haben ihr Schlafzimmer auseinandergenommen, weil sie nach irgendwas suchten.«

Die Überdecken waren nur zurückgeschlagen, nicht

heruntergerissen und die Kissen beiseite geworfen worden. Die Schubladen in den beiden Nachtkästchen waren herausgezogen und ebenso zwei von denen in der Frisierkommode. Eine der Kleiderschranktüren stand offen, und auf dem Teppich lag ein einzelner Schuh. Die Sitzfläche des Bettsofas zu Füßen des Bettes war hochgestellt, und über der Seite hing ein langes Stück Seidenstoff mit rosa-goldenem Blumenmuster.

Sonderbar war dieses Gefühl, das Burden überkam. Immer wieder kehrte die Vorstellung von dem Leben zurück, das in seiner Phantasie Davina Flory geführt hatte, von der Art Mensch, der sie gewesen war. Ja, so hätte er sich ihr Schlafzimmer vorgestellt: wunderbar eingerichtet, täglich gesäubert und aufgeräumt, doch von seiner Besitzerin immer wieder aufs neue in Unordnung gebracht. Nicht aus mutwilliger Mißachtung der Mühen, die sich ein dienstbarer Geist damit machte, sondern weil sie es einfach nicht merkte, weil sie gleichgültig für die gepflegte Ordnung ihrer Umgebung war. Doch so war es nicht gewesen. Dies hatte ein Eindringling angerichtet.

Warum dann schien ihm irgend etwas nicht ins Bild zu passen? Die Schmuckschatulle, ein mit rotem Leder bezogenes Kästchen, das leer und umgedreht auf dem Teppich lag, sprach doch die Wahrheit deutlich genug.

Burden schüttelte enttäuscht den Kopf, denn er hätte nicht erwartet, daß Davina Flory Schmuck besessen hatte, geschweige denn eine Schatulle, in der sie ihn aufbewahrte.

Die fünf Menschen im kleinen Vorderzimmer der Harrisons sorgten dafür, daß es eng wurde. John Gabbitas, der Förster, war von nebenan geholt worden. Da nicht genug Stühle vorhanden waren, hatte man einen zusätzlichen von oben heruntergebracht. Brenda Harrison hatte es sich nicht nehmen lassen, Tee aufzubrühen, den zwar anscheinend niemand wollte, aber den sie alle, wie Wexford jetzt fand, zur Beruhigung und Entspannung brauchten.

Sie nahm die Sache gelassen. Natürlich hatte sie, ehe er hier eintraf, eine halbe Stunde Zeit gehabt, den Schock zu verarbeiten. Trotzdem aber fand er ihre Munterkeit fehl am Platz. Es war ganz so, als hätten Vine und Malahyde ihr von einem Malheur berichtet, das ihren, Brenda Harrisons, Arbeitgebern zugestoßen war, beispielsweise daß ein Stück vom Dach abgedeckt worden oder Wasser durch eine Zimmerdecke gedrungen war. Sie hantierte geschäftig mit den Teetassen und einer Dose Kekse, während ihr Mann wie betäubt mit starrem Blick dasaß und immer wieder den Kopf hin und her bewegte.

Bevor sie hinausgelaufen war, um Wasser aufzusetzen und ein Tablett herzurichten – sie war anscheinend eine hyperaktive Frau, die nie zur Ruhe kam –, hatte sie seine eigene Identifizierung der Mordopfer bestätigt. Der Tote auf der Treppe war Harvey Copeland, die ältere der toten Frauen am Eßtisch Davina Flory. Die andere, gab sie an, sei ganz sicher Davina Florys Tochter Naomi. Trotz der in aller Augen gesellschaftlich hohen Stellung ihrer Arbeitgeber hatten sich in Tancred House anscheinend alle mit dem Vornamen angeredet, Davina und Harvey und Naomi und Brenda. Sie mußte sogar einen Augenblick nachdenken, bis ihr Naomis Nachname einfiel. Ach ja, Jones, sie heiße Mrs. Jones, aber das Mädchen nenne sich Flory.

»Das Mädchen?«

»Daisy war Naomis Tochter und Davinas Enkelin. Sie hat ebenfalls Davina geheißen, sie war sozusagen Davina Flory die Jüngere, verstehen Sie? Aber sie haben sie Daisy gerufen.«

»Nicht ›sie war‹«, sagte Wexford. »Sie ist nicht tot.«

Sie zog die Schultern ein wenig hoch. Ihr Ton kam ihm ungehalten vor; vielleicht hatte es seinen Grund nur darin, daß sie bei einem Irrtum ertappt worden war. »So. Ich dachte, die Polizistin hätte gesagt, sie sind alle tot.«

Und nach dieser Bemerkung goß sie den Tee auf.

Für Wexford stand jetzt schon fest, daß von den drei Menschen hier sie seine Hauptinformationsquelle sein würde. Die offensichtliche Gefühllosigkeit, die sie an den Tag legte, eine Gleichgültigkeit, die geradezu abstoßend war, fielen nicht weiter ins Gewicht. Vielleicht gab sie gerade deswegen die ergiebigste Zeugin ab. John Gabbitas, ein junger Mann in den Zwanzigern, wohnte zwar in einem der Tancred-Wood-Häuser und kümmerte sich um den Gutsforst, arbeitete aber auch auf eigene Rechnung als Holzfäller und Baumexperte. Er gab an, daß er erst eine Stunde zuvor von einer Arbeit am anderen Ende der Grafschaft zurückgekommen sei. Ken Harrison hatte seit dem Eintreffen von Wexford und Vine kaum ein Wort herausgebracht.

»Wann haben Sie sie zum letztenmal gesehen?« fragte Wexford.

Sie antwortete auf der Stelle. Sie war nicht die Art Frau, die lange überlegt. »Um halb acht. Wie immer, Punkt halb acht. Außer sie haben eine Abendeinladung gegeben. Wenn sie unter sich waren, nur die vier, hab ich gekocht, was es halt gab, es auf dem vorgewärmten Servierwagen angerichtet und den ins Eßzimmer geschoben. Naomi hat immer das Essen ausgeteilt, jedenfalls nehm ich das an. Ich hab's nie gesehen, weil ich nie dabei war. Davina saß gern Punkt dreiviertel acht am Tisch, jeden Abend, wenn sie zu Hause war. Es war immer das gleiche.«

»Und heute abend war es genauso?«

»Es war immer das gleiche. Ich hab um halb acht den Servierwagen hineingeschoben. Es gab Suppe und Seezunge und Aprikosen mit Joghurt. Ich hab den Kopf um die Gartentür gesteckt, sie waren alle da ...«

»Um die was?«

»Die Gartentür. So haben sie dazu gesagt. Die zum Wintergarten. Ich hab gesagt, daß ich mich jetzt auf den Weg mache, und bin zur hinteren Tür hinaus wie jeden Abend.«

»Haben Sie die abgeschlossen?«

»Nein, natürlich nicht. Das tu ich nie. Außerdem war ja Bib noch da.«

»Bib?«

»Sie hilft aus. Kommt auf ihrem Fahrrad her. An manchen Vormittagen hat sie einen Halbtagsjob, also kommt sie meistens nachmittags. Ich hab mich von ihr verabschiedet. Sie hat gerade die Tiefkühltruhe saubergemacht und gesagt, sie würde in fünf Minuten weggehen.« Plötzlich kam ihr ein Gedanke. Ihre Gesichtsfarbe wechselte – zum erstenmal. »Die Katze«, sagte sie, »ist die Katze wohlauf? Sie haben sie doch hoffentlich nicht umgebracht!«

»Soviel ich weiß, nein«, sagte Wexford. »Oder vielmehr: bestimmt nicht.«

Ehe er, einen ironischen Ton unterdrückend, hinzufügen konnte: »Nur die Menschen«, rief sie: »Gott sei Dank!«

Wexford ließ ihr einen Augenblick Zeit. »Haben Sie gegen acht Uhr irgend etwas gehört? Ein Auto? Schüsse?«

Er wußte, daß man von hier aus die Schüsse wahrscheinlich nicht gehört hatte. Sie schüttelte den Kopf.

»Hier würde kein Auto vorbeikommen. Die Straße endet ja hier. Es gibt nur die Hauptzufahrt und die Nebenstraße.«

»Die Nebenstraße?«

Sie antwortete ihm ungeduldig. Sie war einer von den Menschen, für die es ganz selbstverständlich ist, daß alle anderen so wie sie selbst mit den Regeln und der Geographie ihrer kleinen, persönlichen Welt vertraut sind und wissen, wie es in ihr zugeht. »Es ist die, auf der man von Pomfret Monachorum kommt, klar?«

»Auf dem Weg bin ich nach Hause gekommen«, sagte Gabbitas.

»Um welche Zeit war das?«

»Zwanzig nach acht, halb neun. Ich habe niemanden gesehen, falls Sie das wissen wollen. Ich bin keinem Auto begegnet und an keinem vorbeigekommen oder sonst was Ähnliches.«

Das war nach Wexfords Geschmack etwas zu prompt, zu glatt herausgekommen. Dann begann Ken Harrison zu sprechen. Er brachte die Worte langsam heraus, als hätte er eine Halsverletzung erlitten und übte noch, seine Stimme zum Tragen zu bringen. »Wir haben nicht das geringste gehört. Es war kein Geräusch zu hören.« Unerklärlicherweise setzte er verwundert hinzu: »Das war es nie.« Dann erläuterte er: »Hier bekommt man nie mit, was oben im Haus vor sich geht.«

Die anderen schienen schon längst das Geschehene erfaßt und akzeptiert zu haben. Mrs. Harrison hatte sich beinahe sofort darauf eingestellt. Ihre Welt hatte sich zwar verändert, aber damit würde sie schon fertigwerden. Ihr Mann reagierte, als wäre ihm die schreckliche Nachricht erst in diesem Augenblick beigebracht worden.

»Alle tot? Haben Sie gesagt, sie sind alle tot?«

Für Wexford hörte es sich an wie eine Zeile aus *Macbeth*, allerdings war er sich nicht sicher. An diesem Abend kam einem vieles wie aus *Macbeth* vor.

»Das Mädchen, Miss Flory, Daisy, sie ist am Leben geblieben.«

Aber, dachte Wexford, stimmt das denn? Lebt sie noch?

Dann sagte Ken Harrison etwas, was Wexford schokkierte. Er wollte seinen Ohren nicht trauen, aber Harrison sagte es.

»Komisch, daß sie sie nicht fertiggemacht haben, nicht?«

Barry Vine hüstelte.

»Trinken Sie doch noch eine Tasse Tee«, sagte Brenda Harrison.

»Nein, danke. Es wird allmählich spät, und wir müssen uns auf den Weg machen. Sie werden zu Bett gehen wollen.«

»Dann sind Sie also mit uns fertig, ja?«

Vielleicht war »fertig« einer seiner Lieblingsausdrücke. Ken Harrison blickte Wexford mit einem fast glasig-wehmütigen Blick an.

»Fertig? Nein, davon kann keine Rede sein. Wir werden mit Ihnen allen noch einmal sprechen müssen. Vielleicht geben Sie mir Bibs Adresse. Wie heißt sie denn mit Nachnamen?«

Den schien niemand zu kennen. Sie wußten die Adresse, nicht aber den Familiennamen. Für sie war Bib einfach Bib, nicht mehr.

»Danke für den Tee«, sagte Vine.

Wexford fuhr mit dem Wagen zurück, Sumner-Quist hatte Tancred House verlassen. Archbold und Milsom waren oben, intensiv beschäftigt.

»Ich hab es zu erwähnen vergessen – aber als die Nachricht eintraf, habe ich veranlaßt, daß alle Straßen, die von hier wegführen, abgeriegelt werden«, informierte Burden den Chief Inspector.

»Was, bevor Sie wußten, worum es sich handelte?«

»Na ja, ich wußte, es war etwas in der Kategorie eines – eines Massakers. Als sie über den Notruf anrief, sagte sie: ›Sie sind alle tot.‹ Finden Sie, daß ich überreagiert habe?«

»Nein«, sagte Wexford langsam, »nein, ganz und gar nicht. Ich finde, Sie haben richtig gehandelt, sofern es überhaupt möglich ist, alle Straßen abzuriegeln. Es gibt doch sicher Dutzende von Möglichkeiten, von hier wegzukommen.«

»Eigentlich nicht. Die Nebenstraße, wie das hier heißt, führt nach Pomfret Monachorum und Cheriton. Die Hauptzufahrt mündet in die B 2428 nach Kingsmarkham, und auf der war, ungefähr eine halbe Meile weiter, zufällig ein Streifenwagen. In der Gegenrichtung führt die Straße, wie Sie ja wissen, nach Cambery Ashes. Es war ein Glücksfall für uns, jedenfalls sah es so aus. Die zwei Kollegen in dem Streifenwagen wußten schon drei Minuten nach dem Anruf des Mädchens Bescheid. Aber die Killer müssen über die Nebenstraße gefahren sein, und in diesem Fall waren die Chancen nicht groß. Keine Beschreibung des Fahrzeugs, kein Kennzeichen, nicht einmal ein ungefähres, keine Ahnung, wonach man Ausschau halten soll. Wir haben nichts. Ich konnte sie doch nicht weiter ausfragen, Reg, stimmt's nicht? Ich dachte, es geht mir ihr zu Ende.«

»Selbstverständlich konnten Sie das nicht.«

»Ich bete zu Gott, daß sie nicht stirbt.«

»Ich auch«, sagte Wexford. »Sie ist ja erst siebzehn.«

»Sicher. Natürlich hofft man auch ihretwegen, daß sie durchkommt, aber ich dachte an das, was sie uns erzählen kann. So ziemlich alles, meinen Sie nicht auch?«

Wexford sah ihn nur an.

5

Das Mädchen könnte ihnen alles berichten. Davina Jones, Daisy Flory genannt, würde ihnen sagen können, wann und wie die Männer gekommen waren, wie sie ausgesehen hatten und vielleicht sogar, worauf sie es abgesehen und was sie mitgenommen hatten. Sie hatte sie gesehen und vielleicht auch mit ihnen gesprochen. Es war möglich, daß sie ihren Wagen gesehen hatte. Wexford glaubte, daß sie eine aufgeweckte Person war, und hoffte, daß sie die Augen offengehalten hatte. Er hoffte sehr, daß sie durchkommen werde.

Als er um Mitternacht nach Hause kam, überlegte er, ob er im Krankenhaus anrufen und sich nach ihrem Zustand erkundigen solle. Aber was würde es nützen, wenn er wüßte, ob sie durchkommen würde oder nicht?

Wenn man ihm sagte, sie sei gestorben, würde er nicht einschlafen können, weil sie noch so jung gewesen war und ihr ganzes Leben vor sich gehabt hatte. Und auch aus dem Grund, den Burden genannt hatte, da durfte er sich nichts vormachen. Denn wenn sie gestorben war, würde es viel schwieriger werden, den Fall aufzuklären. Sollte er aber die Auskunft erhalten, es gehe ihr schon besser, würde ihn die Aussicht, sie verhören zu können, in eine solch euphorische Stimmung versetzen, daß er gleichfalls keinen Schlaf fand.

Auf jeden Fall war Police Constable Rosemary Mountjoy bei ihr und würde die Nacht hindurch vor der Stationstür sitzen, bis am nächsten Morgen um acht Police Constable Anne Lennox sie ablöste.

Er ging leise nach oben, um nachzusehen, ob Dora noch wach war. Die Tür stand offen, und das Licht, das noch brannte, fiel nicht auf ihr Gesicht, sondern als ein breites Band quer über den Arm, der außerhalb der Bettdecke lag, den Ärmel ihres Nachthemds, die ziemlich kleine, hübsche Hand mit den runden, rosigen Fingernägeln. Sie atmete langsam und gleichmäßig. Also schlief sie unbeschwert, trotz der Dinge, die an diesem Abend vorgefallen waren, trotz Sheilas und des vierten Mitglieds ihres Quartetts, Casey, den er bereits »diesen entsetzlichen Menschen« nannte. Er war unvernünftig verärgert über sie. Dann trat er zurück, zog hinter sich die Tür zu, ging wieder nach unten und durchstöberte im Wohnzimmer den Zeitungsständer nach dem *Independent on Sunday* vom vorletzten Tag.

Der Kulturteil war noch da, steckte zwischen der *Radio Times* und irgendeinem kostenlos verteilten Lokalanzeiger. Es war das Win-Carver-Interview, wonach er suchte, und das große Porträtfoto, das nach seiner Erinnerung volle zwei Seiten einnahm. Seite elf. Er setzte sich in einen Sessel und suchte. Das Gesicht war vor ihm, das Gesicht, das er eine Stunde zuvor gesehen hatte, als Sumner-Quist den Kopf der Toten an einer Handvoll Haar vom Tisch hochzog, wie ein Henker, der einen abgetrennten Kopf hochhält.

Der Text begann als eine einzelne Kolumne auf der linken Seite. Wexford sah sich das Bild an. Das Porträt war von der Art, die eine Frau von sich nur dann akzeptieren konnte, wenn sie, fern vom Triumph der Jugend und der Schönheit, über die Maßen erfolgreich gewesen war. Die Linien auf dem Gesicht waren die Spuren der Zeit, die tiefen Falten des Alters. Aus einem Vogelnest von Runzeln erhob sich die Nase wie ein Schnabel, und die Lippen formten ein angedeutetes Lächeln, das zugleich ironisch und gütig war. Die Augen waren noch jung, dunkel, mit einer leuchtenden Iris und einem klaren, ungeäderten Weiß, umgeben vom dichten Gewirr der Krähenfüßchen.

Die Bildunterschrift lautete: Davina Flory, deren erster Band ihrer Autobiographie, *Der jüngste von neun Zeisigen,* bei St. Giles Press erschienen ist. Preis: sechzehn Pfund. Wexford blätterte um und blickte wieder auf die Fotos aus ihrer Kindheit und Jugend: ein kleines Mädchen in einem Samtkleid mit Spitzenkragen, zehn Jahre später als ausgewachsenes Mädchen mit einem Schwanenhals, einem geheimnisvollen Lächeln, Herrenschnitt und in einem jener Kleider ohne Taille, mit einem Gürtel um die Hüften.

Der Text verschwamm vor seinen Augen, und Wexford gähnte. Da er zu müde war, um jetzt noch das Interview zu lesen, ließ er die Zeitung aufgeschlagen auf dem Tisch liegen und ging wieder nach oben. Der Abend, der hinter ihm lag, kam ihm unendlich lang vor, eine Flut von Ereignissen und fern am Horizont, doch sehr gegenwärtig Sheila und »dieser entsetzliche Mensch«.

Während der Vielleser ein Magazin konsultierte, suchte der Wenigleser Hilfe bei einem Buch.

Als Burden die Haustür aufschloß, empfing ihn das Schreien seines Sohns. Bis er im Obergeschoß angekommen war, hatte der Lärm aufgehört, und Mark lag in den Armen seiner Mutter, die ihm tröstend zusprach. Burden hörte, wie sie in ihrer lehrhaften und selbstsicheren Art, die ungemein beruhigend wirkte, zu ihm sagte, daß dieser Diplodocus, das Reptil mit dem Doppelrücken, schon seit zwei Millionen Jahren nicht mehr auf der Erde herumkrieche, und auf jeden Fall sei nicht bekannt, daß es jemals in Spielzeugschränken gehaust habe.

Als sie dann ins Schlafzimmer kam, saß Burden im Bett mit ihrem Geburtstagsexemplar von *Der jüngste von neun Zeisigen* auf den Knien.

Sie gab ihm einen Begrüßungskuß und begann mit

einer detaillierten Beschreibung von Marks Traum, die ihn ein Weilchen von der biographischen Notiz auf der hinteren Klappe des Bucheinbands ablenkte. In diesem Augenblick nahm er sich vor, ihr von dem Geschehenen nichts zu erzählen. Nicht vor dem nächsten Morgen. Sie hatte die Ermordete sehr bewundert, ihre Reisen verfolgt und ihre Werke gesammelt. In der vorhergehenden Nacht hatten sie sich vor dem Einschlafen über dieses Buch unterhalten, hatten über Davina Florys Kindheit und die frühen Einflüsse gesprochen, die den Charakter der angesehenen Anthropologin und »Geosoziologin« mitgeformt hatten.

»Du kannst mein Buch erst haben, wenn ich es ausgelesen habe«, sagte sie schläfrig, drehte sich zur Seite und vergrub den Kopf in den Kissen. »Könnten wir übrigens nicht das Licht ausmachen?«

»Nur noch zwei Minuten. Nur, damit ich abschalten kann. Gute Nacht, Liebling.«

Davina Flory war achtundsiebzig gewesen, geboren in Oxford als jüngstes von neun Kindern eines Professors für Griechisch. Im vornehmen College Lady Margaret Hall ausgebildet, hatte sie später in London zum Dr. phil. promoviert und 1935 einen Kommilitonen aus Oxford, Desmond Cathcart Flory, geheiratet. Gemeinsam waren sie daran gegangen, die Gärten seines Besitzes, Tancred House, aufzuforsten und auch die berühmten Wälder anzulegen.

Burden schaltete das Licht aus und dachte, während er so dalag und in die Dunkelheit blickte, über das Gelesene nach. Desmond Flory war 1944 in Frankreich gefallen, acht Monate vor der Geburt seiner Tochter Naomi. Zwei Jahre später hatte Davina Flory mit ihren Reisen durch Europa und den Nahen Osten begonnen. 1951 hatte sie zum zweitenmal geheiratet. Das übrige, den Namen des neuen Ehemannes, die Titel all ihrer Bücher, hatte er vergessen.

All dies war ohne Belang. Daß Davina Flory die Frau gewesen war, die sie gewesen war, würde letzten Endes nicht mehr zählen, als wenn sie ein, wie Burden es nannte, »gewöhnlicher Mensch« gewesen wäre. Es war denkbar, daß die Männer, die sie umgebracht hatten, sie gar nicht gekannt hatten. Nicht wenige von den Menschen, denen Burden bei seiner Arbeit begegnete, konnten sowieso nicht lesen. Für den beziehungsweise die Killer in Tancred House war sie vielleicht nur eine Frau gewesen, die Schmuck besaß und in einem abgelegenen Haus lebte. Sie, ihr Ehemann, ihre Tochter und Enkelin waren verwundbar und schutzlos gewesen, und das hatte den Tätern genügt.

Das erste, was Wexford beim Erwachen sah, war das Telefon. Normalerweise sah er als erstes den kleinen, schwarzen, billigen Wecker, der entweder schrill lärmte oder drauf und dran war zu klingeln. Er konnte sich nicht an die Telefonnummer des Krankenhauses in Stowerton erinnern. Doch Police Constable Mountjoy hätte sicher angerufen, wenn irgend etwas vorgefallen wäre.

Unter der Post, die auf dem Türvorleger lag, war auch eine Ansichtskarte von Sheila. Sie war vier Tage zuvor in Venedig aufgegeben worden, wo sie sich zu der Zeit mit diesem Menschen aufhielt. Die Karte zeigte ein düsteres Barock-Interieur, eine reich verzierte Kanzel, vermutlich aus Marmor, aber so geschickt gestaltet, daß es wie aus Stoff wirkte. Sie schrieb: »Wir haben gerade die Santa Maria dei Gesuiti besichtigt, Gus' liebste Witzkirche in der ganzen Welt und, sagt er, nicht zu verwechseln mit der Gesuati. Alles Liebe, S.«

Er würde sie zu einem Snob machen, wie er selbst einer war. Wexford fragte sich, was die Karte um Himmels willen zu bedeuten hatte. Was war denn eine »Witzkirche«?

Mit dem Kulturteil des *Independent on Sunday* in der Tasche fuhr er zum Revier. Dort hatte man bereits begonnen, Mobiliar und Gerät zusammenzustellen, mit denen in Tancred eine Tatortzentrale eingerichtet werden sollte. Die Ermittlungen sollten von dort aus betrieben werden. Als Wexford eintraf, berichtete ihm Detective Constable Hinde, ein Computerproduzent im Industriepark von Kingsmarkham habe angeboten, ihnen Recorder, PCs samt Laserdrucker und notwendige Zusatzgeräte sowie ein Telefax unentgeltlich zur Verfügung zu stellen.

»Der Geschäftsführer ist hier Vorsitzender der Torys«, sagte Hinde. »Ein Typ namens Pagett, Graham Pagett. Er hat angerufen. Er sagt, auf diese Weise wolle er die Regierung in ihrer Überzeugung unterstützen, daß der Kampf gegen die Kriminalität Sache jedes einzelnen ist.«

Wexford knurrte.

»Wir können solche Unterstützung gebrauchen, Sir.«

»Ja, das ist sehr anständig von ihm«, sagte Wexford mit den Gedanken anderswo. Er beschloß, noch nicht nach Tancred hinauszufahren, sondern statt dessen keine Zeit zu verlieren und zusammen mit Barry Vine nach dieser Frau zu suchen, die Bib hieß.

Das Ganze war sicher ein unkomplizierter Fall. Es mußte sich um Mord in Raubabsicht handeln. Zwei Kriminelle in einem gestohlenen Wagen, die es auf Davina Florys Schmuck abgesehen hatten. Vielleicht hatten sie den *Independent on Sunday* gelesen. Allerdings war in dieser Nummer nicht von Schmuck die Rede gewesen, und außerdem war ohnehin anzunehmen, daß die Typen eher das Massenblatt *People* lasen. Vorausgesetzt, sie konnten lesen. Zwei Kriminelle ohne Zweifel, aber sie hatten sich dort ausgekannt. Einer, der Bescheid wußte, der andere sein Kumpel. Vielleicht hatte er ihn im Knast kennengelernt.

Jemand, der irgendwie in Beziehung zu dem Gutsangestellten, den Harrisons stand? Oder zu dieser Bib? Sie wohnte in Pomfret Monachorum, so daß sie vermutlich auf der Nebenstraße nach Hause gefahren war. Diese Nebenstraße war aber auch wohl der Fluchtweg für den Killer und seinen Kumpan gewesen. Es war die nächstliegende Route, um sich abzusetzen, zumal einer von ihnen die Örtlichkeiten gekannt haben mußte. Er konnte geradezu hören, wie der eine zum andern sagte, daß dies die einzige Möglichkeit sei, der anrückenden Polizei aus dem Weg zu gehen.

Der Wald trennte Pomfret Monachorum von Tancred und Kingsmarkham und beinahe auch vom Rest der Welt. Dahinter führte die Straße nach Cheriton und nach Pomfret. Von der Klosterruine standen nur noch die Außenmauern der Kirche, das Innere war unter Heinrich VIII. und Cromwell zerstört worden. Im übrigen bestand der Weiler aus dem Pfarrhaus, ein paar zusammengedrängten Cottages und einer kleinen Gemeindesiedlung mit Sozialwohnungen. Am Ortsrand standen an der Straße nach Pomfret drei mit Schindeln und Dachschiefer gedeckte Häuschen. Und in einem davon wohnte Bib, allerdings wußten Wexford und Vine nicht, in welchem. Die Harrisons und Gabbitas hatten nur angeben können, daß sie in einem der *Edith Cottages* zu Hause war.

Eine Tafel mit dieser Bezeichnung und der Jahreszahl 1882 war in den Schindeln über den oberen Fenstern des mittleren Häuschens eingelassen. Alle drei Cottages hätten einen neuen Anstrich vertragen können, keines zeugte von Wohlstand. Alle hatten Fernsehantennen auf dem Dach, am linken ragte zusätzlich eine Parabolantenne aus einem Schlafzimmerfenster. Neben dem Eingang des Häuschens rechter Hand lehnte ein Fahrrad an der Wand, ein Ford Transit war halb auf der

Grasnarbe vor der Gartentür abgestellt. Im Garten des mittleren Häuschens stand eine Abfalltonne auf Rädern auf einer betonierten Stelle mit einem Schachtdeckel in der Mitte. In diesem Garten blühten Narzissen, in den beiden Nachbargärten hingegen waren keine Blumen zu entdecken, ja, der rechte war geradezu von Unkraut überwuchert.

Weil Wexford von Brenda Harrison erfahren hatte, Bib fahre mit dem Fahrrad, beschloß er, es mit dem Haus zur Rechten zu versuchen. Ein junger Mann kam an die Tür. Er war ziemlich groß und sehr mager, trug Blue Jeans und ein amerikanisches College-Sweatshirt, so oft gewaschen, daß nur noch das »U« von University sowie ein »S« und ein »T« auf dem grauen Untergrund zu erkennen waren. Er hatte ein mädchenhaftes Gesicht, das Gesicht eines hübschen burschikosen Mädchens. Die jungen Burschen, die im sechzehnten Jahrhundert auf den englischen Bühnen Heroinen gespielt hatten, mußten ausgesehen haben wie er.

Er begrüßte Wexford mit einem zögernden »Hi«. Einigermaßen konsterniert schaute er an Wexford vorbei auf den Wagen draußen auf der Straße, dann mit mißtrauischem Ausdruck Wexford wieder ins Gesicht.

»Kriminalpolizei Kingsmarkham. Wir suchen eine Frau namens Bib. Wohnt sie hier?«

Der junge Mann betrachtete Wexfords Dienstausweis mit großem Interesse. Oder vielleicht sogar mit unguten Gefühlen. Langsam verwandelte ein Lächeln sein Gesicht und ließ ihn plötzlich maskuliner erscheinen. Er warf die lange, schwarze Locke zurück, die ihm in die Stirn fiel.

»Bib? Nein, nicht hier. Nebenan, in dem mittleren Cottage.« Er zögerte und sagte dann: »Geht es um die Sache in Tancred House?«

»Woher wissen Sie davon?«

»Frühstücksfernsehen«, sagte er und fügte hinzu, als

wäre anzunehmen, daß das Wexford interessierte: »Wir haben im College eines ihrer Bücher behandelt. Ich hatte englische Literatur im Nebenfach.«

»Aha. Also vielen Dank, Sir.« Die Polizeibeamten in Kingsmarkham redeten alle Leute so lange mit »Sir« oder »Madam« beziehungsweise mit ihrem Namen und Titel an, bis tatsächlich Anklage gegen sie erhoben wurde. Eine von Wexfords Höflichkeitsregeln. »Wir werden Sie nicht weiter behelligen«, sagte er.

Wenn der junge Amerikaner aussah wie ein als Mann verkleidetes Mädchen, hätte Bib ein Mann sein können. Ihr Alter war ein Rätsel. Sie konnte fünfunddreißig sein, aber ebensogut fünfundfünfzig. Ihr dunkles Haar war ganz kurz geschnitten, das Gesicht glänzte rötlich, wie mit Seife gescheuert. Die Fingernägel hatte sie kurz und eckig geschnitten. In einem Ohrläppchen trug sie einen kleinen Goldring.

Nachdem Vine erläutert hatte, weswegen sie gekommen waren, nickte sie und sagte: »Ich hab's im Fernsehen gesehen. Konnte es nicht glauben.« Ihre Stimme war rauh und sonderbar ausdruckslos.

»Dürfen wir eintreten?«

Nach dem Ausdruck in den Augen der Frau zu schließen, war die Frage keine bloße Formalität. Sie schien sie von allen Seiten abzuwägen, ehe sie langsam nickte.

Sie hatte ihr Fahrrad in der Diele abgestellt, wo es an einer Wand lehnte, die mit einem verblaßten Gartenwickenmuster tapeziert war. Das Wohnzimmer war eingerichtet, als lebte hier eine hochbetagte Dame, und es roch auch genauso, nach einer Mischung aus Kampfer und sorgfältig geschonten, aber nicht sehr sauberen Kleidungsstücken, geschlossenen Fenstern und Drops. Wexford war darauf gefaßt, eine Greisin im Lehnsessel anzutreffen, aber in dem Zimmer war niemand.

»Könnten wir zunächst bitte Ihren Namen erfahren?« sagte Barry Vine.

Wenn Bib wegen Mordes vor Gericht gestanden hätte, wenn sie trotz ihrer Proteste und ohne Verteidiger dorthin gebracht worden wäre, hätte sie sich nicht mit größerer Umsicht benehmen können. Sie schien jedes Wort sorgfältig abzuwägen. Langsam und widerstrebend brachte sie ihren Namen heraus. Vor jedem Wort ein Zögern.

»Äh, Beryl... äh, Agnes... äh, Mew.«

»Beryl Agnes Mew. Soviel mir bekannt ist, haben Sie als Teilzeitkraft in Tancred House gearbeitet und waren gestern nachmittag dort, Miss Mew?«

»Missus.« Sie sah erst Vine und dann Wexford an und wiederholte, sehr betont: »Mrs. Mew.«

»Verzeihung. Sie waren gestern nachmittag dort?«

»Ja.«

»Und womit waren Sie beschäftigt?«

Vielleicht stand sie unter Schock. Oder sie hegte ein allgemeines Mißtrauen, einen grundsätzlichen Argwohn gegenüber der Menschheit. Vines Frage schien sie zu verblüffen, und sie blickte ihn versteinert an, bevor sie ihre starken Schultern hochzog.

»Was sind Ihre Aufgaben dort, Mrs. Mew?«

Wieder überlegte sie. Sie rührte sich nicht, aber ihre Augen bewegten sich mehr als die der meisten Menschen, bewegten sich jetzt besonders heftig.

Vine begriff ihre Antwort nicht, als sie sagte: »Sie nennen es das Grobe.«

»Sie machen die groben Arbeiten, Mrs. Mew«, sagte Wexford. »Böden putzen, Wände reinigen und so weiter, oder?« Ein gewichtiges Nicken war die Antwort. »Soviel ich weiß, haben Sie die Tiefkühltruhe saubergemacht.«

»Die *Truhen.* Sie haben nämlich drei.« Ihr Kopf schwankte langsam von einer Seite auf die andere. »Ich hab's im Fernsehen gesehen. Konnt es nicht glauben. Gestern waren sie alle noch wohlauf.«

Als wären die Bewohner von Tancred House der Pest zum Opfer gefallen, dachte Wexford. »Um welche Zeit haben Sie die Heimfahrt angetreten?«

Wenn sie schon ihren eigenen Namen nur so zögerlich preisgegeben hatte, hätte man eigentlich erwarten können, daß eine solche Frage minutenlanges Grübeln auslösen werde, doch Bib Mew antwortete einigermaßen rasch: »Sie hatten gerade mit dem Essen begonnen.«

»Mr. und Mrs. Copeland und Mrs. Jones und Miss Jones waren ins Eßzimmer gegangen, wollen Sie das damit sagen?«

»Ich hörte sie plaudern, und dann ist die Tür zugegangen. Ich habe die Sachen wieder in der Truhe verstaut. Weil meine Hände eiskalt waren, hab ich sie ein bißchen unter den Warmwasserhahn gehalten.« Die Anstrengung dieser langen Ausführungen ließ sie für den Augenblick verstummen. Sie schien ihre inneren Kräfte neu sammeln zu müssen. »Ich hab meinen Mantel genommen und bin dann mein Rad holen gegangen, wo in dem Dingsda nach hinten raus war, mit den Hecken drumherum.«

Wexford fragte sich, ob sie sich wohl jemals mit dem jungen Mann von nebenan unterhalte, und ob dieser ein Wort verstände, wenn sie so redete. »Haben Sie die Tür auf der Rückseite des Hauses hinter sich abgeschlossen?«

»Ich? Nö. Das geht mich nichts an – Türen abschließen.«

»Das wäre also wann gewesen – zehn vor acht?«

Ein langes Zögern, dann: »Ungefähr.«

»Und wie sind Sie nach Hause gekommen?« fragte Vine.

»Mit dem Rad.« Seine alberne Frage brachte sie auf. Das hätte er doch wissen müssen. Alle Leute wußten es.

»Welchen Weg sind Sie gefahren, Mrs. Mew?«

»Die Nebenstraße.«

»Bitte, überlegen Sie jetzt sehr genau, ehe Sie antworten.« Aber das tat sie doch immer. Darum dauerte diese Befragung ja so lange. »Haben Sie auf der Fahrt nach Hause einen Wagen gesehen? Sind Sie einem Auto begegnet, oder hat Sie eines überholt? Auf der Nebenstraße.« Zweifellos war eine präzisere Erläuterung nötig. »Ein Pkw oder ein Lieferwagen oder ein ... ein Fahrzeug wie das da draußen.«

Einen Augenblick lang befürchtete Wexford, er habe sie auf die Idee gebracht, ihr amerikanischer Nachbar könnte an dem Verbrechen beteiligt gewesen sein. Sie stand auf und blickte zum Fenster hinaus auf den Ford Transit. Ihre Miene drückte Verwirrung aus, und sie biß sich auf die Lippen.

Schließlich sagte sie: »Das dort?«

»Nein, nein. Irgendeins, egal was für ein Fahrzeug. Sind Sie gestern abend auf dem Heimweg irgendeinem Fahrzeug begegnet?«

Sie dachte nach, nickte, schüttelte den Kopf und sagte schließlich: »Nein.«

»Sind Sie sich ganz sicher?«

»Ja.«

»Wie lange brauchen Sie nach Hause?«

»Auf dem Heimweg geht's bergab.«

»So. Wie lange haben Sie also gestern abend gebraucht?«

»Ungefähr zwanzig Minuten.«

»Und Sie sind wirklich niemandem begegnet? Nicht einmal John Gabbitas in seinem Landrover?«

Zum erstenmal zuckte ein Funke Leben in ihren unsteten Augen auf. »Hat er das gesagt?«

»Nein, nein. Es ist unwahrscheinlich, daß Sie ihm begegnet sind, wenn Sie, sagen wir, um Viertel nach acht hier waren. Vielen Dank, Mrs. Mew. Wären Sie so freundlich, uns den Weg zu zeigen, auf dem Sie von hier zur Nebenstraße fahren?«

Es entstand eine lange Pause, dann sagte sie: »Ich hab nichts dagegen.«

Die Straße, an der die Cottages standen, führte am Rand des kleinen Flußtals steil bergab. Bib Mew zeigte mit der Hand auf diese Straße und gab ihnen ein paar vage Hinweise. Während sie die Straße hinabfuhren, sah man, wie sie sich über die Gartentür lehnte und ihnen mit ihren unsteten Augen nachblickte.

In der Senke führte nur eine schmale Holzbrücke für Fußgänger und Radfahrer über den Bach. Vine mußte direkt durch das etwa fünfzehn Zentimeter tiefe Wasser fahren, das sehr rasch über flache, braune Steine floß. Auf der anderen Seite kamen sie zu einer T-Kreuzung. Vine bestand darauf, sie so zu bezeichnen, obwohl der überaus ländliche Charakter der Umgebung – steile, dicht bewachsene Böschungen, Bäume, deren Äste über die Straße ragten, in der Ferne weite Wiesen mit Vieh – dieser Bezeichnung völlig zuwiderlief.

Bib Mew hatte ihnen erklärt, daß sie hier nach links und dann bei der ersten Gelegenheit nach rechts abbiegen müßten. Dies war die Verbindung von Pomfret Monachorum mit der Nebenstraße nach Tancred House. Unvermittelt kam Wald in Sicht. Die Hecken traten auseinander und machten den Bäumen Platz. Nach einem Kilometer schloß der Wald sie bereits ein. Das Sträßchen verlief jetzt zwischen hohen Böschungen, wo es nach einer Weile auf die Nebenstraße stieß. Dort hieß es auf einem Schild: NUR ZUFAHRT ZU TANCRED HOUSE, 3 KILOMETER, KEIN DURCHGANGSVERKEHR.

»Ich möchte auf halbem Weg aussteigen und den Rest zu Fuß gehen«, verkündete Wexford.

»In Ordnung. Die müssen sich ausgekannt haben, wenn sie auf diesem Weg kamen, Sir.«

»Sie haben sich ausgekannt. Beziehungsweise einer der beiden.«

Wexford stieg aus, als gerade die Sonne herauskam. Noch ein Monat würde ins Land gehen, bis die Wälder zu grünen begannen. Alles war noch hellbraun, doch im Licht wirkten die Zweige golden, und die Knospen nahmen einen glühenden Kupferton an. Es war kalt und trocken. Da es in der vergangenen Nacht aufgeklart hatte, hatte sich Reif gebildet. Nun war er zwar verschwunden, ohne auch nur einen silbernen Streifen zurückzulassen, doch im Schatten war die klare, unbewegte Luft noch kalt. Zwischen den Baumwipfeln schimmerte der Himmel in einem zarten Hellblau, ja, beinahe schon weiß hindurch.

Aus dem Win-Carver-Interview hatte er einiges über diese Wälder erfahren, wann sie gepflanzt worden waren, welche Teile aus den dreißiger Jahren stammten und welche älteren Datums, aber damals durch Neuanpflanzungen ergänzt worden waren. Ehrwürdige Eichen und hie und da eine Roßkastanie mit klebrigen Knospen überragten Reihen kleinerer Bäume. Wexford meinte, daß es sich um Hainbuchen handeln könnte. Dann bemerkte er ein metallenes Schildchen, das an einem der Stämme befestigt war. Ja, Hainbuche, *Carpinus betulus.* Die höheren, anmutigen Bäume, ein kleines Stück weiter am Weg, waren, wie er las, Ebereschen, *Sorbus aucuparia.* Bäume zu bestimmen, wenn sie noch keine Blätter trugen, mußte für einen Experten eine echte Probe seines Könnens sein.

Die Pflanzungen wurden abgelöst von einer Spitzahorn-Schonung, *Acer plataonides,* die Bäume mit Stämmen wie aus Krokodilhaut. Kein einziger Nadelbaum stand zwischen den glänzenden, blattlosen Ästen. Dies war der schönste Teil des Laubwaldes, zwar von Menschenhand angelegt, doch der Natur nachgebildet. Umgestürzte Baumstämme hatte man liegen lassen. Sie waren überwuchert von hellen Pilzen wie Rüschenkragen und knotigen Stengeln in Gelb oder Bronze. Abgestorbene Bäume standen noch aufrecht da, die faulenden Stämme silbrig verwittert, und boten Wohnstätten für Eulen sowie Futterplätze für Spechte.

Wexford ging weiter. Erst viel später als erwartet tauchte der Ostflügel von Tancred House vor ihm auf. Im Näherkommen konnte er die Terrasse und die Beete hinter dem Herrenhaus ins Auge fassen. Anstatt Narzissen, wie sie in Kingsmarkham in den öffentlichen Anlagen sprossen, drängten sich hier winzige Blausterne unter den Bäumen zusammen. Doch die Pflanzenwelt um Tancred House war noch nicht aus dem Winterschlaf erwacht. Die Rabatten, Rosenbeete, Wege, Hecken, die verschlungenen Pfade, der Rasen, alles wirkte noch wie gestutzt und in einigen Fällen wie fürs Überwintern verpackt.

Wexford blieb ein paar Augenblicke versunken stehen. Dann ging er auf die abgestellten Polizeifahrzeuge zu. Die Tatortzentrale war in einem alten Stallgebäude eingerichtet worden, das allerdings seit einem halben Jahrhundert keine Pferde mehr beherbergt hatte. Dafür war es auch eigentlich zu elegant. Die Fenster hatten Rolläden, und unter dem Giebel war eine Uhr mit blauem Zifferblatt und vergoldeten Zeigern angebracht: Es war zwanzig Minuten vor elf.

Sein Wagen war ebenso auf dem Vorhof abgestellt wie der von Burden und die beiden Transporter. In dem Gebäude schloß ein Techniker gerade die Computer an, und Karen Malahyde war damit beschäftigt, für Wexfords Pressekonferenz ein Podium, ein Pult mit Mikrophon und einige Stühle im Halbkreis aufzustellen. Man hatte sie für elf Uhr angesetzt.

Wexford setzte sich hinter das Pult, das für ihn beschafft worden war. Er war etwas gerührt, als er sah, wieviel Mühe sich Karen gegeben hatte – sicher war das alles Karens Werk. Auf dem Pult befanden sich drei neue Kugelschreiber, ein Brieföffner aus Messing, mit dem er ganz und gar nichts anzufangen wußte, zwei Telefonapparate, als hätte er nicht sein Portable, ein PC und ein Drucker, von deren Bedienung er keinen Schimmer hatte, und ein Kaktus in einem blau und braun glasierten Übertopf. Der Kaktus, groß, kugelförmig, grau und pelzig, kam ihm eher wie ein Tier als wie eine Pflanze vor, ein Kuscheltier. Doch als er ihn knuffen wollte, bohrte sich ihm ein scharfer Dorn in den Finger.

Wexford schüttelte ihn leise fluchend. Er stellte fest, daß man ihm Ehre erwies. Diese Dinge waren anscheinend auf die Hierarchie abgestimmt, denn auf dem Schreibtisch, der offensichtlich für Burden gedacht war, stand zwar ein zweiter Kaktus, aber er hatte keineswegs die Ausmaße seines eigenen und war auch nicht so stachelig. Und Barry Vine hatte man nur ein Usambara-Veilchen ohne jede Blüte hingestellt.

Police Constable Anne Lennox hatte sich bald nach ihrem Dienstantritt im Krankenhaus telefonisch gemeldet. Es gebe nichts zu berichten, sagte sie, alles sei in Ordnung. Was sollte das heißen? Aber was ging es ihn persönlich an, ob das Mädchen durchkam oder starb? Überall in der Welt starben in diesem Augenblick junge Mädchen, an Hunger, in Kriegen und Aufständen, an Grausamkeiten, oder weil sie nicht ausreichend medizinisch versorgt waren. Warum sollte dies eine Mädchen wichtig sein?

Er wählte Anne Lennox' Nummer.

»Es geht ihr anscheinend gut, Sir.«

Er mußte sich verhört haben. »Es geht ihr *wie*?«

»Es geht ihr anscheinend gut – jedenfalls sehr viel besser. Möchten Sie Dr. Leigh sprechen, Sir?«

Am anderen Ende der Leitung trat Stille ein. Genauer gesagt, es war keine Stimme zu hören. Er hörte

Krankenhausgeräusche, Schritte, ein metallisches Klappern und zischende Geräusche. Eine Frau meldete sich.

»Ich nehme an, Sie sind vom Polizeirevier Kingsmarkham, ja?«

»Chief Inspector Wexford.«

»Dr. Leigh. Was kann ich für Sie tun?«

Die Stimme hörte sich für ihn bekümmert an. Er bemerkte den gemessen-ernsten Ton, den diese Leute nach einer Tragödie für einige Zeit anzunehmen gelernt haben. An einem solchen Todesfall würde das ganze Krankenhaus Anteil nehmen. Er nannte einfach den Namen, sicher, daß sich weitere Fragen erübrigten.

»Miss Flory, Daisy Flory.«

Plötzlich war die Stimme der Ärztin wie verwandelt. Vielleicht hatte er es sich auch nur eingebildet. »Daisy, ja, es geht ihr gut, es geht ihr sehr gut.«

»Was? Was haben Sie da gesagt?«

»Ich habe gesagt, es geht ihr gut, sie macht erstaunliche Fortschritte.«

»Es geht ihr *gut?* Sprechen wir von derselben Person? Die junge Frau, die in der letzten Nacht mit Schußverletzungen eingeliefert wurde?«

»Ihr Zustand ist durchaus zufriedenstellend, Chief Inspector. Sie kann im Laufe des Tages die Intensivstation verlassen. Ich nehme an, Sie möchten sie sehen, ja? Es spricht nichts dagegen, daß Sie sich heute nachmittag mit ihr unterhalten. Natürlich nur kurz. Sagen wir, zehn Minuten.«

»Würde vier Uhr passen?«

»Vier Uhr, ja. Verlangen Sie doch bitte zuerst mich, Dr. Leigh.«

Die Presse stellte sich vorzeitig ein. Wexford sagte sich, daß er eigentlich von den »Medien« sprechen sollte, als er auf dem Weg zum Podium durchs Fenster sah, wie ein Fernsehwagen mit Kamera-Team eintraf.

6

»Estate«, das hörte sich heutzutage an wie eine Siedlung aus hundert Doppelhaushälften, zusammengedrängt auf ein paar Morgen Grund. Burden fand, ungewöhnlich phantasievoll für ihn, daß das einzige passende Wort vielleicht Landsitz wäre. Dies war Tancreds Landsitz, eine kleine Welt für sich oder, realistischer gesehen, eine Art Dörfchen: das große Herrenhaus, die Ställe, Remisen, Schuppen, Unterkünfte für ehemaliges und heutiges Gutspersonal. Die Gärten, die dazugehörten, Rasenflächen, Hecken, das Pinetum, die Schonungen, die Wälder insgesamt.

Und all dies – die Wälder selbst vielleicht nicht – mußte abgesucht werden. Sie mußten wissen, womit sie es zu tun hatten, was es mit Tancred auf sich hatte. Die Ställe, in denen die Tatortzentrale eingerichtet worden war, bildeten nur einen kleinen Teil des Gesamtkomplexes. Von seinem Standort aus, auf der Terrasse, die sich die ganze Rückseite des Herrenhauses entlangzog, war von diesen Nebengebäuden kaum etwas zu sehen. Geschickt angepflanzte Hecken und Bäume, die das Schlichte und Zweckmäßige verstecken sollten, entzogen alles bis auf den First eines Schieferdachs mit Wetterfahne dem Blick. Dabei war noch Frühjahr. Das Laub des Sommers würde dann alles endgültig abschirmen. Der Garten war so angelegt, daß er bruchlos in den Hintergrund überging: die Parklandschaft mit ein paar Baumriesen, die sich bis zu den bläulichen Wäldern dehnte.

Burden ging die Steinstufen hinunter, den Weg entlang und durch ein Gatter in der Hecke zu den Ställen und Remisen, wo mittlerweile die Suchaktion begonnen hatte. Er stieß auf eine Reihe von Cottages, schäbig und heruntergekommen, aber nicht baufällig, die früher ohne Zweifel mehrere der vielen Dienstboten beherbergt hatten.

An einem der Cottages stand die Haustür offen. Zwei Constables von der uniformierten Polizei waren drinnen, öffneten Schränke und untersuchten ein Loch in der Spülküche. Burden mußte daran denken, daß es angeblich viel zu wenige Häuser und Wohnungen gab. Selbst in Kingsmarkham begegnete man seit einiger Zeit Menschen ohne ein Dach über dem Kopf. Seine Frau, die sehr sozial eingestellt war, hatte ihm beigebracht, auf solche Dinge zu achten. Vor ihrer Heirat wäre er nie darauf gekommen. Doch so, wie die Dinge lagen, sah er ein, daß ungenutzter Wohnraum in Tancred und auf den Hunderten und Aberhunderten solcher Landsitze, die es in England geben mußte, keine Probleme löste. Er sah keine Möglichkeit, wie man die Florys und Copelands dieser Welt dazu bringen könnte, ihr ungenutztes Cottage einer Pennerin zur Verfügung zu stellen, die unter dem Vordach von St. Peter schlief. Burden wanderte noch einmal hintenherum ums Haus zum Wirtschaftsbereich, wo er mit Brenda Harrison zu einem Rundgang verabredet war.

Archbold und Milsom untersuchten gerade die mit Steinplatten belegten Flächen, zweifellos nach Reifenabdrücken. Sie hatten auf dem weiten Vorhof gearbeitet, als er an diesem Morgen angekommen war. Es war ein trockenes Frühjahr gewesen und hatte vor Wochen zum letztenmal stark geregnet, so daß ein Fahrzeug keine Spuren hinterließ.

Über den Beckenrand gebeugt, hatte er in dem unbewegten Wasser ein Paar großer Goldfische beobachtet, die langsam und in friedvoller Gelassenheit im Kreis herumschwammen.

Weiß und scharlachrot ... Noch immer war das Blut zu sehen, obwohl das Tischtuch, zusammen mit zahlreichen weiteren Gegenständen, in Plastiksäcken in das forensische Labor in Myringham gebracht worden war. Später in derselben Nacht war das Zimmer mit versiegelten Kunststoffsäcken angefüllt gewesen, in denen die Lampen und Schmuckgegenstände, Kissen und Servietten, Teller und Bestecke verstaut worden waren.

Ohne Bedenken, was Brenda in der Halle zu sehen bekommen könnte – denn dort bedeckten Tücher die unteren Treppenstufen und die Ecke, wo der Telefonapparat war –, hatte er sie am Speisesaal vorbeisteuern wollen, als sie einen Schritt zur Seite machte und die Tür öffnete. Sie bewegte sich so flink, daß es riskant war, sie auch nur einen Augenblick lang aus den Augen zu lassen.

Sie war eine kleine, schmächtige Frau mit einer Jungmädchenfigur. Ihre Hose ließ kaum die Formen von Po und Oberschenkeln erkennen. Aber ihr Gesicht war von tiefen Furchen durchzogen. Sie hatte den nervösen Tick, ihre Mundwinkel einzuziehen, so daß ihre Lippen wie ständig gespitzt aussahen. Das trockene, rötliche Haar war bereits so dünn, daß Mrs. Harrison wahrscheinlich spätestens in zehn Jahren eine Perücke brauchen würde. Sie hielt nie still. Vermutlich zappelte sie die ganze Nacht unruhig im Schlaf.

Draußen stand ihr Ehemann und stierte durch das Erkerfenster herein. In der Nacht vorher hatten sie die eingeschlagene Scheibe mit Packpapier abgedichtet, aber nicht die Vorhänge zugezogen. Brenda Harrison warf einen Blick zu ihm hinaus und drehte dann den Kopf in alle Richtungen, damit ihr ja nichts entging. Sie blickte kurz auf den Teil der Wand, der am schlimmsten mit Blut bespritzt war, und dann länger auf eine Stelle des Teppichs neben dem Stuhl, auf dem Naomi Jones gesessen hatte. Archbold hatte dort ein blutbeflecktes Stück vom Flor abgekratzt, das zusammen mit den anderen Corpora delicti und den vier sichergestellten Kugeln ins Labor gebracht worden war. Burden war fast sicher, daß sie gleich einen bissigen Kommentar von sich geben werde, eine spitze Bemerkung über Polizisten, die einen schönen Teppich ruinierten, den man durch Reinigen in seinen früheren Zustand zurückverwandeln hätte können, aber sie sagte nichts.

Ken Harrison war es dann, der den erwarteten Tadel aussprach – oder vielmehr mit den Lippen formte, denn im Zimmer selbst war er fast unhörbar. Burden öffnete das Fenster.

»Ich hab Sie nicht recht verstanden, Mr. Harrison.«

»Ich habe gesagt, das war aber teures Glas, teures Glas war das.«

»Die Scheibe läßt sich doch sicher ersetzen.«

»Für viel Geld schon.«

Burden zuckte die Achseln.

»Und die hintere Tür war nicht einmal abgeschlossen!« erregte sich Harrison in einem Ton, in dem ein biederer Hausbesitzer Vandalismus anprangert.

Brenda Harrison, die das Zimmer zum erstenmal ungestört inspizieren konnte, war sehr blaß geworden. Vielleicht waren dieser starre Blick, diese immer stärker werdende Blässe Vorboten einer Ohnmacht. Ihre glasigen Augen begegneten Burdens Blick.

»Kommen Sie, Mrs. Harrison, es hat keinen Sinn hierzubleiben. Ist Ihnen nicht gut?«

»Ich werd nicht umkippen, wenn Sie das meinen.«

In der Halle setzte sich Mrs. Harrison dann aber doch auf einen Stuhl und ließ zitternd den Kopf hängen. Burden merkte den Blutgeruch. Er hoffte, daß sie den Gestank, eine unangenehme Mischung von verdorbenem Fisch und Eisenspänen, nicht erkannte. Da sprang sie auf, erklärte, daß ihr nichts fehle, und schlug vor, nach oben zu gehen. Ganz unbeschwert sprang sie über die Plastikplane auf der Stelle, wo Harry Copeland gelegen hatte.

Oben angekommen, zeigte sie ihm das Dachgeschoß mit Mansarden, die vielleicht nie benutzt worden waren. Im ersten Stock waren die Zimmer von Daisy und ihrer Mutter, die er bereits gesehen hatte. Im Korridor, der zum Westflügel führte, öffnete sie nach drei Vierteln des Weges eine Tür und erklärte, hier habe Copeland geschlafen.

Burden war überrascht, denn er hatte angenommen, Davina Flory und ihr Mann hätten ein gemeinsames Schlafzimmer gehabt. Er sprach es zwar nicht aus, aber Brenda Harrison las seine Gedanken. Sie sah ihn mit einem Blick an, in dem Prüderie und Lüsternheit sonderbar gemischt waren.

»Wissen Sie, sie war sechzehn Jahre älter als er. Sie war eine sehr alte Frau. Natürlich hätte man das nicht von ihr gesagt, wenn Sie verstehen, was ich damit meine. Man brachte sie nicht mit einem bestimmten Alter in Verbindung. Sie war einfach sie selbst.«

Burden wußte, was sie meinte. Ihre Sensibilität kam unerwartet. Er warf einen raschen Blick in das Zimmer. Niemand war hier gewesen, nichts war in Unordnung gebracht worden. Copeland hatte in einem Einzelbett geschlafen. Die Möbel waren aus dunklem Mahagoni. Doch trotz ihrer warmen, kräftigen Farbe wirkte der Raum mit den einfachen, cremefarbenen Vorhängen, dem cremefarbenen Teppich und den Drucken mit alten Landkarten an den Wänden karg und nüchtern.

Der Zustand, in dem sich Davina Florys Schlafzimmer befand, schien Brenda Harrison mehr aufzuregen als der Speisesaal.

»Was für ein Chaos! Schauen Sie sich das Bett an! Schauen Sie sich all die Sachen aus den Schubfächern an!«

Sie lief umher und hob dabei einige Gegenstände vom Boden auf. Burden unternahm keinen Versuch, sie daran zu hindern. Der Fotograf hatte ja festgehalten, wie das Zimmer ausgesehen hatte.

»Sagen Sie mir doch bitte, was alles fehlt, Mrs. Harrison.«

»Sehn Sie sich ihre Schmuckschatulle an!«

»Können Sie sich erinnern, was für Stücke sie besessen hat?«

Brenda Harrison setzte sich gelenkig wie ein Teenager auf den Boden und griff ringsum nach verstreut daliegenden Gegenständen, einer Brosche, einer Augenbrauenpinzette, einem Kofferschlüssel, einer leeren Parfumflasche.

»Diese Brosche da, zum Beispiel, warum haben sie die dagelassen?«

Ihr Auflachen war wie ein Schnauben. »Die ist doch nichts wert. Ich selber hab sie ihr geschenkt.«

»Sie?«

»Ja, zu Weihnachten. Wir haben uns alle gegenseitig beschenkt, also mußte was her. Was schenkt man einer Frau, die schon alles hat? Sie hat sie oft getragen, vielleicht hat sie ihr gefallen, aber sie hat nur drei Pfund gekostet.«

»Was fehlt denn, Mrs. Harrison?«

»Ach, sie hatte ja nicht viel. Ich habe gerade gesagt: ›Eine Frau, die schon alles hat.‹ Dabei gibt es Dinge, die man sich leisten könnte, aber nicht unbedingt haben möchte, nicht wahr? Ich meine, Pelze, selbst wenn man das Geld dafür hätte. Ist ja was Grausames, stimmt's? Sie hätte sich Diamanten in rauhen Mengen leisten können, aber das war nicht ihr Stil.« Sie war aufgestanden und durchstöberte Schubfächer. »Ich würde sagen, was so da war, das ist alles fort. Sie hatte ein paar anständige Perlen. Sie hatte so Ringe, wo ihr ihr erster Mann geschenkt hat; sie hat sie nie getragen, aber sie waren da. Ihr goldenes Armband ist verschwunden. In einem der Ringe waren riesige Brillanten, weiß Gott, was er wert war. Man hätte denken sollen, daß sie ihn auf der Bank hinterlegt, hab ich nicht recht? Sie hat sich überlegt, ob sie ihn Daisy nicht zu ihrem achtzehnten Geburtstag schenken sollte.«

»Wann ist der?«

»Schon bald. Nächste oder übernächste Woche.«

»Nur *überlegt*?«

»Ich erzähl Ihnen, was sie gesagt hat, und genau das hat sie gesagt.«

»Glauben Sie, Sie könnten mir eine Liste der Schmuckstücke aufstellen, die Ihrer Ansicht nach fehlen, Mrs. Harrison?«

Sie nickte und schob krachend die Schublade zu. »Wenn man denkt, gestern um die Zeit war ich hier und hab saubergemacht – ich habe die Schlafzimmer immer dienstags geputzt –, und sie ist reingekommen, ich rede von Davina, und hat ganz fröhlich davon geplaudert, daß sie zusammen mit Harvey nach Frankreich fahren will, um irgend so eine Sendung im französischen Fernsehen zu machen, irgendeine sehr wichtige Büchersendung über ihr neues Buch. Natürlich hat sie französisch gesprochen, als wär sie dort geboren.«

»Was ist Ihrer Meinung nach letzte Nacht hier passiert?«

Sie ging vor ihm die hintere Treppe hinunter. »Meiner Meinung nach? Woher sollte ich das wissen?«

»Sie müssen sich doch Gedanken gemacht haben. Sie kennen das Haus, und Sie kannten die Menschen hier. Es würde mich interessieren, was Sie denken.«

Am Fuß der Treppe begegneten sie einer großen Katze von einer Farbe, die Burden unter dem Namen »Air Force blue« kannte. Das Tier war durch die Tür gegenüber gekommen und durchquerte gerade die hintere Halle. Als es die beiden Menschen sah, blieb es abrupt stehen, machte ganz große Augen, legte die Ohren nach hinten und blies sich auf, bis das dichte, flaumige, rauchblaue Fell hochstand. Die Haltung der Katze war die einer Kreatur, die von Jägern oder einem gefährlichen Raubtier bedroht wird.

»Stell dich nicht so an, Queenie«, sagte Brenda Harrison zärtlich. »Sei kein so dummes, altes Ding. Du weißt doch, daß er dir nichts tut, wenn ich dabei bin.« Burden war ein bißchen gekränkt. »Hinten liegt ein bißchen Hühnerleber für dich auf der Stufe.«

Die Katze drehte sich um und suchte auf demselben Weg, den sie gekommen war, das Weite. Brenda Harrison folgte ihr durch eine Tür, die Burden am Abend vorher nicht geöffnet hatte, und durch einen Korridor, der zum »Damenzimmer« führte. Im Wintergarten, vom Sonnenlicht durchflutet, war es warm wie im Sommer. Er war am Abend vorher kurz hier gewesen, aber bei Tageslicht wirkte der Raum anders.

Der Hyazinthenduft war schwer und süß, und die Sonne hatte die Narzissen aufgehen lassen. Die Atmosphäre war feuchtwarm und duftgeschwängert, wie man sich vielleicht einen Regenwald vorstellt.

»Sie wollte nicht erlauben, daß ich mir ein Tier zulege«, sagte Brenda Harrison unvermittelt.

»Wie bitte?«

»Davina. Wie ich sage, sie war nicht von oben herab, wir waren für sie alle gleich – so hat sie jedenfalls *geredet* –, aber ich durfte mir keinen Hund zulegen. Ich hätt so gern einen gehabt. ›Schaffen Sie sich einen Hamster an, Brenda‹, hat sie gesagt, ›oder einen Wellensittich.‹ Aber die Vorstellung hat mir nie gefallen. Es ist grausam, Vögel in Käfigen zu halten, finden Sie nicht auch?«

»Ich wäre auch nicht drauf versessen.«

»Weiß Gott, was jetzt aus uns werden soll, aus mir und Ken. Wir haben ja kein anderes Zuhause. Bei den heutigen Häuserpreisen haben wir keine Chance – das ist doch ein Witz, nicht? Davina hat gesagt, das wäre unser Zuhause für immer, aber wenn's drauf ankommt, ist es doch ein Cottage fürs Gutspersonal, nicht?« Sie bückte sich und hob ein welkes Blatt vom Boden auf. Ihr Gesichtsausdruck wurde kokett-wehmütig. »Es ist nicht einfach, noch mal von vorne anzufangen. Ich weiß, man sieht mir mein Alter nicht an, das sagen alle, aber letzten Endes werden wir auch nicht jünger, keiner von uns beiden.«

»Sie wollten mir erzählen, was sich Ihrer Meinung nach gestern abend hier abgespielt hat.«

Sie seufzte. »Was hat sich meiner Meinung nach hier abgespielt? Nun ja, was halt bei solchen schrecklichen Geschichten passiert, es ist ja nicht die erste, oder? Sie haben sich Zugang verschafft und sind nach oben, sie hatten von den Perlen und vielleicht auch von den Ringen erfahren. In den Zeitungen stehen ja immer wieder Sachen über Davina. Ich will damit sagen, alle Leute konnten sich denken, daß hier was zu holen ist. Harvey hat sie gehört, ist nach oben gegangen, um nachzusehen, und sie sind heruntergekommen und haben ihn erschossen. Dann mußten sie auch die anderen erschießen, damit die nicht auspacken konnten – nicht erzählen konnten, wie die Typen aussahen, meine ich damit.«

»Das ist eine Möglichkeit.«

»Was denn sonst?« sagte sie, als wäre ein Zweifel überhaupt nicht denkbar. Dann sagte sie zu seinem Erstaunen in einem munteren Ton: »Jetzt kann ich mir einen Hund anschaffen. Egal, was aus uns wird, jetzt kann mich niemand daran hindern, mir einen Hund zuzulegen, nicht?«

Burden ging in die Halle zurück und betrachtete nachdenklich die Treppe. Je mehr er darüber nachdachte, desto weniger konnte er sich den Tathergang nach dem, was er mit eigenen Augen gesehen hatte, zusammenreimen. Es fehlten Schmuckstücke. Pretiosen im Gegenwert von mindestens hunderttausend Pfund, aber deswegen drei Menschen, beinahe vier, umbringen? Burden zuckte die Achseln. Schließlich wußte er, daß Männer und Frauen schon für fünfzig Pence, für den Preis eines Drinks, ermordet worden waren.

Die Erinnerung an seinen Fernsehauftritt machte Wexford noch etwas zu schaffen, aber er konnte sich immerhin zu der Diskretion beglückwünschen, die er im Fall von Davina Flory gewahrt hatte. Das Fernsehen war für ihn kein geheimnisvolles und furchteinflößendes Medium mehr. Er gewöhnte sich allmählich daran. Dies war sein dritter oder vierter Auftritt vor der Kamera gewesen, und wenn er auch nicht abgestumpft war, so war er doch wenigstens selbstsicher.

Nur eine einzige Frage hatte ihn etwas aus dem Gleichgewicht gebracht. Sie hatte mit den Morden in Tancred House anscheinend nichts zu tun. Ob in diesem Fall eine größere Wahrscheinlichkeit bestehe, die Täter zu ermitteln, als bei dem Mord in der Bank, war er gefragt worden. Er hatte geantwortet, er sei überzeugt, daß beide Verbrechen aufgeklärt und Sergeant Martins Killer ebenso gefaßt werden würde wie die Mörder von Tancred House. Auf das Gesicht des Fragenden trat ein leichtes Lächeln, das Wexford, um Gelassenheit bemüht, zu ignorieren versuchte.

Die Frage hatte weder einer der freien Mitarbeiter der großen Zeitungen noch einer der anwesenden Repräsentanten der überregionalen Blätter gestellt, sondern ein Reporter des *Kingsmarkham Courier,* ein sehr junger Mann, dunkelhaarig, ziemlich gutaussehend und mit einem vorwitzigen Gesichtsausdruck. Seine Public-School-Stimme hatte keine Spur vom Londoner Akzent oder der lokalen, gutturalen Sprechweise.

»Seit dem Mord in der Bank ist schon fast ein Jahr vergangen, Chief Inspector.«

»Zehn Monate«, sagte Wexford.

»Zeigen die Statistiken nicht eindeutig: Je mehr Zeit vergeht, desto weniger wahrscheinlich ist es ...«

Wexford deutete auf eine Frau, die die Hand gehoben hatte, und ihre Frage übertönte die weiteren Worte des *Courier*-Reporters. Wie es der jungen Miss Flory gehe? Davina oder Daisy, so werde sie doch genannt, ja?

Wexford wollte in diesem Punkt vorläufig Diskretion wahren. Er antwortete, daß sie sich auf der Intensivstation befinde – was zu dieser Stunde vermutlich noch zutraf –, daß ihr Zustand stabil, aber ernst sei. Sie habe viel Blut verloren. Das hatte ihm zwar niemand berichtet, aber es verhielt sich bestimmt so.

Er wollte allein hinfahren, um sie zu besuchen. Detective Constable Gerry Hinde fütterte, ganz in seinem Element, seinen Computer gerade mit Unmengen von Informationsmaterial, aus dem er, so hatte er geheimnisvoll erklärt, eine Datenbank erstellen werde, auf die alle anderen Computer hier Zugriff haben sollten. Belegte Brote waren eingetroffen, besorgt aus dem Supermarkt in der Cheriton High Road. Als Wexford sein eigenes Päckchen mit dem Brieföffner öffnete, der sich nun doch als nützlich erwies, überlegte er, wie die Welt wohl zurechtgekommen war, bevor die Sandwich-Verpackung aus keilförmigem Kunststoff ihren ersten Auftritt gehabt hatte. Sie verdient es, auf eine Stufe mit anderen genialen Erfindungen gestellt zu werden, dachte er und warf dabei Gerry Hinde einen angewiderten Blick zu, zumindest auf eine Ebene mit Faxgeräten.

Als er gerade gehen wollte, erschien Brenda Harrison mit einer Liste der fehlenden Schmuckstücke Davina Florys. Er hatte nur noch Zeit, sie rasch zu überfliegen, und gab sie dann an Hinde weiter. Das war gefundenes Fressen für Hindes Datenbank.

Als er aus dem Stallgebäude trat, stellte er verärgert fest, daß der *Courier*-Reporter auf ihn wartete. Der junge Mann saß mit baumelnden Beinen auf einer niedrigen Mauer. Wexford hatte es sich zur Regel gemacht, mit Vertretern der Medien außerhalb von eigens anberaumten Pressekonferenzen niemals über »Fälle« zu sprechen. Dieser Typ mußte eine geschlagene Stunde darauf gewartet haben, daß er, Wexford, irgendwann herauskam.

»Nein. Für heute hab ich nichts mehr zu sagen.«

»Das ist aber sehr unfair. Sie sollten uns bevorzugt behandeln. Die Polizei, dein Freund und Helfer!«

»Das ist ja wohl ein bißchen anders gemeint«, sagte Wexford, nun doch belustigt. »Wie heißen Sie?«

»Jason Sherwin Coram Sebright.«

»Schöner Bandwurmname, was? Zu lang für eine Autorenzeile.«

»Ich hab mich noch nicht entschieden, wie ich mich als Journalist nennen soll. Beim *Courier* bin ich erst seit letzter Woche. Aber ich habe gegenüber den anderen einen eindeutigen Vorteil. Ich kenne nämlich Daisy. Sie geht auf meine Schule, beziehungsweise auf meine ehemalige Schule. Ich kenne sie sehr gut.«

All dies trug er mit einer frechen Selbstsicherheit vor, die selbst heutzutage ungewöhnlich war. Jason Sebright schien keinerlei Befangenheit zu kennen.

»Sie nehmen mich hoffentlich mit, wenn Sie sie besuchen«, sagte er. »Ich mache mir Hoffnungen auf ein Exklusivinterview.«

»Solche Hoffnungen, Mr. Sebright, sind zum Scheitern verurteilt.«

Er bugsierte Sebright vom Grundstück und behielt ihn im Auge, bis er in seinen eigenen Wagen gestiegen war. Donaldson fuhr Wexford über die Hauptzufahrt, die Route, auf der sie am Abend zuvor gekommen waren. Sebrights winziger Fiat folgte ihnen dichtauf. Nach einer Viertelmeile kamen sie an einer Stelle vorbei, wo viele umgestürzte Bäume lagen und Gabbitas offensichtlich mit einer Gattersäge die Stämme zerkleinerte. Der Orkan, der drei Jahre vorher England heimgesucht hatte, hatte hier viel Schaden angerichtet. Wexford fielen größere abgeholzte Flächen auf, wo kürzlich halbmetergroße Pflanzen gesetzt, an Stangen festgebunden und gegen Wildverbiß gesichert worden waren. Für die verarbeiteten Stämme waren Schuppen errichtet worden, in denen unter Planen Eichen-, Platanen- und Eschenbretter gestapelt waren.

Sie gelangten zum Tor der Hauptzufahrt, und Donaldson stieg aus, um es zu öffnen. Am linken Torpfosten hing ein Blumenstrauß. Wexford kurbelte das Fenster herunter. Es handelte sich nicht um ein gewöhnliches Gebinde aus einem Blumenladen, sondern um einen mit Blumen gefüllten Korb, dessen eine Seite tief herabgezogen war, um möglichst viel vom Inhalt zur Schau zu stellen. Goldene Fresien, himmelblaue Scillas und wachsweiße Kranzschlingen quollen über den vergoldeten Rand des Korbes. Am Griff war eine Karte befestigt.

»Was steht darauf?«

Donaldson verhedderte sich, räusperte sich und begann noch einmal. »Nun triumphiere, Tod! Du führest heim das schönste Frauenbild.«

Er ließ das Tor für Jason Sebright offen, der, wie Wexford sah, gleichfalls ausgestiegen war, um zu lesen, was auf der Karte stand. Donaldson fuhr auf die B 2428 Richtung Cambery Ashes und Stowerton. Zehn Minuten später waren sie dort.

Dr. Leigh, Mitte zwanzig, wirkte müde, als sie in dem Korridor vor der MacAllister-Station auf Wexford zuging.

»Ich kann verstehen, daß Sie dringend mit ihr sprechen müssen, aber könnten Sie es heute auf zehn Minuten beschränken? Sie können ja von mir aus – und wenn es ihr nichts ausmacht – morgen wiederkommen. Aber beim erstenmal, finde ich, sollte man nicht über zehn Minuten hinausgehen. Das wird doch für das Wesentliche genügen, oder?«

»Wenn Sie meinen«, sagte Wexford.

»Sie hat viel Blut verloren«, sagte die Ärztin und bestätigte damit, was er zu den Reportern gesagt hatte. »Aber die Kugel hat das Schlüsselbein gottlob nicht durchschlagen und noch wichtiger, die Lunge nicht verletzt. Ein kleines Wunder. Bedenklich ist nicht so sehr ihr körperlicher Zustand, sondern ihre seelische Verfassung.«

»Das überrascht mich nicht.«

»Würden Sie einen Augenblick in das Schwesternzimmer mitkommen?«

Wexford folgte ihr in einen kleinen Raum, der, obwohl niemand da war, völlig verqualmt war. Warum, fragte sich Wexford, rauchen Menschen, die in Krankenhäusern arbeiten und bestimmt mehr als jeder andere über die Gefahren des Nikotins zu hören bekommen? Es war ihm ein Rätsel. Dr. Leigh schnalzte mit der Zunge und riß das Fenster auf.

»Aus Daisys Brust wurde eine Kugel entfernt. Das Schulterblatt hinderte sie am Austreten. Möchten Sie sie haben?«

»Allerdings möchten wir sie haben. Sie wurde nur einmal angeschossen?«

»Nur ein einziges Mal. Der Schuß hat sie oben in der Brust getroffen, auf der linken Seite.«

»So.« Er wickelte den Bleizylinder in sein Taschentuch und steckte es ein. Daß die Kugel im Körper des Mädchens gesteckt hatte, verursachte ihm ein unerwartetes flaues Gefühl im Magen.

»Sie können jetzt hineingehen.«

Dr. Leigh führte ihn in die MacAllister-Station. Die Korridorwände der einzelnen Zimmer bestanden aus Mattglasscheiben, und in jeder Tür war ein kleines klares Fensterchen eingelassen. Vor dem Zimmer Nummer 2 saß Anne Lennox auf einem unbequem wirkenden Hocker und las ein Taschenbuch von Danielle Steel. Als Wexford erschien, sprang sie auf.

»Brauchen Sie mich, Sir?«

»Nein, danke, Anne. Bleiben Sie nur sitzen.«

Aus dem Zimmer kam eine Schwester, die ihm die Tür aufhielt. Dr. Leigh sagte, sie erwarte ihn, wenn er fertig sei, und wiederholte ihre Bitte, es kurz zu machen. Wexford ging hinein. Hinter ihm wurde die Tür geschlossen.

7

Sie saß aufrecht in einem hohen, weißen Bett, von einer Menge Kissen im Rücken gestützt. Ihr linker Arm lag in einer Schlinge, die linke Schulter war fest bandagiert. Es war so warm in der Station, daß sie nur ein weißes, ärmelloses, gerade geschnittenes Kittelchen anhatte, das ihre rechte Schulter samt dem Oberarm freigab. An ihrem nackten rechten Arm war ein Infusionsschlauch befestigt.

Wexford mußte an die Fotografie aus dem *Independent on Sunday* denken. Das war noch einmal Davina Flory, das war Davina Flory, wie sie mit siebzehn ausgesehen hatte.

Daisy trug das Haar nicht kurz geschnitten, sondern lang. Die üppige Mähne aus glattem, sehr feinem, sehr dunklem braunen Haar verdeckte die verletzte und die entblößte gesunde Schulter zur Hälfte. Die Stirn war hoch wie bei ihrer Großmutter, aber die großen, tief in den Höhlen liegenden Augen waren nicht dunkelbraun, sondern von einem hellen, klaren Haselnußton, mit je einem schwarzen Ring um die Pupillen. Die Haut war hell für eine so dunkelhaarige Person, und die ziemlich schmalen Lippen waren sehr blaß. Sie hatte glücklicherweise nicht die Adlernase ihrer Großmutter geerbt, sondern eine hübsche Stupsnase. Wexford erinnerte sich an die Hände der toten Davina Flory und sah, daß Daisy die gleichen hatte, nur daß die Haut noch geschmeidig und jung war. Sie trug keine Ringe. An den blaß-rosigen Ohrläppchen zeigten sich die Löcher für Ohrringe wie winzige rosafarbene Wunden.

Als sie ihn erblickte, sagte sie kein Wort, sondern begann zu weinen. Die Tränen liefen ihr übers Gesicht.

Er zog eine Handvoll Kleenex aus der Packung auf ihrem Nachtkästchen und reichte sie ihr. Sie wischte sich das Gesicht ab, ließ dann den Kopf sinken und verdrehte die Augen nach oben. Ihr Körper hob und senkte sich bei der Anstrengung, die Schluchzer zu unterdrücken.

»Es tut mir sehr leid für Sie«, sagte er. »Sehr, sehr leid.«

Sie nickte und umklammerte die feuchten Kleenex mit der linken Hand. Er hatte nicht viel darüber nachgedacht, daß sie am Abend zuvor ja ihre Mutter verloren hatte. Und eine Großmutter, an der sie vielleicht ebensosehr gehangen hatte, sowie einen Mann, der seit ihrem fünften Lebensjahr wie ein Großvater für sie gewesen war.

»Miss Flory ...«

Ihre Stimme klang gedämpft aus den Kleenex, die sie sich ans Gesicht drückte. »Sagen Sie Daisy zu mir.« Er merkte, wie sie sich anstrengte, als sie schluckte und den Kopf hob. »Sagen Sie bitte Daisy zu mir. Ich kann es nicht leiden, wenn man mich Miss Flory nennt, und außerdem heiße ich ja eigentlich Jones. Oh, ich muß mit dem Weinen aufhören.«

Wexford ließ ein paar Augenblicke vergehen, obwohl er sich bewußt war, wie wenig Zeit er hatte. Er merkte ihr an, daß sie versuchte, Bilder, die sie im Geist vor sich sah, zu vertreiben, sie wegzuwischen und sich in die Gegenwart zurückzuholen. Sie holte tief Luft.

Er wartete noch ein Weilchen, doch allzu langes Warten konnte er sich nicht erlauben. Nur eine Minute, bis sie gleichmäßig atmete und mit den Fingern die Tränen weggewischt hatte. »Daisy«, begann er dann, »Sie wissen, wer ich bin, ja? Ich bin Polizeibeamter – Chief Inspector Wexford.«

Sie nickte mehrmals rasch.

»Ich darf heute nur zehn Minuten bei Ihnen bleiben, aber ich komme morgen wieder, wenn Ihnen das recht ist. Ich hätte gern, daß Sie mir jetzt ein, zwei Fragen beantworten, und ich werde mir Mühe geben, Sie nichts zu fragen, was weh tun könnte. Wären Sie damit einverstanden?«

Langsames Nicken und noch ein keuchender Laut.

»Wir müssen zum vergangenen Abend zurückkehren. Ich will Sie nicht danach fragen, was sich genau abgespielt hat, noch nicht, nur wann Sie die Täter zum erstenmal im Haus gehört haben und wo.«

Sie zögerte so lange, daß er nicht anders konnte, als einen Blick auf seine Uhr zu werfen.

»Wenn Sie mir nur sagen könnten, wann Sie sie gehört haben und wo das war...«

Plötzlich sprudelte es aus ihr heraus. »Sie waren oben. Wir saßen beim Abendessen, waren schon beim Hauptgang. Meine Mutter hat sie als erste gehört. Sie hat gesagt: ›Was ist das? Das hört sich an, als wäre oben jemand.‹«

»Ja. Und dann?«

»Davina, meine Großmutter, hat gesagt, es sei die Katze.«

»Die *Katze*?«

»Es ist eine große Katze, eine blaue Perserkatze, und sie heißt Queenie. Manchmal tobt sie abends im Haus herum. Es ist erstaunlich, was für einen Radau sie veranstalten kann.«

Daisy Flory lächelte. Es war ein wunderbar offenes Lächeln, ein Jungmädchenlächeln, und es hielt sich einen Augenblick, ehe es auf den Lippen verzitterte. Wexford hätte gerne ihre Hand genommen, aber das wäre fehl am Platz gewesen.

»Haben Sie ein Auto gehört?«

Sie schüttelte den Kopf. »Ich habe außer dem Lärm

über uns nichts gehört. Gerumpel und Schritte. Harvey, der Mann meiner Großmutter, ging aus dem Zimmer. Wir haben den Schuß gehört und dann noch einen. Es war ein furchtbares Krachen, wirklich furchtbar. Meine Mutter hat aufgeschrien. Wir sind alle aufgesprungen. Nein, ich bin hochgesprungen, und meine Mutter auch, und ich ... ich wollte wohl hinaus, aber meine Mutter hat geschrien: ›Nein, tu's nicht!‹ und dann ist er reingekommen. Er ist ins Zimmer gekommen.«

»*Er?* War es nur einer?«

»Ich hab nur einen gesehen. Den andern hab ich gehört, aber nicht gesehen.«

Die Erinnerung an das Geschehene ließ sie erneut verstummen. Er sah, wie ihr wieder die Tränen in die Augen traten. Sie rieb sie sich mit der rechten Hand.

»Ich hab nur *einen* gesehen«, sagte sie mit halb erstickter Stimme. »Er hatte einen Revolver. Er kam herein.«

»Beruhigen Sie sich«, sagte Wexford. »Ich muß Ihnen die paar Fragen stellen. Es ist bald vorbei. Bitte verstehen Sie, daß es einfach sein muß.«

»Einverstanden. Er kam herein ...« Aus ihrer Stimme wich das Leben. Sie klang monoton. »Davina saß noch. Sie stand überhaupt nicht auf, sondern saß nur da, hatte aber den Kopf zur Tür hingedreht. Ich glaube, er hat sie in den Kopf geschossen. Dann hat er meine Mutter erschossen. Was ich getan habe, weiß ich nicht mehr. Es war so furchtbar, so unvorstellbar, Wahnsinn, ein Horror, es war völlig irreal, es war nur ... nein, ich weiß nicht ... Ich habe versucht, auf den Boden zu kommen. Ich habe gehört, wie der andere draußen einen Motor angelassen hat. Derjenige, der im Haus war, der mit dem Revolver, er hat auf mich geschossen, und ich weiß nicht, ich kann mich nicht mehr erinnern ...«

»Daisy, das ist schon sehr gut, was Sie alles behalten

haben. Wirklich sehr gut. Sie wissen vermutlich nicht mehr, was passiert ist, nachdem Sie angeschossen worden waren? Aber können Sie sich erinnern, wie er aussah? Können Sie ihn beschreiben?«

Sie schüttelte den Kopf, hob die rechte Hand und legte sie ans Gesicht. Wexford hatte nicht den Eindruck, daß sie den Mann mit dem Revolver nicht beschreiben könnte, sie schien sich nur vorläufig nicht dazu durchringen zu können. Sie murmelte: »Ich habe ihn nicht sprechen hören. Er hat nichts gesagt.« Obwohl Wexford nicht danach gefragt hatte, murmelte sie: »Es war kurz nach acht, als wir sie gehört haben, und zehn nach acht, als sie wegfuhren. Zehn Minuten, das war alles ...«

Die Tür ging auf, und eine Krankenschwester kam herein. »Ihre zehn Minuten sind um. Das muß für heute leider reichen.«

Wexford stand auf. Selbst wenn sie nicht unterbrochen worden wären, hätte er kaum gewagt, noch weitere Fragen zu stellen. Ihre Kräfte, ihm zu antworten, waren beinahe erschöpft.

Ganz leise, fast flüsternd, sagte sie: »Ich habe nichts dagegen, wenn Sie morgen wiederkommen. Ich weiß, daß ich darüber sprechen muß. Morgen werd ich ein bißchen mehr sagen.«

Sie wandte den Blick von ihm, starrte zum Fenster, wobei sie die Schultern langsam hochzog, die verletzte wie die unverletzte, hob die rechte Hand und legte sie sich auf den Mund.

Der Artikel im *Independent on Sunday* war von raffinierter Gehässigkeit bestimmt. Wo immer es möglich war, eine Stichelei anzubringen, stichelte Win Carver. Keine Gelegenheit für eine scharfe Bemerkung wurde ausgelassen. Trotzdem war es ein guter Artikel. So ist der Mensch eben, gestand sich Wexford ein, daß er einen Text in ironischem und leicht boshaften Ton *besser* findet als einen zurückhaltenden.

Ein Journalist vom *Kingsmarkham Courier* hätte einen devoteren Ton angeschlagen, um von Davina Florys Aufforstungsplänen zu berichten oder von ihren baumkundlichen Studien, ihrer Begeisterung fürs Gärtnern und ihrer Sammelleidenschaft für seltene Bäume zu erzählen. Miss Carver aber behandelte das ganze Thema, als wäre es eher komisch und beweise eine gewisse Heuchelei. Einen Wald zu »pflanzen«, gab sie zu verstehen, sei wohl nicht ganz die richtige Umschreibung einer Tätigkeit, die andere verrichteten, während man selbst dafür nur das Geld herschaufelte. Gärtnern aus Liebhaberei mochte ja ein angenehmer Zeitvertreib sein, falls man sich ihm nur sonntags, wenn man nichts anderes zu tun hatte, hinzugeben brauchte, und auch dann nur bei schönem Wetter. Das Umgraben besorgten kräftige junge Männer.

Davina Flory, so fuhr sie in einem ganz ähnlichen Ton fort, sei zwar eine höchst erfolgreiche, ja, umjubelte Frau gewesen, aber schwer habe sie es wohl nicht unbedingt gehabt. Angesichts ihrer Intelligenz und dank des Umstands, daß sie einen Professor als Vater hatte und es auch nicht an Geld fehlte, habe es nahegelegen, sie auf die Universität Oxford zu schicken. Sie mochte ja eine bedeutende Landschaftsgärtnerin sein, doch das Land und das notwendige Kleingeld dafür seien ihr in den Schoß gefallen, als sie Desmond Flory heiratete. Daß sie in der letzten Kriegsphase Witwe wurde, sei zwar traurig gewesen, der Schmerz aber gewiß dadurch gemildert worden, daß sie mit dem Tod ihres ersten Ehemannes ein Herrenhaus von gewaltigen Ausmaßen und ein riesiges Vermögen geerbt habe.

Ein wenig sardonisch äußerte sich Win Carver auch über die kurze zweite Ehe. Doch als sie dann zu den Reisen und den Büchern kam, zu Davina Florys verdienstvollen Streifzügen durch Osteuropa und zu ihren politischen und soziologischen Untersuchungen dieser Region – obendrein in höchst schwierigen und gefährlichen Zeiten –, war sie voll des Lobs. Sie erwähnte die »anthropologischen« Bücher, in die die Erkenntnisse dieser Reisen eingeflossen waren. Sie erinnerte sich in schwärmerischen Tönen an ihre eigene Studienzeit, zwanzig Jahre zurückliegend, als sie Davina Florys zwei Romane, *Midians Gastfreunde* und *Ein Privatmann in Athen*, gelesen hatte. Ihre Wertschätzung dieser beiden Bücher verglich sie mit der Wirkung von Chapmans Homer-Übersetzung auf Keats, die diesem »die Sprache verschlagen« habe.

Schließlich kam sie ausführlich auf den ersten Band der Autobiographie, *Der jüngste von neun Zeisigen*, zu sprechen. Wexford, der vermutet hatte, daß dieser Titel Shakespeares *Was ihr wollt* entlehnt war, sah sich mit Genugtuung bestätigt. Als nächstes folgte ein Kurzbericht von Davina Florys Kindheit und Jugend, wie sie in diesen Erinnerungen geschildert wurden; anschließend wurde erwähnt, wie sie Harvey Copeland kennengelernt hatte, und dann schloß Miss Carver mit ein paar – wenigen – Worten über Davina Florys Tochter Naomi Jones, Teilhaberin einer Galerie für Kunsthandwerk in Kingsmarkham, und Miss Florys gleichnamige Enkelin.

Am Ende ihres Artikels spekulierte Win Carver über die Möglichkeit, daß Davina Flory von der Königin mit der Ernennung zur »Dame Commander of the British Empire« geehrt werden könnte, und schätzte sie ziemlich groß ein. Nur ein, zwei Jahre müßten vergehen, meinte sie, bis aus Miss Flory Dame Davina wurde. Zumeist, so schrieb Miss Carver, »warten sie, bis man seinen achtzigsten Geburtstag hinter sich hat, damit man nicht mehr zu lange lebt«.

Davina Florys Leben hatte dafür nicht lange genug

gedauert. Sie war eines unnatürlichen und äußerst gewaltsamen Todes gestorben. Wexford, der noch immer in der Tatortzentrale war, legte die Zeitungen beiseite und las die Auflistung der fehlenden Schmuckstücke durch, die Gerry Hinde für ihn ausgedruckt hatte. Es waren nicht viele, aber sie erschienen ihm wertvoll. Dann ging er über den Hof zum Herrenhaus.

Die Halle war gesäubert worden. Es duftete penetrant nach jener Sorte Desinfektionsmittel, die wie eine Mischung aus Lysol und Limonensaft riecht. Brenda Harrison war gerade damit beschäftigt, schmückende Gegenstände, die falsch plaziert worden waren, dorthin zu stellen, wohin sie gehörten. Auf ihrem vorzeitig gealterten Gesicht lag ein Ausdruck angespannter Konzentration, zweifellos die Ursache, warum das Gesicht so zerfurcht war. Auf der dritten Treppenstufe, dort, wo der Teppich – vielleicht durch Flecke verdorben, die sich nicht mehr entfernen ließen – mit einem Leintuch bedeckt war, saß Queenie, die blaue Perserkatze.

»Es wird Sie freuen zu hören, daß Daisy auf dem Weg der Genesung ist«, sagte Wexford.

Sie wußte es bereits. »Einer der Polizisten hat es mir gesagt«, sagte sie ziemlich gleichgültig.

»Wie lange haben Sie und Ihr Mann hier gearbeitet, Mrs. Harrison?«

»Fast zehn Jahre.«

Das überraschte ihn. Zehn Jahre sind eine ansehnliche Zeitspanne. Nach einer so langen Verbindung hätte er mehr Anteilnahme am Schicksal der Eigentümer erwartet, mehr *Gefühl.*

»Mr. und Mrs. Copeland waren also gute Arbeitgeber?«

Ein Achselzucken. Sie war gerade dabei, eine rotblaue Porzellaneule abzustauben, und stellte sie auf die polierte Fläche zurück, ehe sie antwortete. Dann sagte sie nachdenklich, als hätte sie eine Menge Gedankenarbeit geleistet, bevor sie es aussprach: »Sie waren nicht von oben herab.« Sie zögerte und setzte dann stolz hinzu: »Jedenfalls nicht uns gegenüber.«

Die Katze stand auf, streckte sich und spazierte langsam in Wexfords Richtung. Sie blieb vor ihm stehen, stellte die Haare auf, blickte ihn finster an und rannte plötzlich fluchtartig die Treppe hinauf. Wenig später war Lärm zu vernehmen. Es war, als galoppierte ein Miniaturpferd den Korridor entlang. Stoßen und Krachen drangen durch die Decke nach unten.

Brenda Harrison knipste eine Lampe an, dann eine zweite. »Um diese Zeit führt sich Queenie immer so auf«, sagte sie.

»Richtet sie denn keinen Schaden an?«

Ein schwaches Lächeln belebte ihr Gesicht, ließ die Wangen ein, zwei Zentimeter breiter werden. Wexford erkannte, daß sie zu den Menschen gehörte, denen die Possen von Tieren Spaß machen. Der Humor solcher Leute beschränkt sich beinahe ausschließlich auf dressierte Schimpansen am Teetisch, Hunde in menschlichen Posen, junge Kätzchen, die Hauben tragen. An ihresgleichen verdient die Zirkusbranche ihr Geld.

»Wenn Sie in einer halben Stunde hinaufgingen«, sagte sie, »würden Sie nicht merken, daß sie überhaupt dort oben war.«

»Und das ist immer so um diese Zeit?« Er blickte auf seine Uhr: zehn vor sechs.

»Etwas früher oder später, ja.« Sie warf ihm einen Blick von der Seite zu und grinste dabei ganz schwach. »Sie ist zwar ein helles Köpfchen, aber die Uhr kennt sie doch nicht.«

»Ich möchte Sie nur noch eines fragen, Mrs. Harrison. Haben Sie in den letzten Tagen oder auch Wochen irgendwelche fremden Leute hier in der Gegend gesehen? Unbekannte Gesichter? Irgend jemanden, den Sie in der Nähe des Hauses oder auch auf dem Gut nicht erwartet hätten?«

Sie dachte nach. Dann schüttelte sie den Kopf. »Sie sollten das Johnny fragen, Johnny Gabbitas. Er kommt in den Wäldern rum, er ist immer draußen.«

»Wie lange ist er schon hier?«

Ihre Antwort überraschte ihn etwas. »Ein Jahr vielleicht. Nicht länger. Warten Sie – ich schätze, im Mai wird es ein Jahr.«

»Wenn Ihnen irgendwas einfällt, irgend etwas Merkwürdiges oder Ungewöhnliches, das Ihnen vielleicht aufgefallen ist, denken Sie daran, uns Bescheid zu sagen, ja?«

Mittlerweile wurde es dunkel. Als er um den Westflügel herumging, flammten die in die Mauer eingelassenen Lampen, gesteuert von einem Zeitschalter, auf. Er blieb stehen und blickte zurück zum Wald und zu der Straße, die aus diesem herausführte. Die beiden Männer mußten in der vergangenen Nacht auf diesem Weg gekommen sein, oder aber sie hatten die Nebenstraße genommen; einen dritten Weg gab es nicht.

Warum hatte niemand im Haus ein Auto gehört? Vielleicht aber war es doch so gewesen? Drei von ihnen konnten es ihm nicht sagen, weil sie nicht mehr lebten. Daisy hatte es nicht gehört; das war alles, was er hierzu jemals erfahren würde.

Die beiden Männer waren sicher auf das hell erleuchtete Haus zugefahren. Um acht Uhr hatte die Außenbeleuchtung schon seit zwei Stunden und das Licht im Haus schon viel länger gebrannt. Aber angenommen, sie waren nicht bis zum Haus gefahren, sondern *vor* dem Erreichen der Mauer nach links abgebogen auf dic Straße, auf der er sich jetzt befand. Auf die Straße, die in fünfzehn Metern Entfernung am Westflügel vorbei in einer weiten Kurve um den Wirtschaftsbereich und die hintere Tür führte, am Garten mit seiner hohen Hecke entlanglief und dann zu den Cottages der Harrisons und von John Gabbitas führte.

Wer diesen Weg wählte, mußte sich in der Umgebung von Tancred House gut auskennen. Er mußte wohl auch wissen, daß die hintere Tür abends nicht abgeschlossen wurde. Wenn die Täter diesen Weg gekommen waren und in der Nähe der Hintertür geparkt hatten, dann war es möglich, sogar wahrscheinlich, daß im Eßzimmer niemand etwas gehört hatte.

Doch Daisy hatte gehört, wie der Mann, den sie nicht gesehen hatte, den Motor eines Wagens anließ, nachdem der Mann, den sie gesehen *hatte*, auf sie und ihre Familie geschossen hatte.

Vermutlich hatte er das Haus durch den Hintereingang verlassen und das Auto zur Vorderseite gebracht. Als er im Obergeschoß Geräusche hörte, hatte er wohl die Flucht ergriffen. Der Mann, der auf Daisy geschossen hatte, hatte gleichfalls oben Geräusche gehört und deswegen keinen weiteren Schuß abgefeuert, den Schuß, der sie getötet hätte. Die Geräusche kamen natürlich von Queenie, der Katze, aber das konnten die beiden Männer nicht ahnen. Höchstwahrscheinlich war keiner von ihnen in der obersten Etage gewesen. Sie mußten sich gesagt haben, daß vielleicht jemand dort oben war.

Dies war eine Erklärung, die bis auf einen Punkt völlig befriedigte. Wexford stand am Rand der Straße und schaute grübelnd hinter sich, als aus dem Wald, auf der Hauptzufahrt, Scheinwerfer auftauchten. Das Fahrzeug bog kurz vor der Mauer nach links ab, und Wexford sah im Licht von Tancred House, daß es sich um John Gabbitas' Landrover handelte.

Gabbitas hielt an, als er den Chief Inspector erkannte. Er kurbelte das Fenster nach unten. »Haben Sie nach mir gesucht?«

»Ich möchte mich ein bißchen mit Ihnen unterhalten, Mr. Gabbitas. Hätten Sie eine halbe Stunde Zeit?«

Statt einer Antwort lehnte sich Gabbitas hinüber und öffnete die Beifahrertür. Wexford lehnte sich ans Fenster. »Würden Sie bitte in die Ställe hinüberkommen?«

»Dafür ist's ein bißchen spät, nicht?«

»Spät wofür, Mr. Gabbitas? Für Ermittlungen in einer Mordsache? Wir haben drei Tote und eine Schwerverletzte. Aber wenn ich's mir recht überlege – Ihr Haus wäre vielleicht der geeignetere Ort.«

»Na schön, in Gottes Namen, wenn es sein muß.«

Diese kurze Unterhaltung hatte Wexford Dinge klargemacht, die er bei ihrer ersten Begegnung nicht bemerkt hatte. Seine Sprache und sein Verhalten zeigten, daß der Förster den Harrisons einiges voraushatte. Außerdem sah er ungewöhnlich gut aus. Er erinnerte an einen Schauspieler, mit dem man vielleicht die männliche Hauptrolle einer Literaturverfilmung besetzen würde. Er hatte schwarze Haare und dunkle Augen. Die auf dem Lenkrad ruhenden Hände waren gebräunt, und auf den Handrücken und den langen Fingern wuchsen schwarze Haare. Das angedeutete Grinsen, mit dem er Wexford angesehen hatte, als dieser ihn bat, die Nebenstraße entlangzufahren, hatte sehr weiße, gleichmäßige Zähne enthüllt. Er war ein Draufgängertyp, ein Mannsbild von jener Sorte, von der es heißt, daß Frauen von ihnen angezogen werden wie Motten vom Licht.

Wexford nahm auf dem Beifahrersitz Platz. »Wann, sagten Sie, sind Sie gestern abend nach Hause gekommen?«

»Zwanzig, fünfundzwanzig Minuten nach acht, genauer kann ich's nicht sagen. Ich hatte nicht angenommen, daß es irgendeinen Grund geben könnte, sich die genaue Zeit zu merken.« In seiner Stimme schwang Ungeduld mit. »Ich weiß, ich war zu Hause, als meine Uhr halb neun schlug.«

»Kennen Sie Mrs. Bib Mew, die in Tancred House arbeitet?«

Gabbitas wirkte erheitert. »Ich weiß, wen Sie meinen. Lustiger Name. Ich wußte nicht, daß sie so heißt.«

»Mrs. Mew ist gestern abend zehn vor acht mit dem Fahrrad losgefahren und bei sich zu Hause gegen zehn nach acht angekommen. Sie wohnt in Pomfret Monachorum. Wenn Sie um zwanzig nach acht zu Hause angekommen sind, spricht viel dafür, daß Sie ihr unterwegs begegnet sein könnten. Sie ist ebenfalls auf der Nebenstraße gefahren.«

»Ich bin ihr nicht begegnet«, sagte Gabbitas knapp. »Wie ich Ihnen schon gesagt habe, ich bin niemandem begegnet und an niemandem vorbeigekommen.«

Sie waren vor seinem Cottage angelangt. Gabbitas' Verhalten war ein bißchen freundlicher, als er Wexford ins Haus bat. Der Chief Inspector fragte ihn, wo er am Vortag gewesen sei.

»Ich hab in einem Wald bei Midhurst Unterholz geschlagen. Warum fragen Sie?«

Gabbitas' Wohnung ließ auf Anhieb die Lebensweise eines Junggesellens erkennen, funktional und ein wenig heruntergewohnt. Das Wohnzimmer, in das er Wexford führte, dominierten Büro-Einrichtungsgegenstände: ein Schreibtisch mit einem Laptop, ein grauer, metallener Aktenschrank, übereinandergestellte Karteikästen. Bücherregale mit Enzyklopädien nahmen eine halbe Wand ein. Um für Wexford Platz zu schaffen, nahm Gabbitas von der Sitzfläche eines Sessels einen Armvoll Aktendeckel und Lehrbücher.

Wexford fragte hartnäckig noch einmal: »Und Sie sind auf der Nebenstraße nach Hause gefahren?«

»Das hab ich Ihnen doch gesagt.«

»Mr. Gabbitas«, sagte Wexford etwas ärgerlich. »Sie wissen doch sicher aus dem Fernsehen, falls Sie es nicht aus einer anderen Quelle erfahren haben, daß ein Kriminalbeamter, wenn er Ihnen dieselbe Frage zweimal stellt, offen gesagt, darauf aus ist, Sie zu überführen.«

»Entschuldigung«, sagte Gabbitas. »Okay, das ist mir schon klar. Aber ein Bürger... nun ja, ein Bürger, der sich an die Gesetze hält, hat es nicht so gerne, wenn man von ihm denkt, er hätte etwas verbrochen. Ich erwarte, daß man mir glaubt.«

»Ja, das kann ich mir denken. Aber in der Welt, in der wir leben, ist das sehr idealistisch gedacht. Ich frage mich, ob Sie heute dazu gekommen sind, über diese Geschichte nachzudenken. Zum Beispiel, während Sie in Ihrer Waldeinsamkeit bei Midhurst waren? Es wäre nur natürlich, daß man sich darüber Gedanken macht.«

Gabbitas sagte knapp: »Ja, habe ich. Wem würde das nicht im Kopf herumgehen?«

»Beispielsweise über das Fahrzeug, mit dem die gekommen sind, die dieses... Massaker angerichtet haben. Wo war es abgestellt, während die Verbrecher im Haus waren? Wo war es, als Sie nach Hause kamen? Daß sie sich nicht über die Nebenstraße abgesetzt haben, sonst wären sie an Ihnen vorbeigekommen. Daisy Flory rief um 20.22 Uhr per Telefon um Hilfe, ein paar Minuten, nachdem die Täter abgehauen waren. Sie muß, so schnell sie konnte, zum Telefon gekrochen sein, weil sie zu verbluten fürchtete.« Wexford beobachtete Gabbitas' Gesicht, während er dies sagte. Es blieb unbewegt, nur die Lippen kniff er ein wenig zusammen. »Also kann das Fahrzeug nicht die Nebenstraße benützt haben, sonst hätten Sie es gesehen.«

»Offensichtlich haben sie die Hauptzufahrt genommen.«

»Zufällig befand sich zu dieser Zeit ein Streifenwagen auf der B 2428, der um 20.25 Uhr angewiesen wurde, die Straße abzuriegeln und sämtliche Fahrzeuge zu kontrollieren. Nach Aussage der Beamten kam die ganze Zeit über kein einziges Fahrzeug vorbei, bis unser eigener Konvoi mit dem Rettungswagen um 20.48 Uhr auftauchte. Auch auf der B 2428 in Richtung Cambery

Ashes wurde eine Straßensperre errichtet. Vielleicht waren wir dort zu spät dran. Über *einen* Punkt können Sie mich vielleicht aufklären: Gibt es noch irgendeine andere Möglichkeit, von Tancred House wegzukommen?«

»Durch die Wälder, meinen Sie das? Ein Jeep könnte es vielleicht schaffen, wenn der Fahrer sich im Wald auskennt. Und zwar wie in seiner Westentasche.« Aus Gabbitas' Ton sprach äußerster Zweifel. »Ich bin mir nicht sicher, ob ich es schaffen würde.«

»Aber Sie sind ja noch nicht allzulange hier, nicht?«

Als dächte Gabbitas, daß weniger eine Antwort als eine Erklärung nötig sei, sagte er: »Ich unterrichte einen Tag in der Woche am Sewingbury Agricultural College. Ich nehme Privataufträge an. Ich bin unter anderem auch Baumchirurg.«

»Wann sind Sie hierhergezogen?«

»Im vergangenen Mai.« Gabbitas hob eine Hand und rieb sich die Lippen. »Wie geht es Daisy?«

»Es geht ihr gut«, sagte Wexford. »Es geht aufwärts mit ihr – körperlich. Ihr psychisches Befinden, das steht auf einem anderen Blatt. Wer hat hier gewohnt, ehe Sie Ihre Stelle antraten?«

»Leute namens Griffin.« Gabbitas buchstabierte den Namen »Ein Ehepaar mit einem Sohn.«

»Haben die nur auf dem Gut gearbeitet oder auch nebenher, so wie Sie?«

»Der Sohn war schon erwachsen. Er hatte einen Job. Was es war, weiß ich nicht. In Pomfret oder in Kingsmarkham, soviel ich weiß. Griffin, ich glaube mit Vornamen hieß er Gerry oder Terry, ja, Terry. Er hat sich um die Wälder gekümmert. Seine Frau hat, soviel ich weiß, manchmal oben in Tancred House gearbeitet.«

»Warum sind sie weggezogen? Er hat ja nicht nur eine Anstellung aufgegeben, sondern auch eine Unterkunft.«

»Er kam allmählich in die Jahre. Noch nicht fünfundsechzig, aber er wurde langsam klapprig. Ich glaube, die Arbeit wurde ihm zuviel, und so ist er in den Vorruhestand gegangen. Sie hatten sich ein Haus gekauft. Das ist so ungefähr alles, was ich über die Griffins weiß. Ich bin ihnen nur ein einziges Mal begegnet – als ich den Job hier und das Haus gezeigt bekam.«

»Ich könnte mir vorstellen, daß die Harrisons mehr wissen.«

Zum erstenmal lächelte Gabbitas richtig. Sein Gesicht wurde anziehend und freundlich, wenn er lächelte, und seine Zähne waren wirklich prachtvoll. »Die haben kein Wort miteinander gewechselt.«

»Was, die Harrisons und die Griffins?«

»Brenda Harrison hat mir erzählt, sie hätten seit Monaten nicht miteinander gesprochen, seit Griffin sie beleidigt habe. Ich weiß nicht, was er zu ihr gesagt oder was er getan hat. Das ist alles, mehr hat sie mir nicht gesagt.«

»War das der wahre Grund dafür, daß sie wegzogen?«

»Was weiß ich?«

»Haben sie eine Adresse hinterlassen?«

»Nicht bei mir. Ich glaube, sie sind Richtung Myringham gezogen. Gar nicht so weit weg. Ja, ich erinnere mich deutlich, daß es Myringham war. Möchten Sie Kaffee? Oder Tee oder sonstwas?«

Wexford lehnte dankend ab. Er lehnte auch Gabbitas' Angebot ab, ihn zu seinem eigenen Wagen zu fahren, der vor der Tatortzentrale stand.

»Es ist dunkel. Nehmen Sie mal lieber eine Taschenlampe mit.«

»Sie waren Daisys eigenes Reich!« rief er Wexford nach. »Die Ställe waren eine Art Zuflucht, wo sie für sich sein konnte. Ihre Großmutter hat sie für sie herrichten lassen.« Er hatte eine gewisse Begabung, kleine Bomben hochgehen zu lassen, mit kleinen Offenbarungen aufzuwarten. »Sie hat dort Stunden allein zugebracht, mit den Dingen beschäftigt, die ihr wichtig waren. Weiß Gott, was das war.«

Sie hatten sich ihr Allerheiligstes angeeignet, ohne um Erlaubnis zu bitten! Mit Hilfe der geliehenen Taschenlampe folgte Wexford dem gewundenen Weg durch das Pinetum. Als die dunkle Rückseite von Tancred House in sein Blickfeld trat, kam ihm der Gedanke, daß all dies nun wohl Daisy Flory gehörte, es sei denn, es gab noch andere Erben. Doch falls es solche gab, waren sie in den Zeitungsartikeln und Nachrufen jedenfalls nicht erwähnt worden.

All dies war ihr durch schieres Glück zugefallen. Wäre sie von der Kugel zwei Zentimeter tiefer getroffen worden, hätte der Tod sie um ihr Erbe gebracht. Wexford fragte sich, warum er so sicher war, daß das Erbe für sie eine Belastung sein werde, vor der sie zurückschaudern werde. Manch anderer würde es als ein Geschenk des Himmels bezeichnen.

Hinde hatte die Gegenstände auf der von Brenda Harrison zusammengestellten Liste mit den Angaben von Davina Florys Versicherung verglichen. Gar nicht versichern lassen hatte sie eine Kette aus schwarzen Bernsteinperlen, eine Perlenkette, die, was Brenda Harrison auch sagen mochte, wahrscheinlich nicht echt war, ein paar silberne Ringe, ein Silberarmband, eine Silber- und Onyxbrosche.

Beide Listen enthielten ein goldenes Armband, das auf dreitausendfünfhundert Pfund geschätzt wurde, einen Ring mit einem in Brillanten ausgefaßten Rubin, auf fünftausend Pfund taxiert, einen zweiten, besetzt mit Perlen und Saphiren im Schätzwert von zweitausend Pfund sowie ein brillantenbeladener Ring, ein beeindruckendes Stück Juwelierskunst, taxiert auf einen Wert von neunzehntausend Pfund.

Das Ganze war anscheinend weit über dreißigtausend Pfund wert. Die Täter hatten, aus Unwissenheit natürlich, auch die minder wertvollen Stücke mitgehen lassen. Vielleicht waren sie sogar noch unwissender und hatten ihre Beute für viel wertvoller gehalten, als sie es tatsächlich war.

Wexford stupste den grauen, pelzigen Kaktus mit dem Zeigefinger an. Seine Farbe erinnerten ihn an die Katze Queenie. Zweifellos hatte auch sie ihre Stacheln, die der seidige Flaum verbarg. Er schloß die Tür ab und ging zu seinem Wagen.

8

Fünf Schüsse waren bei den Morden in Tancred House abgefeuert worden. Die Kugeln gehörten nach den Erkenntnissen der Ballistikexperten, die sie untersucht hatten, zu einem 38er Colt Magnum. In den Lauf jedes Revolvers sind Linien und Rillen, sogenannte »Züge«, eingegraben, die ihrerseits ihre Spuren an dem Geschoß hinterlassen, während es den Lauf verläßt. Die Züge in einem Lauf sind ebenso individuell wie ein Fingerabdruck. Die Spuren an den in Tancred House gefundenen Kugeln ließen darauf schließen, daß sie aus ein und derselben Waffe stammten.

»Wenigstens wissen wir jetzt, daß nur eine einzige Waffe verwendet wurde«, meinte Wexford. »Und wir wissen, es war ein 38er Colt Magnum. Der Mann, den Daisy gesehen hat, hat sämtliche Schüsse abgefeuert. Sie haben es nicht unter sich aufgeteilt, er selber hat alle Schüsse abgegeben. Ist das nicht eigenartig?«

»Sie hatten eben nur einc Waffe«, sagte Burden. »Gottlob kommt man bei uns noch immer schwer an Schußwatten heran.«

»Erinnern Sie sich, daß wir das auch gesagt haben, als der arme Martin erschossen wurde?«

»Das war auch ein Colt, Kaliber 38 oder 35.«

»Das war mir nicht entgangen«, sagte Wexford spitz. »Aber es dürfte sich hier wohl kaum um dieselbe Waffe handeln.«

»Leider Gottes. Wär es anders, kämen wir wirklich ein Stück voran. Ein Schuß abgefeuert und fünf noch drin? Michelle Weavers Aussage würde sich nicht ganz so phantastisch anhören.«

»Ist Ihnen *überhaupt* der Gedanke gekommen, daß es eigenartig war, einen Revolver zu verwenden?«

»Der Gedanke gekommen? Ich war sofort frappiert. Die meisten von diesen Typen schießen ja mit abgesägten Schrotflinten.«

»Ja. Ich will Ihnen noch was erzählen, was merkwürdig ist. Nehmen wir an, in der Trommel waren sechs Patronen, sie war voll. Im Haus waren vier Leute, aber der Killer hat nicht vier-, sondern fünfmal geschossen. Harvey Copeland war sein erstes Ziel, doch obwohl er wußte, daß er nur sechs Patronen hatte, hat er *auf Copeland zweimal* geschossen. Warum das? Vielleicht wußte er nicht, daß im Eßzimmer noch drei Leute waren, vielleicht ist er durchgedreht. Er geht ins Eßzimmer und erschießt Davina Flory, dann Naomi Jones und feuert schließlich auf Daisy, für jede eine Patrone. In der Trommel steckt noch eine, aber er schießt nicht zweimal auf Daisy, um sie ›fertigzumachen‹, wie Ken Harrison es ausdrücken würde. Warum nicht?«

»Das Toben der Katze im Obergeschoß hat ihn erschreckt. Er hat den Lärm gehört und ist abgehauen, meinen Sie nicht?«

»Ja. Möglicherweise. Oder es waren keine sechs Patronen in der Trommel, sondern nur fünf. Ein Schuß war bereits abgefeuert worden, ehe er nach Tancred kam.«

»Hat Sumner-Quist schon was von sich hören lassen?« fragte Burden.

Wexford schüttelte den Kopf. »Wir müssen uns wohl in Geduld üben. Ich habe Barry beauftragt nachzuprüfen, wo John Gabbitas am Dienstag war, wann er wegfuhr und so weiter. Und dann hätte ich gern, daß Sie ihn mitnehmen und nach zwei Leuten namens Griffin, einem Terry Griffin und seiner Frau, suchen, die in der Gegend um Myringham wohnen. Sie waren Gabbitas' Vorgänger auf dem Gut. Wir suchen jemanden, der die

Gegend und die hier lebenden Leute kannte. Möglichst sogar jemanden, der einen Pik auf die ›Herrschaft‹ hatte.«

»Also einen ehemaligen Angestellten?«

»Vielleicht. Jemanden, der alles über sie wußte, was sie besaßen, welche Gewohnheiten sie hatten. Eine Fundgrube.«

Als Burden gegangen war, setzte sich Wexford hin und sah sich die Aufnahmen vom Tatort an. Standfotos aus einem »snuff movie« dachte er. Aufnahmen von der Sorte, die niemand außer ihm selbst jemals zu sehen bekommen würde. Die Folgen eines Akts *echter* Gewalt, eines *echten* Verbrechens. Diese großen dunklen Spritzer und Flecke waren *echtes* Blut. War es ein Privileg für ihn, sie betrachten zu dürfen, oder war er zu bedauern? Würde es jemals so weit kommen, daß Zeitungen solche Aufnahmen veröffentlichten? Schon möglich.

Er schaltete um, von dem sensiblen Mann mit menschlichen Gefühlen, der er war, zu einer reibungslos funktionierenden Maschine, einem analytischen Auge, einem Drucker, der Fragezeichen produziert. Mit diesem Blick mußte er die Fotografien betrachten. So tragisch, entsetzlich, so ungeheuerlich die Szene im Eßzimmer von Tancred House auch sein mochte, nichts daran war unstimmig. So mußten die Frauen hingestürzt sein, wenn eine mit dem Gesicht zur Tür am Tisch gesessen hatte, die andere, ihr gegenüber, aufgestanden war und an ihr vorbeigestarrt hatte. Das Blut in der Ecke auf dem Boden, gleich am unteren Ende des Tisches, war Daisys Blut.

Er hatte wieder vor Augen, was er an jenem Abend gesehen hatte. Die blutige Serviette auf dem Boden und die mit Blut bespritzte Serviette in Davina Florys sich einkrümmenden Fingern. Ihr Gesicht, das in einem Teller voll Blut lag, und der schrecklich zugerichtete

Kopf. Naomi war wie ohnmächtig auf ihrem Stuhl nach hinten gesackt, ihr langes Haar war über die Lehne gefallen und hing beinahe bis zum Boden hinab. Blutflecke an den Lampenschirmen und an den Wänden, schwarze Flecke auf dem Teppich, dunkle Spritzer auf dem Brot im Brotkorb, und das Tischtuch an den Stellen dunkel gefärbt, wo das Blut es mit einer dichten Flut gleichmäßig getränkt hatte.

Zum zweitenmal bei diesem Fall – und auch später sollte er es immer wieder erleben – sah er im Geiste die Zerstörung einer herrschenden Ordnung, geschändete Schönheit, die Wiederkehr des Chaos. Ohne einen Anhaltspunkt dafür zu haben, glaubte er in der Tat dieses Verbrechers eine hämische Lust am Zerstören zu erkennen. Doch auf diesen Fotografien war nichts unstimmig. Dagegen gaben die Aufnahmen von Harvey Copeland, wie er mit ausgebreiteten Armen und Beinen auf dem Rücken am Fuß der Treppe lag, die Füße der vorderen Halle und dem Eingang zugekehrt, Rätsel auf. Vielleicht würde Daisys Aussage dieses Problem lösen.

Wenn die Männer die Treppe hinuntergegangen und ihm begegnet waren, wie er auf der Suche nach ihnen nach oben ging, warum war er dann, als der Killer ihn erschoß, nicht *rückwärts,* mit dem Kopf voran, über diese Stufen herabgestürzt?

Es herrschte nicht besonders viel Verkehr, und so erreichte Wexford das Krankenhaus ziemlich schnell. Es war zehn vor vier, als er aus dem Lift trat und durch den Korridor auf die MacAllister-Station zuging.

Diesmal wurde er nicht von Dr. Leigh erwartet. Er hatte Anne Lennox von ihrem Wachdienst entbunden. Auf den Gängen herrschte Ruhe. Wahrscheinlich machte das Personal gerade im Schwesternzimmer eine kurze Atem- beziehungsweise Erstickungspause. Er ging leise auf Daisys Zimmer zu. Durch die Milchglasscheibe konnte er erkennen, daß sie nicht allein war: Links von ihrem Bett saß ein Mann auf einem Stuhl.

Ein Besucher. Wenigstens war es nicht Jason Sebright. Durch das in die Tür eingelassene klare Glas konnte er den Mann in Ruhe beobachten.

Er war jung, Mitte zwanzig, ziemlich groß und stämmig, und sein Äußeres erlaubte es Wexford sofort, ihn ziemlich genau einzuordnen. Der Besucher gehörte der oberen Mittelschicht an, war auf einem angesehenen Internat, vermutlich aber nicht auf der Universität gewesen. Ein typischer Vertreter der Bankenwelt. Sein Job würde ihn – wie Ken Harrison gerne sagte – fertigmachen, noch ehe er dreißig war, und deswegen wollte er bis dahin finanziell herausholen, was sich nur herausholen ließ. Seine Kleidung hätte zu einem doppelt so alten Mann gepaßt: marineblauer Blazer, dunkelgraue Flanellhose, weißes Hemd und eine alte Schulkrawatte. Die einzige Konzession, die er der herrschenden Mode und seinem Alter machte, bestand darin, daß sein blondes Haar um etliches länger war, als es Hemd und Blazer entsprach. Die Locken um die Ohrläppchen und die Art, wie es gekämmt war, verrieten eine gewisse Eitelkeit.

Daisy hatte sich im Bett aufgesetzt, die Augen auf den Besucher gerichtet, doch ihr Gesichtsausdruck war unergründlich. Sie lächelte nicht, aber sie wirkte auch nicht besonders traurig. Er konnte unmöglich beurteilen, ob sie sich von dem Schlag, den sie erhalten hatte, schon etwas erholte. Der junge Mann hatte Blumen mitgebracht, ein Dutzend rote Rosen, noch nicht aufgeblüht, die auf der Bettdecke zwischen ihr und ihm lagen. Ihre rechte Hand ruhte auf den Stengeln der Blumen und auf dem rosa und golden gemusterten Papier, in das sie eingewickelt waren.

Wexford wartete ein paar Sekunden, klopfte dann vorsichtig, öffnete die Tür und trat ein.

Der junge Mann drehte sich um und bedachte ihn mit jenem herablassenden Blick, den der Chief Inspector erwartet hatte. An bestimmten Schulen, so hatte er oft gedacht, bringen sie ihnen genau das bei: eine Mischung aus Selbstsicherheit, einer gewissen Ungehaltenheit und Verachtung. Genauso wie sie ihnen beibringen, mit einer Pflaume im Mund zu sprechen.

Daisy verzog keine Miene. Sie schaffte es, höflich, ja, herzlich zu sein, ohne zu lächeln – ein seltenes Kunststück. »Oh, hallo«, sagte sie. »Hi.« Ihre Stimme war heute gedämpft, aber beherrscht, der hysterische Unterton war verschwunden. »Nicholas, das ist Inspector... nein, *Chief* Inspector Wexford. Mr. Wexford, das ist Nicholas Virson, ein Freund meiner Familie.«

Sie sagte es gelassen, ohne jedes Zögern, obwohl sie doch keine Familie mehr hatte.

Die beiden Männer nickten einander zu. Wexford sagte: »Freut mich.« Virson antwortete nur mit einem zweiten Nicken. In seiner Vorstellung von einer wohlgeregelten Weltordnung nahmen Polizeibeamte einen gebührend niedrigen Platz ein.

»Ich hoffe, es geht Ihnen heute besser.«

Daisy senkte den Blick. »Mir geht's ganz gut.«

»Fühlen Sie sich kräftig genug für ein Gespräch? Dafür, etwas tiefer in das Vorgefallene einzudringen?«

»Ich muß einfach«, sagte sie, reckte den Hals und hob das Kinn. »Sie haben doch schon gestern gesagt, daß uns nichts anderes übrigbleibt.«

Er bemerkte, wie sie die Finger fester um das Rosenpapier schloß, sah, wie sie die Stengel umklammerte. Dabei kam ihm die sonderbare Vorstellung, sie tue es, damit ihre Hände bluteten. Aber vielleicht waren es Rosen ohne Dornen.

»Du wirst gehen müssen, Nicholas.« Männer mit diesem Vornamen werden eigentlich immer mit Nick oder Nicky angeredet, aber sie sagte »Nicholas« zu ihm. »Es war lieb von dir, daß du gekommen bist. Die Blumen sind wunderschön«, fügte sie an und drückte die Stengel, ohne sie anzusehen.

Wexford hatte schon im voraus gewußt, was Virson zu ihm sagen werde; es war nur eine Frage der Zeit. »Ich hoffe aber sehr, daß Sie Daisy nicht irgendeiner Art Verhör unterziehen. Ich will damit sagen, was kann sie letztendlich schon erzählen? Was kann sie behalten haben? Sie ist sehr verwirrt, ist's nicht so, mein Kleines?«

»Nein, ich bin nicht verwirrt.« Sie sagte es gelassen, leise, monoton, gab jedem einzelnen Wort das gleiche Gewicht. »Ich bin ganz und gar nicht verwirrt.«

»Das sagst du mir jetzt erst.« Virson brachte ein herzhaftes Lachen zustande. Er stand auf und blieb unschlüssig stehen. Plötzlich wirkte er nicht mehr ganz so selbstsicher. Über die Schulter meinte er zu Wexford: »Sie kann vielleicht eine Beschreibung des Verbrechers geben. Den hat sie immerhin gesehen, aber von dem Fahrzeug nicht das geringste.«

Warum hatte er das eigentlich gesagt? Mußte er einfach irgend etwas von sich geben, während er überlegte, ob er versuchen sollte, sie zu küssen? Wexford hätte es nicht erwartet, aber Daisy hob den Kopf und hielt Virson die Wange hin. Darauf beugte sich dieser rasch hinab und berührte mit den Lippen ihre Wange. Der Kuß stimulierte ihn zu einem Kosewort.

»Gibt es irgendwas, was ich für dich tun kann, Liebling?«

»Ja«, antwortete sie. »Könntest du auf dem Weg hinaus eine Vase suchen und die Blumen hineinstellen?«

Das war offensichtlich ganz und gar nicht das, was Virson gemeint hatte, aber es blieb ihm nichts anderes übrig, als zuzustimmen.

»Du findest sicher eine in der ›Schleuse‹, wie sie das

nennen. Ich weiß nicht, wo sie ist, irgendwo nach links. Die armen Schwestern haben immer alle Hände voll zu tun.«

Virson ging und trug die Rosen hinaus, die er hineingetragen hatte.

Diesmal hatte Daisy einen Krankenhauskittel an, der mit Kletten den Rücken entlang verschlossen wurde. Er bedeckte ihren linken, bandagierten Arm in der Schlinge. Der Infusionsschlauch war noch da. Sie folgte seinem Blick.

»So geht es einfacher, Medikamente in einen reinzupumpen. Er wird heute abgenommen. Ich bin nicht mehr *krank*.«

»Und Sie sind nicht mehr verwirrt?« Er zitierte sie.

»Nicht im geringsten.« Einen Augenblick lang hörte sie sich an wie jemand, der viel älter war. »Ich hab darüber nachgedacht«, sagte sie. »Alle sagen, ich soll nicht daran denken, aber ich muß. An was sonst? Ich wußte, daß ich Ihnen alles erzählen muß, und möglichst genau, und deshalb hab ich darüber nachgedacht, um Ordnung hineinzubringen. Hat nicht irgendein Schriftsteller geschrieben, ein gewaltsamer Tod konzentriert den Geist ganz wunderbar?«

Er ließ sich seine Überraschung nicht anmerken. »Das war Samuel Johnson, aber es ging um das Wissen, daß man am nächsten Tag aufgehängt wird.«

Sie lächelte ein bißchen, ganz schwach, schmallippig. »Sie sind gar nicht der Typ, den ich mir unter einem Polizeibeamten vorstelle.«

»Vermutlich sind Sie noch nicht vielen begegnet.« Plötzlich kam ihm der Gedanke: Sie sieht aus wie Sheila. Sie sieht wie meinc eigene Tochter aus. Zugegeben, sie hat dunkles Haar, und Sheila ist blond, doch was die Leute auch sagen mögen, nicht diese Dinge sind es, die einen Menschen einem anderen im Aussehen ähnlich machen. Es ist die Ähnlichkeit der Züge, die

Form des Gesichts. Es ärgerte ihn ein bißchen, wenn er zu hören bekam, Sheila sehe ihm ähnlich, nur weil sie das gleiche Haar hatten. Beziehungsweise gehabt hatten, ehe seines grau wurde und zur Hälfte ausfiel. Sheila war *schön*. Daisy war schön. Ihre Gesichtszüge ähnelten denen Sheilas. Sie sah ihn jetzt mit einer Traurigkeit an, die an Verzweiflung grenzte.

»Sie sagen, Sie hätten darüber nachgedacht, Daisy. Erzählen Sie mir, was Ihnen durch den Kopf gegangen ist.«

Sie nickte, ohne daß sich ihr Ausdruck veränderte. Sie griff nach dem Glas auf dem Nachttischchen, das irgendein Getränk enthielt – Zitronenlimonade, Barley water –, und nippte daran. »Ich werde Ihnen sagen, was sich abgespielt hat, woran ich mich erinnern kann. Das möchten Sie doch, nicht?«

»Ja. Ja, bitte.«

»Sie müssen mich unbedingt unterbrechen, wenn ich mich nicht klar ausdrücke.«

Sie sprach plötzlich im Ton einer Frau, die gewohnt ist, Dienstboten – und nicht nur Dienstboten – zu kommandieren. Sie hatte es sich wohl zur Gewohnheit gemacht, dem einen zu sagen: »Gehe hin, so geht er; und zum andern: Komm her, so kommt er; und zu einem Dritten: Tu das, so tut er's.« Er unterdrückte ein Lächeln. »Natürlich.«

»Es ist schwer zu sagen, wie weit man in die Vergangenheit zurückgehen soll. Davina hat das immer gesagt, wenn sie ein Buch angefangen hat. Wie weit zurückgehen, um anzufangen. Man könnte anfangen, wo man glaubt, daß dort alles angefangen hätte, aber dann würde man feststellen, daß alles lange zuvor angefangen hat. Aber hier, in diesem Fall … soll ich mit dem Nachmittag beginnen?«

Er nickte.

»Ich war in der Schule gewesen. Ich bin externe Schülerin in Crelands. Nebenbei bemerkt, wäre ich dort gern ins Internat gegangen, aber Davina hat es nicht erlaubt.« Sie schien sich etwas in die Erinnerung zurückzurufen; vielleicht nur, daß ihre Großmutter tot war. *De mortuis* ... »Na ja, eigentlich wäre es dumm gewesen. Crelands ist ja gleich hinter Myfleet, wie Sie vermutlich wissen.«

Er wußte es. Crelands war ja auch Jason Sebrights Schule gewesen. Es war zwar eine der weniger bedeutenden Privatschulen, aber trotzdem, wie Eton und Harrow, in der »Direktorenkonferenz der Public Schools« vertreten. Die Schulgelder waren vergleichbar. Sie war 1856 von Albert »dem Guten« gegründet worden und eine reine Jungenschule gewesen, bis sie vor sieben oder acht Jahren ihre Pforten auch Mädchen geöffnet hatte.

»Der Nachmittagsunterricht endet um vier. Um halb fünf war ich zu Hause.«

»Wurden Sie mit dem Wagen abgeholt?«

Sie warf ihm einen verdutzten Blick zu. »Ich bin selber gefahren.«

Die große Revolution des Automobils in England war zwar nicht an ihm vorübergegangen, aber er konnte sich noch sehr deutlich an jene Zeiten erinnern, als eine Familie mit drei oder vier Wagen in seinen Augen eine amerikanische Anomalie war, als sehr viele Frauen nicht Auto fahren konnten und nur wenige schon einen Wagen besaßen, ehe sie heirateten. Seine eigene Mutter wäre baß erstaunt gewesen und hätte geargwöhnt, auf den Arm genommen zu werden, wäre sie von jemandem gefragt worden, ob sie Auto fahren könne. Es entging Daisy nicht, daß er leicht überrascht war.

»Davina hat mir den Wagen zu meinem siebzehnten Geburtstag geschenkt. Ich hab am nächsten Tag den Führerschein gemacht. Ich kann Ihnen sagen, es war eine große Erleichterung, daß ich nicht mehr auf meine

Angehörigen angewiesen war oder mich von Ken fahren lassen mußte. Also gut, wie ich gesagt habe, ich kam um halb fünf nach Hause und ging in meine Bude. Sie haben sie ja vermutlich gesehen. Ich nenne sie so. Früher waren dort Pferdeställe. Ich stelle dort meinen Wagen ab und habe ein Zimmer, wo ich für mich sein kann.«

»Daisy, ich muß Ihnen etwas gestehen. Wir benutzen Ihr Zimmer dort als Tatortzentrale. Es schien uns am praktischsten für diesen Zweck. Wir müssen nämlich unbedingt vor Ort sein. Jemand hätte Sie fragen sollen. Es tut mir sehr leid, daß wir das übersehen haben.«

»Meinen Sie damit, es sind eine Menge Polizeibeamter dort, mit Computern und Schreibtischen und einer... einer Tafel?« Sie mußte etwas Ähnliches im Fernsehen gesehen haben. »Sie leiten gewissermaßen von dort aus die Ermittlungen?«

»Ja, tut mir leid.«

»Ach, das braucht Ihnen nicht leid zu tun. Warum sollte ich was dagegen haben? Betrachten Sie sich als meine Gäste. Mir macht jetzt *nichts* mehr was aus.« Sie blickte weg, legte das Gesicht etwas in Falten und sagte im gleichen kühlen Ton: »Warum sollte ich mir aus einer solchen Lappalie etwas machen, wo ich doch nichts mehr habe, wofür sich zu leben lohnt?«

»Daisy...«, setzte er an.

»Nein, sagen Sie es bitte nicht! Sagen Sie nicht, ich bin noch jung und hab noch mein ganzes Leben vor mir, und das hier wird vorübergehn. Sagen Sie nicht, die Zeit heilt Wunden und in einem Jahr wird das alles für mich Vergangenheit sein. Sagen Sie's nicht.«

Irgend jemand hatte so etwas zu ihr gesagt. Ein Arzt? Ein Psychologe, der hier im Krankenhaus arbeitete? Nicholas Virson?

»Schon gut, ich sag's nicht. Erzählen Sie mir, was

passiert ist, nachdem Sie zu Hause angekommen waren.«

Sie wartete ein bißchen und holte dann tief Luft. »Ich habe mein eigenes Telefon, wie Sie vermutlich bemerkt haben. Ich nehme an, daß Sie es benützen. Brenda hat angerufen und gefragt, ob ich Tee möchte, und hat ihn dann gebracht. Tee und Gebäck. Ich war beim Lesen. Ich muß zur Zeit viel lernen. Ich mache im Mai Abitur – beziehungsweise ich hätte es machen sollen.«

Er sagte nichts dazu.

»Ich habe keine intellektuelle Ader. Davina hoffte darauf, weil ich ... nun ja, weil ich ganz helle bin. Sie konnte die Vorstellung nicht ertragen, ich könnte nach meiner Mutter schlagen. Entschuldigung, aber das interessiert Sie ja nicht. Es ist ja jetzt auch nicht mehr wichtig.

Davina erwartete von uns, daß wir uns zum Abendessen umzogen, nicht eigentlich herausputzten, aber umzogen. Meine ... meine Mutter kam in ihrem Wagen nach Hause. Sie arbeitet in einer Kunstgewerbegalerie ... richtiger, sie ist Teilhaberin einer solchen Galerie ... zusammen mit einer Frau namens Joanne Garland. Die Galerie heißt ›Garlands‹. Sie finden das vermutlich abgeschmackt, aber es ist immerhin der Name dieser Frau. Sie kam also in ihrem Wagen nach Hause. Ich glaube, Davina und Harvey waren den ganzen Nachmittag im Haus. Das kann ich aber nicht sicher sagen. Brenda müßte es wissen.

Ich bin auf mein Zimmer gegangen und habe ein Kleid angezogen. Davina hat immer gesagt, eine Jeans ist eine Uniform und sollte als das benutzt werden, zum Arbeiten. Die anderen waren alle im *serre* und tranken etwas.«

»Im was waren sie?«

»Im *serre*. Das französische Wort für Gewächshaus.

Es hört sich besser an als Treibhaus, finden Sie nicht auch?«

Wexford fand, es höre sich prätentiös an, schwieg aber.

»Wir haben immer im *serre* oder im Salon unsere Drinks genommen. Nichts Besonderes, nur Sherry oder Orangensaft oder Mineralwasser. Ich habe immer Mineralwasser getrunken, und meine Mutter genauso. Davina hat davon gesprochen, daß sie nach Glyndebourne fahren will; sie ist – war – Mitglied oder mit den Leuten dort befreundet oder weiß Gott was, und sie ist jedes Jahr dreimal hingefahren. Zu allen solchen Festspielen ist sie gefahren, nach Aldeburgh, zum Edinburgh Festival, nach Salzburg. Jedenfalls, die Opernkarten waren eingetroffen. Sie hat Harvey gefragt, was sie zu essen bestellen solle. Man muß das Monate im voraus tun, wenn man nicht im Park picknicken will. Aber wir haben dort nie Picknick gemacht, es wäre scheußlich, wenn es regnet.

Sie waren noch bei diesem Thema, als Brenda den Kopf zur Tür hereinsteckte und sagte, es sei aufgetragen und sie gehe jetzt nach Hause. Ich hab mit Davina über ihre Reise nach Frankreich, in vierzehn Tagen, zu sprechen begonnen. Sie wollte nach Paris, um an einer Büchersendung im Fernsehen teilzunehmen, und sie hätte sich gewünscht, daß ich sie und Harvey begleite. Das wäre in meine Osterferien gefallen, aber ich hatte keine große Lust mitzufahren und sagte ihr das jetzt und... aber das ist ja alles für Sie uninteressant.«

Daisy hob die Hand und berührte die Lippen. Sie sah ihn an, sah durch ihn hindurch. Er sagte: »Es ist sehr schwer, es sich bewußt zu machen, obwohl Sie dabei waren, obwohl Sie es mitangesehen haben. Sie werden lange brauchen, bis Sie sich mit allem abgefunden haben.«

»Nein«, sagte sie leicht abwesend, »das ist nicht

schwer. Als ich heute morgen aufwachte, hatte ich sofort alles wieder vor Augen. Sie wissen ja«, setzte sie mit einem Achselzucken hinzu, »es gibt immer einen bestimmten Augenblick, wo alles zurückkommt. So ist es bei mir nicht. Alles ist da, die ganze Zeit, es wird immer da sein. Nicholas hat nicht recht, wenn er glaubt, daß ich verwirrt wäre. Okay, entschuldigen Sie, ich werde weiter berichten. Ich schweife zu sehr ab.

Normalerweise hat meine Mutter das Essen ausgeteilt, Brenda ließ das Essen für uns auf dem Servierwagen stehen. Wein haben wir nicht getrunken, nur am Wochenende. Eine Flasche Badoit war da und ein Krug mit Apfelsaft. Es gab – Moment – Suppe aus Kartoffeln und Lauch, eine Art Vichyssoise, aber sie war heiß. Und dazu natürlich Brot. Dann hat meine Mutter die Teller zusammengestellt und das Hauptgericht ausgeteilt; Fisch, Seezunge in irgendeiner Form. Heißt es Seezunge *bonne femme*, wenn sie in einer Soße ist, mit Sahnekartoffeln darum herum?«

»Ich weiß es nicht«, sagte Wexford, trotz allem ein wenig erheitert. »Es ist nicht wichtig. Ich kann mir die Szene vorstellen.«

»Dazu Karotten und grüne Bohnen. Sie hatte uns allen gegeben, und wir hatten zu essen angefangen. Meine Mutter hatte noch nicht einmal die Gabel in die Hand genommen, als sie sagte: ›Was ist das für ein Geräusch? Es hört sich an, als wäre oben jemand.‹«

»Und Sie hatten kein Auto gehört? Niemand hatte ein Auto gehört?«

»Das hätten sie gesagt. Wir erwarteten nämlich jemanden. Genauer gesagt, noch nicht um diese Zeit, erst um Viertel nach acht, nur kommt sie immer zu früh. Sie gehört zu diesen Menschen, die genauso schlimm sind wie die Unpünktlichen. Immer mindestens fünf Minuten zu früh dran.«

»Wen meinen Sie? Von wem sprechen Sie, Daisy?«

»Von Joanne Garland. Sie wollte Mom besuchen kommen. Es war Dienstag, und Joanne und Mom haben dienstags immer die Buchführung für die Galerie gemacht. Joanne war dazu allein nicht imstande. Sie ist im Rechnen hoffnungslos, sogar mit Taschenrechner. Sie hat immer die Bücher mitgebracht, und dann haben sie und Mom daran gearbeitet. Mehrwertsteuer und all dieser Kram.«

»Aha. Ich verstehe. Fahren Sie doch fort, ja?«

»Mom hat gesagt, sie hätte über uns ein Geräusch gehört, und Davina meinte, es müßte die Katze sein. Dann war ein ziemlicher Krach zu hören, mehr als Queenie gewöhnlich veranstaltet. Es war, wie wenn etwas zu Boden gefallen wäre. Ich hab inzwischen darüber nachgedacht und bin zu dem Schluß gekommen, es könnte eine Schublade gewesen sein, die aus Davinas Frisierkommode herausgezogen wurde. Harvey ist aufgestanden und hat gesagt, daß er mal nachsehn wolle.

Wir haben uns nichts dabei gedacht und weitergegessen. Wir ahnten nichts – noch nicht. Ich weiß noch, daß meine Mutter auf die Uhr sah und sagte, wie schön sie es fände, wenn Joanne es so einrichten könnte, dienstags eine halbe Stunde später zu kommen, weil sie sonst immer das Essen hinunterschlingen müsse. Dann haben wir den Schuß gehört und dann noch einen, einen zweiten. Es war ein entsetzlicher Lärm.

Wir sind aufgesprungen, meine Mutter und ich. Davina ist auf ihrem Stuhl sitzengeblieben. Meine Mutter hat irgendwas geschrien, gekreischt. Davina hat nichts gesagt und sich nicht gerührt... ach ja, sie hat ihre Serviette gepackt. Mom stand da und starrte zur Tür, und ich schob meinen Stuhl weg und begann auf die Tür zuzugehen... beziehungsweise ich glaube, ich hab es getan oder wollte es tun... vielleicht bin ich auch einfach nur dagestanden. Mom hat gesagt: ›Nein, nein‹ oder: ›Nein, bleib!‹ oder so was. Ich bin stehengeblieben, einfach dagestanden, ich war irgendwie angewurzelt. Davina hat den Kopf zur Tür umgedreht. Und dann kam er herein.

Harvey hatte die Tür halb offengelassen, nein, genauer, einen Spalt weit offen. Der Mann stieß sie mit einem Fuß auf und kam herein. Ich habe mich zu erinnern versucht, ob irgend jemand von uns aufgeschrien hat, aber ich weiß es nicht mehr. Wir müssen geschrien haben. Er... er schoß Davina in den Kopf. Er hat den Revolver mit beiden Händen gehalten, wie sie es machen. Im Fernsehen, meine ich. Dann hat er Mom erschossen.

Ich kann mich nicht mehr deutlich erinnern, was als nächstes geschah. Ich habe mir große Mühe gegeben, aber irgend etwas blockt es ab. Ich nehme an, das ist normal, wenn man so etwas mitmacht. Aber ich wollte, ich könnte mich daran erinnern.

Ich habe irgendwie die Vorstellung, daß ich auf dem Boden kauerte, mich duckte. Ich weiß, daß ich gehört habe, wie ein Motor ansprang. Dieser Typ, der andere, war, glaube ich, oben gewesen, er war derjenige, den wir gehört hatten. Der, der auf mich geschossen hat, der war die ganze Zeit im Erdgeschoß, und als er auf uns schoß, ist der andere schnell hinaus und hat den Wagen angelassen. So stelle ich es mir vor.«

»Der Mann, der auf Sie geschossen hat, können Sie ihn beschreiben?«

Er hielt den Atem an, war schon darauf gefaßt, fürchtete, daß sie sagen werde, daran könne sie sich nicht mehr erinnern, auch das habe der Schock verschluckt und ausgelöscht. Ihr Gesicht war verkniffen, beinahe verzerrt von der Anstrengung, sich zu konzentrieren, sich beinahe unerträglich schmerzliche Geschehnisse in die Erinnerung zurückzurufen. Es schien sich jetzt etwas aufzuhellen, als ob sie ein wenig Ruhe gefunden hätte. Voll Erleichterung schien sie innerlich aufzuseufzen.

»Ich kann ihn beschreiben. Ja, das kann ich. Ich habe mich dazu *gezwungen.* Was ich von ihm sehen konnte. Er war… ja, nicht allzu groß, aber stämmig, kräftig gebaut, sehr hell. Ich meine, sein Haar war hell, blond. Sein Gesicht konnte ich nicht sehen. Er hatte eine Maske vor dem Gesicht.«

»Eine Maske? Meinen Sie eine Kapuze? Oder einen über den Kopf gezogenen Strumpf?«

»Ich weiß es nicht. Ich *weiß* es einfach nicht. Ich habe versucht, mich daran zu erinnern, weil ich wußte, daß Sie mich danach fragen würden, aber ich weiß es nicht. Ich habe sein Haar gesehen. Ich weiß, er hatte blondes Haar, ziemlich kurz geschnitten und dicht, ganz dichtes, blondes Haar. Aber ich hätte doch sein Haar nicht sehen können, wenn er eine Kapuze darüber hatte, oder? Wissen Sie, was für ein Bild ich immer wieder vor mir sehe?«

Wexford schüttelte den Kopf.

»Daß es eine Schutzmaske war, wie man sie bei Smog trägt, bei starker Luftverschmutzung. Oder sogar eine der Masken, wie sie die Holzfäller aufsetzen, wenn sie mit einer Kettensäge arbeiten. Ich habe sein Haar und sein Kinn gesehen. Ich habe seine Ohren gesehen, aber es waren keine auffallenden Ohren, weder besonders groß noch abstehend oder sonstwas. Und auch das Kinn hatte nichts Auffälliges… nun ja, vielleicht hatte es eine Spalte, irgendeine schwache Spalte.«

»Daisy, das ist ausgezeichnet, daß Sie das alles registriert haben, ehe er auf Sie geschossen hat.«

Bei diesen Worten schloß sie die Augen und verzog das Gesicht. Der auf sie selbst abgefeuerte Schuß, der Angriff auf ihre eigene Person, erkannte er, war noch immer zuviel für sie, als daß sie darüber hätte sprechen können. Er verstand, welches Grauen die Vorstellung wecken mußte, daß sie so leicht in diesem Zimmer des Todes hätte umkommen können.

Eine Krankenschwester steckte den Kopf zur Tür herein.

»Schon gut«, sagte Daisy. »Ich bin nicht müde. Ich mute mir nicht zuviel zu. Wirklich nicht.«

Der Kopf verschwand. Daisy nippte wieder an dem Glas auf dem Nachttischchen. »Wir werden eine Zeichnung von ihm anfertigen lassen, gestützt auf das, was Sie mir berichten konnten«, sagte Wexford. »Und wenn es Ihnen besser geht und Sie aus dem Krankenhaus entlassen sind, werde ich Sie bitten, das alles in Form einer Aussage zu wiederholen. Außerdem werden wir mit Ihrer Erlaubnis eine Tonbandaufnahme davon machen. Ich weiß, es wird schwer für Sie werden, aber sagen Sie jetzt nicht nein, lassen Sie es sich durch den Kopf gehen.«

»Ich muß es mir nicht durch den Kopf gehen lassen«, sagte Daisy. »Ich werde aussagen, aber selbstverständlich.«

»Dann möchte ich morgen noch einmal kommen und mich mit Ihnen unterhalten. Aber jetzt noch eine einzige weitere Frage: Ist Joanne Garland denn noch gekommen?«

Sie schien sich die Frage zu überlegen und saß ganz regungslos da. »Ich weiß es nicht«, sagte sie schließlich. »Das soll heißen, ich hab sie nicht klingeln hören oder sonstwas. Aber nachdem ... nachdem er auf mich geschossen hatte, können alle möglichen Dinge passiert sein, die ich nicht gehört habe. Ich habe geblutet, ich dachte nur daran, ans Telefon zu kommen. Ich habe mich ganz darauf konzentriert, zum Telefon zu kriechen und euch, die Polizei zu erreichen, damit ein Rettungswagen geschickt wird, bevor ich verblute. Ich dachte wirklich, ich würde verbluten.«

»Ja«, sagte er, »ja.«

»Sie könnte gekommen sein, nachdem sie, diese Männer, nachdem sie weg waren. Ich weiß es nicht. Es hat keinen Sinn, mich zu fragen, ich weiß es schlicht und einfach nicht.« Nach einem kurzen Zögern sagte sie sehr leise: »Mr. Wexford?«

»Ja?«

Dann schwieg sie einen Augenblick. Sie ließ den Kopf sinken, und das üppige, dunkelbraune Haar fiel nach vorne und bedeckte Gesicht, Hals und Schultern mit seinem Schleier. Sie hob die rechte Hand, ihre schmale, weiße Hand, und fuhr mit langen Fingern durch die Mähne, griff eine Handvoll Haare und warf sie nach hinten. Dann blickte sie mit einem angespannt-konzentrierten Ausdruck auf. Ihre Oberlippe war vor Schmerz oder einem Nicht-fassen-Können geschürzt, als sie ihn ansah.

»Was soll jetzt aus mir werden?« fragte sie ihn. »Wo soll ich hin? Was soll ich tun? Ich habe alles verloren, alles, was mir wichtig war, verloren.«

Es war nicht der richtige Moment, sie daran zu erinnern, daß sie reich sein werde, daß nicht alles verloren war. Was für viele Menschen das Leben lebenswert macht, war ihr in reicher Fülle geblieben. Er hatte nie zu jenen Leuten gehört, die blindlings an den Spruch glauben, daß Geld nicht glücklich mache. Aber er schwieg.

»Ich hätte sterben sollen. Es wäre besser für mich gewesen, wenn ich gestorben wäre. Ich hatte schreckliche Angst, ich könnte sterben. Als ich so entsetzlich blutete, dachte ich, jetzt mußt du sterben, und ich hatte schreckliche Angst... o Gott, furchtbare Angst. Das Sonderbare war, daß es nicht weh getan hat. Die Wunde schmerzt jetzt mehr als gleich danach. Man sollte doch denken, was sich einem ins Fleisch bohrt, würde furchtbar weh tun, aber ich hatte keine Schmerzen.

Aber es wäre am besten gewesen, wenn ich gestorben wäre, das weiß ich jetzt.«

Er sagte: »Ich gehe jetzt das Risiko ein, daß Sie mich für einen von denen halten, die die alten Placebos verabreichen. Aber Sie werden nicht immer so fühlen. Es *wird* vergehen.«

Sie blickte ihn fest an und sagte recht bestimmt: »Ich sehe Sie also morgen wieder.«

»Ja.«

Sie streckte ihm die Hand hin, und er schüttelte sie. Die Finger waren kalt und sehr trocken.

9

Wexford fuhr früh nach Hause. Er hatte das Gefühl, dies werde auf lange Zeit vielleicht das letzte Mal sein, daß er bereits um sechs Uhr nach Hause kam.

Dora war in der Diele, als er aufschloß, und legte gerade den Telefonhörer auf. »Das war Sheila. Wenn du eine Sekunde früher gekommen wärst, hättest du mit ihr sprechen können.«

Er unterdrückte den sarkastischen Kommentar, der ihm auf der Zunge lag. Er hatte keinen Grund, zu seiner Frau unfreundlich zu sein. Nichts war ihre Schuld. Ja, sie hatte sich bei dem Essen am Dienstag redliche Mühe gegeben, ausgleichend zu wirken, seinem Groll die Schärfe zu nehmen und seinen Sarkasmus zu dämpfen.

»Sie *kommen*«, sagte Dora. Ihr Ton war neutral.

»Wer kommt?«

»Sheila und... und Gus. Übers Wochenende. Du erinnerst dich doch, daß Sheila am Dienstag ihren Besuch in Aussicht gestellt hat.«

»Seit Dienstag ist allerhand passiert.«

Aber am kommenden Wochenende würde er ohnedies wohl nicht viel zu Hause sein. Allerdings fing das Wochenende morgen, Freitag, an, und sie würden am Abend eintreffen. Er goß sich ein Glas Bier ein, *Adnam's,* das ihr Weinhändler um die Ecke seit kurzem vorrätig hielt. Dora bekam einen trockenen Sherry. Sie legte ihm die Hand auf den Arm, fuhr darüber und umschloß sein Handgelenk. Es erinnerte ihn an Daisys eiskalte Berührung. Doch Doras Hand war warm.

Es brach aus ihm heraus: »Ein ganzes Wochenende muß ich diesen elenden Kerl um mich haben!«

»Reg, laß gut sein. *Fang* nicht so an. Wir haben ihn doch erst zweimal erlebt.«

»Als sie ihn das erste Mal hier angeschleppt hat«, sagte Wexford, »hat er sich hier in diesem Zimmer vor meinen Bücherschrank gestellt und ein Buch nach dem andern herausgenommen. Jedes hat er mit einem leicht verächtlichen Lächeln angesehn, den Trollope, die Short stories von M. R. James. Ich sehe ihn noch vor mir, wie er mit dem James-Band dastand und langsam den Kopf schüttelte, ganz langsam von links nach rechts und zurück. Ich war schon darauf gefaßt, daß er mit dem Daumen nach unten deutet. Ich habe schon die Geste der obersten Vestalin erwartet, wenn der Gladiator in der Arena den Mann mit dem Netz bezwungen hatte. Töten! So lautet das Urteil des höchsten Richters: töten!«

»Er hat das Recht auf eine eigene Meinung.«

»Er hat kein Recht, auf meinen Geschmack mit Verachtung herabzublicken und das auch noch zu zeigen. Außerdem, Dora, ist das nicht das einzige, das weißt du auch. Ist dir schon einmal ein Mann mit einem solch arroganten Auftreten begegnet? Bist du jemals in deinem Familien- oder Bekanntenkreis mit einem Menschen zusammengetroffen, der dich so ungeniert spüren läßt, daß er dich verachtet? Dich und mich. Jedes Wort aus seinem Mund zielte darauf ab, seine Bedeutung, seine Klugheit, seine geistreiche Art, seinen Witz herauszustellen. Was findet sie eigentlich an ihm? *Sag, was findet sie an ihm?* Er ist klein und dürr, er ist häßlich, er ist kurzsichtig, er sieht nicht weiter als bis zur Spitze seiner Karnickelnase ...«

»Weißt du was, Liebling? Frauen *mögen* kleine Männer. Sie finden sie attraktiv. Ich weiß, große Mannsbilder wie du glauben das nicht, aber es stimmt.«

»Burke hat geschrieben ...«

»Ich weiß, was Burke geschrieben hat. Du hast es mir

schon mal erzählt. Schmuckes Aussehen bei einem Mann liege einzig in seiner Größe oder so was Ähnliches. Burke war keine Frau. Und außerdem nehme ich an, daß Sheila an ihm schätzt, was er im Kopf hat. Weißt du, Reg, er ist schon ein sehr kluger Mann. Vielleicht sogar ein Genie.«

»Gott steh uns bei, wenn du jeden, der in die engere Wahl für den Booker-Preis kommt, gleich als ein Genie bezeichnen willst.«

»Ich finde, wir sollten nachsichtig sein, wenn ein junger Mann auf seine Leistungen stolz ist. Augustine Casey ist erst dreißig und gilt schon heute als einer der wichtigsten englischen Schriftsteller. Jedenfalls habe ich das in der Presse gelesen. Seine Bücher bekommen in der *Times* halbseitige Besprechungen. Mit seinem ersten Roman hat er den Somerset-Maugham-Preis errungen.«

»Der Erfolg sollte die Leute demütig, bescheiden und gütig machen, wie der Stifter dieses Preises irgendwo geschrieben hat.«

»Das kommt nur selten vor. Versuche, nachsichtig zu ihm zu sein, Reg. Versuche, ihm zuzuhören mit... mit der Klugheit des Älteren.«

»Was, du bist imstande, das zu sagen, nach dem, was er über die Perlen zu dir gesagt hat? Du bist wirklich eine großmütige Frau, Dora.« Wexford grummelte vor sich hin. »Wenn sie sich nur nicht wirklich etwas aus ihm macht! Wenn ihr nur die Augen aufgehen und sie sieht, was ich sehe!« Er trank sein Bier und schnitt ein Gesicht, als wäre der Geschmack doch nicht sein Fall. »Du glaubst doch nicht...« Er wandte sich mit entsetzter Miene seiner Frau zu. »... du nimmst doch nicht an, sie würde ihn *heiraten,* oder?«

»Ich nehme an, sie wird vielleicht mit ihm zusammenziehen, eine – wie soll ich es nennen? – langfristige Beziehung mit ihm eingehen. Ja, das glaube ich, Reg, wirklich. Du mußt dich darauf einstellen. Sie hat es mir gesagt ... o Reg, mach kein solches Gesicht. Ich muß es dir doch sagen.«

»Mir was sagen?«

»Sie sagt, daß sie in ihn verliebt ist und daß sie nicht glaubt, schon einmal so verliebt gewesen zu sein.«

»O Gott!«

»Daß sie so was mir sagt, sie sagt mir doch nie was ... nun, da muß was dran sein.«

Wexford wurde melodramatisch. Er wußte es, noch ehe die Worte ausgesprochen waren, aber er konnte sich nicht zurückhalten. Der theatralische Erguß bescherte ihm ein wenig Trost.

»Er wird mir meine Tochter wegnehmen. Wenn er und sie beisammen sind, ist es mit Sheila und mir vorbei. Dann ist sie meine Tochter *gewesen.* Es ist wahr. Ich sehe es kommen. Es hat überhaupt keinen Sinn, sich etwas vorzumachen.«

Er hatte das Abendessen vom vergangenen Dienstag verdrängt. Beziehungsweise, die Geschehnisse in Tancred House und deren Folgen hatten es bewirkt. Aber nun erwachte seine Erinnerung daran. Schon beim zweiten Glas Bier, das er sich eingoß, sah er vor sich, wie dieser Mensch das etwas spießige Restaurant betrat, die Umgebung beäugte und Sheila etwas zuflüsterte. Sie hatte ihren Vater, der die Runde einladen wollte, gefragt, wer an dem Abend neben wem sitzen solle, doch noch ehe Wexford den Mund auftun konnte, hatte Augustine Casey sich auf dem Stuhl niedergelassen, der mit dem Rücken zu einer Ecke des Lokals stand.

»Ich werde mich hier hersetzen, so daß ich den Zirkus sehen kann«, hatte er mit einem Lächeln gesagt, einem Lächeln, das nur ihm selbst galt und sogar Sheila ausschloß.

Wexford hatte dem entnommen, daß Casey beobachten wollte, wie sich die anderen Gäste benahmen. Das war vielleicht das Privileg eines Schriftstellers, wenn auch kaum das eines abgehobenen Post-Postmodernisten, wie Casey einer war. Er hatte bereits mindestens ein Werk ohne Figuren verfaßt. Damals hatte Wexford sich noch bemüht, mit ihm ins Gespräch zu kommen, ihn dazu zu bringen, daß er über irgend etwas redete, und wäre er selbst das Thema. In Wexfords Haus hatte er noch gesprochen, hatte er ein paar dunkelsinnige Äußerungen über osteuropäische Lyrik von sich gegeben, jeder Satz superklug, doch kaum saßen sie in dem Restaurant, verstummte er, als langweilte er sich. Das wenige, was er sprach, beschränkte sich darauf, irgendwelche Fragen kurz zu beantworten.

Seine strikte Weigerung, einen normalen Satz von sich zu geben oder anständige Manieren an den Tag zu legen, war eine der Marotten, die Wexford ganz besonders an ihm geärgert hatten. Als er nach seinem Befinden gefragt wurde, versetzte er taktlos, er fühle sich ausgesprochen unwohl; aber die Frage war ohnehin sinnlos, weil er sich nur selten wohl fühlte. Auf die Frage, was er trinken wolle, nannte er ein kaum bekanntes walisisches Mineralwasser, das in dunkelblauen Flaschen abgefüllt war. Da es nicht vorrätig war, trank er statt dessen Brandy.

Den ersten Gang ließ er nach einem einzigen Bissen stehen. Als sie die Mahlzeit zur Hälfte hinter sich hatten, brach er sein Schweigen und begann über Perlen zu sprechen. Von seinem Platz aus bot sich ihm der Blick auf nicht weniger als acht Frauen, die Perlen um den Hals oder in den Ohren trugen. Er sprach das Wort »Perlen« nur ein einziges Mal aus und erging sich anschließend in Ausdrücken wie »Konkretionen« oder »Chitingebilde«. Er zitierte Plinius den Älteren, der die Perlen als »das höchste Gut auf der ganzen Welt« bezeichnet hatte, er zitierte aus wedischen Schriften der

Inder und beschrieb etruskischen Schmuck, er ließ sich in ungefähr tausend Wörtern über die Perlen aus Oman und Katar aus, aus Gewässern geholt, die vierzig Meter tief waren. Sheila hing an seinen Lippen. Wozu sich etwas vormachen? Schmachtend lauschte sie Caseys Ausführungen.

Er verbreitete sich über das Thema von Hopes Barockperle, die elf Unzen schwer gewesen sei, und über »La Reine des Perles« aus dem französischen Kronschatz, der 1792 gestohlen wurde. Dann sprach er über die abergläubischen Vorstellungen, die sich mit den »Konkretionen« verbanden, und – die Augen auf die bescheidene Kette um Doras Hals gerichtet – von der Torheit älterer Frauen, die früher und zweifellos auch noch heute glaubten, solche Halsketten würden ihnen die verronnene Jugend zurückgeben.

An diesem Punkt hatte Wexford beschlossen, den Mund aufzutun und ihn zurechtzuweisen, aber sein Telefon hatte zu wimmern begonnen, und er hatte wortlos das Lokal verlassen. Beziehungsweise ohne ein Wort der Warnung. Natürlich hatte er sich verabschiedet. Sheila hatte ihn geküßt, und Casey hatte gesagt, als wäre das eine gängige Abschiedsformel: »Wir werden uns wiederbegegnen.«

Der Zorn hatte ihn übermannt, schäumend vor Wut war er durch die dunklen, kalten Wälder gefahren. Die ungeheuerliche Tragödie hatte dann seine Empörung neutralisiert. Aber die Tragödie in Tancred House betraf nicht ihn persönlich. Diese Angelegenheit hingegen konnte ihn durchaus persönlich betreffen. Immer wieder kamen ihm Bilder des künftigen Szenarios vor Augen, die Vorstellung ihres *gemeinsamen* Heims. Er stellte sich vor, wie es sein würde, wenn er Sheila anrief und dann die Stimme dieses Menschen am Apparat hatte. Geistreiches Gerede, nur Eingeweihten verständlich, hatte er vermutlich auf seinen und Sheilas

Anrufbeantworter gesprochen. Wie würde es sein, wenn Sheilas Vater auf einer Dienstreise nach London den Wunsch hatte, bei seiner Tochter vorbeizuschauen, und dann auf diesen Menschen traf?

Er dachte an nichts anderes, und als er schlafen ging, legte er sich mit der Befürchtung zu Bett, daß er – eine ganz natürliche Folge – von Casey träumen werde. Doch der Alptraum, der ihn kurz vor der Morgendämmerung heimsuchte, handelte von dem Massaker in Tancred House. Er war in jenem Zimmer, an jenem Tisch, zusammen mit Daisy und Naomi Jones sowie Davina Flory. Copeland war hinausgegangen, um der Ursache dieser Geräusche im Obergeschoß nachzuspüren. Aber kein Geräusch war zu vernehmen. Er war damit beschäftigt, das scharlachrote Tischtuch zu untersuchen, und fragte gerade Davina Flory, warum es so leuchtend gefärbt sei, warum gerade rot. Davina gab ihm lachend zur Antwort, daß er sich täusche, vielleicht sei er farbenblind wie viele Männer. Das Tischtuch sei weiß, so weiß wie frisch gefallener Schnee.

Ob sie nichts dabei finde, einen so abgedroschenen Vergleich heranzuziehen, fragte er sie. Nein, nein, sagte sie lächelnd und berührte mit ihrer Hand die seine, mit solchen Stereotypen ließen sich Dinge oft am besten beschreiben. Man könne auch zu klug daherreden.

Der Schuß fiel, und der Killer kam herein. Wexford verdrückte sich ungesehen, entkam durch das Fenster mit den teuren Glasscheiben, die zerschmolzen, um ihm den Weg nach draußen freizugeben. So sah er gerade noch, wie das Fluchtauto, gesteuert von einem Mann, auf den Vorhof rollte. Dieser Mann war Ken Harrison.

In den Ställen – er war von der Bezeichnung »Tatortzentrale« abgekommen – zeigten sie ihm am Morgen das Phantombild, das nach Daisys Beschreibung angefertigt worden war. Es sollte noch am selben Abend in den Nachrichten aller Fernsehprogramme erscheinen.

Aber wie wenig sie ihm hatte sagen können! Das gezeichnete Gesicht war glatter und ausdrucksloser, als das Gesicht eines lebenden Menschen es jemals sein könnte. Jene Details, die sie hatte schildern können, hatte der Zeichner anscheinend unbewußt hervorgehoben. Schließlich waren sie alles, woran er sich hatte halten können. Also hatte der Mann, der Wexford von dem Papier entgegenblickte, ausdruckslose, weit auseinander stehende Augen und eine gerade Nase, Lippen, die weder voll noch schmal waren, aber ein kräftiges Kinn mit einer tiefen Kerbe, große, auffallende Ohren und einen blassen Haarschopf.

Er sah sich flüchtig Sumner-Quists Obduktionsberichte an und ließ sich anschließend nach Kingsmarkham fahren, um sich beim »Inquest«, der gerichtlichen Untersuchung der Todesursache der drei Opfer, sehen zu lassen. Sie wurde eröffnet. Dann trug der Pathologe sein Gutachten vor. Anschließend wurde das Verfahren vertagt. Wexford überquerte die High Street, ging die York Street hinunter und ins Kingsbrook Centre, um die Kunsthandwerksgalerie »Garlands« zu suchen.

Ein an der Innenseite der Tür hängendes Schild teilte zwar interessierten Kunden mit, daß die Galerie an fünf Tagen der Woche von 10.00 bis 17.30 Uhr, mittwochs von 10.00 bis 13.00 Uhr, sonntags hingegen nicht geöffnet hatte, doch die Tür war abgeschlossen. Die Schaufenster rechts und links von der Tür zeigten ein vertrautes Sammelsurium von Keramik, Gebinden getrockneter Blumen, Korbwaren, Fotorahmen aus Marmor, Muschelbildern, Häuschen aus Keramik, Silberschmuck, intarsierten Holzkästchen, Kinkerlitzchen aus Glas, geschnitzt, gewebt, mundgeblasen, und zusammengenähte Tiere wie auch eine Menge Haushaltswäsche, bedruckt mit Vögeln und Fischen, Blumen und Bäumen.

Doch keine Lampen beleuchteten diese Ansammlung nutzloser Dinge. Das Halbdunkel, das weiter hinten in dem Geschäft zunahm, erlaubte es Wexford gerade noch, größere Gegenstände zu erkennen, die von pseudomittelalterlichen Balken hingen, irgendwelche Kleider, Umschlagtücher und Abendkleider, ein Kassentisch, der zwischen einer Pyramide aus – wie es schien – grotesken Felltieren und einer Vitrine stand, die hinter mattem Glas Terrakotta-Masken und Wandvasen aus Porzellan zeigte.

Es war Freitag, und »Garlands« hatte geschlossen. Er nahm an, daß Mrs. Garland ihre Galerie wohl zum ehrenden Gedenken an ihre Partnerin Naomi Jones, die auf so schreckliche Weise umgekommen war, den Rest der Woche geschlossen hielt. Oder vielleicht war sie einfach zu verstört. Er hatte keine Ahnung, wie eng sie mit Daisys Mutter befreundet gewesen war. Aber Wexford war mit der Absicht hierhergekommen, Nachforschungen über den Besuch anzustellen, den sie am Dienstagabend in Tancred House gemacht beziehungsweise nicht gemacht hatte.

Wenn sie dort gewesen war, warum war sie nicht bei der Polizei erschienen, um darüber zu berichten? Die Berichterstattung in den Medien war nicht zu übersehen gewesen. Jeder, der auch nur die kleinste Information zu den Geschehnissen liefern konnte oder der auch nur ganz lose mit Tancred House in Verbindung gestanden hatte, war um Mithilfe ersucht worden. Wenn Mrs. Garland nicht dort gewesen war, warum hatte sie der Polizei den Grund ihres Fernbleibens nicht mitgeteilt?

Wo wohnte sie? Daisy hatte es nicht erwähnt, aber es ließ sich leicht feststellen. Jedenfalls nicht über der Galerie. In den drei Etagen des Einkaufszentrums waren nur Läden, Frisiersalons, ein riesiger Supermarkt, ein Geschäft für Bastler, zwei Schnellimbisse, ein Gartencenter und ein Fitneßstudio untergebracht. Er könnte draußen in der Tatortzentrale anrufen, dann hätte er die Adresse binnen weniger Minuten, aber das Hauptpostamt von Kingsmarkham war gleich gegenüber auf der anderen Straßenseite. Wexford betrat es, umging die Schlange der Wartenden und verlangte das Wählerverzeichnis. So war er schon vor langer Zeit vorgegangen, bevor all dieser technische Krimskrams aufgekommen war. Manchmal machte es ihm, aus Trotz, richtig Spaß, sich so altmodisch zu benehmen.

Das Wählerverzeichnis war nach Straßen, nicht nach Familiennamen gegliedert. Was er hier tat, wäre eigentlich eine Arbeit für einen Untergebenen gewesen, aber er wollte nun einmal – und zwar dringend und möglichst rasch – wissen, warum Joanne Garland ihren Laden geschlossen hatte, und das vermutlich für nicht weniger als drei Tage.

Schließlich fand er ihre Adresse. Sie wohnte nur ein paar Straßen von ihm selbst entfernt, in Broom Vale, einem der etwas besseren Viertel. Sie lebte allein. Das entnahm er dem Verzeichnis. Natürlich gab es keine Auskunft darüber, ob jemand unter achtzehn bei ihr wohnte, doch das war unwahrscheinlich. Er ging zurück zu dem Innenhof, wo sein Wagen stand. Im Ort zu parken war heutzutage kein Kinderspiel. Er konnte sich leicht die Meldung im *Kingsmarkham Courier* vorstellen, wenn irgendein aufgeweckter junger Reporter – vielleicht sogar Jason Sebright? – den Wagen von Chief Inspector Wexford auf der gelben Doppellinie entdeckt hatte, gefangen in einer Radkralle.

Niemand war zu Hause. Auch nebenan, links wie rechts, war niemand daheim.

In früheren Jahren hatte man eine Frau normalerweise zu Hause angetroffen. Die Zeiten hatten sich geändert. Aus irgendeinem Grund brachte ihn das auf

Sheila, aber er zwang sich, nicht an sie zu denken. Er musterte das Haus, das er noch nie genauer betrachtet hatte, obwohl er ungezählte Male daran vorbeigekommen war. Es fiel durchaus nicht aus dem Rahmen, ein einzelnes Haus in einem Garten, gepflegt, vor kurzem neu gestrichen, vermutlich mit vier Schlafzimmern und zwei Bädern. Aus einem der oberen Fenster ragte eine Parabolantenne. Im Garten vor dem Haus begann gerade ein Mandelbaum zu blühen.

Er überlegte einen Augenblick und spazierte dann hintenherum. Das Haus wirkte verlassen. Doch zu dieser Jahreszeit, im Vorfrühling, war es nur natürlich, daß es so wirkte, daß die Fenster nicht geöffnet waren. Er schaute durchs Küchenfenster. Die Küche war ordentlich aufgeräumt, nur auf dem Abtropfbrett standen abgespülte Teller zum Trocknen.

Zurück zur Vorderseite des Hauses, wo er durchs Schlüsselloch in die Garage spähte. Drinnen stand ein Wagen. Das Fabrikat konnte er nicht erkennen. Als er kurz durch das Fensterchen rechts von der Haustür schaute, sah er Zeitungen und ein paar Briefe auf dem Boden liegen. War es vielleicht nur die heutige Morgenzeitung? Aber nein, er sah eine *Daily Mail* am Rand der Matte und eine zweite Ausgabe dieser Zeitung, von einem braunen Briefumschlag halb verdeckt. Er verdrehte den Kopf, um den Namen der dritten Zeitung zu erkennen, von der er nur eine Ecke und ein Stück von einem Foto sehen konnte. Das Foto zeigte die Princess of Wales.

Auf der Rückfahrt nach Tancred House hielt er an einem Zeitungskiosk an. Wie er erwartet hatte, war die Aufnahme der Princess of Wales in der heutigen Ausgabe der *Daily Mail.* Somit waren drei Zeitungen für Joanne Garland eingeworfen worden, seit sie das Haus verlassen hatte. Also war sie *seit Dienstagabend* nicht zu Hause gewesen.

Barry Vine sagte auf seine langsame, coole Art: »Kann sein, daß Gabbitas am Dienstagnachmittag in diesem Wald war, Sir, kann aber auch nicht sein. Dort draußen, wo er war, sind Zeugen, wie man sagen könnte, dünn gesät. Jedenfalls behauptet er, daß er dort war. Der Eigentümer des Waldes besitzt zweihundert Hektar. Auf einem Teil seines Grundes betreibt er sogenannte natürliche Landwirtschaft. Das heißt, daß das Vieh frei umherstreift, wenn Sie wissen, was ich meine. Er hat ein neues Stück Wald angepflanzt, und er bekommt eine Stillegungsprämie, die die Regierung zahlt, wenn man nichts anbaut.

Die Sache ist die, daß der Wald, in dem Gabbitas gewesen sein will, meilenweit vom nächsten Ort entfernt ist. Man fährt zwei Meilen auf diesem Sträßchen und kommt sich wirklich vor wie am Ende der Welt. Kein Dach zu sehen, nicht einmal ein Schuppen. Ich hab mein ganzes Leben auf dem Land verbracht, aber ich hätte nicht gedacht, daß es um London herum so was gibt.

Was er machte, nennt man Ausputzen. Wenn es nicht um Bäume, sondern um Rosen ginge, würde man sagen: beschneiden. Man kann sehen, daß er dort war – wir haben die Fahrzeugspuren verglichen. Aber ich kann genausowenig wie Sie, Sir, mit Sicherheit sagen, ob er am Dienstag dort war.«

Wexford nickte. »Barry, ich möchte, daß Sie nach Kingsmarkham fahren und nach einer Mrs. Garland, Joanne Garland, suchen. Falls Sie sie nicht finden – und ich glaube nicht, daß Ihnen das gelingen wird –, versuchen Sie rauszubringen, wo sie sich zur Zeit aufhält und wo sie seit Dienstagnachmittag überall gewesen ist. Nehmen Sie jemanden mit, nehmen Sie Karen mit. Die Frau wohnt in Broom Vale, in Nummer fünfzehn, und sie hat so einen Kitschladen im Einkaufszentrum. Schaun Sie, ob ihr Wagen fort ist, quetschen Sie die Nachbarn aus.«

»Sir?«

Wexford zog die Augenbrauen hoch.

»Was ist ein Kitschladen? Ich sollte das Wort ja kennen, aber die Bedeutung ist mir entfallen.«

Irgendwie erinnerte das Wexford an alte Zeiten und an seinen Großvater, der in Stowerton ein Eisenwarengeschäft geführt hatte. Eines Tages hatte er einen faulen Lehrling mit dem Auftrag losgeschickt, ein Pfund Armschmalz zu kaufen, und der Lehrjunge war tatsächlich gehorsam losgezogen. Vine aber war weder faul noch dumm. Vine war – trotz *de mortuis* – dem armen Martin haushoch überlegen. Doch statt diese Geschichte zu erzählen, erklärte er Vine das aus dem Deutschen übernommene Wort »Kitsch«, das er gebraucht hatte.

Wexford überraschte Burden beim Lunch an seinem Schreibtisch. Das Möbel stand hinter Stellwänden in der Ecke, wo Daisys Bücherregale, Stühle und Sitzkissen sorgfältig mit Staubdecken bedeckt worden waren. Burden aß eine Pizza und dazu Kohlsalat, beides nicht Wexfords Lieblingsgerichte, weder für sich noch in dieser Kombination, aber er erkundigte sich trotzdem, woher das Essen stammte.

»Von unserem Essenslieferanten. Der Imbißwagen steht draußen, ab jetzt jeden Tag von halb eins bis zwei. Haben Sie das nicht arrangiert?«

»Ich höre zum erstenmal davon«, sagte Wexford.

»Lassen Sie sich doch von Karen etwas holen. Die haben eine ansehnliche Auswahl.«

Wexford erklärte ihm, daß Karen Malahyde mit Barry Vine nach Kingsmarkham gefahren sei. Aber er werde Davidson bitten, ihm was zu essen zu holen. Davidson kenne seinen Geschmack. Dann nahm er mit einem schlammfarbenen Kaffee aus der Maschine Burden gegenüber Platz.

»Wie steht's also mit diesen Griffins?«

»Der Sohn ist arbeitslos und geht stempeln – Moment, nein, er lebt von der Arbeitslosenhilfe. Er ist schon so lange ohne Job. Er heißt Andrew beziehungsweise Andy. Die Eltern heißen Terry und Margaret, schon ziemlich alte Leute.«

»Wie ich«, sagte Wexford. »Was für treffende Ausdrücke Sie auf Lager haben, Mike.«

Burden überging die Bemerkung. »Es ist ein Pensionistenpaar, das nicht genug zu tun hat. Ich hatte den Eindruck, daß sie nichts miteinander anzufangen wissen. Und irre Paranoiker sind sie außerdem. Nichts ist in Ordnung, und die ganze Welt ist gegen sie. Als wir dort ankamen, haben sie auf Leute von der Post gewartet, die ihr Telefon reparieren sollten. Mit denen haben sie uns verwechselt. Sie sind beide über uns hergefallen, bevor wir überhaupt erklären konnten, wer wir sind. Dann, kaum war der Name Tancred gefallen, haben sie zu quengeln angefangen, daß sie die besten Jahre ihres Lebens dafür geopfert hätten, und wie ungerecht sie von Davina Flory behandelt worden seien. Sie können es sich ja vorstellen. Seltsamerweise haben sie, obwohl sie Bescheid gewußt haben müssen – es lag sogar die Abendzeitung von gestern herum mit all den Fotos –, die Sache mit keinem Wort erwähnt, bis wir das getan haben. Nicht einmal eine Bemerkung, wie furchtbar das war. Sie haben sich nur schnell angesehen, als ich sagte, meines Wissens hätten sie dort gearbeitet. Griffin hat recht verbissen geantwortet, o ja, sie hätten dort gearbeitet, sie würden es nie vergessen. Und dann haben sie losgelegt, die zwei, bis wir ihnen ... nun ja, das Wort abschneiden mußten.«

Wexford zitierte Edmund Burke: »Ein Ereignis hat stattgehabt, über das schwer zu sprechen und unmöglich zu schweigen ist.« Dafür erntete er einen mißtrauischen Blick. »Und ist der Mann von der Post erschienen?«

»Ja, schließlich doch. Ich wäre beinahe die Wand

hochgegangen, wie sie alle fünf Minuten zur Haustür gewackelt ist und nach rechts und links die Straße lang nach ihm Ausschau gehalten hat. Übrigens, Andy Griffin war nicht da, er kam erst später. Seine Mutter hat gesagt, er wäre beim Joggen.«

Sie wurden von Davidson unterbrochen, der mit einer Tüte erschien, die ein Tandoori-Hühnchen, Pilawreis und Mango chutney für Wexford enthielt.

»*Das* hätt ich mir holen sollen«, sagte Burden.

»Dafür ist's jetzt zu spät. Getauscht wird nicht. Bei einer Pizza dreht sich mir der Magen um. Sind Sie dahinter gekommen, weswegen sie sich mit den Harrisons verzankt haben?«

Burden sah überrascht aus. »Ich habe nicht danach gefragt.«

»Nein, aber wenn sie so paranoid sind, hätte es ja sein können, daß sie von sich aus mit der Geschichte rausrückten.«

»Sie haben die Harrisons nicht erwähnt. Vielleicht hat das was zu besagen. Margaret Griffin ließ sich darüber aus, daß sie das Cottage in einem tadellosen Zustand verlassen hätte und daß Gabbitas, bei dem einzigen Mal, als sie mit ihm zusammentrafen, Teer an den Schuhen gehabt und damit ihren schönen Teppich beschmutzt hätte. Er würde das Häuschen schon bald in eine Müllhalde verwandelt haben, das sei ihr klar.

Andy Griffin kam nach Hause. Na ja, vielleicht war er joggen. Er ist übergewichtig, um nicht zu sagen fett. Er hatte einen Trainingsanzug an, aber nicht jeder, der einen anhat, geht darin trainieren. Er sieht aus, als könnte er nicht hinter einem Bus herlaufen, der mit Schrittgeschwindigkeit dahinzockelt. Er ist eher klein und blond, aber man kann Daisys Beschreibung beim besten Willen nicht so interpretieren, daß sie auf ihn paßt.«

»Sie müßte ihn nicht beschreiben. Sie hätte ihn erkannt«, sagte Wexford. »Sie hätte ihn sogar hinter einer Maske erkannt.«

»Sicher. Er behauptet, daß er am Dienstagabend mit Kumpeln aus war, und seine Eltern bestätigen, daß er gegen sechs weggegangen ist. Ich werd das bei seinen Kumpeln nachprüfen. Angeblich sind sie in Myringham von einem Pub zum anderen gezogen, und dann sollen sie chinesisch essen gewesen sein, in einem Lokal, das *Panda Cottage* heißt.«

»Dieser Name! Hört sich an wie eine Stammkneipe für gefährdete Arten. Er geht *stempeln*?«

»Er kriegt Arbeitslosenhilfe, wie gesagt. Er hat was Merkwürdiges an sich, Reg. Ich kann Ihnen allerdings nicht sagen, was es ist. Ich weiß, das bringt nicht viel, aber eigentlich möchte ich damit nur sagen: Wir müssen Andrew Griffin im Auge behalten. Bei seinen Eltern hat man den Eindruck, daß sie grundsätzlich keine Menschen mögen, und aus irgendeinem – oder auch gar keinem – Grund hat sich bei ihnen ein starker Groll gegen Harvey Copeland und Davina Flory angestaut. Andy aber, der hat einen richtigen Haß auf sie. Seine ganze Art und seine Stimme verändern sich, wenn er über sie spricht. Er hat sogar gesagt, er sei froh, daß sie tot sind. ›Gesindel‹ und ›Scheiße‹, so redet er über sie.«

»Reizend.«

»Wir werden ein bißchen mehr wissen, sobald wir festgestellt haben, ob er am Dienstag tatsächlich die Kneipenrunde gemacht hat und in diesem *Panda Cottage* war.«

Wexford warf einen Blick auf seine Uhr. »Es wird Zeit, daß ich zum Krankenhaus fahre. Haben Sie Lust mitzukommen? Sie könnten Daisy ein paar Fragen über die Griffins stellen.«

Kaum hatte er den Vorschlag gemacht, bereute er ihn schon. Daisy war inzwischen an ihn gewöhnt; er war sich fast sicher, daß sie etwas dagegen hätte, wenn ein zweiter Beamter mit ihm käme, und ohne Vorwarnung obendrein. Aber er hätte sich keine Gedanken zu machen brauchen. Burden hatte nicht die Absicht, ihn zu begleiten. Er hatte ein zweites Gespräch mit Brenda Harrison vereinbart.

»Die gibt's ja noch länger«, sagte Burden, womit Daisy gemeint war. »Das Sprechen wird ihr leichter fallen, wenn sie erst mal aus dem Krankenhaus raus ist. Übrigens, wo will die denn hin, wenn sie dort raus *ist*?«

»Ich weiß es nicht«, sagte Wexford langsam. »Ich habe keine Ahnung und noch gar nicht drüber nachgedacht.«

»Nun ja, zu sich nach Hause kann sie nicht, oder? Falls es ihr gehört, was ich aber annehme. Sie kann nicht gleich dorthin zurück.«

Schon im Gehen sagte Wexford: »Ich bin rechtzeitig zurück, um zu sehen, was die Fernsehfritzen für uns tun. Ich bin rechtzeitig zu den ITN-Nachrichten um zwanzig vor sechs zurück.«

Auch diesmal meldete er sich im Krankenhaus nicht an, sondern ging unauffällig, beinahe verstohlen hinauf zur Station. Weder Dr. Leigh noch Krankenschwestern ließen sich blicken. Er klopfte an die Tür von Daisys Zimmer; durch das Milchglas konnte er nicht viel erkennen, nur die Umrisse des Bettes, doch das genügte – an ihrem Krankenlager saß kein Besucher.

Niemand sagte: »Herein!« Sicher, er war etwas früher dran als bei seinen vergangenen Besuchen. Allein, ohne Aufforderung, mochte er die Tür nicht öffnen. Er klopfte noch einmal, mittlerweile sicher – ohne einen Beweis dafür zu haben –, daß das Zimmer leer war. Sie mußten hier einen Aufenthaltsraum haben; vielleicht war sie dort. Er drehte sich um und sah sich Auge in Auge mit einem Mann in einer kurzen, weißen Jacke. Der diensthabende Pfleger?

»Ich suche Miss Flory.«

»Daisy ist heute nach Hause gegangen.«

»Nach *Hause*?«

»Sind Sie Chief Inspector Wexford? Sie hat hinterlassen, daß sie Sie anrufen würde. Ihre Freunde haben sie abgeholt. Ich kann Ihnen sagen, wie die Leute heißen. Ich hab's mir irgendwo aufgeschrieben.«

Daisy hatte sich bei Nicholas Virson und seiner Mutter in Myfleet einquartiert. Das also war die Antwort auf Burdens Frage. Sie war bei ihren Freunden, vielleicht ihren besten Freunden, untergekommen. Einen Moment lang fragte er sich, warum sie ihm am Tag zuvor nichts davon gesagt hatte. Aber vielleicht hatte sie es noch nicht gewußt. Zweifellos hatten sie Verbindung aufgenommen, sie zu sich eingeladen, und sie hatte angenommen, um Zuflucht zu finden. Beinahe jeder Patient sehnt sich danach, dem Krankenhaus den Rücken kehren zu können.

»Wir werden sie im Auge behalten«, sagte der Pfleger. »Sie hat am Montag hier einen Termin für eine Nachuntersuchung.«

Als Wexford wieder in den Ställen war, schaltete er den Fernsehapparat an und sah sich eine Nachrichtensendung nach der anderen an. Das Phantombild des Killers von Tancred House erschien auf der Mattscheibe. Als Wexford es nun sah, vergrößert, wirkte es überzeugender, als es eine Zeichnung auf Papier sein konnte. Er wußte gleich, an wen es ihn erinnerte.

Nicholas Virson.

Das Gesicht auf dem Bildschirm glich Virsons Gesicht an Daisys Krankenbett. Hatte irgendeine Zufallsfügung die Hand des Zeichners geführt? Oder hatte bei Daisy eine unbewußte Verschiebung stattgefunden? Machte das die Zeichnung wertlos? Wenn der beschriebene Killer aussah wie der Freund der Zeugin, dann hatte die Maske, die er getragen hatte, ihren Zweck erfüllt.

Wexford saß vor dem Fernseher, ohne irgend etwas aufzunehmen. Es ging auf halb sieben zu, die Zeit, um die Sheila und Augustine Casey eintreffen würden. Es drängte ihn nicht, nach Hause zu fahren.

Er ging zurück zu seinem Schreibtisch, auf dem ein Dutzend Mitteilungen über Anrufe für ihn lagen. Auf dem ersten Zettel stand, was er bereits wußte: daß Daisy Flory sich bei Mrs. Joyce Virson im *The Thatched House,* Castle Lane, in Myfleet, aufhalte. Es war aber auch eine Telefonnummer notiert. Wexford zog sein Telefon aus der Tasche und wählte.

Eine Frauenstimme meldete sich, gebieterisch, von oben herab, mit einem »Hallo?«

Wexford sagte, wer er war und daß er morgen nachmittag um vier gerne Miss Flory sehen würde.

»Aber morgen ist Sonnabend!«

Das lasse sich nicht bestreiten.

»Na ja, meinetwegen. Wenn es unbedingt sein muß. Finden Sie unser Cottage? Wie wollen Sie hierherkommen? Die Busverbindung ist keineswegs zuverlässig...«

Er sagte, daß er um vier Uhr dort sein werde, und beendete das Gespräch. Kurz darauf ging die Tür auf. Ein kalter, starker Luftzug fegte herein, und Barry Vine erschien.

»Wo kommen Sie denn her?« sagte Wexford recht mürrisch.

»Es hört sich lächerlich an, aber sie ist verschwunden. Mrs. Garland. Joanne Garland. Sie ist abgängig.«

»Was soll das heißen: abgängig? Sie wollen sagen, sie ist nicht dort. Das ist ja nicht das gleiche.«

»Sie ist abgängig. Sie hat niemandem was davon gesagt, daß sie wegfährt, sie hat keine Nachrichten oder Instruktionen für irgend jemanden hinterlassen. Niemand weiß, wo sie sich aufhält. Seit Dienstagabend ist sie nicht mehr gesehen worden.«

10

Die alten Leute saßen vor dem Fernsehgerät. Sie hatten die letzte Mahlzeit des Tages hinter sich, die ihnen um 17.00 Uhr serviert worden war, und jetzt war für sie Abend, nicht mehr allzu lange bis zur Schlafenszeit, die auf 20.30 Uhr festgelegt war.

Lehnsessel und Rollstühle waren im Halbkreis vor dem Fernsehgerät gruppiert worden. Die betagten Zuschauer und Zuschauerinnen sahen vor sich ein brutales Gesicht, das Phantombild des Killers in Tancred House. Es war ein Gesicht von der Art, die früher mit dem Ausdruck »blondes Untier« gekennzeichnet worden war. Und genauso bezeichnete ihn eine der alten Frauen, als sie mit einem weithin hörbaren Flüstern zu dem Mann neben ihr sagte: »Sehn Sie sich den an, ein richtiges blondes Untier!«

Sie schien eine der lebhafteren Bewohnerinnen des Caenbrook Retirement Home zu sein, und Burden war erleichtert, als die magere, von Sorgen gezeichnete junge Frau, die sie empfangen hatte, ihn und Sergeant Vine zum Stuhl dieser Frau führte. Sie blickte sich um, lächelte, und ihre Überraschung wich rasch einem ganz echten Entzücken, als sie begriff, daß diese Besucher, wer sie auch sein mochten, ihretwegen gekommen waren.

»Edie, Sie werden gewünscht. Diese beiden Männer sind von der Polizei.«

Das Lächeln blieb. Es verstärkte sich sogar noch.

»Nanu, Edie«, sagte der alte Mann, dem sie ins Ohr geflüstert hatte, »was haben Sie denn angestellt?«

»Ich? Schön wär's.«

»Mrs. Chowney, ich bin Inspector Burden, und das ist Detective Sergeant Vine. Wir würden uns gerne ein wenig mit Ihnen unterhalten. Uns liegt sehr daran herauszufinden, wo Ihre Tochter sich aufhält.«

»Welche denn? Ich habe sechs Töchter.«

Wie Burden später Wexford gestand, war er einfach baff gewesen. Es machte ihn sprachlos, wenn auch nur vorübergehend. Edie Chowney erklärte zu allem Überfluß auch noch stolz – vor einem Publikum, das diese Enthüllung sicher schon viele Male zu hören bekommen hatte –, daß sie auch fünf Söhne habe. Alle noch am Leben, alle in guten Verhältnissen, alle in England lebend. Dann kam Burden der Gedanke, wie schrecklich es war – und in vielen Ländern undenkbar –, daß von diesen elf Kindern kein einziges auf die Idee gekommen war, die alte Mutter zu sich zu nehmen. Lieber hatten sie das Geld zusammengelegt, höchstwahrscheinlich zu gleichen Teilen, um ihren Aufenthalt in dieser zweifellos teuren Endstation für die abgeschobenen Alten zu finanzieren.

Während sie, einem Vorschlag der mageren Pflegerin folgend, der dem alten Mann weitere Anzüglichkeiten entlockte, durch den Korridor zu Mrs. Chowneys Zimmer gingen, fragte Burden sich, ob nicht eines von diesen zehn Geschwistern Joanne Garlands ihm möglicherweise bessere Informationen geben könnte. Doch er täuschte sich. Denn Edie Chowney, die ohne Beistand zu ihrem Zimmer ging, die beiden Männer hineinbat und sich dabei bei der Pflegerin beklagte, daß nicht ausreichend geheizt werde, war ebenso klar im Kopf und eloquent wie ein dreißig Jahre jüngerer Mensch.

So, wie sie aussah, war sie Ende siebzig, eine kleine, lebhafte Frau, mager, deren Figur man aber ansah, daß sie viele Kinder zur Welt gebracht hatte. Ihr dünnes Haar war dunkelbraun gefärbt. Nur ihre Hände, anzusehen wie Baumwurzeln und mit knorrigen Knöcheln, verrieten, daß sie an Arthritis litt.

Das Zimmer war mit dem Notwendigsten eingerichtet, ergänzt durch Edie Chowneys persönliche Dinge. Zumeist gerahmte Fotografien. Sie drängten sich bis aufs Fensterbrett, auf den Tischchen, dem Nachttischchen und dem kleinen Bücherregal. Menschen mit ihrer Sippe, ihren Ehepartnern, ihren Hunden, allesamt zwischen vierzig und fünfundfünfzig. Eine der Frauen war höchstwahrscheinlich Joanne Garland.

»Ich habe einundzwanzig Enkel«, sagte Mrs. Chowney, als sie Burdens Blick bemerkte. »Und vier Urenkel. Wenn Maureens Ältester nichts dazwischenkommt, werde ich in nicht zu ferner Zukunft einen Ururenkel haben. Was möchten Sie denn über Joanne wissen?«

»Wohin sie verreist ist, Mrs. Chowney«, sagte Barry Vine. »Wir hätten gern die Adresse, wo sie sich aufhält. Ihre Nachbarn haben keine Ahnung.«

»Joanne hat nie Kinder bekommen. Zweimal verheiratet, aber keine Kinder. Die Frauen in unserer Familie sind nicht unfruchtbar, und darum nehme ich an, sie hat es so gewollt. Ich konnte es mir zu meiner Zeit nicht aussuchen, aber die Zeiten haben sich geändert. Joanne wäre zu egoistisch für Kinder, sie würde das Geschrei und das Chaos, das sie anrichten, nicht in Kauf nehmen. Mit Kindern hat man eine Menge Unordnung im Haus, da kann man machen, was man will. Ich muß es ja wissen, ich hatte elf. Und dann war sie die Älteste von den Mädchen, also hat sie es *mitbekommen*.«

»Sie ist weg, Mrs. Chowney. Können Sie uns sagen, wohin?«

»Ihr erster Mann war ein fleißiger Mann, aber er hat es nie zu was gebracht. Sie hat sich von ihm scheiden lassen. Mir hat das nicht gepaßt. Ich hab zu ihr gesagt: Du bist die erste aus unserer Familie, die jemals vor einem Scheidungsrichter gestanden hat. Pam hat sich später scheiden lassen, und dann auch Trev, aber Joanne war die erste. Jedenfalls, sie hat einen steinreichen Mann kennengelernt. Wissen Sie, was der immer gesagt hat? Er hat immer gesagt: Ich bin nur ein armer Millionär, Edie. Oh, sie haben auf den Putz gehauen, das kann ich Ihnen sagen, Geld noch und noch rausgeworfen, aber dann ist die Ehe genauso den Bach runtergegangen wie die erste. Er mußte bluten – mein Gott, hat sie ihn abgekocht! Auf diese Weise hat sie das Haus bekommen und das Geschäft gegründet, das sie führt, und einen großen Wagen und weiß Gott noch was. Sie bezahlt meinen Aufenthalt hier, wissen Sie. Wenn man hier lebt, das kostet soviel wie in einem Nobelhotel in London, obwohl man nichts davon merkt, wenn man sich hier umsieht. Aber sie zahlt, die anderen könnten es sich nicht leisten.«

Burden mußte ihren Redefluß stoppen. Edie Chowney hatte nur eine Pause eingelegt, um Luft zu holen. Er hatte davon gehört, daß Menschen, die sich einsam fühlen, wie ein Sturzbach reden, wenn sie endlich Gesellschaft haben. Aber das (dachte er, ohne es zu sagen) geht denn doch zu weit.

»Mrs. Chowney ...«

Sie sagte in einem spitzen Ton: »Jaja, ich bin schon fertig. Ich weiß, ich rede zuviel. Es kommt nicht vom Alter, ich bin einfach so. Ich bin schon immer eine Plaudertasche gewesen, darüber hat mein Mann immer gemeckert. Was wollten Sie gleich wieder über Joanne wissen?«

»Wo sie ist.«

»Zu Hause natürlich oder im Geschäft. Wo sonst sollte sie denn sein?«

»Wann, Mrs. Chowney, haben Sie sie zum letztenmal gesehen?«

Ihre Reaktion war sonderbar. Es war, als wollte sie

sich klarmachen, nach welchem ihrer Kinder sie gefragt wurde. Sie musterte die Fotosammlung neben dem Bett, legte eine Pause ein, um abzuzählen, wählte dann ein Farbfoto in einem Silberrahmen und sah es nickend an.

»Das dürfte Dienstagabend gewesen sein. Ja, richtig, weil an diesem Tag die Fußpflegerin kommt, und sie kommt immer dienstags. Joanne schaute rein, als wir beim Tee saßen. So gegen fünf. Vielleicht war's Viertel nach fünf. Ich hab zu ihr gesagt: ›Du bist aber früh dran. Was ist denn mit dem Laden?‹ Sie hat geantwortet: ›Galerie, Mutter, immer sagst du das, mit der Galerie ist alles in Ordnung. Naomi ist bis halb sechs dort.‹ Sie wissen, wen sie mit Naomi gemeint hat? Naomi ist eine von denen, die ermordet wurden ... nein, massakriert, wie sie im Fernsehen sagen, in Tancred House massakriert. War das nicht eine furchtbare Sache? Ich nehme an, Sie haben davon gehört ... na ja, sicher, Sie sind ja von der Polizei.«

»Während Ihre Tochter hier war, hat sie da etwas davon gesagt, daß sie am Abend hinaus nach Tancred wollte?«

Mrs. Chowney reichte Burden die Fotografie. »Sie ist immer dienstagabends hinausgefahren. Mit der armen Naomi, die sie massakriert haben, hat sie die Buchführung gemacht. Das ist sie, das ist Joanne. Es wurde vor fünf Jahren aufgenommen, aber sie hat sich nicht sehr verändert.«

Die Frau wirkte herausgeputzt. Eine Menge Modeschmuck hing um ihren Hals und baumelte von den Ohren. Sie war groß und hatte eine gute Figur. Ihr blondes Haar war mit viel Aufwand und Haarspray frisiert, und sie wirkte stark geschminkt, obwohl dieser Eindruck täuschen konnte.

»Sie hat nicht gesagt, daß sie in Urlaub fahren will?«

»Sie wollte nicht in Urlaub fahren«, wies Edie Chowney ihn zurecht. »Sie wollte nirgendwohin fahren. Das hätte sie mir erzählt. Wie kommen Sie denn darauf, daß sie verreist ist?«

Diese Frage hätte Burden nur ungern beantwortet. »Wann rechnen Sie mit ihrem nächsten Besuch hier?«

Die Stimme nahm einen bitteren Ton an. »In drei Wochen. Frühestens. In guten drei Wochen. Keinesfalls früher. Joanne kommt immer nur alle drei Wochen, und manchmal vergeht ein ganzer Monat. Sie zahlt die Rechnung hier und glaubt, damit hätte sie ihre Schuldigkeit getan. Einmal in drei Wochen kommt sie hierher, bleibt zehn Minuten und hält sich für die brave Tochter.«

»Und Ihre anderen Kinder?« erkundigte sich Vine. Burden hatte beschlossen, diese Frage zu vermeiden.

»Pam kommt. Aber sie wohnt ja auch nur zwei Straßen von hier. Es würde sie nicht umbringen, wenn sie jeden Tag käme. Aber sie kommt nicht jeden Tag. Pauline lebt in Bristol, folglich kann man es nicht von ihr erwarten, und Trev arbeitet auf so einer Bohrinsel. Doug wohnt in Telford, weiß Gott, wo das ist. Shirley redet sich darauf hinaus, daß sie vier Kinder hat, obwohl sie weiß Gott schon ziemlich groß sind. John schaut vorbei, wenn es ihm gerade paßt, was nicht oft der Fall ist, und die übrigen tauchen zu Weihnachten auf. Oh, sie kommen alle zusammen an Weihnachten daher, alle auf einen Haufen. Was hab ich *da*von? Letzte Weihnachten hab ich zu ihnen gesagt, was hat es für einen Sinn, wenn ihr alle auf einmal kommt? Sieben von ihnen am Heiligen Abend auf einen Schlag, Trev und Doug und Janet und Audrey und ...«

»Mrs. Chowney«, sagte Burden, »können Sie mir die Adressen von ...« Er zögerte, weil er nicht recht wußte, wie er es ausdrücken sollte. »... einem oder zwei Ihrer Kinder geben, die hier in der Gegend wohnen und vielleicht wissen, wohin Ihre Tochter Joanne gefahren ist?«

Es war acht Uhr, als Wexford schließlich nach Hause fuhr. Als der Wagen die Haupteinfahrt erreichte und Donaldson ausstieg, um das Tor zu öffnen, bemerkte der Chief Inspector, daß an beiden Torpfosten etwas befestigt war. Unter den dicht stehenden Bäumen war es so dunkel, daß nur formlose Bündel zu erkennen waren.

Er schaltete die Scheinwerfer ein, stieg aus und ging hin, um sich anzusehen, was das war. Wieder Blumensträuße, wieder Gedenkgaben für die Toten. Zwei diesmal, an jedem Torpfosten einer. Es waren einfache Sträuße, aber wunderbar zusammengestellt, der eine ein viktorianisches Sträußchen aus Veilchen und Primeln, der andere ein kleines Bündel aus schneeweißen Narzissen und dunkelgrünem Efeu. Wexford las auf der einen Karte: *In tiefem Kummer über die große Tragödie vom 11. März.* Auf der anderen stand: *So wilde Freude nimmt ein wildes Ende und stirbt im höchsten Sieg...*

Er ging zum Wagen zurück, und Donaldson fuhr ihn durchs Tor. Die Worte an dem einen Blumenstrauß, der an das Tor gehängt worden war, waren ihm harmlos erschienen, ein ziemlich treffendes Zitat aus *Antonius und Kleopatra* – nun ja, treffend, wenn man Davina Flory über die Maßen bewunderte. Dem anderen haftete ein leicht sinistrer Beiklang an. Vermutlich stammte es ebenfalls von Shakespeare, aber er konnte nicht sagen, aus welchem Stück.

Er hatte über Wichtigeres nachzudenken. Anrufe bei John Chowney und Pamela Burns, geborener Chowney, hatten nur die Auskunft erbracht, daß sie keine Ahnung hätten, wo ihre Schwester sich aufhielt, ja, nicht einmal gewußt hätten, daß sie verreisen wollte. Sie hatte keinem ihrer Nachbarn gesagt, daß sie wegfahren werde. Ihr Zeitungshändler, der die Zeitungen brachte, war nicht informiert worden. Joanne Garland bekam die Milch nicht in Flaschen an die Haustür geliefert. Der Geschäftsführer des Schreibwarenladens neben der Galerie im Kingsbrook Centre hatte angenommen, daß sie am Donnerstagvormittag, nachdem sie zu Ehren der Toten einen Tag lang geschlossen gewesen war, die Galerie wieder öffnen werde.

John Chowney gab die Namen von zwei Frauen an, die er als enge Freundinnen seiner Schwester bezeichnete. Beide konnten Burden nicht sagen, wo sich Joanne Garland aufhielt. Beide waren überrascht, als sie von ihrer Abwesenheit erfuhren. Sie war seit 17.40 Uhr am Dienstagnachmittag nicht mehr gesehen worden, als sie das Caenbrook Retirement Home verließ und die Pflegerin sie in ihren Wagen steigen sah, den sie im Vorhof geparkt hatte. Joanne Garland war verschwunden.

Unter anders gearteten Umständen hätte die Polizei kaum davon Notiz genommen. Eine Frau, die auf ein paar Tage wegfährt, ohne ihren Freunden oder Verwandten Bescheid zu sagen, ist keine vermißte Person. Da sie aber am Dienstagabend um Viertel nach acht draußen in Tancred House verabredet gewesen war, sah die Sache ganz anders aus. Wenn für Wexford überhaupt etwas feststand, dann, daß sie dort gewesen war, daß sie ihr Versprechen gehalten hatte. Hatte ihr Verschwinden seinen Grund in dem, was sie in Tancred House gesehen, oder in etwas, was sie getan hatte?

Er schloß die Haustür auf und hörte sofort ein Lachen aus dem Eßzimmer. Sheilas Lachen. Ihr Mantel hing in der Diele, es mußte ihr Mantel sein – wer sonst würde einen künstlichen Schneeleopardenmantel mit einem petrolblauen, falschen Fuchspelzkragen tragen?

Sie saßen im Eßzimmer, hatten ihre Suppe gegessen und waren zum Hauptgang übergegangen. Brathähnchen, keine Seezunge *bonne femme.* Warum war ihm das eingefallen? Es war doch ein völlig anderes Haus, im

Vergleich so klein, daß es in Tancred House verschwunden wäre, und es waren auch ganz andere Menschen. Er entschuldigte sich bei Dora, weil er so spät kam, küßte sie, küßte Sheila und streckte Augustin Casey die Hand hin, die dieser prompt ignorierte.

»Gus hat uns von Davina Flory erzählt, Papi«, sagte Sheila.

»Sie haben sie gekannt?«

»Mein Verleger«, sagte Casey, »gehört nicht zu jenen Leuten, die es sich zum Grundsatz gemacht haben, einem Autor vorzuschwindeln, sie hätten keine anderen Schriftsteller in ihrem Programm.«

Wexford hatte nicht gewußt, daß Casey und die Ermordete im selben Verlag publizierten. Er sagte nichts, sondern ging in die Diele zurück, um abzulegen. Er wusch sich die Hände und nahm sich vor, Nachsicht zu üben, freundlich, tolerant, großmütig zu sein. Als er wieder im Eßzimmer war und Platz genommen hatte, wiederholte Casey auf Sheilas Drängen alles, was er bis dahin über Davina Florys Bücher gesagt hatte. Vieles davon war wenig erbaulich, wie Wexford fand. Er wiederholte auch die unglaubwürdige Behauptung, daß Davina Florys Lektor ihm das Manuskript ihrer Autobiographie zur Begutachtung zugeschickt habe, bevor der Verlag ihr ein Angebot gemacht hätte.

»Ich bin sonst eigentlich nicht auf den Kopf gefallen«, sagte Casey. »Stimmt das, Schatz, oder?«

Wexford, der überlegte, was jetzt wohl kommen werde, zuckte bei diesem »Schatz« zusammen. Er hätte sich beinahe zusammengekrümmt, als er Sheilas Reaktion hörte. Sie schien ihn völlig kritiklos zu bewundern, und schon die Vorstellung, irgend jemand, und sei es auch Casey selbst, könnte an seinem Genie zweifeln, fand sie entsetzlich.

»Ich bin sonst eigentlich nicht auf den Kopf gefallen«, wiederholte Casey und erwartete vermutlich Zustimmung aus allen Kehlen, »aber ich hatte wirklich keine Ahnung, daß all das dort draußen passiert ist und daß Sie ...« Er richtete die kleinen, blassen Augen auf Wexford. »Ich will damit sagen, daß Sie, Sheilas Vater, für die Aufklärung des Falles ... wie heißt das, es muß doch einen Ausdruck dafür geben ... zuständig sind. Ich verstehe ja nichts von solchen Dingen, weniger als nichts, aber Scotland Yard existiert noch, oder? Gibt es nicht so etwas wie eine Mordkommission? Warum Sie?«

»Schildern Sie mir doch Ihren Eindruck von Davina Flory«, meinte Wexford milde und schluckte seinen Grimm hinunter, der ihm sauer aufstieß. »Es würde mich interessieren, von jemandem, der beruflichen Umgang mit ihr hatte, etwas über sie zu erfahren.«

»*Beruflich?* Ich bin kein Anthropologe. Ich habe sie auf einer Verlagsveranstaltung kennengelernt. Aber nein, vielen Dank, ich werde meine *Eindrücke* lieber für mich behalten, darüber zu sprechen, wäre sicher gar nicht klug. Ich werde den Mund halten. Es würde mich nur daran erinnern, wie ich mal erwischt wurde, als ich zu schnell und verkehrsgefährdend gefahren bin und der komische kleine Bulle, der mich auf seinem Motorrad verfolgte, alles, was ich gesagt hatte, dem Richter vorlas, das Ganze durch den Filterungsprozeß der Halbbildung unvermeidlich entstellt.«

»Trink ein Glas Wein, Liebling«, sagte Dora sanft. »Er wird dir schmecken. Sheila hat ihn eigens für dich mitgebracht.«

»Du hast die beiden doch nicht im selben Zimmer untergebracht, oder?«

»Reg, eine solche Bemerkung steht eigentlich mir noch eher zu als dir. Du giltst doch als der Liberale von uns beiden. Natürlich habe ich sie im selben Zimmer untergebracht. Ich führe ja kein viktorianisches Armenhaus.«

Wexford mußte wider Willen lächeln. »Das ist wieder mal meine typische Unvernunft, nicht? Ich habe nichts dagegen, wenn meine Tochter unter meinem Dach mit einem Mann schläft, den ich sympathisch finde, aber wenn es ein Scheißkerl ist wie der, ist mir schon die Vorstellung zuwider.«

»Dieses Wort habe ich noch nie aus deinem Mund gehört!«

»Für alles muß es ein erstes Mal geben. Zum Beispiel, daß ich jemanden vor die Tür setze.«

»Aber das wirst du nicht.«

»Nein, ganz sicher nicht.«

Am nächsten Morgen sagte Sheila, sie und Gus würden ihre Eltern am Abend gern zum Essen ins *Cheriton Forest Hotel* ausführen. Es habe kurz zuvor den Besitzer gewechselt und genieße neuerdings den Ruf, eine hervorragende, wenn auch teure Küche zu bieten. Sie habe einen Tisch für vier Personen bestellt. Augustine Casey bemerkte, es wäre amüsant, dergleichen mit eigenen Augen zu sehen. Ein Freund von ihm schreibe für ein Sonntagsblatt über solche Lokale, über Manifestationen des Geschmacks in den neunziger Jahren. Die Kolumne trage den Titel *Mehr Geld als Verstand,* und der sei auf seinem, Caseys, Mist gewachsen. Nicht nur das Essen und das Ambiente würden ihn interessieren, sondern auch die Leute, die ein solches Etablissement frequentierten.

Wexford konnte der Versuchung nicht widerstehen und sagte: »Haben Sie nicht gestern abend gesagt, Sie seien kein Anthropologe?«

Casey lächelte geheimnisvoll, wie er es oft tat. »Was haben Sie in Ihrem Paß stehen? Polizeibeamter, nehme ich an. Ich habe als Berufsbezeichnung immer *Student* beibehalten. Es ist jetzt zehn Jahre her, daß ich die Alma mater verlassen habe, aber in meinem Paß steht noch immer *Student,* und dabei soll es bleiben.«

Wexford war im Begriff, aus dem Haus zu gehen. Er hatte sich mit Burden zu einem Drink im *Olive and Dove* verabredet. Zwar galt die Regel, daß der Sonnabend von diesen Treffen ausgenommen war, doch jede Regel mußte einmal gebrochen werden. Er mußte von Zeit zu Zeit kurz aus dem Haus, obwohl er wußte, daß es nicht richtig von ihm war. Sheila erwischte ihn in der Diele.

»Daddy, ist alles in Ordnung?«

»Alles bestens. Diese Flory-Geschichte belastet mich ein wenig. Was habt ihr beiden heute vor?«

»Wir dachten, wir fahren nach Brighton. Gus hat dort Freunde. Zum Abendessen sind wir locker zurück. Das mit dem gemeinsamen Dinner klappt doch, oder?«

Er nickte. »Ich werde mir Mühe geben.«

Sie wirkte ein wenig niedergeschlagen. »Gus ist großartig, nicht? Ich habe noch nie jemanden wie ihn gekannt.« Ihr Gesicht hellte sich wieder auf, ihr reizendes Gesicht, so vollkommen wie das der Garbo, so lieb wie das der Monroe, von einer so unirdischen Schönheit wie das von Hedy Lamarr. Zumindest in seinen Augen war es das alles. Woher kamen die Gene, die das zustande gebracht hatten? Sie sagte: »Er ist so unglaublich klug. Ich komme oft gar nicht mit. Das Neueste ist, daß er als *writer-in-residence* an eine Universität in Nevada gehen wird. Sie legen dort eine Sammlung seiner Manuskripte an, ein Augustine-Casey-Archiv. Sie halten wirklich große Stücke auf ihn.«

Wexford hatte ihr nicht zu Ende zugehört.

»Er wird nach *Nevada* gehen?«

»Ja – nun, ein Jahr. Nach Heights.«

»In den *Vereinigten Staaten*?«

»Er hat vor, dort seinen nächsten Roman zu schreiben«, sagte Sheila. »Er wird sein Meisterwerk werden.«

Wexford gab ihr einen Kuß. Sie warf ihm die Arme um den Hals. Während er die Straße entlangging, hätte er am liebsten ein Lied angestimmt. Alles war wieder gut, besser als gut, sie würden den Tag in Brighton verbringen, und *Augustine Casey ging für ein Jahr nach Amerika.* Er emigrierte praktisch. Oh, warum hatte sie ihm das nicht schon am Abend zuvor erzählt? Dann, dachte er, hätte ich gut geschlafen. Aber es war sinnlos, dem jetzt nachzujammern. Nur gut, daß er beschlossen hatte, zu Fuß zum *Olive* zu gehen, denn jetzt konnte er sich einen richtigen Drink genehmigen, zur Feier des Tages.

Burden war bereits dort. Er war vorher in Broom Vale gewesen, wo sie mit einem Durchsuchungsbefehl Joanne Garlands Haus filzten. Ihr Wagen, ein dunkelgrauer BMW, stehe in der Garage. Sie habe keine Tiere im Haus, die gefüttert oder spazierengeführt werden müßten. Es gebe keine Pflanzen, die gegossen werden müßten, keine in Vasen dahinwelkenden Blumen. Das Kabel des Fernsehgeräts sei aus der Steckdose gezogen gewesen, aber das täten ja manche Leute jeden Abend vor dem Schlafengehen. Es sehe so aus, als habe sie das Haus aus eigenem Entschluß verlassen.

Einem Schreibtischkalender, in den Termine penibel eingetragen waren, hatte Burden nur entnehmen können, daß Joanne Garland am vergangenen Samstag auf einer Cocktailparty und am Sonntag bei ihrer Schwester Pamela zum Lunch gewesen war. Der Besuch bei ihrer Mutter war für Dienstag, den 11. März, eingetragen – und damit hatte es sich. Die folgenden Seiten waren leer. Ihre Handschrift war klein und sehr präzise, und sie hatte es fertiggebracht, in den winzigen Kästchen, die für jede Eintragung zur Verfügung standen, eine Menge Informationen unterzubringen.

»Das haben wir schon öfter erlebt«, sagte Wexford. »Jemand verschwindet scheinbar, und dann stellt sich heraus, daß er in Urlaub war. Aber in keinem dieser Fälle hatte die fragliche Person einen Rattenschwanz von Verwandten und Freunden – Leute außerdem, die es gewohnt waren, daß sie Bescheid bekamen, wenn der Betreffende auf längere Zeit wegfuhr. Tatsache ist, daß Joanne Garland am Dienstagabend um Viertel nach acht in Tancred House sein wollte. Sie war immer überpünktlich, wie wir von Davina Flory wissen, oder anders ausgedrückt, sie kam in der Regel früher als verabredet, so daß wir annehmen können, sie war bereits kurz nach acht dort.«

»Sofern sie nach Tancred gefahren ist. Was nehmen Sie?«

Wexford hatte nicht die Absicht zu verraten, daß er Anlaß zum Feiern hatte. »Ich dachte an einen Scotch, will mir das aber lieber noch mal überlegen. Nein. Das übliche halbe Pint Bitter.«

Als Burden mit den Gläsern zurückkam, sagte er: »Wir haben keinen Grund zu der Annahme, daß sie hingefahren ist.«

»Nur die Tatsache, daß sie es dienstags immer getan hat«, antwortete Wexford. »Und die Tatsache, daß sie erwartet wurde. Wenn sie nicht hinfahren wollte, hätte sie dann nicht telefonisch Bescheid gegeben?«

»Aber schaun Sie mal, Reg, was reden wir da. Das paßt doch nicht zusammen. Wir haben es mit ganz gewöhnlichen Verbrechern zu tun, oder? Schießfreudige Kriminelle, die hinter Schmuck her waren? Der eine ein Ortsfremder, der andere möglicherweise jemand, der das Haus und seine Bewohner gut kannte. Das ist vermutlich der Grund, warum das ›blonde Untier‹, wie Mrs. Chowney ihn nennt, warum dieser Kerl sich nichts dabei dachte, daß die drei Menschen, die er tötete, und die vierte Person, die er zu töten versuchte, ihn zu sehen bekamen. Der andere, der mit dem vertrauten Gesicht, hat sich abseits gehalten.

Aber dies sind typische Verbrecher, keine von der Sorte, die eine Zeugin, die möglicherweise etwas gesehen hat, mitnehmen und woanders erledigen, oder? Verstehen Sie, was ich meine, wenn ich sage, es paßt nicht zusammen? Wenn sie an die Haustür gekommen ist, warum sie nicht auch erschießen?«

»Weil die Trommel des Colts leer war«, sagte Wexford rasch.

»Schön. Falls es so war. Es gibt andere Möglichkeiten, jemanden umzubringen. Er hatte drei Menschen getötet und hätte sich nicht gescheut, einen vierten umzubringen. Aber nein, er und sein Kumpan schleppen sie weg. Nicht als eine Art Geisel, nicht weil sie vielleicht etwas weiß, was wichtig ist, nur um sie woanders aus dem Weg zu räumen. Warum? Es paßt nicht zusammen.«

»Okay, das haben Sie jetzt dreimal gesagt. Aber wenn sie Joanne Garland in Tancred House umgebracht haben, was ist dann aus ihrem Wagen geworden? Sie haben ihn zu ihr nach Hause gefahren und in die Garage gestellt, wie es sich gehört, ja?«

»Stellen wir uns mal vor, sie wäre beteiligt gewesen. Sie könnte die zweite Person gewesen sein. Wir nehmen ja nur an, daß es ein Mann war. Aber, Reg, lohnt es sich denn überhaupt, das in Betracht zu ziehen? Joanne Garland, eine Frau Mitte fünfzig, eine wohlhabende, erfolgreiche Geschäftsfrau? Außerdem ist sie finanziell so gut gestellt, daß sie nicht darauf angewiesen ist. Sie fährt einen funkelnagelneuen BMW. Sie hat Schränke voller Klamotten. Davon verstehe ich nichts, aber Karen sagt, sie stammen von Spitzendesignern, von Valentino und Krizia und Donna Karan. Haben Sie von denen schon mal gehört?«

Wexford nickte. »Ich lese ja Zeitung.«

»Sie hat einen hochmodernen Haushalt, mit allem, was man sich nur vorstellen kann. Eines der Zimmer ist ein Fitneßstudio mit Trainingsgeräten. Sie ist offenkundig eine reiche Frau. Was hätte sie mit den paar

Kröten anfangen wollen, die ihr ein Hehler für Davina Florys Ringe gegeben hätte?«

»Mike, mir ist was eingefallen. Hat sie einen Anrufbeantworter? Was hat sie für eine Telefonnummer? Vielleicht ist eine Nachricht darauf.«

»Ich weiß die Nummer nicht«, sagte Burden. »Können Sie mit Ihrem Ding da die Auskunft anrufen?«

»Klar.« Wexford bat um die Nummer und bekam sie rasch. An ihrem Tisch in einer düsteren Ecke des *Olive* wählte er Joanne Garlands Nummer. Es klingelte dreimal, dann klickte es leise, und es meldete sich eine Stimme, die ganz und gar nicht so war, wie sie erwartet hatten. Keine kräftige Stimme, nicht von oben herab und selbstbewußt, sondern leise, sogar schüchtern.

»Hier spricht Joanne Garland. Im Augenblick ist es mir nicht möglich, mit Ihnen zu sprechen, aber wenn Sie eine Nachricht hinterlassen möchten, werde ich Sie so bald wie möglich zurückrufen. Bitte sprechen Sie nach dem Pfeifton.«

Die übliche Angabe von Identität und Erreichbarkeit, wie sie in der Anrufbeantworter-Literatur gern empfohlen wird.

»Wir werden überprüfen, ob und was für Nachrichten hinterlassen wurden. Ich werde jetzt noch mal anrufen, und hoffentlich kapieren die anderen es diesmal und heben ab. Ist Gerry dort?«

»Detective Constable Hinde«, sagte Burden, ohne das Gesicht zu verziehen, »ist anderweitig beschäftigt. Er hat, sagt er, eine riesige Datenbank von sämtlichen Verbrechen angelegt, die im vergangenen Jahr in dieser Gegend begangen wurden, und er maust sich gerade durch – wahrscheinlich hab ich die Terminologie überhaupt nicht drauf –, um Koinzidenzen aufzuspüren. Karen, Archbold und Davidson sind im Haus der Garland. Man sollte doch meinen, einer von ihnen wäre gescheit genug, den Hörer abzunehmen.

Wexford wählte noch einmal. Es klingelte dreimal, und der Text auf dem Anrufbeantworter begann wieder von vorne. Beim nächstenmal hob Karen Malahyde nach dem zweiten Klingeln ab.

»Wird ja langsam Zeit«, sagte Wexford in die Muschel. »Wissen Sie, wer am Apparat ist? Ja? Gut. Spielen Sie die gespeicherten Nachrichten ab, ja? Wenn Sie nicht wissen, wie man mit diesen Dingern umgeht, suchen Sie nach einer Taste, auf der ›PLAY‹ steht. Lassen Sie die Kassette nur einmal laufen, notieren Sie, was drauf ist, und nehmen Sie sie heraus. Haben Sie verstanden? Rufen Sie mich zurück, unter meiner persönlichen Nummer.« Dann sagte er zu Burden: »Ich glaube nicht, daß sie in die Morde am Dienstagabend verwickelt war, natürlich nicht, dagegen nehme ich an, daß sie die Männer gesehen hat. Mike, ich frage mich, ob wir nicht, statt ihr Haus zu filzen, lieber draußen in Tancred nach ihrer Leiche suchen sollten.«

»Ihre Leiche ist nicht in der Umgebung des Hauses. Sie wissen doch, daß wir das alles abgesucht haben.«

»Nicht die Wälder.«

Burden gab ein leises Stöhnen von sich. »Möchten Sie noch ein halbes Pint?«

»Bleiben Sie sitzen, diesmal bin ich dran.«

Wexford ging mit den leeren Gläsern zur Theke. Sheila und Augustin Casey waren jetzt sicher auf dem Weg nach Brighton. Er stellte sich die Unterhaltung im Wagen oder vielmehr den Monolog vor, wenn Caseys Mund Witz und Esprit, Esoterika, boshafte Anekdoten und Erzählungen entströmten, mit denen er sich selbst verherrlichte, während Sheila danebensaß und ihm hingerissen lauschte. Er stellte sich den Monolog mit Befriedigung vor, weil Sheila ihn bald nicht mehr hören und er in der Einsamkeit der Sierra Nevada verhallen würde. Burden blickte auf. »Sie könnten sie mitgenommen haben, weil sie sie gesehen hat und Zeugin der

Morde geworden war. Aber wohin sie schleppen und wie sie abmurksen? Und wie kam ihr Wagen zurück in die Garage?«

Wexfords Telefon wimmerte. »Karen?«

»Ich habe das Band rausgenommen, wie Sie gesagt haben, Sir. Was soll ich jetzt damit machen?«

»Lassen Sie es kopieren, dann rufen Sie mich an und spielen mir die Kopie vor. Dann bringen Sie sie zu mir, zu mir nach Hause. Die Kassette und die Kopie. Was waren für Nachrichten drauf?«

»Es sind drei. Die erste stammt von einer Frau, die sich Pam nannte und wohl eine Schwester von Joanne Garland ist. Ich habe es aufgeschrieben. Sie soll sie um den Sonntag herum anrufen. Weiß der Himmel, was das bedeuten soll. Der zweite Anrufer war ein Mann, der sich anhört wie ein Vertreter. Er nennt sich Steve, kein Familienname. Er sagt, er hätte es im Laden probiert, aber da dort niemand rangegangen sei, habe er sich gedacht, er ruft sie zu Hause an. Es geht um die Dekorationen für Ostern, sagt er, und sie soll ihn doch zu Hause anrufen. Der dritte Anruf kam von Naomi Jones.«

»Ja.«

»Was jetzt kommt, ist wortwörtlich, Sir. ›Jo, hier spricht Naomi. Es wäre schön, ich würde dich manchmal selber erwischen und nicht immer diese Maschine. Könntest du es so einrichten, daß du heute abend erst um halb neun kommst und nicht früher? Mutter findet es gräßlich, wenn man beim Essen gestört wird. Tut mir leid, aber du verstehst es sicher. Bis nachher.‹«

Lunch zu Hause, nur zu zweit.

»Er wird *writer-in-residence* im Wilden Westen«, sagte Wexford zu seiner Frau.

»Du solltest nicht jubeln, wenn es sie so unglücklich macht.«

»Ja? Ich sehe keine Anzeichen dafür, daß sie unglücklich ist. Wahrscheinlicher ist, daß ihr allmählich die Schuppen von den Augen fallen und sie sieht, wie leicht sein Verlust zu verschmerzen sein wird.«

Was Dora auf diese Bemerkungen vielleicht geantwortet hätte, ging im Klingeln des Telefons unter. Karen sagte: »Ich hab's hier, Sir. Sie wollten, daß ich es Ihnen vorspiele.«

Die Stimme der Toten sprach zu ihm wie ein raunendes Gespenst. »... Mutter findet es gräßlich, wenn man beim Essen gestört wird. Tut mir leid, aber du verstehst es sicher. Bis nachher.«

Es fröstelte ihn. Mutters Abendessen war gestört worden. Ungefähr eine Stunde nachdem dies auf den Anrufbeantworter gesprochen worden war, war sie nicht nur gestört, sondern ihr Leben zerstört worden. Wieder sah er das rote Tischtuch vor sich, den Fleck, der sich im Stoff ausgebreitet hatte, den Kopf der Toten, der auf dem Tisch lag, den nach hinten geworfenen Kopf, der über einer Stuhllehne hing. Er sah Harvey Copeland mit ausgestreckten Armen und Beinen daliegen, sah, wie Daisy an den Leichen ihrer Angehörigen vorbeikroch, wie sie zum Telefon kroch, um ihr eigenes Leben zu retten.

»Sie brauchen es mir nicht zu bringen, danke, Karen. Es hat Zeit.«

Um halb vier machte er sich auf den Weg nach Myfleet, wo Daisy Flory Unterschlupf gefunden hatte.

11

Als erstes fiel ihm auf, daß sie in der Haltung ihrer erschossenen Großmutter dalag. Daisy hatte ihn nicht hereinkommen hören, sie hatte nichts gehört, und sie lag mit dem Oberkörper, einem ausgestreckten Arm und dem Kopf daneben quer über dem Tisch. So war Davina Flory über dem Eßtisch zusammengebrochen.

Daisy war ganz ihrem Kummer hingegeben, ihren Körper schüttelte es, obwohl sie keinen Laut von sich gab. Wexford stand da und betrachtete sie. Er hatte von Nicholas Virsons Mutter erfahren, wo sie war, aber Mrs. Virson hatte ihn nicht zur Tür begleitet. Er schloß sie hinter sich und trat in »das kleine Reich«, wie Joyce Virson es genannt hatte. Was für Namen sich diese Leute für Räume ihrer Häuser ausdachten, die andere als »Wintergarten« oder »Wohnzimmer« bezeichnet hätten.

Es war, wie schon der Name sagte, ein Haus mit Reetdach, eine Seltenheit in dieser Gegend. Eine gewisse snobistische Untertreibung mochte seine Besitzer veranlassen, von einem Cottage zu sprechen, doch in Wirklichkeit handelte es sich um ein Haus von ansehnlicher Größe, mit einer malerisch asymmetrischen Fassade und einem Gipsbewurf zwischen dem Fachwerk der Wände, in den Muster eingekerbt waren. Die Fenster waren ganz unterschiedlich groß, und manche lugten unter gerundeten Giebeln, wie Augenlider, hervor. Das Reetdach war eine imposante Konstruktion. An den Stellen, wo die Schornsteine mit ihrem geriffelten Verputz emporragten, war das Reet zu kunstvollen Flechtmustern gestaltet.

Daß reetgedeckte Häuser so oft in Kalendern abgebildet wurden, hatte ihnen einen Anflug von Lächerlichkeit eingebracht und sie zur Zielscheibe eines gewissen Spotts gemacht. Doch wenn man sich von diesen Vorstellungen freimachte, sah man ein Haus vor sich, das man als eine schöne englische »Antiquität« bezeichnen konnte. Der Garten mit den vom Wind zerzausten Frühlingsblumen und grünen Rasenflächen verdankte seine satten Farben dem feuchten Klima.

Als Wexford eingetreten war, ließ ihn eine gewisse Schäbigkeit an seiner eigenen früheren Einschätzung Nicholas Virsons als eines Erfolgsmenschen aus der City zweifeln. Das »kleine Reich«, in der Daisy über den Tisch hingestreckt lag, hatte einen abgetretenen Teppich und billige Stretch-Nylon-Schonbezüge über den Sesseln. Eine matte Zimmerpflanze auf dem Fensterbrett war von Plastikblumen umgeben, die einfach in die Erde gesteckt worden waren.

Sie gab einen schwachen Laut von sich, ein Wimmern, mit dem sie vielleicht zeigen wollte, daß sie sein Kommen wahrgenommen hatte.

»Daisy«, sagte er.

Die gesunde Schulter bewegte sich ein bißchen, sonst war ihr nicht anzumerken, ob sie ihn gehört hatte.

»Daisy, bitte hören Sie auf zu weinen.«

Sie hob langsam den Kopf. Diesmal kam keine Entschuldigung, keine Erklärung. Ihr Gesicht war wie das eines Kindes, vom Weinen angeschwollen. Er setzte sich auf den Stuhl ihr gegenüber. Der Tisch zwischen ihnen war klein, aber ausreichend für ein Zimmer dieser Art, um etwas zu schreiben, zum Kartenspielen oder für einen Imbiß zu zweit. Sie blickte ihn mit einem Ausdruck der Verzweiflung an.

»Soll ich morgen wiederkommen? Ich muß zwar mit Ihnen sprechen, aber nicht unbedingt jetzt.«

Das Weinen hatte sie heiser gemacht. Mit einer

Stimme, die er kaum wiedererkannte, sagte sie: »Es kann genausogut jetzt sein...«

»Wie geht's Ihrer Schulter?«

»Ach, ganz gut. Sie tut nicht mehr weh, sie ist nur wund.« Und dann sagte sie etwas, was er aus dem Mund eines älteren, eines *anderen* Menschen lächerlich gefunden hätte. »Der Schmerz sitzt im Herzen.«

Es war, als hätte sie ihre eigenen Worte gehört und sich bewußt gemacht, wie sie sich anhörten, denn sie brach in ein schallendes, unnatürliches Gelächter aus. »Wie dumm das klingt! Aber es ist wahr – wie kann es sein, daß etwas Wahres, das man ausspricht, falsch klingt?«

»Vielleicht«, sagte Wexford sanft, »weil es nicht ganz real ist. Sie haben es irgendwo gelesen. Man empfindet in Wirklichkeit im Herzen keinen Schmerz, außer bei einer Herzattacke, und den spürt man, soviel ich weiß, im Oberarm.«

»Ich wollte, ich wäre alt. Ich gäbe was drum, wenn ich so alt wäre wie Sie und so klug.«

Das war nicht ernst zu nehmen. »Werden Sie eine Zeitlang hier bleiben, Daisy?« fragte er.

»Ich weiß nicht. Ich nehme es an. Ich bin jetzt hier, und hier ist es genausogut wie anderswo. Ich habe erreicht, entlassen zu werden. Oh, es war furchtbar im Krankenhaus. Es war furchtbar, allein zu sein, und noch furchtbarer, mit fremden Leuten zusammenzusein.« Sie zuckte mit den Achseln. »Die Virsons sind sehr freundlich zu mir. Ich wäre gern allein, aber ich habe auch Angst davor – verstehen Sie, was ich meine?«

»Ich denke schon. Es ist am besten für Sie, wenn Sie bei Freunden sind, bei Leuten, die Sie in Ruhe lassen, wenn Sie allein sein wollen.«

»Ja.«

»Könnten Sie mir ein paar Fragen über Mrs. Garland beantworten?«

»Joanne?«

Das jedenfalls hatte sie nicht erwartet. Sie wischte sich mit den bloßen Fingern die Tränen aus den Augen und blinzelte ihn an.

Er hatte sich vorgenommen, ihr von den Befürchtungen der Polizei nichts zu erzählen. Sie konnte erfahren, daß Joanne Garland mit unbekanntem Ziel verreist, nicht aber, daß sie »abgängig« war, daß die Polizei bereits mit ihrem Tod rechnete. Die Worte sorgfältig abwägend, erklärte er, daß sie nicht zu finden sei.

»Ich kenne sie nicht sehr gut«, sagte Daisy. »Davina hatte nicht viel für sie übrig. Sie fand, daß sie nicht gut genug für uns sei.«

Wexford, der sich an einiges von dem erinnerte, was Brenda Harrison gesagt hatte, war überrascht, und das Erstaunen mußte ihm anzumerken sein, denn Daisy sagte: »Oh, ich meine nicht, auf eine versnobte Art. Bei Davina hatte das nichts mit der sozialen Herkunft zu tun. Sehen Sie ...« Sie senkte die Stimme. »... sie hatte auch für die ...«, sie deutete mit dem Daumen zur Tür, »... nicht viel übrig. Sie hatte nichts übrig für Leute, die in ihren Augen langweilig oder gewöhnlich waren. Die Leute mußten Charakter haben, Vitalität, irgend etwas Individuelles. Sie kannte ja auch gar keine gewöhnlichen Leute – gut, bis auf diejenigen, die für sie gearbeitet haben –, und sie wollte auch nicht, daß ich welche kennenlernte. Sie hat großen Wert darauf gelegt, daß ich die Besten um mich habe. Bei Mom hatte sie es aufgegeben, aber sie mochte Joanne sowieso nicht, hatte sie nie gemocht. Ich erinnere mich an einen Ausspruch von ihr. Sie hat gesagt, Joanne ziehe Mom ›in einen Morast des Gewöhnlichen‹.«

»Aber Ihre Mutter hat nicht darauf geachtet, oder?« Wexford hatte konstatiert, daß Daisy mittlerweile über ihre Mutter und ihre Großmutter sprechen konnte, ohne daß ihr die Stimme brach, ohne daß sie in Verzweiflung versank. Ihr Kummer war vorübergehend vergessen, während sie von der Vergangenheit sprach. »Sie hat sich nichts daraus gemacht?«

»Sie müssen verstehen, meine Mutter war eigentlich einer von diesen gewöhnlichen Menschen, die Davina nicht mochte. Warum das so war, weiß ich nicht, vermutlich hat es was mit den Genen zu tun, nehme ich an.« Daisys Stimme wurde beim Sprechen kräftiger, das Interesse, das sie für dieses Thema noch aufzubringen vermochte, bezwang die Heiserkeit. Indem sie über diese Menschen sprach, konnte sie sich vom Schmerz um ihren Tod ablenken. »Es kam einem einfach so vor, als wäre sie die Tochter gewöhnlicher Leute, nicht das Kind einer Frau wie Davina. Aber komischerweise war auch Harvey ein bißchen so. Davina hat oft über ihre ehemaligen Ehemänner, Nummer eins und Nummer zwei, gesprochen und erzählt, wie amüsant und interessant sie waren, aber ich hatte da meine Zweifel. Harvey sagte nicht viel, er war ein sehr ruhiger Mann. Nein, ruhig ist nicht das richtige Wort. Er war mehr passiv. Gelassen, hat er es genannt. Er hat getan, was Davina von ihm wollte.« Wexford glaubte, einen Funken in ihren Augen aufglimmen zu sehen. »Beziehungsweise er hat es versucht. Er war fad, ich glaube, das war mir schon immer klar.«

»Ihre Mutter blieb mit Joanne Garland befreundet, obwohl Ihre Großmutter nichts von ihr hielt?«

»Wissen Sie, Mom hat ihr ganzes Leben lang immer wieder erlebt, daß irgend etwas an ihr Davina nicht paßte und daß sie von Davina sozusagen ausgelacht wurde... Sie hat gewußt: Egal, was ich tue, es ist ja doch verkehrt. Darum hat sie sich angewöhnt, zu tun, was ihr gefiel. Sie hat sich nicht einmal mehr aufgeregt, wenn Davina sich über sie lustig machte. Die Arbeit in diesem Laden hat ihr zugesagt. Sie wissen vermutlich nichts davon – wie sollten Sie auch? –, aber Mom hat sich jahrelang bemüht, Malerin zu werden. Ich weiß noch, als ich klein war und sie vor der Staffelei saß und Davina in das Atelier kam, das sie ihr eingerichtet hatten, und... na ja, herumkritisierte. Ich erinnere mich noch an einen Ausspruch von ihr, den ich damals nicht verstanden habe. Sie hat gesagt: ›Na ja, Naomi, ich weiß ja nicht, zu welcher Malerschule du dich rechnest, aber ich finde, wir könnten dich als eine präraffaelitische Kubistin bezeichnen.‹ Davina wollte aus mir all das machen, was Mom nicht war. Vielleicht auch alles, was *sie selber* nicht war. Aber das ist ja nicht interessant für Sie. Also, Mom hatte die Arbeit in der Galerie sehr gern, und sie war glücklich, ihr eigenes Geld zu verdienen und... nun ja, auf eigenen Füßen zu stehen.«

Die Tränen waren vorerst gebannt. Das Sprechen tat ihr gut. Wexford zweifelte, ob sie recht gehabt hatte, als sie sagte, das beste wäre für sie, allein zu sein. »Wie lange hatten sie gemeinsam gearbeitet?«

»Mom und Joanne? Ungefähr vier Jahre. Aber sie waren schon immer befreundet gewesen, schon bevor ich auf die Welt kam. Joanne hatte einen Laden in der Queen Street, wo Mom bei ihr angefangen hat. Dann, als das Einkaufszentrum gebaut wurde, hat sie die Räume für die Galerie gemietet. Haben Sie gesagt, daß sie verreist ist? Das hatte sie nicht vor. Ich erinnere mich, daß Mom gesagt hat... also an *dem* Tag – das ist er für mich, *der* Tag –, sie wollte den Freitag für irgend etwas freinehmen, aber Joanne war nicht einverstanden, weil sie die Umsatzsteuerprüfung erwartete und sie mit dem Steuerinspektor die Bücher durchgehen mußte, Joanne meine ich jetzt. Das nahm Stunden in Anspruch, und Mom müßte sich um die Klienten bemühen – so haben sie die Kunden genannt.«

»Ihre Mutter hat bei Mrs. Garland angerufen und auf dem Anrufbeantworter die Nachricht hinterlassen, sie solle nicht vor halb neun kommen.«

Daisy sagte gleichgültig: »Kann gut sein. Sie hat das oft getan, aber anscheinend hat es nie viel bewirkt.«

»Joanne Garland hat im Laufe des Abends nicht angerufen?«

»Niemand hat angerufen. Joanne hätte nicht angerufen, um zu sagen, daß sie später kommt. Ich glaube nicht, daß es ihr *möglich* gewesen wäre, später zu kommen, selbst wenn sie es versucht hätte. Diese überpünktlichen Leute sind dazu außerstande, sie können nicht aus ihrer Haut.«

Er betrachtete sie. Auf ihrem Gesicht zeigte sich etwas Farbe. Sie hatte einen scharfen Blick, sie war an Menschen interessiert, an ihren Zwängen, an der Art, wie sie sich verhielten. Er überlegte, worüber sie sich unterhalten mochten, sie und die Virsons, wenn sie zusammen waren, beim Essen, am Abend. Was hatte sie mit ihnen denn gemeinsam? Als hätte sie seine Gedanken gelesen, sagte sie: »Joyce – Mrs. Virson – hat die Sache mit dem Begräbnis in die Hand genommen. Heute waren Leute von einem Beerdigungsinstitut hier. Ich nehme an, sie wird mit Ihnen darüber sprechen. Wir können doch ein Begräbnis abhalten, oder?«

»Ja, doch. Natürlich.«

»Ich war mir nicht sicher. Ich dachte, es ist vielleicht anders, wenn Leute ermordet worden sind. Ich hatte überhaupt nicht darüber nachgedacht, bis Joyce darauf zu sprechen kam. So hatten wir wenigstens etwas zu reden. Es ist ja nicht einfach, sich zu unterhalten, wenn es wirklich nur *ein* Thema gibt und man gerade das nicht berühren darf.«

»Es ist gut, daß Sie mit mir darüber sprechen können.«

»Ja.«

Sie versuchte zu lächeln. »Sehen Sie, ich habe keine Angehörigen mehr. Harvey hatte keine Verwandten bis auf einen Bruder, und der ist vor vier Jahren gestorben.

Davina war ›der jüngste Zeisig von neun‹, und die übrigen sind beinahe alle tot. Irgend jemand muß ja die Dinge in die Hand nehmen, und ich allein könnte mir nicht helfen. Aber ich werde sagen, wie ich den Gottesdienst haben möchte, und ich werde zu der Beerdigung gehen, das werde ich.«

»Das würde niemand von Ihnen erwarten.«

»Ich glaube, da könnten Sie sich täuschen«, sagte sie nachdenklich. Und dann: »Haben Sie schon jemanden gefunden? Ich meine, haben Sie irgendwelche Hinweise, wer es war, der es, der es... getan hat?«

»Ich wüßte gern, ob Sie sich mit der Beschreibung, die Sie mir gegeben haben, ganz sicher sind. Der Beschreibung des Mannes, den Sie gesehen haben?«

Verärgert runzelte sie die Stirn. Die dunklen Augenbrauen zogen sich zusammen. »Wie kommen Sie denn darauf? Natürlich bin ich mir sicher. Ich erzähle es Ihnen noch einmal, wenn Sie möchten.«

»Nein, das ist nicht nötig, Daisy. Ich werde Sie jetzt allein lassen, fürchte aber, daß ich mich noch ein anderes Mal mit Ihnen werde unterhalten müssen.«

Sie wandte sich von ihm ab und verrenkte dabei den Körper wie ein Kind, das sich aus Schüchternheit wegdreht. »Wenn es nur«, sagte sie, »wenn es nur irgend jemanden gäbe, dem ich mein Herz ausschütten könnte! Ich bin so allein. Oh, wenn ich nur jemandem mein Herz ausschütten...«

Er widerstand der Versuchung zu sagen: »Schütten Sie es mir aus.« Er hütete sich, so etwas zu tun. Sie hatte ihn alt genannt und daraus abgeleitet, daß er klug sei. Er sagte, vielleicht zu leichthin: »Sie sprechen heute viel über Herzen, Daisy.«

Sie wandte ihm das Gesicht zu. »Weil er versucht hat, mein Herz zu treffen. Er hat auf mein Herz gezielt, nicht?«

»Sie dürfen nicht daran denken. Sie brauchen jemanden, der Sie dabei unterstützt«, sagte er. »Ich habe Ihnen keine Ratschläge zu erteilen, und ich bin auch nicht dafür qualifiziert, aber finden Sie nicht, eine psychologische Beratung wäre gut für Sie? Würden Sie sich das durch den Kopf gehen lassen?«

»Das brauche ich nicht!« Die Ablehnung kam prompt und voll Empörung. Es erinnerte ihn an einen Psychotherapeuten, dem er einmal bei seinen Ermittlungen begegnet war und der zu ihm gesagt hatte, die Erklärung, man brauche keine psychologische Beratung, sei ein sicherer Fingerzeig, daß man sie doch brauche. »Ich brauche einen Menschen, der ... der mich lieb hat, aber es ist niemand da.«

»Auf Wiedersehen, Daisy.« Er streckte die Hand aus. Diese Aufgabe sollte Nicholas Virson übernehmen. Wexford war überzeugt, daß Virson diese Rolle nur zu gerne übernehmen würde. Die Vorstellung war recht betrüblich. Sie nahm seine Hand, mit festem Griff, wie dem Griff eines kräftigen Mannes. Er spürte darin ihr Bedürfnis, ihren Schrei nach Hilfe. »Auf Wiedersehen für heute.«

»Entschuldigung, daß ich mich so blöd angestellt habe«, sagte sie leise.

Joyce Virson lag nicht gerade im Flur auf der Lauer, aber er nahm an, daß sie es vorher getan hatte. Sie tauchte aus einem Raum auf, der vermutlich ein Salon war, in den er aber nicht gebeten wurde. Sie war eine große, stattliche Frau, vielleicht sechzig oder ein bißchen darunter. Das Bemerkenswerte an ihr bestand darin, daß sie im Vergleich zu den meisten Frauen überdimensioniert wirkte. Sie war größer, breiter, hatte ein größeres Gesicht, eine größere Nase, einen größeren Mund, eine dichte Masse grauer Locken, Männerhände und war sicher über einsachtzig groß. Zu alledem kam noch die schrille, affektierte Stimme einer Frau aus besseren Kreisen.

»Ich wollte Sie nur fragen, tut mir leid, aber es ist eine ziemlich delikate Frage. Können wir ... nun ja, Sie wissen schon, die Beerdigung in die Wege leiten?«

»Aber sicher. Dem steht nichts im Wege.«

»Gut so. Diese Dinge müssen sein, nicht? ›Mitten im Leben sind wir im Tod‹«, zitierte sie aus dem Gebetbuch der Anglikanischen Kirche. »Daisy, das arme Kind, hat ein paar verrückte Ideen, aber sie kann ja nichts machen, natürlich nicht, und man würde es auch nicht erwarten. Ich habe mich schon mit dieser Mrs. Harrison, so eine Art Haushälterin in Tancred House, wegen des Themas in Verbindung gesetzt. Es erschien mir richtig, sie mit einzubeziehen, finden Sie nicht auch? Ich dachte an kommenden Mittwoch oder Donnerstag.«

Wexford stimmte dieser vernünftigen Lösung zu. Dabei kam ihm der Gedanke, wie Daisys juristische Situation sein werde. Würde sie einen Vormund brauchen, bis sie achtzehn war? Und wann wurde sie achtzehn? Mrs. Virson schloß die Haustür ziemlich energisch hinter ihm, wie es einem Mann gebührte, der in besseren Zeiten das Haus selbstverständlich durch den Lieferanteneingang betreten und verlassen hätte. Während er zu seinem Wagen ging, rauschte ein alter, aber schnittiger MG durch das offene Tor. Aus dem Wagen stieg Nicholas Virson.

»Guten Abend«, grüßte er. Wexford blickte beunruhigt auf seine Uhr, aber es war erst zwanzig vor sechs. Nicholas Virson schloß die Haustür auf, ohne einen Blick zurückzuwerfen.

Augustine Casey kam im Smoking die Treppe herunter.

Hätte sich Wexford darüber den Kopf zerbrochen, was Sheilas Freund zum Dinner im *Cheriton Forest Hotel* anziehen mochte, dann hätte er auf Jeans und

Sweatshirt getippt. Nicht, daß es ihm viel ausgemacht hätte. Es wäre Caseys Angelegenheit gewesen, die dargereichte Krawatte, die das Hotel bereithielt, umzubinden oder dies abzulehnen und zusammen mit den anderen nach Hause zu gehen. Wexford hätte sich so oder so nichts daraus gemacht. Doch der Smoking schien zu einer Bemerkung aufzufordern, und wenn er, Wexford, ihn nur mit seinem eigenen, nicht sehr eleganten grauen Anzug verglich. Doch es fiel ihm nichts anderes ein, als Casey einen Drink anzubieten.

Sheila erschien in einem pfauenblauen Minirock und einem blaugrünen Oberteil, das mit Pailletten bestickt war. Wexford war nicht sehr davon angetan, wie Casey sie von oben bis unten beäugte, während sie *ihm* sagte, wie toll er aussehe.

Das Beunruhigende war, daß die erste Hälfte des Abends völlig problemlos ablief – die erste Hälfte. Casey redete. Wexford merkte, daß in der Regel alles gut ging, solange Casey sprach, das heißt, solange er über ein selbstgewähltes Thema sprach und dabei Pausen einlegte, um intelligente und passende Fragen seiner Zuhörerschaft entgegenzunehmen. Sheila, bemerkte ihr Vater, war hierin Expertin und schien immer genau zu wissen, wo sich etwas dazwischenschieben ließ. Sie hatte versucht, ihnen von einer neuen Rolle zu berichten, die ihr angeboten worden war, der Titelrolle in Strindbergs *Fräulein Julie* – eine großartige Chance für sie –, aber Casey wollte davon nicht viel hören.

In der Lounge sprach er über die Postmoderne. Sheila, die sich bescheiden damit abfand, daß ihrer Karriere nicht mehr Aufmerksamkeit zuteil wurde, sagte: »Könntest du uns bitte ein paar Beispiele nennen, Gus?« Und Casey nannte eine ganze Fülle von Beispielen. Sie gingen in einen von mehreren Speisesälen, die das Hotel inzwischen eingerichtet hatte. Er war voll besetzt, aber kein einziger der Gäste trug einen Smoking. Casey, der sich bereits zwei große Brandys genehmigt hatte, bestellte noch einen und ging sofort auf die Toilette.

Sheila hatte auf ihren Vater immer den Eindruck einer intelligenten jungen Frau gemacht. Es verdroß ihn sehr, diese Meinung revidieren zu müsen, aber was blieb ihm angesichts dieser Äußerungen übrig.

»Gus ist so brillant, daß ich mich frage, was er an jemandem wie mir nur finden kann«, plapperte Sheila drauflos. »Wenn ich mit ihm zusammen bin, komme ich mir richtig inferior vor.«

»Eine unmögliche Basis für eine Beziehung«, sagte ihr Vater, worauf ihm Dora unter dem Tisch einen Tritt versetzte und Sheila ein gekränktes Gesicht machte.

Casey kam lachend zurück, etwas, was Wexford bei ihm noch nicht oft erlebt hatte. Ein Gast hatte ihn für einen Kellner gehalten und zwei trockene Martinis bestellt, und Casey hatte mit einem italienischen Akzent gesagt, der Herr werde sie »pronto« bekommen. Sheila brach in ein unkontrolliertes Lachen aus. Casey trank seinen Brandy und machte ein großes Getue um die Bestellung irgendeines ganz besonderen Weines. Er war höchst vergnügt und begann über Davina Flory zu sprechen.

All sein Gerede von »Mund halten« und »komischer kleiner Bulle« war anscheinend vergessen. Casey war mehrmals mit Davina Flory zusammengetroffen, zum erstenmal bei einer Party anläßlich der Präsentation eines Buches von einem anderen Autor und dann, als sie in seinen Verlag gekommen war und sie einander im »Atrium« begegneten. Dieser Ausdruck für Eingangshalle löste bei Casey eine längere Darlegung über Modewörter und müßige Entlehnungen aus toten Sprachen aus. Die Frage, mit der Wexford ihn unterbrach, wurde, weil zur rechten Zeit gestellt, huldvoll aufgenommen.

»Sie wußten nicht, daß ich von St. Giles Press verlegt werde? Wir sind jetzt alle unter demselben Dach – oder

Baldachin trifft es vielleicht besser. Carlyon, St. Giles Press, Sheridan und Quick, wir sind jetzt alle bei Carlyon Quick.«

Wexford dachte an den mit ihm befreundeten Schwager Burdens, Amyas Ireland, Redakteur bei Carlyon-Brent. Soviel er wußte, war Ireland noch dort. Die Übernahme seines Verlages hatte ihn nicht um den Job gebracht. Wexford fragte ihn, ob es Sinn hätte, Amyas anzurufen und von ihm Informationen über Davina Flory zu erbitten.

Caseys Gedächtnis schien nicht viel herzugeben. Seine dritte Begegnung mit Davina Flory war bei einem Empfang gewesen, den das Haus Carlyon Quick in seinen neuen Räumlichkeiten im Londoner Stadtteil Battersea gab – in »boondocks«, wie Casey sich ausdrückte, der finstersten Provinz. Sie war in Begleitung ihres Ehemannes gewesen, der einst den Wahlkreis von Caseys Eltern im Unterhaus vertreten hatte und den er einen vielleicht zu lieben alten »Schatz« nannte. Ein Freund Caseys hatte vor etwa fünfzehn Jahren an der London School of Economics Vorlesungen Copelands besucht. Casey nannte ihn einen »hohlen Charmeur«. Ein Teil dieses Charmes sei den Scharen junger Frauen aus der Werbebranche und Sekretärinnen zugute gekommen, denen man auf solchen Empfängen immer begegne, während sich die arme Davina mit langweiligen Chefredakteuren und Marketing-Direktoren habe unterhalten müssen. Allerdings habe sie ihr Licht keineswegs unter den Scheffel gestellt, sondern in ihrem Oxford-Englisch der zwanziger Jahre ihre Meinungen verkündet und die Anwesenden mit osteuropäischer Politik und Details von irgendwelchen Reisen genervt, die sie in den fünfziger Jahren mit einem ihrer Ehemänner nach Mekka unternommen hatte. Insgeheim erheiterte Wexford dieses Beispiel von Projektion.

Ihm, Casey, habe keines von ihren Büchern gefallen,

ausgenommen vielleicht *Midians Gastfreunde* (diesen Roman hatte Win Carver das Buch mit der geringsten Resonanz, auch bei der Kritik, genannt). Er selbst definiere sie als die Rebecca West für den unkritischen Leser. Er frage sich, wie sie auf die verschrobene Idee gekommen sei, sie könne Romane schreiben. Sie sei zu belehrend und von oben herab. Sie besitze keine künstlerische Phantasie. Er sei ziemlich sicher, daß sie die einzige Person auf diesem Empfang gewesen sei, die seinen für den Booker-Preis in die engere Wahl gezogenen Roman nicht gelesen hatte beziehungsweise sich nicht einmal die Mühe gab, das Gegenteil vorzugeben.

Casey lachte mit gespielter Mißbilligung über diese seine letzte Bemerkung. Er probierte den Wein. Und damit begann der Abend danebenzugehen. Er probierte den Wein, zuckte zusammen und benutzte sein zweites Weinglas als Spucknapf. Dann reichte er beide Gläser dem Kellner.

»Das ist ja ein widerliches Gesöff. Fort damit, und bringen Sie mir eine andere Flasche.«

Als Wexford hinterher mit Dora darüber sprach, sagte er, es sei seltsam, daß am vergangenen Dienstag in *La Primavera* nichts Ähnliches passiert war. Dort, sagte Dora, sei Casey ja nicht der Einladende gewesen. Und außerdem, wenn man einen Wein probiere und er sei wirklich ungenießbar, wohin mit dem Schluck, den man im Mund hat? Aufs Tischtuch? Immer nahm sie Casey in Schutz, wenn es ihr diesmal auch schwerfiel. Zum Beispiel konnte sie nicht viel zu Caseys Verteidigung anführen, als er, nachdem der erste Gang zurückgeschickt worden war und sich drei Kellner sowie der Chef des Restaurants um den Tisch versammelt hatten, dem Oberkellner erklärte, er habe von *nouvelle cuisine* soviel Ahnung wie eine Internatsköchin mit Menstruationsbeschwerden.

Wexford und seine Frau hatten zwar nicht eingeladen, aber da sich das Restaurant in ihrer Gegend befand, fühlten sie sich gewissermaßen dafür verantwortlich. Wexford merkte, daß Casey nur auf Wirkung aus war und sich aus »Jux und Tollerei«, wie das in seiner Jugend die alten Leute genannt hatten, so unangenehm aufführte. Man aß schweigend in sich hinein, unterbrochen nur von Casey, der den Hauptgang beiseite geschoben hatte und laut erklärte, daß er für sein Teil sich von diesen Widerlingen nicht die Laune verderben lassen werde. Er griff das Thema Davina Flory wieder auf und begann schlüpfrige Bemerkungen über ihr Liebesleben zum besten zu geben.

Darunter war die Behauptung, daß sie noch acht Jahre nach ihrer ersten Heirat Jungfrau gewesen sei. Desmond Flory, sagte er mit lauter, rauher Stimme, habe »ihn noch nie hoch bekommen«, jedenfalls nicht bei ihr, und wen könnte das auch wundern? Naomi sei natürlich nicht von ihm gewesen. Er wage zwar nicht, Vermutungen darüber anzustellen, wer ihr Vater gewesen sein könnte, aber gab anschließend doch verschiedene Spekulationen zum besten. Er hatte an einem weit entfernten Tisch einen älteren Herrn entdeckt, einen Mann, der trotz starker Ähnlichkeit nicht ein gewisser angesehener Wissenschaftler und Leiter eines College in Oxford sei. Casey begann Mutmaßungen darüber anzustellen, ob der Doppelgänger dieses Mannes Davina Florys erster Liebhaber gewesen sei.

Wexford erhob sich und erklärte, daß er jetzt gehen werde. Er bat Dora, mitzukommen. Sheila flehte: »Bitte, Daddy!« Und Casey fragte, was denn, um Himmels willen, los sei. Zu Wexfords Ärger gelang es Sheila, ihn zum Bleiben zu überreden. Er bereute es später, nicht hart geblieben zu sein, denn als es daran ging, die Rechnung zu begleichen, weigerte sich Casey, dies zu tun.

Daran schloß sich eine gräßliche Szene an. Casey

hatte eine Menge Brandy gekippt und war zwar noch nicht betrunken, aber völlig enthemmt. Er brüllte herum und beschimpfte das Personal des Restaurants. Wexford hatte sich vorgenommen, daß er, komme, was da wolle, die Rechnung nicht bezahlen werde, selbst dann nicht, wenn die Polizei geholt würde. Schließlich zahlte Sheila. Mit steinernem Gesicht saß Wexford daneben und ließ sie gewähren. Hinterher sagte er zu Dora, es müsse in seinem Leben Situationen gegeben haben, die ihm peinlicher gewesen seien, aber er könne sich nicht daran erinnern.

In dieser Nacht fand er keinen Schlaf.

Anstelle der fehlenden Scheibe im Speisezimmerfenster war eine Sperrholzplatte eingesetzt worden. Sie erfüllte ihren Zweck, die Kälte fernzuhalten.

»Ich habe es auf mich genommen, eine Scheibe von dem teuren Glas zu bestellen«, sagte Ken Harrison mit düsterer Miene zu Burden. »Keine Ahnung, wann sie geliefert werden wird. Es würde mich nicht überraschen, wenn es Monate dauert. Diese Kriminellen, diese Verbrecher, die so was machen, die denken doch gar nicht daran, wieviel Scherereien sie den kleinen Leuten wie Ihnen und mir damit bereiten.«

Burden war nicht besonders erfreut, daß er zu den »kleinen Leuten« gerechnet wurde, er kam sich dabei (wie er zu Wexford sagte) wie ein Zwerg vor, aber er sagte nichts. Sie gingen gemächlich auf die Gärten auf der Rückseite von Tancred House zu, und dann Richtung Pinetum. Es war ein schöner, sonniger Morgen, kalt und frisch. Rauhreif lag silbern auf dem Gras und den Buchsbaumhecken. In den Wäldern kam zwischen den dunklen, unbelaubten Bäumen der Schwarzdorn heraus. Seine weißen Blüten wirkten in dem Gewirr der Zweige wie frischer Schnee. Harrison hatte übers Wochenende die Rosenbüsche radikal gestutzt.

»Es kann gut sein, daß wir hier zusammenpacken müssen«, sagte Harrison, »aber man muß weitermachen, nicht? Man muß weitermachen, als wäre alles normal. So ist's nun mal im Leben.«

»Sagen Sie mal, diese Griffins, Mr. Harrison, was können Sie mir von denen erzählen?«

»Ich will Ihnen eine Sache erzählen. Terry Griffin hat hier eine Zeder als Weihnachtsbaum mitgehen lassen. Ein paar Jahre ist das jetzt her. Ich hab ihn dabei erwischt, wie er sie ausgrub. ›Die fehlt doch keinem‹, hat er gesagt. Ich hab es auf mich genommen, es Harvey zu melden – Mr. Copeland, meine ich.«

»War das also der Grund, warum Sie sich mit den Griffins in die Haare geraten sind?«

Harrison musterte ihn mit einem Seitenblick, gehässig und argwöhnisch. »Sie haben nie erfahren, daß ich es war, der sie verpfiffen hat. Harvey hat gesagt, er hätte es selbst entdeckt, er hat darauf geachtet, daß ich nicht hineingezogen wurde.«

Sie kamen ins Pinetum, in das nur schmale Lichtstreifen zwischen den Ästen der niedrigen Nadelbäume vordrangen. Es war kalt hier. Der Boden unter ihren Füßen war trocken und ziemlich glatt, ein Teppich aus Fichtennadeln.

Burden hob einen sonderbar geformten Zapfen auf, so glänzend-braun und ananasförmig, als hätte ihn eine Meisterhand aus Holz geschnitzt. »Wissen Sie, ob John Gabbitas zu Hause oder ob er irgendwo in den Wäldern ist?«

»Er geht jeden Tag um acht aus dem Haus, aber er ist ein paar hundert Meter weiter vorne, wo er gerade eine abgestorbene Lärche fällt. Hören Sie nicht die Säge?«

Erst jetzt hörte Burden das heulende Geräusch. Aus den Bäumen vor ihnen kam der rauhe Schrei eines Eichelhähers. »Worüber haben Sie sich denn gestritten, Mr. Harrison, Sie und die Griffins?«

»Das ist was Persönliches«, sagte Harrison barsch. »Eine Privatangelegenheit zwischen Brenda und mir. Sie wäre erledigt, wenn es rauskäme, deswegen will ich nicht mehr sagen.«

»Wie ich schon zu Ihrer Frau gesagt habe«, sagte Burden in dem täuschend milden, verbindlichen Ton, den er von Wexford gelernt hatte, »gibt es in einem Mordfall für die von den Ermittlungen Betroffenen so etwas wie Privatangelegenheiten nicht.«

»Wir sind aber von keinen Ermittlungen betroffen!«

»Leider doch. Ich hätte gerne, daß Sie sich diese Sache durch den Kopf gehen lassen, Mr. Harrison, und sich entscheiden, ob Sie uns darüber etwas sagen wollen, Sie oder Ihre Frau oder Sie beide zusammen. Ob Sie es mir oder Detective Sergeant Vine erzählen möchten, und ob Sie es lieber hier oder auf dem Revier tun würden. Es führt kein Weg daran vorbei, daß Sie es uns erzählen werden. Bis bald, Mr. Harrison.«

Er ging auf dem Pfad durch das Pinetum. Harrison stand da und starrte ihm nach. Was Harrison hinter ihm herrief, konnte Burden nicht mehr verstehen. Er rollte den Tannenzapfen wie einen Handschmeichler zwischen den Handflächen hin und her und fand das Gefühl angenehm. Als er weiter vorne den Landrover und Gabbitas mit der Kettensäge hantieren sah, steckte er den Zapfen in die Tasche.

John Gabbitas hatte Schutzkleidung an, eine Hose, die notfalls das Sägeblatt abgleiten ließ, Handschuhe, Stiefel, Schutzmaske und -brille, Dinge, mit denen sich die vernünftigen jüngeren Holzfäller ausstaffierten, ehe sie mit der Kettensäge zu arbeiten begannen. Nach dem Orkan im Jahr 1987 waren, wie Burden sich erinnerte, die chirurgischen Stationen der Krankenhäuser in der Gegend mit Amateurholzfällern überfüllt gewesen, die sich selbst Füße und Hände amputiert hatten. Daisys Beschreibung des Killers, mittlerweile auf Tonband, fiel ihm wieder ein. Sie hatte angegeben, daß die Maske die eines Holzfällers hätte sein können. Als Gabbitas den Kriminalbeamten sah, stellte er die Säge ab und kam Burden entgegen. Er zog den Augenschirm herunter und schob Schutzmaske und -brille hoch.

»Wir sind immer noch daran interessiert zu erfahren, ob Sie vielleicht irgend jemanden gesehen haben, als Sie vergangenen Dienstag nach Hause fuhren.«

»Ich habe Ihnen doch gesagt, daß ich niemanden gesehen habe.«

Burden setzte sich auf einen gefällten Baumstamm und klopfte leicht auf die glatte, trockene Rinde. Gabbitas zögerte erst und setzte sich dann ebenfalls. Er hörte mit leicht ungehaltenem Gesichtsausdruck zu, während Burden ihm von Joanne Garlands Besuch erzählte.

»Ich hab sie nicht gesehen. Ich kenne sie nicht. Das heißt, ich bin an keinem Auto vorbeigekommen und hab auch keines gesehen. Warum fragen Sie sie nicht selber?«

»Wir können sie nicht finden. Sie ist abgängig.« Obwohl er normalerweise potentiellen Verdächtigen keine Auskünfte über polizeiliche Pläne gab, fuhr er fort: »Fest steht, daß wir heute damit anfangen, diese Wälder abzusuchen.« Er blickte Gabbitas scharf an. »Nach ihrer Leiche.«

Gabbitas blieb bei seiner Aussage. »Ich bin um zwanzig nach acht nach Hause gekommen. Ich kann es nur nicht beweisen, weil ich allein war. Ich habe niemanden gesehen. Ich bin auf der Straße von Pomfret Monachorum gefahren und weder einem Wagen begegnet, noch habe ich einen überholt. Vor Tancred House standen keine Autos, und an der Seite oder vor der Küche waren auch keine. Ich *weiß* es, es ist die Wahrheit.«

Es fällt mir schon schwer zu glauben, daß du, wenn du um diese Zeit gekommen bist, die beiden Autos nicht gesehen hast, dachte Burden. Daß du nicht wenigstens eines davon gesehen hast, das nehme ich dir nicht ab. Du lügst, und das Motiv dafür muß ein sehr schwerwiegendes sein. Joanne Garlands Wagen stand in ihrer Garage. War sie vielleicht mit einem anderen Fahrzeug gekommen, und wenn ja, wo war das? Könnte sie in einem Taxi gekommen sein?

»Was haben Sie getan, bevor Sie hierherkamen?«

Die Frage schien Gabbitas zu überraschen.

»Warum wollen Sie das wissen?«

»Solche Fragen«, sagte Burden geduldig, »werden bei Ermittlungen in Mordfällen eben gestellt. Zum Beispiel auch: Wie sind Sie zu diesem Job gekommen?«

Gabbitas ging auf Burdens erste Frage ein, nachdem er einen Moment lang stumm nachgedacht hatte. »Ich habe ein Diplom in Forstwissenschaft. Ich unterrichte ein bißchen, wie ich Ihnen schon gesagt habe. Der Hurrikan, wie die Leute sagen, der Orkan von 1987, der brachte für mich den Durchbruch. Er hatte zur Folge, daß es mehr Arbeit gab, als sämtliche Förster und Waldarbeiter im Land bewältigen konnten. Zur Abwechslung habe ich mal ein bißchen Geld verdient. Ich habe in der Nähe von Midhurst gearbeitet.« Er blickte auf, mit einem verschlagenen Ausdruck, so kam es Burden jedenfalls vor. »Dort, wo ich übrigens an dem Abend war, als diese Sache passierte.«

»Wo Sie Unterholz ausgeräumt haben und niemand Sie gesehen hat.«

Gabbitas machte eine ungeduldige Geste. Er benutzte oft die Hände, um seine Gefühle auszudrücken. »Ich habe Ihnen gesagt, meine Arbeit ist ein einsamer Job. Es ist ja nicht so, daß einen die ganze Zeit irgendwelche Leute im Auge haben. Im vergangenen Winter, ich meine den vorletzten, war die Arbeit im wesentlichen getan, und ich sah, daß jemand für diese Stelle gesucht wurde.«

»Wo, in einer Zeitschrift? Im lokalen Käseblättchen?«

»In der *Times*«, sagte Gabbitas und lächelte ein wenig. »Davina Flory hat selbst mit mir das Einstellungsgespräch geführt. Sie gab mir ein Exemplar ihres Buches über Bäume, aber ich kann nicht behaupten, daß ich es auch gelesen hätte.« Wieder sprach er mit den Händen. »Das Haus, das war's, was mich angezogen hat.«

Er sagte es rasch, als wollte er, so schien es Burden, unbedingt der Frage zuvorkommen, ob das Anziehende Daisy gewesen sei.

»Und jetzt, wenn Sie mich bitte entschuldigen, möchte ich diesen Baum fällen, bevor er umstürzt und eine Menge unnötigen Schaden anrichtet.«

Burden spazierte durch den Wald und durchs Pinetum zurück, durchquerte diesmal den Garten und ging auf die große, kiesbedeckte Fläche zu, hinter der sich die ehemaligen Ställe befanden. Dort standen Wexfords Wagen, zwei Polizeitransporter, Detective Sergeant Vines Vauxhall und sein eigenes Gefährt.

Drinnen traf er Wexford in einer ungewohnten Haltung an. Der Chief Inspector saß vor einem Computer-Bildschirm. Als Wexford aufblickte, war Burden betroffen von seinem müden, grauen Blick, den neuen Falten, die ihn älter aussehen ließen, und dem unglücklichen Ausdruck in den Augen. Es war, als hätte Wexford kurz die Kontrolle über sein Gesicht verloren, doch dann schien er sich zusammenzureißen, und sein Ausdruck wurde wieder normal, beziehungsweise fast normal. Hinde saß vor der Tastatur des Computers, auf dessen Schirm er eine lange, für Burden unergründliche Liste geholt hatte.

Wexford, der sich an Daisy Florys Gefühlsausbruch erinnerte, hätte gern einen Menschen gehabt, dem er sich vorbehaltlos anvertrauen konnte. Bei Dora durfte er in dieser Angelegenheit nicht auf Verständnis hoffen.

Er hätte zu gerne jemanden gehabt, mit dem er über Sheilas Erklärung sprechen konnte, daß er, ihr Vater, gegen Augustine Casey voreingenommen und entschlossen sei, ihn zu hassen. Daß sie derart in Casey verliebt sei, daß sie, so seltsam es auch klingen möge, sagen könne, sie entdeckte zum erstenmal, was Liebe bedeutet. Daß sie, wenn sie sich entscheiden müßte – und das war das schlimmste –, ihre Eltern verlassen und an Casey »hangen« (dieses merkwürdige Wort aus der Bibel) werde.

All dies, ausgesprochen auf einem traurigen Spaziergang mit ihr – während Casey im Bett lag und sich von dem Brandy erholte –, hatte sich ihm wie ein Dolch ins Herz gebohrt (wie Daisy es vielleicht ausdrücken würde). Wenn an der Geschichte überhaupt noch etwas Tröstliches war, dann der Umstand, daß man Sheila eine Rolle angeboten hatte, die sie nicht ausschlagen konnte, und daß Casey demnächst nach Nevada entschwinden würde.

Wie unglücklich er sich fühlte, war seinem Gesicht anzusehen. Er war sich dessen bewußt und versuchte es wegzuwischen. Burden sah ihm an, welche Anstrengung es ihn kostete.

»Sie haben angefangen, die Wälder abzusuchen, Reg.«

Wexford trat einen Schritt beiseite. »Es ist ein riesiges Gebiet. Können wir ein paar Leute aus der Gegend hier zum Mithelfen einspannen?«

»Sie interessieren sich nur für Kinder, die vermißt werden. Wegen toter Erwachsener machen die sich nicht auf die Socken, nicht für Geld und gute Worte.«

»Und beides haben wir nicht zu bieten«, sagte der Chief Inspector.

12

»Er ist weg«, sagte Margaret Griffin.

»Weg wohin?«

»Hören Sie mal, er ist ein erwachsener Mensch. Ich frag nicht, wohin er geht und wann er heimkommt. Er lebt zwar zu Hause, aber er ist ein erwachsener Mann und kann tun und lassen, was er will.«

Es war am Nachmittag, und die Griffins hatten Kaffee getrunken und ferngesehen. Burden und Barry Vine wurde kein Kaffee angeboten. Barry sagte hinterher zu Burden, Terry und Margaret Griffin sähen viel älter aus, als sie waren, schon ziemlich betagt, in einem Alltagstrott festgefahren, der offensichtlich – wenn sie es auch nicht sagten – aus Fernsehen, Einkaufen, kleinen, regelmäßigen Mahlzeiten, einsamer Zweisamkeit und frühem Schlafengehen bestand. Sie beantworteten Burdens Fragen in einer resigniert-streitsüchtigen Art, die jeden Augenblick in Paranoia umzukippen drohte.

»Geht Andy oft weg?«

Sie war eine kleine, rundliche, weißhaarige Frau mit blauen Glupschaugen. »Er hat doch nichts, was ihn hier festhält. Ich meine, er kriegt ja doch keine Arbeit. Grad jetzt, wo sie letzte Woche bei Myringham Electrics wieder zweihundert auf die Straße gesetzt haben.«

»Ist er Elektriker?«

»Der packt alles an, unser Andy, wenn er die Möglichkeit dafür bekommt«, sagte Terry Griffin. »Er ist keiner von diesen Hilfsarbeitern, wissen Sie. Er war die rechte Hand von einem sehr bedeutenden Geschäftsmann, unser Andy.«

»Ein Gentleman aus Amerika. Er hat Andy blind

vertraut. Ist viel im Ausland herumgereist und hat alles Andy überlassen.«

»Andy ist in seinem Haus ein und aus gegangen, hatte seine Schlüssel, durfte mit seinem Wagen fahren, all so was.«

Burden, der all dies mit mehr als einem kleinen Vorbehalt aufnahm, sagte: »Dann geht er also weg, um sich Arbeit zu suchen.«

»Ich sag Ihnen doch, ich weiß es nicht und ich frag nicht.«

Barry Vine sagte: »Ich denke, Mr. Griffin, es dürfte Sie interessieren, daß Andy – obwohl Sie uns erzählt haben, er sei am vergangenen Dienstag um sechs weggegangen – an diesem Abend von keinem seiner Freunde, mit denen er nach seinen Angaben zusammen war, gesehen wurde. Er hat nicht mit ihnen zusammen die Pubs abgeklappert, und er hat sich auch nicht mit ihnen in dem chinesischen Restaurant getroffen.«

»Mit welchen Freunden soll er zusammen gewesen sein? Er hat uns nie was von Freunden erzählt. Dann war er eben in anderen Pubs, oder?«

»Das bleibt festzustellen, Mr. Griffin«, sagte Burden. »Andy muß Tancred House sehr gut kennen. Hat ja seine Kindheit dort verbracht, nicht?«

»Aber das ist doch klar. Er war noch klein, vier Jahre alt, als wir dort hingezogen sind, und dieses Mädchen, die Enkelin, war noch ein Baby. Man sollte meinen, es wäre normal gewesen, wenn die miteinander gespielt hätten, nicht? Andy hätte es schön gefunden. Er hat oft gesagt: ›Warum kann ich kein Schwesterchen bekommen, Mom?‹ Und ich mußte ihm sagen: ›Gott wird uns keine weiteren Babys mehr schicken, mein Süßer.‹ Aber haben sie sie mit ihm spielen lassen? Kein Drandenken, er war ihnen nicht fein genug, nicht für ihr Prinzeßchen. Nur zwei Kinder waren dort, aber sie haben nicht miteinander spielen dürfen.«

»Und dabei hat er sich Labour-Abgeordneter geschimpft«, sagte Terry Griffin und stieß ein tiefes, höhnisches Lachen aus. »Na, kein Wunder, daß sie ihm bei der letzten Wahl einen Tritt verpaßt haben.«

»Also hat Andy nie das Haus betreten?«

»Das würde ich nicht sagen.« Mrs. Griffin war plötzlich pikiert. »Das würde ich keineswegs sagen. Wie kommen Sie darauf? Er ist manchmal mitgekommen, wenn ich hingegangen bin, um auszuhelfen. Sie hatten eine Haushälterin, die nebenan allein wohnte, bevor diese Harrisons kamen, aber die konnte nicht alles schaffen, besonders dann nicht, wenn sie Gäste hatten. Dann hat Andy mich immer begleitet, ist überall im Haus mit mir herumgegangen, egal, was sie gesagt haben. Allerdings glaube ich, daß er es nicht mehr getan hat, seit er... nun ja, so um die zehn war.«

Sie hatte zum erstenmal Ken und Brenda Harrison erwähnt, das erste Mal, daß einer der beiden sich über die Existenz ihrer ehemaligen Nachbarn äußerte.

»Wenn er weggeht, Mr. Griffin«, schob Barry Vine dazwischen, »wie lange ist er dann gewöhnlich fort?«

»Manchmal ein paar Tage, manchmal auch eine Woche.«

»Soviel mir bekannt ist, haben Sie mit Mr. und Mrs. Harrison kein Wort mehr gewechselt, als Sie dort weggezogen...«

Burden wurde von dem Gekreische unterbrochen, das Margaret Griffin ausstieß. Es hörte sich ganz so an wie die wortlose Unmutsbekundung eines Zwischenrufers auf einer Versammlung. Oder, wie Karen hinterher sagte, wie das Hohngeschrei eines Kindes über einen Spielkameraden, der falsch geraten hat – ein mehrmaliges »Ääh, ääh, ääh!«

»Ich hab's ja gewußt. Du hast es ja gesagt, Terry, daß sie das zur Sprache bringen werden. Jetzt wird alles rauskommen, trotz allem, was Mr. Harvey, der saubere

Sozialist, versprochen hat. Sie werden es ans Licht zerren, um dem armen Andy nach so langer Zeit noch was anzuhängen.«

Burden, klug, wie er war, ließ sich durch keine Muskelbewegung, durch kein Zucken seines Lids anmerken, daß er keinen Schimmer hatte, wovon sie sprach. Während sie erzählten, veränderte es seinen strengen, allwissenden Blick nicht.

Die Wertbestimmung von Davina Florys Schmuck kam zu den übrigen Daten, die Gerry Hinde im Computer gespeichert hatte.

Barry Vine unterhielt sich darüber mit Wexford. »Eine Menge Halunken fänden, daß es sich lohnt, drei Leute umzubringen, wenn man dadurch zu dreißigtausend Pfund kommt.«

»Wobei den Typen bewußt ist, daß sie auf dem Markt, auf dem sie ihn losschlagen, vielleicht die Hälfte dafür bekommen. Höchstenfalls. Wir sehen kein anderes Motiv.«

»Rache wäre ein Motiv. Wegen irgendeiner wirklichen oder eingebildeten Kränkung, die Davina Flory oder Harvey Copeland jemandem zugefügt hat. Daisy Flory hatte ein Motiv. Soviel wir wissen, ist sie Alleinerbin. Sie ist die einzige Überlebende. Ich weiß, daß das ein bißchen weit hergeholt ist, Sir, aber wenn wir schon von Motiven sprechen ...«

»Sie hat ihre sämtlichen Angehörigen erschossen und sich selbst angeschossen? Oder ein Komplize hat das getan. Vielleicht ihr Liebhaber Andy Griffin?«

»Schon gut.«

»Ich glaube nicht, daß Tancred sie sehr interessiert, Barry. Es ist ihr noch gar nicht klar, welches Vermögen und wieviel Haus- und Grundbesitz sie geerbt hat.«

Vine wandte den Blick von seinem Bildschirm ab. »Ich habe mich mit Brenda Harrison unterhalten, Sir.

Sie sagt, sie hätten sich mit den Griffins gestritten, weil sie es nicht richtig fand, daß Mrs. Griffin an einem Sonntag im Garten Wäsche aufgehängt hat.«

»Und das glauben Sie?«

»Es zeigt zumindest, daß Brenda Harrison mehr Erfindungsgabe besitzt, als ich ihr zugetraut hätte.«

Wexford lachte, wurde dann aber sofort wieder ernst. »In einem Punkt können wir sicher sein, Barry. Dieses Verbrechen wurde von jemandem begangen, der dieses Haus und diese Menschen überhaupt nicht kannte, und einem zweiten, der beide wirklich sehr gut kannte.«

»Einer, der Bescheid wußte, und einer, der sich von ihm dirigieren ließ?«

»Besser könnte ich es selbst nicht ausdrücken«, sagte Wexford.

Er war mit Burdens Sergeant zufrieden. Wenn jemand einen heroischen Tod gestorben oder überhaupt gestorben ist, darf man nicht sagen, daß sein Nachfolger eine entschiedene Verbesserung sei oder daß diese Tragödie schließlich auch ihr Gutes gehabt habe. Doch das Gefühl oder einfach die unvermeidliche Erleichterung, daß Martins Nachfolger vielversprechend war, ließ sich nicht leugnen.

Barry Vine war ein kräftiger, muskulöser Mann von mittlerer Statur. Hätte er sich weniger gut gehalten, hätte man ihn als klein bezeichnen können. Er hütete es zwar nicht gerade wie ein Geheimnis, machte aber keinerlei Aufhebens davon, daß er regelmäßig ins Fitneß-Studio ging. Er hatte dichtes rötliches Haar, das er kurzgeschoren trug, und an seinem Haaransatz war bereits zu erkennen, daß es später zwar aus der Stirn zurückweichen, aber nie ganz ausfallen würde. Sein kleiner Schnauzer war dunkel, nicht rot. Manche Leute sehen immer gleich aus und sind auf der Stelle zu erkennen. Das Gedächtnis kann ihre Gesichter mühelos vors innere Auge rufen. Bei Barry Vine war das nicht so. Er hatte etwa Proteushaftes, so daß man ihn, in einer bestimmten Beleuchtung und aus einem bestimmten Blickwinkel betrachtet, als einen Mann mit scharfen Zügen und einer kantigen Kinnpartie bezeichnet hätte, während in anderen Momenten Nase und Mund geradezu weiblich wirkten. Seine Augen aber veränderten sich nie. Sie waren ziemlich klein, von einem ungetrübten, sehr dunklen Blau, und sie fixierten Freunde wie Verdächtige mit einem gleichbleibend festen Blick.

Wexford, den seine Frau einen Liberalen nannte, bemühte sich, tolerant und nachsichtig zu sein, und war bei aller Mühe (jedenfalls glaubte er das) dennoch oft reizbar.

Burden wäre vor seiner zweiten Heirat nie auf die Idee gekommen – oder er hatte nicht zugehört, wenn er auf solche Dinge hingewiesen wurde –, daß es irgendeinen Sinn haben oder einen Vorteil bringen könnte, andere Ansichten als die des starren Konservativen zu vertreten. Er hätte auch keinen Grund dafür gesehen, an der Vorstellung von der britischen Polizei als Torypartei mit Helm und Gummiknüppel zu rütteln.

Barry Vine dachte kaum über Politik nach. Er war ein waschechter Engländer, auf eine sonderbare Art mehr englisch als seine beiden Vorgesetzten. Er wählte diejenige Partei, die in der jüngsten Vergangenheit für ihn und für die Menschen, die ihm nahestanden, das meiste getan hatte. Es war ziemlich gleichgültig, ob sie sich als rechts oder links bezeichnete. »Das meiste getan«, bedeutete für ihn, das für ihn vorteilhafteste in Finanzdingen, indem die Partei ihm Geld spare, Steuern und Preise senkte und ihm das Leben angenehmer machte.

Während Burden glaubte, in der Welt ginge es besser zu, wenn sich andere öfter so wie er verhielten, und Wexford meinte, die Dinge würden besser werden, wenn die Menschen das Denken lernten, hielt Vine sich sogar von solch primitiver Metaphysik fern. Für ihn gab es einen großen (allerdings nicht ausreichend großen) Bevölkerungsanteil gesetzestreuer Bürger, die brav ihrer Arbeit nachgingen, ein eigenes Haus besaßen und mit ihrer Familie in mehr oder minder wohlhabenden Verhältnissen lebten, und einen Haufen anderer, für ihn auf den ersten Blick durchschaubar, selbst wenn sie sich vorläufig noch nichts hatten zuschulden kommen lassen. Das Interessante war, daß er nicht nach Klassenzugehörigkeit einteilte, wozu Burden vielleicht neigte. Er könne, erklärte er, einen potentiellen Verbrecher selbst dann wittern, wenn der Betreffende adelig war, einen Porsche und mehrere Millionen auf der Bank, die Ausdrucksweise eines Kunstgeschichtsprofessors in Cambridge oder den Tonfall eines Straßenarbeiters hatte. Vine war kein Snob und oft zunächst für den Straßenarbeiter voreingenommen. Daß er Verbrecher so rasch witterte, beruhte auf etwas ganz anderem, vielleicht so etwas wie Intuition, obwohl Vine selbst es gesunden Menschenverstand nannte.

Als er nun in Myringham in einem Pub namens *Slug and Lettuce* stand, wo sich, wie er herausgefunden hatte, Andy Griffins Freunde abends trafen, fuhr er rasch seine Antennen aus, um das kriminelle Potential der Männer abzuschätzen, denen er je ein Glas *Abbot* spendiert hatte.

Zwei von ihnen waren arbeitslos. Das hatte sie bisher nicht an regelmäßigen Besuchen im *Slug and Lettuce* gehindert, Wexford hätte es damit entschuldigt, daß Menschen nicht nur Brot, sondern auch Spiele brauchten; für Burden war es Willensschwäche, während Vine es als charakteristisch für Männer betrachtete, die die Augen für einträgliche Möglichkeiten offenhielten, gesetzesbrüchig zu werden. Einer der anderen war Elektriker und murmelte irgend etwas davon, daß er wegen der Rezession weniger zu arbeiten habe. Der vierte in der Runde war Ausfahrer bei einem Expreßkurier-Service. Er bezeichnete sich selbst als »mobilen Kurier«.

Ein Ausdruck, den Vines Ohren gar nicht gerne hörten, waren die sooft vor Gericht – von Angeklagten oder sogar von Zeugen – geäußerten Worte: »Es *könnte* sein, daß ich...« Was sollte das bedeuten? Nichts. Weniger als nichts. Schließlich traf es auf jeden Menschen zu, daß er beinahe überall gewesen sein oder beinahe alles getan haben könnte.

Vine schenkte daher der Aussage eines der Arbeitslosen – Tony Smith –, daß Andy Griffin am 11. März abends im *Slug and Lettuce* gewesen sein könnte, keinerlei Beachtung. Die anderen hatten ihm bereits Tage vorher erklärt, daß sie Andy Griffin an diesem Abend nicht gesehen hätten. Kevin Lewis, Roy Walker und Leslie Sedar behaupteten steif und fest, daß Andy nicht mit ihnen zusammen gewesen sei, auch nicht hinterher im *Panda Cottage*. Wo er sich derzeit aufhielt, darüber äußerten sie sich weniger entschieden.

Tony Smith meinte, daß Andy am Sonntagabend »im alten *Slug* gewesen sein könnte«. Die anderen wollten dies weder bejahen noch verneinen. Am Sonntagabend ließen sie den Pub-Besuch immer ausfallen.

»Er fährt rauf in den Norden«, steuerte Leslie Sedar bei.

»Hat er Ihnen das erzählt, oder wissen Sie es sicher?«

Das war eine Unterscheidung, die jedem von ihnen schwerfiel. Aber Tony Smith bestand darauf, daß er es wisse.

»Er fährt mit dem Laster rauf in den Norden. Er fährt regelmäßig rauf.«

»Er hat keine Arbeit mehr«, sagte Vince. »Er hat schon seit einem Jahr keinen Job.«

»Als er noch seinen Job als Fahrer hatte, ist er regelmäßig raufgefahren.«

»Und heute?«

Er hatte gesagt, daß er in den Norden fahre, also fuhr er dorthin. Sie glaubten ihm. Tatsächlich war es so, daß es sie nicht sehr interessierte, wohin Andy Griffin fuhr. Warum auch? Vine fragte Kevin Lewis, den er als den vernünftigsten und vermutlich gesetzestreuesten der vier Männer eingestuft hatte, wo Andy seiner Meinung nach jetzt sei.

»Auf seinem Rad weggefahren«, sagte Lewis.

»Und wohin? Manchester? Liverpool?«

Sie schienen kaum zu wissen, wo diese Städte lagen. Für Kevin Lewis rief Liverpool Erinnerungen an seinen »Alten« herauf, der gerne vom *Mersey Sound* erzählte, einem Song, der zu seiner Jugend der letzte Schrei gewesen war.

»Er fährt also in den Norden. Angenommen, ich sage, das stimmt nicht, er treibt sich hier in der Gegend herum.«

Roy Walker schüttelte den Kopf. »Tut er nicht. Nicht Andy. Andy käm ins alte *Slug*.«

Vine wußte, wann er sich geschlagen geben mußte. »Woher hat er sein Geld?«

»Er geht stempeln, vermute ich«, sagte Lewis.

»Und das ist alles? Damit hat es sich?« Einfache Fragen stellen. Sinnlos, nach »zusätzlichen Einkommensquellen« zu fragen. »Und sonst kriegt er kein Geld?«

Diesmal antwortete Tony Smith. »Könnte sein.«

Sie verstummten. Mehr hatten sie nicht zu bieten. Ihre Phantasie war enorm strapaziert worden, und das hatte Erschöpfung zur Folge. Noch ein Glas *Abbot* hätte vielleicht etwas gebracht, aber Vine fand, daß es die Mühe nicht lohne.

Mrs. Virsons Stimme war laut, raumfüllend, das Produkt eines teuren Mädchenpensionats, das sie rund fünfundvierzig Jahre zuvor besucht hatte. Sie öffnete die Haustür des *Thatched House*, begrüßte ihn und bat ihn mit der Geste einer Fürstin einzutreten. Ihr großblumiges Kleid ließ sie unförmig wirken, als steckte sie in einem voluminösen Sesselüberzug. Sie hatte sich am Vormittag frisieren lassen. Die Löckchen und Wellen waren mit derart viel Spray fixiert, daß sie wie geschnitzt wirkten. Es war nicht anzunehmen, daß all dieser Aufwand ihm galt, aber irgend etwas hatte ihre Haltung ihm gegenüber seit seinem letzten Besuch verändert – vielleicht hatte Daisy energisch erklärt, daß sie bereit sei, ihn zu sehen und mit ihm zu sprechen?

»Daisy schläft, Mr. Wexford. Sie müssen wissen, daß sie noch immer sehr mitgenommen ist, und ich bestehe darauf, daß sie viel Ruhe bekommt.«

Er nickte, da er nichts zu sagen hatte.

»Sie wird rechtzeitig zum Tee aufwachen. Diese jungen Dinger haben, wie ich feststelle, einen sehr gesunden Appetit, auch wenn sie noch soviel durchgemacht haben. Gehen wir doch hier hinein und warten auf sie. Ich nehme an, daß es ein paar Dinge gibt, über die Sie mit mir plaudern möchten, habe ich nicht recht?«

Er war nicht der Mann, sich eine solche Chance entgehen zu lassen Wenn Joyce Virson ihm etwas sagen wollte – denn das mußte »plaudern« bedeuten –, würde er zuhören und abwarten, was dabei herauskam. Doch als sie dann in Mrs. Virsons Salon auf Sesseln, die mit ausgeblichenem Chintz bezogen waren, einander gegenübersaßen, zwischen ihnen ein zierlicher Teetisch, schien sie keine Neigung zu verspüren, ein Gespräch anzufangen. Sie war nicht verlegen oder befangen oder auch nur schüchtern. Sie war einfach nachdenklich und vielleicht unsicher, womit sie beginnen sollte. Er hütete sich, ihr entgegenzukommen. Angesichts seiner Position würde jede Hilfe wie ein Verhör wirken.

Plötzlich sagte sie: »Natürlich war das, was draußen

in Tancred House passiert ist, ganz furchtbar. Nachdem ich es erfahren hatte, habe ich zwei Nächte kein Auge zugetan. Es war schlechterdings das Entsetzlichste, was ich in meinem ganzen Leben gehört habe.«

Er wartete auf das »aber«. Leute, die so beginnen, mit der Beteuerung, daß sie ein tragisches Geschehnis oder großes Unglück ermessen könnten, schränken diese Feststellung zumeist anschließend ein. Die einleitende Bekundung von Einfühlungsvermögen soll eine Rechtfertigung für darauf folgende herabsetzende Bemerkungen abgeben.

Doch es kam kein »aber«. Sie überraschte ihn mit ihrer Direktheit. »Mein Sohn möchte, daß Daisy sich mit ihm verlobt.«

»Was Sie nicht sagen!«

»Mrs. Copeland war nicht dafür. Ich sollte wohl per Davina Flory oder Miss Flory oder sonstwas von ihr sprechen, aber alte Gewohnheiten sind schwer abzulegen, nicht? Tut mir leid, ich vermute, ich bin altmodisch, aber eine verheiratete Frau wird für mich immer ›Mrs.‹ sein, und dahinter der Name ihres Mannes.« Sie wartete, daß Wexford darauf etwas sagte, doch als er schwieg, fuhr sie fort: »Nein. Sie hat nichts davon gehalten. Damit will ich natürlich nicht sagen, daß sie etwas gegen Nicholas gehabt hätte. Es war nur so eine alberne Vorstellung – tut mir leid, aber ich fand sie albern –, daß Daisy etwas vom Leben haben sollte, bevor sie einen Hausstand gründet. Ich hätte ihr entgegenhalten können, daß zu ihrer Zeit, als sie in Daisys Alter war, die Mädchen möglichst früh geheiratet haben.«

»Haben Sie es getan?«

»Was getan?«

»Sie haben gesagt, Sie hätten ihr das entgegenhalten können. Haben Sie es getan?«

Mißtrauen huschte über ihr Gesicht und verschwand

wieder. Dann lächelte sie. »Es stand mir ja nicht zu, mich einzumischen.«

»Wie hat Daisys Mutter darüber gedacht?«

»Ach, wissen Sie, es hätte eigentlich keine Rolle gespielt, was Naomi dachte. Naomi hatte keine eigene Meinung. Sie müssen wissen, daß Mrs. Copeland für Daisy viel mehr Mutter als Großmutter war. *Sie* hat sämtliche Entscheidungen für das Mädchen getroffen. Wo sie zur Schule gehen sollte etc. Oh, sie hatte Großes vor mit Daisy beziehungsweise Davina. Sie bestand darauf, daß das Mädchen so genannt wurde, und richtete damit nur Verwirrung an. Ihre Zukunft war fest vorausgeplant, zuerst die Universität, Oxford *natürlich*, und dann sollte die arme, kleine Daisy ein Jahr lang auf Reisen gehen. Nicht dorthin, wo es ein junges Mädchen ziehen würde, Sie verstehen schon, nicht auf die Bermudas oder nach Südfrankreich oder in sonst eine verlockende Gegend, sondern in europäische Kunst- und Kulturzentren, nach Rom und Florenz zum Beispiel. Und danach sollte sie noch auf eine andere Universität, man muß sich das vorstellen, einen zweiten Abschluß machen oder was auch immer. Es tut mir leid, aber ich verstehe nicht, was all dieses Bildungszeug für ein hübsches, junges Mädchen bezwecken soll. Mrs. Copeland wollte, daß Daisy sich an irgendeiner Universität vergräbt. Daisy sollte eine ... wie heißt das gleich wieder?«

»Eine akademische Laufbahn einschlagen?«

»Ja, ganz recht. Die arme, kleine Daisy sollte es mit fünfundzwanzig Jahren zu etwas gebracht haben und dann ihr erstes Buch schreiben. Es tut mir leid, aber mir kommt das einfach lächerlich vor.«

»Und Daisy selbst? Wie dachte sie darüber?«

»Was weiß denn ein Mädchen dieses Alters schon? Sie weiß doch nichts vom Leben. O ja, wenn man immerfort von Oxford spricht und verkündet, wunder wie großartig es dort wäre, und dann wieder und wieder erzählt, wie wunderbar Italien ist, wie herrlich es wäre, vor diesem Bild oder jener Statue zu stehen, und wieviel besser man Dinge würdigen kann, wenn man einen solchen Bildungsweg hinter sich gebracht hat, und daß ... aber natürlich hat das eine gewisse Wirkung. In diesem Alter ist man ja so empfänglich für Eindrücke, einfach noch ein Baby.«

»Und eine Heirat«, sagte Wexford, »würde unter all das natürlich einen Schlußstrich ziehen.«

»Obwohl Mrs. Copeland dreimal verheiratet war, glaube ich trotzdem nicht, daß sie viel von der Ehe gehalten hat.« Sie beugte sich ihm vertraulich entgegen, senkte die Stimme und schaute kurz über die Schulter, als befände sich jemand am anderen Ende des Zimmers. »Was ich jetzt sage, weiß ich nicht sicher, es ist reine Vermutung, aber ich finde, es spricht viel dafür ... Ich bin überzeugt, Mrs. Copeland hätte nicht mit der Wimper gezuckt, wenn Nicholas und Daisy den Wunsch gehabt hätten, unverheiratet zusammenzuleben. Sie war nämlich vom Sex besessen! In ihrem Alter! Vermutlich hätte sie ein Verhältnis sogar begrüßt. Sie war ganz dafür, daß Daisy Erfahrungen sammelt.«

»Erfahrungen welcher Art?« fragte Wexford neugierig.

»Ach, Sie dürfen nicht bei jeder Kleinigkeit einhaken, die ich von mir gebe, Mr. Wexford. Sie hatte einfach den Wunsch, daß Daisy *was vom Leben hat*. Sie selber, hat sie oft gesagt, hätte wirklich *was vom Leben gehabt*, und das glaube ich ihr aufs Wort, mit all diesen Ehemännern und ihrer Herumreiserei. Aber Heiraten, nein, diese Vorstellung war gar nicht nach ihrem Geschmack.«

»Möchten Sie, daß Ihr Sohn Daisy heiratet?«

»O *ja*, das möchte ich. Sie ist so ein reizendes Kind. Und aufgeweckt natürlich, und so hübsch. Tut mir leid, aber ich möchte nicht, daß mein Sohn ein reizloses Mädchen heiratet. Sie finden das vermutlich nicht sehr nett gedacht, aber es wäre doch ein Jammer – ein gutaussehender Mann mit einer reizlosen Ehefrau.« Joyce Virson spreizte ganz leicht das Gefieder. Es gab kein anderes Wort dafür, wie sie den Hals länger machte, indem sie den Kopf etwas mehr hob und sich mit einem pummeligen Finger am Kiefer entlangfuhr. »Wir kommen aus zwei gutaussehenden Familien.« Sie sah Wexford mit einem schelmischen Lächeln, beinahe flirtend an. »Natürlich ist die arme Kleine bis über beide Ohren in ihn verliebt. Wie sie ihm nachschaut, das sagt schon alles. Sie betet ihn an.«

Wexford dachte schon, sie würde ihre nächsten Bemerkungen mit der üblichen Bekundung des Bedauerns für eine Ansicht einleiten, die sie nicht im mindesten bedauerte, aber sie erging sich nur über Daisys Qualifikationen, die für ein Einheiraten in die Familie Virson sprachen. Daisy habe *sie* so gern, sei so wohlerzogen, so ausgeglichen und so gutmütig.

»Und so reich«, sagte Wexford.

Mrs. Virson riß es richtig. Sie fuhr so heftig zusammen wie jemand, der gleich einen Anfall bekommen wird. Ihre Stimme stieg um zwanzig oder dreißig Dezibel.

»Das hat nicht das geringste damit zu tun. Wenn Sie die Größe unseres Hauses und unseren gesellschaftlichen Ruf hier bedenken, werden Sie kaum auf den Gedanken verfallen, daß es hier an Geld fehle. Mein Sohn bezieht ein sehr gutes Gehalt, er ist durchaus imstande, für eine Frau zu sorgen, und zwar ...«

Er erwartete, daß sie jetzt etwas über den Lebensstil sagen würde, den Daisy gewohnt war, aber sie beherrschte sich und sah ihn nur finster an. Angewidert von ihrer Heuchelei hatte er gefunden, daß der Zeitpunkt für einen Hieb unter die Gürtellinie gekommen war. Und der Schlag hatte gesessen, noch besser als erhofft. Er lächelte in sich hinein.

»Sie haben keine Bedenken, daß sie vielleicht noch zu jung ist?« sagte er. Das Lächeln wurde nun auch ihr zuteil, breit und entwaffnend. »Sie haben sie ja gerade ein Baby genannt.«

Die Antwort darauf blieb Joyce Virson erspart, weil Daisy ins Zimmer trat. Er hatte ihre Schritte draußen in der Diele gehört. Sie lächelte ihn matt an. Der Arm war zwar noch bandagiert, der Verband aber nicht mehr so dick und die Schlinge schmäler. Er sah sie, wie ihm jetzt klar wurde, zum erstenmal aufrecht und in Bewegung. Sie war magerer und zerbrechlicher, als er erwartet hatte.

»Wofür bin ich zu jung?« fragte sie. »Ich bin heute achtzehn geworden, ich habe heute Geburtstag.«

Mrs. Virson kreischte auf: »Daisy, Sie schlimmes Kind, warum haben Sie uns nichts gesagt? Ich hatte keinen Schimmer. Sie haben ja kein Wort davon gesagt.«

Sie versuchte, ein erstauntes Lachen zustande zu bringen, aber Wexford merkte ihr an, daß sie sich ärgerte. Sie war höchst verärgert. Daisys Enthüllung strafte ihre Behauptung Lügen, sie stehe auf vertrautem Fuß mit dem Mädchen, das in ihrem Haus zu Gast war.

»Ich nehme doch an, Sie haben bei Nicholas eine Andeutung fallenlassen, damit er eine Überraschung organisieren konnte.«

»Soviel ich weiß, hat er keine Ahnung. Er hat sich das Datum sicher nicht gemerkt. Ich habe jetzt auf der ganzen Welt keinen Menschen mehr, der noch weiß, wann ich Geburtstag habe.« Sie sah Wexford an und sagte leichthin und trotzdem theatralisch: »Mein Gott, wie traurig!«

Er entschied sich für eine altmodische Formel: »Herzlichen Glückwunsch zum Wiegenfest.«

»Aha, Sie sind taktvoll, Sie sind vorsichtig. Sie würden nicht ›*Happy* birthday‹ sagen. Nicht zu mir. Es wäre furchtbar, eine Kränkung. Glauben Sie, daß Sie nächstes Jahr noch an meinen Geburtstag denken? Werden Sie sich am Tag vorher sagen: ›Morgen ist Daisys Geburtstag?‹ Vielleicht sind Sie der einzige, der das tun wird?«

»Was für ein Unsinn, mein Kind. Nicholas wird ihn sich bestimmt merken. Es liegt an Ihnen, dafür zu sorgen, daß er darauf kommt. Es tut mir leid, aber Männer brauchen eine zarte Andeutung, wissen Sie, um nicht zu sagen, einen kleinen Rippenstoß.« Joyce Virsons Ausdruck war aggressiv und kokett zugleich. Daisy erlaubte sich nur einen kurzen Blick zu Wexford. »Sollen wir jetzt in das andere Zimmer gehn?«

»Ach, warum nicht hier bleiben, mein Kind? Hier ist es gemütlich und warm, und ich werde auch nicht hinhören. Ich vertiefe mich in mein Buch. Ich werde nichts mitbekommen.«

Wexford war entschlossen, nicht in Mrs. Virsons Gegenwart mit Daisy zu sprechen. Doch ehe er dies aussprach, wollte er Daisys Antwort abwarten. Sie wirkte so weit weg, so entrückt in ihrer Trauer, daß er eine apathische Zustimmung erwartete, statt dessen aber sagte sie bestimmt: »Nein, es ist besser, wir sprechen unter vier Augen. Wir wollen Sie nicht aus Ihrem Zimmer vertreiben, Joyce.«

Er folgte ihr in das »kleine Reich«. Dort angekommen, sagte sie: »Sie meint es ja gut.« Es erstaunte ihn, wie jung sie sein konnte – und wie alt. »Ja, ich bin heute achtzehn geworden. Ich denke, nach dem Begräbnis fahre ich nach Hause. Möglichst bald danach. Jetzt, da ich achtzehn bin, kann ich doch tun, was ich will. Alles, was ich will, ohne jede Einschränkung?«

»Soweit jeder von uns das kann, ja. Innerhalb der Gesetze können Sie tun, was Sie wollen.«

Sie stieß einen tiefen Seufzer aus. »Ich will die Gesetze nicht übertreten. Ich weiß nicht, was ich möchte, aber ich glaube, es ist besser, wenn ich nach Hause fahre.«

»Vielleicht machen Sie sich nicht ganz klar, was Sie empfinden werden, wenn Sie Ihr Zuhause wieder vor sich sehen«, warnte Wexford. »Nach dem, was dort geschehen ist. Es wird Sie schmerzvoll an jenen Abend erinnern.«

»Jener Abend wird mich immer begleiten«, sagte sie. »Er kann nicht präsenter sein, als wenn ich die Augen schließe. Dann sehe ich wieder alles vor mir, wissen Sie. Sobald ich die Augen zumache. Ich seh den Tisch – davor und danach. Ich frage mich, ob ich es überhaupt wieder fertigbringen werde, mich an einen Eßtisch zu setzen. Hier bekomme ich mein Essen auf einem Tablett. Ich habe darum gebeten.« Sie verstummte, lächelte plötzlich und blickte ihn an. Er bemerkte ein seltsames Glühen in ihren dunklen Augen. »Wir sprechen immer nur über mich. Erzählen Sie mir doch von sich. Wo wohnen Sie? Sind Sie verheiratet? Haben Sie Kinder? Haben Sie Menschen, die an Ihren Geburtstag denken?«

Er erzählte ihr, wo er wohnte, daß er verheiratet war, zwei Töchter und drei Enkel hatte. Ja, sie hätten seinen Geburtstag im Kopf, mehr oder weniger.

»Ich wollte, ich hätte einen Vater.«

Warum, fragte sich Wexford, hab ich versäumt, danach zu fragen? »Aber Sie haben doch einen, oder nicht? Sehen Sie ihn manchmal?«

»Ich hab ihn noch nie gesehen. Jedenfalls kann ich mich nicht erinnern, ihn gesehen zu haben. Mom und er wurden geschieden, als ich noch ein Baby war. Er lebt in London, aber er hat nie signalisiert, daß er mich sehen möchte. Was nicht heißen soll, daß ich den Wunsch hätte, ihn bei mir zu haben. Ich wollte, ich hätte überhaupt einen Vater.«

»Aber ich nehme doch an, Ihr... äh, der Mann Ihrer Großmutter hat in Ihrem Leben die Vaterrolle übernommen.«

Der ungläubige Blick, den sie ihm zuwarf, war vielsagend. Aus der Tiefe kam ein Geräusch, halb verächtliches Schnauben, halb Husten. »Ist Joanne aufgetaucht?«

»Nein, Daisy. Wir machen uns Sorgen um sie.«

»Ach, der ist schon nichts passiert. Was könnte denn schon passiert sein?«

Ihre heitere Sorglosigkeit verschärfte seine Besorgnis nur noch. »Wenn sie dienstags Ihre Mutter besucht hat«, sagte er, »kam sie dann immer mit dem Wagen?«

»Natürlich.« Sie wirkte überrascht. »Ach so, Sie meinen, ob sie zu Fuß gekommen ist? Da hätte sie gute fünf Meilen marschieren müssen. Außerdem geht Joanne nie zu Fuß wohin. Ich weiß nicht, warum sie hier auf dem Land wohnt. Sie haßt alles, was mit dem Land zu tun hat. Ich nehme an, es hängt mit ihrer alten Mutter zusammen. Jetzt fällt mir was ein – ja, manchmal kam sie mit einem Taxi. Aber nicht, weil ihr Wagen kaputt war. Joanne trank ja gern ein Gläschen, und dann hatte sie einen Bammel vor dem Fahren.«

»Was können Sie mir über gewisse Leute namens Griffin sagen?«

»Die haben früher bei uns gearbeitet.«

»Und ihr Sohn, Andy, haben Sie den gesehen, seit sie weggezogen sind?«

Sie warf ihm einen eigenartigen Blick zu. Es war, als wunderte sie sich, daß er auf etwas so Unerwartetes oder Geheimes gestoßen war. »Ja, einmal. Wie komisch, daß Sie danach fragen. Es war im Wald. Ich bin im Wald spazierengegangen und habe ihn gesehen. Sie kennen unsere Wälder vermutlich überhaupt nicht, aber es war in der Nähe der Nebenstraße, der kleinen Straße, die nach Osten führt. Gleich bei den Walnußbäumen. Kann sein, daß er mich gesehen hat, ich weiß es nicht. Ich hätte etwas zu ihm sagen, hätte ihn fragen sollen, was er da zu suchen hat, aber ich hab's nicht getan, warum, das weiß ich nicht. Es hat mir *angst* gemacht, als ich ihn so plötzlich sah. Ich hab niemandem was davon erzählt. Er hat sich ohne Erlaubnis dort herumgetrieben. Davina hätte sich darüber furchtbar aufgeregt, aber ich hab ihr nichts davon erzählt.«

»Und wann war das?«

»Ach, irgendwann im vergangenen Herbst. Im Oktober, wenn ich mich recht erinnere.«

»Wie ist er wohl da hingekommen?«

»Er hatte früher ein Motorrad. Ich nehme an, er hat es noch immer.«

»Sein Vater sagt, er habe einen Job bei einem Amerikaner gehabt. Kann es sein – es schien mir so –, daß der Kontakt durch Ihre Familie zustande kam?«

Sie überlegte. »Davina hätte ihn nie empfohlen. Es könnte sich um Preston Littlebury handeln. Aber wenn Andy Griffin für ihn gearbeitet hat, dann höchstens als – na ja ...«

»Als Chauffeur vielleicht?«

»Nicht mal das. Vielleicht hat er Littleburys Wagen gewaschen.«

»Schön. Es ist vermutlich nicht wichtig. Eine letzte Frage: Könnte der andere, der Mann, den Sie nicht gesehen haben, der das Haus verlassen und den Motor angelassen hat – könnte das Andy Griffin gewesen sein? Überlegen Sie bitte, ehe Sie antworten. Betrachten Sie es nur als eine Möglichkeit und lassen Sie sich durch den Kopf gehen, ob es irgend etwas gab, irgend etwas, was darauf hindeuten könnte, daß es Andy Griffin war.«

Sie schwieg. Sie wirkte weder betroffen noch irgendwie überrascht. Es war klar, daß sie seiner Bitte folgte und sich die Sache überlegte. Endlich sagte sie: »Es *könnte* so gewesen sein. Ich möchte es so formulieren: Es gab nichts, was mich sicher sein läßt, daß es nicht so war. Mehr kann ich nicht sagen.«

Wexford verabschiedete sich, nicht ohne ihr zu versichern, daß er zu der Beerdigung am Donnerstag kommen werde.

»Wenn Sie wollen, erzähle ich Ihnen, wie sich nach meiner Vorstellung das Ganze abgespielt hat«, sagte Burden. Sie waren in seinem Haus. Mark, sein Sohn, saß im Schlafanzug auf seinem Schoß. Jenny war in ihrem Abendkurs, Deutsch für Fortgeschrittene. »Ich hole Ihnen ein Bier, und dann erzähl ich's Ihnen. Nein, holen Sie doch das Bier, dann muß ich ihn nicht absetzen.«

Wexford kam mit zwei Dosen und zwei Bierkrügen zurück.

»Diese beiden Humpen sind identisch, wie Sie sehen. Dort im Regal steht ein dritter. Sie liefern ein anschauliches Beispiel über das Funktionieren unseres Wirtschaftssystems. Der, den Sie haben – halten Sie ihn mal bitte näher her –, ja, der, den haben Jean und ich auf unserer Hochzeitsreise in Innsbruck für fünf Schillinge gekauft. Allerdings lange vor der Einführung des Dezimalsystems. Der, den ich hier habe – er ist, genaugenommen, eine Winzigkeit kleiner –, den habe ich vor zehn Jahren erworben, als wir mit den Kindern dort waren. An sich der gleiche Krug, und er hat vier Pfund gekostet. Der dort im Regal ist viel kleiner und, wenn Sie mich fragen, kein besonders schönes Stück. Jenny und ich haben ihn letztes Jahr im Urlaub in Kitzbühel erstanden. Zehn Pfund fünfzig. Was sagt Ihnen das?«

»Daß die Lebenshaltungskosten gestiegen sind. Das hätte ich auch ohne drei Bierkrüge gewußt. Wie wär's jetzt mit Ihrem Tancred-Szenario anstatt dieser Ausführungen über vergleichende Keramik?«

Burden feixte. Er sagte ziemlich belehrend zu seinem Sohn: »Nein, Mark, du kannst Dads Bier nicht haben, genausowenig wie Dad deinen Saft bekommt.«

»Armer alter Dad. Das ist bestimmt ein großes Opfer. Also, was ist am Dienstagabend passiert?«

»Der Killer in der Bank, der mit der Akne im Gesicht, ich nenne ihn jetzt mal X.«

»Das ist aber originell, Mike!«

Burden ignorierte die Unterbrechung. »Der andere war Andy Griffin. Er war der, der sich auskannte, X hatte den Revolver.«

»Revolver«, sagte Mark.

Burden setzte ihn auf den Boden. Der kleine Junge nahm aus dem Haufen seiner Spielsachen eine Trillerpfeife aus Kunststoff, richtete sie auf Wexford und sagte: »Päng, päng!«

»Oh je, Jenny hat was dagegen, daß er mit Schußwaffen spielt. Eigentlich hat er ja keine.«

»Doch, jetzt schon.«

»Finden Sie, es wäre falsch, wenn er eine halbe Stunde vor dem Fernseher sitzt, bevor ich ihn ins Bett bringe?«

»Ich bitte Sie, Mike, Sie haben mehr Kinder als ich, Sie müßten das selbst wissen.« Als Burden noch immer zweifelnd dreinschaute, sagte Wexford ungeduldig: »Solange dabei nicht mehr Blut fließt als bei dem, was Sie mir erzählen wollen, und das ist ja unwahrscheinlich.«

Burden schaltete das Fernsehgerät an. »X und Andy machten sich auf den Weg nach Tancred House, im Jeep von X.«

»In *was*?«

»Es muß ein geländegängiges Fahrzeug sein.«

»Wo haben sie sich kennengelernt, diese zwei, X und Andy Griffin?«

»In einem Pub. Vielleicht im *Slug and Lettuce*.

Andy erzählt X von Davina Florys Schmuck, und dann schmieden sie ihren Plan. Andy kennt Brenda Harrisons Gewohnheiten. Er weiß, daß sie jeden Abend meldet, daß das Essen fertig ist, dann nach Hause geht und dabei die hintere Tür unabgeschlossen läßt.«

Wexford nickte. »Ein Punkt für Griffins Beteiligung, gut, ja.«

Burden, der erfreut wirkte, fuhr fort: »Sie biegen von der B 2428 ab und erreichen durch das Tor die Hauptzufahrt, nehmen aber die linke Abzweigung kurz vor der Mauer und dem Vorhof. Brenda Harrison ist nach Hause gegangen. Davina Flory, Harvey Copeland, Naomi Jones und Daisy Flory halten sich alle im Wintergarten auf. Deshalb hörte niemand, daß ein Fahrzeug auf das Haus zukommt, keiner sieht die Scheinwerfer, ganz, wie Andy Griffin kalkuliert hat. Es ist fünf nach halb acht.«

»Knapp bemessen. Angenommen, Brenda Harrison hätte sich fünf Minuten später auf den Heimweg gemacht oder die anderen wären fünf Minuten früher ins Eßzimmer gegangen?«

»Haben sie nicht getan«, sagte Burden schlicht. Dann fuhr er fort: »X und Andy betreten von der Rückseite das Haus und gehen über die hintere Treppe nach oben.«

»Das können sie nicht getan haben. Bib war doch noch da.«

»Um zur hinteren Treppe zu kommen, muß man nicht durch die Hauptküche. Und dort war sie, mit der Kühltruhe beschäftigt. In Davina Florys Zimmer suchen sie nach ihrem Schmuck und finden ihn. Dann durchsuchen sie auch die Schlafzimmer der anderen Frauen.«

»Das mußten sie, wenn sie fünfundzwanzig Minuten dafür gebraucht haben. Übrigens, warum haben sie in den Zimmern der beiden anderen Frauen keine Unordnung gemacht, in Davina Florys Zimmer aber ein Chaos veranstaltet, wenn sie alle durchsucht haben?«

»Dazu komme ich noch. Sie sind noch einmal in Davina Florys Zimmer gegangen, weil Andy Griffin dachte, dort sei ein noch wertvolleres Schmuckstück, das sie übersehen hätten. Und während sie dort die Sachen durcheinandergeworfen haben, hat man sie unten gehört, und Harvey Copeland verläßt das Eßzimmer, um nachzusehen, was los ist. Sie müssen angenommen haben, daß er über die vordere Treppe nach oben käme, also sind sie über die hintere nach unten...«

»Und mit ihrer Beute zur hinteren Tür raus, um abzuhauen. Sie haben nicht viel Schaden angerichtet, außer daß Davina Flory ein paar hoch versicherte Schmuckstücke abhanden kamen, an denen ihr ohnehin nicht viel lag.«

»Wir wissen, daß es nicht so war«, sagte Burden tiefernst. »Sie kamen durchs Haus in die Halle. Warum, weiß ich nicht. Vielleicht hatten sie aus irgendeinem Grund befürchtet, Brenda Harrison könnte zurückkommen. Oder sie dachten, Harvey Copeland sei oben und habe vor, durch die ganze Galerie und über die hintere Treppe wieder nach unten zu gehen. Aber wie dem auch sei, sie kamen in die Halle und trafen dort Copeland an, der auf halber Höhe der Treppe war. Er dreht sich um, sieht sie und erkennt auf der Stelle Andy Griffin. Er steigt ein paar Stufen hinunter, ruft Andy eine Drohung zu oder den Frauen im Eßzimmer, daß sie die Polizei anrufen sollen...«

»Wenn es so war, hat Daisy ihn nicht gehört.«

»Sie hat es vergessen. Sie hat ja selbst zugegeben, daß sie sich an Einzelheiten des Geschehens nicht mehr erinnern kann. Sie sagt auf diesem Band, das wir gemacht haben: ›Ich habe mich sehr angestrengt, aber irgend etwas blockiert die Erinnerung.‹ Harvey bedrohte also Andy Griffin und wurde von X erschossen. Er fiel nach hinten, quer über die unteren Stufen. Andy bekam es jetzt noch mehr als vorher mit der Angst zu tun. Er fürchtete, erkannt zu werden. Er hörte aus dem Eßzimmer eine Frau schreien. Während X die Tür zum Eßzimmer aufstieß, rannte Griffin zur Haustür und hinaus ins Freie.

X erschoß die beiden Frauen und schoß auf Daisy. Dann hörte er, daß oben irgend jemand viel Lärm veranstaltete. Es war die Katze, aber das konnte er nicht wissen. Daisy war auf dem Boden zusammengebrochen, er hielt sie für tot und folgte Andy durch den Hauseingang ins Freie, wo der Jeep auf ihn wartete. Andy hatte das Fahrzeug von der Rückseite des Hauses, wo sie es stehengelassen hatten, nach vorne geholt . . .«

»Es haut nicht hin, Mike. Um diese Zeit verließ Bib Mew das Haus. Sie ist zur hinteren Tür hinausgegangen und auf ihrem Rad weggefahren. Daisy hat gehört, wie ein Motor ansprang, nicht, wie ein Fahrzeug ›nach vorne geholt‹ wurde.«

»Das ist nicht weiter von Belang. Würde sie es beschwören, Reg? Ihre Mutter und ihre Großmutter waren vor ihren Augen erschossen worden, sie selbst war angeschossen, sie liegt verletzt und blutend auf dem Boden. Und stellen Sie sich das Krachen vor, das dieser Colt veranstaltet haben muß – und da soll sie unterscheiden können zwischen einem Wagen, der anspringt, und einem, der fährt?«

Mark, der eine Sendung über Löwen ansah, die Gnus töteten und ausweideten, wandte die Augen vom Schirm ab und sagte fröhlich: »Verletzt und blutend.« Er nickte und richtete die Trillerpfeife auf seinen Vater.

»Mein Gott, ich muß ihn ins Bett schaffen. Laß mich das nur noch zu Ende bringen, Mark. Also, während Andy Griffin hinter dem Haus ist, um den Jeep zu holen und X im Eßzimmer sein blutiges Chaos anrichtet, trifft Joanne Garland *in einem Taxi* ein. Wieder einmal hat sie Angst gehabt, selbst zu fahren, weil sie ein, zwei Gläschen gekippt hat...«

»Wo? Bei wem?«

»Das bleibt abzuwarten. Das wird sich noch herausstellen. Sie hat den Wagen bezahlt, und er ist weggefahren. Sie hatte sich überlegt, telefonisch ein zweites Taxi zu bestellen, wenn sie mit Naomi Jones durch die Bücher war. Es ist jetzt zehn nach acht. Sie soll zwar erst um halb neun kommen, aber wir wissen ja, daß sie zu den Überpünktlichen gehört und immer zu früh erscheint.

Die Haustür ist offen. Sie tritt ein, vielleicht ruft sie etwas. Sie sieht Harvey Copelands Leiche mit ausgestreckten Armen und Beinen quer auf der Treppe liegen, vielleicht hört sie auch den letzten Schuß. Macht sie kehrt und rennt davon? Vielleicht. Inzwischen ist Andy Griffin mit dem Jeep erschienen. Er springt heraus und packt sie. X kommt aus dem Haus, tötet Joanne Garland *mit der sechsten und letzten Kugel in der Trommel*, und dann verstauen sie die Leiche auf dem Rücksitz.

Aus Furcht, sie könnten jemandem auf der Straße begegnen, Gabbitas, uns, irgendeinem Besucher, fahren sie *durch* den Wald, wobei sie Wege benutzen, die ein Jeep schafft, nicht aber eine durchschnittliche Limousine.« Burden hob seinen Sohn vom Boden auf und schaltete den Fernsehapparat ab. Der kleine Junge hielt noch immer seine Trillerpfeife umklammert. »Vorbehaltlich einiger kleiner Ergänzungen, finde ich, daß es sich nur so abgespielt haben kann.«

Wexford fragte: »Weswegen sind sich denn die Harrisons und die Griffins in die Haare geraten?«

Burdens Gesicht hatte sich kurz vor Ärger verzogen. War das alles? War das die ganze Reaktion auf seine Analyse, und sonst nichts? Er zuckte die Achseln. »Andy Griffin hat sie zu vergewaltigen versucht.«

»Was?«

»Das ist *ihre* Darstellung. Die Griffins behaupten, sie sei ihm gegenüber zudringlich geworden. Anscheinend hat er auf dieser Basis Geld erpressen wollen, und Brenda Harrison hat es Davina Flory erzählt. Deshalb mußten die Griffins wegziehen, wenn sie aus der Sache draußen gehalten werden sollten.«

»Den wollen wir uns mal vorknöpfen, Mike.«

»Das werden wir«, sagte Burden und trug seinen Sohn ins Bett. Mark feuerte mit seiner Trillerpfeife über die väterliche Schulter und brüllte auf dem Weg nach oben immer wieder: »Verletzt und blutend, verletzt und blutend.«

13

Hatten diese Menschen denn außer den Virsons und Joanne Garland keine Freunde – diese reiche und angesehene Familie, deren Mittelpunkt eine Schriftstellerin und ein Wirtschaftsprofessor und ehemaliger Abgeordneter bildeten? Wo waren Daisys Schulfreunde? Die Bekannten aus der Umgebung?

Diese Fragen hatten Wexford von Anfang an beschäftigt. Doch die Art des Verbrechens schloß eine Beteiligung von bislang unbescholtenen Bürgern aus, und seine übliche Ermittlungsmethode in einem Mordfall, die sich auf sämtliche Bekannten der Opfer erstreckte, war diesmal nicht zum Zug gekommen. Im Verlauf seiner Gespräche mit Daisy und, in geringerem Maß, mit den Harrisons und Gabbitas war ihm einfach der Gedanke gekommen, daß die Familie um Davina Flory anscheinend nicht allzu viele Freunde hatte.

Das Begräbnis zeigte ihm, daß er recht gehabt hatte – und unrecht. Trotz der Bekanntheit einer der Toten und des gesellschaftlichen Ansehens, das die anderen dadurch genossen, hatte Wexford angenommen, daß die Leute, die um Davina Flory und ihre Angehörigen trauerten, erst am Gedenkgottesdienst teilnehmen würden. Daisy hatte gesagt, daß ein solcher stattfinden werde. Man dachte an St. James an der Picadilly in London, wollte aber zwei Monate vergehen lassen. Zu dem Trauergottesdienst in der Pfarrkirche von Kingsmarkham würden sicher nur wenige kommen, nur ein paar Menschen würden wohl die Särge zu dem weit entfernten Friedhof begleiten. Wie sich dann herausstellte, standen die Leute vor dem Gotteshaus Schlange.

Jason Sebright vom *Kingsmarkham Courier* stand im Eingang vor der Kirche und war damit beschäftigt, sich Namen zu notieren, als der Chief Inspector eintraf. Wexford wurde rasch klar, daß die Schlange aus Reportern bestand, und versuchte sich mit Hilfe seines Dienstausweises an ihnen vorbeizudrängen. St. Peter war ein stattlicher Bau, eine jener englischen Kirchen, die in anderen Ländern Kathedralen genannt würden, mit einem riesigen Schiff, zehn Seitenkapellen und einer Kanzel, so groß wie eine Dorfkirche. Das Gotteshaus war beinahe voll.

Nur die vorderen Bänke auf der rechten Seite und hier und da ein Sitzplatz waren noch nicht besetzt. Wexford ging zu einem dieser freien Plätze am linken Seitenchor. Das letzte Mal war er hier gewesen, als er Sheila bei ihrer Hochzeit zum Altar führte. Eine Ehe, die in die Brüche gegangen war, dann ein paar Liebesaffären und jetzt Augustine Casey... Er schob es weg, dachte nicht mehr daran und betrachtete die Versammelten. Die Orgel begann mit einem Choralvorspiel, Bach vermutlich.

Das erste bekannte Gesicht war ein Mann, den er auf einem Empfang anläßlich einer Buchpräsentation kennengelernt hatte. Amyas Ireland hatte ihn dorthin mitgenommen. Bei dem Buch, fiel ihm wieder ein, hatte es sich um die Geschichte einer Familie gehandelt, in der seit den Tagen Königin Viktorias in jeder Generation einer Polizist gewesen war, und der Lektor, der den Autor damals betreute, saß jetzt drei Reihen vor Wexford im Kirchenschiff. Alle anderen in seiner Bank wirkten auf ihn wie Verlagsleute, obwohl er nicht hätte sagen können, warum. Eine füllige Frau mit gelbem Haar unter einem breiten, schwarzen Hut erkor er, ebenfalls ohne nähere Anhaltspunkte, zu Davina Florys Agentin.

Die Trauergemeinde setzte sich überwiegend aus

Frauen vorgerückten Alters zuammen. Manche von ihnen wirkten professoral, so daß der Eindruck entstand, es handle sich um alte Freundinnen Davina Florys, vielleicht noch aus ihrer Zeit in Oxford. Anhand von Fotos, die er in den Zeitungen gesehen hatte, erkannte er eine angesehene Romanautorin, die jetzt in den Siebzigern war. Und der Mann neben ihr, war das nicht der Minister für die Künste? Sein Name wollte Wexford im Augenblick nicht einfallen, aber er war es bestimmt. Dann bemerkte er einen Mann mit einer roten Rose im Knopfloch – an diesem Ort ein fragwürdiger Geschmack –, den er im Fernsehen auf den Bänken der Opposition im Unterhaus gesehen hatte. Ein alter Freund von Harvey Copeland aus dessen Zeit als Abgeordneter? Joyce Virson hatte sich einen Platz ganz weit vorne gesichert. Von ihrem Sohn war nichts zu sehen. Und auch nichts von einem Mädchen.

Gerade als er überlegte, wer wohl den noch freien Platz neben ihm einnehmen werde, kam Jason Sebright herbeigeeilt und setzte sich.

»Ganze Horden von Kulturschickeria hier«, sagte er fröhlich, kaum imstande, seine Freude trotz des ernsten Anlasses zu verbergen. »Ich werde einen Artikel schreiben, mit der Überschrift ›Die Freunde einer bedeutenden Frau‹. Selbst wenn ich bei neun von zehn Leuten abblitze, müßte ich mindestens vier Exklusivinterviews bekommen.«

»Da wär mir mein Job lieber als Ihrer«, sagte Wexford.

»Ich habe meine Methode vom amerikanischen Fernsehen abgeschaut. Ich bin Halbamerikaner. Ich verbringe meinen Urlaub immer bei meiner Mutter«, vertraute er ihm in einem schauerlich übertriebenen Middle-West-Akzent an. »Wir haben hier in England noch allerhand zu lernen. Beim *Courier* haben sie immer eine Heidenangst davor, Leuten auf die Zehen zu treten, alle müssen mit Samthandschuhen angefaßt werden, und was ich...«

»Pst, still jetzt, ja? Es fängt gleich an.«

Das Orgelspiel war verstummt. Schweigen trat ein. Kein Flüstern war zu hören. Es war, als hätten die Versammelten sogar aufgehört zu atmen. Sebright zuckte die Achseln und legte einen Finger auf die Lippen. Die sich ausbreitende Stille gab es einzig und allein in Kirchen: bedrückend, kalt, doch für manche Leute erhaben. Alle warteten und wurden allmählich von der Ehrfurcht vor dem Tod ergriffen.

Die ersten Orgelakkorde durchbrachen dröhnend die Stille. Wexford wollte seinen Ohren kaum trauen. Nicht mehr Händels Trauermarsch aus *Saul*, der wurde seit einiger Zeit überhaupt nicht mehr gespielt. Die drei Särge wurden unbeschreiblich langsam im Rhythmus dieser wunder- und furchtbaren Musik durch das Kirchenschiff getragen. Die Männer, die sie auf den Schultern trugen, bewegten sich mit den Schritten einer gemessenen Pavane voran. Jemand mit viel Sinn für Dramatik hatte sich diese Szene ausgedacht, ein junger Mensch, gefühlsbetont und von Tragik umgeben.

Daisy.

Sie ging hinter den drei Särgen, völlig allein. Vielmehr, Wexford dachte, sie sei allein, bis er sah, wie Nicholas Virson, der sie in die Kirche geleitet haben mußte, nach einem Platz suchte. Sie war ganz in Schwarz gehüllt, aber vielleicht trug sie auch nur die Sachen, die jedes Mädchen ihres Alters haufenweise im Kleiderschrank hatte, Trauerkleidung, die man gewohnheitsmäßig in der Disco oder auf einer Party trug. Das Kleid war eine enge, schwarze Röhre und reichte bis zu den Knöcheln hinab, die in schwarzen Stiefeln steckten. Sie hatte sich in schwer definierbares, schwarzes Tuch gehüllt, darunter etwas, was sich ausnahm wie ein Mantel und beinahe Mantelform hatte.

Ihr Gesicht war kreidebleich, der Mund scharlachrot bemalt. Blicklos starrte sie vor sich hin. Schließlich nahm sie in der vordersten Kirchenbank Platz.

»Ich bin die Auferstehung und das Leben, spricht der Herr...«

Mit ihrem Sinn für das Dramatische – und auch für das Passende? – hatte sie dafür gesorgt, daß Texte aus dem anglikanischen Gebetsbuch von 1662 verwendet wurden. Aber, sagte sich Wexford, traue ich ihr nicht vielleicht zuviel zu? War es vielleicht Joyce Virsons Idee oder der gute Geschmack des Geistlichen? Sie war ein bemerkenswertes Mädchen. Ein beunruhigendes Warnsignal stieg in ihm auf, dessen Ursprung er nicht erkennen konnte.

»Herr, laß mich mein Ende und die Zahl meiner Erdentage wissen, auf daß ich gewiß sein kann, wie lange ich zu leben habe...«

Von dem Wind war im Ort nichts zu bemerken gewesen. Vielleicht aber war er auch erst in der vergangenen halben Stunde aufgekommen. Wexford erinnerte sich an eine Sturmwarnung in der Wettervorhersage vom vergangenen Abend. Der Wind, scharf wie eine Messerschneide, pfiff über dieses Gräberfeld, das noch vor ein paar Jahren ein grüner Hügel gewesen war.

Warum eine Erd- und keine Feuerbestattung? Vielleicht ebenfalls einer von Daisys dramatischen Einfällen oder aber eine testamentarische Verfügung. Danach, so hatte ihm der Anwalt gesagt, werde keine Testamentsverlesung folgen, überhaupt nichts, auch nicht das übliche gesellige Beisammensein mit Sherry und Kuchen. »Unter den gegebenen Umständen«, hatte der Anwalt gesagt, »wäre das ganz und gar unangebracht.«

Keine Blumen. Daisy, so stellte sich heraus, hatte statt dessen um Spenden für verschiedene Zwecke gebeten.

Ein Großteil der Anwesenden würde davon wahrscheinlich nicht begeistert sein. Gaben für Bangladesh, für einen Fonds zur Linderung des Hungers in Äthiopien, für die Labour Party und den Verein zum Schutz von Katzen.

Für das Ehepaar war ein gemeinsames Grab ausgehoben worden. Die Ruhestätte daneben war für Naomi Jones bestimmt. Beide Gräber waren mit künstlichem Rasen eingesäumt, dessen Grün matter war als die Friedhofswiese. Die Särge wurden in die Gräber gesenkt, und eine der betagten professoralen Damen trat nach vorn, um eine Handvoll Erdreich auf Davina Florys sterbliche Überreste zu werfen.

»Kommt, ihr gesegneten Kinder meines Vaters, und empfangt das Königreich, das von Anbeginn der Welt für euch bereitet wurde...«

Es war zu Ende, der letzte Akt des Dramas vorüber. Nun ging es hinaus in den beißend kalten Wind. Mantelkragen wurden hochgeschlagen, Arme schmiegten sich an fröstelnde Körper in unzureichender Kleidung. Jason Sebright ließ sich dadurch nicht abschrecken, von einem Trauergast zum anderen zu gehen und keck seine Bitte vorzutragen. Statt des früher gebräuchlichen Notizbuches hatte er ein Aufnahmegerät dabei. Es überraschte Wexford keineswegs, wie viele Leute positiv reagierten. Manche dachten wahrscheinlich, ihre Antworten würden live übertragen.

Er hatte nicht mit Daisy gesprochen. Er beobachtete, wie ein Trauergast nach dem anderen auf sie zutrat, und wie ihre Lippen sich bewegten, während sie knappe Antworten gab. Eine der alten Damen drückte ihr einen Kuß auf die weiße Wange.

»Ach, mein liebes Kind, und dabei war die arme Davina ja nicht mal religiös, nicht?«

Eine andere sagte: »Dieser entzückende Gottesdienst. Es läuft einem doch eiskalt über den Rücken.«

Ein schon älterer Herr mit gepflegtem Boston-Akzent umarmte sie und drückte in einer impulsiven Geste – in der anscheinend zum Ausdruck kam, daß ihn die Gefühle übermannten – ihr Gesicht an seinen Hals. Als sie den Kopf hob, sah Wexford, daß ihre Lippen einen scharlachroten Abdruck an seinem weißen Kragen hinterlassen hatten. Er war hochgewachsen und spindeldürr, trug einen kleinen, grauen Schnurrbart und eine Fliege. Preston Littlebury, Andy Griffins früherer Arbeitgeber?

»Sie haben mein tiefstes Mitgefühl, meine Liebe, das wissen Sie.«

Wexford sah, daß er sich getäuscht hatte, was die jungen Mädchen betraf. Eines jedenfalls hatte dem trauererfüllten Tag und dem unwirtlichen Wetter getrotzt, ein magerer, blasser Teenager in einer schwarzen Hose und Regenmantel. Die ältliche Frau neben ihr sagte: »Ich bin Ishbel Macsamphire, meine Liebe. Letztes Jahr in Edinburgh – erinnern Sie sich? Mit der armen Davina. Und dann bin ich Ihnen mit Ihrem Freund begegnet. Das ist meine Enkelin ...«

Daisy benahm sich gegenüber allen Leuten tadellos. Der Kummer verlieh ihr eine enorme Würde. Sie brachte, wie er schon einmal beobachtet hatte, das schwierige Kunststück zustande, die Beileidsbekundungen mit Haltung, doch ohne ein Lächeln zu beantworten. Einer nach dem anderen zog sich zurück, und dann war sie einen Augenblick allein. Sie stand da und blickte den Leuten nach, die auf ihre Autos zugingen, als hielte sie nach irgend jemandem Ausschau. Mit großen Augen, die Lippen ein wenig geöffnet. Es war, als suchte sie nach einem Trauergast, dessen Kommen sie erwartet hatte. Der Wind packte ihren langen, schwarzen Schal und zog ihn wie ein flatterndes Band von ihr weg. Sie fröstelte und zog kurz den Kopf ein, bevor sie auf Wexford zuging.

»Gott sei Dank, das wäre ausgestanden! Ich dachte, ich würde vielleicht in Tränen ausbrechen oder ohnmächtig werden, aber das ist nicht passiert.«

»Ihnen passiert so was doch nicht. Haben Sie nach jemandem gesucht, der nicht gekommen ist?«

»O nein. Wie kommen Sie denn darauf?«

Nicholas Virson kam auf sie zu. Obwohl sie es bestritten hatte, mußte er der Gesuchte sein, ihr »junger Freund«, denn sie senkte den Kopf ein wenig, als beugte sie sich irgendeiner Notwendigkeit, als fügte sie sich in etwas. Sie nahm seinen Arm und ließ sich von ihm zu seinem Wagen führen. Seine Mutter saß bereits darin und spähte durch die beschlagene Scheibe des Seitenfensters.

Wexford hatte vor Jahren gelegentlich – und mit präziser Voraussicht – von seiner Tochter Sheila gedacht, was für eine gute Schauspielerin sie abgeben würde, und das gleiche dachte er jetzt. Nun ja, Sheila war Schauspielerin geworden, Daisy aber schauspielerte nicht. Daisy war aufrichtig. Sie war schlicht und einfach einer jener Menschen, die nicht anders können, als persönlichen Tragödien etwas Dramatisches abzugewinnen. Hatte nicht Graham Greene irgendwo geschrieben, daß jeder Romanautor in seinem Herzen einen Eissplitter habe? Vielleicht würde sie auch in diesem Punkt in die Fußstapfen ihrer Großmutter treten.

Die Fußstapfen der Großmutter. Er lächelte in sich hinein, in Gedanken bei dem Spiel, wenn Kinder einem auf Zehenspitzen folgen, um zu sehen, wie dicht sie an den Vordermann herankommen, bis der sich umdreht und sie kreischend davonrennen.

»Wir haben zwei Schlüsselbunde bei ihr gefunden«, sagte Karen. »Außerdem ihr Scheckbuch, aber kein Bargeld und keine Kreditkarten.«

Das Haus war luxuriös eingerichtet, die Küche aufwendig ausgestattet. Im Bad, das an Mrs. Garlands Schlafzimmer angrenzte, waren ein Bidet und eine Dusche mit Jet-Strahl, an der Wand ein Fön befestigt.

»Wie in einem Luxushotel«, sagte Karen kichernd.

»Ja, und ich dachte, das wird so gemacht, daß die Gäste ihn nicht mitgehen lassen können. Aber das ist ja ein Privathaus.«

Karen wirkte unsicher. »Schon, aber auf diese Weise kann man ihn nicht verlegen, oder? Man muß sich nicht lang überlegen, wo man ihn beim letztenmal hingelegt hat.«

Wexford hatte mehr den Eindruck, daß Joanne Garland Geld ausgegeben hatte, um eben Geld auszugeben. Sie hatte wohl nicht gewußt, was sie mit ihrem Einkommen anfangen sollte. Eine elektrische Hosenbügelmaschine? Warum nicht? Obwohl im Kleiderschrank, wie sich zeigte, nur eine einzige Hose hing. Ein Zweittelefon im Bad? Damit man nicht mehr tropfnaß, in ein Handtuch gewickelt, ins Schlafzimmer laufen mußte. Der »Fitness-Raum« enthielt ein Trimmrad, ein Rudergerät, eine Apparatur, die Wexford an nichts stärker erinnerte als an die Bilder, die er von der Eisernen Jungfrau in Nürnberg gesehen hatte, sowie etwas, das möglicherweise eine Tretmühle war.

»Auf denen mußten die armen Teufel in den Arbeitshäusern früher auf und nieder trampeln«, sagte Wexford. »Und sie hat so was zum *Vergnügen*.«

»Na ja, um fit zu bleiben, Sir.«

»Und das da, das ist alles für die Kondition?«

Sie waren wieder im Schlafzimmer, wo er die umfassendste Sammlung von Kosmetika und Schönheitspräparaten sah, die er jemals außerhalb eines Warenhauses erschaut hatte. Diese Dinge waren nicht in den Schubfächern einer Frisierkommode oder auf einer Glasplatte über dem Waschbecken, sondern in einer extra dafür aufgestellten großen Vitrine.

»Im Bad ist noch mehr davon«, sagte Karen.

»Das hier sieht mehr aus wie etwas, das man sich in die Nase steckt«, sagte Wexford und hielt eine braune Flasche mit einem goldenen Verschluß und einem Tropfenzähler hoch. Er schraubte den Verschluß einer Dose auf und schnüffelte an dem Inhalt, einer dickflüssigen, süß duftenden gelben Creme. »Das Zeug könnte man essen. Die Sachen wirken doch nicht, oder?«

»Ich vermute, sie geben den armen, alten Leutchen Hoffnung«, sagte Karen mit der ganzen arroganten Gleichgültigkeit ihrer dreiundzwanzig Jahre. »Man glaubt, was man liest, meinen Sie nicht auch, Sir? Die Leute glauben, was auf den Etiketten steht. Jedenfalls die meisten.«

»Ja, so ist es wohl.«

Was ihn am meisten frappierte, war die Ordnung, die hier herrschte. Es sah aus, als hätte die Eigentümerin schon ziemlich lange vorher gewußt, daß sie verreisen werde. Aber niemand verreist auf längere Zeit, ohne irgend jemandem ein Wort davon zu sagen. Eine Frau mit einer so großen Familie wie Joanne Garland verreist nicht, ohne Mutter und Geschwistern Bescheid zu sagen. Seine Gedanken kehrten zu jenem Abend und zu Burdens Szenario zurück. Es war kein sehr überzeugendes Szenario gewesen, hatte aber gleichwohl manches für sich.

»Wie geht es mit der Überprüfung der Taxiunternehmen im Bezirk voran?«

»Es gibt eine Menge, Sir, aber wir haben sie bald durch.«

Er versuchte sich mögliche Motive für eine wohlhabende, alleinstehende Frau mittleren Alters auszudenken, die im März plötzlich verreist, ohne ihren Angehörigen, den Nachbarn oder ihrer Geschäftspartnerin etwas davon zu sagen. Ein Liebhaber aus früheren Zeiten, der wieder aufgetaucht war und sie im Sturm erobert hatte? Unwahrscheinlich im Fall einer nüchtern denkenden Geschäftsfrau von vierundfünfzig Jahren. Ein Anruf von weither, daß jemand, der ihr nahestand, im Sterben lag? In diesem Fall hätte sie ihre Angehörigen informiert.

»War ihr Paß im Haus, Karen?«

»Nein, Sir. Aber vielleicht hatte sie keinen. Wir könnten ihre Schwestern fragen, ob sie überhaupt irgendwann mal im Ausland war.«

»Wir könnten? Wir werden.«

Als Wexford wieder im Stallgebäude von Tancred war, wurde ein Anruf zu ihm durchgestellt. Er kannte den Anrufer nicht, hatte auch nie von ihm gehört. Es war der stellvertretende Direktor der Strafanstalt Royal Oak Prison außerhalb von Crewe in der Grafschaft Cheshire. Natürlich wußte Wexford Bescheid über das Royal Oak, das berühmte Hochsicherheitsgefängnis der Kategorie B, das als therapeutische Einrichtung geführt wurde und wo man noch immer – Jahre nachdem solche Theorien aus der Mode gekommen waren – an dem Grundsatz festhielt, Kriminelle könnten therapeutisch »geheilt« werden. Obwohl das Royal Oak die gleiche Rückfallquote verzeichnete wie alle anderen englischen Gefängnisse, schien es die Insassen wenigstens nicht zu noch übleren Gesellen zu machen.

Der stellvertretende Direktor sagte, sie hätten einen Häftling, der Wexford sehen möchte, der um Wexfords Besuch gebeten und seinen Namen genannt habe. Der Gefangene sitze eine lange Strafe wegen eines Mordversuchs und gewalttätigen Raubs ab und befinde sich derzeit im Gefängniskrankenhaus.

»Er glaubt, daß es mit ihm zu Ende geht.«

»Und stimmt das?«

»Ich weiß es nicht. Er heißt Hocking, James Hokking. Wird Jem Hocking genannt.«

»Noch nie was von ihm gehört.«

»Er hat von Ihnen gehört, Kingsmarkham, ist das richtig? Er kennt Kingsmarkham. Wurde nicht einer Ihrer Beamten dort vor fast einem Jahr erschossen?«

»O ja«, sagte Wexford. »Das war einer von unseren Leuten.«

A. George Brown. War Jem Hocking der Mann, der unter dem Namen George Brown ein Auto gekauft hatte?

Mrs. Griffin sagte ihnen, Andy sei noch nicht zurückgekommen. »Aber wir haben einen Anruf von ihm bekommen, nicht wahr, Terry? Er hat gestern abend aus dem Norden angerufen. Wo, hat er gesagt, war er gleich wieder, Terry? In Manchester, ja?«

»Er hat aus Manchester angerufen«, sagte Terry Griffin. »Er wollte, daß wir uns keine Sorgen um ihn machen. Wir sollten wissen, daß es ihm gut geht.«

»Haben Sie sich denn Sorgen gemacht?«

»Es geht nicht darum, ob wir uns Sorgen gemacht haben oder nicht. Es geht darum, daß Andy gedacht hatte, wir könnten uns Sorgen um ihn machen. Wir haben es sehr rücksichtsvoll von ihm gefunden. Es ruft ja nicht jeder Sohn Mom und Dad an, um sie zu beruhigen, wenn er erst seit zwei Tagen fort ist. Ja, man macht sich schon Sorgen, wenn er auf seinem Fahrrad unterwegs ist. Ein Rad wäre nicht mein Fall, aber was soll ein junger Kerl machen, bei den Preisen, die sie heute für Autos verlangen. Nein, es war sehr rücksichtsvoll und aufmerksam von ihm, daß er angerufen hat.«

»Ganz unser Andy«, sagte seine Mutter stolz. »Er war schon immer ein sehr rücksichtsvoller Junge.«

»Hat er gesagt, wann er zurückkommt?«

»Danach wollte ich nicht fragen. Ich erwarte nicht von ihm, daß er uns jeden Schritt erzählt, den er tut.«

»Und seine Adresse in Manchester haben Sie nicht?«

Mrs. Griffin war wieder einmal zu rücksichtsvoll gewesen, um sich danach zu erkundigen.

Die Frau mit dem Namen Bib ließ Wexford ins Haus. Sie trug einen roten Trainingsanzug und darüber eine Schürze. Als Wexford sagte, daß Mrs. Harrison ihn erwartete, gab sie eine Art Grunzen von sich und nickte, sagte aber kein Wort. Sie ging mit einem wiegenden Gang voraus wie jemand, der zu lange auf einem Schiff gewesen ist.

Brenda Harrison war im Wintergarten. Es war sehr warm hier, etwas feucht, und ein süßer Duft erfüllte den Raum. Der Duft kam von zwei Zitronenbäumchen in blauweißen Fayencekübeln. Sie blühten und trugen zugleich Früchte. Die Blüten waren weich und wächsern anzusehen. Brenda Harrison hatte mit einer Gießkanne, Pflanzendünger und Papiertaschentüchern hantiert, mit denen sie die Blätter glänzend rieb.

»Obwohl ich wirklich keine Ahnung habe, für wen ich das alles tue.«

Die blau und weiß bedruckten Sonnenblenden waren dicht unter das Glasdach hochgezogen. Queenie, die Perserkatze, saß auf einem der Fenstersimse und fixierte mit ihren hyazinthenfarbenen Augen einen Vogel, der draußen auf einem Ast saß. Der Vogel zwitscherte im Regen, und seine Koloraturen ließen die Zähne der Katze klappern.

Brenda Harrison, die auf dem Boden gekniet hatte, stand auf, wischte sich die Hände an ihrer Kittelschürze ab und sank in einen Korbsessel.

»Ich würde gern mal hören, wie diese Griffins die Sache darstellen. Ich würde wirklich gern hören, was die Ihnen erzählt haben.«

Darauf ging Wexford nicht ein. Er sagte nichts.

»Natürlich hatte ich mir vorgenommen, kein Wort zu sagen. Nicht zu euch Brüdern, mein ich damit. Es wäre gegenüber Ken nicht fair gewesen. So hab ich es jedenfalls gesehen. Nicht schön für Ken, hab ich mir gesagt. Und wenn man sich das überlegt, was das, daß Andy Griffin aus irgendeinem Grund auf mich scharf wird und all diese blöden Sachen probiert, was das mit Kriminellen zu tun haben soll, die Davina und Harvey und Naomi erschießen? Doch gar nichts, oder?«

»Erzählen Sie mir's doch mal, Mrs. Harrison.«

»Ich werd wohl müssen. Es ist sehr unangenehm. Ich weiß ja, ich sehe viel jünger aus, als ich bin – jedenfalls bekomme ich das immer wieder zu hören –, und so hätte es mich vielleicht nicht überraschen sollen, daß Andy frech geworden ist.«

Wexford wunderte sich über Mrs. Harrisons Eitelkeit, die Wahnvorstellungen, die dieser faltigen, verschrumpelten Person eingaben, sie sehe jünger aus als ihre fünfzig und weiß Gott wie viele Jährchen. Und was überhaupt konnte einen daran freuen oder stolz machen, wenn man jünger wirkte, als man war? Es war ihm immer ein Rätsel gewesen. Als ob sich ein bestimmtes Verdienst damit verbände, wenn man wie fünfundvierzig aussah, aber fünfzig war. Und wie, übrigens, sah man mit fünfzig aus?

Sie starrte ihm ins Gesicht, suchte nach den richtigen Worten, um damit das Geschehene zu enthüllen oder möglicherweise zu verdunkeln. »Er hat mich angefaßt. Ich wär beinahe tot umgefallen.« Wie in Vorwegnahme der Frage legte sie eine Hand auf die linke Brust und schaute weg. »Es ist in meinem eigenen Haus passiert. Er war in die Küche gekommen, während ich eine Tasse Tee trank. Natürlich gab ich ihm auch eine. Aber glauben Sie nur nicht, daß ich was für ihn übrig hatte.

Er ist ein übler Kerl. O ja. Ich übertreibe nicht. Er ist nicht einfach sonderbar, er ist ein mieser Charakter. Man braucht sich ja nur seine Augen anzusehen. Als wir hierher zogen, war er noch ein kleiner Bengel, aber nicht wie andere Kinder, er war nicht normal. Seine Mutter, die hätte gern gehabt, daß man ihn mit Daisy spielen läßt – na, man kann sich gut vorstellen, daß das passiert wär, oder? Sogar Naomi hat nein gesagt, nicht nur Davina. Er bekam oft Tobsuchtsanfälle, man hat sein Geschrei durch die Wände gehört, stundenlang hat er geplärrt. Sie konnten ihn einfach nicht bändigen.

Er kann keinen Tag älter als vierzehn gewesen sein, als ich ihn erwischt hab, wie er mich durchs Badezimmerfenster angepeilt hat. Gott sei Dank hatte ich alle meine Sachen an, aber das konnte er ja nicht wissen, als er zu gaffen angefangen hat, nicht? Darauf hatte er's abgesehen: mich zu erwischen, wenn ich nichts anhatte.«

»Im *Badezimmer*?« sagte Wexford. »Wie hat er das geschafft? Ist er auf einen Baum geklettert?«

»In diesen Häusern sind die Bäder im Erdgeschoß. Fragen Sie mich nicht, warum das so ist. Sie wurden so gebaut. Er mußte aus ihrem Haus nur durch die Hecke und draußen warten. Nicht lange danach hat mir seine Mutter erzählt, daß sich eine Dame in Pomfret wegen der gleichen Geschichte über ihn beschwert hätte. Hätte ihn einen Spanner genannt. Natürlich hat *sie* gesagt, daß es eine gräßliche Verleumdung wäre und die Frau ihm was hätte anhängen wollen, ihrem armen Andy, aber ich wußte Bescheid.«

»Und was ist in Ihrer Küche passiert?«

»Als er mich angefaßt hat, meinen Sie das? Ach, ich möchte nicht ins Detail gehen und werd es auch nicht tun. Danach, als er fort war, dachte ich bei mir, es ist ja nur dazu gekommen, weil er verrückt nach dir war und sich nicht beherrschen konnte. Aber er hätte sich beherrschen können, als er am Tag darauf wiederkam und Geld von mir wollte, hab ich nicht recht?«

Queenie schlug mit einer Pfote leicht gegen die Scheibe. Der Vogel flog weg. Plötzlich regnete es in

Strömen, das Wasser peitschte gegen die Scheiben. Die Katze sprang vom Sims und lief steif auf die Tür zu. Statt aufzustehen, um ihr zu helfen, wie Wexford es von einer so engagierten Tierfreundin erwartet hätte, blieb Brenda Harrison sitzen und schaute gespannt zu Queenie hin. Gleich darauf wurde klar, worauf sie wartete. Die Katze stellte sich auf die Hinterbeine, packte mit der rechten Pfote den Türgriff und zog ihn nach unten. Die Tür ging auf, und das Tier schritt mit hochgerecktem Schwanz hinaus.

»Mir erzählen sie nicht, daß die nicht intelligenter sind als jeder Mensch«, sagte Brenda Harrison zärtlich.

»Ich würde gern mehr über diesen Notzuchtsversuch hören, Mrs. Harrison.«

Das Wort gefiel ihr nicht. Ihr faltiges Gesicht überzog sich mit einem tiefen Rot. »Ich weiß wirklich nicht, warum Sie derart auf Details versessen sind.« Sie wollte wohl andeuten, daß sein Interesse in Wahrheit Lüsternheit sei. Mit gesenkten Augen begann sie verlegen einen Zipfel ihrer Kittelschürze zu kneten. »Wie gesagt, er hat mich angefaßt. Ich habe gesagt: ›Laß das.‹ Er hat gesagt: ›Warum denn nicht? Mögen Sie mich denn nicht?‹ ›Es geht nicht darum, ob ich dich mag oder nicht‹, hab ich gesagt, ›ich bin eine verheiratete Frau.‹ Dann hat er mich an den Schultern gepackt und gegen das Abwaschbecken gedrückt und angefangen, sich an mir zu reiben. Bitte, Sie wollten ja Einzelheiten hören. Es macht mir gar keinen Spaß, darüber zu sprechen.

Ich hab mich gewehrt, aber er war viel stärker als ich, das ist doch klar, daß er das war. Ich hab zu ihm gesagt, er soll mich loslassen, sonst würde ich auf der Stelle zu seinem Vater gehen und es ihm sagen. Er hat gefragt, ob ich unter dem Rock was anhätte, und wollte ihn mir runterziehen. Da hab ich ihm einen Fußtritt versetzt. Auf dem Abtropfbrett lag ein Messer, so ein Messerchen, das ich fürs Gemüse benutze, aber ich hab es gepackt und gesagt, ich ramme es in ihn hinein, wenn er mich nicht losläßt. Na ja, dann hat er mich losgelassen und mich beschimpft. Er hat mich eine N. U. T. E. genannt und gesagt, ich bin selber schuld, weil ich so enge Röcke trage.«

»Haben Sie es seinem Vater gesagt? Haben Sie irgend jemandem davon erzählt?«

»Ich dachte, wenn ich's für mich behalte, beruhigt er sich wieder. Ken ist ein sehr eifersüchtiger Mann. Das ist wohl nur zu verständlich. Ich hab einmal erlebt, daß er eine Szene gemacht hat, nur weil mich so ein Kerl im Bus angeschaut hat. Jedenfalls, am nächsten Tag ist Andy wiedergekommen. Er hat an die Haustür geklopft, und ich habe den Mann erwartet, der den Wäschetrockner warten sollte, und deshalb hab ich natürlich aufgemacht. Er hat sich ins Haus gedrängt. Ich hab zu ihm gesagt: ›Jetzt reicht's, diesmal bist du zu weit gegangen, Andy Griffin, ich werd mich bei deinem Vater *und* bei Mr. Copeland beschweren.‹

Er hat mich nicht angefaßt, hat nur gelacht. Er hat gesagt, wenn ich ihm nicht fünf Pfund gebe, erzählt er Ken, ich hätte ihn aufgefordert ... nun ja, mit mir was anzufangen. Er würde es seinen Eltern erzählen und auch Ken. Und die Leute würden *ihm* glauben, weil ich älter bin als er. ›Viel älter‹, hat er gesagt, wenn Sie es unbedingt wissen wollen.«

»Haben Sie ihm Geld gegeben?«

»Ich doch nicht. Denken Sie, ich bin bescheuert? Ich bin doch nicht von gestern.« Das Ironische an dieser letzten Bemerkung ging Brenda Harrison gar nicht auf, denn sie fuhr unbefangen fort: »Ich hab zu ihm gesagt, *publish and be damned*. Das hatte ich in einem Buch gelesen, und es ist mir immer wieder eingefallen, warum, das kann ich nicht sagen. ›*Publish and be damned*‹, hab ich gesagt, ›nur zu, tu dein Schlechtestes.‹ Er wollte fünf Pfund auf die Hand und bis auf weiteres fünf Pfund die Woche. Ja, das hat er gesagt, ›bis auf weiteres‹.

Als Ken nach Hause kam, hab ich ihm sofort alles erzählt. Er hat gesagt: ›Komm, Mädchen, wir gehn jetzt nach nebenan und knöpfen uns die Griffins vor. Das‹, hat er gesagt, ›wird ihnen bei Davina den Rest geben. Ich weiß, es ist unangenehm für dich‹, hat er gesagt, ›aber die Sache ist bald vorbei, und danach wirst du dich besser fühlen, weil du weißt, daß du dich richtig verhalten hast.‹ Also sind wir nach nebenan, und ich hab ihnen alles erzählt. In einem ruhigen Ton, ohne mich aufzuregen, hab ich ihnen einfach in aller Ruhe gesagt, was er getan hatte und auch, wie er heimlich geguckt hat. Natürlich hat Mrs. Griffin einen hysterischen Anfall bekommen und gezetert, ihr Herzensjunge würde so was niemals tun, er, der so sauber und unschuldig ist und nicht weiß, wofür die Mädchen da sind, und all dieses Zeug. Ken hat gesagt: ›Ich gehe jetzt zu Mr. und Mrs. Copeland‹ – wir haben sie gegenüber den Griffins natürlich niemals beim Vornamen genannt, das hätte sich nicht gehört –, ›ich gehe jetzt zu Mr. und Mrs. Copeland‹, und das hat er getan, und ich bin mit.

Also, die Sache ist dann so ausgegangen, daß Davina gesagt hat, Andy muß weg. Sie könnten bleiben, aber Andy muß fort. Die Alternative – das hat sie gesagt, die Alternative – bestünde darin, die Polizei zu holen, aber das wollte sie nicht, wenn es sich vermeiden ließ. Mrs. Griffin wollte nichts davon wissen, sie wollte sich von ihrem Andy nicht trennen lassen, und so haben sie gesagt, sie würden alle weggehen, Mr. Griffin würde vorzeitig in Pension gehen, obwohl mir unklar ist, was sie mit ›vorzeitig‹ gemeint hat. Für mich sieht er aus wie fast siebzig.

Natürlich mußten wir es mit ihnen danach noch wochenlang aushalten, monatelang. Immerhin hatte Andy damals einen Job, irgendeinen Hilfsarbeiterjob für einen amerikanischen Freund von Harvey. Bei dem hat Harvey in der Güte seines Herzens ein gutes Wort für diesen Andy eingelegt. Also haben wir wenigstens von *ihm* nicht mehr viel gesehen. Ich hatte zu Ken gesagt: ›Komme, was da wolle, ich werd mit keinem von denen mehr ein Wort wechseln.‹ Ich hab gesagt: ›Ich werd durch sie hindurchsehen, wenn wir ihnen zufällig draußen begegnen‹, und das hab ich auch getan, und schließlich sind sie ausgezogen, blieb ihnen ja nichts anderes übrig, und John Gabbitas ist gekommen.«

Wexford schwieg einen Moment lang. Er schaute hinaus in den Regen. Auf dem grünen Gras bildeten Krokusse wie hingewehte purpurrote Flecke. Die Forsythien waren aufgegangen und leuchteten strahlend gelb an diesem öden, nassen Tag.

»Wann haben Sie Mrs. Garland zum letztenmal gesehen?«

Der Themenwechsel schien sie zu überraschen. Wexford hatte den Verdacht, daß sie nun, da die Sache heraus war, keineswegs abgeneigt wäre, sich über die Eifersucht ihres Ehemannes und ihre eigenen unwiderstehlichen Reize auszulassen. Sie antwortete ihm recht mürrisch.

»Das ist Monate her, Jahre. Ich weiß, daß sie meistens am Dienstagabend hier rauskam, aber gesehen habe ich sie nie. Ich war immer schon vorher nach Hause gegangen.«

»Also hat Mrs. Jones Ihnen gesagt, daß sie kommen würde?«

»Ich weiß nicht, ob sie was davon erwähnt hat«, sagte Brenda Harrison gleichgültig. »Warum hätte sie es tun sollen?«

»Dann also ...«

»Woher ich's gewußt habe? Ah, jetzt wird mir klar, was Sie meinen. Daß sie die Autos von Kens Bruder benutzt hat, oder?« Wexfords offensichtliche Verblüffung entlockte ihr eine Erklärung. »Unter uns gesagt, sie hat gern ein Gläschen gekippt, ja, das hat sie. Und manchmal auch zwei oder drei. Man versteht es ja, nicht? Nach einem ganzen Tag in diesem Laden. Ich frag mich, wie sie es geschafft haben, überhaupt was zu verkaufen. Es ist mir wirklich schleierhaft, wie sich diese Geschäfte halten können. Jedenfalls, manchmal, wenn sie zuviel geschluckt hatte, das heißt, wenn sie glaubte, daß sie über der Promille-Grenze war, wollte sie sich nicht selber ans Steuer setzen. Dann hat sie Kens Bruder angerufen, damit er ihr einen von seinen Wagen schickt. Um sie hier rauszubringen oder sie hinzufahren, wohin sie gerade wollte. Sie schwimmt ja im Geld, hat sich nie was dabei gedacht, ein Taxi zu nehmen.«

»Ihr Schwager hat ein Taxiunternehmen?«

Mrs. Harrison nahm einen besonderen, vornehmen, leicht hochmütigen Ausdruck an. »So würde ich es nicht ausdrücken. Er macht keine Reklame für sich, er hat Privatkundschaft, ein paar exklusiv ausgewählte Kunden.« Dann erfaßte sie plötzlich Unruhe. »Es hat alles seine Richtigkeit. Sie brauchen kein solches Gesicht zu machen. Ich gebe Ihnen seinen Namen, wir haben nichts zu verbergen, ich gebe Ihnen sämtliche Auskünfte, die Sie wünschen. Können Sie gerne haben.«

Wenn Amyas Ireland früher ein Buch herausgebracht hatte, von dem er annahm, es könnte seinen Freund interessieren, schenkte er Wexford ein Exemplar. Es freute den Chief Inspector immer, wenn er abends nach Hause kam und das an ihn adressierte Päckchen vorfand, den wattierten Umschlag mit dem Namen und dem Signet des Verlags darauf. Doch seit Carlyon-Brent geschluckt worden war, hatte er nichts mehr bekommen, und so war er überrascht, als er sah, daß ihn ein

Päckchen erwartete, das größer war als gewöhnlich. Diesmal war das Signet der Löwe von St. Giles Press mit einer blühenden Kaiserkrone im Maul, doch innen steckte zwischen den Büchern ein Blatt mit dem vertrauten Briefkopf und einer Erklärung von Amyas.

Angesichts der besonderen Umstände, schrieb er, habe er gedacht, Wexford könnte an drei von Davina Florys Büchern interessiert sein, die sie derzeit in einer neuen Aufmachung herausbrächten: *Die heilige Stadt, Die andere Seite der Mauer* und *Midians Gastfreunde*. Wenn Reg ein Exemplar des ersten – und nun leider einzigen – Bandes der Autobiographie haben möchte, brauche er nur darum zu bitten. Reg wisse vermutlich davon, daß sie geschluckt worden waren, aber vielleicht nichts von den anschließenden personellen Veränderungen und seiner, Amyas' Sorge um das Schicksal des alten Verlages. Es sei eine sorgenvolle Zeit gewesen. Jetzt aber scheine alles in Ordnung gekommen zu sein, und Carlyon Quick, wie sie fortan hießen, habe eine wunderbares Herbstprogramm in Planung. Besonders entzückt seien sie, daß sie sich die Rechte an Augustine Caseys neuem Roman, *The Lash*, hätten sichern können.

Das genügte beinahe, um Wexford die Freude an den Davina-Flory-Büchern zu vergällen. Während er den ersten der drei Bände flüchtig durchblätterte, klingelte das Telefon. Es war Sheila. Sie rief immer Donnerstag abends an. Er lauschte, während Dora mit ihr sprach, und gab sich seinem Lieblingszeitvertreib hin: anhand der erstaunten, erfreuten oder auch nur interessierten Reaktionen seiner Frau zu erraten, was ihre Tochter sagte.

An diesem Abend ließen sich Doras Worte nicht wie üblich einordnen. Er hörte ein enttäuschtes »Aber nein« und ein noch stärkeres Bedauern, als sie sagte: »Findest du das gut? Hast du dir denn auch genau die möglichen Konsequenzen überlegt?« Wexford fühlte, wie ihm das Herz schwer wurde und er sich innerlich anspannte. Er erhob sich aus seinem Sessel, setzte sich dann wieder hin und lauschte.

Dora sagte in jenem kalten, steifen Ton, den er haßte, wenn er selbst damit angesprochen wurde: »Ich nehme an, du willst mit deinem Vater sprechen.«

Er nahm den Hörer aus ihrer Hand. Bevor er zu sprechen begann, dachte er unwillkürlich: Sie hat die wunderbarste Stimme, die ich jemals von einer Frau vernommen habe.

Die wunderbare Stimme sagte: »Mutter ist sauer auf mich. Ich nehme an, du wirst auch böse sein. Ich habe die Rolle abgelehnt.«

Eine herrliche Beschwingtheit erfaßte ihn, eine köstliche Erleichterung. Wenn das *alles* war! »In *Fräulein Julie*? Ich hoffe, du weißt, was du da tust.«

»Das weiß nur Gott allein. Ich begleite nämlich Gus nach Nevada. Ich hab die Rolle abgelehnt, um Gus zu begleiten.«

14

Auf dem Bahnhof Kingsmarkham informierten beleuchtete Digitalbuchstaben das Publikum, daß ein neuartiges Abfertigungssystem in Betrieb genommen worden sei. Mit anderen Worten: Statt mit zwei oder drei Leuten gemütlich vor einem Fahrkartenschalter zu warten, mußte man sich zwischen Absperrschnüren in einer Reihe aufstellen. Es war so schlimm wie im Londoner Bahnhof Euston. Oben in der Nähe des Bahnsteigs, von dem der Zug nach Manchester abfahren sollte, stand ein Schild, auf dem die Reisenden aufgefordert wurden: »Hier anstellen.«

Nichts über den Zug, keinerlei Höflichkeiten, keine Angaben, wann er abfahren werde, nur die selbstverständliche Annahme, daß die Menschen eine Schlange bilden würden. Es war schlimmer als seinerzeit im Krieg. Wexford konnte sich – gerade noch – an den Krieg erinnern, und wenn man damals das Anstellen vielleicht für selbstverständlich gehalten hatte, so war es doch wenigstens nicht amtlich vorgeschrieben worden.

Vielleicht hatte er sich von Donaldson fahren lassen sollen. Er hatte es nicht getan, weil er der Autobahnen und des dichten Verkehrs überdrüssig war. Die Züge fuhren heutzutage schnell, Züge gerieten nicht in den Stau anderer Züge, und zumindest unter der Woche wurden nicht ständig Reparaturen in Angriff genommen wie auf den Überlandstraßen. Die Züge *fuhren*, es sei denn, sie wurden von Schneefällen oder Orkanen behindert. Er hatte in Kingsmarkham eine Zeitung erstanden und las sie auf der Fahrt zur Victoria Station in London. Dort konnte er sich ja eine zweite kaufen oder sonst etwas, was seine Gedanken von Sheila und dem ablenkte, was am Abend vorher geschehen war. Andererseits hatte ihn die *Times* nicht hindern können, daran zu denken, warum sollte es also der *Independent* schaffen?

Die Menschenschlange wand sich recht elegant durch die breite Bahnhofshalle. Niemand protestierte, alle stellten sich klaglos hinten an. Die Schlange hatte beinahe einen Kreis gebildet, als wären diese Reisenden drauf und dran, einander die Hände zu reichen und *Auld Lang Syne*, das Lied auf die gute, alte Zeit anzustimmen. Dann öffnete sich die Schranke, und alle strömten hinein, nicht gerade drängelnd, aber ein bißchen schiebend, voll Ungeduld, den Zug zu erreichen.

Ein ziemlich neuer, eleganter und moderner Zug. Wexford hatte einen Platz reserviert. Er setzte sich, blickte auf die Titelseite seiner Zeitung und dachte an Sheila, hörte Sheilas Stimme. Ihr Klang in seinem Kopf ließ ihn zusammenzucken.

»Du hast ihn noch gar nicht gekannt, da warst du schon entschlossen, ihn zu hassen!«

Wie sie schimpfen konnte! Wie Shakespeares »Widerspenstige«, eine Rolle übrigens, in der sie seltsamerweise nicht erfolgreich gewesen war.

»Sei nicht albern, Sheila. Ich habe mir noch nie vorgenommen, irgendeinen Menschen zu hassen, ehe ich ihn kennengelernt hatte.«

»Es gibt immer ein erstes Mal. Oh, ich weiß den Grund. Du warst eifersüchtig, du wußtest, daß du wirklich Anlaß dazu hattest. Du hast gewußt, daß mir keiner von den anderen etwas bedeutet hat, nicht einmal Andrew. Ich war zum erstenmal in meinem Leben wirklich verliebt, und du hast die Gefahr gesehen, du warst entschlossen, jeden zu hassen, den ich liebte. Und warum? Weil du Angst hattest, ich würde ihn mehr lieben als dich.«

Sie hatten schon oft vorher gestritten. Sie waren

Menschen, die hitzig miteinander zanken, die Beherrschung verlieren, den Grund dafür binnen Minuten erfinden und wieder vergessen. Diesmal war es anders.

»Wir sprechen nicht über Liebe«, hatte er gesagt. »Wir sprechen über gesunden Menschenverstand und vernünftiges Verhalten. Du würdest vielleicht sogar die beste Rolle hinwerfen, die dir jemals angeboten wurde, um mitzutrotten in dieses Nest, nur damit du mit ihm beisammen sein kannst, mit diesem ...«

»Sag es nicht! Beleidige ihn nicht!«

»Ich könnte ihn gar nicht beleidigen. Was wäre eine Beleidigung für einen solchen Schuft? Für diesen betrunkenen Clown mit seinen Unflätigkeiten? Die größten Beschimpfungen, die ich mir ausdenken könnte, würden ihm noch schmeicheln.«

»Mein Gott, ich hab ja viel von dir geerbt, aber deine Zunge nicht. Dafür bin ich dankbar. Hör mir zu, Vater ...«

Er lachte laut hinaus. »Vater – seit wann nennst du mich denn Vater?«

»In Ordnung. Ich werde dir keinen Namen geben. Hör mir zu, ja? Ich liebe ihn mit meinem ganzen Herzen. Ich werde ihn nie mehr verlassen.«

»Du stehst jetzt nicht im *Olivier* auf der Bühne«, sagte Wexford gehässig. Er hörte, wie sie Luft holte. »Und wenn du so weitermachst, zweifle ich, ehrlich gesagt, ob du noch mal dort stehen wirst.«

»Ich frage mich«, sagte sie kühl – o ja, sie hatte viel von ihm geerbt! –, »ich frage mich, ob du dir schon einmal überlegt hast, wie ungewöhnlich es für eine Tochter ist, daß sie ein so enges Verhältnis zu ihren Eltern hat wie ich zu dir und Mutter, daß ich euch jede Woche ein paarmal anrufe, daß ich euch immer wieder besuche. Hast du dir schon mal überlegt, warum?«

»Nein. Aber ich weiß, warum. Der Grund ist, daß wir immer nett und fürsorglich und liebevoll zu dir waren, daß wir dich bis zum Exzeß verwöhnt haben, daß wir zugelassen haben, daß du mit uns Schlitten fährst. Und jetzt, da ich den Mumm aufgebracht habe, dir ein paar unangenehme Wahrheiten ins Gesicht zu sagen, über dich und diesen häßlichen, kleinen Angeber ...«

Er hatte den Satz nicht vollenden können, war nicht mehr dazu gekommen zu sagen, was sein »Mumm« zur Folge haben werde, und inzwischen hatte er vergessen, was es war. Noch ehe er ein weiteres Wort heraus bekam, hatte sie den Hörer auf die Gabel geknallt.

Er wußte, daß er all das nicht zu ihr hätte sagen sollen. Seine Mutter hatte einmal vor langer Zeit einen Satz der Reue gesagt, der vielleicht in ihrer Jugend gebräuchlich gewesen war: »Komm zurück, alles, was ich gesagt habe!« Wenn es nur möglich wäre, alles zurückzurufen, was man unüberlegt gesagt hat! Mit Hilfe dieser Worte seiner Mutter Beschimpfungen und Sarkasmen zurückzunehmen, fünf Minuten aus der Welt zu schaffen. Aber es war nicht möglich, und niemand wußte es besser als er, daß kein einmal ausgesprochenes Wort sich ungesagt machen läßt, daß es nur eines Tages, wie alles, was sich im Menschenleben ereignet hat, in Vergessenheit geraten kann.

Das Portable steckte in seiner Jackentasche. Diese Apparate waren inzwischen keine Besonderheit mehr. Der Zug war vollbesetzt, zumeist Männer, die unterwegs per Telefon ihre Geschäfte abwickelten. Ich könnte sie anrufen, überlegte Wexford, vielleicht ist sie zu Hause. Aber es war möglich, daß sie auflegte, wenn sie seine Stimme vernahm. Wexford, der sich sonst kaum um die Meinung anderer Leute scherte, mißfiel im höchsten Maß die Vorstellung, seine Mitreisenden könnten beobachten, welche Wirkung dies auf ihn hätte.

Ein Servierwagen kam angefahren, mit Kaffee und den dreieckigen Allerwelts-Sandwiches in Plastik, die er so liebte. Hienieden gab es zwei Kategorien von Menschen – beziehungsweise unter jenen, die genug zu essen haben. Die einen, die sich über einen Kummer hinwegtrösten, indem sie essen, und die anderen, denen er den Appetit verdirbt. Wexford gehörte zur ersten Sorte. Er hatte gefrühstückt und würde vermutlich mittags etwas essen, aber er erstand trotzdem ein Sandwich mit Speck und Eiern. Während er es mit Genuß verzehrte, spürte er, wie in ihm die Hoffnung aufstieg, daß das, was ihn im Royal Oak erwartete, bis zu einem gewissen Grad Sheila aus seinen Gedanken vertreiben werde.

In Crewe nahm er ein Taxi. Der Fahrer wußte Bescheid über das Gefängnis, wo und was für eine Art Strafanstalt es war. Wexford fragte sich, welche Fahrgäste der Mann in der Regel wohl dorthin brachte. Besucher vielleicht, Freundinnen und Ehefrauen. Ein oder zwei Jahre vorher hatte die Leitung beantragt, »eheliche Begegnungen unter vier Augen« zu gestatten, doch das war prompt abgelehnt worden. Offensichtlich nahm die Sexualität unter den Vergünstigungen, die amtlicherseits keine Unterstützung erfuhren, einen der ersten Plätze ein.

Die Haftanstalt befand sich, wie sich herausstellte, ziemlich weit draußen auf dem Land. Sie stand, wie der Fahrer erläuterte, im Tal der Wheelock. Der Name Royal Oak, königliche Eiche, klärte er Wexford in der Art eines geübten Fremdenführers auf, stamme von einem Baum ehrwürdigen Alters, auf dem sich König Karl vor seinen Feinden verborgen habe. Welcher König Karl, das sagte er nicht, und Wexford ging der Gedanke durch den Kopf, wie viele solcher Bäume es in England geben mochte, zweifellos ebenso viele wie Betten, in denen Elisabeth I. geschlafen hatte. Einer, fiel ihm ein, stand im Cheriton Forest, an einem beliebten Picknick-Platz. Der Monarch mußte Jahre seines Lebens damit verbracht haben, sie alle zu besteigen.

Gewaltig, raumgreifend, häßlich. Die Mauer war sicher die höchste und längste in den Midlands. Kein Baum weit und breit. Ja, so kahl war die Ebene, auf der die Gruppe roter Backsteinbauten stand, daß sich der Name absurd ausnahm. *Her Majesty's Prison: Royal Oak*. Er war angekommen.

Wexford bat den Taxifahrer, ob er ihn wieder abholen könne. Er bekam eine Karte mit dem Namen der Firma. Er könne anrufen. Das Taxi verschwand ziemlich rasch, als könnte es problematisch werden, überhaupt von hier wegzukommen.

Einer der Gefängnisdirektoren, ein Mann namens David Cairns, servierte ihm in einem recht hübschen Raum mit Teppich und gerahmten Plakaten an den Wänden eine Tasse Kaffee. Im übrigen wirkte die Strafanstalt wie alle solche Einrichtungen, nur daß es hier besser roch. Während Wexford seinen Kaffee trank, sagte Cairns, daß er annehme, Wexford wisse Bescheid über das Royal Oak und auch darüber, daß es sich trotz des Mißtrauens der Behörden und zum Mißfallen des Innenministeriums habe halten können.

Trotzdem ließ es sich Cairns nicht nehmen, ihm das System zu erläutern. Offensichtlich war er stolz auf die Institution, ein Idealist mit leuchtenden Augen.

Paradoxerweise würden gerade die gewalttätigen und widerspenstigsten Delinquenten nach Royal Oak geschickt. Natürlich müßten sie den Wunsch äußern, hierhergebracht zu werden. Royal Oak sei so begehrt, daß sie im Augenblick eine Warteliste von über hundert Aspiranten hätten. Das Personal und die Insassen redeten einander mit Vornamen an. Gruppentherapie und Selbsthilfe unter den Häftlingen seien etwas Alltägliches. Die Häftlinge verkehrten ungehindert miteinander, da es hier, ein einzigartiger Fall, keine Trennung gemäß Vorschrift 43 und keine Hierarchie gebe: Mörder und Gewaltverbrecher ganz obenan, und Sittlichkeitsverbrecher waren die allerletzten.

Alle Insassen würden nach Royal Oak überwiesen, in der Regel aufgrund einer Empfehlung durch einen Gefängnisarzt. Was ihn daran erinnere, daß ihr eigener Erster Gefängnisarzt, Sam Rosenberg, Wexford gern sprechen würde, bevor er mit Jem Hocking zusammentraf. Wie gesagt, hier rede man sich ausnahmslos mit dem Vornamen an. Nichts vom üblichen »Sir Soundso« und »Dr. Soundso«.

Ein Wärter führte Wexford zum Krankenhaus, das in einem anderen Flügel untergebracht war. Sie kamen an Männern vorbei, die frei – frei in gewissen Grenzen – umhergingen, in Trainingsanzügen oder in Jeans und Sweatshirt. Er ließ es sich nicht nehmen, einen raschen Blick durch ein Fenster in einer Innenwand zu werfen, hinter dem gerade eine gruppentherapeutische Sitzung stattfand. Die Männer bildeten im Sitzen einen Kreis. Sie, so erklärte der Mann, der Wexford führte, öffneten dabei ihre Herzen und entblößten ihre Seelen, um auf diese Weise alle inneren Nöte an die Oberfläche zu bringen. Wexford fand, sie sähen ebenso jämmerlich und unglücklich aus wie die meisten Häftlinge.

Ein Geruch, der ihn an das Krankenhaus von Stowerton erinnerte, hing in der Luft: eine Mischung aus Limonensaft, Lysol und Schweiß. In allen Krankenhäusern riecht es gleich, ausgenommen Privatkliniken, dort riecht es nach Geld. Dr. Rosenberg war in seinem Zimmer, das aussah wie das Schwesternzimmer in Stowerton. Nur der Zigarettengeruch fehlte. Durchs Fenster waren die verlassene grüne Ebene und eine Reihe Strommasten zu sehen.

Soeben war Dr. Rosenbergs Lunch gebracht worden. Es reichte für zwei, wenig anregende, schleimige Häufchen auf kleinen Kissen aus gekochtem Reis, Hühnchen mit Curry vermutlich. Danach gab es in Folie abgepackten Obstkuchen mit Sahneersatz. Doch da Wexford aß, wenn er Probleme hatte, akzeptierte er sofort Dr. Rosenbergs Aufforderung, das Lunch zu teilen, während sie sich über Jem Hocking unterhielten.

Der Gefängnisarzt war ein kleiner, stämmiger Mann von vierzig Jahren mit einem runden Gesicht und einem Schopf vorzeitig ergrauter Haare. Er war angezogen wie die Häftlinge: Trainingsanzug und Turnschuhe.

»Was sagen Sie dazu?« fragte er und deutete mit einer Handbewegung auf Tür und Zimmerdecke. »Unsere Anstalt, meine ich. Bißchen anders als das ›System‹, nicht?«

Wexford verstand, daß sich das »System« auf das übrige Gefängniswesen bezog, und stimmte zu.

»Natürlich funktioniert es dem Anschein nach nicht. Wenn man mit ›funktionieren‹ meint, daß sie damit abgehalten werden, es noch mal zu tun. Andererseits ist das ziemlich schwer zu beweisen, weil die meisten kaum die Chance bekommen, überhaupt etwas noch mal zu machen. Alle lebenslänglich.« Sam Rosenberg schob die Reste seines Curry-Gerichtes mit einem Stückchen Brot zusammen. Anscheinend schmeckte ihm sein Lunch. »Jem Hocking hat darum ersucht, hierhergebracht zu werden. Er wurde im September verurteilt, wurde in die Wormwood Scrubs geschickt – es könnte auch Wandsworth gewesen sein –, und hat dort angefangen, den Laden auseinanderzunehmen. Er wurde kurz vor Weihnachten zu uns verlegt, und wir haben mit ihm hier begonnen, was wir, grob gesagt, ein ›Durchsprechen der Tat‹ nennen. Er hat sich eingewöhnt... nun ja, wie eine Ente ans Wasser.«

»Was hat er denn getan?«

»Weswegen er verurteilt wurde? Er ist in ein Haus eingedrungen, wo die Besitzerin, wie es hieß, die Einnahmen aus ihrem Geschäft übers Wochenende aufbewahrte, fand ungefähr fünfhundert Pfund in ihrer Handtasche und schlug die Frau halbtot. Sie war zweiundsiebzig. Er hat dazu einen sechs Pfund schweren Hammer benutzt.«

»Ein Revolver war nicht im Spiel?«

»Soviel mir bekannt ist, nein. Nehmen Sie doch ein Stück von dem Obstkuchen! Es sind Himbeeren und Johannisbeeren drauf, nicht schlecht. Ich habe mir Sahneersatz kommen lassen, weil ich ein bißchen cholesterinscheu bin. Genauer gesagt, ich habe einen Riesenbammel davor, ich finde, man muß dagegen ankämpfen. Jem ist im Augenblick krank. Er glaubt, es geht mit ihm zu Ende, aber das stimmt nicht. Vorläufig jedenfalls nicht.«

Wexford zog eine Augenbraue hoch. »Doch sicher nicht wegen Cholesterin.«

»Nein, das nicht. Ich habe übrigens seinen Cholesterin-Spiegel noch nicht untersucht.« Rosenberg zögerte. Dann fuhr er fort: »Viele Bullen – entschuldigen Sie, ich wollte Sie nicht beleidigen –, viele Polizeibeamte haben noch immer ein Vorurteil gegen Schwule. Man hört doch Polizisten Witze über Tunten und Schwule reißen, und dann tölen sie herum. Gehören Sie zu denen? Nein, ich sehe, Sie sind anders. Aber es könnte trotzdem sein, daß Sie der Meinung sind, alle Homosexuellen seien Friseure oder Ballettänzer. Keine *richtigen Männer*. Schon mal was von Genet gelesen?«

»Ein paar Seiten, aber das ist lange her.« Wexford versuchte sich an Titel zu erinnern, und einer fiel ihm auch ein. »*Notre Dame des fleurs*.«

»Ich habe an *Querelle* gedacht. Genet öffnet einem mehr als sonst jemand die Augen dafür, daß schwule Männer ebenso brutal und grausam sein können wie die heterosexuellen Exemplare. Brutaler, grausamer. Unter ihnen gibt es ebenso Killer und Diebe und brutale Verbrecher wie Modeschöpfer.«

»Wollen Sie damit sagen, daß Jem Hocking so einer ist?«

»Jem weiß nichts von getarntem Schwulsein oder vom ›Coming out‹, aber daß er hierher verlegt werden wollte, hatte unter anderem seinen Grund darin, daß er mit anderen Männern offen über seine Homosexualität sprechen wollte. Tag für Tag darüber sprechen, ohne Hemmungen, in Gruppengesprächen. Die Welt, in der er gelebt hat, ist vielleicht die mit den ärgsten Vorurteilen. Und dann ist er krank geworden.«

»Sie wollen sagen, er bekam Aids, ja?«

Sam Rosenberg sah ihn mit zusammengekniffenen Augen an. »Sehen Sie, Sie assoziieren Aids *doch* mit Schwulen. Ich sage Ihnen, in ein paar Jahren wird Aids unter den Heterosexuellen genauso verbreitet sein. Es ist keine Schwulenkrankheit. Verstehen Sie?«

»Aber Jem Hocking hat es?«

»Jem Hocking ist HIV-positiv. Er hat eine schwere Grippe hinter sich. Wir haben hier im Royal Oak eine Grippeepidemie gehabt, und ihn hat es zufällig schlimmer erwischt als die anderen, so schlimm, daß er eine Woche liegen mußte. Mit Glück ist er am Wochenende wieder bei den anderen. Aber er läßt sich nicht davon abbringen, daß er eine Aids-bedingte Lungenentzündung habe, und meint, ich scheue mich, ihm die Wahrheit zu sagen. Deshalb glaubt er, daß es mit ihm zu Ende gehe, und möchte Sie sehen.«

»Warum das?«

»Das weiß ich nicht. Ich habe ihn nicht gefragt, und wenn ich ihn fragte, würde er's mir nicht sagen. Kaffee?«

Er war ungefähr so alt wie der Arzt, hatte aber dunkles Haar und eine dunkle Gesichtsfarbe, und auf Kinn und Wangen stand der Bartwuchs einer Woche. Wexford, der die modischen Neuerungen in Krankenhäusern kannte, hatte erwartet, Hocking werde mit einem Bademantel bekleidet in einem Sessel sitzen, traf ihn aber im Bett an. Er wirkte viel kränker, als Daisy jemals ausgesehen hatte. Die Hände, die auf dem roten Bettüberzug ruhten, waren dunkelblau tätowiert.

»Wie geht es Ihnen?« sagte Wexford.

Hocking antwortete nicht sofort. Er rieb sich mit einem seiner blau tätowierten Finger die Unterlippe. Dann sagte er: »Nicht gut.«

»Wollen Sie mir erzählen, wann Sie in Kingsmarkham waren? Geht es darum?«

»Vergangenen Mai. Jetzt klingelt's bei Ihnen, was? Allerdings nehme ich an, es hat schon längst bei Ihnen geklingelt.«

Wexford nickte. »Teilweise ja.«

»Mit mir geht's zu Ende. Wußten Sie das schon?«

»Nicht nach Auskunft des Gefängnisarztes.«

Ein höhnischer Ausdruck erschien auf Hockings Gesicht. »Sie sagen einem nicht die Wahrheit. Nicht mal hier im Knast. Niemand sagt die Wahrheit, niemals, nicht hier und nicht woanders. Sie können es nicht, sind unfähig dazu. Man müßte zu sehr ins einzelne gehen, man müßte sein Innerstes prüfen. Man würde alle Leute beleidigen, und jedes Wort würde einen als das entlarven, was man ist: ein Schwein. Haben Sie sich das schon mal überlegt?«

»Ja«, sagte Wexford.

Was Hocking auch erwartet haben mochte, unverblümte Zustimmung bestimmt nicht. Er legte eine Pause ein und fuhr dann fort: »Meistens würde man nur sagen: ›Ich hasse dich wie die Pest. Ich hasse dich wie die Pest.‹ Immer wieder. Das wäre die Wahrheit. Oder: ›Ich möchte sterben, aber ich hab eine beschissene Angst davor.‹« Er holte tief Luft. »Ich weiß, daß es mit mir zu Ende geht. Ich werd noch einen Schub von dem bekommen, was ich schon gehabt habe, nur ein bißchen schlimmer, und danach einen dritten, und der gibt mir dann den Rest. Es könnt auch schneller gehen. Bei Dane ist es viel schneller gegangen.«

»Wer ist Dane?«

»Ich hab mir vorgenommen, daß ich's Ihnen erzähle, ehe ich abkratze. Warum denn nicht? Was kann ich dabei schon verlieren? Ich hab alles verloren bis auf mein Leben, und mit dem geht's auch zu Ende.« Hokkings Gesicht wurde schmäler, und die Augen schienen zusammenzurücken. Plötzlich sah er aus wie einer der übelsten Typen, denen Wexford je begegnet war. »Soll ich Ihnen was sagen? Mir ist nur noch *ein* Vergnügen geblieben: mit andern Leuten über meinen Tod zu reden. Das macht sie nämlich furchtbar verlegen, und ich genieße es, wenn sie nicht wissen, was sie sagen sollen.«

»Mich macht es nicht verlegen.«

»Na ja, Scheißpolyp, was kann man auch von euch auch erwarten?«

Eine Pflegekraft kam herein, ein Mann in Jeans und einem kurzen, weißen Kittel. In Wexfords Jugend hätte man *male nurse*, Pfleger, gesagt. So hatte man damals gesagt: *male nurse* und *lady doctor*, Pfleger und Ärztin. Es war nicht unbedingt sexistisch gedacht, aber es sagte viel über die Rollenerwartungen der Leute aus.

Der Pfleger, der Hockings letzte Worte gehört hatte, sagte, er solle nicht grob werden. »Das ist hier nicht angebracht, Jem. Beschimpfungen bringen nichts, und es ist Zeit für Ihre Antibiotika.«

»Nutzloses Scheißzeug«, sagte Hocking. »Lungenentzündung ist ein Virus, was? Ihr seid alle total bescheuert hier.«

Wexford wartete geduldig, während Hocking unter schwachen Protesten seine Tabletten schluckte. Er sah wirklich sehr krank aus. Man konnte ihm abnehmen, daß er an der Schwelle des Todes stand. Er wartete, bis der Pfleger gegangen war, und betrachtete mit gesenktem Kopf die Muster auf seinen blau tätowierten Händen.

»Sie haben mich gefragt, wer Dane ist. Ich will's Ihnen erzählen. Dane war mein Kumpel. Dane Bishop. Dane Gavin David Bishop, wenn Sie den vollen Namen wissen wollen. Er war erst vierundzwanzig.« *Ich habe ihn geliebt* schwebte unausgesprochen im Raum. Wexford sah es Hockings Gesicht an. *Ich habe ihn geliebt.* Aber Wexford war kein Mann für Sentimentalitäten, besonders nicht, wenn es sich um Killer von jener Sorte handelte, die alten Frauen mit einem Hammer den Schädel einschlagen. Na und? Entlastet Liebe einen Mann von seiner Schuld? Macht es einen zu einem besseren Menschen, wenn man jemanden liebt? »Wir haben die Sache in Kingsmarkham zusammen gedreht. Aber das haben Sie ja schon gewußt. Sie haben es gewußt, bevor Sie hier ankamen, sonst wären Sie nicht gekommen.«

»Mehr oder weniger stimmt das«, sagte Wexford.

»Dane brauchte Geld, für Stoff. Das Zeug kommt aus Amerika, aber man kriegt es hier. Läuft unter den Anfangsbuchstaben.«

»AZT.«

»Nein, zufällig nicht, schlauer Bulle. Es heißt DDI. Didesoxyinosin, die Kurzform davon. Von der Scheißkrankenkasse bekommt man es nicht, das ist ja klar.«

Bleib mir mit deinen Entschuldigungen vom Leib, sagte Wexford stumm. Du müßtest dich auskennen. Er dachte an Sergeant Martin, unbesonnen und draufgängerisch, aber dann wieder ganz helle, ein braver Mann, ein ernsthafter, wohlmeinender Mann, ein Weltverbesserer.

»Dieser Dane Bishop, er ist tot, oder?«

Jem Hocking sah ihn nur an. Es war ein Blick voller Haß und Schmerz. Wexford dachte, der Haß erkläre sich daraus, daß Hocking ihn nicht verlegen machen konnte. Vielleicht war es der einzige Zweck der Übung, dieses »Geständnisses«, gewesen, ihn in eine peinliche

Verlegenheit zu stürzen, an der Hocking sich zu weiden gehofft hatte.

»An Aids gestorben, nehme ich an«, sagte Wexford. »Nicht lange danach.«

»Gestorben, bevor wir an den Stoff herankamen. Am Ende ist es ganz schnell gegangen mit ihm. Wir haben die Täterbeschreibung gesehen, die Sie ausgehängt haben, Flecken auf seinem Gesicht und so weiter. Das war aber keine Scheißakne, das war ein Karposi-Sarkom.«

Wexford sagte: »Er hat einen Revolver benützt. Woher hatte er den?«

Ein gleichgültiges Achselzucken Hockings. »Was fragen Sie mich? Sie wissen doch genausogut wie ich, daß es einfach ist, an ein Schießeisen ranzukommen. Er hat nie darüber gesprochen. Er hatte es eben. Ein Colt Magnum war's.« Wieder der verschlagene Seitenblick. »Er hat ihn weggeschmissen, auf den Boden geworfen, als er aus der Bank hinausrannte.«

»Aha«, sagte Wexford ganz leise, beinahe wie für sich selber.

»Er hatte Schiß, damit erwischt zu werden. Er war damals schon krank, es macht einen schwach, schwach wie einen alten Mann. Er war erst vierundzwanzig, aber total geschwächt. Das war der Grund, warum er diesen Blödmann erschossen hat, zu schwach, um die Nerven zu behalten. Ich hab uns in Sicherheit gebracht, ich war nicht mal drinnen, als er ihn erschossen hat.«

»Sie steckten mit ihm unter einer Decke. Sie wußten, daß er eine Waffe hatte.«

»Bestreite ich es denn?«

»Sie haben unter dem Namen George Brown ein Auto gekauft?«

Hocking nickte. »Wir haben ein Fahrzeug gekauft, wir haben eine Menge Sachen gekauft und bar bezahlt. Wir haben uns gedacht, daß wir das Auto wieder verkaufen könnten, weil wir uns nicht getraut haben, von den Scheinen welche zu behalten. Ich habe sie in Zeitungspapier eingewickelt und in einen Schutthaufen gestopft. Den Wagen haben wir verkauft – gar keine schlechte Lösung, was sagen Sie?«

»Geldwäsche nennt man das«, sagte Wexford kalt. »Jedenfalls wenn es in größerem Umfang geschieht.«

»Er ist gestorben, bevor er an das Zeug herankam.«

»Das haben Sie schon erzählt.«

Jem Hocking zog sich mühsam in seinem Bett hoch. »Sie sind ein eiskaltes Aas, ja, das sind Sie. Wenn ich in irgendeinem anderen Knast hocken würde, wären Sie nie mit mir allein gelassen worden.«

Wexford stand auf. »Was könnten Sie schon tun, Hocking? Ich bin dreimal so kräftig wie Sie. Sie haben mich nicht in Verlegenheit gebracht, und Sie imponieren mir nicht.«

»Bloß beschissen ratlos sind Sie«, sagte Hocking. »Die Welt ist ratlos bei einem Mann, der im Sterben liegt.«

»Das würde ich nicht sagen. Das Gesetz verbietet nicht, gegen einen sterbenden Mann Anklage wegen Mordes und Raubes zu erheben.«

»Das würde doch nicht passieren!«

»Und ob es passieren wird«, sagte Wexford und verließ das Zimmer.

Durch strömenden Regen brachte ihn der Zug nach London, zur Euston Station zurück. Von Victoria Station bis Kingsmarkham regnete es ununterbrochen. Kaum war er zu Hause, versuchte er Sheila zu erreichen und bekam ihre Lady-Macbeth-Stimme zu hören, jene, die sagte: »Gib mir die Dolche.« In diesem Ton ersuchte sie die Anrufenden, eine Nachricht zu hinterlassen.

15

Es war eine Sache, die Barry Vine oder sogar Karen Malahyde genausogut hätten erledigen können, aber er machte es selbst. Sein Rang schien Fred Harrison einzuschüchtern, einen nervösen Mann, der wie eine ältere und kleinere Version seines Bruders wirkte. Wexford fragte ihn, wann er Joanne Garland zum letztenmal nach Tancred House gefahren habe, und Harrison nannte, in seinem Notizbuch blätternd, den Dienstag vier Wochen vorher.

»Ich hätte die Finger davon gelassen, wenn ich gewußt hätte, daß es mir Scherereien eintragen wird«, sagte Fred Harrison.

Wider Willen und trotz seiner elenden Gemütsverfassung war Wexford erheitert. »Ich kann mir kaum vorstellen, daß es Sie in Schwierigkeiten bringen wird, Mr. Harrison. Haben Sie am Dienstag, dem 11. März, Mrs. Garland gesehen oder von ihr gehört?«

»Kein Wort, kein Sterbenswörtchen seit dem, wann war's gleich wieder? seit dem 26. Februar.«

»Und was hat sich an diesem Abend abgespielt? Sie hat bei Ihnen angerufen und Sie gebeten, sie hinaus nach Tancred zu fahren um ... welche Zeit? Um acht? Viertel nach acht?«

»Ich hätte sie nirgendwohin gefahren, hätte ich gewußt, daß es mir Scherereien einbringen würde. Das müssen Sie mir glauben. Sie hat wie immer gegen sieben Uhr angerufen und gesagt, sie müßte bis halb neun in Tancred House sein. Ich habe wie immer gesagt, ich würde sie ein paar Minuten nach acht abholen, früh genug für die Strecke, aber sie hat gemeint, nein, sie wollte nicht zu spät dort ankommen, und ich soll um zehn vor acht bei ihr sein. Schön, ich kam dann um zehn nacht acht, Viertel nach acht in Tancred an. Wenn ich den kürzesten Weg nehme, muß ich ja so früh dort sein, aber sie wollte ja nie auf mich hören. Sie hatte einen Riesenbammel, zu spät dort anzukommen. Jedesmal war das so. Manchmal bat sie mich zu warten, sie wäre in einer Stunde wieder da, und ich hab dann die Gelegenheit genutzt, schnell mal bei meinem Bruder vorbeizuschauen.«

Das interessierte Wexford nicht. Er fragte hartnäckig weiter. »Sie sind sicher, daß sie am 11. März nicht bei Ihnen angerufen hat?«

»Glauben Sie mir, ich würde es doch offen zugeben. Scherereien sind das letzte, was ich haben möchte.«

»Glauben Sie, daß sie sich irgendwann eines anderen Taxiunternehmens bedient hat?«

»Was hätte sie für einen Grund haben sollen? Sie hatte sich bei mir über nichts zu beklagen. Immer wieder hat sie gesagt: ›Ich wüßte nicht, was ich ohne Sie tun sollte, Fred, Sie sind mein Retter.‹ Und dann hat sie auch oft gesagt, daß ich der einzige hier in der Gegend bin, dem sie sich als Fahrer anvertraut.«

Wie es schien, war aus dem nervösen Fred Harrison nichts weiter herauszubekommen. Wexford verließ ihn, um nach Tancred zurückzukehren. Er fuhr diesmal selbst und nahm den Weg über Pomfret Monachorum. Es war erst das zweite Mal, daß er diese Route wählte. Auf den Regen vom Vortag war ein schöner, milder Tag gefolgt, und in den Wäldern regte sich vorsichtig der erwachende Frühling.

Wexford fuhr gemächlich dahin. Kaum war Fred Harrison aus seinen Gedanken verschwunden, trat Sheila an seine Stelle. Er hätte beinahe laut aufgestöhnt. Jedes Zorneswort, das während dieses gräßlichen Wortwechsels gefallen war, hatte sich frisch in seiner Erinnerung erhalten, wiederholte sich hartnäkkig immer wieder.

»...du warst entschlossen, jeden zu hassen, den ich liebte. Und warum? Weil du Angst hattest, ich würde ihn mehr lieben als dich.«

Während er durch den Wald fuhr, kurbelte er das Seitenfenster herab, um die Luft des ersten oder vielleicht zweiten Frühlingstages zu genießen. Am Abend vorher war er, während der Regen gegen die Fensterscheiben peitschte, ans Telefon gegangen und hatte sie anzurufen versucht. Auch Dora hatte es probiert. Er hatte sich entschuldigen und sie um Verzeihung bitten wollen. Doch das Telefon klingelte und klingelte, ohne daß jemand abhob. Ganz verzweifelt versuchte er es noch einmal um neun, dann um halb zehn, und schließlich meldete sich ihre Stimme auf dem Anrufbeantworter, aber nicht wie es für sie charakteristisch wäre, etwa: »Sollten Sie anrufen, um mir die weibliche Hauptrolle in Shakespeares schottischer Tragödie anzubieten oder um mich zum Essen ins *La Caprice* auszuführen...« Oder: »Darling« – das ewige *Darling* der Schauspielerin, gut genug für ihn oder Casey oder auch für die Frau, die zum Putzen kam – »Darling, Sheila mußte weg...« Nichts Derartiges, sondern: »Hier spricht Sheila Wexford. Im Augenblick kann niemand Ihren Anruf entgegennehmen. Hinterlassen Sie eine Nachricht.« Er hatte nichts aufs Band gesprochen, sondern war schließlich ins Bett gegangen, todunglücklich.

Ich habe sie verloren, ging ihm durch den Kopf. Es hatte nicht viel damit zu tun, daß sechstausend Meilen zwischen ihnen liegen würden. Casey hätte sie ihm ebenso weggenommen, wenn die beiden beschlossen hätten, in Pomfret Monachorum ein Haus zu kaufen und sich dort niederzulassen. Er hatte sie verloren, und es würde zwischen ihnen nie mehr so werden, wie es einmal gewesen war.

Das Sträßchen machte seine letzte Biegung, und er erreichte das gerade, flache Stück. Er bemerkte, daß sich in der Ferne etwas bewegte. Jemand kam ihm entgegen, noch weit voraus, ein junger Mensch, ein Mädchen. Immer deutlicher wurde die junge Person erkennbar, während sie einander näherkamen. Es war Daisy. So unwahrscheinlich es auch war, daß sie hier und um diese Zeit daherkam – es war zweifellos Daisy.

Sie blieb stehen, als sie den Wagen sah. Natürlich konnte sie aus dieser Entfernung nicht erkennen, wer am Steuer saß. Sie hatte Jeans und eine Barbour-Jacke an, ein in Adelskreisen beliebtes Kleidungsstück. Der linke Jackenärmel war leer, und um den Hals hatte sie sich zweimal einen hellroten Schal geschlungen. Als sie die Augen aufriß, wußte er, daß sie ihn erkannt hatte. Sie zeigte jedoch kein Lächeln.

Wexford hielt an und kurbelte das Fenster herunter. Sie wartete seine Frage nicht ab.

»Ich bin nach Hause zurückgekehrt. Es war mir klar, daß sie versuchen würden, mich davon abzuhalten. Also hab ich gewartet, bis Nicholas in die Arbeit gefahren war, und dann gesagt: ›Ich fahr jetzt nach Hause, Joyce, vielen Dank, daß Sie mich bei sich aufgenommen haben.‹ Damit hatte es sich. Sie hat gemeint, das könnte ich doch nicht, ganz allein, ohne Begleitung. Sie wissen ja, wie sie redet. ›Es tut mir leid, liebes Kind, aber das können Sie doch nicht tun. Was wird aus Ihrem Gepäck? Wer kümmert sich um Sie?‹ Ich hab gesagt, ich hätte bereits telefonisch ein Taxi bestellt und käme schon selber zurecht.«

Wexford ging der Gedanke durch den Kopf, daß sie das noch kaum je getan hatte und daß sich, wie früher, Brenda Harrison um sie kümmern werde. Aber wie alle jungen Menschen traute sie sich zuviel zu. »Und jetzt inspizieren Sie wohl Ihren Besitz?«

»Ich bin lange genug draußen gewesen. Ich gehe jetzt

zurück. Ich ermüde rasch.« Wieder erschien der trostlose Ausdruck auf ihrem Gesicht, in den Augen stand der Kummer. »Nehmen Sie mich mit?«

Er griff zur Beifahrertür und öffnete. »Jetzt, da ich achtzehn bin«, sagte sie, allerdings ohne Überschwang, »kann ich tun, was ich will. Wie macht man diesen Gurt fest? Mein Verband und die Schlinge sind im Weg.«

»Sie müssen sich nicht angurten, wenn Sie nicht wollen. Nicht auf Privatgrund.«

»Wirklich? Das ist mir neu. Aber Sie haben sich angeschnallt.«

»Die Macht der Gewohnheit. Daisy, haben Sie vor, hier ganz alleine zu bleiben. Hier zu *leben*?«

»Es gehört mir.« Ihre Stimme war so düster, wie sie nur sein konnte. »Es gehört alles mir. Warum sollte ich nicht auf meinem Besitz leben?«

Er gab keine Antwort. Es war sinnlos, ihr Dinge zu sagen, die sie schon wußte: daß sie jung und eine Frau und wehrlos war. Sinnlos, ihr anderes zu bedenken zu geben; daß ihr vielleicht noch nicht bewußt geworden war, zum Beispiel, daß es durchaus im Interesse eines bestimmten Menschen liegen könnte, die Untat, die er zwei Wochen vorher begonnen hatte, zu Ende zu führen. Wenn er das ernst nähme, müßte er Tancred House Tag und Nacht bewachen lassen.

Statt dessen kehrte er zu dem Thema zurück, über das sie während seines Besuches im Hause der Virsons gesprochen hatten. »Sie haben vermutlich nichts von Ihrem Vater gehört, ja?«

»Von meinem *Vater*?«

»Er *ist* Ihr Vater, Daisy. Er muß doch von der ganzen Sache erfahren haben. Das Fernsehen, die Presse hat darüber berichtet – das kann doch niemandem in unserem Land entgangen sein. Und wenn ich mich nicht sehr irre, wird das Thema mit der Beerdigung heute in den Tageszeitungen wieder ganz nach vorne rücken. Sie müßten doch eigentlich von ihm erwarten, daß er sich rührt.«

»Wenn er das wollte, hätte er es dann nicht schon getan?«

»Er hat vermutlich nicht gewußt, wo Sie waren. Es könnte ja sein, daß er jeden Tag in Tancred House angerufen hat.«

Plötzlich kam ihm der Gedanke, ob sie vielleicht nach ihm auf der Beerdigung vergeblich Ausschau gehalten hatte, nach diesem schattenhaften Vater, über den niemand sprach, der aber existieren mußte. Wexford stellte den Wagen neben dem Bassin ab. Daisy stieg aus und starrte ins Wasser. Vielleicht weil die Sonne schien, waren mehrere Fische dicht an die Oberfläche gekommen, weiß oder eigentlich farblos, mit scharlachroten Köpfen. Sie hob den Kopf und blickte zu der Figurengruppe auf, zu dem in einen Baum verwandelten Mädchen, dessen Glieder von Rinde umhüllt waren, und zu dem Mann, der sie mit sehnsuchtsvoll erhobenem Gesicht und ausgestreckten Armen bedrängte.

»Daphne und Apollo«, sagte sie. »Es ist eine Kopie der Skulptur von Bernini. Angeblich eine gute. Ich kann's nicht beurteilen, ich mache mir eigentlich nichts aus solchen Sachen.« Sie verzog das Gesicht. »Davina hat sie geliebt. Na *klar*. Ich nehme an, der Gott ist drauf und dran, sie zu vergewaltigen, meinen Sie nicht auch? Es gibt ja schöne Umschreibungen dafür, daß es sich romantisch anhört, aber das ist in Wahrheit seine Absicht.«

Wexford, der dazu schwieg, überlegte, welches Ereignis in ihrer eigenen Vergangenheit diesen jähen Gefühlsausbruch ausgelöst haben mochte.

»Er hatte nicht die Absicht, um sie zu *werben*, oder? Sie zum Essen auszuführen und ihr einen Verlobungsring zu kaufen. Wie bescheuert die Leute sind!« Sie warf energisch den Kopf zurück und wandte sich vom Becken ab. Dann wechselte sie das Thema. »Als ich jünger war, hab ich Mom oft nach meinem Vater gefragt. Sie wissen ja, wie Kinder sind, sie wollen alles wissen. Wenn sie über etwas nicht sprechen wollte, hatte meine Mutter die Angewohnheit, mich mit der Frage zu Davina zu schicken. Immer hat es geheißen: ›Frag deine Großmutter, sie wird es dir sagen.‹ Also hab ich Davina gefragt, und sie hat gesagt – Sie werden es nicht glauben, aber sie hat es gesagt –: ›Deine Mutter war ein Fußball-Groupie, Liebling, und sie ist oft hin und hat ihm beim Spielen zugeschaut. So haben sie sich kennengelernt.‹ Und dann hat sie noch gesagt: ›Um es geradeheraus zu sagen, er kam aus dem *low life*, von ganz unten.‹ Sie liebte solche Ausdrücke, eine Art schicker Slang oder was sie für schicken Slang gehalten hat. ›Fußball-Groupie‹ und ›low life‹. ›Vergiß ihn, Liebling‹, hat sie gesagt. ›Stell dir vor, du wärst per Parthenogenese geboren und wie die Algen.‹ Und dann hat sie mir erklärt, was Parthenogenese ist. Das war typisch für sie, aus allem eine Belehrung zu machen. Aber es hat nicht gerade dazu geführt, daß ich für meinen Vater viel Liebe oder Achtung empfand.«

»Wissen Sie, wo er lebt?«

»Irgendwo im Norden Londons. Er hat wieder geheiratet. Kommen Sie mit ins Haus, wenn Sie wollen, dann können wir feststellen, wo er lebt.«

Der Hauseingang und die innere Tür waren nicht verschlossen. Wexford folgte ihr ins Haus. Als die Tür hinter ihnen zufiel, begannen die Lüster zu zittern und zu klirren. Von den Lilien in der »Orangerie« ging ein künstlich anmutender Geruch aus, als befände man sich in der Parfümerie-Abteilung eines Warenhauses. Hier in der Halle war sie zum Telefon gekrochen und hatte auf dem glänzenden Boden eine Blutspur hinterlassen, war an Harvey Copelands Leiche vorbeigerobbt.

Er bemerkte, wie sie einen Blick auf die Stufen warf, wo ein großes Stück aus dem Läufer herausgeschnitten war, so daß das nackte Holz zum Vorschein kam. Sie ging zu der hinteren Tür, die zu Davina Florys Arbeitszimmer führte.

Diesen Raum hatte er bis dahin noch nicht betreten. Bücherregale nahmen die Wände ein. Das einzige Fenster ging auf die Terrasse, deren eine Mauer vom *serre* gebildet wurde. Das hatte er so erwartet, aber weder den schönen Globus aus dunkelgrünem Glas auf dem Tisch, den »Bonsai-Garten« in einem Terrakotta-Topf unter dem Fenster noch das Fehlen von PC, Schreibmaschine und irgendwelchen elektronischen Geräten. Auf dem Schreibtisch lag neben einer ledernen Schreibmappe ein goldener Montblanc-Füllfederhalter. In einem Gefäß, vielleicht aus Malachit, steckten Kugelschreiber, Bleistifte und ein Brieföffner mit einem beinernen Griff.

»Sie hat alles mit der Hand geschrieben«, sagte Daisy. »Sie konnte nicht tippen und wollte es auch nicht lernen.« Sie suchte in einer der oberen Schubladen des Schreibtischs. »Hier. Da ist es. Sie hat es ihr ›schwarzes‹ Adreßbuch genannt. Darin hat sie Leute eingetragen, die sie nicht mochte... oder deren Bekanntschaft ihr keinen Nutzen brachte.«

Das Adreßbuch enthielt eine beunruhigend große Zahl von Namen. Wexford schlug bei jenen auf, die mit einem »J« begannen. Der einzige Jones hatte die Initialen »G. G.«. Eine Telefonnummer war nicht verzeichnet, nur eine Adresse in London, N 5.

»Das verstehe ich nicht ganz, Daisy. Warum hatte denn Ihre Großmutter die Adresse Ihres Vaters und nicht Ihre Mutter? Oder hatte sie sie ebenfalls? Und warum ›G. G.‹? Warum nicht sein Vorname? Schließlich war er ja mal ihr Schwiegersohn gewesen.«

»Ja, das können Sie wirklich nicht verstehen.« Sie

brachte ein flüchtiges Lächeln zustande. »Davina hat Leute gern im Auge behalten. Sie wollte immer Bescheid wissen, wo der Betreffende wohnte und was er tat, selbst wenn sie ihn zeit ihres Lebens nicht mehr sehen würde.« Dabei biß sie sich auf die Unterlippe, fuhr dann aber fort: »Sie liebte es zu manipulieren, müssen Sie wissen. Sie wollte immer die Übersicht über alles behalten, wußte immer genau, wo der Betreffende lebt, egal, wie oft er umgezogen war. Sie können sich darauf verlassen, daß das die richtige Anschrift ist. Vermutlich dachte sie, daß er irgendwann wieder auftauchen wird und ... ach ja, Geld verlangen. Sie hat oft gesagt, daß die meisten Leute aus ihrer Vergangenheit früher oder später wieder auftauchen würden, ›aus dem Speicher herunterkommen‹, wie sie es genannt hat. Bei Mom zweifle ich, ob sie überhaupt ein Adreßbuch hatte.«

»Daisy, ich möchte Ihnen jetzt eine Frage stellen, ohne Sie damit verletzen zu wollen. Ob es mir gelingt, weiß ich allerdings nicht. Es geht um Ihre Mutter.« Er zögerte. »Um die Freunde Ihrer Mutter.«

»Sie meinen, ob es Männer in ihrem Leben gab? Ob sie Liebhaber hatte?«

Wieder einmal erstaunte ihn ihre Intuition. Er nickte. »Sie kann auf Sie nicht jung gewirkt haben, aber sie war erst fünfundvierzig. Außerdem glaube ich nicht, daß in diesen Dingen das Alter so wichtig ist, egal, was die Leute sagen. In jedem Alter ist man mit Menschen des anderen Geschlechts befreundet, im erotischen Sinn befreundet.«

»So wie es wohl bei Davina gewesen wäre.« Daisy grinste plötzlich. »Wenn Harvey abgekratzt wäre.« Dann wurde ihr bewußt, was sie da gesagt hatte. Sie schlug sich die Hand vor den Mund und stöhnte: »O Gott. Vergessen Sie, daß ich das gesagt habe. Ich habe es nicht gesagt. Warum sagen wir solche Sachen?«

Statt darauf zu antworten, denn er konnte keine Antwort darauf geben (Komm zurück, alles, was ich gesagt habe!), erinnerte er sie sanft daran, daß sie ihm von ihrer Mutter hatte erzählen wollen.

Sie seufzte. »Ich habe nie erlebt, daß sie mit irgend jemandem ausgegangen ist. Ich habe nie gehört, daß sie einen Mann erwähnte. Ich glaube, es hat sie einfach nicht interessiert. Davina hat oft zu ihr gesagt, sie soll sich einen Mann angeln, das würde sie ›aus sich herausziehen‹, und sogar Harvey hat sich einmal bemüht. Ich erinnere mich, daß Harvey irgendeinen Typen mitbrachte, der irgendein politisches Tier war, und daß Davina meinte, er könnte was für Mom sein. Sie haben nämlich nicht angenommen, daß ich verstand, was sie da redeten, aber ich hab es verstanden.

Als wir letztes Jahr alle in Edinburgh waren – wir sind wegen der Festspiele hingefahren, Davina hatte irgendwas auf dem Bücherfestival zu tun –, hat Mom Grippe bekommen und die vollen zwei Wochen im Bett verbracht. Und Davina hat gejammert, weil sie dort den Sohn einer Freundin kennengelernt hatte, und der wär genau der richtige für Mom gewesen. Das hat sie jedenfalls zu Harvey gesagt.

Mom war mit allem zufrieden, so wie es war. Sie hatte Freude an ihrem Leben, sie hat gern in der Galerie herumgewerkelt und gern ferngesehen, frei von jeder Verantwortung, sie hatte ihren Spaß daran, ein bißchen zu malen und ihre eigenen Kleider zu nähen und all das. *Männer* waren ihr egal.« Ein Ausdruck höchster Verzweiflung trat plötzlich auf Daisys Gesicht, ein untröstlicher kindlicher Kummer. Sie beugte sich über den Tisch, auf dem der grüne Glasglobus stand, und preßte eine Faust gegen die Stirn. Wexford war schon auf einen Zornesausbruch gegen das Leben und wie es eingerichtet ist, gefaßt, auf einen Protestschrei gegen das, was ihrer schlichten, harmlosen, genügsamen

Mutter widerfahren war, doch statt dessen hob sie den Kopf und sagte ganz kühl: »Joanne ist genauso, soviel ich weiß. Joanne gibt Tausende dafür aus, sich Klamotten zu kaufen und sich das Gesicht und das Haar richten zu lassen und für Massagen und weiß Gott was noch, aber nicht einem Mann zuliebe. Wofür, das weiß ich nicht. Vielleicht für sich selber. Davina hatte es immerzu mit der Liebe und den Männern, das Leben in vollen Zügen genießen, hat sie es genannt, sie hat sich ja für so *modern* gehalten, das war ihr Wort, aber eigentlich ist das den Frauen heute nicht mehr so wichtig, oder? Es macht ihnen genausoviel Spaß, mit Freundinnen gesehen zu werden. Man muß keinen Mann haben, um eine richtige Frau zu sein. Die Zeiten sind vorbei.«

Es war, als wollte sie irgend etwas in ihrem eigenen Leben rechtfertigen, es im richtigen Licht erscheinen lassen. Er sagte: »Von Mrs. Virson habe ich gehört, daß Ihre Großmutter aus Ihnen ihr eigenes Ebenbild machen wollte.«

»Ohne ihre Fehler, ja. Ich habe Ihnen vorhin gesagt, sie hat die Leute gern manipuliert. Ich wurde nie gefragt, ob ich auf die Uni gehen oder auf Reisen gehen, ob ich Bücher schreiben und ... mit vielen verschiedenen Männern ins Bett gehen wollte.« Sie blickte von ihm weg. »Es wurde einfach für selbstverständlich gehalten, daß ich das wollte. Aber das trifft nicht zu. Ich möchte nicht mal nach Oxford und ... wenn ich das Abitur nicht schaffe, *kann* ich gar nicht. Ich will ich selber sein, nicht das Geschöpf eines anderen Menschen.«

Also begann die Zeit, ihr wohlbekanntes Werk zu tun, dachte er ... Sie ist bereits ein Werk. Dann aber änderte das, was sie als nächstes sagte, wieder seinen Eindruck.

»Soweit ich überhaupt was tun will. Sofern es mir nicht total egal ist, was passiert.«

Er äußerte sich nicht dazu. »Eines würden Sie vielleicht doch gern tun wollen. Möchten Sie nicht mitkommen und sich ansehen, wie wir Ihr Retiro in ein Polizeirevier verwandelt haben?«

»Nicht jetzt. Ich wäre jetzt gern allein. Allein mit Queenie. Sie hat sich so gefreut, als sie mich sah, ganz so wie früher ist sie mir vom Treppengeländer auf die Schulter gesprungen und hat geschnurrt wie ein brüllender Löwe. Ich werd durchs ganze Haus gehen und mich einfach umsehn, mich damit wieder vertraut machen. Wissen Sie, es hat sich für mich verändert. Es ist zwar noch dasselbe, aber doch ganz anders. Ins Eßzimmer werde ich nicht gehen. Ich habe Ken bereits gebeten, die Tür abzuschließen, so daß man sie nicht öffnen kann. Nur für einige Zeit. Er wird sie so verschließen, daß ich sie nicht aufmachen kann, wenn ... wenn ich vergesse ...«

Es kommt selten vor, daß man sieht, wie es Leute fröstelt. Wexford, der sie beobachtete, sah nichts von dieser galvanischen Bewegung des Körpers, nur die äußeren Zeichen des inneren Erschauerns, das Entweichen der Farbe aus dem Gesicht, die Gänsehaut, die sich an ihrem Hals bildete. Er erwog, ihr zu erklären, was er zu ihrem Schutz zu tun gedachte, überlegte es sich dann aber anders. Es wäre entschieden klüger, sie vor vollendete Tatsachen zu stellen.

Sie hatte die Augen geschlossen. Als sie sie wieder aufschlug, erkannte er, daß sie mit den Tränen gekämpft hatte. Die Lider waren angeschwollen. Sobald ich zur Tür hinaus bin, wird sie sich ihrem Kummer hingeben, dachte er. Doch als er gehen wollte, klingelte das Telefon.

Sie zögerte kurz, hob dann ab, und er hörte sie sagen: »Oh, Joyce. Nett von Ihnen, daß Sie anrufen, aber mir geht es ganz gut. Bald wird alles wieder in Ordnung sein ...«

Karen Malahyde sollte die Nacht bei Daisy in Tancred House verbringen, Anne Lennox die folgende, Rosemary Mountjoy die übernächste und so fort. Wexford erwog, eine weitere Wache im Stallgebäude zu stationieren, aber es wurde ihm mulmig bei der Vorstellung, wie der Deputy Chief Constable darauf reagieren werde. Sie waren ohnedies schon knapp an Leuten – der Normalfall. Das Mädchen habe kein Recht, sich dort allein aufzuhalten, sie habe Freunde, bei denen sie unterkommen könnte. Er hörte Freeborn schon so reden. Sie hätten nicht das Recht, öffentliche Mittel für den Schutz einer jungen Person auszugeben, die aus einer puren Laune heraus beschlossen habe, in dieses riesige, abgelegene Haus zurückzukehren.

Doch Karen, Anne und Rosemary waren begeistert. Keine von ihnen hatte jemals im Leben unter einem Dach geschlafen, das mehr als eine Doppelhaushälfte mit drei Schlafzimmern oder ein Mietshaus deckte. Seine Entscheidung, Daisy von Karen darüber ins Bild setzen zu lassen, war die Frucht einer Augenblickseingebung. Er wollte sie zwar beschützen, doch dieser Entschluß galt seinem eigenen Schutz. Er mußte es nach Möglichkeit vermeiden, sie zu sehen. Plötzlich glaubte er die Bedeutung dieser warnenden und beunruhigenden Regung zu verstehen, die er in der Kirche von Kingsmarkham empfunden hatte.

Der Gedanke jagte ihm einen Schrecken ein. Während er an seinem Schreibtisch in den Ställen saß und an dem pelzigen Kaktus vorbeistierte, kam ihm der Gedanke, daß er in Daisy verliebt sei. Es war, als hätte ihm Dr. Cocker eröffnet, daß er an irgendeiner tödlichen Krankheit litt, irgendeinem furchtbaren Leiden. Es war ihm, als sähe er wie Jem Hocking das Verderben vor sich, das ihn schon bald in den Abgrund reißen werde.

Natürlich war ihm so etwas schon früher passiert. Er

war inzwischen mehr als dreißig Jahre mit Dora verheiratet, also hatte es begreiflicherweise solche Vorkommnisse gegeben. Eine junge Holländerin, die hübsche Nancy Lake und andere abseits eines beruflichen Alltags. Aber er liebte Dora, seine Ehe war glücklich. Und das hier war so lächerlich, er und dieses *Kind*. Doch wie alles um ihn heller, lichter wurde, wenn er sie sah, wenn er ihr kummervolles Gesicht sah! Wie glücklich es ihn machte, wenn sie mit ihm sprach, wenn sie beisammen saßen und sich unterhielten! Wie schön sie war und wie intelligent und gut!

Er machte die Probe darauf, die unfehlbare Probe. Er versuchte sich einen Liebesakt mit ihr vorzustellen, ihren nackten Körper und sein Verlangen, mit ihr zu schlafen, und nun erschien ihm das ganze grotesk. Es war nicht so, daß er *Verlangen* nach ihr empfand, ganz und gar nicht. Ein richtiggehender Widerwille schüttelte ihn. Undenkbar, sie auch nur mit der Fingerspitze zu berühren, nicht einmal in einem geheimen Wunschtraum. Nein, er wußte jetzt, was für ein Gefühl es war, das er empfand. Statt aufzustöhnen, wonach ihm noch zehn Minuten vorher zumute gewesen war, brach er plötzlich in schallendes Gelächter aus.

Barry Vine, wie gebannt in einen Bericht vertieft, drehte sich um und starrte ihn an. Wexford hörte sofort zu lachen auf und machte ein finsteres Gesicht. Er fürchtete, Vine werde jetzt etwas sagen, irgendeine blöde Frage stellen, wie der arme Martin es vielleicht getan hätte, aber wieder einmal unterschätzte er Detective Sergeant Vine. Vine wandte sich wieder dem Bericht zu.

Während er darüber nachdachte, wurde ihm ganz klar, daß genau dies passiert war: Er sah in Daisy eine Tochter, denn er war ein Mann, der Töchter brauchte. Ein gewisses Schuldgefühl erfaßte ihn, weil er über Daisy fast seine ältere Tochter, Sylvia, vergessen hatte.

Warum in die Ferne schweifen und um fremde Göttinnen buhlen, wenn er seine eigene ganz in der Nähe hatte? Weil, dachte er, die Bedürfnisse wehen, wo sie wollen, ohne Rücksicht darauf, was schicklich und angemessen ist. Aber er nahm sich vor, Sylvia zu besuchen und ihr vielleicht etwas mitzubringen. Sie zog gerade um, in ein altes Pfarrhaus auf dem Land. Er beschloß, zu ihr zu fahren und seine Hilfe anzubieten. Doch vorläufig war es vielleicht besser, bei dem Vorsatz zu bleiben, weniger von Daisy zu sehen.

Er seufzte, und diesmal drehte sich Barry Vine nicht um. Als sie diesen Raum bezogen hatten, waren die Londoner Telefonbücher hierhergebracht worden, Wexford griff nach dem Band E–K. Natürlich gab es Hunderte von Anschlüssen unter dem Namen Jones, aber nicht allzu viele unter G. G. Jones. Daisy hatte recht gehabt, als sie meinte, daß Davina sicher die richtige Anschrift notiert habe. Hier stand sie: Jones, G. G., 11 Niniveh Road, N5, und eine Telefonnummer des Fernmeldeamts 832. Zweifellos mit der Vorwahl 071 für Zentral-London. Aber Wexford nahm den Hörer nicht von der Gabel. Er saß da, überlegte, für welche Namen diese Initialen wohl standen, und sann auch darüber nach, warum zwischen Jones und seiner Tochter noch nie der geringste Kontakt bestanden hatte.

Ihn beschäftigte auch die Frage des Erbes und was die Folgen hätten sein können, wenn beispielsweise Davina als einzige nicht gestorben wäre, oder auch Naomi. Und was, wenn überhaupt etwas, hatte es zu bedeuten, daß weder Naomi noch ihre Freundin Joanne an Männern interessiert gewesen war und offensichtlich jede die Gesellschaft der jeweils anderen vorgezogen hatte?

Ein Bericht auf seinem Tisch enthielt das Gutachten eines Experten für Faustfeuerwaffen. Nun, da er innerlich wieder unbeschwert war, las er ihn noch einmal und diesmal sorgfältiger durch. Beim erstenmal hatte er ihn nicht richtig aufgenommen, weil seine Gedanken zu sehr von der Furcht erfüllt gewesen waren, er könnte von der gefährlichsten aller Obsessionen ergriffen worden sein. Der Experte schrieb, es sehe zwar so aus, als ob das Geschoß von dem Mord an Sergeant Martin nicht mit den Kugeln, die in Tancred House sichergestellt worden waren, zusammenpaßte, möglicherweise aber verhalte es sich doch nicht so. Wenn man etwas davon verstehe, sei es möglich, den Lauf eines Revolvers zu frisieren, »Züge an der Innenseite gleichsam einzugravieren«, die sich dann auf einem Geschoß abzeichneten, das ihn passiert. Nach Meinung des Gutachters sprach viel dafür, daß dies im vorliegenden Fall geschehen sei.

Wexford sagte: »Barry, es stimmt, was Michelle Weaver ausgesagt hat. Dieser Bishop hat die Waffe weggeschmissen. Sie ist über den Boden im Schalterraum der Bank geschliddert. So eigenartig es sich auch anhört, aber es waren zwei Schießeisen, die über den Boden geglitten sind, nachdem Martin erschossen worden war.«

Vine kam zu Wexford und setzte sich auf den Schreibtischrand.

»Hocking hat mir erzählt, daß Bishop das Schießeisen, den Colt Magnum, weggeworfen hat. Es war ein 357er oder 38er Colt, welcher Typ, das läßt sich nicht sagen. Irgend jemand in der Bank hat ihn vom Boden aufgehoben. Einer von den Leuten, die nicht abgewartet haben, bis wir kamen. Einer von den Männern. Sharon Fraser hatte den Eindruck, daß alle, die den Schalterraum verließen, Männer waren.«

»Wenn einer eine Waffe vom Boden aufhebt, dann geschieht es mit Vorsatz«, sagte Vine.

»Ja, aber vielleicht ohne einen bestimmten Tatvorsatz. Aus einer allgemeinen kriminellen Neigung.«

»Für den Fall, daß das Ding eines Tages nützlich werden könnte, Sir?«

»Ja, irgend so was. So wie mein alter Herr aus Gewohnheit jeden Nagel aufhob, den er im Rinnstein liegen sah. Er hätte ja irgendwann nützlich werden können.«

Sein Telefon surrte. Dora oder das Revier. Wenn jemand die Polizei wegen der Morde in Tancred House anrufen wollte, wußte er vermutlich die Nummer für den kostenlosen Anruf, die täglich übers Fernsehen ausgestrahlt worden war. Aber es meldete sich Burden, der an diesem Tag nicht nach Tancred House hinausgefahren war.

»Reg, gerade ist ein Anruf gekommen. Nicht über 999. Ein Mann mit einem amerikanischen Akzent. Er hat für Bib Mew angerufen. Sie wohnt im Haus neben ihm, hat aber kein Telefon. Sie will im Wald eine Leiche entdeckt haben.«

»Ich weiß, von wem Sie sprechen. Ich hab mich mal mit ihm unterhalten.«

»Sie hat eine Leiche entdeckt«, sagte Burden, »die an einem Baum hängt.«

16

Sie ließ sie ins Haus, sagte aber kein Wort. Sie sah Wexford mit dem gleichen leeren, hoffnungslosen starren Blick an, mit dem sie vielleicht einen Gerichtsvollzieher angesehen hätte, der erschienen war, um eine Bestandsaufnahme ihrer Habseligkeiten zu machen. Von Anfang an war dies ihre typische Haltung. Sie war wie betäubt, der Verzweiflung nahe, außerstande, sich gegen diese Flut zu wehren, in der sie untergegangen war.

In ihrer Kordsamthose, dem karierten Hemd und dem Pullover mit V-Ausschnitt wirkte sie sonderbarerweise männlicher denn je. Ihren Ohrring trug sie heute nicht. Ich wäre imstande, meinen Mannskleidern eine Schande anzutun und wie ein Weib zu weinen, dachte Wexford. Aber Bib Mew weinte nicht, und war das nicht ohnehin ein Irrtum, daß Frauen weinten, Männer hingegen nicht?

»Erzählen Sie uns bitte, was vorgefallen ist, Mrs. Mew«, fragte Burden gerade.

Sie hatte sie in die schlecht gelüftete Stube geführt, dem an romantischer Authentizität nur eine alte, in ein Schultertuch gehüllte Frau in einem Lehnsessel fehlte. Dort sank sie wortlos auf das alte Roßhaarsofa. Sie ließ Wexford keinen Augenblick aus den Augen. Ich hätte eine Polizeibeamtin mitbringen sollen, ging es ihm durch den Sinn, denn an dieser Frau ist etwas, was ich bis jetzt nicht verstanden habe. Bib Mew ist nicht nur einfach schrullig, begriffsstutzig, dumm – wenn das nicht zu hart gesagt ist. Sie ist zurückgeblieben, geistig behindert. Er spürte, wie Mitleid in ihm aufstieg. Solche Menschen traf ein Schock immer schlimmer als andere, er bohrte sich ihnen ins Herz und zerstörte irgendwie ihre Arglosigkeit.

Burden hatte seine Frage wiederholt. Wexford sagte: »Mrs. Mew, ich finde, Sie sollten etwas Heißes trinken. Können wir Ihnen etwas Heißes machen?«

Ach, wenn doch Karen oder Anne da wären! Aber sein Angebot hatte Bib Mews Zunge gelöst. »Er hat mir was Heißes gegeben. Der nebenan.«

Es hatte keinen Sinn zu erwarten, was Burden erwartete. Diese Frau war außerstande, ihnen in irgendeiner Weise sachlich zu berichten, was sie entdeckt hatte. »Sie waren im Wald«, begann Wexford. Er sah auf die Uhr. »Auf dem Weg zu Ihrer Arbeit?«

Ihr Nicken war mehr als verängstigt. Es war die eingeschüchterte Bewegung eines in die Enge getriebenen Tieres. Burden ging schweigend aus dem Zimmer, wohl auf der Suche nach der Küche, wie Wexford annahm. Und jetzt zum schwierigen Teil, bei dem sie vielleicht in Schreie ausbrechen würde.

»Sie haben etwas gesehen, *einen Menschen*? Sie haben etwas an einem Baum hängen sehen?«

Wieder ein Nicken. Sie hatte begonnen, die Hände zu reiben, immer rascher, wie beim Waschen. Dann sagte sie zu seiner Überraschung etwas. Sehr vorsichtig sagte sie: »Einen toten Menschen.«

Mein Gott, dachte er, wenn sie sich das nicht eingebildet hat, die Ärmste, was ich nicht glaube, handelt es sich um Joanne Garland. »Mann oder Frau, Mrs. Mew?«

Sie wiederholte: »Ein toter Mensch.« Und dann: »Am Baum.«

»Ja. War er von der Nebenstraße aus zu sehen?«

Ein heftiges Kopfschütteln, und dann kam Burden mit einem Becher Tee herein, auf dem die Gesichter des Herzogs und der Herzogin von York abgebildet waren. Ein Löffelende ragte heraus, woraus Wexford schloß,

Burden habe so viel Zucker in den Becher geschüttet, daß der Löffel darin stand.

»Ich hab bei uns angerufen«, sagte er. »Habe Anne dazu gebracht, daß sie hierherkommt.« Er fügte hinzu: »Und Barry.«

Bib Mew drückte den Becher an die Brust und umfaßte ihn mit beiden Händen. Merkwürdigerweise fiel Wexford gerade jetzt ein, wie ihm einmal jemand erzählt hatte, daß die Menschen in Kaschmir Gefäße voll heißer Kohlen unter ihrer Kleidung tragen, um diese zu wärmen. Wenn ich und Burden nicht da wären, dachte er, hätte Bib Mew sich den Becher unter den Pullover gesteckt. Der Tee schien eher als beruhigender Wärmespender zu dienen denn als Getränk.

»Bin zwischen die Bäume«, sagte sie. »Weil ich mal mußte.«

Wexford brauchte ein paar Augenblicke, bis ihm aufging, was sie meinte. Vor Gericht hieß das noch immer »ein natürliches Bedürfnis«. Burden wollte anscheinend seinen Ohren nicht trauen. Sie konnte doch höchstens zehn Minuten von ihrem Häuschen entfernt gewesen sein, aber natürlich war es möglich, daß sie es nicht mehr ausgehalten hatte, daß sie in diesem Punkt Schwierigkeiten hatte. Oder sie hatte zu viel Scheu davor, eine Toilette in Tancred House zu benutzen.

»Sie haben Ihr Fahrrad abgestellt«, sagte er sanft, »sind zwischen die Bäume gegangen, und dann haben Sie es gesehen?«

Sie begann zu zittern.

Er mußte hartnäckig bleiben. »Sie sind nicht nach Tancred weitergefahren, sondern zurück nach Hause?«

»Zu Tode erschrocken, zu Tode erschrocken. Hatte eine Todesangst.« Sie deutete mit dem Finger zur Wand. »Hab's ihm gesagt.«

»Ja«, sagte Burden. »Könnten Sie ... Könnten Sie uns sagen, *wo*?«

Sie stieß keinen Schrei aus. Das Geräusch, das sie von sich gab, war eine Art Schnattern. Ihren Körper schüttelte es. Der Tee schwappte in dem Becher hin und her und spritzte über den Rand. Wexford nahm ihn ihr behutsam ab. Er sagte in dem gelassensten, beruhigendsten Ton, den er zustande brachte: »Es ist nicht wichtig. Machen Sie sich darüber keine Gedanken. Sie haben es Mr. Hogarth erzählt?« Sie sah ihn verständnislos an. Er hatte den Eindruck, daß ihre Zähne zu klappern begannen. »Dem Mann nebenan?«

Ein Nicken. Ihre Hände streckten sich wieder nach dem Becher aus und umklammerten ihn. Wexford hörte den Wagen und bedeutete Burden mit einem Nikken, sie ins Haus zu lassen. Barry Vine und Anne Lennox hatten exakt elf Minuten hierher gebraucht.

Wexford ließ sie mit Bib Mew allein und ging nach nebenan. Das Fahrrad des jungen Amerikaners lehnte an der Mauer. Da es weder Klingel noch Türklopfer gab, klapperte er mit dem Deckel des Briefeinwurfs. Der Mann im Haus ließ sich Zeit, und als er schließlich kam, wirkte er keineswegs erfreut, Wexford zu sehen. Zweifellos paßte es ihm nicht, in die Sache hineingezogen zu werden.

»Oh, hi«, sagte er ziemlich kühl. Und dann, resigniert: »Wir kennen uns. Kommen Sie nur rein.«

Er hatte eine angenehme Stimme. Die Stimme eines gebildeten Amerikaners, wenn er auch nicht ganz, wie Wexford annahm, das makellose Neuengland-Idiom, das Mr. Littleburys sprach. Der junge Mann führte ihn in einen schmuddeligen Wohnraum, genau das, was Wexford von jemandem seines Alters – drei- oder vierundzwanzig – erwartete, der allein lebte. Man sah eine Menge Bücher in Regalen, die nur aus Brettern und Ziegelsteinen bestanden, einen anständigen Fernsehapparat, ein kaputtes, altes, grünes Sofa und einen Klapptisch, auf dem ein wildes Durcheinander herrschte:

eine Schreibmaschine, undefinierbares Metallwerkzeug vom Typ Krampe und Schraubenschlüssel, Teller, Tassen und ein Glas mit einem roten Getränk, das zur Hälfte geleert war. Die einzige andere Sitzgelegenheit, ein Windsor-Stuhl mit gebogener Lehne, war von Zeitungen mit Beschlag belegt. Der junge Amerikaner fegte sie mit einer Handbewegung auf den Boden und entfernte von der Lehne ein schmutziges weißes T-Shirt und ein paar verdreckte Socken.

»Können Sie mir Ihren vollen Namen sagen?«

»Das schon.« Aber er nannte ihn nicht. »Darf ich erfahren, weswegen? Ich habe doch mit der ganzen Geschichte nichts zu tun.«

»Reine Routine, Sir. Sie brauchen sich keine Sorgen zu machen, was Sie selbst betrifft. Und jetzt bitte Ihren vollen Namen.«

»Okay, wenn Sie wollen. Jonathan Steel Hogarth.« Er veränderte seinen Ton und wurde mitteilsam. »Die Leute nennen mich Thanny. Vielmehr, ich nenne mich Thanny, und jetzt reden mich alle so an. Wir können uns nicht alle zu ›Jon‹ abkürzen. Ich hab mir gedacht, wenn sich ein Mädchen, das Patricia heißt, Tricia nennen kann, kann ich mich Thanny nennen.«

»Sie sind amerikanischer Staatsangehöriger?«

»Yeah. Sollte ich meinen Konsul anrufen?«

Wexford lächelte. »Ich glaube nicht, daß das nötig sein wird. Wohnen Sie schon lange hier?«

»Ich bin seit dem vergangenen Sommer in Europa. Seit Ende Mai. Ich mache das, was man so die Grand Tour nennt. *Hier* wohne ich seit einem Monat. Ich bin Student. Das heißt, ich war Student und hoffe, wieder angenommen zu werden. An der USM, im kommenden Herbst. Ich habe also das hier gefunden – wie würden Sie es nennen? Eine Hütte? Nein, ein Cottage –, mich häuslich eingerichtet, und als nächstes passiert dieses Massaker in dem Herrenhaus dort, und die Frau nebenan entdeckt einen armen Kerl, der an einem Ast baumelt.«

»Einen Kerl? Es war ein Mann?«

»Komische Geschichte, ich weiß es nicht. Ich hab es sozusagen als selbstverständlich angenommen.«

Er grinste Wexford entschuldigend an. Er hatte ein fein gezeichnetes Gesicht, nicht so sehr hübsch als vielmehr sensibel, die Züge zart wie die eines Mädchens, große, dunkelblaue Augen mit dichten, langen Wimpern, eine kurze, gerade Nase, eine rosige Haut und dazu die dichten Bartstoppeln eines dunkelhaarigen Mannes, der sich seit zwei Tagen nicht rasiert hat. Der Kontrast hatte etwas eigenartig Fesselndes. »Sie wollen von mir wissen, was passiert ist? Es war vermutlich ein glücklicher Zufall, daß ich hier war. Ich war gerade von der USM zurückgekommen...«

Wexford unterbrach ihn. »USM, das haben Sie schon mal erwähnt. Was ist USM?«

Hogarth sah ihn an, als hätte er nicht alle Tassen im Schrank, und Wexford erkannte rasch, warum. »Ich werde dort an einem Kurs teilnehmen, verstehen Sie? An der University of the South in Myringham, USM. Wie sagen *Sie* dazu? Die geben so ein Oberseminar für kreatives Schreiben. Darum habe ich mich beworben. Im College hatte ich englische Literatur nur im Nebenfach, mein Hauptfach war Militärgeschichte, und darum dachte ich, ich brauche noch eine Zusatzausbildung, wenn ich Romane schreiben will. Ich habe den Antrag ausgefüllt und ihn selbst hingebracht.«

Er grinste. »Es ist nicht so, daß ich kein Vertrauen in die englische Post hätte, ich wollte mir nur den Campus ein bißchen anschauen. Also, wie gesagt, ich habe meinen Antrag abgegeben und bin wieder hierher zurückgekommen – wann? Ich schätze, gegen zwei, zehn nach zwei. Dann plötzlich dieses Hämmern gegen meine Tür, und den Rest wissen Sie ja wohl schon.«

»Nicht ganz, Mr. Hogarth.«

Thanny Hogarth zog die feinen, dunklen Augenbrauen hoch. Er hatte sich wieder ganz in der Hand und legte eine Selbstbeherrschung an den Tag, die für einen so jungen Menschen erstaunlich war. »Sie kann es Ihnen nicht selber erzählen?«

»Nein«, sagte Wexford nachdenklich. »Nein, wie die Sache aussieht, ist sie nicht dazu in der Lage. Was hat sie eigentlich zu Ihnen *gesagt*?« Der gar nicht so abwegige Gedanke war ihm gekommen, daß Bib Mew Gespenster gesehen haben könnte, Wahngebilde, wie möglicherweise schon früher. Vielleicht gab es gar keine Leiche, oder das, was an diesem Baum hing, war ein Stück Plastikplane oder ein Sack, der im Wind flatterte. Nach Wind und Regen war das flache Land in England manchmal mit Fetzen von Polyäthylen geschmückt... »Was genau hat sie zu Ihnen gesagt?«

»Wortwörtlich? Schwierig, sich daran zu erinnern. Sie hat gesagt, eine Leiche hänge an einem Baum... Sie hat mir gesagt, *wo*, und dann hat sie irgendwie zu lachen und zu weinen angefangen.« Dann kam ihm anscheinend eine Idee, die ihm sehr gefiel. Plötzlich zeigte er sich hilfsbereit. »Ich könnte Sie hinführen. Ich denke, ich könnte die Stelle finden, von der sie gesprochen hat, und sie Ihnen zeigen.«

Der Wind hatte sich gelegt, und im Wald war es sehr still und friedvoll. Gedämpfter Vogelsang war zu hören, aber nur wenige Singvögel lebten im Wald, und häufiger ließ sich das Schreien eines Eichelhähers und das ferne Pochen eines Spechts vernehmen. Sie stiegen an der Stelle aus dem Auto, wo die Nebenstraße nach Süden abbog. Es war ein Teil der Tancred-Wälder, mit altem Bestand, der teilweise umgestürzt war.

Gabbitas oder sein Vorgänger hatten hier etwas aufgeräumt, aber ein paar Stämme, die inzwischen von

Brombeergestrüpp überwuchert waren, für die Tiere liegen lassen. Die Bäume standen hier so licht, daß aus dem Boden schon helles Frühjahrsgras kam, doch weiter innen, wo der Bestand dichter war, war der Boden mit faulendem Laub bedeckt.

Hier also war Bib, Thanny Hogarth zufolge, gewesen. Er zeigte ihnen, wo sie nach seiner Berechnung ihr Fahrrad abgestellt hatte. Die brave, gehemmte Bib Mew mußte ein großes Stück zwischen die Bäume gegangen sein, bis sie sich ganz ungestört fühlte. Ja, man war hier so weit von der Straße entfernt, daß Wexford, wie schon vorher, dachte: Wir werden nichts finden, außer einer flatternden Plastikfolie an einem Ast.

Das düstere Schweigen, das jetzt herrschte, würde ihnen völlig lächerlich vorkommen, wenn der an einem Baum hängende Gegenstand sich als ein flatternder Fetzen oder leerer Sack entpuppen sollte. Seine Gedanken gingen in diese Richtung, als wäre schon alles vorbei und Bib Mews Schreckgespenst als das erkannt, was es war: eine falsche Fährte, die man nur mit einem ärgerlichen Ausruf abtun konnte ... da sah er es. Sie sahen es alle.

Hier wuchsen Eibischsträucher dicht nebeneinander und schirmten eine Lichtung ab. Auf der Lichtung hing es, an einem der unteren Äste eines großen Baumes, einer Esche oder einer Linde, am Hals aufgeknüpft. Ein Bündel, oben zusammengeschnürt, und mitnichten ein Fetzen oder ein Sack. Es war etwas Schweres, das Gewicht von Fleisch und Knochen zog es nach unten.

Die Polizeibeamten verursachten kein Geräusch. Thanny Hogarth sagte: »*Wow!*«

Die Lichtung lag in der Sonne. Die Sonne überzog die Leiche an dem Ast mit einem sanften goldenen Schimmer. Sie schwang nicht hin und her wie ein Pendel, sondern drehte sich langsam, beschrieb vielleicht einen Viertelkreis wie ein Senkblei. Es war eine schöne Stelle, eine kleine bewaldete Senke mit knospenden

Zweigen ringsum und den winzigen gelben und weißen Siebensternen als Boten des Frühlings im Gras. Die Leiche wirkte in diesem Rahmen geradezu obszön. Ein früherer Gedanke meldete sich wieder in Wexfords Kopf: Dem Mann oder den Männern, die so etwas getan hatten, mußte es Freude bereitet haben, zu zerstören, sie hatten in der Vernichtung eine finstere Genugtuung gefunden.

Nachdem sie kurz stehengeblieben waren, um das Bild in sich aufzunehmen, näherten sie sich dem hängenden Etwas. Die Polizeibeamten gingen dicht hin, während sich Thanny Hogarth ein Stück weit entfernt hielt. Sein Gesichtsausdruck hatte sich nicht verändert, aber er zögerte weiterzugehen und senkte den Blick. Ja, dachte Wexford, die aufregende Entdeckung, die sich der Junge, unbeschwert und eifrig, in seinem Cottage ausgemalt hatte, ist das nicht. Zumindest würde er sich nicht übergeben.

Jetzt waren sie nur noch einen knappen Meter davon entfernt. Der Tote trug einen Trainingsanzug. Der früher einmal dicke Hals wurde durch die Schlinge grauenvoll gedehnt, und Wexford erkannte, daß er sich getäuscht, ganz und gar getäuscht hatte.

»Das ist Andy Griffin«, sagte Burden.

»Das ist doch unmöglich. Er hat am Mittwochabend seine Eltern angerufen. Er war irgendwo in Nordengland und hat am Mittwochabend seine Eltern angerufen.«

Sumner-Quist schien nicht beeindruckt. »Dieser Mann ist mindestens seit Dienstagnachmittag tot, sehr wahrscheinlich sogar noch länger.«

Zur weiteren Klärung des Sachverhalts mußten sie seinen Bericht abwarten. Burden war entrüstet. Man kann den Hinterbliebenen nicht direkt Vorwürfe machen, weil sie einem Lügen über ihren toten Sohn aufgetischt haben. So groß sein Verlangen auch war, es ihnen ins Gesicht zu sagen, er mußte es sich versagen. Freeborn war sehr darauf bedacht, daß seine Beamten sich, wie er es ausdrückte, »zivilisiert und einfühlsam« verhielten.

Burden konnte sich allerdings gut vorstellen, was sich abgespielt hate. Terry und Margaret Griffin hatten eine Vernehmung Andys so lange wie möglich hinausschieben wollen. Wenn sie die Fiktion aufrechterhalten konnten, daß er weit weg war, wenn sie ihn, sobald er nach Hause kam, bereden konnten, wieder abzutauchen, konnte es sein, daß bei seinem irgendwann unvermeidlichen Wiederauftauchen der Fall abgeschlossen und über die ganze Sache Gras gewachsen war.

»Wo war er in diesen drei Tagen, Reg? Dieses Gerede von ›droben im Norden‹ ist doch nur ein Täuschungsmanöver. Wo war er zwischen Sonntagvormittag und Dienstagnachmittag? Ist er bei irgend jemandem untergeschlüpft?«

»Am besten, wir schicken Barry noch mal in sein Lieblingsetablissement, das *Slug and Lettuce*, damit er sich mal umhört, was Andys Kumpel meinen.« Wexford grübelte. »Es ist eine entsetzliche Art, einen Menschen umzubringen«, sagte er dann, »aber ›angenehme‹ Tötungsarten gibt es ja nicht. Ein Mord ist etwas Entsetzliches. Wenn wir es nüchtern betrachten, hat das Erhängen für den Täter eine Menge Vorteile. Schon mal kein Blut. Es ist billig. Es ist sicher. Es ist einfach, vorausgesetzt, der Killer kann sein Opfer bewegungsunfähig machen.«

»Wie wurde Andy Griffin bewegungsunfähig gemacht?«

»Das werden wir wissen, sobald wir von Sumner-Quist etwas Endgültiges haben. Es könnte sein, daß sein Mörder ihm K. o.-Tropfen verabreicht hat, aber das hätte seine eigenen Probleme mit sich gebracht. War

Andy der zweite Mann? Derjenige, den Daisy nicht gesehen hat?«

»O ja, glaub ich schon. Und Sie?«

Wexford gab keine Antwort. »Hogarth war deutlich verärgert, als ich bei ihm ankam. Das mag durchaus verständlich sein, wenn man in diese Sache nicht hineingezogen werden möchte. Allerdings ist er wieder munter geworden, als er sich zu unserem Führer ernannte. Vermutlich steht er einfach gern im Mittelpunkt. Er sieht aus wie siebzehn, obwohl er wahrscheinlich dreiundzwanzig ist. In den Vereinigten Staaten gehen sie vier Jahre auf die Universität. Er will Ende Mai hierhergekommen sein, das wäre also nach seinen Abschlußprüfungen gewesen, die sind drüben im Mai, und er wäre zweiundzwanzig gewesen. Er ist auf seiner Grand Tour, wie er es nennt. Muß einen wohlhabenden Vater haben.«

»Haben wir ihn überprüft?«

»Ich habe es für angebracht gehalten«, sagte Wexford ziemlich kühl. Er berichtete Burden von einem diskreten Anruf bei einem alten Bekannten, dem Vizekanzler der Myringham University, und von Dr. K. Perkins' ebenso diskreter Konsultation des Computers mit den gespeicherten Einschreibeanträgen.

»Ich frage mich, was Andy getrieben hat.«

»Das fragen wir uns beide«, sagte Wexford.

Er machte sich auf, um Sylvia zu besuchen. Er war zu beschäftigt, um sich wirklich Zeit für einen Besuch bei ihr zu nehmen, und gerade das war Grund genug. Unterwegs tat er etwas, was er für Sylvia noch nie getan hatte: Er erstand Blumen. Er hätte ihr am liebsten eines jener prachtvollen Gebinde gekauft, wie sie für die tote Davina geschickt worden waren, ein Kissen oder ein Herz aus Blüten, ein Korb voll Lilien. Doch da es in diesem Blumengeschäft nichts dergleichen gab, mußte er mit goldenen Fresien und Adonisröschen vorliebnehmen. Der Duft, den sie in seinem Wagen verströmten, stärker als jedes Parfum in einem großen Flakon, war beinahe betäubend.

Sie war seltsam gerührt. Er dachte schon, gleich würden ihr die Tränen kommen. Aber sie lächelte und vergrub das Gesicht in den Blumen.

»Sind die herrlich! Danke dir, Dad.«

Wußte sie von dem Streit? Hatte Dora ihr davon erzählt?

»Mit welchem Gefühl wirst du dieses Haus verlassen?« Es war ein hübsches Zuhause, gleich um die Ecke von der vornehmen Ploughman's Lane. Er wußte, warum sie immer wieder umzog, warum sie und Neil sich förmlich danach sehnten, die Adresse zu wechseln, und das machte ihn nicht gerade glücklich. »Kein Bedauern?«

»Warte ab, bis du das Pfarrhaus siehst.«

Er verschwieg ihr, daß er zusammen mit ihrer Mutter schon zweimal daran vorbeigefahren war. Er sagte ihr nichts davon, wie entsetzt sie über die Größe des Hauses und seinen Zustand gewesen waren. Sie machte ihm Tee, und er aß von ihrem Obstkuchen, obwohl er eigentlich nicht wollte und auch nicht sollte.

»Du und Mutter, ihr dürft auf keinen Fall unsere House-warming-Party versäumen.«

»Warum sollten wir die versäumen?«

»Das fragst du noch! Du bist doch berühmt dafür, daß du nie auf Party gehst.«

»Das wird die Ausnahme werden, die die Regel bestätigt.«

Drei Tage war es her, seit er Daisy zum letztenmal gesehen hatte. Er hatte sich nur einmal mit ihr in Verbindung gesetzt: um sich zu vergewissern, daß sie in Tancred House auch sorgfältig bewacht wurde. Deswegen rief er sie an. Sie war verstimmt, aber nicht zornig.

»Rosemary wollte an den Apparat gehen! Das ist doch beknackt. Ich habe ihr gesagt, daß ich mich nicht vor Telefonstöhnern fürchte. Außerdem haben gar keine angerufen. Es ist wirklich Blödsinn, daß Rosemary hier ist oder Anne. Sie sind ja sehr nett, aber warum darf ich hier nicht allein sein?«

»Sie wissen, warum, Daisy.«

»Ich glaube einfach nicht, daß einer von denen zurückkommen wird, um mir den Rest zu geben.«

»Ich auch nicht, aber ich gehe gern auf Nummer sicher.«

Er hatte mehrmals versucht, ihren Vater zu erreichen, aber G. G. Jones in der Niniveh Road – wo gleich wieder? In Highbury? In Holloway? – hatte nicht abgenommen. An diesem Abend nahm er sich, nachdem er Davina Florys Roman *Midians Gastfreunde* – der Casey gefiel – gelesen hatte, ihr erstes Buch über Osteuropa vor und stellte fest, daß es nicht sein Fall war. Sie war ein Snob mit hehren Prinzipien, sowohl in gesellschaftlichen Fragen wie auf dem Gebiet des Intellekts; sie war rechthaberisch und dünkte sich den meisten Menschen überlegen; sie war unfreundlich zu ihrer Tochter und zu ihrem Personal von oben herab gewesen. Obwohl sie sich für eine »Linke« hielt, sprach sie nicht von der »Arbeiterklasse«, sondern von der »Unterschicht«. Ihre Bücher entlarvten sie als jenes immer suspekte Wesen: die vermögende Sozialistin.

Eine Mischung aus Elitedenken und Marxismus durchzog diese Seiten. Menschlichkeit im Täglichen war nirgends zu spüren, und das galt auch für den Humor, von einem einzigen Bereich abgesehen. Sie hatte anscheinend zu jenen Leuten gehört, die von der Idee eines ungezügelten Sexuallebens für jedermann begeistert sind, sich allein schon beim Gedanken an

Sex lüstern die Lippen lecken und darin den einzigen wirklichen Freudenspender des Lebens sehen, den Alten (den intelligenten und attraktiven Alten) ebenso zugänglich wie den Jungen. Aber für die Jugend schien er ihr unentbehrlich, je häufiger desto besser, ebenso notwendig wie Nahrung und ebenso unbestritten stärkend.

Sein Anruf in Sachen Einschreibung an der USM hatte zur Folge, daß er und Dora zu den Perkins auf einen Drink eingeladen wurden. Perkins überraschte Wexford mit der Bemerkung, daß er Harvey Copeland früher gut gekannt habe. Copeland war damals, das lag Jahre zurück, an einer amerikanischen Universität Gastprofessor für Betriebswirtschaft gewesen, zur selben Zeit, als er, Stephen Perkins, dort ein historisches Seminar abhielt und an seiner Dissertation für den Dr. phil. arbeitete. Dr. Perkins zufolge war Copeland seinerzeit, in den sechziger Jahren, ein verblüffend gut aussehender Mann gewesen, ein »Bombenerfolg auf dem Campus«, wie er sich ausdrückte. Es habe einen kleineren Skandal um eine schwangere Studentin im dritten Jahr und einen ungleich größeren wegen seiner Affäre mit der Frau eines Fakultätschefs gegeben.

»Eine Schwangerschaft war damals nichts Alltägliches bei den Studentinnen, besonders nicht im Mittleren Westen. Er mußte zwar nicht den Hut nehmen, das nicht. Er blieb die vollen zwei Jahre, aber als er sich verabschiedete, wurde so mancher Seufzer der Erleichterung ausgestoßen.«

»Was war er sonst für ein Mann?«

»Freundlich, gewöhnlich, ziemlich fade. Er hat nur toll ausgesehen. Es heißt ja, ein Mann kann in diesem Punkt einen anderen Mann nicht beurteilen, aber an seinem attraktiven Aussehen gab es einfach keinen Zweifel. Ich will Ihnen sagen, wie er aussah. Wie Paul Newman. Aber er war ein ziemlicher Langweiler. Wir waren einmal zu einem Dinner dort, weißt du noch, Rosie? In Tancred, meine ich. Harvey war noch immer genau derselbe wie vor fünfundzwanzig Jahren, ein schrecklicher Langweiler. Und er hat noch immer wie Paul Newman ausgesehen. Das heißt, wie Paul Newman *heute* aussieht.«

»Er war hinreißend, der arme Harvey«, sagte Rosie Perkins.

»Und Davina Flory?«

»Erinnern Sie sich noch an die Graffiti, die vor ein paar Jahren Kinder an die Mauern gesprüht haben, ›Rambo Rules‹, ›Pistols Rule‹, diese Sprüche? Genau das hat auf Davina gepaßt. Man hätte sagen können: ›Davina Rules‹. Wenn sie da war, hat sie den Ton angegeben. Nicht so sehr, daß sie Schwung in eine Runde gebracht hätte, sie hat sie dirigiert, als Boß. Einigermaßen diskret natürlich.«

»Aus welchen Gründen hat sie ihn geheiratet?«

»Liebe, Sex.«

»Sie hat oft auf eine peinliche Art über ihn gesprochen. Oh, das sollte ich unserem Gast nicht erzählen, hab ich nicht recht, Liebling?«

»Wie soll ich das beurteilen, wenn ich nicht weiß, worum es sich handelt.«

»Na gut, sie hat oft erzählt, ganz im Vertrauen natürlich, was für ein wunderbarer Liebhaber er sei. Und dabei hat sie irgendwie schelmisch dreingesehen und den Kopf auf die Seite gelegt – es war wirklich peinlich. Sie hat es gesagt, wenn man allein mit ihr war, das heißt, wenn keine Männer in der Nähe waren. Ganz unbefangen hat sie dann erzählt, daß er ein phantastischer Liebhaber sei. Für mich ist es unvorstellbar, so etwas zu irgend jemandem über meinen Mann zu sagen.«

»Vielen Dank, Rosie«, sagte Perkins lachend. »Einmal hat sie es sogar in meiner Hörweite gesagt.«

»Aber sie war doch schon Mitte sechzig, als sie ihn heiratete.«

»Hat das Alter etwas mit der Liebe zu tun?« kommentierte der Vizekanzler überlegen, und der Satz kam Wexford wie ein Zitat vor, obwohl er die Quelle nicht hätte angeben können. »Aber glauben Sie mir, sonst hat sie ihm keine Komplimente gemacht. Beispielsweise hat sie von seiner Intelligenz nicht viel gehalten. Aber sie umgab sich ja gern mit Nullen. Das tun solche Leute. Menschen sind Anschaffungen, wie Harvey für Davina, oder sie sind Produkte, wie ihre Tochter, und dann verbringen sie den Rest ihres Lebens damit, über sie herzuziehen, weil sie nicht witzig sind oder vor Geist sprühen.«

»Hat Davina Flory das getan?«

»Ich weiß es nicht. Vermutlich. Die arme Frau ist tot und auf gräßliche Weise umgekommen.«

Vier Menschen um einen Tisch, zwei Nullen, wie Perkins sie nannte, und zwei funkelnde Geister, und dann betraten die Killer das Haus, und alles war zu Ende, der Witz, die Langeweile und die Liebe, die Vergangenheit und die Hoffnung. Er dachte oft daran, dachte über die *mise en scène* mehr nach, als er es jemals in einem Mordfall getan hatte. Das Tischtuch, rot und weiß wie die Fische draußen im Bassin, war ein Bild, das häufig wiederkehrte, obwohl man das einem abgehärteten Polizeibeamten wie ihm nicht zugetraut hätte. Während er Davina Florys Schilderungen ihrer Reisen durch Sachsen und Thüringen las, dachte er an dieses Tischtuch, gefärbt von ihrem Blut.

»Es ist eine entsetzliche Art, einen Menschen umzubringen«, hatte er zu Burden über Andy Griffins Tod gesagt. »Jeder Mord ist entsetzlich.« Aber war es ein schlau eingefädelter Mord gewesen? Oder ein Mord, der nur wegen einer Verkettung unvorhersehbarer Umstände rätselhaft war? Sollten sie glauben, daß der Killer so schlau gewesen war, den Lauf eines 38er oder 357er Colt Züge einzukerben? Hatte sich irgendein Kumpel von Andy Griffin darauf verstanden?

Rosemary blieb Montagnacht bei Daisy, Karen Malahyde am Dienstag und Anne Lennox Mittwochnacht. Dr. Sumner-Quist lieferte Wexford am Donnerstag einen umfassenden Obduktionsbericht, und ein landesweit erscheinendes Blatt der Regenbogenpresse stellte auf der Titelseite die Frage, warum die Polizei bei der Fahndung nach den Tätern, die das Massaker in Tancred House begangen hatten, überhaupt nicht vorangekommen sei. Der Deputy Chief Constable bestellte Wexford zu sich und wollte wissen, wie er es habe zulassen können, daß Andy Griffin umgebracht wurde. Wenn der Vorwurf auch in andere Worte gekleidet war, lief es jedenfalls darauf hinaus.

Die gerichtliche Untersuchung im Fall Andy Griffin wurde eröffnet und sofort vertagt. Wexford studierte eine detaillierte Analyse über den Zustand von Andy Griffins Kleidung, die das forensische Labor erstellt hatte. In den Säumen seines Trainingsanzugs und in den Taschen der Jacke waren Partikel von Sand, Lehm, Kreide und faserigem, vermoderten Laub gefunden worden. Ein winziges Quantum Jutefasern, wie sie bei der Herstellung von Stricken verwendet werden, haftete oben an dem Trainingsanzug.

Sumner-Quist hatte weder im Magen noch im Darmtrakt Spuren irgendwelcher sedierender oder narkotischer Substanzen gefunden. Vor seinem Tod hatte er einen Hieb gegen die eine Seite des Kopfes erhalten. Nach Sumner-Quists Meinung war dies mit einem schweren, vermutlich metallenen Gegenstand geschehen, der in ein Tuch gewickelt war. Der Schlag sei zwar nicht tödlich gewesen, habe Griffin aber ein paar Minuten lang außer Gefecht gesetzt. Ausreichend Zeit.

Wexford erschauerte nicht, obwohl ihm danach war.

Es war ein gräßliches Bild, das da heraufbeschworen wurde, irgendwie nicht der modernen vertrauten Welt zugehörig, sondern aus einer fernen Vergangenheit, geheimnisvoll, urtümlich-wild und von primitiver Rohheit. Im Geist sah er den Ahnungslosen, den dicken, dummen, töricht selbstsicheren Andy Griffin vor sich, der vielleicht geglaubt hatte, einen Komplizen in seiner Macht zu haben, während sich dieser mit seiner bereit gehaltenen, umwickelten Waffe von hinten anschlich. Ein Hieb gegen den Kopf, rasch und gekonnt geführt. Dann, ohne Zeit zu verlieren, die schon geknüpfte Schlinge, der Strick über den starken Ast einer Esche geworfen...

Woher war der Strick gekommen? Dahin waren die Tage der kleinen Haushaltswarengeschäfte, die in der Familie blieben und von einer Generation zur nächsten vererbt wurden. Jetzt kaufte man ein Seil oder einen Strick in einem Heimwerkermarkt oder in der Haushaltswarenabteilung eines großen Supermarkts. Das machte die Sache schwieriger, denn ein Verkäufer erinnert sich an einen Kunden mit bestimmten Wünschen, den er bedient hat, ungleich besser als das Mädchen oder der junge Mann an der Kasse. Sie achten mehr auf den Preis als auf die Art des Gegenstands, wenn er aus dem Einkaufswagen genommen wird, es kann sogar sein, daß sie ihn unter dem Scanner durchziehen, ohne einen Blick auf die Ware oder auf den Kunden zu werfen.

Es war ihm gelungen, früh ins Bett zu kommen. Dora, die sich erkältet hatte, schlief im Gästezimmer. Dies hatte nichts oder nicht viel mit dem hitzigen Wortwechsel zu tun, den sie am frühen Abend Sheilas wegen gehabt hatten. Dora hatte sich mehrmals mit Sheila am Telefon unterhalten, aber immer tagsüber, wenn Wexford nicht zu Hause war. Sie sei voller Groll gegen ihn, aber bereit, »die Sache durchzusprechen«. Die Formulierung entlockte Wexford ein Knurren. Eine solche Ausdrucksweise mochte im Royal Oak angebracht sein, aber aus dem Mund seiner Tochter war sie ganz und gar unpassend.

Dora hatte vorgeschlagen, daß Sheila noch einmal für ein Wochenende herauskommen sollte. Natürlich müßte man dann Casey in Kauf nehmen, denn sie waren ja jetzt ein Paar, eines dieser unverheirateten Paare, die auf Weihnachtskarten nebeneinander unterschreiben. Casey würde sie ebenso selbstverständlich begleiten, wie Neil mit Sylvia kommen würde. Nur über seine Leiche, war Wexfords Kommentar.

Darauf hatte Dora die Nase gerümpft und sich mit ihrer Erkältung ins Gästezimmer verzogen. Sie nahm den von Sheila speziell nur an ihre Mutter adressierten Packen Informationsmaterial über die kleine Stadt Heights in Nevada mit, wo die Universität ihren Sitz hatte. Darunter war auch ein Prospekt über die Heights University mit detaillierten Angaben über die angebotenen Studiengänge und Abbildungen der Baulichkeiten. Ein Stadtführer enthielt Aufnahmen von der Umgebung und seitenlang Werbung ortsansässiger Firmen, zweifellos zur Deckung der Kosten dieses Hochglanz-Erzeugnisses. Wexford hatte auf beides einen unglücklichen Blick geworfen, ehe er es Dora zurückgab.

Das Kopfkissen im Rücken, mit einem Stapel Bücher, die Amyas Ireland geschickt hatte, setzte er sich ins Bett. Er las den gesamten Klappentext des zuoberst liegenden. Anschließend las er in das Vorwort hinein, bis ihm klar wurde, daß *Schön wie ein Baum* von Davina Florys Bemühungen handelte, gemeinsam mit ihrem ersten Ehemann die alten Wälder von Tancred aufzuforsten. Dann senkte sich der Schlaf auf seine Lider. Er schaltete das Licht aus.

Sein Telefon meldete sich wimmernd. Als er danach griff, fiel das Buch auf den Boden.

Karen meldete sich: »Hier spricht Detective Constable Malahyde in Tancred House. Ich habe drinnen angerufen.« Das war der Ausdruck, den sie alle benutzten, wenn sie das Polizeirevier anriefen, um Hilfe anzufordern. »Sie sind schon unterwegs, aber ich dachte mir, Sie würden es sicher gern erfahren. Draußen vor dem Haus ist irgend jemand, ein Mann, glaube ich. Wir haben ihn gehört, und dann haben wir ... dann hat Daisy ihn *gesehen.*«

»Ich mach mich auch auf die Socken«, sagte Wexford.

17

Es war eine jener seltenen Nächte, in denen der Mond so hell scheint, daß man beinahe lesen könnte. Solange Wexfords Wagen durch den Wald fuhr, überdeckten die Scheinwerfer das Mondlicht, doch als er auf freies Feld kam und dann auf den Vorhof von Tancred House fuhr, zeigte sich in dem weißen Licht alles so klar wie am Tage. Kein Windhauch bewegte einen Zweig. Westlich des monumentalen Herrenhauses zeichneten sich die Wipfel der Fichten, Tannen und Zedern im Mondlicht ab. Ein einziger, grünlicher Stern stand hell am Firmament. Der Mond war eine weiße Kugel, glühte alabasterartig, und man konnte verstehen, daß die Alten geglaubt hatten, in seinem Innern brenne ein Licht.

Die Bogenlampen unter der Mauer brannten nicht, vielleicht von einem Zeitschalter abgestellt. Es war zwanzig vor eins. Barry Vines Vauxhall und ein weiteres Polizeifahrzeug waren auf den Steinplatten abgestellt. Im dunklen Wasser des Bassins spiegelte sich der Mond als eine weiße Scheibe. Der Hauseingang stand offen, die innere Glastür war zwar geschlossen, aber nicht abgesperrt. Karen Malahyde öffnete sie ihm, als er darauf zuging. Noch ehe er ein Wort sagen konnte, berichtete sie, daß vier Männer von der uniformierten Polizei dabei seien, den näheren Umkreis von Tancred House abzusuchen. Vine sei oben.

Er nickte und ging an ihr vorbei in den Salon. Daisy ging auf und ab und ballte immer wieder die Hände zu Fäusten. Im ersten Augenblick dachte er, sie werde sich ihm gleich in die Arme werfen. Aber sie trat nur dicht vor ihn hin, hob die Fäuste und drückte sie gegen den Mund, als wollte sie an den Fingerknöcheln nagen. Ihre Augen waren weit aufgerissen. Er begriff sofort, daß sie sich beinahe unerträglich gefürchtet hatte, daß sie vor Entsetzen einem hysterischen Anfall nahe war.

»Daisy«, sagte er sanft. Und dann: »Wollen Sie sich nicht hinsetzen? Kommen Sie, setzen Sie sich. Es wird Ihnen nichts zustoßen. Sie sind in Sicherheit.«

Sie schüttelte den Kopf. Karen ging zu ihr hin, riskierte es, sie am Arm zu berühren, doch als Daisy zurückwich, faßte sie das Mädchen fest am Arm und führte es zu einem Stuhl. Statt sich hinzusetzen, drehte sich Daisy frontal zu Karen um. Ihre Wunde mußte mittlerweile beinahe verheilt sein; nur eine leichte Auflage auf der Schulter zeichnete sich unter ihrem Pullover ab.

Sie sagte: »Halten Sie mich fest. Bitte, halten Sie mich nur eine Minute fest.«

Karen legte die Arme um sie und zog sie an sich. Wexford bemerkte, daß Karen zu jenen seltenen Menschen gehörte, die jemand anderen umarmen können, ohne ihm auf die Schulterblätter zu klopfen. Sie hielt Daisy fest wie eine Mutter, die ihr Kind, das in Gefahr war, soeben zurückbekommen hat, gab sie dann sanft frei und drückte sie auf den Stuhl, *setzte* sie darauf.

»So ist sie, seit sie ihn gesehen hat, hab ich recht, Daisy?« Im Ton einer Krankenschwester fuhr Karen fort: »Ich weiß nicht, wie oft ich sie schon geknuddelt habe, aber es scheint nicht viel zu helfen. Möchten Sie noch eine Tasse Tee?«

»Ich wollte schon die erste nicht!« Wexford hatte Daisy noch nie in einem solchen Ton sprechen hören. Ihre Stimme durchschnitt den Raum so scharf, daß man glauben konnte, sie werde gleich in ein Kreischen ausbrechen. »Warum muß ich Tee trinken? Ich möchte etwas, was mich betäubt, ich möchte etwas zum Einschlafen – für immer!«

»Machen Sie bitte uns allen eine Tasse Tee, Karen.« Er sprach diese Bitte nicht gern gegenüber eine Polizeibeamtin aus, es war zu sehr der Stil vergangener Zeiten, aber im Augenblick beruhigte er sich mit dem Gedanken, daß er auch Archbold oder Davidson in dieser Situation gebeten hätte, Tee zu machen. »Für Sie und mich und Sergeant Vine und wer sonst noch da ist. Und würden Sie Daisy einen kleinen Brandy bringen? Vermutlich finden Sie ihn in dem Wandschränkchen im Wintergarten.« Er war nicht gewillt, unter keinen Umständen bereit, von *serre* zu sprechen.

Daisys Blicke schossen dahin und dorthin, zu den Fenstern, zur Tür. Als die Tür langsam und lautlos nach innen aufging, holte sie mit einem zittrigen Stöhnen tief Luft, aber es war nur die Katze, die große, würdevolle, blaue Katze, die in majestätischer Haltung hereinstolzierte. Das Tier musterte Wexford mit einem jener starren Blicke voll Verachtung, wie sie nur ein verhätscheltes Geschöpf zustande bringt, ging zu Daisy hin und sprang leichtfüßig auf den Schoß des Mädchens.

»O Queenie, o Queenie!« Daisy senkte den Kopf und vergrub das Gesicht in dem dichten, blauen Fell.

»Erzählen Sie mir, was passiert ist, Daisy.«

Sie fuhr fort, die Katze zu liebkosen, und murmelte dabei aufgeregt vor sich hin. Queenie schnurrte tief und laut.

»Kommen Sie«, sagte Wexford energischer. »Reißen Sie sich zusammen.« So sprach er zu Sheila, wenn sie seine Geduld auf die Probe stellte, so *hatte* er zu ihr gesprochen.

Daisy hob den Kopf und schluckte. Er sah die zarte Bewegung des Brustkorbs zwischen den Vorhängen aus glänzendem, schwarzem Haar.

»Sie müssen mir sagen, was vorgefallen ist.«

»Es war ganz schrecklich.« Noch immer derselbe Ton, spitz, heiser, schrill, gebrochen. »Es war *furchtbar*!«

Karen kam mit dem Brandy in einem Weinglas zurück. Sie hielt es Daisy an die Lippen, als enthielte es eine Medizin. Daisy trank etwas davon und verschluckte sich.

»Lassen Sie sie selbst trinken«, sagte Wexford. »Sie ist ja nicht krank. Mein Gott, sie ist doch kein Kind oder eine Greisin. Sie ist nur furchtbar erschrocken.«

Das rüttelte sie auf. Ihre Augen blitzten. Sie nahm Karen das Glas aus der Hand, im selben Augenblick, als Barry Vine mit vier Tassen Tee auf einem Tablett hereinkam, und kippte mit einer trotzigen Bewegung den Brandy hinunter. Darauf folgte ein heftiger Erstikkungsanfall. Karen klopfte sie kräftig auf den Rücken. Tränen traten Daisy in die Augen und rannen ihr übers Gesicht.

Nachdem Vine dieses Schauspiel ein paar Sekunden lang mit undurchdringlicher Miene beobachtet hatte, sagte er: »Guten Morgen, Sir.«

»Es ist also schon Morgen, Barry. Ja, doch, es muß schon Morgen sein. Jetzt, Daisy, trocknen Sie sich die Augen. Es geht Ihnen wieder besser. Sie haben sich gefangen.«

Sie rieb mit dem Papiertaschentuch, das Karen ihr gegeben hatte, an ihrem Gesicht herum. Sie blickte ihn ziemlich aufsässig an, aber dann sagte sie in ihrem gewohnten Ton: »Ich habe noch nie zuvor Brandy getrunken.«

Das erinnerte ihn an etwas. Vor Jahren hatte Sheila dieselben Worte gesprochen, und der junge Esel, der bei ihr war, hatte gesagt: »Wieder eine Jungfernschaft flöten, oje!« Es preßte ihm einen Seufzer ab. »Also, schön, wo waren Karen und Sie? Schlafen gegangen?«

»Es war erst kurz nach halb zwölf, Sir!«

Er hatte vergessen, daß für diese jungen Dinger halb zwölf noch früh am Abend war. »Ich habe Daisy gefragt«, wies er Karen zurecht.

»Ich war hier, vor dem Fernseher. Wo Karen war, weiß ich nicht. In der Küche vielleicht oder sonstwo, um sich was zu trinken zu machen. Wir wollten schlafen gehen, wenn die Sendung zu Ende war. Ich habe draußen jemanden gehört, dachte aber, daß es Karen sei ...«

»Was wollen Sie damit sagen, Sie hätten jemanden gehört?«

»Schritte draußen vor dem Haus. Die Lampen draußen waren bereits ausgegangen. Sie sind so eingestellt, daß sie sich um halb elf abschalten. Die Schritte kamen aufs Haus zu, auf die Fenster dort, und ich bin aufgestanden, um nachzusehen. Das Mondlicht war sehr hell, so daß man keine Beleuchtung brauchte. Ich sah ihn. Ich sah ihn dort draußen im Mondschein, nur so weit entfernt wie Sie jetzt von mir.« Sie legte eine Pause ein und atmete schneller. »Ich habe einfach zu schreien angefangen, habe geschrien und geschrien, bis Karen kam.«

»Ich hatte ihn bereits gehört, Sir. Ich hatte ihn schon früher als Daisy gehört. Ich glaube, es waren Schritte draußen vor der Hintertür und dann an der Rückseite des Hauses, die Terrasse entlang. Ich lief durchs Haus und in den ... den Wintergarten, und ich hörte ihn wieder, sah ihn aber auch diesmal nicht. Dann hab ich im Revier angerufen. Ich habe gewählt, bevor ich Daisy schreien hörte. Ich kam hier herein, und sie stand am Fenster, schrie und hämmerte gegen die Scheibe. Dann hab ich ... hab ich Sie angerufen.«

Wexford wandte sich wieder Daisy zu. Sie hatte sich beruhigt, anscheinend hatte der Brandy die betäubende Wirkung, nach der sie sich sehnte. »Was genau haben Sie gesehen, Daisy?«

»Er hatte sich was über den Kopf gezogen, so eine Art

wollenen Helm mit Löchern für die Augen. Er sah aus wie auf einem der Fotos, wie man sie von Terroristen sieht. Was er anhatte, – ich weiß nicht, vielleicht einen Trainingsanzug, – war dunkel, vielleicht schwarz oder dunkelblau.«

»War es derselbe Mann wie der Killer, der am 11. März Ihre Famile erschossen hat und Sie umbringen wollte?«

Noch während er sprach, wurde ihm klar, was für eine schreckliche Frage er da einer Achtzehnjährigen stellen mußte, einem behütet aufgewachsenen Mädchen, einem zarten, verängstigten Mädchen. Natürlich konnte sie ihm keine Antwort darauf geben. Der Mann hatte eine Maske getragen. Sie erwiderte seinen Blick mit einem Ausdruck der Ratlosigkeit.

»Ich weiß es nicht. Ich weiß es nicht. Wie soll ich das wissen? Es könnte so gewesen sein. Ich kann überhaupt nichts über ihn sagen. Er könnte jung gewesen sein oder nicht so jung, *alt* war er nicht. Er hat groß und stark gewirkt. Er schien ... er schien sich hier auszukennen, obwohl ich nicht sagen kann, wie ich darauf kam, nur daß er genau zu wissen schien, was er tat und wohin er wollte. O Gott, was wird aus mir werden, was wird mir noch passieren!«

Der Versuch, darauf eine Antwort zu finden, blieb Wexford erspart – die Harrisons kamen ins Zimmer. Ken Harrison war voll angekleidet, während seine Frau ein Kleidungsstück trug, für das Wexford in ferner Vergangenheit die Bezeichnung »Hausmantel« gehört hatte, roter Velours mit weißlichem Flanell um den Hals, vorne von der Taille abwärts offen, wodurch blau getüpfelte Pyjamabeine zum Vorschein kamen. Nach althergebrachter Art hatte sie einen Schürhaken in der Hand.

»Was geht denn hier vor?« sagte Harrison. »Überall sind Männer. Hier wimmelt es ja von Bullen. Ich habe zu Brenda gesagt: ›Weißt du, was sein könnte? Es könnte sein, daß diese Verbrecher zurückgekommen sind, um Daisy fertigzumachen.‹«

»Also haben wir schnell irgendwas angezogen und sind sofort hierhergekommen. Ich wollte nicht zu Fuß gehen, ich hab von Ken verlangt, daß er den Wagen rausholt. Hier ist man nicht sicher, ich würd mich nicht mal drauf verlassen, daß ich *in* einem Wagen in Sicherheit bin.«

»Ich will Ihnen mal was sagen: *Wir* hätten hier sein sollen. Das hab ich gleich gesagt, als wir zum erstenmal gehört haben, daß so eine Polizistin im Haus einquartiert wird. Warum hat man nicht einfach uns geholt? Was soll denn schon ein Mädchen ausrichten, auch wenn sie sich Polizeibeamtin schimpft? Johnny und uns hätte man hierherholen sollen, es gibt ja weiß Gott genug Schlafzimmer, aber nein, niemand hat es vorgeschlagen, also haben wir auch kein Wort gesagt. Wenn Johnny und wir hier gewesen wären, glauben Sie, daß dann so was passiert wäre? Glauben Sie, dieser Killer hätte den Schneid gehabt, noch mal hier aufzutauchen, um sie fertigzumachen? Kein ...«

Daisy schnitt ihm das Wort ab. Was sie jetzt tat, erstaunte Wexford. Sie sprang auf und sagte mit kalter, klarer Stimme: »Ich kündige Ihnen hiermit. Sie müssen irgendeine Kündigungsfrist haben, und ich weiß nicht, wie lange die läuft. Aber ich will Sie nicht mehr sehen, und je früher Sie verschwinden, desto besser. Wenn es nach mir ginge, wären Sie morgen weg.«

Sie war jetzt ganz die Enkelin ihrer Großmutter. Sie stand mit zurückgeworfenem Kopf da und maß sie voll Verachtung. Und dann brach ihr jäh die Stimme, und sie begann zu nuscheln. Der Brandy hatte seine Wirkung an ihr getan.

»Haben Sie denn gar keine Spur von Takt? Kennen Sie keine Rücksicht? Davon zu reden, daß ich fertiggemacht werde? Ich hasse Sie! Ich hasse Sie beide! Ich möchte Sie nicht mehr in meinem Haus, auf meinem Grund sehen, ich werde Ihnen Ihr Cottage wegnehmen...«

Ihr Weinen ging in ein Flennen, ein hysterisches Schluchzen über. Die Harrisons standen entgeistert da. Brenda Harrison hing tatsächlich die Kinnlade herab. Karen trat auf Daisy zu, und einen Augenblick lang dachte Wexford schon, sie werde dem Mädchen ein paar Ohrfeigen verpassen, die Hysterie angeblich am besten kurieren. Doch statt dessen nahm sie Daisy in die Arme, legte ihr eine Hand auf das dunkle Haar und drückte mit der anderen den Kopf des Mädchens gegen ihre eigene Schulter.

»Kommen Sie, Daisy, ich bringe Sie hinauf in Ihr Bett. Sie brauchen sich jetzt nicht mehr zu fürchten.«

Stimmte das? Wexford wünschte, er hätte sie auch mit solcher Gewißheit beruhigen können. Vines Augen begegneten dem Blick des Chief Inspector, und der gesetzte Sergeant tat, was bei ihm einem Blick zum Himmel am nächsten kam: Er bewegte die Augäpfel ein paar Millimeter gen Norden.

»Sie ist überreizt, sie ist außer sich, das kann sie nicht ernst gemeint haben«, erregte sich Ken Harrison.

»Natürlich hat sie es nicht ernst gemeint, Ken, wir sind doch hier alle eine Familie, wir gehören zur Familie. Natürlich hat sie's nicht ernst gemeint – oder?«

»Es ist wohl besser, wenn Sie jetzt nach Hause gehen, Mrs. Harrison«, sagte Wexford. »Sie sollten jetzt beide nach Hause gehen.« Er versagte sich den Zusatz, daß am Morgen alles anders aussehen werde, obwohl dies sicher der Fall war. »Machen Sie sich jetzt auf den Heimweg und schlafen Sie noch ein bißchen.«

»Wo ist eigentlich Johnny?« sagte Brenda Harrison. »Das wüßte ich mal gern. Wenn wir diese Männer gehört haben, und sie hätten mit ihrem Radau die Toten wecken können, warum hat dann Johnny sie nicht gehört? Warum versteckt er sich? Das wüßte ich mal gern.« Giftig fuhr sie fort: »Vielleicht ist er sich zu gut, raufzukommen und nachzuschaun, was hier vor sich geht. Wenn man mich fragt: Wenn überhaupt jemand rausgesetzt werden soll, dann der, der faule Sack. Was hat der denn für einen Grund, sich zu verstecken?«

»Er hat das alles verschlafen.« Wexford konnte der Versuchung nicht widerstehen und fügte hinzu: »Er ist ja noch jung.«

Karen Malahyde, dreiundzwanzig Jahre alt, entsprach in keiner Weise Ken Harrisons Vorstellungen von einer Polizeibeamtin, denn sie hatte den schwarzen Gürtel und erteilte Judo-Unterricht. Wexford wußte, wenn sie in der Nacht vorher mit dem Eindringling zusammengestoßen und der Kerl entweder unbewaffnet oder mit seiner Waffe nicht schnell genug gewesen wäre, wäre ihr durchaus zuzutrauen gewesen, daß sie ihn im Handumdrehen unschädlich gemacht hätte. Sie hatte Wexford einmal erzählt, daß sie keine Angst habe, nachts allein durch die Straßen zu gehen, nachdem sie einmal einen Kerl, der sie überfallen und ausrauben wollte, auf die andere Straßenseite geschmissen hatte.

Aber war sie, auf sich allein gestellt, eine hinreichende Leibwächterin für Daisy? Waren Anne oder Rosemary hinreichend? Er mußte Daisy dazu bringen, daß sie Tancred House verließ. Nicht unbedingt, um sich zu verstecken, aber doch um in einer gewissen Distanz bei Freunden Unterschlupf zu suchen. Trotzdem, so gestand er sich und später auch Burden ein, hatte er mit einem solchen Vorfall nicht gerechnet. Er hatte Daisy rein prophylaktisch eine »Behüterin« zur Verfügung gestellt. Daß einer dieser beiden Männer – es mußte der Killer gewesen sein, wenn der andere, der, den Daisy nicht gesehen hatte, Andy Griffin gewesen war – tatsächlich wiederkommen würde, um sie »fertigzumachen«, das passierte nur in Träumen, Romanhandlungen, Phantastereien. *So etwas geschah doch nicht wirklich.*

»Es ist aber geschehen«, sagte Burden. »Sie ist hier nicht sicher und sollte weggehen. Ich sehe nicht, inwiefern es viel bringen würde, wenn wir die Harrisons und Gabbitas im Haus einquartierten. Damals waren ja schließlich vier Personen im Haus. Das hat ihn nicht abgeschreckt.«

Das weiße Tischtuch, darauf die Gläser und das Silber. Das Essen auf dem vorgeheizten Servierwagen. Die Vorhänge gemütlich zugezogen an jenem Märzabend, um die Kälte abzuhalten. Der erste Gang, die Suppe, gegessen. Naomi verteilt den Fisch, die Seezunge *bonne femme*, und als alle ihren gefüllten Teller vor sich haben und zu essen beginnen, die Geräusche von oben, der Lärm, den die herumtobende Katze veranstaltet, so glaubt jedenfalls Davina Flory.

Aber Harvey Copeland geht hinaus, um nachzusehen, Harvey, der so gut, der wie Paul Newman aussah, der ein »Bombenerfolg auf dem Campus« gewesen war, den seine schon in die Jahre gekommene Frau aus Liebe und als Bettgenossen geheiratet hatte. Stille draußen, kein Autogeräusch, keine Schritte, nur ein fernes Tohuwabohu über ihren Köpfen.

Harvey Copeland ist nach oben gegangen und wieder runter gekommen, oder er hat das Obergeschoß gar nicht erreicht, sondern sich am Fuß der Treppe umgewandt, als der Killer aus dem Korridor kommt...

Wie lange hatte all das gedauert? Dreißig Sekunden? Zwei Minuten? Und was hatte sich in diesen zwei Minuten im Eßzimmer abgespielt? Aßen sie in Harveys Abwesenheit seelenruhig ihren Fisch? Oder warteten sie auf ihn, unterhielten sie sich über die Katze, wie sie jeden Abend die hintere Treppe hinauf- und die vordere hinunterlief? Dann der Schuß, und Naomi stand vom Tisch auf, Daisy stand auf und wollte auf die Tür zugehen. Davina blieb, wo sie war, blieb am Tisch sitzen. Warum? Warum tat sie das? Aus Furcht? Hielt schlichte Angst sie dort fest, wo sie war?

Die Tür fliegt auf, der Killer kommt herein, die Schüsse werden abgefeuert, und das Tischtuch ist nicht mehr weiß, sondern scharlachrot, mit einem dicken Fleck, der sich dann ausbreitet...

»Ich werde gleich mit ihr sprechen«, sagte Wexford. »Natürlich kann ich sie nicht zwingen, von hier wegzugehen, wenn sie nicht will. Kommen Sie mit, ja? Versuchen wir beide unser Glück.«

»Vielleicht ist sie inzwischen selbst dafür. Am nächsten Morgen sieht alles schon wieder anders aus.«

Das schon, dachte Wexford, aber nicht so, wie du meinst. Das Licht des Tages macht einen nicht ängstlicher, sondern weniger ängstlich. Der morgendliche Sonnenschein läßt einen die Schrecken der vergangenen Nacht als übertrieben abtun. Licht ist real, das Dunkel dämonisch.

Sie gingen hinaus, über den Hof und langsam um den Westflügel von Tancred House herum.

»Er kam also nach hinten, hierher«, sagte Burden. »Was wollte er? Suchte er einen Weg ins Haus? Ein offenes Fenster im Erdgeschoß? Es war keine kalte Nacht.«

»Unten war kein Fenster offen. Alle Türen waren abgeschlossen. Im Gegensatz zum erstenmal.«

»Doch ein bißchen sonderbar, nicht? Um das Haus herumzutrampeln, so daß ihn zwei Leute drinnen eindeutig hören konnten? Und das, obwohl sämtliche Fenster geschlossen waren? Er zieht sich eine Maske übers Gesicht, denkt sich aber nichts dabei, einen Mordsradau zu veranstalten, während er nach einer Möglichkeit sucht, ins Haus zu kommen.«

Wexford sagte nachdenklich: »Vielleicht war es ihm in Wirklichkeit egal, ob er gehört oder gesehen wurde? Wenn er annahm, daß Daisy allein sei, und er sie umbringen wollte – spielte es dann eine Rolle, ob sie ihn sah?«

»Warum dann aber eine Maske?«

»Richtig.«

Ein Wagen, den Wexford nicht kannte, stand ein paar Meter vom Hauseingang entfernt. Während sie sich ihm näherten, ging die Tür auf, und Joyce Virson kam heraus, gefolgt von Daisy. Mrs. Virson trug einen Pelzmantel, ein Kleidungsstück, das weder begehrt noch in Mode war, das die Oxfam-Läden für die Dritte Welt nicht annahmen und das auf den kirchlichen Basaren unverkäuflich war, unverkennbar aus den Fellen vieler Füchse zusammengesetzt.

Wexford hatte Daisy noch nie in einem solchen Punk-Aufzug erlebt. An ihrem Outfit war etwas Herausforderndes: schwarze Strumpfhose und Schnürstiefel, schwarzes bedrucktes Sweatshirt, abgewetzte Motorradlederjacke. Ihr Gesicht war eine starre Maske des Unglücks, aber das Haar, stark mit Gel präpariert, stand nach allen Richtungen wie Stacheln vom Kopf weg, wie ein Wald, von dem nur Baumstümpfe geblieben sind. Sie schien damit etwas ausdrücken zu wollen – vielleicht auch nur ihren Protest: Daisy gegen den Rest der Welt.

Schweigend blickte sie erst ihn, dann Burden an. Joyce Virson brauchte einen Moment, bis sie sich erinnerte, wer die beiden Männer waren. Ein breites, zähnebleckendes Lächeln verwandelte ihr Gesicht vollkommen, während sie mit ausgestreckten Händen auf Wexford zukam.

»Oh, Mr. Wexford, wie geht's? Was für eine Freude, Sie zu sehen. Sie sind genau der Richtige, der dieses Kind bewegen kann, mit uns nach Hause zu kommen.

Sie kann doch unmöglich alleine hierbleiben! Ich war derart entsetzt, als ich erfuhr, was vergangene Nacht hier geschehen ist, daß ich sofort herausgekommen bin. Man hätte nie zulassen dürfen, daß sie uns verläßt.«

Wexford fragte sich, wie sie davon erfahren hatte. Von Daisy sicher nicht.

»Es tut mir leid, aber ich verstehe nicht, was heutzutage alles erlaubt ist. Als ich achtzehn war, wäre es undenkbar gewesen, daß ich mich irgendwo allein aufhielt, schon gar nicht in einem so riesigen, abgelegenen Haus wie dem hier. Sie können mir nicht erzählen, daß sich die Dinge zum Besseren verändert haben. Es tut mir leid, aber wenn Sie mich fragen, waren die alten Zeiten doch die besseren.«

Unbeeindruckt folgte Daisy dieser Ansprache, wandte sich dann in der Mitte der Suada ab und richtete den Blick auf die Katze, die vielleicht nur selten durch den vorderen Hauseingang hinausdurfte, und nun auf dem steinernen Beckenrand saß und die weiß-roten Fische beobachtete. Die Fische schwammen in konzentrischen Kreisen, und die Katze beäugte sie.

»Sagen Sie doch etwas zu ihr, Mr. Wexford. Reden Sie ihr zu, machen Sie von Ihrer Autorität Gebrauch. Sie werden mir doch nicht sagen wollen, daß es keine Möglichkeit gibt, auf ein *Kind* Druck auszuüben.« Mrs. Virson vergaß zusehends, daß ein Überredungsversuch notwendigerweise nur mit Freundlichkeit und vielleicht auch Schmeichelei zum Ziel führen kann. Ihre Stimme wurde lauter. »Es ist so dumm und richtig hirnverbrannt! Was soll denn das?«

Die Katze streckte eine Pfote in das Becken, traf auf ein anderes Element, als sie erwartet hatte, und schüttelte sich Wassertropfen von den kleinen Ballen. Daisy beugte sich vor, und nahm sie in die Arme. Mit einem ironischen Unterton, der Wexford nicht entging, sagte sie: »Auf Wiedersehen, Joyce, vielen Dank für Ihren

Besuch.« Dann ging sie mit dem flaumigen Bündel in den Armen ins Haus, ließ aber die Tür offen.

Burden ging ihr nach. Wexford, der nicht wußte, was er sagen sollte, murmelte etwas davon, daß er alles im Griff, daß die Polizei die Sache unter Kontrolle habe. Joyce Virson maß ihn, gar nicht unbegründet, mit einem vernichtenden Blick.

»Es tut mir leid, aber damit ist es nicht getan. Ich werde mal sehen müssen, was mein Sohn dazu sagt.«

Aus ihrem Mund hörte sich das wie eine Drohung an. Er sah zu, wie sie mit großer Mühe den kleinen Wagen wendete und ihn beim Wegfahren gerade noch so an einem der Torpfosten vorbeisteuerte, daß der linke vordere Kotflügel keinen Kratzer abbekam. Daisy war mit Burden in der Halle. Sie saß in einem Sessel mit hoher Lehne auf einem Samtkissen und hatte Queenie auf dem Schoß.

»Warum macht es mir überhaupt was aus, wenn er mich doch noch umbringt«, sagte sie gerade. »Ich versteh mich selbst nicht. Schließlich möchte ich ja sterben. Ich habe nichts mehr, was meinem Leben einen Sinn gibt. Warum hab ich gestern abend geschrien und dieses ganze Theater aufgeführt? Ich hätte hinausgehen, auf ihn zumarschieren und sagen sollen: ›Bring mich um, los, bring mich doch um! Mach mich fertig, wie dieser gräßliche Ken gesagt hat.‹«

Wexford zuckte die Achseln. »Nur keine Rücksicht auf mich, oder?« sagte er mit leiser Ironie. »Wenn man Sie um die Ecke bringt, muß ich meinen Hut nehmen.«

Sie lächelte nicht, sondern schnitt eine Art Grimasse. »A propos Hut nehmen. Was sagen Sie dazu? *Brenda* hat Joyce angerufen. Sie hat gleich morgens mit ihr telefoniert und gesagt, daß ich sie rausgesetzt habe, und sie solle dafür sorgen, daß ich sie doch hier behalte. Wie finden Sie das? Als wäre ich ein Kind oder ein Fall für den Psychiater. Auf diese Weise hat Joyce von heute nacht erfahren. Von dieser alten Kuh, die sich in alles einmischen muß. Ich hätte es ihr bestimmt nicht erzählt.«

»Sie haben doch sicher noch andere Freunde, Daisy. Gibt es denn sonst niemanden, bei dem Sie eine Weile unterkommen könnten? Auf ein paar Wochen?«

»Werden Sie ihn binnen zwei Wochen erwischt haben?«

»Das ist mehr als wahrscheinlich«, sagte Burden beherzt.

»Für mich ist es sowieso unwichtig. Ich bleibe hier. Wenn sie wollen, können Karen oder Anne kommen. Oder vielmehr, wenn *Sie* wollen, nehme ich an. Aber es ist reine Zeitverschwendung, sie brauchen sich nicht die Mühe zu machen. Ich habe keine Angst mehr. *Ich will, daß er mich umbringt.* Das ist die beste Lösung: sterben.«

Sie senkte den Kopf und vergrub das Gesicht im Fell der Katze.

Es erwies sich als unmöglich, herauszubekommen, was Andy Griffin unternommen hatte, nachdem er von zu Hause weggegangen war. Seine Trinkkumpane aus dem *Slug and Lettuce* wußten nichts von einer zweiten Adresse, die er möglicherweise hatte, wenn auch Tony Smith von einer Freundin Andys »droben im Norden« sprach. Dieser vage Hinweis tauchte im Gespräch immer dann auf, wenn es um Andy Griffin ging. Er hatte also eine Freundin in diesem fiktiven Land zwischen hier und nirgendwo.

»Kylie hat sie geheißen«, sagte Tony.

»Wenn Sie mich fragen«, sagte Leslie Sedar mit einem verschlagenen Grinsen, »hat er sie erfunden. Sie sich von der Glotze geborgt.«

Bis er ein Jahr vorher auf die Straße gesetzt wurde,

hatte Andy Griffin für eine Brauerei als Fernfahrer gearbeitet. Seine normale Route ging von Myringham aus zu verschiedenen Londoner Verkaufsstellen sowie nach Carlisle und Whitehaven.

Die Leute in der Brauerei hatten über ihn nicht viel Gutes zu sagen. In den vergangenen zwei, drei Jahren waren ihnen die Augen aufgegangen, daß sexuelle Belästigungen am Arbeitsplatz durchaus vorkamen. Andy Griffin war zwar nur selten in die Geschäftsstelle gekommen, aber bei seinen wenigen Besuchen dort hatte er gegenüber einer Marketingdirektorin anzügliche Bemerkungen gemacht und einmal sogar ihre Sekretärin von hinten in den Armschlüssel genommen. Die Position der Betroffenen konnte Andy Griffin kaum abschrecken, offenbar genügte es, daß seine Beute weiblich war.

Die Freundin war anscheinend ein Phantasieprodukt. Es gab keinen Beweis für ihre Existenz, und die Eltern bestritten rundweg, daß es sie gegeben habe. Terry Griffin gab widerstrebend sein Einverständnis zu einer Durchsuchung von Andys Zimmer in Myringham. Er und seine Frau wirkten tief betroffen über den Tod ihres Sohnes und sahen beide aus, als wären sie um zehn Jahre gealtert. So wie andere Leute in ihrer Lage vielleicht nach Beruhigungsmitteln oder nach der Flasche gegriffen hätten, hatten sie sich der Droge Fernsehen verschrieben, Farben und Bewegungen, Gesichter und Gewalttaten zogen über den Bildschirm und lieferten einen fragwürdigen Trost.

Den Ruf ihres Sohnes weißzuwaschen, war nunmehr Mrs. Griffins wichtigstes Anliegen. Man hätte meinen können, daß dies das einzige war, das sie noch für ihn tun konnte. Dementsprechend bestritt sie, den Blick noch immer auf die vorüberziehenden Bilder gerichtet, irgend etwas über eine Freundin gewußt zu haben. In Andys Leben habe es nie ein Mädchen gegeben. Sie nahm die Hand ihres Mannes, drückte sie und wiederholte diesen letzten Satz. In dem Ton, mit dem sie Burdens Andeutung zurückwies, brachte sie es fertig, das Wort »Freundin« wie eine Geschlechtskrankheit klingen zu lassen. In den Augen einer Mutter war das eine so verwerflich und potentiell schädlich wie das andere.

»Und Sie haben ihn Sonntagvormittag zum letztenmal gesehen, Mr. Griffin?«

»Sonntagfrüh. Andy ist immer mit den Hühnern aufgestanden. Gegen acht war es. Er hat mir eine Tasse Tee gemacht.« Der Mann war tot, und er war ein Schläger, ein Unhold gewesen, ein Faulpelz und Dummkopf, aber sein Vater würde nicht davon ablassen, sein Loblied zu singen. Noch lange nach seinem Tod würde die Mutter seinen reinen Lebenswandel und sein Vater Andys Pünktlichkeit, sein rücksichtsvolles Wesen und seine Uneigennützigkeit preisen. »Er hat gesagt, daß er in den Norden fährt« sagte Terry Griffin.

Burden unterdrückte einen Seufzer.

»Mit seinem Fahrrad«, sagte die Mutter des Toten. »Ich habe dieses Rad immer gehaßt, und ich hatte recht. Schaut, was passiert ist.«

Einem sonderbaren Bedürfnis folgend, begann sie den Mord an ihrem Sohn in einen tödlichen Verkehrsunfall zu verwandeln.

»Er hat gesagt, er würde uns anrufen. Das hat er jedesmal gesagt, wir brauchten ihn nicht darum zu bitten.«

»Wir brauchten nie darum zu bitten«, sagte seine Frau matt.

Burden schob in sanftem Ton ein: »Aber er hat doch nicht angerufen, oder?«

»Nein, er hat nicht angerufen. Und das hat mir Sorgen gemacht, weil ich wußte, daß er mit dem Fahrrad unterwegs war.«

Mrs. Griffin hielt die Hand ihres Mannes umklammert und zog sie jetzt in ihren Schoß. Burden ging den Korridor entlang zu dem Zimmer, das Davidson und Rosemary Mountjoy gerade filzten. Der Stapel von Pornofotos, die die Durchsuchung von Andy Griffins Kleiderschrank zutage gefördert hatte, überraschte ihn nicht. Andy dürfte gewußt haben, daß die Diskretion seiner Mutter gegenüber dem Sohn sie mit dem Staubsauger vor seinem Schrank haltmachen ließ.

Andy Griffin war kein Briefeschreiber gewesen, und ebensowenig hatte ihn das gedruckte Wort angezogen. Die Pornomagazine waren einzig auf die Wirkung der Fotos ausgerichtet, nur manche waren durch knappe, ordinär aufreizende Bildunterschriften ergänzt. Seine Freundin, wenn es sie denn gegeben hatte, hatte ihm nie geschrieben, und sollte sie ihm ein Foto von sich geschenkt haben, hatte er es jedenfalls nicht aufgehoben.

Die einzig wirklich interessante Entdeckung, die sie machten, war eine Papiertüte in der untersten Schublade einer Kommode. Sie enthielt 96 US-Dollar-Scheine unterschiedlichen Nennwerts, Zehn-, Fünf- und Ein-Dollar-Noten.

Die Griffins behaupteten steif und fest, daß sie von diesem Geld nichts wüßten. Margaret Griffin sah die Geldscheine an, als wären sie nicht von dieser Welt, vielleicht Geld aus irgendeinem fernen Kulturkreis oder ein Ausgrabungsfund. Sie wendete die Scheine und begutachtete sie erstaunt – ihr Kummer war für eine Weile vergessen.

Terry Griffin stellte schließlich die Frage, die sie vielleicht nicht hatte stellen wollen, um nicht dumm dazustehen. »Ist das Geld? Könnte man damit was kaufen?«

»In den Vereinigten Staaten könnten Sie damit einkaufen, ja«, sagte Burden. Dann korrigierte er sich. »Sie können beinahe überall damit bezahlen, nehme ich an.

Und außerdem könnten Sie die Scheine auf eine Bank tragen und sie in Sterling umwechseln lassen.« Er formulierte es vorsichtshalber schlichter. »In ... nun ja, in Pfund.«

»Aber warum hat Andy sie dann nicht ausgegeben?«

Burden scheute davor zurück, sie nach dem Strick zu fragen, tat es dann aber doch, weil es sich nicht umgehen ließ. Wie sich dann zu seiner Erleichterung zeigte, schien den beiden der schreckliche Zusammenhang nicht bewußt zu werden. Sie wußten zwar, auf welche Weise ihr Sohn ums Leben gekommen war, doch das Wort »Strick« beschwor für sie nicht auf der Stelle den Gedanken an Erhängen herauf. Nein, erklärten sie, sie besäßen keinen Strick, und sie seien sich sicher, daß auch Andy keinen gehabt hatte. Terry Griffin kam wieder auf das Geld, die unverhoffte Dollarbeute zu sprechen. Kaum hatte die Idee sich in seinen Gedanken festgesetzt, schien sie Vorrang vor allen anderen zu gewinnen.

»Diese Scheine, von denen Sie sagen, daß man sie in Pfund umtauschen kann, haben sie Andy gehört?«

»Sie waren in seinem Zimmer.«

»Dann kriegen wir sie, oder? Wie eine Entschädigung.«

»O Terry!« sagte seine Frau.

Er ignorierte sie. »Wieviel sind sie nach Ihrer Schätzung wert?«

»Vierzig bis fünfzig Pfund.«

Terry Griffin überlegte. »Und wann bekommen wir sie?« fragte er.

18

Er kam selbst ans Telefon.

»Gunner Jones.«

Jedenfalls glaubte Burden, das gehört zu haben. Er hatte vielleicht »Gun*nar* Jones« gesagt. Gunnar war ein schwedischer Name, aber einer, den unter Umständen auch ein Engländer haben konnte, wenn etwa seine Mutter eine Schwedin gewesen war.

Ein Schulkamerad Burdens, ebenso englisch wie er selbst, hatte Lars geheißen, warum also nicht Gunnar? Oder aber er hatte doch »Gunner« gesagt, und es handelte sich um einen Spitznamen, der ihm während seiner Zeit bei der Royal Artillery verpaßt worden war.

»Ich würde Sie gern besuchen, Mr. Jones. Wäre es Ihnen heute am späten Nachmittag recht? Sagen wir um sechs?«

»Kommen Sie, wann Sie wollen. Ich bin die ganze Zeit da.«

Er fragte nicht nach dem Grund und erwähnte weder Tancred noch seine Tochter. Etwas beunruhigend. Burden wollte sich den Weg nicht umsonst machen.

»Sie *sind* Miss Davina Jones' Vater?«

»Ihre Mutter hat es jedenfalls behauptet. Wir müssen in diesen Dingen den Damen ja Glauben schenken.«

Auf so etwas wollte Burden sich nicht einlassen. Er sagte, er werde G. G. Jones um sechs Uhr besuchen kommen. »Gunner« – einer Eingebung folgend, schlug er das Wort in dem Wörterbuch nach, von dem Wexford sich nie lange trennte, und stellte fest, daß es nicht nur Kanonier bedeutete, sondern auch eine andere Form für »gunsmith«, Büchsenmacher, war. Ein *Büchsenmacher*?

Wexfords Anruf ging nach Edinburgh.

Wenn auch unverkennbar schottisch, war Macsamphire doch ein sonderbarer Name. So war er sich einigermaßen sicher, daß der einzige im Edinburgher Telefonbuch verzeichnete Anschluß unter Macsamphire Davina Florys Freundin gehörte, und darin täuschte er sich auch nicht.

»Die *Polizei* in Kingsmarkham? Ich kann mir nicht vorstellen, wie ich Ihnen behilflich sein könnte.«

»Mrs. Macsamphire, soviel ich weiß, haben im vergangenen August Miss Flory und Mr. Copeland, Mrs. Jones und Daisy bei Ihnen logiert, als sie beim Edinburgh Festival waren?«

»O nein, wie kommen Sie denn auf die Idee? Davina war es höchst unangenehm, sich privat einzuquartieren. Sie sind alle im Hotel abgestiegen, und als Naomi dann krank wurde – sie hatte eine wirklich schwere Grippe –, schlug ich ihr vor hierherzukommen. Schlimm, nicht, wenn man in einem Hotel krank wird, auch wenn es ein Nobelhotel wie das *Caledonian* ist? Aber Naomi wollte nicht, sie hatte wohl Angst, mich anzustecken. Davina und Harvey sind natürlich oft hier gewesen, und wir haben gemeinsam etliche der Veranstaltungen besucht. Ich glaube nicht, daß ich die arme Naomi überhaupt zu Gesicht bekommen habe.«

»Soviel ich weiß, hat Miss Flory selbst an der Buchmesse teilgenommen, ja?«

»Ganz recht. Sie hat einen Vortrag über die Schwierigkeiten beim Schreiben von Autobiographien gehalten, und sie hat auch an einem Schriftsteller-Forum teilgenommen. Dabei ging es um die Nutzung vielseitiger schriftstellerischer Begabungen – das heißt, Autoren, die Belletristik ebenso schreiben wie Reiseliteratur und so weiter. Ich habe mir den Vortrag und die Podiumsdiskussion angehört, und beides war wirklich hochinteressant...«

Es gelang Wexford, sie zu unterbrechen. »War Daisy auch dabei?«

Ihr Lachen war wohlklingend und ziemlich mädchenhaft. »Ach, ich glaube nicht, daß das alles Daisy sehr interessiert hat. Sie hatte zwar ihrer Großmutter versprochen, sich den Vortrag anzuhören, aber ich glaube nicht, daß sie erschienen ist. Aber sie ist ja so ein liebes, ungekünsteltes Geschöpf, daß man ihr alles verzeihen würde. Sie hatte natürlich ihren jungen Freund dabei. Ich habe ihn nur ein einziges Mal gesehen, und das war an ihrem letzten Tag in Edinburgh, dem Sonnabend. Ich habe ihnen über die Straße zugewinkt.«

»Nicholas Virson«, sagte Wexford.

»Ganz recht. Davina hat den Namen Nicholas erwähnt.«

»Er war auf der Beerdigung.«

»So, war er das? Ich war ziemlich mitgenommen auf der Beerdigung. Ich kann mich nicht daran erinnern. War das alles, was Sie mich fragen wollten?«

»Ich bin noch gar nicht dazu gekommen, Ihnen zu sagen, was ich auf dem Herzen habe, Mrs. Macsamphire. Ich möchte Sie um einen Gefallen bitten.« Einen Gefallen, ja? Oder wollte er sich nicht vielleicht ein Opfer abringen. »Daisy sollte aus verschiedenen Gründen, die ich nicht näher zu beschreiben brauche, von hier weg. Ich möchte Sie fragen, ob Sie sie nicht zu sich einladen könnten. Nur auf eine Woche...« Er zögerte. »...oder zwei. Würden Sie Daisy fragen?«

»Ja, gern, aber sie wird nicht kommen.«

»Warum nicht? Ich bin überzeugt, daß sie gern bei jemandem wäre, den sie nett findet und mit dem sie über ihre Großmutter sprechen kann. Edinburgh ist eine schöne und interessante Stadt. Und wie sieht es mit dem Wetter aus?«

Wieder dieses reizende Kichern. »Leider Gottes gießt es *in Strömen*. Aber selbstverständlich werde ich Daisy fragen. Ich hätte sie zu gerne hier, nur wäre ich nie auf die Idee gekommen, sie von mir aus zu fragen.«

Die Nachteile des Systems schienen manchmal schwerer zu wiegen als die Dinge, die dafür sprachen, eine Tatortzentrale am Schauplatz des Geschehens einzurichten. Zu den Vorteilen gehörte, daß man mit eigenen Augen sah, wer zu Besuch kam. An diesem Vormittag stand nicht ein Wagen der Virsons zwischen Becken und Hauseingang, sondern ein kleiner Fiat, den Wexford nicht sofort einordnen konnte. Er hatte ihn schon einmal gesehen, aber wem mochte er gehören?

Diesmal sollte ihm nicht beschieden sein, daß die Haustür gerade zur rechten Zeit aufging und der Besucher heraustrat. Natürlich konnte ihn nichts davon abhalten, an dem Klingelzug zu ziehen, sich Zugang zu verschaffen und sich als Dritter zu dem Tête-à-tête zu gesellen, das gerade stattfand. Doch die Idee mißfiel ihm. Er durfte sie nicht mit Beschlag belegen, ihr jegliche Privatsphäre, ihr das Recht nehmen, für sich und frei zu sein.

Queenie, die Perserkatze, saß auf dem Beckenrand und schaute auf die spiegelnde Wasserfläche. Die Katze begutachtete ihre grauen Ballen, als wollte sie sich über die Eignung der Pfote zum Fischfang schlüssig werden. Dann steckte sie beide Pfoten unter die Brust, nahm eine Sphinx-Haltung ein und setzte ihre Beobachtung des Wassers und der im Kreis schwimmenden Fische fort.

Wexford ging zurück, an den Ställen vorbei, um das Haus herum und auf die Terrasse. Er hatte das vage Gefühl, etwas Unerlaubtes zu tun, aber sie wußte, daß sie da waren, sie wollte sie hier haben. Solange er hier war, war sie geschützt, war sie in Sicherheit. Er blickte an der Rückseite des Hauses hinauf und sah zum erstenmal, daß die Umgestaltung im georgianischen Stil nicht bis hierher gediehen war. Hier erinnerte Tancred House noch sehr ans 17. Jahrhundert, freiliegendes Fachwerk und die oberen Fenster mit Mittelsprossen.

Hatte Davina Flory den Wintergarten bauen lassen? Bevor die Zustimmung der Denkmalschutzbehörde obligatorisch wurde? Er war nicht ganz damit einverstanden, obwohl er von Architektur nicht genug verstand, um sich eine eindeutige Meinung erlauben zu dürfen. Daisy war im Haus. Er sah sie von dem Platz aufstehen, wo sie gesessen hatte. Ihr Rücken war ihm zugewandt, und er verschwand rasch von der Terrasse, ehe sie ihn sehen konnte. Ihren Gesprächspartner hatte er nicht sehen können.

Der Zufall wollte es, daß Wexford eine Stunde später mit ihm zusammentraf. Er war selbst im Wegfahren und wies Donaldson an zu warten, als er jemanden in den Fiat einsteigen sah.

»Mr. Sebright.«

Jason Sebright blickte ihn mit einem breiten Lächeln an. »Haben Sie meinen Artikel über die Trauergäste gelesen? Der Redakteur hat ihn mir zerschnipselt und ihm eine andere Überschrift verpaßt. Sie haben ihn ›Abschied von einer bedeutenden Frau‹ genannt. Daß man über die Leute nur freundlich schreiben darf, mißfällt mir immer wieder in der Lokalredaktion. Man kann nicht gescheit und zugleich *scharf* schreiben. Der *Courier* hat zwar eine Klatschspalte, aber nie finden Sie darin eine abfällige Bemerkung. Was man lesen möchte, das sind doch Spekulationen, wer die Frau des Bürgermeisters bumst und wie sich der Chief Constable seinen Urlaub auf Tobago erschlichen hat. Aber so was ist in einem Lokalblatt tabu.«

»Denken Sie sich nichts«, sagte Wexford. »Ich bezweifle, daß Sie dort alt werden.«

»Das klingt ein bißchen zweideutig. Ich habe gerade ein tolles Interview mit Daisy gemacht. ›Der maskierte Eindringling.‹«

»Hat sie Ihnen davon erzählt?«

»Alles. Von vorne bis hinten.« Er sah Wexford von der Seite an, der Anflug eines Lächelns umspielte seine Lippen. »Mir kam sofort der Gedanke, daß das doch jeder könnte, oder? Maskiert hier ankommen und den Damen Angst einjagen?«

»Das ist Ihr Fall, was?«

»Nur als Story«, antwortete Jason Sebright. »So, jetzt fahr ich nach Hause.«

»Und wo ist Ihr Zuhause?«

»In Cheriton. Ich erzähl Ihnen schnell noch was Lustiges. Ich habe es erst gestern gelesen und finde es echt toll. Lord Halifax sagte zu John Wilkes: ›Bei meiner Treu, Sir, ich weiß nicht, woran Ihr zuerst enden werdet, am Galgen oder an den Pocken‹, und Wilkes antwortete darauf, wie aus der Pistole geschossen: ›Das, mein Lord, hängt davon ab, ob ich mir zuerst die Prinzipien Eurer Lordschaft oder die Mätresse Eurer Lordschaft zu eigen mache.‹«

»Ja, das hab ich schon mal gehört. Aber paßt es hierher?«

»Es erinnert mich irgendwie an *mich*!« sagte Jason Sebright. Er winkte Wexford zu, stieg in sein Auto und fuhr auf der Nebenstraße etwas zu schnell davon.

Am Steuer saß Barry Vine. Er gehörte zu den Männern, denen das Autofahren Spaß macht, die nie ihre Frau ans Steuer lassen, die imstande sind, riesige, unglaubliche Entfernungen zurückzulegen und trotzdem noch den Eindruck erwecken, daß es ihnen Freude macht. Barry Vine hatte Burden erzählt, daß er einmal aus dem

Westen Irlands die ganze Strecke ohne Ablösung bis nach Hause gefahren sei, und zwar ohne eine Pause einzulegen, abgesehen von der Überfahrt auf der Fähre nach Fishguard. Diesmal hatten sie nur achtzig Kilometer zu fahren.

»Kennen Sie diesen Ausdruck, Sir: *Kissing the gunner's daughter*?«

»Nein, kenne ich nicht«, gestand Burden.

»Es bedeutet etwas ganz anderes, als man denkt, nur fällt mir nicht ein, was.«

Das Haus von Daisys Vater befand sich in der Nähe des *Arsenal*-Fußballstadions, ein kleines, viktorianisches Haus aus grauen Ziegelsteinen. Da es keinerlei Parkvorschriften gab, konnte Vine den Wagen in der Niniveh Road am Randstein abstellen.

»Morgen um die Zeit ist es hell«, sagte Barry Vine und tastete nach dem Schnappriegel an der Gartentür. »Heute nacht werden die Uhren vorgestellt.«

»Sie werden vorgestellt, ja? Ich kann mir einfach nicht merken, wann sie vor- und wann sie zurückgestellt werden.«

»Frühling nach forn, Herbst nach hinten«, sagte Barry Vine.

Burden, der es haßte, belehrt zu werden, wollte schon einwenden, man könne ebensogut sagen: Herbst nach vorn, Frühling nach hinten, als sie plötzlich von einer grellen Lichtflut aus dem Hauseingang erfaßt wurden. Sie mußten blinzeln.

Ein Mann trat heraus auf die oberste Stufe. Er streckte beiden die Hand hin, als wären sie geladene Gäste oder sogar alte Freunde.

»Sie haben also hergefunden.«

Eine jener müßigen Fragen, die sich selbst beantwortet haben, ehe sie gestellt sind, aber es gibt Leute, die sie immer wieder stellen. G. G. Jones stellte sogar noch eine zweite.

»Sie haben den Wagen irgendwo abgestellt?«

Sein Ton war vergnügt. Er war jünger, als Burden erwartet hatte, oder er sah jedenfalls jünger aus. Im Innern des Hauses, als er das Licht nicht mehr im Rükken hatte, zeigte sich, daß er nicht viel älter als vierzig sein konnte. Burden hatte eine gewisse Ähnlichkeit mit Daisy erwartet, doch es war nichts davon zu bemerken, jedenfalls nicht auf den ersten Blick. Jones war blond und hatte eine gesunde Gesichtsfarbe. Die jugendliche Wirkung kam zum Teil daher, daß das Gesicht babyhaft gerundet und an den Wangenknochen breit war. Dazu hatte er eine Stupsnase. Daisy sah ihm nicht ähnlicher als ihrer Mutter. Sie war das Kind ihrer Großmutter.

Dazu war er übergewichtig, viel zu schwer, als daß sein Knochengerüst den Körper ohne Anstrengung hätte tragen können. Unter seinem Pullover trat bereits ein ansehnlicher Bauch hervor. Er wirkte vollkommen gelassen, wie ein Mann, der nichts zu verbergen hat, und der Eindruck, daß sie gewissermaßen geladene, ja, sogar geehrte Gäste seien, verstärkte sich noch, als er eine Flasche Whisky, drei Dosen Bier und drei Becher aus der Küche holte.

Die beiden Polizeibeamten lehnten dankend ab. Sie waren in ein Wohnzimmer geführt worden, das zwar recht behaglich wirkte, dem aber fehlte, was Burden als eine »weibliche Note« bezeichnet hätte. Es war ihm bewußt, daß es sich dabei (für ihn unbegreiflich, da er darin nur etwas für Frauen Schmeichelhaftes sehen konnte) um eine sexistische Theorie handelte. Seine Frau hätte ihm ein solches Denken streng verwiesen. Insgeheim aber hielt er daran fest, es war einfach nicht von der Hand zu weisen. Hier fiel sein Blick zum Beispiel auf ein behagliches, anständig möbliertes Zimmer mit Bildern und einem Kalender an den Wänden, einer Uhr auf dem Sims über dem viktorianischen Kamin, sogar einem Gummibaum, der in einer düsteren Ecke ums Überleben rang. Aber man spürte und sah nichts von einer fürsorglichen Hand, nichts von einem Interesse an der Wirkung des Raums, keine Symmetrie, keine Zuordnung der Möbelstücke, keinen Sinn für das Häusliche. In diesem Haus lebte keine Frau.

Er merkte, daß er zu lange geschwiegen hatte, wenn auch Jones die Pause damit ausfüllte, eine Cola light zu holen, die er Barry Vine aufgenötigt hatte, und sich selbst ein Bier eingoß. Burden räusperte sich.

»Würden Sie freundlicherweise Ihren Namen sagen, Mr. Jones. Was bedeuten die Initialen?«

»Ich heiße mit Vornamen eigentlich George, werde aber immer Gunner genannt.«

»Mit ›e‹ oder mit ›a‹?«

»Wie bitte?«

»Gunn*e*r oder Gunn*a*r?«

»Gunner. Weil ich früher mal bei *Arsenal* gespielt habe. Wußten Sie das nicht?«

Nein, sie wußten es nicht. Barry Vines Lippen zuckten leicht. Er nahm einen Schluck von seiner Cola. Jones hatte also früher, vor zwanzig Jahren, für *Arsenal*, die »Gunners«, gespielt, und Naomi, das »Fußball-Groupie«, hatte auf der Tribüne gesessen und ihren Helden angeschwärmt...

»George Godwin Jones heiße ich mit vollem Namen.« Auf Gunner Jones' Gesicht trat ein befriedigter Ausdruck. »Ich habe nach Naomi noch mal geheiratet«, sagte er unerwartet, »aber das war auch kein so wahnsinniger Erfolg. Sie hat vor fünf Jahren ihre Sachen gepackt, und ich habe nicht vor, es noch einmal zu riskieren. Nicht, wenn man, wie es im Lied so schön heißt, alles bekommen kann und trotzdem nicht im Netz zappelt.«

»Womit verdienen Sie Ihr Geld, Mr. Jones?« fragte Barry Vine.

»Mit dem Verkauf von Sportausrüstungen. Ich habe ein Geschäft in der Holloway Road, und erzählen Sie mir nichts von einer Wirtschaftsflaute. Bei mir gehen die Geschäfte glänzend, so gut wie noch nie.« Er entfernte das breite, selbstzufriedene Lächeln vom Gesicht, als betätige er einen inneren Schalter. »Das war eine schlimme Sache in Tancred«, sagte er, und seine Stimme sank dabei um eine volle Oktave. »Sind Sie deswegen hergekommen? Oder besser: Sie wären nicht hier, wenn es nicht passiert wäre?«

»Ich nehme an, Sie haben nicht viel Kontakt zu Ihrer Tochter gehabt, oder?«

»Keinerlei Kontakt, mein Freund. Seit mehr als siebzehn Jahren hab ich sie weder zu sehen noch zu hören bekommen. Wie alt ist sie jetzt? Achtzehn? Ich hab sie nicht mehr gesehen, seit sie ein halbes Jahr alt war. Und die Antwort auf Ihre nächste Frage lautet: Nein, nicht sehr. Es macht mir nichts aus, weder so noch so. Es kommt vielleicht vor, daß Väter ihre Kinder mögen, wenn sie älter sind, das schon, aber Babys? Die bedeuten einem doch nichts, oder? Ich hab mich von dem ganzen Verein abgeseilt und es nie, keinen Augenblick lang bereut.«

Es war erstaunlich, wie rasch sich bei ihm Gutmütigkeit in Aggressivität verwandeln konnte. Seine Stimme stieg und sank je nach dem Thema, über das er sprach: ein Crescendo, wenn er von persönlichen Dingen redete, ein leises Schnurren, wenn er ein Lippenbekenntnis zu den gesellschaftlichen Normen ablegte.

Barry Vine sagte: »Sie haben sich nicht überlegt, sich zu melden, als Sie erfuhren, daß Ihre Tochter verletzt worden war?«

»Nein, Kumpel, hab ich nicht.« Nur ein kurzes Zögern, und dann machte Gunner Jones eine zweite Bierdose auf. »Nein, hab ich mir nicht überlegt, und ich hab's auch nicht getan. Mich gemeldet, meine ich. Da

Sie danach fragen – ich war weg, als es passiert ist. Ich war beim Angeln, mach ich ziemlich häufig. Ja, ich würde es mein Hobby nennen, falls es irgend jemanden interessieren sollte, was für ein Hobby ich habe. Diesmal im West Country. Ich hab mich in einem Cottage am Dart einquartiert, in einem netten Häuschen. In dieser Jahreszeit fahr ich oft auch ein paar Tage hin.« Er sprach mit einer aggressiven Selbstsicherheit. Oder, überlegte Vine, ist diese Streitlust in Wirklichkeit überhaupt nicht selbstbewußt? »Ich fahre dorthin, um mal richtig Tapetenwechsel zu haben, und da wär es das letzte, worauf ich käme, mir die Nachrichten im Fernsehen anzuschauen. Ich hab überhaupt erst davon erfahren, als ich am 15. März zurückkam.« Sein Ton veränderte sich ein bißchen. »Das soll allerdings nicht heißen, daß es mich nicht geschmerzt hätte, wenn das Kind den gleichen Weg gegangen wäre wie die anderen drei, aber das würde man ja bei jedem Kind empfinden, es muß gar nicht das eigene sein.

Lassen Sie mich noch was anderes erzählen. Vielleicht finden Sie, daß ich mich damit belaste, aber ich sag's trotzdem. Naomi war eine Null, eine *Null*! Ich sage Ihnen, *sie hatte nichts da oben*. Ein ganz hübsches Gesicht und was Sie vielleicht ein zärtliches Wesen nennen würden. Eine Händchenhalterin und Kuschlerin. Nur hatte es mit dem Kuscheln pünktlich sein Ende, wenn es zum Schlafen ging. Und was die Hohlköpfigkeit betrifft, na ja, ich bin ja kein gebildeter Mensch und habe schätzungsweise nicht mehr als, sagen wir mal, sechs Bücher in meinem ganzen Leben gelesen, aber im Vergleich zu der war ich eine Geistesgröße. War ich die Persönlichkeit des Jahres...«

»Mr. Jones...«

»Moment, mein Freund, Sie sind in einer Minute dran. Unterbrechen Sie mich nicht in meinem eigenen Haus. Ich bin noch lange nicht fertig. Naomi war eine

Null, und ich hatte nie das Vergnügen, den Unterhausabgeordneten Mr. Copeland kennenzulernen, aber ich will Ihnen was sagen, ich werd Ihnen verraten, worauf ich hinaus will: Jeder Typ, der es mit Davina Flory aufnehmen wollte, *jeder* Typ, er müßte ein Kämpfer, eine Kämpfernatur sein, meine Herren. Er hätte so tapfer wie ein Löwe und stark wie ein Pferd sein müssen und mit einer Haut, so dick wie die eines verdammten Nilpferdes. Denn diese Frau war ein Miststück erster Güte, und sie ist *nie müde geworden*. Man konnte sie nicht müde kriegen, sie hat nur ungefähr vier Stunden Schlaf gebraucht, und dann war sie wieder voll da, voll Angriffslust, sollte ich sagen.

Ich mußte dort wohnen. Es hat zwar geheißen, ›wir logieren dort, bis wir was finden‹, aber es war ganz klar, daß Davina uns nicht loslassen würde, besonders nachdem das Baby gekommen war.« Er fragte unvermittelt: »Wissen Sie, was ein Gote ist?«

»Sagen Sie's mir«, meinte Burden.

»Ich hab es nachgeschlagen.« Gunner Jones hatte offenbar vor langer Zeit die Definition auswendig gelernt.»›Ein Mensch, der sich wie ein Barbar benimmt, grob, unzivilisiert oder ignorant.‹ So hat sie mich genannt: ›der Gote‹ oder einfach nur ›du, Gote‹. Sie hat es wie einen Vornamen benutzt. Ich hatte ja die Initialen, G. G. ›Was wird unser Gote heute wieder rauben und plündern?‹ sagte sie gern oder: ›Hast du wieder gegen die Stadttore gehämmert, Gote?‹

Sie hatte sich vorgenommen, unsere Ehe zu zerstören, sie hat mir sogar einmal gesagt, wie sie mich sah: als jemanden, der Naomi ein Kind machen würde, und sobald das geschehen war, hatte ich ausgedient. Ein Zuchthengst, mehr war ich nicht für sie. Ein Klasse-Hengst. Einmal besaß ich die Frechheit, mich zu beschweren. Ich sagte zu ihr, daß ich es satt hätte, dort zu leben, daß wir etwas Eigenes bräuchten, aber sie hat nur geantwortet: ›Warum ziehst du nicht los und suchst dir irgendwo was, Gote? In zwanzig Jahren kannst du wiederkommen und uns erzählen, wie es dir ergangen ist.‹

Also bin ich weg von dort, aber nie mehr zurückgekehrt. Ich habe früher die Anzeigen in den Zeitungen gelesen, in denen für ihre Bücher geworben wurde, und was darin stand: ›Klug und geistreich, Mitmenschlichkeit verbunden mit einem staatsmännischen Blick, humane Gesinnung und ein tiefes Einfühlungsvermögen für die einfachen Leute sowie die Unterdrückten ...‹ Mein Gott, hab ich da gelacht! Ich wollte an die Zeitung schreiben: Ihr kennt sie nicht, ihr seid völlig schief gewickelt. So, das bin ich jetzt losgeworden, und vielleicht habe ich Ihnen eine Vorstellung davon gegeben, warum keine zehn Pferde mich dazu gebracht hätten, Kontakt zu Davina Florys Tochter und Enkelin aufzunehmen.«

Burden fühlte sich von dieser Suada etwas erschöpft. Es war, als wäre eine Dampfwalze aus Haß und bitterem Groll durch das kleine Zimmer gerollt, und jetzt bliebe es ihm und Barry Vine überlassen, sich langsam davon zu erholen. Gunner Jones sah aus wie ein Mann, der eine Katharsis erlebt hat: befreit und mit sich selbst zufrieden.

»Möchten Sie noch eine Cola light?«

Vine schüttelte den Kopf.

»Zeit für einen letzten Schluck.« Jones goß sich reichlich zweifingerhoch Whisky in das dritte Glas. Dann schrieb er etwas auf die Rückseite eines Kuverts, das er hinter der Uhr auf dem Kaminsims hervorgezogen hatte. »Bitte sehr. Die Adresse des Häuschens am Dart, wo ich war, und der Name der Leute von dem Pub nebenan, *Rainbow Trout* heißt es.« Er war plötzlich bester Laune. »Die werden mir ein Alibi liefern. Sie können alles nachprüfen, wenn Sie wollen. Nur zu.

Ich lege gern ein freiwilliges Geständnis ab, meine Herren. Ich hätte Davina Flory mit Vergnügen umgebracht, wenn ich sicher gewesen wäre, daß mir nichts passiert. Aber das ist ja der entscheidende Punkt, oder? Ungestraft davonzukommen. Und ich spreche von einer Zeit, die achtzehn Jahre zurückliegt. Die Zeit heilt alle Wunden, so heißt es jedenfalls, und ich bin nicht mehr der verrückte, junge Draufgänger. Ich bin nicht mehr der Gote von damals, als ich ein paarmal überlegte, Davina den Hals umzudrehen, und auf die fünfzehn Jahre im Kittchen gepfiffen hätte.«

Davon merke ich nicht viel, dachte Burden, sagte aber nichts. Er fragte sich, ob Gunner Jones wirklich der Dummkopf war, für den Davina Flory ihn gehalten hatte, oder aber sehr, sehr schlau. Ob Jones Theater spielte oder ob all dies Wirklichkeit war. Burden war sich nicht schlüssig. Was hätte Daisy zu diesem Mann gesagt, wenn sie ihn jemals kennengelernt hätte?

»Übrigens, ich werd zwar Gunner genannt, aber mit einem Schießeisen kann ich nicht umgehen. Ich hab noch nicht mal ein Luftgewehr in der Hand gehabt. Ich frag mich sogar, ob ich heute noch dorthin finden würde, zu diesem Tancred House. Ich weiß es nicht, ehrlich, ich weiß es nicht. Ich nehme an, daß ein paar Bäume nachgewachsen und andere umgestürzt sind. Es gab ein paar Leute dort – Davina nannte sie ›Gehilfen‹, das fand sie wohl eine Spur demokratischer als ›Dienstboten‹ –, die in einem Cottage wohnten. Triffid, Griffith oder so ähnlich. Sie hatten einen Jungen, irgendwie zurückgeblieben, ein armer, kleiner Blödian. Was ist aus ihnen geworden? Der Besitz wird an meine Tochter gehen, nehme ich an. Glück hat das Mädchen, was? Ich glaube nicht, daß sie sich die Augen ausgeweint hat, da kann sie behaupten, was sie will. Sieht sie mir ähnlich?«

»Überhaupt nicht«, sagte Burden, obwohl er inzwischen in Jones' schrägstehenden Augen, in der Art, wie er den Kopf drehte und einen Mundwinkel hochzog, eine Ähnlichkeit mit Daisy sah.

»Um so besser für sie, was? Glauben Sie nicht, daß ich nicht sagen könnte, was hinter euren leeren Blicken vor sich geht. So, falls Sie jetzt fertig sind, wir haben ja Samstagabend, werd ich mich herzlich von Ihnen verabschieden und mich in meine Tankstelle hier im Ort verziehen.« Er öffnete die Haustür und komplimentierte sie hinaus. »Falls Sie vorhaben sollten, sich ein bißchen auf die Lauer zu legen und mich im Auge zu behalten – ich werde meinen Wagen draußen stehen lassen, wo er geparkt ist, und, wie die alten Leute sagen, auf Schusters Rappen zu meiner Kneipe reiten.« Als ob sie Verkehrspolizisten wären. »Ich würde Ihnen höchst ungern die Genugtuung verschaffen, mich mit zuviel Promille zu erwischen, die ich jetzt sicher schon intus habe.«

»Soll ich fahren?« fragte Burden beim Einsteigen, obwohl er wußte, daß sein Angebot abgelehnt werden würde.

»Nein, danke, mir macht das Fahren Spaß.«

Vine drehte den Zündschlüssel.

»Gibt es in diesem Wagen eine Kartenleseleuchte, Barry?«

»Unter dem Armaturenbrett. Man zieht sie an so einem flexiblen Ding heraus.«

Es war unmöglich, hier zu wenden. Barry Vine fuhr achtzig Meter die Straße entlang, bog in eine Seitenstraße ein, stieß zurück und fuhr denselben Weg zurück, den sie gekommen waren. Die Gegend war ihm zu wenig vertraut, als daß er das Experiment gewagt hätte, durch eine Runde um den Block herum zur Kreuzung zurück zu gelangen.

Gunner Jones überquerte vor ihnen die Straße auf einem Zebrastreifen. Sonst waren keine Fußgänger unterwegs, und ihr Wagen war das einzige Fahrzeug weit und breit. Jones hob mit einer gebieterischen Geste eine Hand, um sie zum Halten zu veranlassen, aber er schaute nicht in das Wageninnere und gab auch sonst nicht zu erkennen, daß er wußte, wer Fahrer und Beifahrer waren.

»Ein sonderbarer Kauz«, sagte Barry Vine.

»Das ist aber sehr merkwürdig, Barry.« Burden hielt die Leseleuchte auf den Umschlag gerichtet, den er von Gunner Jones bekommen und auf den dieser die Adresse geschrieben hatte. Aber Burden betrachtete die andere Seite, die ursprünglich beschriebene mit der Briefmarke. »Ich habe es bemerkt, als er das Kuvert vom Kaminsims nahm. Es ist an ihn adressiert, an Mr. Gunner Jones in der Niniveh Road, nichts Besonderes dran. Aber die Handschrift, es ist eine ganz eigene Schrift. Ich habe sie zuletzt in einem Terminkalender gesehen und würde sie überall wiedererkennen. Es ist die Handschrift von Joanne Garland.«

19

Es war jetzt, um sechs Uhr, noch heller Tag. Nichts hätte den Frühling mehr spüren lassen können: späte Sonnenuntergänge, länger werdende Abende. Weniger erfreulich fand Sir James Freeborn, der Deputy Chief Constable, wie lange Wexfords Team nun schon in Tancred einquartiert war, ohne irgend etwas erreicht zu haben. Und die Rechnungen, die sie auflaufen ließen! Die Kosten! Miss Daisy Jones Tag und Nacht bewacht? Was würde das kosten? Das Mädchen hatte dort nichts verloren. So etwas war ihm noch nie vorgekommen: eine Achtzehnjährige, die herrisch darauf bestand, allein in diesem riesigen Bau zu bleiben.

Wexford kam kurz vor sechs aus den Ställen. Die Sonne schien noch, und die Abendluft hatte keinen kalten Hauch. Er vernahm ein Geräusch, als regnete es stark, aber aus diesem wolkenlosen Himmel konnte kein Regen kommen. Kaum hatte er die Vorderseite von Tancred House erreicht, sah er, daß die Fontäne eingeschaltet war.

Bis dahin war ihm gar nicht richtig klar geworden, daß es tatsächlich ein Springbrunnen war. Das Wasser spritzte aus einer Leitung, die irgendwo zwischen Apollos Beinen und dem Baumstamm herauskam. Es sprang durch die schräg einfallenden Sonnenstrahlen, so daß kleine Regenbogen entstanden. In den leichten Wellen tummelten sich die Fische. Der Springbrunnen in Aktion ließ die Anlage völlig verändert erscheinen: Tancred House war nicht mehr nüchtern-schmucklos, der Vorhof nicht mehr leer und das Becken nicht mehr ein kleiner Teich mit stehendem Wasser. Die zuweilen bedrückende Stille war einem zarten, melodischen Plätschern gewichen.

Er zog an dem Klingelzug. Wem mochte der Wagen in der Auffahrt gehören? Ein Sportwagen, ein unbequem wirkender, keineswegs neuer MG. Daisy machte ihm auf. Ihr Äußeres hatte sich neuerlich verändert. Sie war wieder zu einem weiblichen Wesen geworden. Sie war in Schwarz, natürlich, aber in einem sich anschmiegenden, schmeichelhaften Schwarz, sie trug einen Rock, nicht eine Hose, Schuhe, nicht Stiefel. Vom Hinterkopf fiel das Haar locker hinab, an den Seiten war es hochgekämmt, wie bei einem Mädchen zur Zeit König Edwards VII.

Und noch etwas hatte sich an ihr verändert, wenn er auch zunächst nicht sagen konnte, was es war. Aber alles an ihr war davon erfaßt, ihr Schritt, ihre Haltung, ihre Augen, die Art, wie sie den Kopf hob. Aus den Augen leuchtete es. »Ihr ärmeren Schönen der Nacht, die unsren Augen schlecht gefallen... was seid ihr, wenn der Mond erwacht?«

»Sie sind an die Tür gegangen«, sagte er vorwurfsvoll, »obwohl Sie nicht wußten, wer da kommt. Oder haben Sie mich vom Fenster aus gesehen?«

»Nein, wir sind im *serre.* Ich habe den Springbrunnen angestellt.«

»Das habe ich bemerkt.«

»Ist er nicht hübsch? Haben Sie die Regenbogen gesehen? Wenn Wasser darüberläuft, kann man dieses scheußliche, lüsterne Grinsen auf Apollos Gesicht nicht mehr erkennen. So könnte man glauben, daß er sie liebt, daß er sie nur küssen möchte... Ach, machen Sie doch bitte kein solches Gesicht. Ich wußte, daß alles in Ordnung war. Ich hab es gespürt. Ich habe geahnt, daß da ein netter Mensch kommt.«

Sein Vertrauen in ihren Instinkt war allerdings geringer. Er folgte ihr durch die Halle und überlegte unterwegs, wer die andere Hälfte von diesem »wir« sein mochte. Der Zugang zum Eßzimmer war noch immer verschlossen, die Tür bis zum Architrav abgedichtet. Daisy ging mit beschwingten Schritten vor ihm her, anders als früher, verändert.

»Sie werden sich an Nicholas erinnern«, sagte sie zu ihm und blieb auf der Schwelle zum Wintergarten stehen. Und zu dem Mann in dem Raum: »Das ist Chief Inspector Wexford, Nicholas, den du im Krankenhaus kennengelernt hast.«

Nicholas Virson saß in einem der tiefen Korbsessel. Er stand nicht auf. Warum auch? Er streckte Wexford die Hand nicht hin, sondern nickte nur und sagte: »Ach, guten Abend.« Es hörte sich an wie aus dem Mund eines doppelt so alten Mannes.

Wexford blickte sich um. Er betrachtete die hübschen Dinge in dem Raum, die Grünpflanzen, eine früh blühende Azalee in einem Kübel, die Zitronenbäume in ihren blau-weißen Porzellantöpfen, ein üppig blühendes Alpenveilchen in einer Schale auf dem Glastisch. Dann sah er zu Daisy, die wohl wieder auf dem Platz, den sie einen Augenblick vorher geräumt hatte, dicht neben Virsons Sessel saß. Die Gläser mit ihren Drinks, Gin oder Wodka oder einfaches Wasser, standen Seite an Seite, nicht mehr als fünf Zentimeter voneinander entfernt, neben dem blühenden Alpenveilchen. Mit einemmal ging ihm auf, was die Veränderung an ihr bewirkt, ihre Wangen rosig gefärbt und den Schmerz aus ihren Augen getilgt hatte. Wenn es angesichts der Umstände, wenn es nach dem, was geschehen war und was sie durchgemacht hatte, nicht unmöglich gewesen wäre, hätte er sie glücklich genannt.

»Darf ich Ihnen einen Drink anbieten?« fragte sie.

»Lieber nicht. Wenn das Mineralwasser ist, ja bitte, dann trinke ich ein Glas.«

»Laß mich!«

Virson sprach, als handele es sich bei der Erfüllung von Wexfords Bitte um eine herkulische Arbeit, wenn beispielsweise das Wasser aus einem Brunnen geschöpft oder über eine gefährliche Leiter aus dem Keller geholt werden müßte. Daisy mußte eine Strapaze erspart bleiben, die von ihr zu fordern Wexford kein Recht hatte. Mit dem halb gefüllten Glas handelte er sich einen vorwurfsvollen Blick von Virson ein.

»Danke schön. Daisy, ich bin gekommen, um Sie zu fragen, ob Sie Ihren Entschluß hierzubleiben nicht vielleicht doch überdenken wollen.«

»Wie komisch. Genauso wie Nicholas. Er ist ebenfalls gekommen, um mich das zu fragen.« Sie schenkte dem jungen Mann ein Lächeln von großer Strahlkraft, nahm seine Hand und hielt sie fest. »Nicholas ist so gut zu mir. Aber das seid ihr alle. Alle sind so freundlich zu mir. Aber Nicholas würde alles für mich tun, hab ich nicht recht, Nicholas?«

Es war eine sonderbare Bemerkung. War sie ernst gemeint? Die Ironie bildete er sich doch nur ein?

Nicholas Virson wirkte ein wenig betroffen, wozu er ja auch Grund hatte. Ein unsicheres Lächeln zitterte auf seinen Lippen. »Alles, was in meinen Kräften steht, Liebling«, sagte er. Er wollte anscheinend mit Wexford nicht mehr zu tun haben, als unvermeidlich war, aber jetzt vergaß er seine Vorurteile und seine Art, aus der vielleicht Dünkel sprach, und sagte beinahe impulsiv: »Ich möchte, daß Daisy mit mir zurück nach Myfleet fährt. Sie hätte gar nicht erst wegfahren sollen. Aber sie ist so ein unglaublicher Dickkopf – können Sie ihr nicht irgendwie begreiflich machen, daß sie hier in Gefahr schwebt? Ich gebe zu, ich mache mir Tag und Nacht Sorgen um sie. Ich kann nicht schlafen. Ich würde ja selber hierbleiben, aber das würde sich wohl nicht gehören.«

Diese Bemerkung löste bei Daisy Lachen aus. Wexford erinnerte sich nicht, daß er sie schon einmal hatte lachen hören. Und er konnte sich auch nicht erinnern, aus dem Mund eines jungen Mannes jemals eine solche Bemerkung gehört zu haben, nicht einmal zu Zeiten, als er selbst noch jung gewesen war und es als unschicklich gegolten hatte, wenn ein unverheiratetes Paar unter ein und demselben Dach schlief.

»Nein, für dich würde es sich ganz und gar nicht gehören, Nicholas«, sagte sie. »Du hast ja deine ganzen Sachen zu Hause, und bis zum Bahnhof braucht man von hier aus eine Ewigkeit, du machst dir keinen Begriff.« Sie sprach in einem zärtlichen Ton und hielt noch immer seine Hand. Einen Augenblick lang strahlte ihr Gesicht, als sie ihn ansah. »Außerdem bist du kein Polizeibeamter.« Jetzt sprach sie neckend. »Glaubst du, du könntest mich verteidigen?«

»Ich bin ein verdammt guter Schütze«, sagte Virson wie ein pensionierter Oberst.

Wexford sagte trocken: »Ich finde, wir brauchen hier nicht noch mehr Schießeisen, Mr. Virson.«

Darauf erstarrte Daisy. Ihr Gesichtsausdruck wurde matt, wie wenn ein Schatten vor die Sonne zieht. »Eine alte Freundin meiner Großmutter hat am Wochenende angerufen und mich zu sich nach Edinburgh eingeladen. Ishbel Macsamphire. Erinnerst du dich, Nicholas, daß ich dich auf sie aufmerksam gemacht habe? Sie hat gesagt, sie würde auch ihre Enkelin einladen, als wäre das ein Anreiz! Mich hat's geschüttelt. Natürlich habe ich nein gesagt. Vielleicht später, aber nicht jetzt.«

»Das höre ich gar nicht gern«, sagte Wexford, »gar nicht gern.«

»Sie ist nicht die einzige. Preston Littlebury hat mich in sein Haus in Forby eingeladen. Zwei Mädchen aus der Schule wollten mich in ihren Elternhäusern aufnehmen. Ich bin wirklich populär, ich bin jetzt wohl eine Art Berühmtheit.«

»Und allen haben Sie einen Korb gegeben?«

»Mr. Wexford, ich gedenke, hier, in meinem eigenen Haus, zu bleiben. Ich weiß, daß mir hier nichts zustoßen wird. Wenn ich jetzt wegliefe, würde ich vielleicht nicht mehr zurückkommen – verstehn Sie das nicht?«

»Wir werden diese Männer fassen«, sagte er wacker. »Es ist nur eine Frage der Zeit.«

»Es zieht sich aber sehr lange hin.« Virson trank sein Wasser, oder was sonst in dem Glas war, mit langsamen Schlucken. »Schon beinahe ein Monat ist seitdem vergangen.«

»Ganze drei Wochen, Mr. Virson. Und noch was anderes ist mir durch den Kopf gegangen, Daisy: Wenn die Schule wieder anfängt, ich meine, wenn in Crelands das neue Trimester beginnt – in zwei oder drei Wochen –, könnten Sie sich vielleicht überlegen, ob Sie das Schlußtrimester nicht dort im Internat verbringen.«

Sie antwortete ihm, als wäre der Vorschlag höchst sonderbar, ja geradezu eine Zumutung. Der Unterschied in Temperament und Geschmack, den er zwischen ihr und Virson immer gespürt hatte, war auf einen Schlag überwunden. Sie wurden plötzlich zu zwei jungen Menschen, die ausgezeichnet zusammenpaßten, mit den gleichen Wertvorstellungen und in einer identischen Kultur groß geworden waren. »Oh, ich gehe nicht wieder in die Schule! Warum sollte ich auch? Nach allem, was passiert ist? Das Abitur gehört nicht zu den Dingen, die ich in meinem zukünftigen Leben wahrscheinlich brauchen werde.«

»Haben Sie keinen Studienplatz, bei dem es darauf ankommt, wie gut Sie im Abitur abschneiden?«

Virson warf Wexford einen Blick zu, in dem zu lesen stand, wie unverschämt er es fand, so etwas zu glauben. »Einen Studienplatz muß man nicht in Anspruch nehmen«, meinte Daisy. »Ich hab es nur versucht, um

Davina eine Freude zu machen, und jetzt kann man ihr ja keine Freude mehr machen.«

»Daisy hat die Schule verlassen«, sagte Virson. »Das ist jetzt alles vorbei.«

Wexford war sich plötzlich sicher, daß irgendeine Eröffnung oder Ankündigung bevorstand. *Daisy hat mir gerade ihre Hand versprochen* – oder sonst etwas Altmodisches und Gespreiztes, aber trotzdem etwas, was wie eine Bombe einschlagen werde. Doch es kam nichts, keine Eröffnung, keine Enthüllung. Virson trank sein Wasser. Dann sagte er: »Ich werde noch ein Weilchen bleiben, wenn es dir recht ist, Liebling. Könntest du mir eine Kleinigkeit zu essen bieten oder sollen wir ausgehen?«

»Ach, zu essen gibt's hier massenhaft«, sagte sie leichthin. »Das ist immer so. Brenda hat den ganzen Vormittag gekocht, und jetzt weiß sie nicht, was sie damit anfangen soll – jetzt bin ja nur noch ich da.«

»Sie fühlen sich besser.« Das war alles, was Wexford sagte, als sie ihn zur Tür brachte.

»Ich komme langsam darüber hinweg, ja.« Aber sie wirkte, als wären die Dinge schon weiter gediehen. Er hatte den Eindruck, daß sie sich von Zeit zu Zeit bemühte, anstandshalber zu ihrem Kummer zurückzukehren. Aber jene Gemütsverfassung war nicht mehr natürlich ungezwungen. Daisy sagte jedoch, als wäre sie von Schuldgefühlen eingeholt worden: »In gewisser Weise werde ich nie darüber hinwegkommen, ich werde es nie vergessen.«

»Jedenfalls eine Zeitlang nicht.«

»Woanders wäre es schlimmer.«

»Ich wollte, Sie würden es sich noch einmal überlegen. Sowohl, daß Sie hierbleiben wollen, als auch das mit der Universität. Natürlich, die Universität – das geht mich nichts an.«

Sie tat etwas Erstaunliches. Sie standen auf der

Schwelle, die Tür war offen und Wexford im Begriff, sich zu verabschieden. Sie warf die Arme um seinen Hals und küßte ihn. Die Küsse, warm und fest, landeten auf seinen beiden Wangen. Von oben bis unten spürte er einen Körper, der vor Freude, vor Wonne pulsierte.

Er machte sich energisch von ihr los. »Tun Sie es mir zuliebe«, sagte er, wie er manchmal zu seinen Töchtern gesprochen hatte, »tun Sie mir zuliebe, worum ich Sie bitte.«

Noch immer fiel das Wasser gleichmäßig in das Bekken, und die Fische hüpften in den Wellen.

»Nehmen wir mal an«, begann Burden, »daß sie mit ihrem Fahrzeug *mitten* durch den Wald weggefahren und vielleicht auch auf diesem Weg gekommen sind. Mit einem Jeep, einem Landrover oder sonst etwas Geländegängigem, und der Fahrer kannte die Gegend wie seine Westentasche.«

»Andy Griffin kannte sich selbstverständlich in den Wäldern aus«, sagte Wexford. »Und ebenso sein Vater, vielleicht besser als sonst jemand. Gabbitas kennt sich dort aus und ebenso, wenn auch nicht ganz so gut, Ken Harrison. Zweifellos trifft das auch auf die drei Toten zu und, soviel wir wissen, vielleicht auch auf Joanne Garland und sogar auf ihre Angehörigen.«

»Gunner Jones behauptet, er würde heute nicht mehr den Weg hierher finden. Warum sagt er das zu mir, wenn er sich ziemlich sicher war, daß er es doch könnte? Ich hab ihn nicht danach gefragt. Es war einfach eine kleine Gratisinformation. Und wir sprechen von jemandem, der durch den Wald *fuhr*, nicht lief, was einen, vorausgesetzt, man folgt seiner Nase oder einem Kompaß, früher oder später zu einer Straße führen müßte. Dieser Kerl müßte sich zugetraut haben, ein schwerfälliges Fahrzeug mit Vierradantrieb durch den nachtdunklen Wald zu steuern, und vermutlich wagte er nur Standlicht einzuschalten, vielleicht nicht einmal das.«

»Und der andere«, sagte Wexford trocken, »ist mit einer Laterne vor ihm hergegangen und hat ihm geleuchtet, wie zu den Anfängen des Automobils.«

»Ja, vielleicht war es so. Es fällt mir schwer, mir das vorzustellen, Reg, aber welche Alternative gibt es denn? Wenn sie auf der Straße von Pomfret Monachorum gefahren sind, müßten sie Bib Mew überholt haben oder Gabbitas begegnet sein – es sei denn, er steckte mit ihnen unter einer Decke, es sei denn, Gabbitas war der andere.«

»Wie sähe das Ganze mit einem Motorrad aus? Angenommen, sie sind im Dunkeln auf Andy Griffins Motorrad durch den Wald gefahren?«

»Könnte Daisy nicht unterscheiden, ob der Motor eines Motorrads oder der eines Autos angelassen wird? Irgendwie kann ich mir Gabbitas hinter Andy Griffin auf dem Sitz nicht vorstellen. Gabbitas, daran brauche ich Sie nicht zu erinnern, hat kein Alibi für den Nachmittag und den frühen Abend des 11. März.«

»Wissen Sie, Mike, das ist so eine Sache. In den letzten Jahren ist es immer schwieriger geworden, hieb- und stichfeste Alibis beizubringen. Das wirkt sich natürlich nachteilig für Kriminelle aus, aber andererseits auch zu ihrem Vorteil. Es hängt damit zusammen, daß die Menschen isolierter leben. Es gibt mehr Menschen als jemals zuvor, aber das Leben des einzelnen ist einsamer geworden.«

In Burdens Augen trat der glasige Ausdruck, der sich häufig einstellte, wenn, wie er es nannte, Wexford zu »philosophieren« begann. Wexford wurde allmählich hypersensibel für diesen Wechsel des Ausdrucks, und da er im vorliegenden Fall nichts Erhellendes mehr zu sagen hatte, beendete er seine Ansprache und wünschte

Burden eine gute Nacht. Doch auf der Heimfahrt ging ihm das Alibi-Problem weiterhin durch den Kopf.

In Zeiten der Rezession mit hoher Arbeitslosigkeit gingen die Männer seltener als früher ins Pub. Die Kinos blieben leer, da das Fernsehen die Besucher weglockte. Das Kino in Kingsmarkham war fünf Jahre zuvor geschlossen und in einen Heimwerkermarkt umgewandelt worden. Mehr Menschen als zuvor lebten als Singles. Herangewachsene Kinder wohnten seltener zu Hause bei ihren Eltern. Abends und nachts waren die Straßen in Kingsmarkham, Stowerton oder Pomfret leer. Kein Wagen geparkt, kein Fußgänger unterwegs, nur Güterverkehr wälzte sich durch die Ortschaften, jeder Lastwagen mit einem einsamen Fahrer.

Dies erklärte in einem gewissen Maß die Schwierigkeiten, bei fast allen in diesen Fall eventuell verwickelten Leuten zuverlässig festzustellen, wo sie sich an jenem Märztag aufgehalten hatten. Wer konnte die Angaben von John Gabbitas und Gunner Jones und übrigens auch die von Bib Mew untermauern? Wer konnte bezeugen, wo Ken Harrison gewesen war oder John Chowney oder Terry Griffin, außer bei zweien von ihnen die Ehefrauen, deren Aussagen wertlos waren? Sie waren alle zu Hause oder auf dem Nachhauseweg gewesen, allein oder zusammen mit ihren Ehefrauen.

Es wäre übertrieben gewesen zu sagen, daß Gunner Jones verschwunden war. Ein Anruf in dem Sportgeschäft in der Holloway Road ergab, daß Gunner Jones ein paar Tage Urlaub genommen habe und weggefahren sei; er habe nicht gesagt, wohin, er verreise häufig. Wexford wußte nicht, ob er an das Zusammentreffen mehrerer Zufälle glauben sollte. Joanne Garland führte ein Geschäft und war verreist. Gunner Jones, der sie kannte, der mit ihr Briefe wechselte, führte ein Geschäft und verreiste »häufig«. Noch etwas anderes war

Wexford aufgefallen, wenn er auch bereitwillig zugegeben hätte, daß man sagen könnte, es sei an den Haaren herbeigezogen. Gunner verkaufte Sportausrüstungen, Joanne Garland hatte in ihrem Haus ein Zimmer in einen Fitneß-Raum umgewandelt und mit Sportgeräten angefüllt.

Waren sie beisammen und wenn ja, warum?

Die Besitzer des *Rainbow Trout Inn* in Pluxam am Dart waren gerne bereit, Detective Sergeant Vine alles zu erzählen, was sie über Mr. G. G. Jones wußten. Er verkehre regelmäßig in ihrem Lokal, wenn er in der Gegend war. Sie vermieteten ein paar Zimmer an auswärtige Besucher, und er habe einmal bei ihnen übernachtet, aber nur ein einziges Mal. Seitdem habe er immer das Cottage nebenan gemietet. Es war, wie Vine die Sache sah, nicht genau nebenan, sondern gute vierzig Meter weiter unten an der Gasse, die zum Flußufer führte.

Der 11. März? Der Pächter des *Rainbow Trout Inn* wußte genau, wovon Vine redete, und brauchte keine Erklärung. Seine Augen funkelten vor Erregung. O ja, Mr. Jones sei vom 10. bis zum 15. März dagewesen. Das wisse er, weil Mr. Jones immer erst dann, wenn er abfuhr, seine Getränke bezahlte und die Liste seiner Ausgaben während dieser Tage vorliege. Vine erschien der Gesamtbetrag für einen einzelnen Mann unglaublich hoch. Was den 11. März betreffe, könne er nichts sagen, meinte der Kneipier. Ob Mr. Jones an diesem Abend ins Lokal gekommen sei, könne er nicht sagen, da er beim Anschreiben nie ein Datum notiere.

Seitdem habe er Mr. Jones nicht mehr gesehen, aber auch nicht damit gerechnet. In dem Cottage sei zur Zeit niemand. Der Vermieter erklärte Vine, er habe für das laufende Jahr keine weiteren Voranmeldungen von Mr. Jones. Jones habe das Häuschen viermal gemietet und sei immer allein gewesen. Genauer gesagt, er habe es nie zusammen mit jemand anderem bezogen. Der Vermieter hatte Jones einmal mit einer Frau im *Rainbow Trout* gesehen. Mit irgendeiner Frau. Nein, beschreiben könne er sie nicht, außer daß sie ihm nicht den Eindruck gemacht habe, als ob sie für Mr. Jones zu jung oder auch zu alt gewesen sei. Wahrscheinlich sei Mr. Jones irgendwoandershin zum Angeln gefahren.

Doch was war in dem Kuvert auf dem Kaminsims in dem Haus in der Niniveh Road gewesen? Ein Liebesbrief? Oder die Skizze irgendeines Plans? Und warum hatte Gunner Jones den Umschlag aufgehoben, während er den Brief offensichtlich weggeworfen hatte? Warum vor allem hatte er diese Adressen daraufgeschrieben und das Kuvert so unbekümmert Burden gegeben?

Wexford verzehrte sein Abendessen und unterhielt sich mit Dora über das kommende Wochenende. Sie könne wegfahren, wenn sie wolle. Für sich sehe er keine Chance, sich freizumachen. Dora las gerade irgend etwas in einer Zeitschrift, und als er sie fragte, was sie denn so hochinteressant finde, sagte sie, es handle sich um eine Kurzbiographie von Augustine Casey.

Wexford gab ein »Pah!« von sich.

»Wenn du mit *Midians Gastfreunde* fertig bist, Reg, kann ich es dann lesen?«

Er reichte ihr das Buch und schlug *Schön wie ein Baum* auf, in dem er noch nicht weit vorangekommen war. Ohne aufzublicken sagte er: »Sprichst du mit ihr?«

»Ach, Reg, wenn du Sheila meinst, warum sagst du es denn nicht, um Himmels willen? Ich spreche mit ihr genauso wie immer, nur daß du nicht da bist und mir nicht den Hörer aus der Hand reißen kannst.«

»Wann will sie nach Nevada fliegen?«

»In ungefähr drei Wochen.«

Preston Littlebury hatte ein kleines Haus in der Dorfmitte von Forby. Man hat Forby zum fünftschönsten Dorf in England ernannt, was er als Grund anführte, warum er dort ein Wochenenddomizil hatte. Wenn das angeblich schönste Dorf Englands auch so nahe bei London gelegen wäre, hätte er sich dort etwas gekauft, aber es lag zufällig in Wiltshire.

Genau genommen sei es natürlich kein Wochenendhaus, sonst wäre er nicht an einem Donnerstag dort gewesen. Er lächelte, während er diese pedantischen Bemerkungen von sich gab, und stützte dabei das Kinn mit den Händen, wobei sich nicht die Handgelenke, aber die Fingerspitzen berührten. Sein Lächeln war schmallippig, gepreßt und auf eine humorvolle Art gönnerhaft.

Anscheinend lebte er allein. Die Zimmer in seinem Haus erinnerten Barry Vine an die abgeteilten Bereiche in einem großen Antiquitätengeschäft. Alles wirkte wie wunderbar erhalten gebliebene, wohlgepflegte Antiquitäten, nicht zuletzt auch der silberhaarige Mr. Littlebury in seinem silbergrauen Anzug, seinem rosafarbenen Maßkonfektionshemd und mit seiner rosenrot und silbern getüpfelten Fliege. Er war älter, als er auf den ersten Blick wirkte, was ja auch für manche Antiquitäten gilt. Vielleicht schon hoch in den Siebzigern, dachte Barry Vine. Wenn Littlebury sprach, hörte er sich an wie der selige Henry Fonda in der Rolle eines Professors.

Seine weitschweifige Redeweise, mit der er seine berufliche Tätigkeit zu beschreiben begann, verschaffte Vine kaum Klarheit darüber, womit der Mann eigentlich sein Brot verdiente. Er sei, sagte der Amerikaner, in Philadelphia geboren, und habe in Cincinnati, im Bundesstaat Ohio, gelebt, als Harvey Copeland dort an einer Universität lehrte. Auf diese Weise hätten sie einander kennengelernt. Preston Littlebury kannte auch den Vizekanzler der University of the South. Er sei gewissermaßen selbst einmal in einem akademischen Beruf tätig gewesen, habe am Victoria and Albert Museum in London gearbeitet und früher für eine landesweit erscheinende Zeitung eine Kolumne über Antiquitäten geschrieben. Wie es schien, handelte er gegenwärtig mit altem Silber und Porzellan.

So viel Klarheit konnte sich Barry Vine aus Littleburys dunklen Reden und weitschweifigen Ausführungen immerhin verschaffen. Und während er redete, nickte er immerfort wie ein chinesischer Mandarin.

»Wissen Sie, ich reise recht viel herum. Ich verbringe ziemlich viel Zeit in Osteuropa, wo es seit dem Ende des Kalten Kriegs sehr ergiebige Einkaufsmöglichkeiten gibt. Da muß ich Ihnen eine recht amüsante Geschichte erzählen, die sich abspielte, als ich die Grenze zwischen Bulgarien und Jugoslawien passierte...«

Wieder drohte eine Anekdote über das unerschöpfliche Thema bürokratischer Stümperei. Vine hatte bereits drei davon über sich ergehen lassen müssen und unterbrach ihn eilends.

»Es geht um Andy Griffin, Sir. Sie haben ihn früher einmal beschäftigt, ja? Es liegt uns sehr daran zu erfahren, wo er sich in den letzten Tagen vor seiner Ermordung aufgehalten hat.«

Wie die meisten talentierten Geschichtenerzähler war auch Littlebury nicht erfreut, wenn ihm das Wort abgeschnitten wurde. »Ja, doch, ich wollte gerade darauf zu sprechen kommen. Ich habe den Mann seit fast einem Jahr nicht mehr zu Gesicht bekommen. Ist Ihnen das bekannt?«

Vine nickte, obwohl es für ihn neu war. Er durfte keine Pause eintreten lassen, da er sonst Gefahr lief, Preston Littleburys weitere Abenteuer anhören zu müssen, die er in diesem Jahr auf dem Balkan erlebt hatte. »Sie haben ihn beschäftigt, nicht?«

»Sozusagen ja.« Littlebury sprach jetzt sehr überlegt, wog jedes Wort ab. »Es kommt darauf an, was Sie unter ›beschäftigen‹ verstehen. Wenn Sie meinen, ob ich ihn auf meiner, wie es im allgemeinen Sprachgebrauch wohl heißt, ›Gehaltsliste‹ geführt habe, ist die Antwort ein entschiedenes Nein. Ich zahlte beispielsweise keine Sozialversicherungsbeiträge für ihn und habe auch sein Gehalt nicht bei meiner Einkommensteuer geltend gemacht. Wenn Sie aber *Gelegenheitsarbeiten* meinen, daß er als *Mädchen für alles* für mich gearbeitet hat, liegen Sie richtig. Andrew Griffin erhielt von mir, was ich als besseres Taschengeld bezeichnen möchte.«

Littlebury legte die Fingerspitzen aneinander und zwinkerte darüber hinweg Vine zu. »Er hat einfache Arbeiten für mich erledigt, beispielsweise meinen Wagen gewaschen und den Hof gefegt. Er hat meinen kleinen Hund – inzwischen ist er leider ins Kaninchengehege im Jenseits eingegangen – spazierengeführt. Einmal, fällt mir jetzt ein, hat er ein Rad gewechselt, als ich eine Reifenpanne hatte.«

»Haben Sie ihn jemals in Dollar bezahlt?«

Wenn jemand zu Vine gesagt hätte, daß dieser Mann, diese Verkörperung von Kultiviertheit und Pedanterie oder, wie er selbst es ohne Zweifel ausdrücken würde, der Kultur, den Lieblingssatz jedes alten Knastbruders verwenden würde, hätte er es nicht geglaubt. Doch genau das tat nun Preston Littlebury.

»Es könnte so gewesen sein.«

Es kam in einem so verschlagenen Ton heraus, wie Vine ihn kaum jemals gehört hatte. Jetzt, dachte er, wird der Mann gleich mit weiteren verräterischen Floskeln daherkommen. Etwa: »Um Ihnen reinen Wein einzuschenken.« Oder: »Um Ihnen die reine Wahrheit zu sagen.« Littlebury würde zweifellos keinen Anlaß haben, mit der faustdicksten Lüge eines Delinquenten aufzuwarten: »Ich schwöre beim Leben meiner Frau und meiner Kinder, daß ich unschuldig bin.« Er schien ja weder Frau noch Kinder zu haben, und sein Hündchen war tot.

»Haben Sie es getan oder nicht, Sir? Oder wissen Sie es nicht mehr?«

»Es ist so lange her.«

Was hatte er zu befürchten? Nicht viel, dachte Vine. Höchstens, daß ihm das Finanzamt hinter seine Schwarzgeld-Geschäfte kommt. Wahrscheinlich zahlte er in Dollars. In den osteuropäischen Ländern waren sie begehrter als das britische Pfund und viel begehrter als die einheimischen Währungen.

»Wir haben einige Dollarscheine bei Griffins Sachen gefunden.«

»Es ist ja eine weltweit verbreitete Währung, Sergeant.«

»Ja. Sie haben ihn also gelegentlich mit Dollars bezahlt, Sir, können sich aber nicht mehr daran erinnern?«

»Es kann sein, daß ich es getan habe. Ein- oder zweimal.«

Littlebury zeigte keine Neigung mehr, jede Erwiderung mit einer lustigen Geschichte zu garnieren, sondern schien sich plötzlich nicht mehr wohl zu fühlen in seiner Haut. Er war um Worte verlegen, zwinkerte nicht mehr, und seine Hände zappelten nervös in seinem Schoß herum.

Vine hatte eine Eingebung und sagte rasch: »Haben Sie in Kingsmarkham ein Bankkonto, Sir?«

»Nein.« Die Antwort kam wie aus der Pistole geschossen. Da fiel Vine ein, daß Littlebury ja in London lebte und nur am Wochenende oder gelegentlich hier herauskam. Allerdings blieb er sicher manchmal bis zum Montag, und dann brauchte er Bargeld ... »Gibt es noch etwas, was Sie mich fragen wollen? Ich hatte den Eindruck, bei dieser Befragung ginge es um Andrew

Griffin und nicht um meine persönlichen finanziellen Verhältnisse.«

»Um die letzten Tage seines Lebens, Mr. Littlebury. Wir wissen, offen gesagt, nicht, wo er sie zugebracht hat.« Vine gab ihm die relevanten Daten. »Von einem Sonntagmorgen bis zum folgenden Dienstagnachmittag.«

»Bei mir hat er sie nicht verbracht. Ich war nämlich in Leipzig.«

Die Polizei von Greater Manchester bestätigte den Tod von Dane Bishop. Auf dem Totenschein stand als Ursache Herzversagen und dazu Lungenentzündung. Er war vierundzwanzig Jahre alt gewesen und hatte in Oldham gewohnt. Daß Wexford nicht schon vorher auf ihn aufmerksam geworden war, hatte seinen Grund darin, daß Bishop damals nicht vorbestraft gewesen war. Er hatte nur ein einziges Delikt begangen, ungefähr ein Vierteljahr nach Caleb Martins Tod: einen Ladeneinbruch in Manchester.

»Ich werde dafür sorgen, daß dieser Jem Hocking wegen Mordes angeklagt wird«, sagte Wexford.

»Er ist ja schon im Gefängnis«, gab Burden zu bedenken.

»Für mich ist das kein richtiges Gefängnis.«

»Das klingt aber ungewohnt aus Ihrem Mund«, sagte Burden.

20

»Wenn Miss Jones gestorben wäre, ich spreche von Miss Davina Jones«, sagte der Anwalt Wilson Barrowby, »hätte fraglos ihr Vater, Mr. George Godwin Jones, das Gut, ja, überhaupt alles geerbt.

Weitere Erben gibt es nicht. Miss Flory war das jüngste Kind ihrer Eltern.« Er lächelte traurig. »Wir wissen ja, daß sie ›der jüngste von neun Zeisigen‹, daß sie tatsächlich fünf Jahre jünger als ihr nächstältestes Geschwister und nicht weniger als zwanzig Jahre jünger als ihre älteste Schwester war.

Es gab keine Cousins und Cousinen ersten Grades. Professor Flory und seine Frau waren Einzelkinder. Es war keine sehr fruchtbare Familie. Es kann gut sein, daß Professor Flory mit achtzehn oder zwanzig Enkelkindern gerechnet hat. Es wurden dann aber nur sechs, und eines davon war Naomi Jones. Nur ein einziges von Miss Florys Geschwistern hatte mehr als nur ein Kind , und von diesen beiden starb das ältere im Säuglingsalter. Von Miss Florys vor zehn Jahren noch am Leben befindlichen vier Neffen und Nichten waren drei nicht viel jünger als sie selbst, und die Nummer vier war nur zwei Jahre jünger als sie. Diese Nichte, Mrs. Louise Merritt, ist im Februar in Südfrankreich gestorben.«

»Und deren Kinder?« fragte Wexford. »Die Großnichten und -neffen?«

»Großnichten und -neffen erben im Fall eines Todes ohne Hinterlassung eines Testamentes nichts oder, sofern ein Testament existiert, wie in diesem Fall, nur dann, wenn sie darin eigens erwähnt sind. Es sind nur vier, die beiden Kinder von Mrs. Merritt, beide in Frankreich lebend, und der Sohn und die Tochter eines älteren Neffen und einer älteren Nichte. Aber sie kommen, wie gesagt, als Erben nicht in Frage. Nach der letztwilligen Verfügung wurde, wie Sie wohl bereits wissen, alles Miss Davina Jones vermacht, mit der Klausel, daß Mr. Copeland einen lebenslangen Nießbrauch an Tancred House erhält und dort bis zu seinem Tod Wohnrecht genießt, und die gleiche Regelung galt für Mrs. Naomi Jones. Ich nehme an, Sie wissen auch, daß sich neben dem Haus und dem Grund, der äußerst wertvollen Einrichtung und dem Schmuck, der leider verloren ist, ein Vermögen von einer knappen Million Pfund angesammelt hat, heutzutage leider keine immense Summe. Dazu kommen noch die Tantiemen von Miss Florys Büchern, die sich auf rund fünfzehntausend Pfund jährlich belaufen.«

Das Erbe erschien Wexford durchaus ansehnlich. Er hatte, wie sich jetzt zeigte, Daisy gegenüber Joyce Virson durchaus mit Recht »reich« genannt. Diesen verspäteten Besuch stattete er Davina Florys Anwälten deswegen ab, weil er erst jetzt wirklich zu der Überzeugung gelangt war, daß es sich bei den Morden in Tancred House gewissermaßen um einen »inside job« gehandelt hatte. Schritt für Schritt war er zu der Erkenntnis gelangt, daß der Diebstahl von Schmuck oder erst recht ein Gelegenheitsdiebstahl mit diesen Morden nicht viel zu tun hatte. Das Motiv hatte mehr privaten Charakter. Es verbarg sich irgendwo in diesem Geflecht von Beziehungen – aber wo? Gab es vielleicht irgendwo irgendeinen Verwandten, der durch Barrowbys Netz geschlüpft war?

»Wenn schon kein Blutsverwandter von Davina Flory geerbt hätte«, sagte Wexford, »zum Beispiel eine Großnichte oder ein Großneffe, dann sehe ich nicht recht, wie George Jones an das Erbe hätte kommen können. Nach allem, was man weiß, hat Miss Flory ihn und er wiederum sie gehaßt, und in dem Testament wird er nicht erwähnt.«

»Man könnte sagen, es hatte nichts mit Miss Flory, aber sehr viel mit Miss Jones zu tun«, sagte der Anwalt. »Sie kennen sicher die Faustregel dafür, wie man das jeweilige Eintreten des Todes ansetzt, wenn mehrere miteinander verwandte Personen getötet werden. Wir gehen davon aus, daß die jüngste Person am längsten lebt.«

»Ja, das ist mir bekannt.«

»Daher würde man in diesem Fall, obwohl es nicht so gekommen ist, annehmen, als erste sei Davina Flory gestorben, dann ihr Ehemann und zuletzt Mrs. Jones. Tatsächlich wissen wir, aufgrund der Aussage von Miss Jones, daß Mr. Copeland als erster umgekommen ist. Aber nehmen wir einmal an, der Täter hätte auch Miss Jones getötet. Dann müßten Annahmen dieser Art gemacht werden, da es keinen überlebenden Zeugen gäbe, der uns helfen könnte. Angesichts nicht vorhandener medizinischer Belege für den jeweiligen Eintritt des Todes – die in diesem Fall naheliegenderweise nicht beizubringen sind –, würden wir davon ausgehen, daß zuerst Davina Flory starb und ihre Enkelin entsprechend dem Testament augenblicklich ihr Erbe antrat, mit der Bedingung, daß Mr. Copeland und Mrs. Jones ein lebenslanges Wohnrecht in Tancred House hatten.

Sodann nehmen wir, dem Alter entsprechend, an, daß Mr. Copeland und nach ihm Mrs. Jones stirbt und mit beider Tod ihr lebenslanges Wohnrecht hinfällig wird. Der gesamte Besitz gehört in diesen wenigen kritischen Augenblicken nur Miss Davina Jones. Daher würden, sofern und sobald sie sterben sollte, ihre natürlichen Erben per gesetzlicher Erbfolge in ihr Erbe eintreten, ungeachtet dessen, ob sie mit Miss Flory blutsverwandt waren oder nicht. Davina Jones' *einziger natürli-*

cher Erbe ist, nach dem Tod ihrer Mutter, ihr Vater, George Godwin Jones.

Wenn sie umgekommen wäre, was ja leicht hätte geschehen können, wäre der Besitz in seiner Gesamtheit an Mr. Jones gefallen. Ich wüßte nicht, wie sich daraus ein Streitfall ergeben könnte. Wer würde den Erbgang anfechten?«

»Er hat sie zum letztenmal gesehen, als sie ein Baby war«, sagte Wexford. »Er hat sie mehr als siebzehn Jahre weder gesehen noch mit ihr gesprochen.«

»Das zählt nicht. Er ist ihr Vater. Das heißt, er ist höchstwahrscheinlich, aber juristisch auf jeden Fall ihr Vater. Er war zur Zeit ihrer Geburt mit ihrer Mutter verheiratet, und seine Vaterschaft ist nie bestritten worden. Er ist ebenso ihr natürlicher Erbe, wie sie seine natürliche Erbin wäre, sollte er sterben, ohne testamentarische Verfügungen getroffen zu haben.«

Wexford vermutete, daß jeden Tag mit der Bekanntgabe der Verlobung zu rechnen sei. *Nicholas Virson, einziger Sohn von Mrs. Joyce Virson und dem verstorbenen soundso Virson, und Davina Jones, einzige Tochter von George Godwin Jones und der verstorbenen Mrs. Naomi Jones*... Virsons Wagen stand am folgenden Tag noch früher vor Tancred House, bereits kurz nach 15.00 Uhr. Er hatte sich sicher frei genommen, um die Gelegenheit beim Schopf zu packen, oder einen Teil seines Jahresurlaubs genommen. Aber eigentlich hatte Wexford keinen Zweifel, daß weder schlauer Opportunismus noch Glück vonnöten waren. Daisy hatte sich überreden lassen. Sie würde Mrs. Virson werden.

Er stellte fest, daß ihm diese Vorstellung gar nicht behagte. Nicht nur war Virson ein aufgeblasener Esel mit absurden Vorstellungen von seiner eigenen Bedeutung und gesellschaftlichen Stellung, sondern Daisy war für eine Ehe einfach zu jung. Sie war ja gerade erst achtzehn. Seine eigene Tochter Sylvia hatte in diesem Alter geheiratet, was er und Dora nicht gerade gern gesehen hatten, aber sie hatte sich über die Eltern hinweggesetzt. Sie und Neil waren zwar noch immer zusammen, aber Wexford hatte manchmal den Verdacht, daß es nur der Kinder wegen so war. Es war eine wenig harmonische Ehe, voller Spannungen und charakterlicher Gegensätzlichkeiten. Natürlich hatte Daisy in ihrem Kummer bei Nicholas Virson Trost gesucht. Und er hatte sie getröstet. Eine erstaunliche Veränderung war mit ihr vor sich gegangen: Sie war beinahe so glücklich, wie es jemand in ihrer Situation überhaupt sein konnte. Die einzige Erklärung dafür war eine Liebeserklärung Virsons, die sie positiv aufgenommen hatte.

Anscheinend war er einer der wenigen jungen Menschen, die sie kannte, abgesehen von jenen Schulkameraden, die sie angeblich zu sich eingeladen hatten, in Tancred House allerdings durch Abwesenheit glänzten. Ja, und Jason Sebright, sofern er überhaupt zählte. Ihre Angehörigen waren mit Nicholas Virson einverstanden gewesen. Jedenfalls hatten sie erlaubt, daß er im vergangenen Jahr als Daisys offizieller Begleiter mit nach Edinburgh fuhr. Es mochte ja so gewesen sein, daß Davina Flory einen Plan der beiden, ohne Trauschein zusammenzuleben, mit einem wohlwollenderen Lächeln gutgeheißen hatte, aber auch das wäre eine Zustimmung gewesen. Nicholas Virson sah gut aus, war im richtigen Alter, hatte einen zufriedenstellenden Job und würde einen braven, langweiligen und sehr wahrscheinlich treuen Ehemann abgeben. Aber für Daisy, mit ihren achtzehn Jahren?

Er fand es jammerschade. Die Zukunft, die Davina Flory für Daisy entworfen hatte, wenn auch vielleicht mit allzu herrischer Geste, war sicher das Leben, das ihr genau entsprochen hätte: Abenteuer, Studium, Reisen, Menschen kennenlernen. Statt dessen würde sie heiraten, ihren Mann nach Tancred mitnehmen, um dort mit ihm zu leben, und – daran hatte Wexford nur geringe Zweifel – sich nach ein paar Jahren von ihm scheiden lassen, zu einer Zeit, in der es dann fast zu spät war für Persönlichkeitsentfaltung.

All dies ging ihm durch den Kopf, während er sich von der Anwaltskanzlei zum Altersheim Caenbrook Retirement Home chauffieren ließ. Er hatte Mrs. Chowney noch nicht kennengelernt, allerdings eine halbe Stunde, die nicht viel erbrachte, mit ihrer Tochter Shirley gesprochen. Mrs. Shirley Rogers war Mutter von vier halbwüchsigen Kindern, ihre Ausrede dafür, daß sie die eigene Mutter so selten besuchten. Sie besuchte auch ihre Schwester Joanne nur sehr selten und schien nicht viel über deren Lebensumstände zu wissen. »In *Ihrem* Alter?« kam es wie aus der Pistole geschossen, als Wexford sie fragte, ob ihre Schwester männliche Freunde habe. Aber er mußte an den vollen Kleiderschrank, die Kosmetika und Schönheitspräparate und an den Raum voller Fitneßgeräte denken.

Edith Chowney war in ihrem eigenen Zimmer, aber nicht allein. Eine Frau, die in dem Heim angestellt war, Empfangsdame oder Pflegeschwester, führte ihn nach oben und klopfte an die Zimmertür. Sie wurde einen Spaltbreit von einer Frau geöffnet, die Shirley Rogers' Zwillingsschwester hätte sein können. Sie ließ ihn eintreten, da er ja erwartet wurde, und Mrs. Chowney in einem hellroten Wollkleid, einer roten, gerippten Strumpfhose über O-Beinen und rosafarbenen Bettsokken lächelte ihn gewinnend an.

»Sind Sie der Oberste?«

Er fand, daß er das guten Gewissens bestätigen könne. »Ganz recht, Mrs. Chowney.«

»Diesmal haben sie den Obersten geschickt«, sagte sie zu der Frau, die sie anschließend als ihre Tochter Pamela vorstellte, die brave Tochter, die am häufigsten kam (was sie allerdings nicht sagte). »Meine Tochter Pamela. Mrs. Pamela Burns.«

»Es freut mich, Sie hier zu sehen, Mrs. Burns«, sagte er diplomatisch, »weil ich glaube, daß auch Sie uns vielleicht helfen können. Es ist jetzt mehr als drei Wochen her, seit Mrs. Garland verreist ist.« Er wandte sich beiden Frauen zu. »Haben Sie etwas von ihr gehört?«

»Sie ist nicht verreist. Ich habe doch schon zu den anderen gesagt – haben die es Ihnen nicht erzählt? –, daß sie nicht verreist ist. Sie würde nicht verreisen, ohne mir was davon zu sagen. So etwas hat sie noch nie gemacht.«

Wexford scheute davor zurück, der alten Frau zu eröffnen, daß sich die Polizei mittlerweile ernste Sorgen nicht nur um das Verbleiben von Mrs. Garland, sondern sogar um ihr Leben machte. Jeden Tag rechnete er mit einem dieser Anrufe, die eine grausige Entdeckung meldeten. Zugleich aber ging ihm der Gedanke durch den Kopf, daß dies alles vielleicht Mrs. Chowney nicht umwerfen würde. Was mußte sie in ihrem Leben alles durchgestanden haben? Die elf Kinder und all die Sorgen um sie, die Belastungen, ja, sogar Tragödien. Unerfreuliche Heiraten, noch weniger erfreuliche Scheidungen, Trennungen, Tod. Und dennoch zögerte er.

»Hätten Sie eigentlich nicht erwartet, daß sie inzwischen bei Ihnen vorbeigeschaut hat, Mrs. Chowney?«

»Was ich erwarte«, gab sie spitz zurück, »und was die tun, das sind zwei ganz verschiedene Paar Stiefel. Sie ist schon früher auf drei Wochen weggefahren, ohne sich hier sehen zu lassen. Pamela ist die einzige, auf die man sich verlassen kann. Die einzige von dem ganzen Verein, bei der es nicht von früh bis spät nur ich, ich, ich heißt.«

Pamela Burns blickte ein bißchen selbstgefällig drein. Ein schwaches, bescheidenes Lächeln erschien um ihre Lippen. Mrs. Chowney sagte schlau: »Es geht um diese Naomi, nicht wahr? Es hat was damit zu tun, was da draußen passiert ist. Joanne hat sich Sorgen um sie gemacht. Sie hat öfter mit mir darüber gesprochen, wenn sie mal nicht über sich selber geredet hat.«

»Sorgen, wie meinen Sie das, Mrs. Chowney?«

»Sie hat gesagt, Naomi hat nichts vom Leben, sie sollte sich einen Mann zulegen. Naomi hat ein unausgefülltes Leben, hat sie gesagt. Unausgefüllt, hab ich für mich gedacht, und dabei lebt sie in diesem Schloß, hat nie Geldsorgen gekannt, verkauft Porzellantiere aus reinem Vergnügen, hat nie für sich selber sorgen müssen. Das ist kein unausgefülltes Leben, hab ich gesagt, das ist ein behütetes Leben. Trotzdem, jetzt ist sie tot, und das alles ist Schnee von gestern.«

»Aber im Leben Ihrer Tochter hat es einen Mann gegeben, oder?«

»Joanne«, sagte Mrs. Chowney. Zu spät fiel ihm ein, daß er angesichts so vieler Töchter präziser hätte sein sollen. »Meine Tochter Joanne. Sie hat zwei gehabt, daß Sie es nur wissen, zwei Ehemänner.« Sie sprach, als gäbe es in diesem Lebensbereich eine Art Rationierungssystem und als hätte ihre Tochter Joanne bereits den besten Teil ihrer Zuteilung konsumiert. »Vielleicht gibt es wieder einen, aber sie würde mir nichts davon erzählen, außer er wäre steinreich. Sie würde mir die Sachen zeigen, die er ihr geschenkt hat. Aber davon war nichts zu sehen, nicht wahr, Pam?«

»Ich weiß nicht, Mutter. Mir hat sie nichts erzählt, und fragen würde ich nicht.«

Wexford kam zu der Frage, die der wahre Grund seines Besuchs war. Er wagte fast nicht, sie auszusprechen. So viel hing davon ab, ob er eine schuldbewußte oder abwehrende oder entrüstete Reaktion auslöste.

»Hat sie Naomi Jones' Exgatten gekannt, Mr. George Godwin Jones?«

Die beiden Frauen sahen ihn an, als verdiente eine so abgrundtiefe Unwissenheit nur Mitleid. Pamela Burns beugte sich sogar ein bißchen nach vorne in seine Richtung, als wollte sie ihn ermutigen, das Gesagte zu wiederholen, als traute sie ihren Ohren nicht, als müßte sie sich verhört haben.

»Gunner?« sagte Mrs. Chowney schließlich.

»Ja, richtig. Mr. Gunner Jones. Hat sie ihn gekannt?«

»Natürlich hat sie ihn gekannt«, sagte Pamela Burns. »Selbstverständlich.« Sie hakte ihre Zeigefinger ineinander. »So waren sie, ganz dicke Freunde, sie und Brian und Naomi und Gunner. Sie haben alles gemeinsam gemacht.«

»Joanne hatte gerade zum zweitenmal geheiratet«, schob Mrs. Chowney dazwischen. »Ach, das ist jetzt beinahe zwanzig Jahre her.«

Noch immer konnten sie nicht fassen, daß all das vielleicht nicht weithin bekannt sein könnte.

»Durch Brian hat Joanne ja Naomi kennengelernt. Er war ein Kumpel von Gunner. Ich erinnere mich noch, wie sie gesagt hat, was für ein Zufall, daß Gunner ein Mädchen aus der Gegend heiratet, und ich mir dachte: Jetzt komm, nicht einfach ein Mädchen aus der Gegend, sondern ein Mädchen aus diesen Kreisen! Trotzdem, auch Joanne war in der Welt aufgestiegen, durch ihre Heirat. Brian hat oft gesagt, er ist nur ein armer Millionär, aber so war er, wenn er witzig sein wollte.«

»Sie waren so eng befreundet«, sagte Mrs. Chowney, »daß ich zu Pam gesagt habe, es wundert mich, daß Gunner und Naomi die andern beiden nicht auf ihre Hochzeitsreise mitnehmen.«

»Und sie sind auch nach der Scheidung enge Freunde geblieben?«

»Wie bitte?«

»Ich meine, haben die vier den Kontakt aufrechterhalten, nachdem ihre Ehen gescheitert waren? Natürlich ist mir bekannt, daß Mrs. Garland und Mrs. Jones befreundet blieben.«

»Brian ist nach Australien gegangen, oder?« Mrs.

Chowney stellte die Frage in dem Ton, in dem sie Wexford gefragt haben könnte, ob die Sonne an diesem Morgen im Osten aufgegangen sei. »Sie konnten keine Kumpel mehr sein, selbst wenn sie es gewollt hätten. Außerdem hatten sich Gunner und Naomi schon lange vorher getrennt. Diese Ehe war von Anfang an dazu verurteilt, in die Brüche zu gehen.«

»Joanne hat Naomis Partei ergriffen«, sagte Pamela Burns eifrig. »Das versteht sich ja von selbst, oder? Bei einer so engen Freundin. Sie hat sich hinter Naomi gestellt. Sie und Brian waren damals noch zusammen, und sogar Brian hat gegen Gunner Partei ergriffen.« Salbungsvoll fügte sie hinzu: »Man läßt eine Ehe nicht in die Brüche gehen, nur weil man mit seiner Schwiegermutter nicht auskommt, und besonders dann nicht, wenn ein kleines Kind da ist. Das Baby war ja erst ein halbes Jahr alt.«

Der Schnellimbißwagen hatte wie täglich auf dem Hof zwischen Tancred House und den Ställen Position bezogen. Es duftete nach Curry und mexikanischen Gewürzen.

»Auch darüber würde sich der Alte aufregen, wenn er was davon wüßte«, sagte Wexford zu Burden.

»Aber wir müssen doch essen.«

»Ja, und es ist um einiges besser als die Kantine drinnen oder unsere billigeren Stammlokale in der Stadt.« Wexford saß vor einem Hühnchen-Pilaw, und Burden verdrückte eine kleine Quiche mit Schinken und Pilzen.

»Komisch, wenn man an das Mädchen denkt, das nur ein paar Meter von hier jemanden hat, der für sie kocht und sie bedient, als wär's ganz selbstverständlich.«

»Es ist eine Lebensform, Mike, und eine, die wir zufällig nicht gewohnt sind. Ich habe meine Zweifel, ob sie einen persönlich viel glücklicher macht oder nicht gerade das Gegenteil bewirkt. Wann wird Gunner Jones in seinem Laden zurückerwartet?«

»Nicht vor Montag. Aber das heißt nicht, daß er nicht früher nach Hause kommen wird. Es sei denn, er hat sich abgesetzt, das Land verlassen. Das würde ich ihm ohne weiteres zutrauen.«

»Ihr nachgefahren, nehmen Sie das an?«

»Ich weiß nicht, ich war überzeugt, daß sie nicht mehr am Leben ist, aber jetzt weiß ich einfach nicht mehr, was ich denken soll. Ich würde gerne für die beiden noch eines von meinen, wie Sie es nennen, Szenarien machen, aber wenn ich es versuche, klappt es nicht. Gunner Jones hätte von allen das schlüssigste Motiv für diese Morde – vorausgestzt, Daisy wäre umgekommen, und egal, wer auf sie geschossen hat, er hat angenommen, daß sie sterben wird. In diesem Fall wäre Jones der Alleinerbe gewesen. Aber wo paßt Joanne Garland in dieses Puzzle? War sie seine Freundin, die die Beute mit ihm teilen würde. Oder war sie eine arglose Besucherin, die ihn bei der Tat gestört hat – ihn und wen noch? Wir haben keinerlei Verbindung zwischen Jones und Andy Griffin herstellen können, davon abgesehen, daß Jones ihn ein paarmal als Kind gesehen hat. Dann die Sache mit dem Fahrzeug, in dem sie kamen. Es war nicht Joanne Garlands Wagen. Die Jungs von der Spurensicherung sind mit einem Staubkamm darüber gegangen. Der BMW war's nicht. Nichts deutet darauf, daß irgend jemand anders als Joanne Garland selbst seit Monaten darin gesessen ist.«

»Und wie paßt Andy Griffin in die Geschichte?«

Bib Mew war zu ihrer Arbeit in Tancred House zurückgekehrt, und dort hatten sowohl Wexford als auch Vine noch einmal einen Versuch gemacht, mit ihr zu sprechen. Selbst die leiseste Erwähnung der Leiche, die an dem Baum gehangen hatte, löste wieder ein heftiges

Zittern und einmal sogar eine Art Anfall aus, der sich in einer Reihe kurzer, schriller Schreie manifestierte.

»Sie weigert sich, an der Stelle vorbeizufahren, wo das war«, gab Brenda Harris unaufgefordert und mit einem makabren Behagen von sich. »Sie macht einen ganz weiten Umweg. Bis hinunter nach Pomfret, dann die Hauptstraße entlang und hinauf nach Cheriton. Das dauert Stunden und ist gar nicht lustig, wenn es regnet. Daisy ...« Es folgte ein lautes Schnauben. »... hat Ken gebeten, sie mit dem Wagen abzuholen, das ist das mindeste was sie tun könnten, meint sie. Soll sie sie doch selber abholen, wenn sie so scharf drauf ist, hab ich gesagt. Uns ist gekündigt worden, hab ich gesagt, da sehe ich nicht ein, warum wir uns noch ein Bein ausreißen sollten. ›Ich hoffe, daß Sie trotzdem noch Brot für uns backen, Brenda‹, sagte sie, ›ich hab nämlich heute abend jemand zum Essen da, Brenda‹, und uns setzt man auf die Straße. Davina würde sich im Grab umdrehen, wenn sie das wüßte!«

Als Wexford noch einmal einen Versuch unternahm, schloß sich Bib Mew in dem Raum neben der Küche ein, wo die Tiefkühltruhen standen.

»Ich weiß nicht, womit Sie ihr solche Angst eingejagt haben«, sagte Brenda Harrison. »Sie ist ein bißchen unbedarft, wissen Sie. War Ihnen das noch nicht klar?« Sie klopfte sich mit zwei Fingern an die Stirn. Unhörbar formte sie mit den Lippen: »Gehirnschädigung bei der Geburt.«

Es gab eine Reihe von Dingen, die Wexford gerne geklärt hätte. Zum Beispiel, ob Bib Mew in der Nähe des Baums mit der daran hängenden Leiche irgend jemanden gesehen hatte. Ob sie an diesem Nachmittag überhaupt einen Menschen im Wald gesehen hatte. Thanny Hogarth war der einzige, der ihm Zugang zu den möglichen Geschehnissen verschaffen konnte; Thanny Hogarth mußte ihren Dolmetscher machen.

»Und zu diesem Zweck«, sagte Wexford, während er sein Pilaw zu Ende aß, »habe ich ihn ersucht, heute nachmittag herzukommen, um eine Aussage zu machen. Darüber, was passiert ist, als Bib Mew an seiner Tür erschien und ihm erzählte, daß sie Andy Griffins Leiche entdeckt hatte. Aber ich glaube nicht, daß sich dabei großartige Enthüllungen herausstellen werden.«

Thanny Hogarth erschien per Fahrrad. Wexford sah ihn durchs Fenster. Er kam quer über den Hof auf die Ställe zugefahren, freihändig drauflosstrampelnd, die Arme gefaltet, und sein Gesicht zeigte einen verzückten Ausdruck, während er sich von seinem Walkman mit Musik berieseln ließ.

Der Bügel mit den Kopfhörern hing um seinen Hals, als er gemütlich hereinschlenderte. Karen Malahyde fing ihn ab und führte ihn zu Wexford. Thannys Haar war heute nach hinten gekämmt und anscheinend mit einem Schnürsenkel zusammengebunden, eine Haartracht, die Wexford bei einem Mann nicht ausstehen konnte, obwohl ihm bewußt war, daß es sich dabei um ein Vorurteil handelte. Er war genauso unrasiert wie bei ihrem letzten Zusammentreffen, das heißt,er trug einen ungepflegten Dreitagebart. War das immer so? Wexford gönnte sich den Luxus, ein paar Gedanken darauf zu verschwenden, wie Thanny das schaffte. Stutzte er die Barthaare mit einer Schere? In seinen Western-Stiefeln, kastanienbraun, bestickt und mit Nägeln beschlagen, und dem um den Hals geschlungenen roten Schal sah er aus wie ein hübscher, junger Pirat.

»Bevor wir anfangen, Mr. Hogarth«, sagte Wexford, »hätte ich gern, daß Sie meine Neugier in einem bestimmten Punkt stillen. Wenn Ihr Seminar für kreatives Schreiben erst im Herbst beginnt, warum sind Sie dann schon ein halbes Jahr vorher hier?«

»Für einen Ferienkurs. Das ist ein vorbereitender Kurs für Studenten, die den Magister machen wollen.«

»Aha.«

Er nahm sich vor, das mit einem Anruf bei Dr. Perkins nachzuprüfen, zweifelte aber nicht daran, daß die Auskunft stimmte. Karen Malahyde stenografierte Hogarths Aussage in ein Notizbuch. Außerdem wurde sie auf Band aufgenommen.

»Sofern es was bringt«, sagte Hogarth fröhlich, und Wexford neigte dazu, ihm beizupflichten. Was konnte sie schon nützen, diese kurze Schilderung, wie eine Frau ein paar angsterfüllte Wörter ausstieß?

»Sie hat gesagt: ›Ein Toter. Hängt dort oben. Hängt oben an einem Baum.‹ Ich glaube, ich hab's ihr nicht abgenommen. Ich habe zu ihr gesagt: ›Aber was.‹ Oder so ähnlich. Vielleicht hab ich auch gesagt: ›Moment mal, sagen Sie das noch mal.‹ Ich hab dann Kaffee gemacht und ihr auch welchen aufgedrängt, obwohl ich glaube, sie mochte ihn gar nicht. Zu stark. Sie hat sich ganz damit vollgekleckert, so hat sie geschlottert.

Ich hab gesagt: ›Wie wär's, würden Sie mich hinführen und es mir zeigen?‹ Aber da hab ich das Verkehrte gesagt. Es ist wieder losgegangen. ›Also gut‹, hab ich gesagt, ›dann müssen Sie die Polizei anrufen.‹ Und da hat sie gesagt, daß sie kein Telefon hat. Ist das zu fassen? Ich habe zu ihr gesagt, sie soll meinen Apparat benutzen, aber sie wollte nicht. Ich verstehe ja, daß sie nicht wollte, also hab ich gesagt: ›Okay, dann tu's ich‹, und das hab ich dann getan.«

»Sie hat nichts davon gesagt, ob sie sonst noch jemanden im Wald gesehen hat. Damals oder früher in der Nähe der Stelle, wo die Leiche hing?«

»Nichts. Sie müssen sich klarmachen, daß sie nicht viel gesprochen hat, nicht richtig *gesprochen* hat. Sie hat allerhand Geräusche von sich gegeben, aber wirklich gesprochen, nein.«

Zusätzlich zur Mitschrift und Tonbandaufzeichnung dieser Aussage hatte sich Wexford einiges notiert, als plötzlich sein Kugelschreiber streikte. Die Spitze begann auf dem Blatt Kerben statt Striche zu hinterlassen. Wexford blickte auf, griff nach dem Glas neben dem pelzigen Kaktus, um einen anderen Kuli herauszunehmen, und stellte fest, daß Daisy in der Tür stand. Sie blickte etwas sehnsüchtig um sich.

Sie sah ihn einen Sekundenbruchteil später als er sie und ging sofort auf ihn zu, lächelnd und mit ausgestreckten Händen. Es sah fast so aus, als stattete sie jemandem einen seit langem versprochenen Höflichkeitsbesuch ab. Daß das hier praktisch ein Polizeirevier war, daß die Leute hier Polizeibeamte waren, die Ermittlungen in einem dreifachen Mordfall führten, hatte sie nicht im geringsten abgeschreckt. Sie war sich nicht bewußt, was das alles bedeutete, und da sie es nicht wußte, war sie auch nicht gehemmt, wie andere Leute es gewesen wären.

»Sie haben mir vor ein paar Tagen vorgeschlagen hierherzukommen, und ich habe nein gesagt, weil ich müde war oder allein sein wollte oder weiß Gott was, und seitdem hab ich mir schon ein paarmal gedacht, wie unhöflich das von mir war. Darum dachte ich, heute gehst du mal hin und schaust dir's an, und da bin ich!«

Karen wirkte schockiert, und Barry Vine nicht weniger. Daß der Raum nicht durch Zwischenwände aufgeteilt war, hatte seine Nachteile.

»Es wird mir ein Vergnügen sein, in zehn Minuten eine Führung mit Ihnen zu machen«, erwiderte Wexford. »Bis dahin wird Ihnen Sergeant Vine unsere EDV-Anlage zeigen und Ihnen erklären, wie sie funktioniert.«

Sie sah Thanny Hogarth an, warf ihm einen flüchtigen Blick zu, aber einen Blick voller Neugier und Spekulation. Barry Vine bat sie, an seinen Schreibtisch zu kommen, dann werde er ihr die computergesteuerte

Telefonverbindung zum Polizeirevier erläutern. Wexford hatte den Eindruck, daß sie das eigentlich nicht wollte, sich aber im klaren war, daß ihr nicht viel anderes übrigblieb.

»Wer war denn das?« fragte Thanny Hogarth.

»Davina Jones, genannt Daisy, die in Tancred House lebt.«

»Sie meinen das Mädchen, das angeschossen wurde?«

»Ja. Und jetzt hätte ich gern, daß Sie Ihre Aussage durchlesen und unterschreiben, wenn Sie mit allem zufrieden sind.«

Nachdem Thanny Hogarth die Seite zur Hälfte gelesen hatte, schaute er auf und blickte nochmals zu Daisy hinüber, die gerade von Vine über die Geheimnisse des PCs belehrt wurde. Wexford fiel die Zeile aus der Literatur ein: »Wer ist das Fräulein, welche dort den Ritter mit ihrer Hand beehrt?« Romeo und Julia... Nun, warum nicht?

»So, vielen Dank. Ich werde Sie nicht weiter behelligen.«

Thanny Hogarth schien gar nicht darauf versessen zu sein, seiner Wege zu gehen. Er fragte, ob man nicht auch ihm die EDV zeigen wolle. Sie interessiere ihn, weil er sich mit dem Gedanken trage, seine Schreibmaschine durch einen PC zu ersetzen. Wexford, der nicht geworden wäre, was er war, hätte er mit solchen Situationen nicht umgehen können, lehnte ab; sie seien viel zu sehr beschäftigt.

Mit einem Achselzucken schlenderte Hogarth auf die Tür zu und blieb dort noch einen Augenblick stehen, als wäre er tief in Gedanken versunken. Er wäre vielleicht noch dort gestanden, bis auch Daisy sich verabschiedete, hätte ihm nicht Detective Constable Pemberton die Tür geöffnet und ihn hinausbugsiert.

»Wer war denn das?« fragte Daisy.

»Ein amerikanischer Student. Er heißt Jonathan Hogarth.«

»Hübscher Name. Ich mag nämlich Namen mit einem ›th‹.« Einen Augenblick hörte sie sich genauso an wie ihre Großmutter. Beziehungsweise wie ihre Großmutter sich nach Wexfords Einschätzung angehört haben mußte. »Wo wohnt er?«

»In einem Cottage in Pomfret Monachorum. Er will an der University of the South seinen Magister im kreativen Schreiben machen.«

Wexford fand, daß sie versonnen dreinsah. Er hätte gern zu ihr gesagt: Wenn Ihnen sein Aussehen und seine Stimme gefallen, gehn Sie an die Universität; dort wimmelt es von solchen Typen. Er hätte es gern gesagt, behielt es aber für sich. Er war nicht ihr Vater, mochte er ihr auch väterliche Gefühle entgegenbringen. Und Gunner Jones wäre es völlig egal, ob sie nach Oxford ging oder auf den Strich.

»Ich glaube nicht, daß ich das hier wieder nutzen werde«, sagte sie. »Jedenfalls nicht als mein eigenes, privates Reich. Ich brauche es nicht mehr. Es wäre ja auch komisch, jetzt, wo ich das ganze Haus für mich habe. Aber ich werde immer schöne Erinnerungen damit verbinden.« Sie sprach wie eine Siebzigjährige – wieder wie die Großmama –, die auf ihre ferne Jugend zurückblickt. »Es war wirklich schön, wenn ich von der Schule zurückkam und das hier hatte. Ich konnte meine Freunde mitbringen, und niemand hat uns gestört. Ja, ich habe es damals sicher nicht richtig zu schätzen gewußt.« Sie blickte zum Fenster hinaus. »Ist der Typ mit dem Fahrrad gekommen? Ich habe ein Rad an der Mauer lehnen sehen.«

»Ja. Es ist gar nicht so furchtbar weit.«

»Nicht, wenn man den Weg durch den Wald kennt, aber das dürfte bei ihm kaum der Fall sein. Und mit dem Fahrrad schon zweimal nicht.«

Nachdem sie gegangen war, gestattete sich Wexford einen kleinen Wunschtraum. Angenommen, die beiden fühlten sich zueinander hingezogen. Thanny Hogarth würde sie vielleicht anrufen, sie würden sich vielleicht verabreden – wer weiß? Keine Heirat, nichts Ernstes, so etwas würde er Daisy in ihrem Alter nicht wünschen. Aber um Nicholas Virson eins auszuwischen und Daisys Nein zu einem Studium in ein begeistertes Ja zu verwandeln. Wie erstrebenswert all das erschien!

Gunner Jones kehrte um einiges früher zurück als erwartet. Er hatte sich bei Freunden in York aufgehalten. Burden fragte ihn am Telefon nach Namen und Adresse dieser Freunde, aber Jones weigerte sich, damit herauszurücken. In der Zwischenzeit war Burden von der Metropolitan Police mitgeteilt worden, daß Jones mitnichten außerstande war, mit einer Waffe umzugehen. Im Gegenteil, er war Mitglied beim North London Gun Club, hatte einen Waffenschein für eine Faustfeuerwaffe und ein Gewehr erhalten und wurde daher regelmäßig von der Polizei überprüft.

Die Faustfeuerwaffe war kein Colt, sondern ein Smith & Wesson Modell 31. Trotzdem sah sich Burden veranlaßt, ihn mit unmißverständlichen Worten zu einem Besuch im Polizeirevier Kingsmarkham aufzufordern. Jones lehnte auch dies zunächst ab, aber irgend etwas an Burdens Ton mußte ihm gesagt haben, daß ihm kaum etwas anderes übrigblieb.

Ins Polizeirevier, nicht hinaus nach Tancred. Wexford wollte sich mit Jones in der nüchternen Atmosphäre eines Vernehmungszimmers unterhalten, nicht hier auf dem Land und nur einen Steinwurf weit vom Zuhause seiner Tochter entfernt. Er konnte eigentlich nicht sagen, was ihn veranlaßt hatte, auf der Heimfahrt die Straße nach Pomfret Monachorum einzuschlagen.

Die Strecke war viel länger, ein beträchtlicher Umweg. Vielleicht der schöne Sonnenuntergang, vielleicht auch der weniger poetische Grund, lieber gen Osten zu fahren, um nicht direkt auf die flammende, rote Scheibe zuzuhalten, deren Licht blendete, wenn es mit seinen grellen Strahlen durch den Wald drang. Oder einfach nur, um den beginnenden Frühling zu genießen.

Nach einer halben Meile sah er sie. Nicht den Landrover. Der war entweder zwischen den Bäumen versteckt oder an diesem Tag nicht benutzt worden. John Gabbitas trug keine Schutzkleidung, und auch von der Motorsäge und anderem Arbeitsgerät war nichts zu sehen. Er hatte Jeans und eine Barbour-Jacke an, und Daisy trug gleichfalls Jeans und dazu einen dicken Pullover. Die beiden standen am Rand einer frisch angepflanzten Schonung, ein ganzes Stück weit von der Straße entfernt. Wexford hatte sie nur deswegen erspäht, weil zufällig hier eine Schneise geschlagen war. Sie unterhielten sich, sie standen dicht beieinander und hörten seinen Wagen offensichtlich nicht.

Die Sonne überflutete sie rot-golden, so daß sie sich wie gemalte Figuren ausnahmen, mit dem Pinsel in eine Landschaft eingefügt. Die Schatten, die sie warfen, waren dunkel und dehnten sich über das rot gefärbte Gras. Wexford sah, wie sie eine Hand auf Gabbitas Arm legte und ihr Schatten die Bewegung kopierte. Dann fuhr er weiter.

21

Ein Förster benutzt Seile und Stricke. Burden erinnerte sich, gesehen zu haben, wie an einem Baum im Nachbarsgarten eine »chirurgische« Operation vorgenommen wurde. Es war in der Zeit seiner ersten Ehe gewesen, als seine Kinder noch klein waren. Sie hatten alle aus einem Fenster im Obergeschoß zugesehen. Der Baumchirurg hatte sich an einem der Äste einer Weide angeseilt, ehe er sich daran machte, einen abgestorbenen Ast abzusägen.

Ob John Gabbitas die Gewohnheit hatte, an einem Sonnabend zu arbeiten, wußte Burden nicht. Aber für den Fall, daß es so war, bemühte er sich, frühzeitig vor dem Cottage zu erscheinen. Es war erst ein, zwei Minuten nach halb neun Uhr. Wiederholtes Klingeln brachte Gabbitas nicht an die Haustür. Er war entweder noch nicht aufgestanden, oder er war bereits fort.

Burden ging um das Cottage herum und betrachtete die verschiedenen »Nebengebäude«, einen Holzschuppen, einen Geräteschuppen und einen Verschlag, um Holz trocken zu überwintern. All dies war zu Beginn der Fahndung bereits durchsucht worden. Aber wonach hatten sie dabei gesucht?

Gabbitas erschien, als Burden gerade auf das Häuschen zukam. Er schien nicht auf dem Weg durch das Pinetum, sondern direkt aus dem Wald gekommen zu sein, aus jenem Bereich, der südlich der Gärten lag. An Stelle von Arbeitsstiefeln hatte er Turnschuhe an den Füßen, und statt Schutzkleidung oder Barbour-Jacke trug er Jeans und einen Pullover. Falls er darunter ein Hemd anhatte, war jedenfalls nichts davon zu sehen.

»Darf ich erfahren, woher Sie kommen, Mr. Gabbitas?«

»Von einem Spaziergang«, sagte Gabbitas knapp und scharf. Er wirkte verstimmt.

»Ein schöner Morgen für einen Spaziergang«, meinte Burden milde. »Ich möchte Sie etwas über Stricke fragen. Benützen Sie welche bei Ihrer Arbeit?«

»Manchmal.« Gabbitas sah ihn argwöhnisch an. Er sah aus, als wollte er den Grund für die Frage wissen, aber er mußte sich eines Besseren besonnen haben – oder es war ihm eingefallen, wie Andy Griffin umgekommen war. »Ich hab in der letzten Zeit nicht mit Stricken gearbeitet, aber immer einen zur Hand.« Wie Burden erwartet hatte, seilte sich Gabbitas gewöhnlich an, wenn die Arbeit an einem Baum in einer bestimmten Höhe ausgeführt worden mußte oder aus irgendeinem anderen Grund gefährlich war.

»Es ist im Geräteschuppen«, sagte er. »Ich weiß genau, wo. Ich würde es sogar im Dunkeln finden.«

Aber er fand es nicht. Weder im Dunkeln noch am hellichten Tag. Der Strick war verschwunden.

Wexford, der sich gefragt hatte, woher jene körperlichen Auffälligkeiten kamen, die kein direktes Erbe von Davina Flory waren, sah sie in geradezu unheimlicher Weise auch an dem Mann, den er vor sich hatte. Aber nein, vielleicht doch nicht unheimlich. Gunner Jones war ihr Vater, ein offenkundiges Faktum für alle bis auf diejenigen, die Ähnlichkeiten nur in der Körpergröße, in der Augen- und Haarfarbe finden. Er hatte ihre – oder vielmehr Daisy hatte seine – Art, zur Seite zu blicken und dabei Mundwinkel und Augenbrauen hochzuziehen, dieselbe Rundung der Nasenlöcher, die kurze Oberlippe, die geraden Augenbrauen, die nur an den Schläfen eine Kurve beschrieben.

Andere denkbare Ähnlichkeiten verbarg seine Beleibtheit. Er war ein großer, schwerer Mann mit einem aggressiven Gesichtsausdruck. Als er zu Wexford in den Vernehmungsraum geführt wurde, benahm er sich, als stattete er jemandem einen Höflichkeitsbesuch ab oder als wäre er mit einer Aufklärungsmission beauftragt. Er beäugte das Fenster (das auf einen Hinterhof führte, wo fahrbare Abfallbehälter aufgestellt waren) und bemerkte leichthin, das Lokal sei ja nicht wiederzuerkennen, seit er zum letztenmal hier gewesen sei.

Jones' Art zu sprechen hatte etwas unverschämt Herausforderndes, fand Wexford. Er übersah die Hand, die ihm mit falscher Herzlichkeit entgegengestreckt wurde, und tat so, als wäre er mit dem Inhalt einer Akte auf dem Tisch zwischen ihnen beschäftigt.

»Nehmen Sie bitte Platz, Mr. Jones.«

Der Raum war eine Stufe besser als die gewöhnlichen Vernehmungszimmer, das heißt, die Wände waren nicht mit weiß getünchtem Rauhputz beworfen, der Fußboden bestand nicht aus nacktem Beton, sondern war gefliest, das Fenster hatte eine Sonnenblende und war nicht vergittert, und die Stühle, auf denen die beiden Männer saßen, hatten gepolsterte Rückenlehnen und Sitzflächen. Aber nichts hob ihn auf »Büro«-Niveau, und neben der Tür saß ein uniformierter Polizeibeamter, Police Constable Waterman, der sich bemühte, munter dreinzusehen, als verbrächte er seine Samstagvormittage am liebsten damit, in einem öden Raum eines Polizeireviers herumzusitzen.

Wexford ergänzte die Notizen vor ihm, las, was er geschrieben hatte, blickte auf und begann über Joanne Garland zu sprechen. Er hatte angenommen, daß Jones überrascht, vielleicht sogar betroffen sein werde, doch was nun kam, hatte er nicht erwartet.

»Wir waren früher einmal befreundet, ja«, sagte Jones. »Sie war mit meinem Kumpel Brian verheiratet.

Wir sind oft zusammen ausgegangen, wir vier, meine ich. Ich und Naomi, Brian und sie. Übrigens hab ich für Brian gearbeitet, als ich hier wohnte, ich war bei seiner Firma als Vertreter angestellt. Ich hab mir das Bein kaputt gemacht, wie Sie vielleicht wissen, und damit war ich im zarten Alter von dreiundzwanzig Jahren aus der Welt des Sports ausgeschlossen. Echt Pech, finden Sie nicht auch?«

Wexford behandelte die Frage als rhetorisch und fragte: »Wann haben Sie Mrs. Garland zum letztenmal gesehen?«

Jones' Lachen war wie der Schrei einer Wildgans. »Sie gesehen? Ich hab sie seit vielleicht siebzehn oder achtzehn Jahren nicht mehr gesehen. Als Naomi und ich auseinandergingen, hat sie Naomis Partei ergriffen, was man vermutlich als loyal bezeichnen könnte. Brian hat sich auch auf ihre Seite geschlagen, und damit war es mit meinem Job vorbei. Wie Sie das nennen würden, mein Freund, das weiß ich nicht, aber ich nenne es Verrat. Was immer sich bot, haben die beiden mir angehängt – und was hatte ich verbrochen? Nicht viel, um Ihnen die Wahrheit zu sagen. Hatte ich sie verprügelt? Bin ich mit anderen Frauen herumgezogen? Hab ich getrunken? Keine Spur, nichts von alledem. Ich hab nichts anderes getan, als mich von dieser alten Hexe so auf die Palme bringen zu lassen, daß ich es einfach keinen weiteren Tag mehr aushielt.«

»Und seitdem haben Sie Mrs. Garland nicht mehr gesehen?«

»Ich sag Ihnen doch, ich hab sie nicht gesehen, und ich hab auch nicht mit ihr gesprochen. Warum auch? Was hat mir Joanne bedeutet? Ich hab mir nie was aus ihr gemacht, so geht's schon mal los. Vielleicht haben Sie inzwischen auch mitbekommen, daß Frauen, die einen herumkommandieren wollen und sich in alles einmischen, nicht gerade mein Fall sind, ganz davon abgesehen, daß sie gute zehn Jahre älter ist als ich. Ich habe Joanne nicht mehr gesehen, und ich bin seit diesem Tag nie mehr in der Nähe von Tancred gewesen.«

»Möglich, daß Sie sie weder gesehen noch mit ihr gesprochen haben, aber Sie hatten Kontakt mit ihr«, sagte Wexford. »Sie haben erst vor kurzem einen Brief von ihr bekommen.«

»Hat sie Ihnen das erzählt?«

Es wäre klüger gewesen, er hätte nicht gefragt. In Wexfords Augen waren diese aufbrausende Art und dieses prompte Protestieren kein gutes Theater. Aber vielleicht war es gar nicht gespielt.

»Joanne Garland ist abgängig, Mr. Jones. Wo sie sich aufhält, ist unbekannt.«

Nach seinem Gesichtsausdruck zu schließen, war er völlig baff. Er sah aus wie eine Figur in einem Horror-Comic, die eine Katastrophe vor Augen hat.

»Ach, *kommen* Sie.«

»Sie ist seit der Nacht des Massakers in Tancred House unauffindbar.«

Gunner Jones schob die Lippen vor. Er zog die Schultern sehr weit hoch. Überrascht wirkte er nicht mehr. Er wirkte schuldbewußt, was aber, wie Wexford wußte, nichts zu besagen hatte. Es war lediglich das Gehabe eines Mannes, der nicht von Haus aus ehrlich und freimütig ist. Er schaute Wexford in die Augen, aber sein Blick wurde schon bald unsicher, und er schlug die Augen nieder.

»Ich war in Devon«, sagte er. »Vielleicht haben Sie es noch nicht erfahren. Ich war zum Angeln in einem Ort, der Pluxum on the Dart heißt.«

»Wir haben niemanden gefunden, der Ihre Behauptung bestätigt, daß Sie am 11. und 12. März dort waren. Ich hätte gern, daß Sie irgend jemanden benennen, der das bestätigen könnte. Dann haben Sie uns erzählt, Sie hätten nie eine Waffe in der Hand gehabt, aber Sie sind

Mitglied beim North London Gun Club und haben einen Waffenschein für zwei Schießeisen.«

»Das war ein Witz«, sagte Gunner Jones. »Das muß Ihnen doch klar sein, oder? Das wär doch komisch, was, da nennen die Leute mich Gunner, und ich hatte nie eine Waffe in der Hand?«

»Ich denke, unsere Vorstellungen von Humor gehen etwas auseinander, Mr. Jones. Erzählen Sie mir von dem Brief, den Sie von Mrs. Garland bekommen haben.«

»Von welchem?« fragte Gunner Jones. Er sprach weiter, als hätte er die Frage gar nicht gestellt. »Es ist egal, weil sie beide von derselben Sache gehandelt haben. Sie hat mir vor drei Jahren geschrieben – damals, als ich mich von meiner zweiten Frau scheiden ließ –, Naomi und ich sollten es noch einmal miteinander probieren. Ich habe keine Ahnung, wie sie von der Scheidung erfahren hat. Irgend jemand muß es ihr gesagt haben; wir hatten ja noch ein paar gemeinsame Bekannte. Sie hat geschrieben, jetzt, da ich – das war ihr Ausdruck – ›frei‹ sei, könnte uns doch nichts davon abhalten, ›einen neuen Anfang zu machen‹. Ich will Ihnen was sagen. Ich glaube, heutzutage schreiben Leute nur dann Briefe, wenn sie vor dem Telefonieren Schiß haben. Sie hat gewußt, was ich zu ihr gesagt hätte, wenn sie mich angerufen hätte.«

»Und haben Sie geantwortet?«

»Nein, Mann, hab ich nicht. Ich habe den Brief in den Mülleimer geworfen.« Ein Ausdruck von unbeschreiblicher Verschlagenheit machte sich auf Jones' Gesicht breit. Es war wie eine Pantomime, und vermutlich auch unbewußt. Nein, er hatte wohl keine Ahnung, wie hinterhältig er aussah, wenn er log. »Ungefähr vor einem Monat, vielleicht auch noch etwas mehr, hab ich einen zweiten Brief dieser Sorte bekommen. Er ist dort gelandet, wo schon der erste gelandet ist.«

Wexford begann ihn über seinen Urlaub, den er fürs Angeln genommen hatte, und seine Schießkünste zu befragen. Er führte Gunner Jones über das gleiche Gelände wie vorher, als er ihn nach dem Brief gefragt hatte, und erhielt ähnlich ausweichende Antworten. Jones sträubte sich lange zu sagen, wo er sich in York aufgehalten hatte, wurde aber schließlich doch weich und gestand widerwillig, daß er dort eine Freundin habe. Er nannte Namen und Adresse.

»Allerdings werd ich mich nicht noch einmal unters Ehejoch begeben.«

»Sie sind jetzt fast achtzehn Jahre nicht in Kingsmarkham gewesen?«

»So ist es.«

»Auch nicht am 13. Mai vergangenen Jahres, einem Montag, zum Beispiel?«

»Nicht an diesem Tag, *zum Beispiel*, und auch sonst nicht.«

Zwei Stunden waren verflossen, seit sie mit einem Sandwich-Lunch aus der Kantine versorgt worden waren, und der Nachmittag war schon recht fortgeschritten. Der Chief Inspector ersuchte Jones, eine Aussage zu machen, und gelangte widerstrebend zu der Erkenntnis, daß er ihn ziehen lassen müsse. Er hatte keinen handfesten Beweis, um ihn festsetzen zu lassen. Jones sprach bereits davon, sich »hier einen Anwalt zu nehmen«, einen »lawyer«, wie er sagte, was nach Wexfords Eindruck dafür sprach, daß er über kriminelle Dinge mehr aus amerikanischen TV-Importen als aus tatsächlicher Erfahrung wußte, aber wieder war es möglich, daß er Theater spielte.

»Wenn ich schon mal da bin, könnte ich mich vielleicht mit einem Taxi hinausfahren lassen, um meine Tochter kennenzulernen. Was meinen Sie dazu?«

Wexford sagte in einem neutralen Ton, daß das natürlich ganz bei ihm liege. Die Vorstellung war zwar nicht angenehm, aber er hatte keinen Zweifel, daß Daisy nicht das geringste passieren würde. In Tancred House wimmelte es von Polizeibeamten, denn in den Ställen war noch immer die vollzählige Mannschaft. Bevor er selbst hinfuhr, rief er Vine an und teilte ihm Jones' Vorhaben mit.

Schließlich aber kehrte Gunner Jones, der mit dem Zug gekommen war, unverzüglich auf demselben Weg nach London zurück. Man bot ihm an, ihn mit einem Polizeifahrzeug zum Bahnhof zu bringen, was er nicht ausschlug. Wexford war sich unschlüssig, ob der Mann wirklich sehr schlau oder aber abgrundtief dumm war. Er gelangte zu dem Schluß, daß Gunner Jones zu jenen Menschen gehörte, für die die Lüge genauso ein Mittel zum Zweck ist wie die Wahrheit. Wofür sie sich entscheiden, hängt davon ab, was das Leben einfacher macht.

Es wurde immer später, und es war Samstag, aber er ließ sich trotzdem zurück nach Tancred fahren. Am rechten Torpfosten der Hauptzufahrt hing wieder eine Blumenspende. Er fragte sich, wer wohl der Spender dieser Blumen sein mochte – diesmal ein Herz aus dunkelroten Rosenknospen –, ob es verschiedene Leute waren oder jedesmal dieselbe Person. Während Donaldson das Tor öffnete, stieg er aus dem Wagen, um einen Blick darauf zu werfen. Auf der Karte standen nur die Worte »Gute Nacht, süße Dame«, kein Name, keine Unterschrift.

Auf halber Strecke durch den Wald lief ein Fuchs vor ihnen über die Straße. Allerdings war er so weit weg, daß Donaldson nicht bremsen mußte. Er verschwand im dichten, grünenden Unterholz. An den Straßenrändern kamen im Gras gerade die Primeln heraus. Das Seitenfenster war heruntergekurbelt, und Wexford sog die frische, milde Frühlingsluft ein. Seine Gedanken waren bei Daisy. Doch nach sorgfältiger

Selbstprüfung mußte er sich ehrlicherweise eingestehen, daß er weder von übermäßiger Sorge noch von leidenschafterfüllter Furcht oder grenzenloser Liebe geleitet war.

Er hatte kein großes Verlangen, Daisy zu sehen, bei ihr zu sein, sie in diese Tochterposition zu bringen, ihr Vater zu sein und in dieser Rolle von ihr akzeptiert zu werden. Die Augen waren ihm aufgegangen. Vielleicht dadurch, daß Gunner Jones' erklärte Absicht hierherzufahren ihn weder entsetzt noch Zorn geweckt hatte. Er war nur ärgerlich gewesen und auf der Hut. Denn er hatte Daisy gern, aber er liebte sie nicht.

Das Gefühlserlebnis hatte ihm die Augen über sich selbst geöffnet. Es hatte ihn den Unterschied, den gewaltigen Unterschied zwischen Lieben und Gernhaben gelehrt. Daisy war dagewesen, als Sheila zum erstenmal in ihrem Leben ihrem Vater abtrünnig geworden war. Kein Zweifel, jede liebenswerte hübsche junge Frau, die nett zu ihm gewesen wäre, hätte den Zweck erfüllt.

Sein Anteil an Liebe, zu seiner Frau, seinen Kindern und Enkeln, war festgelegt, und damit hatte es sich, mehr würde er nicht bekommen. Er wollte auch nicht mehr. Daisy erweckte in ihm einen zärtlichen Beschützerinstinkt, und er hoffte für sie, daß alles gut ausgehen möge.

Dieser abschließende Gedanke ging ihm gerade durch den Sinn, als er durch das Seitenfenster weit weg zwischen den Bäumen eine Gestalt rennen sah. Es war ein schöner Tag, und überall drang das flache Sonnenlicht in den teilweise dunstigen Wald. Die Beleuchtung verhinderte zu erkennen, wer diese Gestalt sein mochte. Sie lief, offenbar übermütig vor Freude, durch Licht und Schatten. Unmöglich zu sagen, ob es sich um einen Mann oder eine Frau handelte, ob sie jung oder schon älter war. Mit Sicherheit konnte Wexford nur sagen, daß es kein wirklich alter Mensch war. Er verschwand ungefähr in der Richtung des Baums, an dem die Leiche gehangen hatte.

Als das Telefon läutete, fragte Gerry Hinde gerade Burden, ob er die Blumen am Tor gesehen habe. In Blumengeschäften bekomme man nie so etwas Schönes zu sehen. Wenn man zum Beispiel seiner Frau Blumen kaufen wolle, seien sie lieblos zu einem Strauß zusammengezwirnt, und man mußte sie dann selbst arrangieren. Seine Frau habe es eigentlich nicht gern, wenn ihr jemand Blumen mitbrachte, denn als erstes müßte sie sie, einerlei, womit sie gerade beschäftigt war, ins Wasser stellen. Und das konnte eine Ewigkeit dauern, wenn sie eigentlich gerade Essen zubereitete oder eines der Kinder ins Bett brachte.

»Es wäre nützlich, wenn man das wüßte. Ich meine, wo der, egal, wer es ist, diese Blumen herhatte. Wirklich besonders schön.«

Burden mochte nicht sagen, sie würden wahrscheinlich zu teuer sein, als daß Detective Constable Hinde sie sich leisten könnte. Er nahm den Hörer ab.

Das puritanische Ethos spielte unter den Dingen, die sein Denken beherrschten, noch immer eine wichtige Rolle. Es schrieb ihm vor, keinen Wagen zu benutzen, wenn sich die Entfernung zu Fuß zurücklegen ließ; und Leute im Haus nebenan anzurufen, grenzte schon ans Sündhafte. Als sich daher Gabbitas meldete und sagte, er sei zu Hause in seinem Cottage, hätte Burden ihn beinahe in einem scharfen Ton gefragt, warum er nicht herübergekommen sei, wenn er etwas mitzuteilen habe. Der ernste, ja, vielleicht bestürzte Ton in der Stimme des Försters hielt ihn davon ab.

»Könnten Sie bitte hierherkommen? Könnten Sie kommen und jemanden mitbringen?«

Burden ließ ungesagt, was er hätte sagen können: daß

Gabbitas am Morgen offensichtlich auf seine, Burdens, Gegenwart gar keinen großen Wert gelegt habe. »Sagen Sie mir doch ungefähr, worum es geht.«

»Damit würde ich lieber warten, bis Sie hier sind. Es hat nichts mit dem Strick zu tun.« Die Stimme schwankte ein wenig. Verlegen sagte er: »Ich habe keine Leiche entdeckt oder sonstwas.«

»Mein Gott!« murmelte Burden, als er auflegte.

Er trat auf den Hof und ging auf die Vorderseite von Tancred House zu. Nicholas Virsons Wagen war im Vorhof abgestellt. Es war noch sehr hell, doch die Sonne stand inzwischen schon dicht über dem Horizont. Ihre flachen Strahlen verwandelten den auf der Hauptzufahrt auftauchenden Wagen in einen blendend weißen Feuerball. Burden konnte nicht richtig hinsehen, so daß er Wexford erst erkannte, als das Fahrzeug nicht weit entfernt von ihm stoppte und der Chief Inspector ausstieg.

»Ich begleite Sie.«

»Er hat gesagt, ich soll jemanden mitbringen. Ich fand das ganz schön frech von ihm.«

Sie gingen den schmalen Weg durchs Pinetum. Das milde Abendlicht ließ die verschiedenen Bäume in ihrer Eigenheit auffallend gut zur Geltung kommen. Intensiver Teergeruch lag in der Luft.

Der Boden war trocken und ziemlich schlüpfrig, denn überall bedeckten braun gewordene Nadeln den Weg. Über ihnen erstreckte sich das blendende Himmelsgewölbe. Was für ein Glück die Harrisons und John Gabbitas haben, hier leben zu dürfen, dachte Wexford, und wie sehr sie den Verlust dieser Umgebung fürchten müssen. Mit einem unbehaglichen Gefühl erinnerte er sich an seine Heimfahrt am Abend zuvor und an das Bild des Försters, wie er mit Daisy zwischen zwei Baumreihen in der Sonne gestanden hatte. Aber warum soll ein Mädchen nicht die Hand auf den Arm eines Mannes legen und ihm vertraulich ins Gesicht sehen, ohne daß das alles etwas zu bedeuten hat? Sie waren weit weg gewesen. Daisy suchte physischen Kontakt, sie liebte es, einen beim Plaudern zu berühren, einem einen Finger aufs Handgelenk zu legen, einem mit der Hand beinahe liebkosend leicht über den Arm zu fahren.

John Gabbitas wartete in seinem Vorgarten auf sie. Seine rechte Hand bearbeitete eine nicht existierende Trommel mit einer hektischen Ungeduld, als fände er es unerträglich, wie lange man ihn warten ließ.

Wieder einmal war Wexford frappiert von Gabbitas' Äußerem, von seinem auffallend guten Aussehen. Wäre er eine Frau gewesen, hätte man es für einen Jammer gehalten, daß sie sich hier auf dem Land vergrub. Ein Mann verlangte nie eine solche Bemerkung. Plötzlich fiel ihm ein, was Dr. Perkins über Harvey Copeland und dessen Aussehen gesagt hatte. Doch dann führte Gabbitas sie in sein Häuschen. Im Wohnzimmer deutete er mit zitterndem Finger auf einen Gegenstand, der in der Zimmermitte auf einem Hocker mit geflochtener Sitzfläche aus Raffiabast lag.

»Was ist das, Mr. Gabbitas?« fragte ihn Burden. »Was geht hier vor?«

»Ich habe es gefunden, *das* dort habe ich gefunden!«

»Wo? Wo es jetzt liegt?«

»In einer Schublade. In der Kommode.«

Es war eine große Faustfeuerwaffe, ein dunkler Revolver, wie Blei, das Metall des Laufs ein bißchen heller, mehr ins Braune gehend. Sie betrachteten ihn einen Augenblick lang stumm.

Dann sagte Wexford: »Sie haben ihn herausgenommen und dorthin gelegt?«

Gabbitas nickte.

»Sie wissen natürlich, daß Sie ihn nicht hätten anfassen sollen?«

»Okay, das ist mir *jetzt* klar. Es war der Schock. Ich

habe die Schublade aufgezogen, in der ich Papier und Kuverts aufbewahre, und das da war das erste, was ich sah. Er lag auf einem Stapel Druckerpapier. Ich weiß, ich hätte ihn nicht berühren sollen, aber es war ein Reflex.«

»Dürfen wir uns setzen, Mr. Gabbitas?«

Gabbitas hob die Augen zur Zimmerdecke und nickte dann heftig. Es waren die Bewegungen eines Mannes, der über eine so läppische Bitte in einer solchen Situation nur staunen konnte. »Es ist der Revolver, mit dem sie alle umgebracht worden sind, nicht?«

»Kann sein«, sagte Burden, »vielleicht aber auch nicht. Das muß erst untersucht werden.«

»Ich habe Sie sofort angerufen, nachdem ich ihn entdeckt hatte.«

»Sofort, nachdem Sie ihn von dort weggenommen hatten, wo er gelegen war, ja. Das dürfte um zehn vor sechs gewesen sein. Wann haben Sie davor zum letztenmal in diese Schublade geschaut?«

»Gestern«, sagte Gabbitas nach kurzem Zögern. »Gestern abend. Gegen neun. Ich wollte einen Brief schreiben. An meine Eltern in Norfolk.«

»Und da lag der Revolver nicht drinnen?«

»Natürlich nicht!« Gabbitas' Stimme war plötzlich rauh vor Wut. »Ich hätte mich doch sofort bei Ihnen gemeldet, wenn er da drinnen gelegen hätte. In der Schublade war nur das, was immer drin ist, Papier, Notizzettel, Karten, solche Sachen. Der Revolver war nicht drinnen. Verstehen Sie denn nicht? Ich hatte ihn nie zuvor gesehen.«

»Schön, Mr. Gabbitas. An Ihrer Stelle würde ich mich bemühen, ganz ruhig zu bleiben. Haben Sie denn Ihren Eltern geschrieben?«

Gabbitas antwortete ungeduldig: »Ich habe den Brief heute morgen in Pomfret aufgegeben. Den Tag habe ich damit zugebracht, in der Ortsmitte von Pomfret eine abgestorbene Platane zu fällen, wobei mir zwei Jungen geholfen haben, die von Gerichts wegen gemeinnützige Arbeiten verrichten müssen. Wir haben um halb fünf Schluß gemacht, und um fünf Uhr war ich wieder hier.«

»Und fünfzig Minuten später haben Sie die Schublade aufgezogen, weil Sie vorhatten, einen zweiten Brief zu schreiben. Sie scheinen ja ein eifriger Briefeschreiber zu sein.«

Mit kaum gezügelter Wut wandte sich Gabbitas gegen Burden. »Hören Sie zu. Ich hätte Ihnen nichts davon zu erzählen brauchen. Ich hätte das Schießeisen zusammen mit dem Abfall rausschmeißen können, und niemand hätte was davon bemerkt. Ich habe nichts damit zu tun, ich habe es nur gefunden, sonst nichts, in diesem Schubfach gefunden, *in das es jemand anders gelegt haben muß*. Ich habe die Schublade aufgezogen, wenn Sie es unbedingt wissen wollen, weil ich eine Rechnung schreiben wollte, für die Arbeit, die ich heute getan habe. Eine Rechnung für die Umweltabteilung der Gemeindeverwaltung. Ich muß solche Arbeiten machen. Ich bin dazu gezwungen. Ich kann nicht wochenlang herumsitzen, ohne was zu tun. Ich brauche das Geld.«

»Na schön, Mr. Gabbitas«, sagte Wexford. »Aber bedauerlicherweise haben Sie die Waffe angefaßt. Ich nehme an, mit bloßen Händen? Ja. Ich rufe jetzt Detective Constable Archbold an, damit er hierherkommt und das Ding in seine Obhut nimmt, ehe noch weitere unbefugte Personen es berühren.«

Gabbitas setzte sich, lehnte sich nach vorne und legte die Arme auf die Sessellehnen. Sein Gesichtsausdruck war trotzig und übellaunig zugleich. Er sah aus wie jemand, dessen Wunsch, für seine Verdienste den Dank der Obrigkeit zu ernten, unerfüllt geblieben ist. Wexford überlegte, daß man die Sache auf zweierlei Weise sehen konnte. Erstens, Gabbitas war schuldig, vielleicht nur wegen des unbefugten Besitzes dieser Waffe, doch schuldig in diesem Punkt, und fürchtete, dafür bezahlen zu müssen. Zweitens, er erkannte schlicht und einfach den Ernst der Situation nicht oder begriff nicht, was es bedeutete, wenn der Revolver auf dem Hocker tatsächlich die Mordwaffe war.

Er erledigte den Anruf und sagte dann zu Gabbitas: »Sie waren den ganzen Tag weg?«

»Ich hab's Ihnen doch gesagt, und ich kann Dutzende von Zeugen beibringen, um es zu beweisen.«

»Es ist schade, daß Sie uns nicht einen *einzigen* nennen können, der bestätigt, wo Sie am 11. März waren.« Wexford seufzte. »Na schön, ich nehme an, auf einen Einbruch deutet nichts. Wer außer Ihnen hat einen Schlüssel zu diesem Haus?«

»Soviel mir bekannt ist, niemand.« Gabbitas zögerte kurz und korrigierte sich dann rasch. »Das heißt, das Schloß wurde nicht ausgewechselt, als ich hier einzog. Vielleicht haben die Griffins noch einen Schlüssel. Es ist ja nicht mein Haus, es gehört mir nicht. Ich nehme an, Miss Flory oder Mr. Copeland hatten einen Schlüssel.« Immer mehr Namen schienen ihm einzufallen. »Die Harrisons hatten einen in der Zeit zwischen dem Auszug der Griffins und meinem Einzug. Was damit passiert ist, weiß ich nicht. Ich gehe nie aus dem Haus, ohne abzuschließen. Darauf achte ich sorgfältig.«

»Das können Sie ebensogut sein lassen, Mr. Gabbitas«, sagte Burden trocken. »Es sieht nicht so aus, als würde es viel nützen.«

Er hat einen Strick verloren und eine Waffe gefunden, sinnierte Wexford, als er mit Gabbitas allein war. Laut sagte er: »Ich nehme an, ganz ähnlich sieht es mit den Geräteschuppen aus. Haben viele Leute dafür einen Schlüssel?«

»An der Tür ist kein Schloß.«

»Dann wäre der Fall erledigt. Sie sind vergangenen Mai hierhergekommen, Mr. Gabbitas?«

»Anfang Mai, ja.«

»Sie haben doch sicher ein Bankkonto.«

Gabbitas sagte ihm, wo, sagte es, ohne zu zögern.

»Und als Sie hierherkamen, haben Sie Ihr Konto sofort auf die Filiale in Kingsmarkham übertragen? So. War das vor oder nach dem Mord an dem Polizeibeamten? Wissen Sie das noch? Ob es vor oder nach der Ermordung von Detective Sergeant Martin in jener Bankfiliale war?«

»Es war vorher.«

Wexford hatte den Eindruck, daß sich Gabbitas befangen anhöre, aber er war es gewohnt, daß seine Phantasie ihm solche Dinge vorgaukelte. »Der Revolver, den Sie vorhin entdeckt haben, war höchstwahrscheinlich die Waffe, die bei diesem Mord benutzt wurde.« Er beobachtete Gabbitas' Gesicht, entdeckte darauf aber nichts als eine gewisse abwartende Leere. »Von den Kunden, die am Vormittag jenes Tages – es war der 13. Mai – in der Bankfiliale waren, haben sich nicht alle bei der Polizei gemeldet und ausgesagt. Ein paar haben sich verdrückt, ehe die Polizei eintraf. Und einer von ihnen hat diese Waffe mitgehen lassen.«

»Darüber weiß ich überhaupt nichts. Ich war an jenem Tag nicht in der Bank.«

»Aber Sie lebten damals schon in Tancred?«

»Ich bin am 4. Mai hierhergekommen«, antwortete Gabbitas verdrossen.

Wexford legte eine Pause ein und sagte dann im Plauderton: »Finden Sie Miss Davina Jones nett, Mr. Gabbitas? Daisy Jones?«

Gabbitas wurde von dem Themawechsel kalt erwischt. Er explodierte: »Was soll das damit zu tun haben?«

»Sie sind jung und offenbar ungebunden. Sie ist ebenfalls jung, und hübsch außerdem. Sie ist sehr charmant. Was in Tancred House passiert ist, hat dazu geführt, daß das Mädchen heute Eigentümerin eines ansehnlichen Besitzes ist.«

»Für mich ist sie jemand, für den ich arbeite. Zugegeben, sie ist attraktiv, jedes männliche Wesen würde sie attraktiv finden. Aber was mich betrifft, ist sie nur jemand, für den ich arbeite. Und vielleicht nicht mehr lange.«

»Sie wollen den Job hier aufgeben?«

»Es ist nicht so, daß ich einen Job aufgebe. Vergessen Sie nicht, daß ich hier nicht angestellt bin. Das hab ich Ihnen doch gesagt. Ich bin selbständig. Gibt es sonst noch was, was Sie wissen möchten? Ich will Ihnen was sagen: Wenn ich wieder einmal eine Waffe finde, erzähl ich der Polizei nichts davon. Ich schmeiße sie in den nächsten Fluß.«

»An Ihrer Stelle würde ich das nicht tun, Mr. Gabbitas«, sagte Wexford milde.

Im Feuilleton der *Sunday Times* stand ein von einem angesehenen Literaturkritiker verfaßter Artikel über Material, das er für eine Biographie von Davina Flory zusammengetragen hatte. Dabei handelte es sich überwiegend um Briefe. Wexford warf einen kurzen Blick darauf, begann dann aber mit wachsendem Interesse zu lesen.

Viele dieser Briefe waren im Besitz der inzwischen verstorbenen, in Frankreich lebenden Nichte gewesen. Davina hatte sie ihrer Schwester, der Mutter der Nichte, geschrieben, und aus ihnen ging hervor, daß Davinas erste Ehe, mit Desmond Cathcart Flory, nie vollzogen worden war. Lange Passagen wurden daraus zitiert, Beispiele, wie unglücklich und bitter enttäuscht sie gewesen war, alles unverkennbar Davina Florys Stil, der zwischen dem Alltäglichen und dem Blumigen wechselte. Der Autor stellte, gestützt auf Indizien aus späteren Briefen, Spekulationen an, wer Naomi Florys Vater gewesen sein könnte.

Dies erklärte etwas, was Wexford durch den Kopf gegangen war. Desmond und Davina hatten zwar 1935 geheiratet, aber Davinas einziges Kind war erst zehn Jahre später geboren worden. Er rief sich jene gräßliche Szene im *Cheriton Forest Hotel* in Erinnerung, als Casey lautstark verkündet hatte, Davina Flory sei noch acht Jahre nach ihrer Eheschließung Jungfrau gewesen. Seufzend las er den Artikel zu Ende und blätterte auf die Doppelseite, die über das »Literarische Bankett« der Zeitung berichtete, das am vergangenen Monat in Grosvenor House stattgefunden hatte. Wexford sah sie sich nur an, weil er ein Foto von Amyas Ireland zu sehen hoffte, der an dem Bankett im Vorjahr teilgenommen hatte und vielleicht auch diesmal dabeigewesen war.

Das erste Gesicht, das er erblickte, das ihn aus der Seite voller Fotos förmlich ansprang, war Augustine Caseys Konterfei, Casey mit vier anderen Personen an einem Tisch. Wexford fragte sich, ob Casey wieder in ein Weinglas gespuckt habe. Dann las er die Bildunterschrift.

Von links nach rechts: Dan Kavanagh, Penelope Casey, Augustine Casey, Frances Hegarty, Jane Somers.

Alle zeigten ein freundliches Lächeln bis auf Casey, auf dessen Gesicht ein zynisches Grinsen lag. Die Frauen trugen Abendkleider.

Wexford betrachtete die Aufnahme, las noch einmal die Unterschrift, sah die anderen Fotos auf der Doppelseite an und kehrte zum ersten zurück. Er spürte an seiner Schulter Doras stumme Gegenwart. Sie wartete auf seine Frage, aber er zögerte, weil er nicht wußte, wie er das, was er sagen wollte, in Worte kleiden sollte. Die Frage kam sorgfältig überlegt.

»Wer ist die Frau in dem glänzenden Kleid?«

»Penelope Casey.«

»Ja, ich weiß. Das sehe ich. In welcher Beziehung steht sie zu ihm?«

»Sie ist seine Frau, Reg. Wie es aussieht, ist er zu seiner Frau oder sie zu ihm zurückgekehrt.«

»Du hast das schon gewußt?«

»Nein, Liebling, ich habe es nicht gewußt. Ich hatte bis vorgestern keine Ahnung, daß er verheiratet ist. Sheila hat diese Woche nicht angerufen, darum hab ich mich bei ihr gemeldet. Wie es sich anhörte, war sie sehr durcheinander, aber sie hat mir nur erzählt, daß Gus' Frau in die gemeinsame Wohnung zurückgekehrt und er nach Hause gegangen sei, um ›die Sache durchzusprechen‹.«

Wieder dieser Ausdruck... Er legte die Hand vor die Augen, vielleicht um das Foto nicht mehr ansehen zu müssen. »Wie unglücklich sie sein muß«, sagte er seufzend. Und dann: »Mein Gott, das arme Kind...«

22

»Ich kann Ihnen nicht sagen, ob es dieselbe Waffe ist wie die, mit der bei dem Banküberfall im vergangenen Mai geschossen wurde«, sagte der gerichtliche Sachverständige zu Wexford. »Es handelt sich aber fraglos um den Revolver, der am 11. März in Tancred House benutzt wurde.«

»Und warum können Sie nicht sagen, ob es derselbe Revolver ist?«

»Vermutlich ist er es. Ein Indiz zugunsten dieser Theorie ist, daß in die Trommel sechs Patronen passen – es ist eine klassische ›six gun‹ – und daß eine bei dem Mord in der Bank, in Tancred House fünf verwendet wurden. Wahrscheinlich die fünf übrigen in der Trommel. In einem Land, wo Morde oft mit Faustfeuerwaffen ausgeführt werden, würde ich kaum wagen, diese Verbindung herzustellen. Aber hier spricht viel dafür.«

»Aber Sie können trotzdem nicht mit Gewißheit sagen, daß es dieselbe Waffe ist?«

»Wie ich gesagt habe, nein.«

»Und warum nicht?«

»An dem Lauf ist etwas verändert worden«, sagte der Experte lakonisch. »Das ist kein besonderes Kunststück, wissen Sie. Die Revolver von Dan Wesson zum Beispiel mit ihren unterschiedlich langen Läufen kann jeder Amateur bei sich zu Hause verändern. Beim Colt Magnum könnte die Sache schwieriger sein. Derjenige, der sich darangemacht hat, muß die entsprechenden Werkzeuge gehabt haben. Ja, er muß sie gehabt haben, denn das ist bestimmt nicht der Lauf, mit dem dieser Revolver auf die Welt gekommen ist.«

»Hätte ein Büchsenmacher das Werkzeug dafür?«

»Kommt drauf an, was für ein Büchsenmacher, würde ich sagen. Die meisten sind auf Schrotflinten spezialisiert.«

»Und deswegen sind die Züge an den fünf in Tancred House abgefeuerten Geschossen anders als die an der Kugel, mit der Martin umgebracht wurde? Weil der Lauf verändert wurde?«

»Genau. Aus diesem Grund kann ich ja nur sagen, das und jenes ist wahrscheinlich, nicht, daß es bestimmt so passiert ist. Wir sind hier schließlich in Kingsmarkham, nicht in der Bronx. Bei uns gibt es ja nicht massenhaft Geheimdepots mit Faustfeuerwaffen. Die Zahl der abgegebenen Schüsse spricht eigentlich dafür; einer auf den armen Teufel, der einer von euch war, und die fünf anderen auf die Leute in Tancred. Und das Kaliber natürlich. Und die Absicht, Spuren zu verwischen. Was meinen Sie dazu? Er hat Revolverläufe nicht zum Spaß verändert, es war nicht sein Hobby.«

Er war aufgebracht. Die Erleichterung, die er darüber empfunden haben mochte, daß Sheila von diesem Menschen getrennt worden war, daß sie nun doch nicht nach Nevada fliegen werde, ging im Zorn unter. Casey zuliebe hatte sie *Fräulein Julie* abgelehnt, Casey zuliebe hatte sie ihr Leben, ja, so schien es, ihre Persönlichkeit verändert. Und nun war Casey zu seiner Frau zurückgekehrt.

Wexford hatte noch nicht mit ihr gesprochen. Als er anrief, meldete sich nur der Anrufbeantworter, aber mit den fröhlichen Mitteilungen war es vorbei, nur ganz knapp der Name und die Bitte, eine Nachricht zu hinterlassen. Das tat er; er bat sie um einen Rückruf. Dann, als sie sich nicht meldete, rief er noch einmal an und hinterließ, daß er mit ihr fühle, nach dem, was geschehen war, und daß ihm all die Dinge, die er gesagt hatte, leid täten.

Auf dem Weg zum Revier schaute er kurz bei der Bank

vorbei. Es war die Filiale, in der Martin getötet worden war, nicht seine eigene, aber sie lag fast direkt an der Route, die Donaldson fuhr. Nach hinten hinaus hatte die Filiale ihren eigenen Parkplatz. Wexford hatte seine Transcend-Karte dabei, mit der er in allen Banken und in sämtlichen Bankfilialen des Vereinigten Königsreichs Bargeld bekommen konnte.

Sharon Fraser war noch da. Ram Gopal hatte erreicht, in eine andere Filiale versetzt zu werden. Am zweiten Kassenschalter saß an diesem Vormittag eine sehr junge und hübsche Eurasierin. Trotz bester Vorsätze konnte Wexford nicht verhindern, daß sein Blick immer wieder zu der Stelle schweifte, wo Martin gestanden hatte und gestorben war. Irgend etwas sollte hier das Gedenken an ihn lebendig erhalten. Er erwartete halb, noch Martins Blut zu sehen, irgendeine Spur davon, während er sich zugleich einen so unsinnigen Gedanken verwies.

Vier Leute standen in der Schlange vor ihm. Er dachte daran, wie Dane Bishop, krank und verängstigt, vielleicht inzwischen nicht mehr ganz bei Verstand, ungefähr von dieser Stelle aus Martin erschossen hatte, hinausgerannt war und im Hinauslaufen seine Waffe auf den Boden geworfen hatte. Er dachte an die verängstigten Menschen, an die Schreie, an jene Männer, die danach nicht in der Bank geblieben waren, sondern sich still und heimlich verdrückt hatten. Einer von ihnen, der vielleicht dort gestanden hatte, wo er selbst jetzt stand, hatte nach Sharon Frasers Angaben einen Packen grüner Geldscheine in der Hand gehalten.

Wexford blickte sich um, um zu sehen, wie lange die Warteschlange hinter ihm war, und erkannte Jason Sebright. Sebright versuchte gerade, im Stehen einen Scheck auszustellen, statt an eines der Tischchen mit den angeketteten Kugelschreibern zu gehen. Die Frau vor ihm drehte sich um, und Wexford hörte Sebright sagen: »Macht es Ihnen was aus, wenn ich mein Scheckheft auf Ihre Schultern lege, gnädige Frau?«

Er löste ein verlegenes Gekicher aus. Sharon Frasers Lämpchen blinkte auf, und Wexford trat mit seiner Transcend-Karte an ihren Schalter. Er erkannte den Ausdruck in ihren Augen. Es war ein furchtsamer, abweisender Blick, der Blick eines Menschen, der jeden lieber bedient hätte als den vor ihm Stehenden, weil dieser mit seinem Beruf und seinen bohrenden Fragen ihre private Welt, ihren Frieden und vielleicht sogar ihre Existenz gefährdete.

Nach Martins Tod waren viele Leute in die Bank gekommen und hatten Blumen an der Stelle deponiert, wo er zusammengebrochen war, ebenso anonyme Spender wie jener Namenlose, der die Blumen an das Zufahrtstor von Tancred gehängt hatte. Die letzte dieser Spenden war verwelkt. Der Nachtfrost hatte sie geschwärzt, bis sie aussah wie das Nest irgendeines Vogels, der keine Ordnung hält. Wexford ersuchte Pemberton, sie wegzunehmen und später auf Ken Harrisons Abfallhaufen zu werfen. Ohne Zweifel würden ihr bald weitere folgen. Vielleicht weil seine Gedanken sich in einem abnormen Maß mit Liebe und Schmerz und den Fährnissen der Liebe beschäftigten, hatte er zu spekulieren begonnen, von wem diese Blumenspenden stammen mochten. Von einem Fan? Einem stummen – und reichen – Bewunderer? Oder mehr als das? Der Anblick der verwelkten Rosen brachte ihn auf jene frühen Briefe Davina Florys und ihre liebesleeren Jahre, bis Desmond Flory einrücken mußte.

Als Wexford sich dem Haus näherte, sah er, daß Arbeiter die eingeschlagene Scheibe ersetzten. Es war ein öder, windstiller Tag, Wetter, das die Meteorologen »ruhig« zu nennen sich angewöhnt hatten. Der Dunst zeigte sich nur in der Ferne, wo der Horizont verwischt war und die Bäume ein rauchiges Blau annahmen.

Wexford schaute durch das Eßzimmerfenster. Die Tür zur Halle stand offen. Der Raum war wieder zugänglich. An der Decke und an den Wänden konnte man noch die Spuren von den Blutspritzern sehen, aber der Teppich war verschwunden.

»Wir werden morgen da drinnen anfangen, Chef«, sagte der Arbeiter.

Also fing Daisy an, sich mit ihrem Verlust, sich mit dem Grauen abzufinden, das in diesem Raum geschehen war. Die Wiederherstellung hatte begonnen. Er ging über die Steinplatten an der Vorderseite von Tancred House entlang und auf den Ostflügel und die Ställe dahinter zu. Dabei entdeckte er etwas, was er bei seiner Ankunft nicht bemerkt hatte. Links vom Hauseingang lehnte Thanny Hogarths Fahrrad. Der hat die Gelegenheit beim Schopf gepackt, dachte Wexford und fühlte sich erleichtert, wurde vergnügt. Er verspürte Lust zu spekulieren, was passieren mochte, wenn jetzt Nicholas Virson daherkäme – oder war Daisy in diesen Dingen zu geschickt, als daß sie so etwas zugelassen hätte?

»Ich glaube, Andy Griffin hat jene beiden Nächte hier verbracht«, sagte Burden zu ihm, als er in die Ställe hineinspazierte.

»Was?«

»In einem von den Nebengebäuden. Wir haben sie natürlich durchsucht, nachdem die Sache passiert war, sie uns aber seitdem nicht wieder vorgenommen.«

»Von welchen Nebengebäuden sprechen Sie, Mike?«

Er folgte Burden auf dem sandigen Weg hinter der hohen Hecke. Eine kurze Reihe aneinander gebauter Cottages, nicht verfallen, aber auch nicht gut erhalten, stand parallel zu dieser Hecke. Man konnte hier, wie sie selbst, einen vollen Monat hausen, ohne von der Existenz dieser Cottages auch nur etwas zu ahnen.

»Karen kam gestern abend hierher«, sagte Burden.

»Sie machte ihren Kontrollgang. Daisy hatte gesagt, sie habe etwas gehört. Zwar war niemand unterwegs, aber Karen kam hierher und hat durch dieses Fenster da hineingeschaut.«

»Sie wollen sagen, sie hat mit einer Taschenlampe hineingeleuchtet?«

»Das nehme ich an. In diesen Cottages gibt es keinen Strom, kein fließendes Wasser, keinerlei Komfort. Brenda Harrison meint, daß seit fünfzig Jahren niemand mehr darin gewohnt hätte – genauer gesagt, seit Kriegsbeginn. Karen hat etwas gesehen, was sie veranlaßt hat, heute vormittag noch einmal herzukommen.«

»Was soll das heißen, ›etwas gesehen‹? Sie sind hier nicht im Gerichtssaal, Mike. Sie haben es mit mir zu tun, ist das klar?«

Burden machte eine ungeduldige Handbewegung. »Ja. Natürlich. Tut mir leid. Stoffetzen, eine Decke, Essensreste. Wir gehn mal rein. Das Zeug ist noch drinnen.«

Die Cottage-Tür war nicht abgesperrt. Aus den verschiedenen Gerüchen, die ihnen entgegenkamen, stach der Ammoniakgestank von altem Urin scharf heraus. Auf dem Backsteinboden sah man ein provisorisches Bett aus übereinanderliegenden schmutzigen Kissen, zwei alten Mänteln, nicht identifizierbaren Lumpen und einer anständigen, dicken und leidlich sauberen Decke. Zwei leere Cola-Dosen standen auf dem Gitterrost vor dem Kamin. Ein dichtgeflochtenes, eisernes Gefäß enthielt graue Asche, und auf der Asche lag – vielleicht dorthin geworfen, nachdem die Schlacke abgekühlt war – ein fettiges, zusammengeknülltes Papier, in das *fish and chips* eingewickelt gewesen waren. Der Gestank, der davon ausging, war noch eine Spur unangenehmer als der des Urins.

»Sie glauben, daß Andy Griffin hier geschlafen hat?«

»Wir können die Cola-Dosen auf Fingerabdrücke untersuchen lassen«, sagte Burden. »Er könnte hier gewesen sein. Er dürfte diesen Unterschlupf gekannt haben. Und wenn er in diesen beiden Nächten, am 17. und 18. März, hier war, war er allein hier.«

»Okay, aber wie ist er hierhergekommen?«

Burden machte ihm ein Zeichen, ihm durch den unappetitlichen Raum zu folgen. Er mußte den Kopf einziehen, so niedrig war der Türrahmen. Hinter dem Loch von einer Spülküche und der rückwärtigen Tür, oben und unten verriegelt, aber nicht abgeschlossen, lag ein mit Drahtgeflecht umgebenes Gartenstück samt einem kleinen, ummauerten Bereich, der früher vielleicht als Kohlenlager oder als Schweinestall gedient hatte. Darin stand, mit einer wasserdichten Plane halb zugedeckt, ein Motorrad.

»Niemand hätte ihn kommen hören«, sagte Wexford. »Die Harrisons und Gabbitas wohnen zu weit weg. Daisy war noch nicht nach Hause gekommen. Sie erschien erst mehrere Tage danach. Er war hier ungestört. Aber warum, Mike, warum *wollte* er ungestört sein?«

Sie spazierten auf dem Weg dahin, der an den Wald grenzte. Von ferne her, südlich der Nebenstraße, konnte man das Jaulen von Gabittas' Kettensäge hören. Wexfords Gedanken kehrten zu dem Revolver zurück, an dem herumgemacht worden war. Wäre Gabbitas in der Lage gewesen, den Lauf eines Revolvers zu verändern? Hätte er das notwendige Werkzeug gehabt? Und andererseits: Wer sonst könnte es gehabt haben?

»Warum, aus welchem Grund wollte Andy Griffin hier schlafen, Mike, was denken Sie?«

»Ich weiß es nicht. Ich frage mich allmählich, ob dieses Cottage ihn irgendwie besonders faszinierte.«

»Er war nicht unser zweiter Mann, hab ich recht? Er war nicht derjenige, den Daisy gehört, aber nicht gesehen hat?«

»Ich sehe ihn nicht in dieser Rolle. Das wäre eine

Nummer zu groß für ihn gewesen. Eine Kategorie zu hoch. Erpressung, das war seine Tour, miese, kleine Erpressungen.«

Wexford nickte. »Das war der Grund, warum er umgebracht wurde. Ich glaube, er hat ganz klein angefangen und es ist ihm immer nur um Bargeld gegangen. Das wissen wir von seinem Postsparkonto. Es kann sein, daß er öfter von hier aus operierte, als er und seine Eltern noch auf dem Gut lebten. Ich nehme an, daß Brenda Harrison nicht sein erstes Opfer war. Durchaus möglich, daß er es bei anderen Frauen mit Erfolg probiert hat. Er mußte sich nur eine ältere Frau aussuchen und ihr damit drohen, er würde ihrem Ehemann oder Freunden oder irgendeinem Verwandten erzählen, sie habe ihm Anträge gemacht. Manchmal dürfte das geklappt haben, manchmal auch nicht.«

»Glauben Sie, er hat's bei den Frauen hier versucht? Bei Davina Flory selbst oder bei ihrer Tochter? Ich höre noch seinen gehässigen Ton, in dem er mir gegenüber von ihnen gesprochen hat. Die gewählte Ausdrucksweise.«

»Hätte er das gewagt? Vielleicht. Wir werden es wahrscheinlich nie erfahren. Wen wollte er erpressen, als er an jenem Sonntag von zu Hause wegfuhr und hier kampierte? Den Killer oder denjenigen, den Daisy nicht gesehen hat?«

»Wer weiß.«

»Und warum mußte er dafür hier sein?«

»Das hört sich mehr nach einer Ihrer Theorien an, Reg, als nach einer von meinen. Aber ich glaube, wie gesagt, daß ihn an diesem Loch etwas fasziniert hat. Tancred war sein *Zuhause.* Es hat ihm vielleicht schwer zu schaffen gemacht, daß er hier weg mußte. Möglicherweise entdecken wir noch, daß er viel mehr Zeit hier und in den Wäldern oder einfach damit verbracht hat, die Umgebung auszukundschaften, als sich irgend jemand hat träumen lassen. Immer wenn er nicht zu Hause war und niemand wußte, wo er sich aufhielt, war er vermutlich hier draußen. Wer kannte sich hier und in den Wäldern aus? Wer hätte durch die Wälder fahren können, ohne steckenzubleiben oder gegen einen Baum zu prallen? Er hätte es gekonnt.«

»Aber wir haben doch gesagt, wir sehen in ihm nicht unseren zweiten Mann«, sagte Wexford.

»Okay, lassen wir beiseite, daß er es mit einem Fahrzeug durch die Wälder geschafft hätte, schließen wir jede Verwicklung in die Morde aus. Mal angenommen, er hat am 11. März hier kampiert. Sagen wir, er hatte vor, hier – aus uns noch unbekannten Gründen – ein paar Nächte zu verbringen. Er hat sein Zuhause um sechs Uhr mit dem Motorrad verlassen und seine Sachen hierhergebracht. Er war in dem Cottage, als die beiden Männer um acht Uhr ankamen – oder er war vielleicht nicht in dem Cottage, sondern ist draußen umhergestrichen oder hat weiß Gott was sonst getan. Er hat die Killer gesehen und einen von ihnen erkannt. Was sagen Sie dazu?«

»Nicht schlecht«, sagte Wexford. »Wen würde er erkennen? Gabbitas auf alle Fälle. Sogar unter einer Holzfällermaske. Würde er Gunner Jones erkennen?«

Das Fahrrad stand noch da. Der Handwerker war noch da und legte gerade letzte Hand an das neu verglaste Fenster. Schwaches Nieseln setzte ein, der erste Regen seit langer Zeit. Das Wasser rann an den Fenstern der Ställe herab, so daß es drinnen dunkel wurde. Gerry Hinde hatte eine Schreibtischlampe mit beweglichem Arm über dem PC angeschaltet, auf dem er eine neue Datenbank anlegte: sämtliche Personen beziehungsweise verdächtige Personen, die sie vernommen hatten, samt ihren Alibis und den Zeugen, die ihre Angaben untermauerten. Wexford überlegte, ob es überhaupt einen Sinn habe, weiter so nah am Tatort zu bleiben. Morgen war es vier Wochen her, seit das – wie die Presse es nannte – »Tancred-Massaker« begangen worden war, und der Deputy Chief Constable hatte einen Gesprächstermin mit ihm vereinbart. Wexford sollte ihn in seinem Haus aufsuchen. Es würde wie eine gastliche Einladung aussehen, mit dem obligatorischen Glas Sherry, aber der Zweck von alledem, dessen war er sich sicher, bestand darin, ihm Vorhaltungen zu machen, weil die Sache nicht vorankam und alles so viel kostete. Er würde den Vorschlag zu hören oder wohl eher den Befehl erhalten, mit seinen Leuten wieder nach Kingsmarkham ins Polizeirevier zurückzukehren. Wieder würde er sich die Frage anhören müssen, wie er die nächtliche Bewachung von Daisy Jones weiterhin rechtfertigen wolle. Aber wie könnte er eine Einstellung der Bewachung vor sich selbst rechtfertigen?

Er rief zu Hause an, um Dora zu fragen, ob sich Sheila gemeldet habe, erhielt eine besorgte, verneinende Antwort und ging dann in den Regen hinaus. Bei nassem Wetter sah das Herrenhaus düster aus. Es war merkwürdig, wie der Regen und die graue Atmosphäre das Äußere von Tancred House veränderten, so daß es wie ein Bauwerk auf einer der recht sinistren viktorianischen Radierungen wirkte, nüchtern, sogar von einer düsteren Strenge, die Fenster glanzlose Augen und die Farbe des Mauerwerks durch Wasserflecken verändert.

Die Wälder hatten unter dem schmutziggrauen Himmel ihren Blauschimmer verloren und eine kieselgraue Farbe angenommen. Bib Mew schob ihr Fahrrad um die Rückseite von Tancred House herum. Sie kleidete sich wie ein Mann, ging wie ein Mann, und man hätte sie aus dieser oder auch aus einer geringeren Entfernung ohne Zögern für einen Mann gehalten. Als sie an Wexford vorbeikam, tat sie so, als sähe sie ihn nicht: Sie verdrehte ungeschickt den Kopf und schaute zum Himmel hinauf, als ob sie sich mit dem Phänomen des Regens beschäftigte.

Er sagte sich, daß er ja ein behinderter Mensch war. Und doch lebte sie allein. Was für ein Leben mußte das sein? Wie hatte es früher ausgesehen? Sie war einmal verheiratet gewesen. Die Vorstellung kam ihm grotesk vor. Sie schwang sich wie ein Mann auf ihren Drahtesel, trat kraftvoll in die Pedale und radelte auf der Hauptzufahrt rasch davon. Offensichtlich mied sie noch immer die Nebenstraße. Wexford fröstelte leicht bei dem Gedanken an den Baum mit dem Erhängten.

Am Tag drauf erschienen die Handwerker. Ihr Transporter stand auf den Steinplatten neben der Fontäne, als Wexford eintraf. Sie bezeichneten sich nicht als Handwerker, sondern als »kreative Innendekorateure«, und sie kamen aus Brighton. Wexford ging sorgfältig seine Notizen zum Fall Tancred House durch, die mittlerweile schon einen dicken Ordner füllten. Gerry Hinde hatte sie alle auf einer Diskette gespeichert, kleiner als eine alte Single-Schallplatte, aber für Wexford nutzlos. Er sah, wie ihm nun, nachdem schon so viel Zeit vergangen war, der Fall unter den Händen entglitt.

Die Rätsel und die Ungereimtheiten blieben. Wo war Joanne Garland? Lebte sie noch, oder war sie tot? In welcher Beziehung stand sie zu den Morden? Auf welchem Weg hatten die Killer Tancred verlassen? Wer hatte den Revolver in Gabbitas' Cottage geschmuggelt? Oder hatte sich Gabbitas diesen Dreh selbst ausgedacht?

Wexford las noch einmal Daisys Aussage durch. Er spielte sich die Tonbandaufzeichnung davon vor. Er wußte, er mußte noch einmal mit ihr sprechen, denn hier waren die Ungereimtheiten am augenfälligsten. Sie mußte ihm zu erklären versuchen, wie es möglich war, daß Harvey die Treppe hinaufgestiegen war aber in einer Position erschossen wurde, als wäre er erst am Fuß der Treppe gewesen, mit dem Gesicht zum Hauseingang; mußte zu erklären versuchen, warum eine so lange – gemessen in Sekunden, lange – Zeit verging, bis er nach dem Verlassen des Eßzimmers erschossen wurde.

Ob sie auch den Punkt klären könnte, den Freeborn sicher als einen absurden Witz betrachten würde, wenn er zur Sprache käme? Wenn Queenie, die Katze, normalerweise, ja, wie es schien, immer um sechs Uhr abends in den oberen Etagen umhertobte, ausnahmslos um sechs Uhr, warum hatte dann Davina Flory den Lärm über ihnen, den sie um acht Uhr hörte, auf Queenie zurückgeführt?

Noch eine weitere Frage mußte er ihr stellen, obwohl er beinahe überzeugt war, daß die Zeit ihre exakte Erinnerung daran ausgelöscht hatte, da die Traumatisierung unmittelbar nach dem Geschehen eingesetzt hatte.

Der Pkw auf den Steinplatten, so weit vom Transporter der »kreativen Innendekorateure« aus Brighton entfernt, wie es sich nur einrichten ließ, ohne auf dem Rasen zu parken, schien Joyce Virson zu gehören. Wexford vermutete, mit der Annahme richtig zu liegen, daß Daisy dankbar wäre, eine Zeitlang von Mrs. Virson verschont zu bleiben, ja sogar einen Vorwand begrüßen würde, sie ganz loszuwerden. Er zog an der Klingelstange, und Brenda öffnete.

Die Eßzimmertür war mit einem weißen Tuch verhängt worden. Gedämpfte Geräusche drangen heraus, keine Hammerschläge, keine kratzenden Geräusche, sondern ein weiches Plätschern und Gurgeln. Dazu die unvermeidlichen Hintergrundgeräusche von Handwerkern, allerdings leise, das geistlose Geplätscher von Pop-Musik. Man konnte es weder im Damenzimmer noch im *serre* hören, wo sie saßen, nicht zwei Personen, sondern drei: Daisy, Joyce Virson und ihr Sohn.

Nicholas Virson nimmt sich offenbar nach Lust und Laune frei, dachte Wexford, während er ein knappes »Guten Morgen« von sich gab. Welcher Beschäftigung er auch nachging, liefen denn die Geschäfte in dieser Wirtschaftsflaute so schlecht, daß es beinahe schon egal war, ob er an seinem Arbeitsplatz erschien oder nicht?

Sie waren mitten in einem Gespräch, als Brenda Harrison ihn hineinführte, und er hatte den Eindruck, daß es hitzig zugegangen war. Daisy machte einen entschlossenen Eindruck, ihr Gesicht war leicht gerötet. Mrs. Virsons Ausdruck war noch mißmutiger als sonst, und Nicholas Virson wirkte verärgert, als wäre ihm irgendein Plan durchkreuzt worden. Waren sie zum Lunch da? Wexford hatte noch gar nicht bemerkt, daß die Mittagszeit schon vorbei war.

Daisy stand auf, als er hereinkam, und drückte die Katze an sich, die sie auf dem Schoß gehabt hatte. Ihr Fell hatte beinahe den gleichen Farbton wie die blauen Jeans, die sie trug, zusammen mit einer Bomberjacke. Das Modell war bestickt und zwischen den farbigen Stickereien mit einer Vielzahl silberner und goldener Knöpfe besetzt. Unter der Jacke trug sie ein schwarzblau kariertes T-Shirt, der Gürtel in der Jeans war aus geflochtenen Silber- und Goldfäden und mit perlmuttartigen und klaren Glasstücken zusätzlich verziert. Man konnte sich dem Eindruck nicht entziehen, daß Daisy damit etwas aussagen wollte. Diese Leute sollten die richtige Daisy vorgeführt bekommen, das, was sie sein wollte, ein unabhängiges Individuum, vielleicht bewußt schockierend, das sich kleidete, wie es ihm gefiel, und tat, was ihr gefiel.

Der Kontrast zwischen ihrem Outfit und der Kleidung von Joyce Virson war – selbst wenn man den großen Altersunterschied berücksichtigte – derart kraß, daß er schon grotesk wirkte. Joyce Virson hatte die Uniform einer Schwiegermutter an, ein burgunderrotes Wollkleid mit passender Jacke, um den Hals an einem Lederriemchen eine silberne Raute, wie sie in den sechziger Jahren schick gewesen war, und als einzigen Schmuck an den Händen ihren großen, mit einem Brillanten besetzten Verlobungsring und den Ehering. Daisy hatte an der linken Hand einen riesigen Ring, eine fünf Zentimeter lange silberne Schildkröte – der Panzer mit farbigen Steinen besetzt –, die aussah, als wäre sie drauf und dran, zu den Knöcheln hinabzukriechen.

Wexford, der etwas gegen das Wort »belästigen« hatte, entschuldigte sich für die »Störung«. Er hatte nicht die Absicht, wieder zu gehen und später zurückzukommen, und gab Daisy zu verstehen, daß er überzeugt war, sie werde das nicht von ihm erwarten. An ihrer Stelle ergriff Mrs. Virson das Wort.

»Wenn Sie schon einmal da sind, Mr. Wexford, können Sie uns vielleicht beispringen. Ich weiß, wie Sie darüber denken, daß Daisy hier allein lebt. Nun gut, sie ist nicht allein. Sie lassen sie von ein paar jungen Frauen beschützen. Was die aber im Notfall unternehmen könnten, das, tut mir leid, kann ich mir beim besten Willen nicht vorstellen. Und, offen gestanden, als Gemeindesteuerzahlerin habe ich etwas dagegen, daß unser Geld für so etwas ausgegeben wird.«

Nicholas Virson sagte unerwartet: »Wir zahlen doch keine Gemeindesteuern mehr, Mutter. Wir zahlen jetzt Kopfsteuer.«

»Das ist doch alles das gleiche. Es geht denselben Weg. Wir sind heute vormittag hierhergefahren, um Daisy zu bitten, mitzukommen und sich wieder bei uns einzuquartieren. Oh, es ist nicht das erste Mal, das wissen Sie ebensogut wie ich. Aber wir dachten uns, warum es nicht noch einmal versuchen, zumal sich die Dinge verändert haben in bezug auf – nun ja, Nicholas und Daisy.«

Wexford sah, wie Nicholas Virsons Gesicht puterrot anlief. Es war kein Erröten aus Freude oder Genugtuung, sondern, nach dem begleitenden Zusammenzucken zu schließen, aus tiefer Verlegenheit. Für Wexford stand so gut wie fest, daß sich die Dinge nur in Joyce Virsons Phantasie verändert hatten.

»Es ist doch offensichtlich verrückt, daß sie sich hier aufhält«, überlegte Mrs. Virson laut, und dann sprudelten die nächsten Worte förmlich aus ihr heraus. »Als wäre sie eine *Erwachsene*! Als wäre sie imstande, selbständig Entschlüsse zu fassen!«

»Das bin ich durchaus«, sagte Daisy gelassen. »Ich bin erwachsen. Und ich *fasse* selbständig Entschlüsse.« Sie wirkte völlig unberührt von dieser ganzen Szene, sogar leicht gelangweilt.

Nicholas Virson legte sich ins Mittel. Sein Gesicht war noch leicht gerötet. Wexford erinnerte sich plötzlich an die Beschreibung des maskierten Killers, die Daisy ihm gegeben hatte, an das blonde Haar, das Kinngrübchen, die großen Ohren. Es war beinahe, als ob sie an Virson gedacht hätte, als sie den Täter beschrieb. Und warum hatte sie das wohl getan? Wenn auch nur unbewußt?

»Wir dachten«, sagte Nicholas Virson, »Daisy könnte zum Abendessen mitkommen und... über Nacht bleiben und eben mal sehen, wie ihr das gefällt. Wir hatten geplant, ihr ein eigenes Wohnzimmer zur Verfügung zu stellen, das wäre dann beinahe eine Suite, wissen Sie, eine eigene Wohnung. Sie müßte gar nicht richtig bei uns wohnen, verstehen Sie. Wenn sie das möchte, könnte sie absolut ihre eigene Herrin sein.«

Daisy lachte. Ob der Grund dafür die Idee an sich oder die modische Floskel war, die Virson verwendet hatte, konnte Wexford nicht entscheiden. Er hatte geglaubt, daß aus ihren Augen noch Kummer und seelisches Aufgewühltsein sprächen, aber sie lachte, und ihr Lachen war unbeschwert und fröhlich.

»Ich habe euch doch vorhin schon gesagt, daß ich heute abend zum Essen verabredet bin. Ich nehme an, daß ich erst ziemlich spät zurückkomme, und ich werde selbstverständlich nach Hause gebracht.«

»Ach, Daisy ...« Nicholas Virson konnte nicht mehr an sich halten. Sein Jammer brach unter der aufgeblasenen Art hervor. »Ach, Daisy, du könntest uns wenigstens sagen, mit wem du zum Essen ausgehst. Ist es jemand, den wir kennen? Wenn es eine Freundin ist, warum kannst du sie nicht zu uns mitbringen?«

Daisy sagte: »Davina hat oft gesagt, wenn eine Frau von ›jemandem‹ spricht, mit dem sie zusammenarbeitet, oder von ›jemandem‹, den sie kennt, werden die Leute immer annehmen, es handle sich um eine andere Frau. Immer. Weil die Leute im Grunde eigentlich nicht wollen, daß Frauen zu Vertretern des anderen Geschlechts Beziehungen haben.«

»Ich habe nicht den blassesten Schimmer, wovon du da sprichst«, sagte Nicholas Virson, und Wexford merkte ihm an, daß es wirklich so war. Er hatte keinen Schimmer.

»Also, es tut mir leid«, sagte Joyce Virson, »aber das geht über meinen Verstand. Ich hätte doch gedacht, daß ein Mädchen, das sich mit einem Mann gut versteht, auch gerne mit ihm zusammensein möchte.« Sie verlor die Geduld und damit ihre Beherrschung. »Es ist wirklich so: Wenn Leute zu früh ihre Freiheit und viel Geld in die Hand bekommen, steigt ihnen das zu Kopf. Es ist die Macht, sage ich Ihnen, sie macht sie verrückt. Für manche Frauen ist es das Höchste, wenn sie irgendeinen armen Kerl ihre Macht spüren lassen können, dessen einziges Verbrechen darin besteht, daß er sie zufällig gern hat. Es tut mir leid, aber ich finde so was furchtbar!« Sie geriet außer sich, ihre Stimme war nicht mehr zu bändigen, überschlug sich. »Wenn so die Emanzipation aussieht oder wie das heißt, *women's lib* oder weiß Gott was, dieser grauenhafte Unsinn, dann können Sie sich das an den Hut stecken, und ich wünsche Ihnen viel Glück damit! Einen anständigen Ehemann bekommen Sie auf diese Art nicht, das kann ich Ihnen garantieren!«

»Mutter«, sagte Nicholas Virson in einer kurzen Anwandlung von Festigkeit. Zu Daisy gewandt, sagte er: »Wir sind auf dem Weg zum Lunch bei ...«, er nannte Freunde in der Gegend, »... und wir hatten gehofft, du würdest mitkommen. Wir müssen wirklich bald weiter.«

»Ich kann nicht mitkommen, siehst du das nicht? Mr. Wexford ist da, um mit mir zu sprechen. Es ist wichtig. Ich muß der Polizei helfen. Hast du etwa vergessen, was hier vor vier Wochen passiert ist?«

»Natürlich nicht. Wie könnte ich denn? Mutter hat das alles nicht so gemeint, Daisy.« Joyce Virson hatte den Kopf weggedreht und hielt sich das Taschentuch vors Gesicht, während sie scheinbar äußerst konzentriert auf die kurz vorher aufgeblühten Tulpen in ihren Terrassenkübeln starrte. »Sie hatte *so* gehofft, daß du mitkommst, und ... ja, ich auch. Wir hatten wirklich geglaubt, wir könnten dich dazu überreden. Dürfen wir später noch einmal vorbeikommen, auf dem Nachhauseweg von dem Lunch? Können wir noch einmal reinschauen und dir zu erklären versuchen, was wir uns gedacht hatten?«

»Natürlich. Freunde können einander besuchen, wenn sie den Wunsch haben, oder? Und du bist ein Freund von mir, Nicholas, das weißt du doch?«

»Danke dir, Daisy.«

»Ich hoffe, du wirst immer mein Freund bleiben.«

Es war beinahe, als wären sie, Wexford und Joyce Virson, nicht da. Einen Augenblick lang waren die beiden jungen Menschen allein, eingeschlossen in ihre Beziehung, wie sie auch aussehen mochte, wie sie gewesen war, allein mit wer weiß welchen Geheimnissen des Herzens oder gemeinsamen Erlebnissen. Nicholas Virson stand auf, und Daisy küßte ihn auf die Wange. Dann tat sie etwas Merkwürdiges. Sie ging mit langen, raschen Schritten zur Tür des Wintergartens und stieß sie auf. Auf der anderen Seite war Bib Mew zu sehen, die, mit einem Staublappen in der Hand, einen Schritt zurückwich.

Daisy sagte nichts. Sie schloß die Tür und wandte sich Wexford zu. »Sie lauscht immer hinter der Tür. Es ist ihre Leidenschaft, eine Art Sucht. Ich weiß immer, wenn sie dahinter steht, ich höre, wie sie rasch zu atmen anfängt. Sonderbar, nicht? Was kann es ihr denn bringen?«

Kaum waren die Virsons fort, kehrte sie zu dem Thema Bib mit ihrer heimlichen Lauscherei zurück. »Ich kann sie nicht rausschmeißen. Wie sollte ich denn ohne jemanden zurechtkommen?« Plötzlich hörte sie sich wie eine doppelt so alte Frau, wie eine Hausfrau an, die nicht mehr weiß, wo ihr der Kopf steht. »Brenda hat erklärt, daß sie wegziehen. Ich hab ihr gesagt, daß ich ihnen nur aus Wut gekündigt habe, daß es nicht mein Ernst war, aber sie ziehen trotzdem aus. Sie wissen, daß sein Bruder einen Autoverleih hat? Ken will bei ihm einsteigen, sie haben vor, das Geschäft zu erweitern, und sie können die andere Wohnung über Freds Büro beziehen. John Gabbitas versucht seit dem vergangenen August ein Haus in Sewingbury zu kaufen und hat gerade erfahren, daß über seine Hypothek positiv entschieden ist. Er wird sich zwar weiter um die Wälder kümmern, nehme ich an, aber nicht mehr hier wohnen.« Sie stieß ein gezwungenes Kichern aus. »Dann bleibt mir nur noch Bib. Glauben Sie, sie wird mich abmurksen?«

»Sie haben doch keinen Grund für die Annahme ...«, begann er ganz ernst.

»Überhaupt keinen. Sie sieht nur eben wie ein Kerl aus und macht nie den Mund auf und lauscht hinter der Tür. Außerdem ist sie schwachsinnig. Für eine Mörderin putzt sie wirklich gut. Entschuldigung, das war nicht komisch. Mein Gott, ich rede daher wie diese gräßliche Joyce! Sie meinen nicht, daß ich zu denen soll, oder? Sie drangsaliert mich richtig.«

»Sie würden ja sowieso nicht tun, was ich für richtig hielte, oder?« Sie schüttelte den Kopf. »Also kann ich mir die Worte sparen. Ja, Sie haben richtig getippt, ich möchte mit Ihnen über ein paar Dinge sprechen.«

»Ja, natürlich. Aber zuvor muß ich Ihnen etwas sagen. Ich wollte es schon vorher tun, aber die zwei haben gelabert und gelabert.« Sie lächelte etwas reumütig. »Joanne Garland hat angerufen.«

»Was?«

»Sehn Sie mich nicht so verblüfft an. Sie hat es noch nicht *gewußt.* Sie hatte keine Ahnung, was passiert ist. Sie ist gestern abend zurückgekommen und heute vormittag zur Galerie gegangen. Als sie sah, daß alles zugesperrt war, hat sie hier angerufen.«

Er erkannte, daß Daisy nicht ahnte, was sie über das Verbleiben Joanne Garland gemutmaßt hatten, vielleicht überhaupt nichts wußte, außer daß sie verreist war, irgendwohin. Warum sollte sie auch?

»Sie wollte mit Mom sprechen. Ist das nicht schrecklich? Ich mußte es ihr beibringen. Das war das schlimmste: ihr beizubringen, was geschehen war. Sie hat es mir zuerst nicht geglaubt. Sie hat es für einen schlechten Witz gehalten. Das ist erst ... Moment, eine halbe Stunde her. Kurz bevor die Virsons kamen.«

23

Sie war in Tränen aufgelöst.

Weil sie am Telefon geweint und zwischen den Schluchzern nur zusammenhanglose Worte herausgekeucht hatte, hatte er sie nicht gebeten, ins Polizeirevier zu kommen, sondern sich bereit erklärt, zu ihr zu fahren. Jetzt saß er in dem Haus in Broom Vale in einem Sessel und Barry Vine in einem anderen, während Joanne Garland bereits nach der ersten Frage, die er ihr gestellt hatte, fassungslos in die Sofalehne schluchzte.

Beim Betreten des Hauses hatte Wexford als erstes bemerkt, daß ihr Gesicht übel zugerichtet war. Es waren alte Blessuren, die jetzt abheilten, doch die Spuren waren unverkennbar, grünliche, gelbliche, blaue Flekken um Nase und Mund, dunklere Abschürfungen, pflaumenfarben an den Augen und am Haaransatz. Der Tränenstrom konnte sie nicht verbergen.

Wo war sie gewesen? Wexford fragte sie das, bevor sie sich setzten, und die Frage löste einen neuen Strom von Tränen aus, »Amerika, Kalifornien«, brachte sie mühsam heraus und warf sich aufs Sofa, von einem Weinkrampf geschüttelt.

»Mrs. Garland«, sagte er nach einer Weile, »versuchen Sie sich zusammenzunehmen. Ich hole Ihnen ein Glas Wasser.«

Sie setzte sich kerzengerade hin, über ihr böse zugerichtetes Gesicht liefen die Tränen. »Ich will kein *Wasser.*« Zu Vine sagte sie: »Sie könnten mir einen Whisky holen. Dort in dem Schrank. Gläser stehen dabei. Nehmen Sie sich auch einen.« Ein tiefer, würgender Schluchzer schnitt das letzte Wort ab. Sie zog aus einer großen, roten Lederhandtasche auf dem Boden eine Handvoll farbiger Papiertaschentücher und rieb an ihrem Gesicht herum. »Entschuldigung. Ich höre gleich auf, wenn ich einen Schluck getrunken habe. Mein Gott, was für ein Schock!«

Barry Vine zeigte ihr die Sodaflasche, die er gefunden hatte. Sie schüttelte heftig den Kopf und nahm einen Schluck Whisky pur aus ihrem Glas. Sie schien das Angebot, das sie den beiden Beamten gemacht hatte, völlig vergessen zu haben, aber es wäre ohnedies abgelehnt worden. Der Whisky tat ihr offenbar gut. Er hatte auf sie eine ganz andere Wirkung als bei jemandem, der nur selten hochprozentigen Alkohol trinkt. Es war nicht so sehr, daß sie einen Drink – das heißt, Alkohol – brauchte, vielmehr war sie *durstig* nach Alkohol. Was sie trank, schien einen Durst ganz eigener Art zu löschen, und ihr Körper entspannte sich sichtlich.

Wieder erschienen die Papiertaschentücher, und abermals wischte sie sich das Gesicht ab, diesmal allerdings behutsam. Wexford fand, daß sie für ihre vierundfünfzig Jahre erstaunlich jung aussah, und wenn nicht jung, so war doch ihr Gesicht bemerkenswert glatt. Sie hätte eine müde und ziemlich mitgenommene Fünfunddreißigjährige sein können. Ihre Hände aber waren die einer viel älteren Frau, ein Gewebe aus Sehnen, ein Geschlängel von Venen. Sie trug ein grünes Jerseykostüm und eine Menge Modeschmuck. Ihr Haar war von einem hellen, bleichen Gold, ihre Figur wohlgeformt, wenn auch nicht ganz schlank, und sie hatte tolle Beine. Mrs. Garland war für den allgemeinen Geschmack eine attraktive Frau.

Sie atmete jetzt tief, während sie an ihrem Whisky nippte. Dann nahm sie eine Puderdose und einen Lippenstift aus der Handtasche und richtete ihr Gesicht. Wexford bemerkte, daß ihr Blick im Spiegel auf dem schlimmsten der blauen Flecke verweilte, unterhalb des linken Auges. Sie berührte ihn mit einer Fingerspitze, bevor sie, in dem Versuch, ihn zu überdecken, Puder auftrug.

»Wir haben allerlei Fragen an Sie, Mrs. Garland.«

»Ja, das kann ich mir denken.« Sie zögerte. »Ich habe nichts davon gewußt. In den amerikanischen Zeitungen stehen keine Meldungen aus dem Ausland. Höchstens wenn es sich um Krieg oder so was handelt. Ich habe erst davon erfahren, als ich mit dem Mädchen, Naomis Tochter, telefonierte.« Ihre Unterlippe zitterte, als sie den Namen Naomi aussprach. Sie schluckte. »Das arme Kind, *sie* müßte mir eigentlich leid tun. Ich hätte ihr sagen sollen, daß ich mit ihr fühle, aber es hat mich umgeworfen, einfach umgeschmissen. Ich brachte kaum ein Wort heraus.«

»Sie haben niemandem etwas davon gesagt, daß Sie vorhatten zu verreisen?« fragte Vine. »Sie haben gegenüber Ihrer Mutter und Ihren Schwestern kein Wort davon verlauten lassen.«

»Naomi wußte Bescheid.«

»Vielleicht«, meinte Wexford. »Würden Sie uns bitte sagen, wann Sie verreist sind und warum?«

Sie fragte wie ein Kind: »Muß ich?«

»Ja, leider. Vielleicht möchten Sie sich die Antwort erst überlegen. Ich muß Ihnen sagen, Mrs. Garland, daß Sie uns in beträchtliche Schwierigkeiten gebracht haben, da Sie wie vom Erdboden verschwunden waren.«

»Könnten Sie mir noch ein bißchen Scotch eingießen, bitte.« Sie hielt Vine das leere Glas hin. »Ja, schon gut. Sie brauchen kein solches Gesicht zu machen. Ja, ich trinke gern ein Gläschen, aber ich bin keine Alkoholikerin. Wenn ich unter Streß bin, tut mir ein Drink besonders gut. Ist daran irgend etwas auszusetzen?«

»Es ist nicht meine Aufgabe, Ihre Fragen zu beantworten«, sagte Wexford. »Ich bin hier, damit Sie meine beantworten. Ich habe Ihnen die Höflichkeit erwiesen, hierherzukommen, und ich möchte, daß Sie imstande sind, mir zu antworten. Habe ich mich klar ausgedrückt?« Er deutete ein Kopfschütteln an, als er Vine anblickte, der mit dem Glas in der Hand dastand, auf dem Gesicht der Ausdruck eines abgearbeiteten Sklaven. Joanne Garland wirkte schockiert und trotzig. »Hier geht es um eine sehr ernste Angelegenheit. Ich möchte von Ihnen jetzt erfahren, wann Sie nach Hause kamen und was Sie getan haben.«

»Das war gestern abend. Also, die Maschine aus Los Angeles sollte in Gatwick um halb drei landen, aber sie hatte Verspätung. Wir hatten den Zoll erst um vier hinter uns. Eigentlich wollte ich den Zug nehmen, aber ich war derart erledigt, daß ich direkt in ein Taxi stieg. Ich war gegen fünf Uhr hier.« Sie blickte ihn fest an. »Ich habe mir einen Drink genehmigt, na ja, zwei oder drei. Ich habe volle zwölf Stunden geschlafen.«

»Und heute morgen sind Sie zu Ihrem Laden gegangen. Er war geschlossen, und Sie hatten den Eindruck, daß er schon länger geschlossen war.«

»So ist es. Ich war wütend auf Naomi – Gott vergebe mir. Ja, ich weiß, ich hätte jemanden fragen können, ich hätte eine meiner Schwestern anrufen können. Aber ich kam gar nicht auf die Idee. Ich dachte nur: Naomi hat wieder mal Scheiße gebaut – ja, noch mal, Gott vergebe mir. Ich hatte die Schlüssel nicht dabei, weil ich dachte, das Geschäft sei offen. Also hab ich mich nach Hause geschleppt und Daisy angerufen. Ich wollte eigentlich mit Naomi sprechen, um ihr den Kopf zu waschen. Daisy hat es mir gesagt. Das arme Mädchen, es muß furchtbar für sie gewesen sein, daß sie es mir sagen und alles noch einmal durchleben mußte!«

»An dem Abend, als Sie verreisten, am 11. März, haben Sie zwischen fünf und halb sechs Ihre Mutter im Caenbrook Retirement Home besucht. Würden Sie uns erzählen, was Sie danach getan haben?«

Sie seufzte, warf einen kurzen Blick auf das leere Glas, das Vine auf den Tisch gestellt hatte, und fuhr sich mit der Zunge über die frisch bemalten Lippen. »Ich habe zu Ende gepackt. Ich hatte eine Maschine am Tag drauf, dem zwölften. Sie ging erst um elf Uhr vormittags, und ich sollte um halb zehn einchecken, aber ich habe mir gesagt: Fahr heute abend hinaus nach Gatwick, was ist, wenn die Züge am Vormittag Verspätung haben? Es war ein Entschluß, den ich eigentlich Knall auf Fall gefaßt habe. Beim Packen dachte ich: Du rufst nachher ein Hotel in Gatwick an und fragst, ob sie was für dich haben. Das habe ich dann auch getan, und sie hatten was frei. Ich hatte versprochen, zu Naomi hinauszufahren, obwohl wir im Laufe des Tages eigentlich schon alles vorbereitet hatten. Und wir brauchten die Buchführung nicht zu machen. Naomi hatte gesagt, sie würde die Umsatzsteuer auf dem neuesten Stand halten. Aber ich hatte gesagt, daß ich hinauskommen würde, um meinen guten Willen zu beweisen, ja...« Joanne Garlands Stimme wurde unsicher. »Ja, so war's. Ich hatte vor, nach Tancred zu fahren, auf eine halbe Stunde mit Naomi, dann wieder nach Hause und von dort zum Bahnhof. Von hier aus sind es nur zehn Minuten zu Fuß.«

Dieser Umstand war Wexford wohlbekannt, und er äußerte sich nicht dazu. Vine hingegen ließ nicht lokker. »Ich sehe nicht ein, warum Sie an diesem Abend weg mußten, wenn die Maschine erst um elf ging. Mit dem Zug dauert es doch nur eine halbe Stunde – höchstens.«

Sie warf ihm von der Seite einen gekränkten Blick zu. Es war offenkundig, daß Joanne Garland eine Abneigung gegen Wexfords Sergeant gefaßt hatte. »Wenn Sie es unbedingt wissen wollen, ich wollte nicht riskieren, am nächsten Morgen irgend jemandem zu begegnen.« Vines Miene blieb fragend. »Okay, Sie strengen sich aber gar nicht an zu verstehen, oder? Ich wollte nicht mit den Koffern gesehen werden, ich wollte keine Fragen, falls meine Schwestern zufällig irgendwo anriefen – klar?«

»Wir wollen mal vorläufig Ihre geheimnisvolle Reise beiseite lassen, Mrs. Garland«, sagte Wexford. »Um welche Zeit sind Sie nach Tancred gefahren?«

»Um zehn vor acht«, sagte sie rasch. »Ich merke mir immer, wann ich etwas getan habe. Ich lebe mit der Uhr. Und ich komme nie zu spät. Naomi wollte mich immer dazu bringen, daß ich später hinausfahre, aber das war nur, weil ihre Mutter Theater machte. Naomi hat immer wieder vorher bei mir angerufen, aber das war ich gewohnt und habe deshalb dienstags nie meinen Anrufbeantworter abgehört. Warum sollte ich denn nicht soviel zählen wie Lady Davina? Mein Gott, sie ist ja tot, ich sollte so was nicht sagen. Also gut, ich bin, wie gesagt, um zehn vor acht losgefahren und war um zehn nach acht draußen. Um elf nach, um es genau zu sagen. Ich habe auf meine Uhr geschaut, während ich klingelte.«

»Sie haben geklingelt?«

»Nicht nur einmal, mehrmals. Ich wußte, daß sie mich hörten. Ich wußte, daß sie da sind. O Gott, das heißt, ich *glaubte* es zu wissen.« Die Farbe wich aus ihrem Gesicht, das kalkweiß wurde. »Sie waren tot, nicht? Es war gerade passiert. Großer Gott im Himmel!« Wexford beobachtete sie, wie sie kurz die Augen schloß und schluckte. Er ließ ihr Zeit. Mit einer veränderten, schwereren Stimme sagte sie: »Im Eßzimmer brannte das Licht. Lieber Gott, verzeih mir. Ich dachte, Naomi hätte Davina erzählt, daß wir alles erledigt hätten, was erledigt werden mußte, und Davina habe daraufhin gesagt: ›Wenn das so ist, dann wird es höchste Zeit, daß diese Frau lernt, mich nicht zu stören, wenn ich beim Abendessen sitze.‹ Sie war so, sie hätte das ungeniert gesagt.« Wieder stellte sich bildhaft die

Erinnerung daran ein, was Davina Flory widerfahren war. Joanne verschloß ihren Mund mit der Hand.

Um jeglichen weiteren Bitten um die göttliche Vergebung zuvorzukommen, sagte Wexford rasch: »Sie haben noch einmal geklingelt?«

»Ich habe insgesamt drei- oder viermal geklingelt. Ich bin zum Eßzimmerfenster gegangen, aber die Vorhänge waren zugezogen. Ich war ein wenig verärgert, verstehn Sie. Es hört sich furchtbar an, wenn ich das jetzt sage. Ich dachte: Okay, ich vertrödle hier nicht meine Zeit, und bin nach Hause gefahren.«

»Einfach so? Sie haben sich den ganzen Weg nach Tancred gemacht, und als auf Ihr Klingeln nicht geöffnet wurde, sind Sie wieder nach Hause gefahren?«

Barry Vine erhielt einen gereizten Blick. »Was hätte ich denn nach Ihrer Meinung tun sollen? Die Tür einschlagen?«

»Mrs. Garland, denken Sie bitte sehr sorgfältig nach. Sind Sie auf der Fahrt nach Tancred irgendeinem Fahrzeug begegnet, oder haben Sie eines überholt?«

»Nein, bestimmt nicht.«

»Auf welchem Weg sind Sie hingefahren?«

»Auf welchem Weg? Über die Hauptzufahrt natürlich. Ich bin immer diese Strecke gefahren. Ich weiß, es gibt eine Alternative, aber ich habe dieses sehr schmale Sträßchen nie benutzt.«

»Sie haben also kein anderes Fahrzeug gesehen?«

»Nein, wie ich schon gesagt habe. Das ist auch kaum je passiert. Nun ja, einmal bin ich John Wie-heißt-der-doch-gleich begegnet, John Gabbitas, ja? Aber das liegt Monate zurück. Am 11. März bin ich ganz bestimmt niemandem begegnet.«

»Und auf der Rückfahrt?«

Sie schüttelte den Kopf. »Weder auf der Hin- noch auf der Rückfahrt bin ich einem Fahrzeug begegnet, und überholt habe ich auch keines.«

»Als Sie in Tancred ankamen, stand da ein anderes Auto oder ein Transporter oder sonst ein Fahrzeug vor dem Haus?«

»Nein, natürlich nicht. Sie haben ihre Autos immer untergestellt. Oh, jetzt verstehe ich, was Sie meinen, o Gott ...«

»Sind Sie zufällig um das Haus herumgegangen?«

»Sie meinen, das Stück nach dem Eßzimmer? Nein, nein.«

»Sie haben nichts gehört?«

»Ich weiß nicht, was Sie damit meinen. Was hätte ich hören sollen? Oh – o ja, *Schüsse*. Mein Gott, nein!«

»Als Sie wegfuhren, dürfte es ... wie spät gewesen sein? Viertel nach acht?«

Sie antwortete mit gedämpfter Stimme: »Ich habe Ihnen doch gesagt, daß ich mir immer die Zeit merke. Es war sechzehn Minuten nach acht.«

»Wenn Sie wollen, können Sie jetzt noch ein Glas trinken, Mrs. Garland.«

Wenn sie erwartete, Barry Vine würde sie bedienen, hatte sie sich getäuscht. Sie gab einen gespielten Seufzer von sich, stand auf und ging zu dem Schrank mit den Alkoholika. »Sind Sie sicher, daß Sie nichts möchten?«

Es war klar, daß die Frage nur Wexford galt. Er schüttelte den Kopf. »Wie haben Sie sich diese Blessuren an Ihrem Gesicht zugezogen?« fragte er.

Sie saß aufrecht und mit zusammengepreßten Knien auf dem Sofa, das Glas auf dem Schoß, Wexford versuchte in ihrem Gesicht zu lesen. Sah er gespielte Hilflosigkeit? Oder Verlegenheit? Jedenfalls nicht die Erinnerung an irgendeine Mißhandlung.

»Sie sind beinahe verschwunden«, sagte sie schließlich. »Man sieht kaum mehr was davon. Ich bin erst nach Hause gefahren, als ich mir sicher war, daß sie abgeheilt sind.«

»Ich sehe sie aber«, sagte Wexford barsch. »Ich täusche mich zweifellos, aber für mich sieht es so aus, als hätte Ihnen jemand vor ungefähr drei Wochen ein paar recht üble Schläge ins Gesicht verpaßt.«

»Mit dem Datum liegen Sie richtig«, sagte sie.

»Sie werden uns jetzt erzählen, was passiert ist, Mrs. Garland. Sie werden uns noch eine Menge anderer Dinge erzählen müssen, aber wir fangen damit an, was mit Ihrem Gesicht passiert ist.«

Es sprudelte aus ihr heraus. »Ich habe mir das Gesicht operieren lassen. In Kalifornien. Dort war ich bei einer Freundin zu Gast. Es ist dort so üblich, alle lassen es machen – nun ja, nicht alle. Aber meine Freundin. Sie hat mich zu sich eingeladen, und ich sollte in so eine Klinik...«

Wexford unterbrach sie mit dem einzigen Ausdruck, der ihm vertraut war. »Sie wollen damit sagen, Sie haben sich liften lassen?«

»Das«, sagte sie trübsinnig, »und die Augenlider straffen und eine Hautschicht auf der Oberlippe wegnehmen und so weiter. Sehn Sie, hier hätte ich es nicht machen lassen können. Alle hätten davon erfahren. Ich wollte weg. Ich wollte wohin, wo es warm ist, und... also gut, wenn Sie es wissen müssen, mir hat mein Gesicht nicht mehr gefallen. Früher hat mir gefallen, was ich im Spiegel sah, aber mit einemmal nicht mehr – drücke ich mich klar aus?«

Ganz rasch begann sich das Bild zusammenzufügen. Wexford ging der Gedanke durch den Kopf, ob Sheila später einmal den Wunsch haben würde, so etwas vornehmen zu lassen, und er fürchtete, daß es dazu kommen werde. Und konnte man sich übrigens über Joanne Garland lustig machen oder ablehnen, was sie getan hatte? Sie konnte es sich leisten, und sie hatte zweifellos erreicht, was sie bezweckt hatte. Er konnte ihr nachfühlen, daß sie vermeiden wollte, daß ihre klatschsüchtigen Angehörigen oder Nachbarn davon erfuhren. Wahrscheinlich war es leichter, die Leute vor vollendete Tatsachen zu stellen. Die weltfremde Naomi, in deren Kopf kein klarer Gedanke war, hatte es wissen dürfen. Joanne Garland hatte einen Menschen gebraucht, den sie sich anvertrauen konnte, der die Stellung hielt und in ihrer Abwesenheit den Laden führte. Wer eignete sich dafür besser als Naomi, die das Geschäft ja bestens kannte und auf eine kosmetische Operation nicht anders reagieren würde als eine andere Frau auf gefärbte Haare oder einen gekürzten Rocksaum.

»Ich nehme an, Sie haben nicht mit meiner Mutter gesprochen«, sagte Joanne Garland. »Übrigens, warum auch? Aber wenn Sie es getan hätten, würden Sie verstehen, warum ich nicht möchte, daß sie hinter so was kommt.«

Wexford schwieg.

»Werden Sie mich jetzt aus Ihren Fängen lassen?«

Er nickte. »Vorläufig, ja. Sergeant Vine und ich gehen jetzt zum Mittagessen. Sie werden sich vermutlich ausruhen wollen, Mrs. Garland. Ich möchte Sie dann später noch einmal sehen. Wir haben draußen in Tancred eine Tatortzentrale. Ich erwarte Sie dann dort um ... sagen wir halb fünf?«

»*Heute!*«

»Heute um halb fünf. Und an Ihrer Stelle würde ich Fred Harrison anrufen. Sie wollen doch nicht fahren, wenn Sie über der Promille-Grenze sind.«

Wieder hingen Blumen am Torpfosten. Karmesinrote Tulpen diesmal, nach Wexfords Schätzung ungefähr vierzig Stück, das Ganze so auf einem Kissen aus grünen Zweigen arrangiert, daß es eine Raute bildete. Barry Vine las ihm vor, was auf der daran befestigten Karte stand.

»Darob warden die härtesten Steine in Tränen erlebt.«

»Es wird immer erstaunlicher«, sagte Wexford. »Barry, wenn wir mit Mrs. Garland fertig sind, möchte ich, daß wir zusammen ein Experiment durchführen.«

Auf der Fahrt rief er zu Hause an und sprach mit Dora. Es könnte sein, daß er erst spät heimkäme. »Aber nein, Reg, das darfst du nicht. Sylvia hat doch heute ihre Hauseinweihung.« Ob er das vergessen habe? Er hatte. Wann sollten sie dort sein? »Um halb neun spätestens.«

»Wenn ich es eher schaffe, bin ich um acht zu Hause.«

»Ich geh jetzt ein Mitbringsel kaufen. Champagner, es sei denn, dir fällt etwas Interessanteres ein.«

»Nur ein Kissen aus vierzig roten Tulpen, aber ich bin sicher, daß ihr Champagner lieber ist. Sheila hat nicht zufällig angerufen?«

»Das hätte ich dir doch gesagt.«

Der Wald prangte in grünem Schein, erwachte nun mit dem Frühling zum Leben. Der zwiebelartige Geruch vom wilden Knoblauch mit seinen steifen, jadefarbenen Blättern und lilienähnlichen Blüten lag in der Luft. Ein Eichelhäher flog zwischen den Bäumen umher und stieß seinen gellenden Schrei aus. Der herabprasselnde Regen erfüllte die Wälder mit einem gleichmäßigen Rauschen.

Sie kamen aus dem Wald heraus in die offene Parklandschaft und passierten die Lücke in der niedrigen Mauer. Der Regen steigerte sich jäh zu einem Wolkenbruch, der auf die Steine hämmerte, und das Wasser strömte in Fluten über die Windschutzscheibe und die Seiten des Wagens. Durch die zuckende, gläsern-graue Düsternis sah Wexford Joyce Virsons Wagen wieder vor dem Eingang von Tancred House stehen. Plötzlich erfaßte ihn ein ungutes Vorgefühl, daß irgend etwas Folgenschweres nahe bevorstand, aber er tat es als absurd ab. Sie hatten nichts zu bedeuten, diese Gefühle.

Er ging in die Ställe und dachte dabei an den Spender

der Blumengebinde, an John Gabbitas, der von seinen Plänen, ein Haus zu kaufen, nie etwas erwähnt hatte, an die Harrisons, die Daisy im Stich ließen, an diese seltsame, schwachsinnige Frau, die heimlich hinter Türen lauschte. Hatte irgend etwas von diesen ungewöhnlichen Dingen eine Bedeutung für die Tancred-Morde?

Als Joanne Garland eintraf, führte er sie in die Ecke, in die man Daisys zwei Sessel gestellt hatte. Seit ihrem Gespräch am Vormittag hatte sie festes Puder-Make-up aufgetragen. Offensichtlich machte es sie unsicher, daß er nun den Grund für ihre Reise kannte. Sie blickte ihn besorgt an, setzte sich in einen der Sessel und hielt sich die Hand an die Wange, um die schlimmste der purpurroten Blessuren zu verdecken.

»George Jones«, sagte er. »Gunner Jones. Sie kennen ihn?«

Er mußte langsam einfältig werden. Was hatte er erwartet? Ein tiefes Erröten? Wieder einen Tränenstrom? Sie sah ihn an, wie er sie vielleicht angeblickt hätte, wenn er von ihr gefragt worden wäre, ob er Dr. Perkins kenne.

»Ich habe ihn seit Jahren nicht gesehen«, sagte sie. »Ja, ich kenne ihn von früher. Wir waren dicke Freunde, er und Naomi und ich und Brian, mein zweiter Ehemann. Wie gesagt, ich habe ihn nicht mehr gesehen, seit er und Naomi auseinandergegangen sind. Ich habe ihm ein-, zweimal geschrieben – ist es das, worauf Sie hinauswollen?«

»Sie haben ihm schriftlich vorgeschlagen, mit Naomi einen Neuanfang zu machen, oder?«

»Hat er Ihnen das erzählt?«

»Stimmt es denn nicht?«

Sie legte eine Denkpause ein. Ein scharlachroter Fingernagel kratzte an ihrem Haaransatz. Vielleicht juckten die unsichtbaren Stiche. »Es stimmt und stimmt auch nicht. Beim erstenmal, als ich ihm schrieb, ging es schon darum. Naomi war ein bißchen ... nun ja, wehmütig gestimmt, hat ein wenig Trübsal geblasen. Einoder zweimal hat sie zu mir gesagt, sie hätte sich vielleicht doch mehr Mühe mit Gunner geben sollen. Alles sei besser als Einsamkeit. Also habe ich ihm geschrieben. Er hat nie geantwortet. Reizend, habe ich gedacht. Aber ich hatte inzwischen eingesehen, daß es doch keine so tolle Idee war. Ich war ein bißchen voreilig gewesen. Die arme Naomi, sie war nicht für die Ehe geschaffen. Nun ja, das galt für Beziehungen überhaupt. Das soll aber nicht heißen, daß sie für Frauen was übrig hatte. Am besten war sie, wenn sie allein war, wenn sie mit ihren Siebensachen, ihren Farben und alledem, herumwerkelte.«

»Aber Sie haben ihm noch einmal geschrieben, Ende des vergangenen Sommers.«

»Ja, aber nicht deswegen.«

»Weswegen dann, Mrs. Garland?«

Wie oft hatte er den Ausspruch schon gehört, den sie jetzt gleich von sich geben würde? Er konnte ihn voraussagen, Wort für Wort. Und er kam prompt: »Das hat mit dieser Sache überhaupt nichts zu tun.«

So gab er die Antwort, die er in solchen Fällen immer gab. »Das bleibt meinem Urteil überlassen.«

Sie wurde plötzlich ärgerlich. »Ich will es nicht sagen. Es ist etwas Peinliches. Verstehen Sie denn nicht? Sie sind tot, es ist jetzt nicht mehr wichtig. Jedenfalls ist es nicht zu – wie nennen Sie das? – sexuellem Mißbrauch, zu einem Gewaltakt gekommen. Das war doch wirklich lächerlich, diese zwei alten Leute. Mein Gott, das ist so *blöd*! Ich bin *müde*, und es hat mit der ganzen Sache nicht das geringste zu tun.«

»Ich hätte gern von Ihnen gehört, was in dem Brief stand, Mrs. Garland.«

»Ich möchte Daisy sehen«, sagte sie. »Ich muß hinüber zu Daisy und ihr mein Beileid aussprechen. Mein

Gott, ich war ja schließlich die beste Freundin ihrer Mutter.«

»Umgekehrt war es nicht so?«

»Drehen Sie mir nicht immer das Wort im Mund um. Sie wissen schon, was ich meine.«

Ja, er wußte, was sie meinte. »Ich habe Zeit in Hülle und Fülle, Mrs. Garland.« Aber das stimmte nicht, er mußte ja auf Sylvias Einladung gehen. Und wenn der Himmel einstürzte, er mußte hin. »Wir bleiben jetzt in diesen recht bequemen Sesseln sitzen, bis Sie sich entschließen, mich aufzuklären.«

Inzwischen war er, von der Relevanz für die Ermittlungen ganz abgesehen, darauf versessen, es zu erfahren. Sie hatte mit ihren Ausflüchten seine Neugier nicht nur geweckt, sondern förmlich aus dem Schlaf gezerrt.

»Ich entnehme Ihren Andeutungen, daß es nichts Persönliches ist«, sagte er. »Es geht nicht um Sie. Sie brauchen sich also nicht zu genieren.«

»Okay, dann packe ich jetzt aus. Aber Sie werden sehen, was ich meine, wenn ich es Ihnen erzähle. Gunner hat übrigens auch diesen Brief nicht beantwortet. Ein schöner Vater ist mir das. Aber ich hätte es mir ja denken können. Der hat sich doch, seit er damals abgehauen ist, nie auch nur im geringsten für das arme Kind interessiert.«

»Es ging also um Daisy?« sagte Wexford, dem ein Licht aufgegangen war.

»Ja. Ja, um sie.«

»Naomi hat es mir erzählt«, sagte Joanne Garland. »Dazu muß ich sagen, man muß Naomi gekannt haben, um zu verstehen, wie sie war. Das Wort ›naiv‹ trifft es nicht genau, obwohl sie das auch war. Irgendwie nicht wie andere Leute, weltfremd – sie hatte keinen Schimmer von dem, was vor sich ging. Ich drücke mich wohl nicht klar aus. Sie hat sich nicht wie andere Leute benommen, und deshalb glaube ich nicht, daß sie eigentlich wußte, wie andere sich verhielten. Wenn sie Dinge taten, die... nun ja, verkehrt oder unmöglich oder auch richtig empörend waren. Und ebensowenig hat sie begriffen, wenn Leute etwas... ja, etwas Erfolgreiches oder Schlaues oder Tolles getan haben. Drücke ich mich überhaupt verständlich aus?«

»Ja, ich denke schon.«

»Sie begann eines Tages, als wir im Laden waren, über diese Geschichte zu sprechen. In einem Ton, in dem sie vielleicht hätte erzählen können, daß Daisy einen neuen Freund hat oder an einer Klassenfahrt ins Ausland teilnimmt. Genauso hat sie es dahergebracht. Sie sagte – ich versuche jetzt mal, mich an ihre genauen Worte zu erinnern –, ja, sie sagte: ›Davina meint, es wäre doch nett, wenn Harvey mit Daisy ins Bett ginge. Um sie gewissermaßen einzuführen.‹ Ja, *einführen* war das Wort. ›Weil Harvey ein wunderbarer Liebhaber ist. Und sie möchte nicht, daß Daisy erleben muß, was ihr passiert ist.‹ Ist Ihnen jetzt klar, was ich mit peinlich gemeint habe?«

Wexford war zwar nicht schockiert, aber er verstand, daß es schockierend war. »Und was haben Sie darauf geantwortet?«

»Warten Sie. Ich bin noch nicht fertig. Naomi hat gesagt, die Dinge lägen so, daß Davina jetzt zu alt sei für... ich brauche es doch nicht auszusprechen, oder? So körperlich, wenn Sie verstehen, was ich meine. Und das machte ihr Kummer, weil Harvey – das sind jetzt Davinas Worte – noch jung und ein vitaler Mann sei. Pfui, habe ich gedacht, pfui, pfui! Offenbar dachte Davina wirklich, es wäre für beide toll, und sie und Harvey haben es dem Mädchen tatsächlich vorgeschlagen. Das heißt, sie hat mit Daisy darüber gesprochen, und noch am selben Tag hat der schreckliche alte Harvey irgendeinen Annäherungsversuch unternommen.«

»Wie hat Daisy reagiert?«

»Ich denke mir, daß sie ihm gesagt haben wird, er solle abhauen. Ja, Naomi hat es so erzählt. Verstehen Sie, Naomi war nicht empört oder sonst was. Sie hat nur gesagt, Davina sei sexbesessen, sei es immer gewesen, aber sie müßte sich klarmachen, daß nicht alle Leute so eingestellt seien wie sie. Aber Naomi hat sich nicht verhalten, wie ich mich verhalten hätte, wenn es mein Kind gewesen wäre, also, wenn ich ein Kind gehabt hätte. Sie hat geredet wie über irgend etwas, worüber wir beide unterschiedlicher Meinung wären, zum Beispiel, ob wir in der Galerie eine Modenschau veranstalten sollten oder nicht. Sie hat lediglich gesagt, daß das Daisys Sache sei. Ich bin in die Luft gegangen. Ich habe alles mögliche gesagt, daß Daisy sittlich gefährdet sei, all sowas, aber es hat alles nichts genützt. Dann habe ich Daisy erwischt. Ich habe sie abgefangen, als sie aus der Schule kam, ihr vorgeschwindelt, daß ich eine Reifenpanne hätte, und sie gebeten, mich nach Hause zu fahren.«

»Sie haben mit ihr darüber gesprochen?«

»Sie hat zwar gelacht, aber es war ihr anzumerken, daß sie ... nun ja, angewidert war. Sie hatte nie viel für Harvey übrig, und ich hatte den Eindruck, daß sie von ihrer Großmutter menschlich sehr enttäuscht war. Sie hat mehrmals gesagt, daß sie das von Davina nicht erwartet hätte. Es hat ihr überhaupt nichts ausgemacht, daß ich davon wußte, sie war sehr nett, sie ist ja ein sehr liebes Kind. Das hat es irgendwie noch schlimmer gemacht.

Sie wollten alle kurz darauf in die Ferien fahren. Es hat mich wirklich beunruhigt, aber ich wußte nicht, was ich sonst noch tun sollte. Immer wieder sah ich dieses Bild vor mir, wie der alte Harvey ... nun ja, wie er sie vergewaltigt. Ich weiß, es war albern von mir, weil ich nicht annehme, daß er es gekonnt hätte, und außerdem muß man sagen, daß sie keine Leute von dieser Sorte waren.«

Wexford hatte keine klare Vorstellung, welche Sorte sie meinte, wollte sie aber nicht unterbrechen. Joanne Garlands anfängliche Zurückhaltung war verschwunden, während sie mit ihrem Bericht in Fahrt geriet.

»Es war kurz vor ihrer geplanten Rückkehr, als ich diesem Nicholas begegnete – heißt er nicht Virson? Ich wußte, daß er gewissermaßen Daisys fester Freund war. Was bei ihr eben als fester Freund galt, und ich habe schon überlegt, ob ich es ihm erzählen sollte. Es lag mir auf der Zunge, aber er ist solch ein gespreizter Esel, daß ich mir gut vorstellen konnte, wie er puterrot anlaufen und schnell abwinken würde. Also ließ ich es sein. Ich habe dann Gunner deswegen geschrieben.

Schließlich ist er ja ihr Vater. Ich dachte, darauf würde sogar der elende Gunner reagieren und etwas unternehmen. Aber da habe ich mich schön getäuscht. Es war ihm völlig egal. Ich mußte mich einfach auf Daisy verlassen – genauer gesagt, auf ihre Vernunft. Und es war ja nicht so, als wäre sie noch ein Kind, eigentlich nicht mehr, sie war ja siebzehn. Aber dieser Gunner – ein schöner Vater ist mir der!«

In den Gelben Seiten standen sieben Büchsenmacher in Kingsmarkham, fünf in Stowerton, drei allein in Pomfret und weitere zwölf im Umland.

»Es ist ein Wunder, daß wir noch freilebende Tiere haben«, sagte Karen Malahyde. »Wonach suchen wir eigentlich?«

»Nach jemandem, der Ken Harrison als Teilzeitjobber beschäftigte, ihm beibrachte, wie man einen Revolverlauf verändert, und ihm dafür das Werkzeug geliehen hat.«

»Sie machen Witze, Sir, oder?«

»Ich fürchte, ja«, sagte Burden.

24

Fred Harrison kam in seinem Taxi an ihm vorbei, als er in Richtung auf das Tor der Hauptzufahrt fuhr. Unterwegs, um Joanne Garland abzuholen, die gerade ihren Kondolenzbesuch bei Daisy macht, dachte er, während er den Gruß des Mannes erwiderte. Kondolenz? Ja – warum nicht? Es war erstaunlich, welche Mißhandlungen die Liebe überlebt. Man brauchte nur an geprügelte Ehefrauen und mißhandelte Kinder zu denken. Vermutlich hatte sie sich die alte bewundernde Ehrfurcht vor ihrer Großmutter bewahrt, gedämpft durch echte Zuneigung, und was Harvey Copeland betraf, so hatte sie ihn schlichtweg nie gemocht. Und ihre Mutter – Menschen wie Naomi Jones, exzentrisch in ihrer Weltfremdheit, ihrer weichen, zufriedenen Passivität, waren oft sehr liebenswert.

Was Wexford wußte, Joanne Garland aber vermutlich nicht, das waren die Enthüllungen in den Briefen, die in dem Artikel in der *Sunday Times* zitiert worden waren. Die nie vollzogene erste Ehe mit Desmond Flory. Jene Jahre eines Zusammenlebens »wie Bruder und Schwester«, wie der seinerzeit gängige Euphemismus es beschrieb, die Aussichtlosigkeit, in jenen Zeiten und in jenem Milieu Hilfe zu finden. Die sexuell besten Jahre ihres Lebens, von dreiundzwanzig bis fünfdunddreißig, vergeudet, verloren, vielleicht ohne Aussicht auf einen Ausgleich in späterer Zeit. Und gegen Ende des Kriegs, in dessen letzten Tagen Desmond Flory fiel, war es zu der Begegnung mit dem Mann gekommen, der dann Naomis Vater wurde.

Die ungenutzte Energie dieser Jahre hatte sie in die

Aufforstung der Wälder gesteckt. Es war müßig zu spekulieren, ob es diese Wälder heute geben würde, wenn Flory bei seiner Frau nicht versagt hätte. Wexford fragte sich, ob Davina Florys Sexbesessenheit vielleicht ihre Wurzeln in jenen zehn Jahren der Enttäuschung gehabt hatte, ob diese leeren Jahre ihr nicht immer gegenwärtig gewesen waren. Sie hatte gewußt, was die Zukunft auch bringen mochte, diese Lücke konnte nie mehr geschlossen werden.

Vor etwas Ähnlichem hatte sie Daisy bewahren wollen. Das war die nachsichtige Deutung. Wexford konnte sich viele andere katastrophale Folgen einer Liaison zwischen Daisy und dem Ehemann ihrer Großmutter vorstellen, so daß die nachsichtige Deutung schließlich als das erschien, was sie war: eine leere Entschuldigung. Sie hätte klüger sein sollen, sagte er zu sich. Geschmack und schlichter Anstand hätten sie eines Besseren belehren sollen, Geschmack und Anstand und dazu noch etwas, auf das sie doch, wie sie behauptet hatte, so großen Wert legte: *zivilisiertes* Verhalten.

Wer aber war der Liebhaber gewesen? Wer war dieser Mann gewesen, der wie der Prinz im Märchen dahergeritten kam, um die Frau in dem verwunschenen Wald zu befreien? Irgendein Schriftstellerkollege, nahm er an, oder ein Universitätslehrer. Es fiel ihm auch nicht schwer, sich Davina in der Rolle einer Lady Chatterley vorzustellen und Davinas Vater als einen Gutsangestellten.

Der Regen hatte aufgehört. Es war feucht und dunstig, doch als er die Straße durch den Wald hinter sich hatte und in Richtung Kingsmarkham fuhr, kam die untergehende Sonne heraus. Der Abend war schön und warm, die Wolken waren in dichten, wogenden Massen zum Horizont gezogen. Eine letzte Pfütze spritzte hoch, als er mit dem Wagen auf das Garagentor zufuhr. Er traf

Dora am Telefon an, und Hoffnung keimte auf, wurde aber von einem Kopfschütteln rasch zerstört. Es war Neils Vater gewesen, der angefragt hatte, ob sie abgeholt werden möchte.

»Und was ist mit mir? Warum sollte ich nicht abgeholt werden wollen?«

»Er hat angenommen, du kommst nicht. Liebling, die Leute sind es doch gewohnt, daß du auf Einladungen meistens nicht erscheinst.«

»Natürlich gehe ich zur House-warming-Party meiner eigenen Tochter!«

Es war unvernünftig, sich darüber aufzuregen. Wexford war Psychologe genug, um zu wissen, daß Schuldbewußtsein der wahre Grund war, wenn er außer Fassung geraten war. Er hatte Schuldgefühle, weil er gar nicht mehr wußte, was er an Sylvia hatte, sie liebte, weil sie da war, sie hinter ihrer Schwester zurücksetzte und sich zwingen mußte, an sie zu denken, damit er ihre Existenz nicht ganz vergaß. Er ging nach oben, um sich umzuziehen. Er hatte vorgehabt, eine Sportjacke und eine Kordsamthose anzuziehen, wählte aber statt dessen seinen besten Anzug, seinen einzigen wirklich guten Anzug.

Warum machte er sich nur so viele Gedanken um dieses alberne Mädchen, diese lächerliche, affektierte Sheila mit ihren Schauspielerinnenallüren? Daß er sie mit diesen schrecklichen Adjektiven bedachte, ließ ihn beinahe laut aufstöhnen. Da er in der Diele allein war, nahm er den Telefonhörer ab und wählte ihre Nummer. Als es zum viertenmal klingelte und die Stimme auf dem Anrufbeantworter sich nicht meldete, schöpfte er wieder Hoffnung. Aber niemand nahm den Hörer ab. Er ließ es zwanzigmal klingeln und legte dann auf.

»Du siehst aber elegant aus«, meinte Dora. Und: »Sie macht schon keine Dummheiten, glaub mir nur.«

»Daran hab ich nicht einmal gedacht«, sagte er, obwohl es nicht stimmte.

Das Haus,das Sylvia und ihr Mann gekauft hatten, befand sich auf der anderen Seite von Myfleet, ungefähr zwölf Meilen entfernt. Ein Pfarrhaus aus jenen Zeiten, als die Church of England sich nichts dabei dachte, ihre Geistlichen mit dem lächerlichen Jahresgehalt von 500 Pfund in ein feuchtes, ungeheiztes Haus mit zehn Schlafzimmern zu setzen. Sylvia und Neil hatten es unbedingt haben wollen. Sie teilten die im ausgehenden zwanzigsten Jahrhundert verbreitete Abneigung gegen das Vorstadtleben und hatten es kaum erwarten können, bis sie es sich leisten konnten, ihre Doppelhaushälfte mit fünf Zimmern zu verlassen. Diese Sehnsucht nach einem »richtigen« Haus war eines der wenigen Dinge, in denen sie sich einig waren, wie Wexford und seine Frau kürzlich festgestellt hatten. Aber kein ungleiches Paar hätte sich mit mehr Ernst bemühen können, zusammenzubleiben, als diese beiden, die immer mehr gemeinsamen Besitz anhäuften und es fertigbrachten, sich mehr und mehr darauf zu verlassen, vom Partner bedient und unterstützt zu werden.

Sylvia hatte nach dem Abschluß ihres Fernstudiums eine ziemlich gute Stelle in der Bildungsbehörde der Grafschaft erhalten. Sie schien sich gerne selbst das Leben schwer zu machen, so daß sie sich auf Neil verlassen mußte, so wie er seinerseits öfter Einladungen gab und mehr Auslandsreisen unternahm und dabei auf sie vertraute. Doch der Kauf dieses Hauses, noch einmal zehn Meilen weiter von Sylvias Arbeitsplatz entfernt und in der Gegenrichtung der Schule seiner Enkel, erschien Wexford des Guten zuviel. Er äußerte seine Bedenken gegenüber Dora, während er aufmerksam die zahllosen Windungen nach Myfleet dahinfuhr.

»Das Leben ist so schon schwer genug, man muß nicht auch noch ein Hindernisrennen daraus machen.«

»Natürlich. Hast du schon daran gedacht, daß Sheila vielleicht heute abend auch dort ist? Sie ist eingeladen.«

»Sie wird nicht kommen.«

Sie war nicht da. Noch bevor er fragen konnte, sagte Sylvia ihm, daß ihre Schwester nicht kommen werde – sie habe ihr schon vor einer Woche einen Korb gegeben. Er hätte ohnehin nicht gefragt. Szenen aus der Vergangenheit und Bekundungen bitteren Grolls hatten ihn gelehrt, welche Folgen solche Fragen haben konnten.

»Du siehst aber elegant aus, Dad.«

Er küßte sie, sagte, das Haus sei herrlich, obwohl es ihm jetzt noch größer und strenger in seinem Äußeren erschien. Aber es ließ sich nicht bestreiten, daß es für eine Party den idealen Rahmen bot. Er ging ins Wohnzimmer, wo sich bereits die Gäste drängten. Das ganze Gebäude bedurfte dringend einer Renovierung und schrie nach einer Zentralheizung. Der Anblick eines großen Feuers in dem viktorianischen, pseudoherrschaftlichen Kamin tat wohl, und die Körperwärme von fünfzig Menschen würde dafür sorgen, daß man nicht fror. Wexford begrüßte seinen Schwiegersohn und nahm dankend ein Glas Highland Spring entgegen, veredelt mit Eiswürfeln, Limonenscheiben und Minzeblättern.

Alle Anwesenden wußten, wer er war. Es war nicht eigentlich Unbehagen, das er spürte, als er sich zwischen den Gästen bewegte, sondern vielmehr Vorsicht, ein In-sich-selbst-Zurückziehen, eine flüchtige Befragung des Gewissens. Dies galt heute noch mehr als früher, angesichts der gegenwärtigen Kampagne gegen Alkohol am Steuer, und er sah Männer, die heimliche Blicke auf ein Glas warfen, das offensichtlich ein paar Zentimeter Whisky enthielt, und sich dabei fragten, ob sie damit durchkämen, wenn sie ihn als Apfelsaft ausgaben, oder ob sie auf die alte Entschuldigung zurückgreifen sollten: Meine Frau fährt auf dem Rückweg.

Er entdeckte Burden. Der Inspector stand schweigend bei einer Gruppe, die Jenny und ein paar von Sylvias Kollegen aus der Bildungsbehörde einschloß. Das große Glas in seiner Hand enthielt tatsächlich Apfelsaft. Es sei denn, Mike wäre ausgeflippt und hätte sich ein halbes Pint Scotch geben lassen. Wexford schob sich langsam hinüber, nachdem er einen ihm genehmen Gesprächspartner erspäht hatte.

»Sie sehen aber elegant aus.«

»Sie sind jetzt der dritte, der es für angebracht hält, mein Äußeres zu kommentieren. Und mit fast genau denselben Worten. Laufe ich denn im allgemeinen in solchen Lumpen herum?«

Burden ging nicht darauf ein, sondern sah Wexford mit einem angedeuteten Lächeln an, das von einem schwachen Hochziehen der Augenbrauen begleitet wurde. Er selbst trug einen anthrazitgrauen Kaschmirpullover über einem weißen Polohemd, dazu eine anthrazitgraue Bomberjacke aus Waschseide und Designer-Jeans und hatte damit vielleicht nicht die gewünschte Wirkung erzielt. Zumindest nicht in Wexfords Augen.

»Weil wir schon bei persönlichen Bemerkungen sind«, sagte Wexford, »in diesem Aufzug sehen Sie aus wie ein schnieker Pfarrer. Der passende Bewohner für dieses Haus. Das macht der hohe, weiße Kragen.«

»Ach, Unsinn«, sagte Burden verstimmt. »Das ist wieder eine Ihrer typischen Bemerkungen, nur weil ich nicht jeden Tag so aussehe, daß mir der ›Polyp‹ aus allen Knopflöchern herausschaut. Kommen Sie mit hier herein. Nehmen Sie Ihr Glas mit. Dieses Haus ist ein richtiges Labyrinth.«

Sie befanden sich nun in einem Raum, der früher einmal vielleicht ein Damenzimmer, Nähzimmer, Studio oder »kleines Reich« gewesen war. In der Ecke brannte ein Ölofen, der zwar Gerüche, aber nur wenig Wärme abgab.

»Sehn Sie sich die Dinger da in meinem Glas an«, bemerkte Wexford. »Sie schauen aus wie Murmeln. Wie würden Sie dazu sagen? Nicht Eiswürfel, denn sie sind ja rund. Wie wär's mit Eiskugeln?«

»Da würde doch niemand wissen, was Sie meinen. Man würde sagen ›runde Eiswürfel‹.«

»Ja, aber das ist doch ein Widerspruch in sich, man müßte...«

Burden unterbrach ihn in einem strengen Ton. »Der Deputy Chief Constable hat angerufen, während Sie bei dieser Joanne Soundso waren. Ich habe mit ihm gesprochen. Er sagt, es ist eine Farce, vier Wochen nach dem Geschehnis von einer ›Mordzentrale‹ zu sprechen, und er möchte, daß wir Ende der Woche aus Tancred weg sind.«

»Ich weiß. Er hat mich zu sich bestellt. Übrigens, wer spricht denn von einer ›Mordzentrale‹?«

»Karen und auch Gerry, wenn sie ans Telefon gehen. Und noch schlimmer – ich habe Gerry sagen hören: ›Hier ist die Massakerzentrale.‹«

»Es ist nicht so wichtig. Wir brauchen nicht mehr dort zu sein. Ich habe das Gefühl, daß die Lösung zum Greifen nahe ist, Mike, mehr als das kann ich nicht sagen. Ich brauche nur noch ein, zwei Dinge, die das Bild ergänzen, ich brauche noch *einen* Funken Erleuchtung...«

Burden sah ihn mißtrauisch an. »Ich brauche noch viel, viel mehr, das kann ich Ihnen verraten. Ist Ihnen nicht klar, daß wir noch nicht einmal die erste Hürde überwunden haben, nämlich, wie sie von Tancred wegkamen, ohne daß jemand sie gesehen hat?«

»Ja, Daisy hat um 20.22 Uhr über die Notrufnummer angerufen. Das, sagt sie, war zwischen fünf und zehn

Minuten, nachdem sie abgehauen waren. Aber sie weiß es nicht genau, und ihre Schätzung ist wirklich sehr grob. Wenn es tatsächlich volle zehn Minuten waren, und das ist wohl das Maximum, müssen sie um zwölf nach acht verduftet sein, vier Minuten bevor Joanne Garland wegfuhr. Ich glaube dieser Frau, Mike. Ich glaube, daß sie ein tolles Zeitgedächtnis hat, wie das bei solchen Pünktlichkeitsfanatikern so ist. Wenn sie sagt, sie sei um 20.16 Uhr weggefahren, dann stimmt das auch.

Aber wenn die zwei um zwölf nach acht losgefahren wären, hätte sie sie sehen müssen. Um diese Zeit ist sie nämlich an der Vorderseite des Hauses entlanggegangen und hat durchs Fenster ins Eßzimmer hineinzuschauen versucht. Also fuhren sie später weg, und Daisy hat eher fünf als zehn Minuten bis zum Telefon gebraucht. Sagen wir, sie sind um siebzehn oder achtzehn Minuten nach acht abgehauen. In diesem Fall müßten sie hinter Joanne Garland hergefahren sein, und man kann sicher annehmen, daß sie schneller gefahren sind als die Frau...«

»Es sei denn, sie haben die Nebenstraße genommen.«

»Dann wären sie von Gabbitas gesehen worden. Wenn Gabbitas irgendwie daran beteiligt gewesen wäre, Mike, dann läge es in seinem Interesse zu sagen, er habe sie gesehen. Und das sagt er nicht. Wenn er unschuldig ist und behauptet, er habe sie nicht gesehen, dann sind sie dort nicht gefahren. Aber um auf Joanne Garland zurückzukommen.

Als sie am Tor der Hauptzufahrt ankam, mußte sie aussteigen, um es zu öffnen, wieder einsteigen, durchfahren, noch einmal aussteigen und es schließen. Ist es gerade noch vorstellbar, daß sie, mit dem Wagen der Killer dicht hinter ihr, das geschafft hat, ohne von ihnen eingeholt zu werden?«

»Wir könnten es ausprobieren«, sagte Burden.

»Das hab ich getan. Heute nachmittag habe ich es ausprobiert. Nur haben wir nicht zwei, sondern drei Minuten zwischen der Abfahrt von Wagen A und der von Wagen B verstreichen lassen. Ich bin mit Wagen A zwischen dreißig und vierzig Meilen pro Stunde gefahren, und Barry ist mit Wagen B so schnell gefahren, wie er es gefahrlos konnte, vierzig bis fünfzig, manchmal über fünfzig. Er hat mich eingeholt, als ich das zweite Mal ausstieg, um das Tor zu schließen.«

»Könnten sie weggefahren sein, *bevor* Joanne Garland angekommen ist?«

»Kaum. Sie traf dort elf Minuten nach acht ein. Nun sagt Daisy, sie hätten die Killer erst ein, zwei Minuten nach acht im Haus gehört. Wenn sie um zehn nach acht abgehauen sind, blieben ihnen höchstens zehn Minuten Zeit, um nach oben zu gehen, ein Chaos zu veranstalten, wieder nach unten zu kommen, drei Menschen zu töten, einen vierten anzuschießen und zu verduften. Es wäre zu schaffen gewesen – mit knappster Not. Doch wenn sie auf der Hauptzufahrt durch den Wald weggefahren sind, müssen sie Joanne Garland begegnet sein, die nach Tancred unterwegs war. Und wenn sie, sagen wir, um sieben nach acht, über die Nebenstraße losgefahren sind, müssen sie Bib Mew auf ihrem Rad überholt haben, da sie Tancred House um zehn vor acht verlassen hat.«

Burden sagte nachdenklich: »So wie es sich bei Ihnen anhört, ist es unmöglich.«

»Es ist unmöglich. Es sei denn, Bib und Gabbitas und Joanne Garland und die Killer hätten sich abgesprochen, was offenkundig nicht der Fall ist. Es ist ein Ding der Unmöglichkeit, daß sie sich zu irgendeinem Zeitpunkt zwischen fünf nach acht und zwanzig nach acht aus dem Staub gemacht haben, und doch wissen wir, daß sie es getan haben müssen. Mike, wir sind die ganze Zeit von einer Voraussetzung ausgegangen, die auf einem sehr dürftigen Indiz beruht: nämlich, daß sie *mit einem Wagen* gekommen und abgehauen sind. In oder auf irgendeinem motorisierten Fahrzeug. Wir sind davon ausgegangen, daß die Killer ein Fahrzeug benutzt haben. Aber angenommen, es war nicht so?«

Burden starrte ihn an. In diesem Augenblick ging die Tür auf, und ein Schwarm von Leuten kam herein, alle mit gefüllten Tellern und alle auf der Suche nach einem Platz zum Sitzen. Statt seine eigene Frage zu beantworten, sagte Wexford: »Es gibt was zu essen. Wollen wir uns nicht etwas holen gehen?«

»Wir sollten uns sowieso nicht die ganze Zeit hier aufhalten. Es ist nicht fair gegenüber Sylvia.«

»Sie meinen, der Eingeladene hat die Pflicht, die Runde unter den Gästen zu machen und sich damit sein Mineralwasser und die Kartoffelchips zu verdienen?«

»Ja, so ungefähr.« Burden feixte. Er sah auf seine Uhr. »Wissen Sie, daß es schon nach zehn ist? Wir haben unseren Babysitter nur bis elf.«

»Gerade noch Zeit für ein Sandwich«, sagte Wexford, der sich ziemlich sicher war, daß seine Geschmacksvorlieben nicht berücksichtigt waren.

Während er ein Sandwich mit Lachs und Mayonnaise verzehrte, unterhielt er sich mit zwei von Sylvias Kolleginnen, dann mit ein paar alten Schulfreunden von ihr. Burden hatte nicht ganz unrecht mit dem, was er von den Pflichten eines Gastes gesagt hatte. Dora war, wie er feststellte, in einen lustigen Streit mit Neils Vater verwickelt. Doch die ganze Zeit behielt er Burden immer ein wenig im Auge, und als die Schulfreunde sich noch Sandwichs mit Geflügelsalat holten, verdrückte er sich in Burdens Richtung.

Burden nahm ihr Gespräch genau an der Stelle wieder auf, wo sie es abgebrochen hatten. »Aber irgendein Fahrzeug müssen sie doch benutzt haben.«

»Nun, Sie wissen ja, was Holmes gesagt hat. Wenn

alles andere als unmöglich ausscheidet, muß das zutreffen, was übrigbleibt, und wenn es noch so unwahrscheinlich ist.«

»Wie hätten sie ohne ein Fahrzeug hinkommen sollen? Tancred House liegt doch am Ende der Welt.«

»Durch den Wald. Zu Fuß. Es ist die einzige Möglichkeit, Mike. Überlegen Sie mal. Die Straßen waren doch geradezu verstopft. Joanne Garland auf der Hauptzufahrt in beiden Richtungen. Zuerst Bib Mew und dann Gabbitas auf der Nebenstraße. Aber das braucht sie nicht zu kümmern, weil sie sich völlig ungefährdet aus dem Staub machen – zu Fuß. Warum nicht? Was hatten sie schon zu tragen? Einen Revolver und ein paar Schmuckstücke.«

»Daisy hat gehört, wie ein Motor angelassen wurde.«

»Natürlich hat sie das. Sie hat gehört, wie Joanne Garland wegfuhr. Das war zwar später, als sie angibt, aber es wäre doch zuviel verlangt von ihr, die Zeit genau anzugeben. Sie hörte, wie der Motor von Joanne Garlands Wagen ansprang, während sie zum Telefon kroch, nachdem die beiden Killer fort waren.«

»Ja, ich glaube, Sie haben recht. Und die beiden hätten sich absetzen können, ohne von jemandem gesehen zu werden?«

»Das habe ich nicht gesagt. Sie sind von jemandem gesehen worden. Von Andy Griffin. Er war an diesem Abend dort draußen, hat in seinem Versteck sein Nachtlager aufgeschlagen und sie gesehen. Aus so geringer Entfernung, denke ich, daß er sie erkannte. Er hat versucht, sie oder einen von ihnen zu erpressen, und das Ergebnis war, daß sie ihn aufgeknüpft haben.«

Wexford begann zu überlegen, ob er nicht auch aufbrechen sollte, nachdem Burden und seine Frau sich verabschiedet hatten. Sie waren so spät gegangen, daß ihr

Babysitter eine Viertelstunde länger bleiben mußte. Es war beinahe elf Uhr.

Dora war mit einem Schwarm anderer Frauen unter Sylvias Führung zu einer Besichtigung des Hauses aufgebrochen. Sie wollten dabei keinen Lärm machen, damit die kleinen Jungen nicht wach wurden. Wexford mochte Sylvia nicht fragen, ob sie von ihrer Schwester gehört habe, denn eine solche Frage würde vielleicht einen Eifersuchtsanfall auslösen. Wenn Sylvia mit ihrem neuen Haus und ihrem derzeitigen Leben zufrieden war, würde sie auf seine Erkundigung wie ein vernünftiger Mensch reagieren. Wenn aber nicht – und er konnte nicht sagen, in welcher Gemütsverfassung sie an diesem Abend war –, würde sie mit ihren alten Vorwürfen über ihn herfallen, daß er ihre jüngere Schwester bevorzuge. Es gelang ihm, sich zu Neil durchzuwinden, und so fragte er ihn.

Natürlich hatte Neil keine Ahnung, ob Sylvia in der letzten Zeit mit Sheila gesprochen hatte. Er wußte nur vage, daß Sheila mit einem Romancier liiert gewesen war, von dem er bis dahin noch nie gehört hatte, nichts aber davon, daß diese Beziehung beendet war. Ohne dies beabsichtigt zu haben, ließ er Wexford dumm dastehen. Er sagte, alles werde seinen richtigen Gang gehen, und entschuldigte sich, weil er ein Tablett mit Kaffeetassen holen wolle.

Dora kam zurück und meinte, wenn er jetzt gern einen richtigen Drink hätte, würde sie nachher fahren. Wexford lehnte dankend ab; er hatte festgestellt, daß man nach zwei Gläsern von diesem Mineralwasser eigentlich nicht auf Alkohol versessen war. Er schlug vor aufzubrechen.

Sie waren beide mit diesem schwierigen Kind ungemein vorsichtig geworden und gaben sich alle erdenkliche Mühe, Sylvia ja nicht zu kränken. Aber auch andere Leute waren im Aufbruch begriffen. Nur ein harter

Kern von Nachtschwärmern würde bis nach Mitternacht bleiben. Geduldig warteten sie darauf, daß anderen Gästen die Mäntel gebracht und scherzende Abschiedsworte mit jenen gewechselt wurden, die sich mit dem Gehen Zeit ließen.

Schließlich küßte Wexford seine Tochter und wünschte ihr eine gute Nacht, dankte ihr für die reizende Einladung. Sie küßte ihn ebenfalls und zog ihn mit einer netten, herzlichen Umarmung ganz ohne Groll an sich. Er fand, daß Dora ein bißchen weit ging, als sie sagte: »Happy house« – was für ein Ausdruck! –, aber alles war recht, was dem Ziel diente, es Sylvia recht zu machen.

Es gab mehrere Routen nach Hause. Durch Myfleet selbst oder auf einem kleinen Umweg nach Norden, womit man Myfleet umging, oder südwärts auf der langen Route über Pomfret Monachorum. Er entschied sich für die Umgehungsstraße, obwohl sich das Wort anhörte, als handelte es sich um eine gutbeleuchtete Autobahn und nicht um das, was es wirklich war: gewissermaßen ein Fadenspiel aus Sträßchen, bei dem man genau wissen mußte, wie man die richtigen Fäden aufnahm.

Es war sehr dunkel. Der Mond ließ sich nicht sehen, und auch die Sterne waren hinter einer dichten Wolkendecke verborgen. In den Dörfern dieser Gegend hatten die Bewohner sich gegen die Installierung einer Straßenbeleuchtung gewehrt, so daß die Ortschaften zu dieser Stunde wie unbewohnt wirkten. Alle Häuser lagen im Dunkeln, nur hier und da war in einem Fenster, wo ein Nachtvogel sich die Zeit um die Ohren schlug, hinter Vorhängen gedämpftes Licht zu sehen.

Dora hörte die Sirenen einen Sekundenbruchteil vor ihm. »Können eure Leute denn das nicht sein lassen? Jetzt, nach Mitternacht?«

Sie befanden sich auf einem der geraden Abschnitte

einer Allee zwischen zwei Wohnsiedlungen. Die Böschungen zu beiden Seiten ragten wie Schutzwände empor. In diesem dunklen Canyon wurde das Licht der Scheinwerfer stark gebündelt.

»Das sind nicht welche von uns«, sagte er. »Das ist die Feuerwehr.«

»Woher willst du das wissen?«

»Das Heulen hört sich anders an.«

Der Klang der Sirenen wurde stärker, und einen Augenblick lang dachte Wexford schon, das Feuerwehrauto rase ihnen frontal entgegen. Er war bereits auf die Bremse gestiegen und lenkte den Wagen, so dicht es ging, an den linken Straßenrand, als das Sirengengeheul wieder schwächer wurde. Er erkannte, daß die Feuerwehr weiter vorne auf einer anderen Straße unterwegs war.

Wexford beschleunigte wieder und tauchte aus der Senke mit den dichtbewachsenen Böschungen auf, die sie gegen den Wind abschirmten. Die Wälle wurden immer flacher, die Straße breiter, und vor ihnen dehnte sich offenes, flaches Land. Der Himmel vor ihnen war rot. Am Horizont hatte rauchiges Rot die Wolkenberge verfärbt wie der Widerschein der Lichter einer Großstadt. Aber dort war keine Stadt.

Wieder setzte Sirenengeheul ein. »Das ist nicht in Myfleet«, stellte Dora fest. »Es ist davor. Brennt da ein Haus?«

»Das werden wir gleich sehen.«

Er wußte Bescheid, noch ehe sie dort ankamen. Es war das einzige Haus mit einem Reetdach in der ganzen Siedlung. Das dumpfe, rauchige Rostrot verstärkte sich weiter, bis das Glühen am Himmel sich wie ein Kohlefeuer ausnahm. Dann konnten sie das gleichmäßige Prasseln der züngelnden Flammen wahrnehmen.

Die Straße war bereits abgesperrt. Auf der anderen Seite der Barriere standen die beiden Löschfahrzeuge.

Die Feuerwehrmänner versuchten der Flammen Herr zu werden, offensichtlich aber nicht mit Wasser. Der Lärm, den der Brand verursachte, hörte sich an wie das Tosen, mit dem sturmgepeitschte Wellen auf einen Kiesstrand donnern.

Wexford stieg aus und trat an die Absperrung. Ein Brandmeister wollte ihn auf die Straße nach Myfleet verweisen, doch dann erkannte er, wen er vor sich hatte. Wexford schüttelte den Kopf. Er wollte gar nicht erst versuchen, diesen Höllenlärm zu überschreien. Die Brandhitze reichte bis zu ihm, raubte der Luft ihre Kälte und Feuchtigkeit, war sengend wie das gewaltige Kaminfeuer in einem Haus, in dem Riesen wohnen.

Wexford blickte wie gebannt in die Flammen. Er war so nahe, daß er sich vorstellen konnte, das Feuer versengte ihm das Gesicht. Obwohl es erst kürzlich geregnet hatte, allerdings zu unergiebig, hatte das Reetdach gebrannt wie Zunder. Dort, wo es gewesen war, wo noch ein paar Überreste vorhanden waren, konnte man zwischen den wütenden Flammen die rußigen Dachbalken erkennen. Das Haus war zu einer Fackel geworden, doch das Feuer loderte wilder als die Flamme einer Fackel, tierisch in seiner Gier und seiner leidenschaftlichen Entschlossenheit, alles zu verbrennen und zu vernichten. Funken stoben in Spiralen gen Himmel, sanken herab und tanzten durch die Luft. Ein großer, brennender Brocken, ein Bündel lodernden Strohs löste sich plötzlich vom Dach und wirbelte wie eine Rakete auf sie zu. Wexford duckte sich und wich rückwärts aus.

Als das brennende Ding schwelend zu ihren Füßen lag, fragte Wexford den Brandmeister, ob jemand im Haus gewesen sei.

Das Eintreffen eines Krankenwagens ersparte dem Mann die Antwort. Wexford sah, daß Dora ein Stück zurückfuhr, um Platz zu machen. Der Brandmeister öffnete die Absperrung für den Rettungswagen.

»Der Versuch war aussichtlos«, sagte der Feuerwehrmann.

Ein Wagen fuhr hinterher. Es war Nicholas Virsons MG. Er wurde langsamer, aber nicht so, als hätte der Fahrer bewußt gebremst. Der MG kam rüttelnd zum Stehen und machte zuletzt noch einen Satz nach vorn. Virson stieg aus, stand da und blickte auf das brennende Haus. Er schlug die Hände vors Gesicht.

Wexford ging zu Dora zurück. »Du kannst nach Hause fahren, wenn du willst. Mich nimmt schon irgend jemand mit.«

»Reg, was ist da geschehen?«

»Ich weiß es nicht. Ich kann mir nicht vorstellen, daß der Brand zufällig ausgebrochen ist.«

»Ich warte auf dich.«

Die Sanitäter trugen auf einer Bahre jemanden heraus. Wexford hatte eine Frau erwartet, aber es war ein Mann, jener Feuerwehrmann, der den aussichtslosen Rettungsversuch unternommen hatte. Nicholas Virson blickte Wexford mit einem verzweifelten Ausdruck an. Er weinte hemmungslos.

25

Das Haus war zum Teil sehr alt gewesen und war in ferner Vergangenheit auf einem hölzernen Traggerüst errichtet worden. Zwei der Hauptpfeiler hatten den Brand überstanden. Sie waren aus Eichenholz und nahezu unzerstörbar. Wie verkohlte Bäume ragten sie aus den Aschehaufen in die Höhe. Das Haus hatte keine Fundamente gehabt. Diese Pfeiler waren nur tief in die Erde gerammt worden.

Die geschwärzte Brandstätte wirkte mehr wie die Reste eines niedergebrannten Waldstücks als die eines eingeäscherten Hauses. Wexford, der die Verwüstung von seinem Wagen aus betrachtete, erinnerte sich, wie hübsch er das Heim der Virsons bei seinem ersten Besuch gefunden hatte. Ein idyllisches Holzhaus mit Kletterrosen um die Haustüre und einem Garten, der es wert gewesen wäre, in einem Kalender abgebildet zu werden. Der Täter hatte offensichtlich ein besonderes Vergnügen daran gefunden, Schönheit zugrunde zu richten, hatte mit Behagen dieses Zerstörungswerk angerichtet. Denn inzwischen stand für Wexford fest, daß es sich hier um Brandstiftung handelte.

Jemanden zu töten, war vielleicht das primäre Motiv gewesen, aber blinde Zerstörungslust hatte auch ihren Teil daran gehabt, als hätte der Täter damit seinem Werk die Krone aufsetzen wollen.

In der Garage im Thatched House hatten zwanzig Zwei-Gallonen-Kanister Benzin und ungefähr zehn Kanister mit je einer Gallone Paraffin gelagert. Die Kanister waren die Wände entlang aufgereiht gewesen, ein

Großteil an der gemeinsamen Mauer mit dem Haus. Das Reetdach hatte über das Haus hinweg auch die Garage gedeckt.

Nicholas Virson hatte eine Erklärung dafür. Eine politische Krise im Nahen Osten habe seine Mutter veranlaßt, diesen Vorrat anzulegen. Welche spezielle Krise, daran könne er sich nicht mehr erinnern, aber das Öl sei seit Jahren in der Garage gewesen, für einen »verregneten Tag«, womit er Notzeiten meinte.

Die Tage, dachte Wexford, waren nicht verregnet genug. Dem leichten Nieseln in den letzten Tagen war eine lange, anhaltende Dürreperiode vorausgegangen. Die Männer von der Spurensicherung hatten nur wenig in der Garage gefunden, von der kaum mehr etwas übrig war. Irgend etwas hatte diese Kanister in Brand gesetzt, eine einfache Lunte. Aus der Entdeckung des Stummels einer gewöhnlichen Haushaltskerze, die – beinahe ein Wunder – unter dem Garagentor ins Freie gerollt war, schlossen sie, daß es sich dabei um einen für die Brandstiftung verwendeten Gegenstand handle. Das, woran die Beamten dabei dachten, klappte zwar nicht immer, hatte aber in diesem Fall funktioniert. Man tauche ein Stück Bindfaden nicht in Benzin, sondern in Paraffin und stecke das eine Ende in einen Paraffinkanister. Dieser steht zwischen mit Benzin gefüllten Kanistern. Man binde das andere Bindfadenende um eine halb niedergebrannte Kerze, zünde die Kerze an, und zwei, drei, vier Stunden später...

Der Feuerwehrmann hatte zwar schwere Verbrennungen erlitten, würde aber wahrscheinlich durchkommen. Joyce Virson war tot. Wexford hatte der Presse erklärt, daß die Kripo den Fall als Mord behandle. Hier handle es sich um Brandstiftung und Mord.

»Wer wußte von diesem Benzin, Mr. Virson?«

»Unsere Zugehfrau. Der Mann, der unseren Garten in Schuß hält. Meine Mutter, nehme ich an, hat Leuten,

Bekannten, ich selbst habe vielleicht anderen Leuten davon erzählt. Zum Beispiel erinnere ich mich, daß einmal ein guter Freund von mir hier war, weil er keinen Sprit mehr hatte. Ich habe so viel in seinen Tank gefüllt, daß er damit nach Hause kam. Dann die Burschen, die erschienen waren, um das Reetdach zu flikken. Sie sind auch in die Garage gegangen und haben mittags da drinnen immer ihre belegten Brote gegessen...«

Und einen Glimmstengel geraucht, dachte Wexford. »Nennen Sie uns doch einmal ein paar Namen.«

Während Anne Lennox die Namen notierte, dachte Wexford an das Gespräch, das er kurz vorher mit James Freeborn, dem Deputy Chief Constable, geführt hatte. Auf wie viele Morde man noch gefaßt sein müsse, bis ein Täter ermittelt war, hatte er gefragt. Fünf Menschen waren bereits umgekommen. Das sei mehr als ein Massaker, das sei eine Hekatombe. Wexford hütete sich, seinen Chef zu korrigieren oder eine sarkastische Bemerkung einzuwerfen, zum Beispiel, daß er hoffe, es werde nicht zu weiteren fünfundneunzig Todesfällen kommen. Statt dessen bat er darum, die Tatortzentrale draußen in Tancred noch bis zum Wochenende weiterführen zu dürfen, und erhielt Freeborns widerstrebende Einwilligung.

Aber keine Bewacherinnen mehr für das Mädchen. Wexford mußte ihn beruhigen, daß Daisy Jones schon die Woche über nicht mehr bewacht worden sei.

»So etwas kann sich Jahre hinziehen.«

»Das hoffe ich nicht, Sir.«

Nicholas Virson fragte, ob sie noch Fragen an ihn hätten oder ob er gehen könne.

»Einen Moment noch, Mr. Virson.«

»Gestern, als wir noch nicht viel Ahnung von der Ursache des Brandes hatten, habe ich Sie gefragt, wo Sie am Dienstagabend waren. Wegen Ihres tiefen Kummers habe ich nicht weiter gebohrt. Ich stelle jetzt die Frage noch einmal. Wo waren Sie?«

Virson zögerte. Schließlich rückte er mit der Antwort heraus, die niemals wahr ist, aber unter solchen Umständen oft gegeben wird. »Um Ihnen die reine Wahrheit zu sagen, ich bin durch die Gegend gefahren.«

Gleich zwei solche Stereotypen. Kam das denn vor, daß Leute »so durch die Gegend« fahren? Allein, in der Nacht, Anfang April? In ihrer vertrauten Umgebung, wo es nichts Neues zu sehen, keine schönen Fleckchen zu entdecken gibt, zu denen man dann bei Tage wieder hinfährt, um sie sich anzusehen? Auf einer Urlaubsreise kam so etwas vielleicht vor, aber in der eigenen Wohngegend?

»Wohin sind Sie gefahren?« fragte er geduldig.

Virson war kein guter Lügner. »Ich weiß es nicht mehr. Durch die Straßen eben.« In der Hoffnung, daß man ihm glaubte, fügte er hinzu: »Es war eine schöne Nacht.«

»Gut, Mr. Virson, und um welche Zeit haben Sie Ihre Mutter verlassen, wann sind Sie losgefahren?«

»Das kann ich Ihnen sagen. Es war halb zehn. Punkt halb zehn.« Er setzte hinzu: »Ich sage die Wahrheit.«

»Wo war Ihr Wagen?«

»Draußen in der Einfahrt, und der ... der meiner Mutter stand daneben. Wir fuhren unsere Autos nie in die Garage.«

Nein, es war ja nicht Platz genug. Die Garage war voller Benzinkanister, jederzeit bereit,in Brand zu geraten, sobald eine Flamme sie erreichte, die einen Bindfaden entlanglief.

»Und wohin sind Sie gefahren?«

»Ich habe Ihnen doch gesagt, ich weiß es nicht mehr. Ich bin ohne Ziel durch die Gegend gefahren. Sie wissen, wann ich zurückkam ...«

Drei Stunden später. Es wirkte wie gutes Timing.

»Sie sind drei Stunden lang durch die Gegend gefahren. In dieser Zeit hätten Sie es nach Heathrow und zurück geschafft.«

Virson versuchte ein trauriges Lächeln. »Ich bin nicht nach Heathrow gefahren.«

»Nein, das nehme ich auch nicht an.« Wenn Virson ihm nicht die Wahrheit sagen wollte, blieb ihm nichts anderes übrig, als zu raten. Er schaute auf das Blatt Papier, auf dem Anne Lennox die Namen und Adressen jener Leute notiert hatte, die von dem Benzinlager wußten: Joyce Virsons enge Freunde, Nicholas Virsons Freund, dem das Benzin ausgegangen war, ihr Gärtner, ihre Zugehfrau ... »Ich glaube, hier ist Ihnen ein Fehler unterlaufen, Mr. Virson, Mrs. Mew arbeitet in Tancred House.«

»O ja, aber auch für uns ... äh, für mich. An zwei Vormittagen in der Woche.« Er schien erleichtert, daß er etwas anderes gefragt wurde. »Auf diese Weise ist sie als Aushilfe nach Tancred gekommen. Meine Mutter hat sie empfohlen.«

»So.«

»Ich schwöre bei meinem Leben und bei allem, was mir heilig ist«, sagte Virson leidenschaftlich, »daß ich mit alledem nichts zu tun habe.«

»Ich weiß nicht, was Ihnen heilig ist, Mr. Virson«, sagte Wexford milde, »aber ich zweifle, ob es in diesem Fall von Belang ist.« Er hatte dergleichen schon oft zu hören bekommen, von achtbaren Männern ebenso wie von Ganoven, die bei den Häuptern ihrer Kinder und bei der Hoffnung auf ein Fortleben im Jenseits schworen. »Lassen Sie mich wissen, wo ich Sie erreichen kann, ja?«

Burden kam zu ihm, nachdem Virson gegangen war. »Wissen Sie, Reg, ich bin auch diese Strecke nach Hause gefahren. Das Haus war um Viertel nach elf stockdunkel.«

»Sie haben keinen Kerzenschein durch die Ritzen der Garagentür gesehen?«

»Es war nicht beabsichtigt, Joyce Virson umzubringen, hab ich recht? Unser Täter kennt sicher keinerlei Skrupel, und es wäre ihm bestimmt egal gewesen, ob sie mit draufging oder nicht, aber es war Zufall, sie war nicht sein Hauptziel, oder?«

»Nein, das glaube ich auch nicht.«

»Ich hole mir jetzt was zum Lunch. Möchten Sie auch etwas? Heute gibt's was Thailändisches oder *steak and kidney pie*.«

»Sie hören sich an wie die billigste Fernsehreklame.«

Wexford ging mit ihm hinaus ins Freie, und sie stellten sich hinten an der kurzen Schlange der Wartenden an. Von hier aus war nur das eine Ende von Tancred House zu sehen, die hohe Mauer und die Fenster des Ostflügels. Hinter einem davon war die Silhouette von Brenda Harrison schwach zu erkennen, die mit einem Tuch an der Scheibe rieb. Wexford hielt seinen Teller für Kartoffelpüree und in Öl gedünstetes Gemüse hin. Als er wieder hinüberschaute, war Brenda Harrison vom Fenster verschwunden und Daisy an ihre Stelle getreten.

Daisy war natürlich nicht damit beschäftigt, das Glas klarzuwischen, sondern stand mit herabbaumelnden Händen da. Sie schien in die Ferne zu starren, hin zu den Pflanzungen, den Wäldern und dem blauen Horizont, und ihr Gesichtsausdruck, soweit er ihn sehen konnte, erschien ihm unsagbar traurig. Sie stand da, eine einsame Gestalt, und es überraschte ihn nicht, als er bemerkte, daß sie die Hände hob und das Gesicht bedeckte, ehe sie sich abwandte.

Auch Burden hatte sie gesehen. Er sagte zunächst nichts, sondern nahm seinen Teller mit dem ziemlich bunten, aromatisch duftenden Essen und eine Dose Cola mit einem darübergestülpten Glas.

Als sie wieder in den Ställen waren, sagte er knapp: »Er hatte es auf sie abgesehen, nicht?«

»Auf Daisy?«

»Er hatte es schon die ganze Zeit auf sie abgesehen. Als er den Brand legte, wollte er Daisy treffen, nicht Joyce Virson. Er hat geglaubt, Daisy wäre dort. Sie haben mir doch erzählt, daß die Virsons hier waren und sie überreden wollten, am Dienstagabend bei ihnen zu essen und dort zu übernachten.«

»Ja, aber sie hat abgelehnt. Sie wollte nichts davon wissen.«

»Ich weiß. Und wir wissen, daß sie nicht hin ist. Aber unser Täter hat das nicht gewußt. Er wußte, daß die Virsons sie dazu zu überreden versucht hatten, und er wußte auch, daß sie *am Nachmittag noch mal vorbeikamen, um einen zweiten Versuch zu machen.* Irgend etwas muß passiert sein, das ihm Gewißheit gab, Daisy würde die Nacht in Thatched House verbringen.«

»Also kommt Virson nicht in Frage. Er wußte, daß sie nicht dort sein würde. Sie sagen in einer Tour ›er‹, Mike. Muß es denn ein ›er‹ sein?«

»Das nimmt man als selbstverständlich an. Vielleicht sollte man es besser nicht.«

»Vielleicht sollte man überhaupt nichts als selbstverständlich betrachten.«

»Bib Mew hat für die Virsons wie auch hier in Tancred gearbeitet. Sie wußte von dem Benzin in der Garage.«

»Sie lauscht heimlich an Türen«, sagte Wexford, »und hört vielleicht nur ungenau, was dahinter gesprochen wird. Sie war am 11. März abends hier. Bei vielen von den – sollen wir sagen – Manövern an diesem Abend kommt es auf ihre Aussage an. Sie ist nicht sehr helle, aber immerhin imstande, allein zu leben und zwei Jobs zu erledigen.«

»Sie sieht aus wie ein Mann. Sharon Fraser hat gesagt,

die Leute, die die Bankfiliale verließen, seien alle Männer gewesen, aber wenn einer von ihnen Bib Mew war, hätte Sharon Fraser erkannt, daß es kein Mann war?«

»Einer der Männer in der Bank stand mit einer Handvoll grüner Geldscheine in der Schlange. Seit die Ein-Pfund-Note abgeschafft ist, haben wir in England keine grünen Scheine mehr. Welches Land hat welche? Ausschließlich grüne Banknoten?«

»Die Vereinigten Staaten«, sagte Burden.

»Ja, das waren Dollarscheine. Martin wurde am 13. Mai umgebracht. Thanny Hogarth ist Amerikaner und könnte durchaus im Besitz von Dollarnoten gewesen sein, als er hierherkam, aber er traf erst im Juni in England ein. Wie steht es mit Preston Littlebury? Wir wissen von Vine, daß er seine Geschäfte zumeist in Dollar abwickelt.«

»Haben Sie Barrys Bericht schon gesehen? Littlebury handelt mit Antiquitäten, das stimmt, und er importiert sie aus Osteuropa. Aber gegenwärtig bezieht er sein Einkommen vorwiegend aus dem Verkauf ostdeutscher Armeeuniformen. Er hat sich ein bißchen geziert, das zuzugeben, aber Barry hat es aus ihm herausgekitzelt. Anscheinend herrscht hier eine rege Nachfrage nach solchen Erinnerungsstücken, Stahlhelmen, Gürteln, Tarnanzügen.«

»Aber keine Waffen?«

»Keine Waffen, soviel wir wissen. Barry sagt auch, daß Littlebury kein Bankkonto hier hat. Er hat kein Konto bei dieser Bank.«

»Ich auch nicht«, versetzte Wexford, »aber ich habe meine famose Transcend-Karte. Ich kann in jede Filiale jeder beliebigen Bank gehen. Außerdem stand der Mann, der die Scheine in der Hand hielt, nur deswegen in der Schlange, *um sie in Pfunde zu tauschen*, oder nicht?«

»Ich habe diesen Littlebury nie zu sehen bekommen,

aber nach dem, was ich über ihn höre, ist er nicht der Typ, der einen Revolver aufhebt und sich damit davonmacht. Ich sage Ihnen was, Reg: Der Mann in dieser Schlange war Andy Griffin, mit den Dollars, mit denen ihn Littlebury bezahlt hatte.«

»Und warum hat er sie dann nie umgewechselt? Warum haben wir sie im Haus seiner Eltern gefunden?«

»Weil er nicht mehr drangekommen ist. Hocking und Bishop kamen herein, und Martin wurde erschossen. Andy Griffin hat den Revolver aufgehoben und ist damit verduftet. Er hat ihn mitgehen lassen, um ihn zu verkaufen, und er hat ihn verkauft. Damit wollte er den Käufer erpressen, mit dem Besitz der belastenden Waffe.

Die Dollarscheine hat er nie umgetauscht. Er hat sie mit nach Hause genommen und in der Schublade versteckt, weil er eine ... nun ja, eine gewisse abergläubische Furcht hatte, er könnte nach dem, was geschehen war, damit gesehen werden. Vielleicht hat er sich gesagt, er würde sie eines Tages umtauschen, aber nicht jetzt, vorläufig noch nicht. Außerdem würde er für das Schießeisen viel mehr als fünfzig Pfund erhalten.«

Wexford meinte: »Mike, ich glaube, Sie haben recht.«

Es wäre eine freundliche, gastfreundliche Geste gewesen, ihn bei sich aufzunehmen. Vielleicht hatte Daisy dieses Angebot gemacht, und Nicholas Virson hatte es ausgeschlagen. Aus denselben Gründen, aus denen er schon einmal erklärt hatte, daß er unmöglich über Nacht in Tancred House bleiben könne?

Aber jetzt lagen die Dinge doch ganz anders. Der junge Mann hatte kein Dach über dem Kopf. Doch an Daisys Himmel war dieser Stern im Sinken, einerlei, wie hell er einmal gestrahlt, welch anbetende Bewunderung er geweckt hatte. Thanny Hogarth hatte ihn verdrängt. Was seid ihr, wenn der Mond erwacht?

Für ein Mädchen ihres Alters war ein solches Verhalten ganz normal. Sie war achtzehn. Aber es hatte sich eine Tragödie ereignet. Nicholas Virsons Mutter war tot, sein Haus niedergebrannt. Daisy mußte angeboten haben, ihn bei sich aufzunehmen, doch ihr Anerbieten war allein wegen der Existenz Thanny Hogarths verschmäht worden.

Bis er etwas Dauerhafteres fand, hatte Nicholas Virson ein Zimmer im *Olive and Dove* genommen. Wexford traf ihn dort an der Theke an. Woher er sich den dunklen Anzug verschafft hatte, den er trug, war Wexford ein Rätsel. Er wirkte verdüstert und einsam und viel älter als damals bei ihrer ersten Begegnung im Krankenhaus, ein trauernder Mann, der um alles gebracht worden war. Als Wexford zu ihm hinging, zündete Virson sich gerade eine Zigarette an, und darauf spielte er jetzt an.

»Ich habe vor acht Monaten das Rauchen aufgegeben. Ich habe mit meiner Mutter Urlaub auf Korfu gemacht. Es schien mir eine günstige Gelegenheit, kein Streß und so. Es ist sonderbar: Als ich damals sagte, nichts würde mich dazu bringen, wieder anzufangen, konnte ich nicht ahnen, was passieren würde. Ich habe heute schon zwanzig gequalmt.«

»Ich möchte mich mit Ihnen noch einmal über den Dienstagabend unterhalten, Mr. Virson.«

»O Gott, muß das denn sein?«

»Ich werde Ihnen keine Fragen stellen, ich werde Ihnen etwas erzählen. Sie brauchen es nur zu bestätigen oder zu bestreiten. Ich glaube aber nicht, daß Sie es bestreiten werden. Sie waren draußen in Tancred.«

Die traurigen Augen wurden unruhig. Virson machte einen tiefen Zug an seiner Zigarette wie ein Raucher, der sich etwas Stärkeres als Tabak gedreht hat. Nach kurzem Zögern gab er die klassische Antwort eines Menschen, den er als Kriminellen bezeichnet hätte. »Und wenn es so war?«

Zumindest kein »Es hätte sein können...«

»Sie sind keineswegs ›durch die Gegend gefahren‹, sondern direkt dorthin. Das Haus war leer, Daisy ausgegangen, und auch von unseren Leuten befand sich niemand dort. Aber das wußten Sie ja alles schon vorher. Ich weiß nicht, wo Sie Ihren Wagen gelassen haben. Es gibt ja viele Stellen, wo er für Leute, die auf der Hauptzufahrt oder über die Nebenstraße kommen, nicht zu sehen gewesen wäre.

Sie haben gewartet. Es muß Ihnen kalt, die Zeit muß Ihnen lang geworden sein, aber Sie haben gewartet. Ich weiß nicht, wann die beiden eintrafen, Daisy und Hogarth, oder womit sie kamen. In seinem Transporter oder in ihrem Wagen – in einem ihrer Wagen. Aber sie erschienen endlich, und Sie haben sie gesehen.«

Virson flüsterte in sein Glas: »Kurz vor zwölf.«

»Aha.«

Virson murmelte jetzt verdrossen: »Das war kurz vor Mitternacht. Am Steuer saß ein junger Typ mit langem Haar.« Er hob den Kopf. »Am Steuer von *Davinas* Wagen.«

»Er gehört jetzt Daisy«, sagte Wexford.

»Es ist nicht recht!« Er hieb mit der Faust auf den Tresen, so daß der Barmann herblickte.

»Was? Daß er den Wagen ihrer Großmutter fuhr? Ihre Großmutter ist tot.«

»Nicht das. Das meine ich nicht. Ich meine, sie gehört mir. Wir waren so gut wie verlobt. Sie hat gesagt, sie würde mich ›eines Tages‹ heiraten. Das hat sie an dem Tag gesagt, als sie aus dem Krankenhaus zu uns kam.«

»Solche Dinge passieren nun mal, Mr. Virson. Sie ist ja noch sehr jung.«

»Sie sind zusammen ins Haus gegangen. Der Kerl hat seinen verdammten Arm um sie gelegt. Ein Typ, dem die Haare bis auf die Schultern hängen und der sich seit zwei Tagen nicht rasiert hatte. Mir war klar, daß er in dieser Nacht nicht wieder herauskommen würde. Ich weiß nicht, wieso, aber ich wußte es. Es hätte keinen Sinn gehabt, noch länger zu warten.«

»Vielleicht war es nur gut für ihn, daß er nicht herauskam.«

Virson funkelte ihn trotzig an. »Ja, vielleicht.«

Wexford glaubte einen Teil davon. Er dachte: Aber warum eigentlich nicht alles glauben? Glauben ja, beweisen, nein. Er war ohnehin kurz vor dem Ziel, er wußte beinahe genau, was sich am 11. März abgespielt hatte, er kannte das Motiv und den Namen einer der beiden Personen, die die Tat begangen hatten. Sobald er zu Hause war, wollte er Ishbel Macsamphire anrufen.

Die Post war spät gekommen, erst als er schon zur Arbeit weggefahren war. Unter den Sendungen für ihn war ein Päckchen von Amyas Ireland. Es enthielt die Fahnen von Augustine Caseys neuem Roman *Peitschenhieb*. Amyas schrieb, dieses Vorabexemplar sei eines von fünfhundert, die der Verlag versenden wolle, Wexford erhalte davon die Nummer 350. Er solle es gut hüten, denn es könnte eines Tages etliches wert sein. Zumal, wenn er es von Casey signieren ließ. Er, schrieb Amyas, liege doch richtig mit der Annahme, daß Casey mit Wexfords Tochter befreundet sei.

Er unterdrückte den Impuls, es sofort in das Kaminfeuer zu werfen, das Dora angezündet hatte. Hatte er Augustine Casey denn etwas vorzuwerfen? Nichts. Sobald Sheila über den Berg war, hatte der Mensch ihnen allen einen Gefallen erwiesen.

Er versuchte in Edinburgh anzurufen, aber niemand hob ab. Sie war wohl ausgegangen und kam vielleicht erst am späteren Abend zurück. Wenn eine Frau um acht Uhr nicht zu Hause war, konnte man mit einiger Sicherheit annehmen, daß sie nicht vor zehn zurück sein werde. Er wollte sich mit Caseys Buch die Zeit vertreiben. Selbst wenn Mrs. Macsamphire alle seine Fragen bejahen sollte, wäre es doch ein zu schwaches Indiz, um darauf aufzubauen, zu dürftig für sich allein ...

Er las Caseys *Peitschenhieb*, beziehungsweise er versuchte es zu lesen. Nach einiger Zeit wurde ihm klar, daß er nichts verstanden hatte. Nicht, weil er mit den Gedanken woanders war, sondern weil es schlicht unverständlich war. Es bestand großenteils aus Versen. Im übrigen schien es sich um eine Unterhaltung zwischen zwei namenlosen Personen zu handeln, die vermutlich, aber nicht mit Sicherheit, männlichen Geschlechts waren und sich große Sorgen um das Verschwinden eines Gürteltiers machten. Er warf einen Blick auf den Schluß des Buches, konnte nicht klug daraus werden, und beim Zurückblättern sah er, daß diese Verse, alternierend mit Gesprächen über das Gürteltier, das ganze Buch ausfüllten, abgesehen von einer Seite, bedeckt mit algebraischen Gleichungen, und einer anderen, auf der ein einziges Wort, »shit«, siebenundfünfzigmal wiederholt wurde.

Nach einer Stunde gab er es auf und ging nach oben, um sich Davina Florys Buch über Bäume zu holen, das auf dem Nachttischchen lag. Er sah, daß er den Stadtführer von Heights, Nevada, als Lesezeichen verwendet hatte. Den Führer hatte Sheila ihm gegeben. Zweifellos wirkte Casey inzwischen in Heights als *writer-in-residence*.

Wenigstens würde sie nun nicht dorthin fliegen. Die Liebe war doch eine merkwürdige Sache. Er liebte Sheila und hätte ihr daher eigentlich wünschen müssen, was sie selbst sich wünschte: bei Casey zu sein, ihm bis ans Ende der Welt zu folgen. Aber das tat er nicht. Freude übermannte ihn, daß ihr die Erfüllung ihres Wunsches versagt bleiben sollte. Er seufzte ein wenig, blätterte in dem Führer und sah sich die Farbaufnahmen von Wald und Gebirge an, einem See, einem Wasserfall, dem Stadtzentrum mit dem Kapitol, das von einer goldenen Kuppel gekrönt wurde.

Unterhaltsamer waren die Inserate. Da warb eine Firma für ihre maßgefertigten Western-Stiefel, »in sämtlichen strahlenden Farben des Spektrums auf unserer Erde und im Weltall«. Coram Clark Inc. war eine Büchsenmacherfirma mit Niederlassungen in Reno, Carson City und Heights. Sie verkaufte alle möglichen Waffen, so daß Wexford große Augen machte. Gewehre, Schrotflinten, Faustfeuerwaffen, Luftgewehre, Munition, Fernrohre und Schwarzpulver, wie es im Text hieß. Das ganze Spektrum von Browning über Winchester, Luger, Beretta, Remington und Speer. Für gebrauchte Waffen wurden Höchstpreise geboten. Kauf, Verkauf, Tausch, Herstellung von Schießeisen. In manchen amerikanischen Bundesstaaten brauchte man keinen Waffenschein, konnte man in seinem Auto eine Schußwaffe mitführen, vorausgesetzt, man ließ sie deutlich sichtbar auf dem Beifahrersitz liegen. Er erinnerte sich daran, was Burden über amerikanische Studenten gesagt hatte, denen der Kauf von Waffen zur Selbstverteidigung ohne Einschränkungen erlaubt worden war, als das Gerücht umging, auf dem Campus treibe ein Serienmörder sein Unwesen...

Hier war eine Anzeige für das beste Popcorn im amerikanischen Westen, und eine andere warb mit irisierenden Farben für individuell gestaltete Nummernschilder. Er schob den Führer zwischen die letzten Seiten von *Schön wie ein Baum* und las eine halbe Stunde darin. Kurz vor zehn Uhr versuchte er dann noch einmal, Ishbel Macsamphire zu erreichen.

Natürlich konnte er sie nicht viel später als zehn anrufen. Er versuchte sich an die Regel zu halten, daß man abends nach zehn niemanden mehr anrief. Es war zwei Minuten vor zehn, als es an der Haustüre klingelte. Die Regel, daß man abends nach zehn Uhr niemanden mehr anrief, galt in Wexfords Augen auch für Besuche. Nun ja, es war noch nicht ganz so weit.

Dora ging öffnen, ehe er sie davon abhalten konnte. Er hielt es nicht für klug, daß eine Frau abends allein an die Haustür ging. Das war kein Sexismus, sondern Vorsicht, bis zu dem Tag, an dem sich alle Frauen wie Karen Malahyde die Mühe machten, einen Kampfsport zu erlernen. Er stand auf und ging zur Wohnzimmertür. Eine weibliche Stimme, sehr tief. Also kein Grund zur Beunruhigung. Eine Frau, die irgend etwas holen wollte.

Er setzte sich wieder hin, schlug *Schön wie ein Baum* dort auf, wo das Lesezeichen steckte, und sein Blick fiel wieder auf die Anzeige der Büchsenmacherfirma Coram Clark Inc... Einen dieser Namen hatte er letzthin in einem ganz anderen Kontext gehört. Clark war ein verbreiteter Name. Aber wer hieß Coram? *Coram*, erinnerte er sich aus seiner weit zurückliegenden Schülerzeit, als Latein Pflichtfach gewesen war, bedeutete »wegen« – nein, »in Gegenwart von«. Sie hatten seinerzeit einen Spruch mit Präpositionen gelernt, die mit dem Ablativ verbunden waren:

ab, cum, de, ex, sine, pro
gehen mit dem Ablato,
und manche andre ebenso.

Erstaunlich, daß er sich das all die Jahre gemerkt hatte... Da kam Dora herein und hinter ihr eine zweite Frau. Es war Sheila.

Sie sah ihn an, und er sah sie an und sagte: »Wie wunderbar, dich zu sehen.«

Sie ging zu ihm hin und legte ihm die Arme um den Hals. »Ich bin zur Zeit bei Sylvia. Ich habe den Abend mit der Party falsch aufgeschrieben und bin gestern abend dort erschienen. Aber, Darling, was für ein tolles Haus. Was ist denn in die gefahren, daß sie endlich vom Stadtrand genug haben? Ich finde es ganz wunderbar, dachte aber, ich reiß mich mal los und schaue schnell bei euch vorbei.«

Um zehn Uhr abends. Das sah ihr ähnlich. »Geht es dir gut?« fragte er.

»Eigentlich nicht. Ich fühle mich hundeelend. Aber das geht vorbei.«

Er sah, daß das Vorabexemplar von Caseys Buch auf einem der Sofakissen lag. Caseys Name stand zwar nicht in zweieinhalb Zentimeter großen Buchstaben darauf, wie es beim fertigen Buch vielleicht der Fall sein würde, aber er war deutlich genug zu lesen. *Peitschenhieb von Augustine Casey, unkorrigiertes Exemplar, voraussichtlicher Preis im Vereinigten Königreich* £ *14.95.*

»Ich habe furchtbare Sachen gesagt. Möchtest du sie durchsprechen?«

Das unfreiwillige Erschauern ihres Vaters brachte sie zum Lachen.

»Was ich gesagt habe, tut mir leid, Daddy.«

»Ich habe Schlimmeres gesagt, und das tut mir leid.«

»Ich sehe, du hast Gus' neues Buch.« Der Ausdruck in ihren Augen erinnerte ihn an die Anbetung, die ihn so abgestoßen hatte, die faszinierte, sklavische Ergebenheit. »Hat es dir gefallen?«

Was lag jetzt noch daran. Der Mensch war ja verschwunden. Er beschloß, aus Freundlichkeit zu lügen. »Ja, sehr. Es ist sehr gut.«

»Ich selber hab kein Wort davon verstanden«, sagte Sheila.

Dora brach in ein Lachen aus. »Jetzt laßt's gut sein, trinken wir doch was!«

»Wenn sie etwas trinkt, muß sie hier übernachten«, sagte Wexford, der Polizeibeamte.

Sheila blieb noch zum Frühstück und fuhr dann zum Old Rectory zurück. Wexford brach viel später als gewöhnlich auf. Aber er wollte unbedingt noch vorher mit Mrs. Macsamphire sprechen. Aus irgendeinem Grund, der ihm nicht ganz klar war, wollte er das von zu Hause aus tun, nicht draußen in Tancred oder im Fond seines Wagens.

Ebenso wie man niemanden nach zehn Uhr abends anrufen konnte, war morgens neun Uhr der früheste Zeitpunkt. Er wartete, bis Sheila gegangen war, wählte die Nummer und bekam eine junge Frau mit einem sehr starken schottischen Akzent an den Apparat. Sie sagte, Ishbel Macsamphire sei im Garten, und fragte, ob sie ihn zurückrufen könnte. Das wollte Wexford nicht. Vielleicht gehörte die Frau zu den Leuten, die sich über jeden Pfennig, den sie für Ferngespräche ausgeben, ärgern oder vielleicht ärgern *müssen*.

»Würden Sie sie netterweise fragen, ob sie die Zeit erübrigen könnte, jetzt mit mir zu sprechen?«

Während er am Telefon wartete, geschah etwas Merkwürdiges. Er erinnerte sich plötzlich ganz genau daran, wer es war, der einen Vornamen mit einem Büchsenmacher in Nevada gemeinsam hatte, wer der Mann war, der mit dem zweiten Vornamen Coram hieß.

26

Er brauchte den ganzen Tag dafür, weil er erst am Spätnachmittag wirklich damit beginnen konnte. Den ganzen Tag und die halbe Nacht, denn wenn es in Kingsmarkham Mitternacht war, war es im Westen der Vereinigten Staaten erst vier Uhr nachmittags.

Am nächsten Tag fuhr er auf der B 2428 Richtung Tancred House, nachdem er gerade vier Stunden geschlafen und so viele transatlantische Telefongespräche geführt hatte, daß Freeborn sicher der Schlag treffen würde. Die kalte Nacht hatte auf Mauer und Torpfosten einen Silberhauch gelegt und junge Blätter und noch blattlose Zweige mit glitzerndem Rauhreif überzogen. Doch der Reif war inzwischen verschwunden, geschmolzen im warmen Sonnenschein des Frühlingstages. Die Sonne stand hoch am hellblauen Himmel und schien blendend herab. Nicht viel anders als in Nevada.

Mit jedem Tag wurde das Grün der Bäume intensiver. Ein grüner Hauch verwandelte sich in einen Dunst, der Dunst wurde zu einem Schleier, und der Schleier zu einer tiefgrünen, glänzenden Hülle. Die ganze Mattigkeit des Winters wurde vom Grün überdeckt, Schmutz und angesammelte Abfälle verschwanden unter neuem Wachstum. Auf einem dunklen, öden Bild, einer grauen Lithographie, wurden die leeren Stellen von einem in sanftes Chromgrün getauchten Pinsel allmählich ausgefüllt. Der Wald rechts und links von der Straße war nicht mehr eine dunkle Wand, sondern eine Komposition schimmernder Grüntöne, in die der Wind Bewegung brachte, der Äste hob und dabei Lichtstrahlen hereinließ.

Weiter vorne, am Tor, stand ein Fahrzeug. Kein Pkw, sondern ein Transporter. Wexford konnte schwach eine männliche Gestalt erkennen, die an einem Torpfosten etwas anzubinden schien. Langsam näherten sie sich. Donaldson bremste, bis der Wagen stehenblieb, und stieg aus, um das Tor zu öffnen, wobei er kurz das blau-grün-violette Gebinde betrachtete, aus dem diese letzte Totenspende bestand.

Der Mann war zu seinem Fahrzeug zurückgegangen. Wexford stieg aus, um mit dem Fahrer zu sprechen. Dabei konnte er den Blumenstrauß betrachten, der auf die Seitenwand des Transporters gemalt war.

Der Fahrer war jung, nicht älter als dreißig. Er kurbelte das Seitenfenster herab.

»Was kann ich für Sie tun?«

»Detective Chief Inspector Wexford. Darf ich fragen, ob sämtliche Blumen hier am Tor von Ihnen stammen?«

»Meines Wissens ja. Vielleicht haben auch andere Leute Blumenspenden gebracht, aber mir ist nichts davon bekannt.«

»Sind Sie ein Bewunderer von Davina Florys Büchern?«

»Meine Frau. Ich habe zum Lesen keine Zeit.«

Wexford ging der Gedanke durch den Kopf, wie oft er diese beiden Erklärungen schon gehört hatte. Besonders auf dem Land fand es eine gewisse Sorte Männer besonders maskulin, ein solches Ansinnen von sich zu weisen. Den schwarzen Peter der Ehefrau zuzuschieben. Lesen, besonders wenn es um Belletristik ging, war etwas für Frauen.

»Dann waren das alles Blumenspenden Ihrer Frau?«

»Was? Sie machen wohl Witze? Das ist Teil meiner Werbekampagne, verstehen Sie? Meine Frau hat die Sachen rausgesucht, die wir auf die Karten geschrieben haben. Ich dachte mir, das hier ist eine günstige Stelle.

Ein ständiges Kommen und Gehen. Mach den Leuten den Mund wäßrig, und wenn sie richtig neugierig geworden sind, zeig ihnen, wo sie solche Sachen für sich selbst bestellen können. Verstanden? Wenn Sie mich jetzt entschuldigen wollen – ich hab einen Termin beim Krematorium.«

Wexford las das Kärtchen an diesem fächerförmigen Gebinde aus Schwertlilien, Astern, Veilchen und Vergißmeinnicht, gestaltet wie ein Pfauenrad. Diesmal kein Dichterzitat, keine passende Zeile von Shakespeare, sondern: *Anther Florets, Kingsmarkham, Kingsbrook Centre, 1. Etage* und daneben eine Telefonnummer.

Als Wexford ihm davon erzählte, sagte Burden: »Ein Versuch auf gut Glück. Kann das denn klappen?«

»Es hat schon geklappt, Mike. Ich habe gesehen, wie Donaldson sich heimlich die Adresse aufschrieb. Und Sie erinnern sich doch an all die Leute, die gesagt haben, solche Blumen hätten sie auch gern. Für ihren Hochzeitstag oder sonst was. Und ich stehe jetzt da mit meinen sentimentalen Spekulationen.«

»Mit welchen sentimentalen Spekulationen?«

»Ich hatte mir doch wahrhaftig eingebildet, die Blumen seien von irgendeinem Methusalem gekommen, der in grauer Vorzeit ein Liebhaber von Davina Flory gewesen war. Vielleicht sogar Naomis Vater.« Zu Karen Malahyde, die mit einem Schreibbrett vorbeikam, bemerkte er: »Wir können das ganze Zeug heute zusammenpacken lassen; wir ziehen aus. Mr. Graham Pagett kann seine Technik mit dem verbindlichen Dank der Kripo von Kingsmarkham zurückhaben. Ja, und dazu ein höflicher Brief, in dem wir ihm für seinen Beitrag zur Bekämpfung der Kriminalität Anerkennung zollen.«

»Sie haben die Lösung gefunden«, sagte Burden. Es war eine Feststellung, keine Frage.

»Ja, endlich.«

Burden sah ihn eindringlich an. »Wollen Sie sie mir erzählen?«

»Es ist ein schöner Vormittag. Ich möchte raus ins Freie, irgendwohin, in die Sonne. Barry kann uns fahren. Wir fahren irgendwohin durch die Wälder – weit weg von dem Baum mit dem Erhängten. Wenn ich den sehe, läuft's mir kalt über den Rücken.«

Sein Telefon begann zu wimmern.

Das bißchen Regen, das gefallen war, hatte den Erdboden kaum aufgeweicht. Eine Doppelspur, die die Räder von Gabbitas' Landrover hinterlassen hatten, stammte vermutlich vom vergangenen Herbst. Vine bugsierte den Wagen auf diesem Weg dahin und achtete darauf, die Ränder der Reifenspuren nicht zu zerstören. Sie waren im nordöstlichen Teil der Tancredschen Wälder, und der Pfad zweigte in nördlicher Richtung von der Nebenstraße ab, nicht weit von der Stelle, wo Wexford Gabbitas und Daisy im Abendlicht gesehen hatte, Daisys Hand auf dem Arm des jungen Mannes.

Der Wagen folgte dem gewundenen Weg durch eine Öffnung zwischen den dicht nebeneinander stehenden Hainbuchen. Vor ihnen erstreckte sich ein sich weit hinziehender Reitweg. Dieser grasbewachsene Weg, der zwischen den zentralen und den östlichen Wäldern verlief, öffnete einen weiten Blick durch einen grünen Canyon, an dessen Ende sich in einer U-förmigen Öffnung der blendend blaue Himmel zeigte. An diesem Ende und auf die ganze Länge der Senke fiel die Sonne jetzt senkrecht auf die weiche Grasnarbe.

Wexford erinnerte sich an die Figuren in einer Landschaft, an den romantischen Hauch, der an jenem Abend die Szenerie durchweht hatte, und sagte: »Wir parken hier. Die Aussicht ist so schön.«

Vine zog die Handbremse an, und der Motor starb ab.

Die Stille wurde gestört vom krächzenden, blechernen, unmusikalischen Gezwitscher von Vögeln in den riesigen Linden, hochbetagten Überlebenden des großen Orkans. Wexford kurbelte das Fenster herunter.

»Wir wissen jetzt, daß die Killer, die am 11. März Tancred aufsuchten, nicht mit dem Auto kamen. Es wäre unmöglich gewesen, sich unbemerkt abzusetzen. Sie fuhren nicht mit einem Pkw, nicht mit einem Transporter und auch nicht auf einem Motorrad. Das hatten wir angenommen, denn die Indizien sprachen durchaus dafür. Ich bin sicher, daß jeder diese Annahme gemacht hätte. Wir haben uns jedoch getäuscht. Sie erschienen zu Fuß. Beziehungsweise einer der beiden ging zu Fuß.«

Burden blickte auf und sah ihn durchdringend an.

»Nein, nein, Mike, es waren schon zwei. Und kein motorisiertes Fahrzeug, keinerlei mechanisches Fortbewegungsmittel wurde benutzt. Und die Tatzeit, die kannten wir ja von Anfang an. Harvey Copeland wurde ein paar Minuten nach acht Uhr erschossen, sagen wir, zwei oder drei Minuten nach acht, die Schüsse auf die beiden Frauen und Daisy fielen vielleicht um sieben nach acht. Die Flucht geschah um zehn nach acht oder eine runde Minute früher, zu einer Zeit, als Joanne Garland noch auf dem Weg nach Tancred war.

Sie hat das Haus um elf nach acht erreicht. Zum Zeitpunkt der Flucht der Täter müßte sie auf der Hauptzufahrt gewesen sein. Als sie klingelte und an die Tür klopfte und ins Eßzimmer hineinzuschauen versuchte, waren drei Menschen bereits tot. Und Daisy kroch zum Telefon.«

»Sie hat es nicht klingeln hören?«

»Sie glaubte, sterben zu müssen, Sir«, sagte Vine. »Sie fürchtete zu verbluten. Vielleicht hat sie das Klingeln doch gehört und kann sich nur nicht mehr daran erinnern.«

Wexford erwiderte: »Es wäre verkehrt, Daisys Darstellung viel Glauben zu schenken. Zum Beispiel ist es unwahrscheinlich, daß irgend jemand gesagt hat, an dem Lärm über ihnen sei die Katze schuld, wenn die Katze normalerweise gegen sechs, nicht gegen acht herumtobte. Es ist ganz unwahrscheinlich, daß ihre Großmutter meinte, der Lärm komme von der Katze. Wir sollten auch alles das, was Daisy über ein Fluchtfahrzeug gesagt hat, mit Vorsicht behandeln.

Wir wollen diese nebensächlichen Dinge einen Augenblick beiseite lassen und uns einem mehr spekulativen Bereich zuwenden. Andy Griffin ist sicher ermordet worden, um ihn zum Schweigen zu bringen, nachdem er einen Erpressungsversuch unternommen hatte. Was war der Grund für den Mord an Joyce Virson?«

»Der Täter dachte, Daisy würde sich in dieser Nacht im Haus der Virsons aufhalten.«

»Glauben Sie das wirklich, Mike?«

»Nun ja, Joyce Virson hat ihn schließlich nicht erpreßt«, sagte Burden mit einem Grinsen, das er dann deplaziert fand und durch einen finsteren Blick ersetzte. »Wir haben uns darauf geeinigt, daß er es auf Daisy abgesehen hatte. Er muß hinter Daisy her gewesen sein.«

»Das sieht aber nach einem umständlichen Vorgehen aus«, sagte Wexford. »Warum sich die Mühe machen, einen Brand zu legen, und dabei das Risiko eingehen, daß andere in den Flammen umkommen, wenn Daisy doch die meiste Zeit allein in Tancred und leicht an sie heranzukommen war? Wir hatten auf Anweisung des Alten ihre nächtliche Bewachung eingestellt, und die Ställe waren geräumt. Ich habe nie daran geglaubt, daß der Brandanschlag auf das Thatched House dem Zweck dienen sollte, Daisy umzubringen.

Er hatte den Zweck, jemanden zu töten, das schon,

aber nicht Daisy.« Er legte eine Pause ein und blickte forschend von einem zum andern. »Sagen Sie mir, was haben Nicholas Virson, John Gabbitas, Jason Sebright und Jonathan Hogarth gemeinsam?«

»Alle Männer, alle jung«, sagte Burden, »alle englischsprachig...«

»Sie wohnen hier in der Gegend. Zwei sind Amerikaner oder Halbamerikaner.«

»Alle kommen aus der Mittelschicht, sehen ziemlich gut oder sehr gut aus...«

»Sie sind alle Bewunderer von Daisy«, sagte Vine.

»Stimmt, Barry. Sie haben es erfaßt. Virson ist in sie verliebt, Hogarth ist scharf auf sie, und Gabbitas und Sebright sind, glaube ich, sehr von ihr angetan. Sie ist ein attraktives Mädchen, ein reizendes Kind, da überrascht es nicht, daß sie viele Bewunderer hat. Ein weiterer war Harvey Copeland, ziemlich alt für sie, ja, er hätte gut und gern ihr Großvater sein können, aber ein gutaussehender Typ für sein Alter und früher einmal ein ›Bombenerfolg auf dem Campus‹. Und, Davina Flory zufolge, traumhaft im Bett.«

Burden schnitt sein Puritanergesicht, die Lippen nach unten, die Augenbrauen zusammengezogen. Die ausdruckslose Miene des lässigen Vine veränderte sich nicht.

»Ja, ich weiß, die Vorstellung, daß der alte Harvey Copeland Daisy in die Sexualität einführt, ist widerlich. Sie ist abstoßend und irgendwie auch zum Lachen. Bedenken Sie, es wurde kein Zwang angewendet, vermutlich gab es nicht einmal einen ernsthaften Überredungsversuch. Nur so ein Gedanke, nicht? Man kann sich vorstellen, wie Davina Flory sagt: ›Es ist nur so eine Idee, liebes Kind.‹ Nur ein Psychopath mit abwegigen Racheideen hätte Harvey Copeland den Vorfall verübelt. Und wer, außerdem, wird schon davon gewußt haben?«

»Ihr Vater wußte es«, warf Burden ein. »Joanne Garland hat es ihm mitgeteilt.«

»Ja. Und zweifellos hat auch Daisy manchen Leuten was davon gesagt. Sie hat es sicher dem Mann erzählt, der sie liebt. Allerdings hat sie mir gegenüber nichts erwähnt. Ich habe es erst von der besten Freundin ihrer Mutter erfahren. So, und jetzt nach Edinburgh, ja?« Burden schaute unwillkürlich zum Fenster hinaus, was Wexford zum Lachen brachte. »Nicht wortwörtlich, Mike. Ich habe Sie beide für heute lange genug herumgeschleppt. Stellen wir uns vor, wir sind in der letzten August- und in der ersten Septemberwoche in Edinburgh bei den Festspielen.

Davina Flory ist immer zu den Festspielen nach Edinburgh gefahren, genauso wie nach Salzburg und Bayreuth, zu den Passionsspielen in Oberammergau alle zehn Jahre, nach Glyndebourne und nach Snape. Aber vergangenes Jahr fand dort auch das Bücherfestival statt, das nur jedes zweite Jahr abgehalten wird, und sie sollte über das Thema Autobiographie sprechen und auch an einer literarischen Podiumsdiskussion teilnehmen. Sie wurde selbstverständlich von Harvey Copeland begleitet und nahm auch Naomi und Daisy mit.

Diesmal haben sie auch Nicholas Virson mitgenommen. Sicher kaum ein Verehrer der Künste, aber das dürfte natürlich nicht sein Grund gewesen sein, mitzufahren. Er wollte nur mit Daisy zusammen sein. Er war in sie verliebt und nutzte jede Gelegenheit, in ihrer Nähe zu sein.

Sie wohnten nicht bei Ishbel Macsamphire, einer alten Freundin Davina Florys aus ihrer Collegezeit, besuchten sie aber, beziehungsweise Davina und Harvey besuchten sie. Naomi lag mit einer Grippe in ihrem Hotelzimmer. Daisy war mit ihren eigenen Dingen beschäftigt. Davina hat zweifellos mit Mrs. Macsamphire darüber gesprochen, was sie sich für Daisy alles erhoffte, und dabei erwähnt – in welchem Ton, wissen wir nicht, aber wir können ihn uns vorstellen –, daß Daisy einen festen Freund namens Nicholas hatte.

Dann sah Mrs. Macsamphire eines Tages Daisy mit ihrem Freund auf der anderen Straßenseite. Sie waren nicht nahe genug, daß eine förmliche Begrüßung notwendig gewesen wäre, aber zweifelsohne winkte sie, und Daisy winkte zurück. Sie trafen sich erst auf der Beerdigung wieder. Ich habe mitgehört, wie Mrs. Macsamphire zu Daisy sagte, sie hätten einander seit den Festspielen nicht mehr gesehen, ›als ich Sie mit Ihrem jungen Freund sah‹. Natürlich nahm ich an, sie meinte Nicholas Virson. Ich habe immer geglaubt, daß sie ihn gemeint hat.«

»War es denn nicht so?«

»Joanne Garland hat mir berichtet, sie habe Nicholas Virson Ende August auf der Straße getroffen und sich überlegt, ob sie ihm etwas von dieser Geschichte mit Harvey Copeland und Daisys geplanter Einführung in die Sexualität sagen solle. Sie hat es, nebenbei bemerkt, dann doch nicht getan, aber das ist jetzt ohne Belang. Virson erzählte mir später, daß er Ende August mit seiner Mutter auf Korfu gewesen sei. Nun hat das nicht viel zu besagen. Er könnte an einem Tag in Kingsmarkham und am nächsten auf Korfu gewesen sein, aber dadurch wurde es doch unwahrscheinlich, daß er etwa um dieselbe Zeit in Edinburgh war.«

»Haben Sie ihn gefragt?« sagte Burden.

»Nein, ich habe Mr. Macsamphire gefragt. Ich habe sie heute morgen am Telefon gefragt, ob der Mann, der damals Daisy begleitete, blond war, und sie hat gesagt, nein, er sei dunkelhaarig gewesen und habe sehr gut ausgesehen.«

Wexford legte eine Pause ein und sagte dann: »Wollen wir aussteigen und uns ein bißchen die Füße vertreten? Ich würde gern den Reitweg entlanggehen und mir anschauen, was an seinem Ende ist. Das liegt ja in der Natur des Menschen, nicht, daß er immer wissen will, was am Ende kommt?«

Das Szenario, von dem er geträumt hatte, nahm eine neue Form an. Er sah, wie sich der Ablauf der Ereignisse neu ordnete, als er aus dem Wagen stieg und langsam den Weg entlangging. Wildkaninchen hatten das Gras so gestutzt, daß es aussah wie gemähter Rasen. Die Luft war lind und mild, duftete frisch und irgendwie süß. An den Kirschbäumen kamen zwischen den sich entfaltenden kupferfarbenen Blättern Blüten heraus. Wieder sah er vor sich den Tisch, die Frau, die quer darüberlag, den Kopf in einem Teller voll Blut, gegenüber ihre Tochter in einer Ohnmacht, aus der es kein Erwachen gab, das junge Mädchen, blutend über den Boden kriechend. Eine Art Rückspulmechanismus führte ihn ein, zwei, drei Minuten zurück, bis zu den ersten Geräuschen im Haus, dem absichtlich veranstalteten Lärm, als in Davina Florys Zimmer Dinge umgeworfen wurden. Der Schmuck war schon vorher weggenommen worden...

Burden und Vine gingen schweigend neben ihm her. Das Ende des Grabens rückte langsam näher, doch es erschloß sich kein Panoramablick auf weitere Waldungen, auf eine Fortsetzung des breiten grünen Wegs. Es war, als könnte dahinter das Meer beginnen, oder der Reitpfad an einem Klippenrand enden, dem Rand eines Abgrunds, von dem aus man ins Nichts hinaustreten würde.

»Sie waren zu zweit«, sagte er, »aber nur einer von ihnen ging ins Haus. Er kam zu Fuß und betrat es fünf Minuten vor acht durch die hintere Tür, wohlvorbereitet. Er wußte seinen Weg, er wußte genau, was er vorfinden werde. Er trug Handschuhe und hatte den Revolver dabei, gekauft von Andy Griffin, der ihn nach dem Mord an Martin in der Bankfiliale hatte mitgehen lassen.

Vielleicht hätte er nie gedacht, daß er so etwas tun würde, wäre nicht die Waffe gewesen. Er besaß sie, also mußte er sie auch benutzen. Der Revolver hatte ihm die Idee eingegeben. Den Lauf hatte er inzwischen verändert. Wie man das anstellt, damit kannte er sich aus, er hatte es schon als Junge getan.

Bewaffnet mit dem Revolver, in dessen Trommel noch die fünf Patronen steckten, betrat er Tancred House und ging über die hintere Treppe nach oben, um Davina Florys Schlafzimmer in Unordnung zu bringen. Die Leute im Erdgeschoß hörten ihn, und Harvey Copeland stand auf, um nach dem Grund für den Lärm zu sehen, aber inzwischen war der bewaffnete Mann die hintere Treppe hinuntergestiegen und näherte sich durch den Korridor, der vom Küchenbereich wegführt, der Halle. Als er Schritte hörte, drehte sich Harvey um, und der Killer erschoß ihn, so daß er rückwärts über die untersten Stufen stürzte.«

»Warum hat er zweimal geschossen?« fragte Vine. »Nach dem Expertenbericht war bereits der erste Schuß tödlich.«

»Ich habe gerade etwas über einen Psychopathen mit abwegigen Racheideen gesagt. Der Killer wußte, was mit Harvey Copeland und Daisy geplant gewesen war. Er hat in einem Eifersuchtsrausch zweimal auf Davinas Ehemann gefeuert, um ihm seine Frechheit heimzuzahlen.

Dann ging er ins Eßzimmer, wo er Davina und Naomi erschoß. Als letztes schoß er auf Daisy. Aber nicht, um sie zu töten, er wollte sie nur verwunden.«

»Warum?« fragte Burden. »Warum nur verwunden? Was war es, was ihn gestört hat? Wir wissen, daß es nicht der Krach war, den die Katze im Obergeschoß veranstaltet hat. Sie sagen, der Täter hat sich um zehn oder neun nach acht abgesetzt, während Joanne Garland noch auf der Hauptzufahrt war, aber in einem gewissen Sinne war es gar keine organisierte Flucht, sondern der Killer hat zu Fuß das Weite gesucht. War es nicht so, daß Joanne Garlands Klingeln ihn veranlaßt hat, durchs Haus zu rennen, um durch die hintere Tür zu entkommen?«

Vine sagte: »Wenn sie ihn gestört hätte, hätte sie die Schüsse gehört oder zumindest den letzten. Er ist fort, weil in seinem Revolver keine Kugeln mehr waren. Er konnte kein zweites Mal auf sie schießen, nachdem er sie beim erstenmal nicht richtig getroffen hatte.«

Sie waren am Ende des Reitwegs angelangt und standen nun gewissermaßen am Rand einer Klippe, eines Abgrunds. Unterhalb zogen sich die Ränder des Waldes dahin, die Wiesen dahinter, das grüne Hügelland in der Ferne. Eine riesige Wolkenbank türmte sich am Horizont auf, doch zu weit von der Sonne entfernt, um ihr helles Licht dämpfen zu können. Sie standen da und genossen die Aussicht.

»Daisy kroch zum Telefon«, fuhr Wexford fort. »Sie hatte nicht nur Schmerzen, war nicht nur von Angst und Todesfurcht erfüllt, sondern auch psychisch schwer getroffen. Und wenn sie in diesen Minuten um ihr Leben fürchtete, so wollte sie doch auch sterben. Noch lange danach, tage-, wochenlang wollte sie sterben. Sie hatte nichts mehr, was sie am Leben hielt.«

»Sie hatte ja alle ihre Angehörigen verloren«, sagte Burden.

»Oh, Mike, damit hat das nichts zu tun«, sagte Wexford plötzlich voller Ungeduld. »Was lag ihr denn an ihren Angehörigen? Nichts. Ihre Mutter hat sie verachtet, genauso wie Davina Flory ihre Tochter verachtet hat, ein armes, schwaches Geschöpf, das eine katastrophale Ehe eingegangen war, es nie schaffte, einen richtigen Beruf auf die Beine zu stellen, und zeit ihres Lebens von Davina abhängig gewesen war. Ihre Großmutter hat Daisy, glaube ich, wirklich nicht gemocht, sie verabscheute ihr dominantes Gebaren, diese Pläne für ein Studium und irgendwelche Bildungsreisen, und daß sie schließlich sogar ihr Liebesleben für sie einrichten wollte. Harvey Copeland muß sie mit einer Mischung aus Spott und Widerwillen betrachtet haben. Nein, sie hatte für ihre nächsten Angehörigen nichts übrig und hat nicht um sie getrauert, als sie tot waren.«

»Und doch hat sie getrauert. Sie haben zu mir gesagt, Sie hätten selten so tiefen Kummer beobachtet. Ja, genau das haben Sie gesagt.«

Wexford nickte. »Aber sie hat nicht gelitten, weil sie die brutale Ermordung ihrer Familie miterleben mußte. Sie hat gelitten, weil der Mann, den sie liebte und von dem sie sich geliebt glaubte, auf sie geschossen hatte. Der Mann, den sie liebte, der einzige Mensch auf der Welt, den sie liebte und von dem sie gedacht hatte, er würde aus Liebe zu ihr alles drangeben, er hatte versucht, sie umzubringen. Zumindest hat sie das geglaubt.

In diesen Minuten, als sie blutend zum Telefon kroch, brach ihre ganze Welt zusammen, weil der Mann, in den sie leidenschaftlich verliebt war, versucht hatte, ihr das anzutun, was er den anderen angetan hatte. *Darum* hat sie so lange Zeit gelitten. Sie war allein, verlassen, zuerst im Krankenhaus, dann bei den Virsons, zuletzt allein in dem Haus, das nun ihr gehörte, und er nahm keinen Kontakt auf, hat es kein einziges Mal versucht, ist nicht gekommen. Er hatte sie nie geliebt, er hatte auch sie umbringen wollen. Kein Wunder, daß sie so melodramatisch zu mir gesagt hat: ›Der Schmerz sitzt im Herzen.‹«

Als die Wolkenbank die Sonne erreichte, wurde es rasch kühl. Sie kehrten um in Richtung Wagen. Es wurde plötzlich kalt, und eine scharfe Aprilbrise durchschnitt die Luft.

Sie erreichten den Wagen, stiegen ein und fuhren

über die Nebenstraße zurück nach Tancred House. Vine steuerte den Wagen ganz langsam über die Auffahrt. Auf dem Beckenrand saß die blaue Katze und hielt einen Goldfisch zwischen den Pfoten.

Der Fisch mit dem scharlachroten Kopf zappelte und wand sich. Queenie klopfte ihn genüßlich mit der Pfote, die ihn nicht auf den Beckenrand drückte. Vine stieg aus dem Wagen, aber die Katze war viel zu flink für ihn. Sie packte den zappelnden Fisch mit dem Maul und lief auf die Haustür zu, die einen Spaltbreit offenstand.

Von innen wurde die Tür hinter ihr geschlossen.

27

Die meisten Geräte waren fort. Die Tafel und die Telefonapparate waren verschwunden. Die beiden Männer, die Graham Pagett geschickt hatte, trugen gerade den Rechner und Hindes Laserdrucker hinaus. Jemand entfernte ein Tablett mit eingetopften Kakteen. Die eine Ecke des Stalls war wieder so hergerichtet, wie sie früher gewesen war – das Retiro eines jungen Mädchens.

Wexford hatte den Raum noch nie so gesehen. Er hatte nie zu Gesicht bekommen, was Daisy hier für Sachen hatte, welcher Geschmack die Einrichtung bestimmte, die Bilder, die an den Wänden hingen. Ein Klimt-Poster in einem Glasträger zeigte einen weiblichen Akt in einer glänzenden, alles enthüllenden Draperie. Auf einem zweiten waren Katzen zu sehen, kuschelige Perserkätzchen, die sich in einem satingefütterten Korb aneinander schmiegten. Möbliert war der Raum mit weißen Korbmöbeln, deren Polster mit blauweiß kariertem Leinwandstoff bezogen waren.

War das ihr eigener oder der Geschmack, den Davina Flory ihr vorgegeben hatte? Eine Zimmerpflanze mit matt herabhängenden Blättern in einem blau-weißen chinesischen Topf. Viktorianische Romane, zweifellos ungelesen, in den Originaleinbänden, und Werke über sehr unterschiedliche Themen, von Archäologie zu moderner europäischer Politik, von Werken über Sprachfamilien bis zu einer Schmetterlingskunde Englands. Alle von Davina Flory ausgesucht, dachte Wexford. Das einzige Buch, das den Eindruck machte, daß es jemals aus dem Regal genommen worden sei, war *Die schönsten Katzenfotos der Welt.*

Er winkte Burden und Vine, in dem kleinen Wohnbereich Platz zu nehmen, der durch den Auszug der Polizei geschaffen worden war. Zum letztenmal war draußen der Imbißwagen vorgefahren, aber das Essen mußte warten. Wieder dachte er, und mit Verdruß, daran, daß Vine nur ein, zwei Tage nach den Morden richtig getippt und das auch ausgesprochen hatte.

»Es waren zwei«, sagte Burden. »Sie haben die ganze Zeit daran festgehalten, daß sie zu zweit waren, aber nur einen erwähnt. Daraus können wir, soweit ich sehen kann, nur *einen* Schluß ziehen.«

Wexford warf ihm einen eindringlichen Blick zu. »Ja?«

»Daß Daisy die zweite Person war.«

»Aber natürlich war sie es«, sagte Wexford und seufzte.

»Sie waren zu zweit, Daisy und der Mann, den sie liebte«, fuhr Wexford fort. »Sie haben mich darauf gebracht, Barry. Sie haben es ganz am Anfang zu mir gesagt, aber ich habe nicht auf Sie gehört.«

»Hab ich das?«

»Sie haben gesagt, daß sie ›Alleinerbin‹ sei und darauf verwiesen, das beste Motiv zu haben, und ich habe Ihnen sarkastisch geantwortet, ob sie etwa ihren Liebhaber dazu gebracht habe, sie an der Schulter zu verwunden, und daß sie an materiellem Besitz kein Interesse habe.«

»Ich weiß nicht, ob ich das ganz ernst meinte«, sagte Vine.

»Aber Sie hatten *recht*.«

»Es geschah also wegen des Besitzes?« fragte Burden.

»Sie wäre nicht darauf gekommen, wenn er sie nicht darauf gebracht hätte. Und er hätte die Tat nicht begangen, wenn sie nicht hinter ihm gestanden hätte. Sie wollte auch ihre Freiheit. Ihre Freiheit und den Besitz, das Gut und das Geld, sie wollte tun und lassen können, was sie wollte. Nur wußte sie nicht, was sie erwartete, was ein Mord *ist*, wie Menschen aussehen, wenn sie umgebracht worden sind. Das mit dem Blut hatte sie sich nicht so vorgestellt.«

Er mußte plötzlich an Lady Macbeths Worte denken. In vier Jahrhunderten hatte sie niemand übertroffen, hatte niemand etwas psychologisch Profunderes ausgesprochen: Wer konnte sich vorstellen, daß Menschen so viel Blut in sich haben?

»Sie hat mir nur sehr wenige Lügen aufgetischt. Es war nicht notwendig, sie mußte kaum Theater spielen. Ihr Elend war echt. Es ist nicht schwer, sich vorzustellen, wie das wäre, wenn man jemandem, seinem Liebhaber, seinem Komplizen, absolut vertraut, genau weiß, was er tun wird, und genau seine eigene Rolle kennt. Und dann geht die Sache schief, und er schießt auf einen selber. Er wird plötzlich zu einem anderen. Einen Sekundenbruchteil, bevor er auf einen schießt, kann man es in seinen Augen sehen: nicht Liebe, sondern Haß. Und man weiß, man ist die ganze Zeit getäuscht worden.

Also war ihr Jammer echt – kein Wunder, daß sie gesagt hat, sie möchte sterben und wisse nicht, was aus ihr werden soll. Bis er eines Nachts, als sie hier mit Karen allein war, wiederkam. Er wußte nichts von Karens Anwesenheit und kam bei der ersten Gelegenheit, um ihr zu sagen, daß er sie liebe, daß er sie nur verwundet habe, damit es echt wirke, damit kein Verdacht auf sie falle. Das habe er von Anfang an vorgehabt, und er habe gewußt, es würde klappen, er sei ein erstklassiger Schütze, er treffe immer sein Ziel. Indem er sie in die Schulter schoß, sei er das geringste Risiko eingegangen. Aber er habe es ihr nicht vorher sagen können, das müsse sie einsehen. Er hätte nicht sagen können: ›Ich werd auch auf dich schießen, aber vertrau mir.‹

Und Risiken habe er eingehen müssen! Damit das Gut und das Geld und die Tantiemen, damit all dies in ihre und keine anderen Hände fiel. Er habe sie nicht angerufen, weil er sich nicht getraut habe. Als sich die erste Chance für ihn bot, sei er nach Tancred House gekommen, um sie zu sehen, weil er angenommen habe, sie sei allein. Karen hat ihn gehört, aber nicht gesehen. Daisy schon. Er trug keine Maske, das hat Daisy erfunden. Sie sah ihn, und in der Erinnerung daran, wie er sie vermeintlich hintergangen und auch auf sie geschossen hatte, hat sie zweifellos geglaubt, er sei wiedergekommen, um sie umzubringen.«

Burden erhob einen Einwand. »Auf sie zu schießen, war ein ungeheures Risiko. Sie hätte sich gegen ihn stellen und uns alles verraten können.«

»Er hat darauf gerechnet, daß sie dafür selbst zu tief in der Sache drinsteckt. Wenn sie uns einen Tip gäbe, wer er war, und wir ihn verhafteten, würde er uns erzählen, welche Rolle sie dabei gespielt hat. Und außerdem hat er darauf gezählt, daß sie zu sehr in ihn verliebt ist, um ihn zu verraten. Damit hatte er recht, nicht?

Nachdem er in der Nacht nach Tancred gekommen war, erschien er am nächsten Tag wieder, und diesmal war sie wirklich allein. Er sagte ihr, warum er auf sie geschossen hatte, daß er sie liebe, und natürlich hat sie ihm verziehen. Schließlich war er ja alles, was sie hatte. Und danach war sie wie umgewandelt, war sie glücklich. Ich habe noch nie eine solche Wandlung erlebt. Trotz allem, was geschehen war, war sie glücklich, sie hatte den Geliebten wieder, alles würde wieder gut werden. Mein Gott, war ich verblendet, ich dachte, es sei Nicholas Virsons wegen. Natürlich war es nicht so. Sie hat die Fontäne wieder angestellt. Die Fontäne lief zur Feier ihres Glücks.

Ein paar Tage hielt sich dieses Hochgefühl – bis die Erinnerung an jene Nacht zurückzukehren begann. Das gerötete Tischtuch und Davinas Kopf in einem blutgefüllten Teller, und ihre unschuldige, einfältige Mutter tot und der arme Harvey, wie er draußen auf den Stufen lag – und das Kriechen zum Telefon.

Ja, so hatte sie sich das alles nicht gedacht. Sie hatte nicht geahnt, daß es so sein würde. Die Sache zu planen und zu proben war für sie eine Art Spiel gewesen. Doch die Realität, das Blut, der Schmerz, die Toten, das alles hatte sie ganz und gar nicht gewollt.

Ich will sie nicht in Schutz nehmen. Es gibt keine Entschuldigung für das Geschehene. Sie hat vielleicht nicht gewußt, was sie tat, aber sie wußte, daß drei Menschen ermordet werden sollten. Und das Ganze war eine *folie à deux*. Sie hätte es nicht ohne ihn tun können, aber er hätte es ohne sie nicht getan. Sie haben einander vorangetrieben. Des Gunners Tochter zu küssen, ist eine gefährliche Geschichte.«

»Dieser Ausdruck, *kissing the gunner's daughter*«, sagte Burden, »was bedeutet er eigentlich? Jemand hat ihn vor kurzem verwendet, wer, fällt mir jetzt nicht ein...«

»Ich war das«, sagte Vine.

»Was er bedeutet? Er bedeutet, daß jemand ausgepeitscht wird. Wenn in der Royal Navy ein Mann ausgepeitscht wurde, hat man ihn zuvor an Deck auf eine Kanone gebunden. Deshalb war es eine gefährliche Sache, die Tochter des Kanoniers – *the gunner's daughter* – zu küssen.

Sie hat, glaube ich, nicht gewußt, daß Andy Griffin umgebracht werden müßte. Oder vielmehr umgebracht würde, weil ihr Liebhaber in einem Mord die Möglichkeit sah, aus Schwierigkeiten herauszukommen. Jemand ärgert dich? Dann bring ihn um. Jemand schaut zufällig dein Mädchen an? Bring ihn um.

Nicht hinter Daisy war er her, als er mit einer Kerze und einem Bindfaden die Benzinkanister im Thatched

House in Brand setzte. Er hatte es auf Nicholas Virson abgesehen. Virson hatte gewagt, Daisy anzusehen, hatte dreisterweise sogar geglaubt, Daisy könnte ihn tatsächlich heiraten. Wer hätte denn angenommen, daß Nicholas Virson, der Daisy gebeten hatte, bei ihm und seiner Mutter zu logieren, in dieser Nacht nicht zu Hause sein, sondern draußen in Tancred auf Daisy lauern würde?

Sie hat mehr von ihrer Großmutter, als sie ahnt. Ist Ihnen schon aufgefallen, wie wenige Freunde sie hat? In all diesen Wochen war keine einzige junge Frau im Haus – von den jungen Frauen abgesehen, die *wir* dort einquartiert haben. Auf dem Begräbnis war nur ein einziges junges weibliches Wesen, die Enkelin von Mrs. Macsamphire.

Davina Flory hatte zwar ein paar Freunde aus ferner Vergangenheit, doch die Freunde des Ehepaares, das waren Freunde von Harvey Copeland. Naomi hatte Freunde. Daisy hatte nicht eine einzige Freundin, der sie sich anvertrauen, die ihr jetzt zur Seite stehen konnte. Aber Männer? Auf Männer hat sie sehr gewirkt, ja.« Wexford sagte es in einem leicht wehmütigen Ton. Er dachte einen Augenblick lang daran, wie sie auf ihn gewirkt hatte. »Männer werden rasch zu ihren Sklaven. Ein interessanter Punkt übrigens, wie verblendet Davina Flory gewesen sein muß, als sie dachte, sie müßte Daisy einen Mann fürs Bett beschaffen, als wäre Daisy nicht bestens dafür ausgestattet, sich den selbst zu besorgen. Aber sie waren so egozentrisch, diese beiden Frauen, Großmutter und Enkelin, und darum konnten sie nicht über die eigene Nasenspitze hinaussehen.

Daisy hat ihren Liebhaber in Edinburgh, in der Festspielzeit, kennengelernt. Wie genau, das werden wir noch herausfinden. Vielleicht in einem Experimentiertheater oder bei einem Pop-Konzert. Ihre Mutter war krank, und zweifellos ist sie ihrer Großmutter entwischt, sobald sich eine Gelegenheit bot. Sie war damals noch sehr verärgert. Es hat sie immer noch gewurmt, daß Davina diesen Vorschlag mit Harvey gemacht hatte. Nicht weil sie schockiert oder gar angewidert war, glaube ich, sondern weil sie ihr diese Eingriffe in ihr Leben allmählich immer mehr verübelte. Sollte das immer so weitergehen, daß Davina ihr, Daisys, Leben dirigierte? Es wurde ja nicht besser, es wurde immer schlimmer.

Doch hier nun war ein junger Mann, der keinen Respekt vor ihren Angehörigen, keine Ehrfurcht vor irgendeinem von ihnen hatte, jemand, in dem sie einen ungebundenen Geist gesehen haben muß, unabhängig, forsch, ein Draufgänger. Ein Mensch wie sie selbst, beziehungsweise, wie sie einer sein könnte, wenn auch sie ihre Freiheit hätte.

Wer auf die Idee verfallen ist? Er oder sie? Ich denke, er, aber vielleicht wäre sie nie entstanden, wenn er nicht Gunners Tochter geküßt hätte. Und danach hat er gesagt: ›All das könnte *uns* gehören. Das Haus, das Gut, das Geld.‹

Der Plan war ganz einfach und ließe sich ohne Schwierigkeiten ausführen. Allerdings mußte er dafür ein guter Schütze sein, und das war er, ein sehr guter sogar. Aber er hatte keine Waffe. Das war ein Manko. Für ihn war es immer ein Manko, wenn er keine Waffe hatte. Es war, als wäre sein rechter Arm nicht vollständig, wenn sich in der Hand daran keine Waffe befand. Haben sie vielleicht über die Möglichkeit gesprochen, daß in Tancred House eine Schrotflinte oder ein Gewehr war? Hatte der alte Harvey auf dem Gutsgelände vielleicht Vögel gejagt? Hätte ihm Davina das erlaubt?«

Burden ließ ein Weilchen vergehen. Dann, als Wexford den Kopf hob, sagte er: »Was ist passiert, als sie hierher zurückgekehrt sind?«

»Ich glaube nicht, daß *sie* hierher zurückgekommen sind. Daisy ja, mit ihren Angehörigen. Sie mußte wieder in die Schule, und vielleicht ist ihr alles wie ein Traum vorgekommen, ein böser Tagtraum, der nun nie Wirklichkeit werden würde. Aber eines Tages tauchte er wieder auf. Er meldete sich bei ihr, und sie haben sich verabredet, hier in den Ställen, wo sie ihr eigenes Reich hatte. Niemand hat ihn gesehen, denn außer Daisy kam ja niemand hierher. ›Na, wie steht's damit?‹ Wann sie es tun wollten.

Ich glaube nicht, daß Daisy wußte, ob ihre Großmutter ein Testament gemacht hatte oder nicht. Falls ein Testament vorhanden war und Naomi und Harvey starben, würde zweifelsohne sie Alleinerbin sein. Gab es kein Testament, dann war es möglich, daß Davinas Nichte Louise Merritt einen Teil des Erbes erhielt. Louise Merritt ist im Februar gestorben, und es war wohl kaum ein Zufall, daß sie mit der Ausführung ihres Plans gewartet haben, bis Davinas Nichte tot war.

Vorher, vermutlich ein paar Monate vorher, im Herbst, war er im Wald Andy Griffin begegnet. Wie oft sie sich getroffen haben, bis das Geschäft zustande kam, weiß ich nicht, aber Andy Griffin machte das Angebot, ihm einen Revolver zu verkaufen, und dieses Angebot wurde akzeptiert.

Er hat die Innenwand des Laufs verändert, darin war er geübt. Das Werkzeug dafür hatte er mitgebracht.« Wexford erzählte, wie er die Werbeanzeige in dem Stadtführer von Heights entdeckt hatte. »Der Büchsenmacher hieß Coram Clark. Ich wußte, der Name war mir schon einmal untergekommen, konnte mich aber nicht erinnern, wo. Ich wußte nur, daß irgend jemand so hieß und daß der Betreffende in einer Beziehung zu dem Fall Tancred House stand. Schließlich ist es mir dann wieder eingefallen. Es war ganz am Anfang, am Tag nach den Morden, als die Presse hier draußen war.

Auf der Pressekonferenz hat ein Reporter von der Lokalzeitung eine Frage gestellt. Er hat mich hinterher draußen abgefangen. Er war sehr vorlaut, sehr selbstsicher, ein noch sehr junger Mann, eigentlich ein Junge, dunkelhaarig, gutaussehend. Er war auf dieselbe Schule wie Daisy gegangen – womit er von selbst herausrückte –, und dann hat er mir gesagt, wie er heißt. Er hat davon gesprochen, daß er überlege, wie er sich als Journalist nennen solle, habe aber noch keinen Entschluß gefaßt.

Das ist inzwischen geschehen. Ich habe den Namen in einer Autorenzeile im *Courier* gesehen. Er nennt sich Jason Coram, aber mit vollem Namen heißt er Jason Sherwin Coram Sebright.

Sebright erzählte mir auch beiläufig, daß seine Mutter Amerikanerin sei und daß er sie manchmal in den Vereinigten Staaten besuche. Als Täter unwahrscheinlich, aber immerhin.

Das hat er mir auf dem Begräbnis erzählt. Er saß in der Kirche neben mir. Danach ist er rumgegangen und hat Trauergäste interviewt, auf eine Art, die er stolz ›seine US-Technik‹ nannte. Nachdem der nächtliche Besucher um Tancred House geschlichen war, am Tag darauf, kam Sebright hierher, um Daisy zu einem Exklusivinterview zu bewegen. Ich bin ihm begegnet, als er aus dem Haus kam, und er hat mir alles darüber erzählt. Er wollte seinen Text ›Der maskierte Eindringling‹ nennen, und vielleicht, wer weiß, hat er's auch getan.

Ishbel Macsamphire hatte Daisy in Edinburgh zusammen mit einem gutaussehenden, dunkelhaarigen jungen Mann gesehen. Diese Beschreibung hätte ebensogut auf John Gabbitas gepaßt, aber Gabbitas ist Engländer, und seine Eltern leben in Norfolk.

Jason Sebright hatte gerade die Schule hinter sich. Er war achtzehn, stand kurz vor seinem neunzehnten Geburtstag. Im September begann er seine Journalistenausbildung mit einem Job beim *Courier.* Es hätte leicht sein können, daß er zu der Zeit, als Daisy in Edinburgh war, dorthin gefahren ist. Ich habe gewartet, bis es drüben in Nevada zehn Uhr vormittags war, und die Büchsenmacherfirma Coram Clark in Heights angerufen. Coram Clark selbst – sie nennen ihn Coram Clark junior – war zwar nicht da, aber, wie man mir sagte, in ihrem Laden in der Innenstadt von Carson City zu erreichen. Schließlich bekam ich ihn an den Apparat. Er war sehr auskunftswillig. Ich finde den Enthusiasmus der Amerikaner erfrischend. Bei denen bekommt man nicht so viel von ›könnte gewesen sein‹ und diesem Kram zu hören. Ich habe ihn gefragt, ob er hier im Vereinigten Königreich einen jungen Verwandten namens Jason Sebright habe.

Er hat mir gesagt, daß er die Technik beherrsche, den Lauf eines Revolvers zu verändern. Er hat gesagt, daß das notwendige Werkzeug dafür nicht viel Platz beanspruchen würde und ohne Mühe nach Großbritannien gebracht werden könnte. Beim Zoll würde man nicht erkennen, worum es sich handelt. Aber er habe keinen jungen Verwandten namens Jason, weder im Vereinigten Königreich noch sonstwo. Seine Töchter seien verheiratet. Söhne habe er keine. Er sei ein Einzelkind gewesen und habe keine Neffen. Von Jason Sherwin Coram Sebright hatte er nie gehört.«

»Das überrascht mich nicht«, sagte Burden, nicht sehr mitfühlend. »Ganz schön an den Haaren herbeigezogen, diese Idee.«

»Ja, aber es hat sich trotzdem gelohnt. Coram Clark hatte zwar keine jungen Verwandten, weder in Großbritannien noch sonstwo, aber er hat mir eine Menge nützlicher Auskünfte gegeben. Er sagte, daß es einen Präzisionsschießkurs auf einem Schießgelände in Carson City gibt. Er hat auch manchmal Studenten von der Heights University, die bei ihm jobben, Autos fahren, im Laden arbeiten, und in manchen Fällen reparieren sie sogar Schußwaffen. Studenten an amerikanischen Universitäten verdienen sich oft nebenher ihren Lebensunterhalt.

Nachdem ich den Hörer aufgelegt hatte, fiel mir etwas ein. Ein amerikanisches Uni-Sweatshirt mit Buchstaben darauf, die beinahe herausgewaschen waren. Aber ich war mir sicher, daß die Großbuchstaben ST und U darauf waren.

Mein Freund Stephen Perkins von der Myringham University konnte mir sagen, wofür diese Buchstaben standen. Er hat ganz einfach die Lebensläufe in den Bewerbungen für das *creative-writing*-Seminar durchgesehen. Die Stylus University in Kalifornien. In Amerika nennen sie zwar jede Ansiedlung City, und Stylus ist für eine City ziemlich klein, aber es hat eine Polizei und einen Polizeichef, Chief Peacock. Es gibt auch acht Büchsenmacher am Ort. Chief Peacock hat zurückgerufen und war sogar noch ergiebiger als Coram Clark. Er hat mir erzählt, daß erstens die Stylus University ein Seminar für Militärgeschichte anbietet, und zweitens, daß einer der Büchsenmacher häufig Studenten abends oder am Wochenende zur Aushilfe im Laden hat. Ich habe die Büchsenmacher einen nach dem anderen angerufen. Der vierte, den ich erreichte, konnte sich sehr gut an Thanny Hogarth erinnern. Er hatte bis zum Ende seines Abschlußsemesters letztes Jahr bei ihm gearbeitet. Nicht, weil er Geld brauchte. Sein Vater ist reich und hat ihn mit einem sehr großzügigen Wechsel unterstützt. Thanny Hogarth liebte Schußwaffen, er war in Schußwaffen vernarrt.

Chief Peacock hat mir noch etwas anderes berichtet. Vor zwei Jahren wurden auf dem Campus der Stylus University zwei Studierende erschossen. Beide waren Männer und hatten etwas gemeinsam. Sie sind nacheinander mit demselben Mädchen ausgegangen. Der Killer wurde nie geschnappt.«

Das Fahrrad lehnte an der Hauswand.

Die Innendekorateure waren im Haus damit beschäftigt, das Eßzimmer zu renovieren. Ihr Transporter war dicht neben dem Fenster abgestellt, das Pemberton eingeschlagen hatte. Die Fontäne lief an diesem Tag nicht. In dem klaren, dunklen Wasser des Beckens schwamm der letzte rote Fisch.

Die drei Kriminalbeamten blieben am Becken stehen. »Beim zweitenmal, als ich dieses Haus betrat«, sagte Wexford, »habe ich zusammen mit einer Menge anderer Dinge das Werkzeug auf einem Tisch gesehen. Ich wußte nicht, worum es sich handelte. Ich glaube, ich habe sogar einen Revolverlauf gesehen, aber wer erkennt schon einen Revolverlauf, wenn er nicht mit der Waffe verbunden ist?«

Burden sagte unvermittelt: »Warum hat er sie nicht geheiratet?«

»Was?«

»Vor dem Massaker, meine ich. Wenn sie es sich mit ihm anders überlegt hätte, hätte er nichts bekommen. Sie hätte nur zu sagen brauchen, nach dem, was er getan hatte, wolle sie nichts mehr von ihm wissen, und er hätte das Nachsehen gehabt.«

»Sie war noch nicht achtzehn«, sagte Wexford. »Sie hätte die Einwilligung ihrer Eltern gebraucht. Können Sie sich vorstellen, daß Davina Flory ihrer Tochter Naomi erlaubt hätte, ihre Einwilligung zu erteilen? Außerdem sind Sie ein Anachronismus, Mike, Sie leben nicht in unserer Zeit. Die beiden sind Kinder von heute, und vermutlich haben sie gar nicht ans Heiraten gedacht. Eine Ehe? Das ist was für die alten Leute und für die Virsons dieser Welt.

Außerdem sondert einen so etwas, ein Massaker, von der Menschheit ab. Vielleicht ist ihnen etwas aufgegangen: daß sie gezeichnet waren, daß niemand anders zu ihnen passen würde, daß sie nur einander hatten.«

Er ging auf das Haus zu und wollte gerade an der Klingel ziehen, als er bemerkte, daß die Haustür einen Spaltbreit offenstand. Sicher hatten die Handwerker sie nicht geschlossen. Er zögerte kurz und ging dann hinein, gefolgt von Burden und Vine.

Die beiden waren im *serre* und so intensiv beschäftigt, daß sie eine Sekunde lang nichts hörten. Die beiden dunkelhaarigen Köpfe steckten dicht beieinander. Auf dem Glastisch vor ihnen lagen ein Perlenhalsband, ein goldenes Armband und zwei Ringe, der eine mit einem Rubin und Brillantenschultern, der andere mit Perlen und Saphiren besetzt.

Daisy betrachtete den Mittelfinger ihrer linken Hand, über den Thanny Hogarth vielleicht gerade den Verlobungsring gestreift hatte, groß und kunstvoll mit Brillanten besetzt, Brillanten im Wert von neunzehntausend Pfund.

Sie blickte sich um. Sie stand auf, als sie sah, wer da gekommen war, und wischte mit einer unbeabsichtigten Bewegung der brillantengeschmückten Hand den ganzen Schmuck auf den Boden.

Ruth Rendell bei Blanvalet

Die Brautjungfer
Roman. 400 Seiten

Eine entwaffnende Frau
Roman. 479 Seiten

Das Haus der geheimen Wünsche
Roman. 160 Seiten

Die Werbung
Roman. 384 Seiten

Der Krokodilwächter
Roman. 416 Seiten